초판 1쇄 찍은 날 | 2018년 4월 30일
초판 2쇄 펴낸 날 | 2018년 10월 25일

지은이 | 정찬연
펴낸이 | 예경원

편집 | 주승아

펴낸곳 | 예원북스
등록번호 | 제396-2012-000132호
등록일자 | 2012. 7. 25
YRN | 제1-0216호

주소 | 경기도 고양시 일산동구 호수로 646-24 위너스 21-Ⅱ 206A호 (우) 10401
전화 | 031-819-9431 팩스 | 031-817-9432
http://cafe.naver.com/yewonromance
E-mail | yewonbooks@naver.com

ⓒ 정찬연, 2018

ISBN 979-11-6098-917-5 03810

Goldline Romance Story

사락

سپاره

정찬연 장편 소설

LINC
GOLD

❦ CONTENTS ❦

1 Sūrah

1 سورة

야행(夜行)

물결처럼 너울거리는 밤의 장막 위로 은빛 별이 떴다.

사막의 밤은 광대하고, 광대함이 무색하게 고요했다. 그 고요함에 귀를 기울이고 있노라면 별 반짝임 소리가 들리는 것 같았다. 별들의 속삭임, 바람의 울음소리, 모래 알갱이가 바닥을 구르는 소리……. 달이 뜨지 않는 밤을 소리가 채웠다.

고요한 소란에 홀린 여왕은 침실 창밖과 연결된 노대(露臺, 발코니)에 올랐다. 노대에는 난간이 없었다. 위험하지만, 그 끝에 서면 사막의 밤이 한눈에 들어온다.

"폐하, 그곳은 너무 위험하옵니다."

떨어질 것을 우려한 듯 뒤에 선 시녀장이 말했다. 여왕은 빙긋 웃으며 돌아보았다.

"위험하기로 따지자면 내 서 있는 모든 곳이 위험할 텐데?"

반문에 짙은 자조가 섞여 있었다. 시녀장은 한숨을 쉬며 여왕에게 하늘거리는 천 뭉치를 건넸다. 보통 군주에게 올리는 보고는 슈라(Sūrah, سورة)라고 하는 능직물에 적는 것이 원칙이었다.

"명하신 것을 조사해 보았습니다."

"벌써? 빠르구나."

돌돌 말린 천을 펼치자 빼곡하게 적힌 글자가 나왔다. 눈으로 슥 글자를 훑어본 여왕은 역청 불에 천을 가져다 댔다. 파스스. 잿빛 가루를 흩날리며 천이 타들어 갔다.

"오늘이 삭(朔, 초하루)이지."

"그렇습니다."

"나가겠다."

"지금요?"

노대에서 내려온 여왕은 대답도 없이 시녀장을 지나쳐 침실 밖으로 나갔다. 시녀장이 비명에 가까운 소리를 지르며 뒤쫓아 왔다.

"폐하! 그리 나가시면 안 됩니다."

얇은 한 벌 치마에, 그보다 더 얇은 겉옷만 걸친 여왕은 잠옷 차림이었다. 하지만 여왕은 콧방귀도 뀌지 않고 긴 복도를 성큼성큼 걸어갔다.

외성으로 통하는 문에 도착한 여왕이 문고리를 확 잡아당겼다. 여왕의 행선지를 짐작한 시녀장은 호위 전사와 시녀를 붙잡고 명령을 쏟아냈다.

"호위 전사들은 당장 마장에 일러 가장 튼튼한 말을 준비시켜라. 폐하께서 잠시 외출하실 것이다. 마장술에 능한 전사가 호위하도록 하라! 그리고 너, 너는 가서 폐하의 겉옷과 보관을 챙겨 오너라!"

그러나 여왕의 파격적인 옷차림에 넋을 놓은 전사와 시녀들이 시녀장의 명령을 제대로 이해하기까지는 시간이 좀 필요했다. 결국 마장에 가장 먼저 도착한 사람은 마장술이 뛰어난 전사가 아닌 여왕이었다.

마침 마필 관리인이 검은색 말 한 마리를 데리고 마구간으로 들어가던 참이었다. 여왕을 본 관리인의 눈이 튀어나올 듯 휘둥그레졌다.

"폐폐폐폐하!"

"그건 네 배쯤 존경스러운 폐하란 뜻인가 보군."

여왕은 어쩔 줄 몰라 땅에 납작 엎드린 관리인의 손에서 고삐를 빼앗아 들고 훌쩍, 말에 올랐다. 누구의 도움도 없이 말 잔등에 오르는 것은 어려서부터 말을 탄 여왕에게 어려운 일이 아니었다.

뒤늦게 시녀장과 호위 전사 둘이 달려왔다. 여왕은 시녀장을 향해 의미심장한 눈웃음을 지으며 발을 굴렀다. 체격이 장대한 쿠르드산 야생마는 여왕의 발길질 한 번에 사람들을 뛰어넘었다.

"이럇!"

말이 사람들의 머리 위로 한 뼘 이상 떠오르는 순간, 나비 날개처럼 얇디얇은 잠옷 치마가 벌어져 여왕의 허벅지를 드러냈다. 달빛을 받은 갈색 피부가 기름칠한 나뭇가지처럼 반짝반짝 빛나고 있었다. 불려온 전사들은 얼굴을 붉히면서도 여왕에게서 눈을 떼지 못했다. 경악한 시녀장이 악을 썼다.

"폐하! 맙소사! 모두 눈을 감아라!"

여왕은 고개를 들었다.

맞바람이 거세게 뺨을 때린다. 극도의 해방감. 말발굽이 땅에 닿을 때 느껴지는 안정감이 불안할 정도였다. 그 불안함을 떨쳐내기 위해 그녀는 힘껏 말채찍을 휘둘렀다. 속도에 몸을 맡기면 안정을 느낄 새가 없으니까.

"폐하, 그놈은—!"

마필 관리인이 무어라 소리쳤지만 소리의 잔향만 남기고 금세 아득해졌다.

모든 소란, 모든 소리를 뒤로하고 여왕은 달려 나갔다.

아비는 일찍 죽었다. 두 오라비는 오래 살지 못했다.

어쩔 수 없이, 말이나 탈 줄 알고 제 이름자나 겨우 쓰는 어린아이가 왕국의 1만 목숨을 책임져야 하는 자리에 올랐다.

미숙하고 준비되지 않은 군주에게 생은 넓게 펼쳐진 모래사막과 같았다. 길을 알 수 없고, 곳곳엔 발 한번 잘못 디디면 빠져나올 수 없는 유사가 기다리고 있었다.

그 등짐이 무겁게 느껴질 때면 말을 달렸다. 절대 벗을 수 없는 짐이라는 것을 알기에 특별한 목적지도 없이 다만 달리는 데 목적을 두었다. 하지만 달리다 보면 항상 같은 장소에 도착하곤 했다.

높고 긴 협곡, 협곡 가운데를 가로지르는 댐.

마립댐이었다.

오랜 옛날, 어떤 왕이 두 개의 산 사이에 긴 댐을 세웠다. 호우(豪雨)로 생긴 물줄기가 바다로 빠져나가는 것을 막기 위함이었다. 물길이 막히자 계곡은 자연스럽게 인공 와디(wadi, 하곡)가 되었다.

사람들은 그 물을 먹고, 그 물로 씻고, 짐승을 키우고 농사를 지었다. 인구가 늘었고 재화가 몰렸다. 왕국은 바야흐로 번영의 시대를 맞았다. 댐이 번영을 담보했다.

그러나 인간은 본래 감사에 인색하다. 번영이 당연해지자 사람들은 댐의 고마움을 잊어버렸다. 댐은 비명도 없이 한쪽 귀퉁이부터 서서히 무너졌고, 더 이상 예전만큼 물을 가두지 못했다.

사람들이 떠났다. 그렇게 왕국의 영화가 끝장났다.

이제 옛 영화의 흔적에 지나지 않은 댐을 볼 때마다 그녀는 자신의 처지를 상기했다. 이 댐은 그녀를 안주할 수 없게 만든다. 어쩌면 자기 학대에 가까운 행위라고 할 수도 있겠지만, 덕분에 유사에 빠지지 않고 살아남았으니 고마워할 일이었다.

'언제까지나 버티는 삶이 되어선 곤란하기도 하고.'

여왕은 자신에게 미소 지으며 지루한 듯 투레질을 하는 말머리를 서쪽으로 돌렸다. 불어오는 바람 속에서 물기운이 느껴졌다.

물기운을 따라 느긋하게 달리다 보니 무성한 초목에 둘러싸인 오아시스가 나왔다. 댐만큼 오래된 이 오아시스는 그녀가 종종 찾는 곳이었는데, 며칠 전 내린 비로 물이 부쩍 불어 있었다.

"잠시 쉬었다 돌아가자. 물이라도 먹고 있으렴."

여왕이 친구에게 말을 걸듯 부드럽게 콧잔등을 두드리자 말이 푸르릉거리며 고개를 주억였다. 그녀는 싱긋 웃고는 땀에 젖은 옷을 벗었다.

낮 동안 달구어진 물은 시리지도, 미지근하지도 않았다. 그녀는 물속에 머리끝까지 담그고, 숨이 막힐 때까지 그대로 있었다. 몸을 휘감고 도는 감촉이 최고급 리넨처럼 부드러웠다.

잇새로 새어 나온 숨이 물방울이 되어 물 표면에서 팡팡 터졌다. 간헐적으로 터지던 물방울이 연속성을 띨 때쯤 그녀는 물 밖으로 고개를 확 쳐들었다.

그리고 눈이 마주쳤다.

어떤, 사내가 있었다.

"······."

쭈그리고 앉아 있는 자세만 봐도 키가 크다는 것을 알 수 있을 정도로 체격이 큰 사내였다. 달이 뜨지 않는 삭일이라 이목구비를 자세히 볼 순 없었지만, 누가 있는지 몰랐다는 찌푸린 눈매와 금색에 가까운 옅은 갈색 눈동자는 확실하게 보였다.

흔치 않은 색이다. 가만 보니, 피부색도 그녀의 왕국에서 흔히 보이는 사람들보다는 하얗다. 짙은 갈색 염료에 투명한 물을 섞으면 저런 색이 나오지 않을까? 사내의 피부색은 노란 모래 먼지를 뒤집어쓴 하얀 양의 털빛에 가까웠다.

물속에서 누가 튀어나오든 말든 물 마시는 데 여념이 없는 양은 사내를 전혀 경계하지 않고 있었다. 머리 두건을 쓴 사내의 옷차림과 양을 본 그녀는 어렵지 않게 사내의 정체를 짐작했다.

'베두인(Bedouin)인가······.'

낙타를 타고 양을 모는 베두인. 유랑 생활을 하는 탓에 도시로 잘 들어오진 않지만 왕성을 벗어난 사막에선 베두인이 특별하지도, 보기 드물지도 않았다. 이 광막한 사막은 사실상 그들의 것이었다.

사막이라면 어디에나 있다. 그러니 그녀가 그에게서 시선을 떼지 못한 까닭은 사내의 정체 때문이 아니었다. 그의 눈빛이, 그녀를 옭아맸다.

그 눈동자—

별빛을 반사한 옅은 갈색 눈동자엔 아무것도 담겨 있지 않았다. 그는 마치 지나가다 시선에 닿은 석양이나 무화과나무를 바라보는 듯한 눈으로 그녀를 바라보고 있었다.

욕정이 담긴 끈적끈적한 시선이었다면 차라리 웃어넘길 수 있을 것이다. 그녀는 알몸이었고, 알몸의 여인을 바라보는 눈빛으로는 그것이 당연했으니까.

하지만 사내는 단지 바라볼 뿐이었다. 장소와 상황에 어울리지 않는 눈빛이다 보니 뭔가 뒤틀린 느낌이 들었다.

예측 범위 밖. 이런 건 좋지 않다. 그녀는 초록빛 눈동자에서 불꽃을 피워 올리며 사내를 노려보았다.

누구야, 너.

누구길래 이 시간, 이 장소에 있는 거지?

아마도 베두인이겠지만 만약…… 만약 아니라면?

그녀의 소리 없는 물음에 사내의 양이 대신 대답했다.

"메에."

물을 다 마신 양이 울었다. 사내는 미련 없이 그녀에게서 고개를 돌렸다. 그녀는 순식간에 그의 관심 밖으로 내쳐졌다.

"……."

긴장한 자신이 바보처럼 느껴질 만큼 맥이 탁 풀렸다.

베두인에게 가장 소중한 것은 첫째가 혈족, 둘째가 키우는 짐승이다. 그렇다면, 알몸의 여인을 앞에 두고도 미련 없이 시선을 돌린 저 사내는 베두인이 확실했다. 그것도 아주 모범적인.

'아무리 그래도 그렇지, 베두인들이란…….'

허탈해진 그녀는 고개를 절레절레 저으며 물 밖으로 나와, 나무 위에 걸어둔 옷을 끄집어 내렸다. 제대로 닦지 않은 젖은 몸에 얇은 한 벌 치마가 자꾸만 달라붙었다.

불편하고 뒤틀린 감각이 점차 심해졌다. 불편한 감각은 허리춤에서 돌돌 말린 치마를 끌어 내리고 있을 때 절정에 달했다.

쐐액—

공기를 가르는 바람 소리 같았지만 바람이 가진 특유의 청량함은 없다. 치맛자락을 잡은 채로, 그녀는 몸을 돌렸다.

"······!"

한 떼의 인영이 오아시스 건너편에서부터 그녀를 향해 달려오고 있었다.

"메에엑!"

난데없는 인기척에 놀란 양이 펄쩍 뛰어오르다 누군가의 손에 베여 넘어졌다. 양을 벤 사내는 순식간에 그녀의 앞에 도달했다. 말은 없었다. 여왕은 힐끗 그의 손에 들린 칼을 쳐다보았다. 끝부분이 한데 모인 칼날. 베는 용도가 아닌 찌르는 용도였다. 그렇다면 암살자—

'철두철미하군.'

만에 하나의 가능성이지만 휘두르는 칼날은 피할 수가 있다. 하지만 이렇게 정확하게 한 지점을 노리고 들어오는 칼날이라면 의도는 명확하다. 난숨에 죽이겠다는 의미다.

어떻게 해야 시간을 벌지?

결정을 내린 그녀는 왼쪽 팔뚝으로 심장을 가렸다. 죽음이라는 예정된 미래 앞에서 팔이 끊어질지도 모르는 고통은 아무것도 아니었다.

칼날은 그녀의 예상대로 정면을 노리고 들어왔다. 놈들이 너무 빨랐다는 변수가 있긴 했지만 모든 일이 그녀의 예상대로 진행되고 있었다. 이제 왼쪽 팔뚝이 심장을 대신해 찔릴 차례였다.

칼날을 심장의 지척에 두고, 그녀는 복면 너머 암살자의 얼굴을 꿰뚫기라도 하듯 암살자에게서 눈을 떼지 않았다. 이제 곧이다. 이제, 곧······.

고통이 느껴지지 않았다.

아무런 예고도 없이 암살자의 몸이 하늘로 쑤욱 올라갔다.

"뭐······ㅅ!"

위를 올려다본 그녀가 눈을 부릅떴다. 허공에 떠오른 채로 암살자가 몸을 버둥거리고 있었다. 얼굴엔 경악이 가득했지만 특유의 직업 정신 때문인지 비명을 지르진 않았다.

버둥거리는 암살자의 어깨 위로 불쑥, 사람 얼굴이 나타났다. 어지간한 변수를 각오한 여왕도 이번만큼은 놀랄 수밖에 없었다. 여왕은 입을 가리고 숨을 틀어막았다.

"흡!"

짧은 들숨 끝에 암살자가 고개를 틀었다. 뒤를 바라보는 암살자의 눈에 이게 대체 뭐냐는 의아함이 떠올라 있었다.

"누, 누구냐, 넌?"

"양 주인."

암살자의 뒷덜미를 잡은 채로, 피 칠갑을 한 베두인 사내가 대답했다.

그 양.

다섯 살이고, 암컷이다. 5년 전 부족의 성인식을 무사히 마친 그에게, 부족장이자 그의 아비가 처음으로 준 선물이기도 했다.

부족원은 모든 재산을 공유하지만 딱 한 가지, 성인식이 끝나고 처음 받는 선물만은 오롯이 자신이 소유할 수 있었다. 그는 양에게 지니야라는 이름을 붙였다.

까다롭고 오만한 정령들의 여왕. 지니야는 그 여왕의 이름을 딴 양답게 도통 제 주인을 공경할 줄 몰랐다. 우리에 넣어 두면 나가고 싶다고 차고, 내보내 주면 들어가고 싶다고 울고. 뭐든 제 성에 찰 때까지 울고 차고 물어서 기어코 제가 원한 바를 이뤄야만 직성이 풀렸다.

사람들은 네가 해달라는 대로 다 해주니 버릇이 나빠지는 거라고 했지만 그는 지니야의 그런 면모가 조금도 싫지 않았다. 변덕쟁이여도, 예민하기 짝이 없는 성격이어도 상관없었다.

어쨌든 지니야는 오직 그만 바라보았다. 다른 이가 잠시 목줄이라도 잡을라치면 곧 죽을 기세로 발광을 하며 게거품을 무는 통에 아무도 손을 대지 못했다.

처음이자 마지막이 될 그의 것은 온전히 제 것이었다. 그것이 좋았다.

그래서 좋았다.

서로가 서로만 바라보며 5년을 보냈다. 그러자 말이 통하지 않을 사이였음에도 말이 통하기 시작했다. 이제 그는 남들의 귀엔 똑같은 '메에'를 구별할 수 있었다.

"메에."

이번 것은 목이 마른다는 의미다. 세모꼴의 천막에서 나온 그는 제 몫의 물이 담긴 그릇을 내밀었다.

"목이 마르냐?"

확신을 담아 물었지만, 지니야는 고개를 저었다.

목마르다고 한 것은 확실한데 가져온 물을 마시지 않는다면, 원하는 바는 한 가지뿐이다. 그는 피식 웃으며 우리의 문을 열었다.

우리 밖으로 나온 지니야가 엉덩이를 뒤뚱거리며 앞으로 걸어갔다. 그는 뒷짐을 지고 느긋이 지니야의 뒤를 따랐다. 그저 바람을 쐬러 나온 것처럼 보였지만 이럴 때의 그녀는 목적지가 확실했다.

과연, 멀지 않은 곳에 오아시스가 있었다. 지니야만의 특별한 재주였다.

밤의 사막을 걷는 베두인 부족들도 새로운 오아시스를 발견하는 일은 드물다. 어디에 오아시스가 있다더라 하는 이야기를 들어도 막상 가보면 말라 있기 일쑤였다. 그의 부족 또한 지난 며칠간 물을 발견할 수 없어 물주머니에 저장해 둔 물로 목만 겨우 축이곤 했다.

"잘했다."

해갈한 부족민들의 얼굴을 생각하며 삐쩍 마른 엉덩이를 툭툭 두들겨 주자 지니야가 고개를 쳐들고 의기양양하게 울었다. 그는 물을 찹찹거리는 지니야의 곁에 자리를 잡고 앉았다.

주홍색 석류나무 꽃이 피는 늦봄. 잔잔한 오아시스의 표면 위로 알 앗즌의 별이 떠올랐다. 별 그림자는 바람을 따라 일렁이다가, 이내 사람의 형상을 띠었다.

"……"

물속에 사람이 있음은 처음부터 알고 있었기에 그는 별 그림자가 사람으로 변한 일대 사건에는 놀라지 않았다. 하지만 그 사람이 여성의 굴곡을 가지고 있는 것은 경악할 만한 일이었다.

제아무리 대단한 경호인을 두고 있다고 한들 밤의 오아시스는 여인이 목욕을 하기에 적당한 장소가 아니었다.

사막의 남자들은 위험하고, 밤에 깨어 있는 사막의 남자는 더욱 위험하며 밤에 오아시스를 찾는 사막의 남자는 정말 위험하다. 그런 남자들은 대부분 취했거나 살인자거나 둘 중의 하나였다.

사막의 여자라면 누구나 그런 사실을 알았다. 그런데도 밤의 오아시스에서 목욕을 하는 여자라면 십중팔구는 미쳤다고 봐야 했다.

하지만 그는 여자를 미친 여자로 규정하는 데 심한 거부감을 느꼈다.

여자에겐 미친 여자는 흉내조차 낼 수 없는 기품이 있었다. 낯선 사내에게 알몸을 드러내고 있는데도 천박해 보이질 않는다. 밤을 담은 눈빛은 이지적이었고, 길게 늘어뜨린 검은 머리카락에선 윤기가 흘렀다. 물에 난반사 된 갈색 피부가 물살에 떠오른 사금 조각처럼 반짝이고 있었다.

삭일인 데다 별빛을 측면에 두고 선 탓에 자세한 이목구비까진 보이지 않았지만 가슴에 새겨진 문신은 또렷했다.

왼쪽 쇄골에서부터 시작하여 판판하고 길쭉한 복장뼈를 지나 앙가슴에까지 이르는 그것은, 날개를 펼치고 활공하는 새의 모습이었다. 그 기괴한 문신마저도 여자의 오연한 기품과 잘 어울렸다.

여자는 검고 화려하고, 완벽했다.

너무 완벽해서 도무지 사람이라고 생각되지 않았다. 아름다움에 대한 인간의 모든 상상과 기대를 품은 고대의 조각상이나, 꿈에 그리던 이상향이 사람의 형태를 띤다면 저러한 모습일 것 같았다.

'물의 여신……'

신기루에 홀린 초보 여행자처럼 그는 여자에게서 눈을 떼지 못했다. 만약 지니야가 울음소리로 주의를 끌지 않았다면 찰나가 영원이라도 된 듯 그녀를 바라보았을 것이다.

"메에—"

갈증을 해결한 양의 기분 좋은 울음소리가, 그의 귀에는 파렴치한에 대한 힐난처럼 들렸다. 그는 겨우 여자에게서 고개를 돌리고 지니야의 납작한 이마에 제 이마를 갖다 대며 속삭였다.

"무방비한 여인을 훔쳐봤다, 혼내는 거냐?"

그렇다는 듯 지니야가 혀를 날름거렸다.

고대의 조각상도, 꿈에 그리던 이상향도 아니다. 영원에서 빠져나온 그는 일전에 들은 이야기를 떠올렸다.

부족의 최연장자 어른의 말에 따르면, 베두인에게 여인의 문신은 금기지만 하다르(Hādir, 도시 사람) 여인 중에선 심심찮게 찾아볼 수 있다고 하였다. 대표적으로 화류계의 여인과 귀족 여인이 그 부류였다.

하지만 화류계 종사자는 아닐 것이다. 저 기품도 그렇거니와, 활공하는 독수리를 문신으로 새기는 창부는 없을 테니까. 그러니 아마 하다르, 그것도 귀족.

여인의 정체를 파악한 그는 그녀에 대한 호기심을 접었다. 베두인과 하다르. 둘은 모래와 물처럼 섞일 수 없는 사이였다. 모래와 물이 만나면 진흙이 되어버린다.

호기심을 접자, 여인의 알몸을 보았다는 죄책감만 남았다. 불가항력이었다지만 무례를 저지르고 나 몰라라 하기엔 그의 양심이 허락하지 않았다.

'사과해야겠지.'

물론 벗고 있는 여인에게 사과할 수는 없는 노릇이다. 어쩔 수 없이 여자를 외면하며 그녀가 옷을 입기를 기다렸다. 그러다 보니 소리에 귀를 기울이게 되었다. 찰박찰박, 스륵, 사악, 펄럭펄럭······.

그는 얼굴을 움켜쥐었다.

대체 이게 뭐 하는 짓인가 싶었다. 관음을 사과하기 위해 도청을 해야 한다니. 민망함에 수치를 더한 셈이었다. 그는 진심으로 오늘 밤 제 처지가 한심스러웠다.

생각이 많고 머리가 복잡해졌다. 그 때문이었다. 여인을 향해 접근하는 세 개의 인기척을 늦게 알아차린 까닭은.

"메에에꿰엑!"

핏방울이 뺨으로 튀었다.

지니야를 베어 넘긴 인영이 그를 스쳐 지나가고, 또 다른 인영이 그에게 달려들었다. 인영은 체구가 작았다. 작은 체구, 검은 복면.

'암살자군'.

그는 팔꿈치로 인영의 턱을 치켜 올렸다.

킥! 꽉 막힌 숨소리와 함께 인영이 고개를 꺾으며 휘청거렸다. 다리에 힘을 주고 기어코 칼을 휘둘렀지만 이미 중심을 잃은 터라 그에겐 닿지 않았다.

그는 차가운 얼굴로 발을 들어 그의 옆구리를 돌려 찼다. 콰득. 갈비뼈 부서지는 소리가 선명했다. 인영은 억 소리도 내지 못한 채 바닥에 코를 처박았다.

세 번째 암살자가 동료의 시체를 본 것과, 그가 세 번째 암살자의 목울대를 후려친 것은 거의 동시였다.

미처 방비할 시간도 없이 공격을 당한 세 번째 암살자는 두 번째 놈보다 쉽게 쓰러졌다. 그는 두 번째 인영이 떨어트린 칼을 주워 들고 누워서 버둥거리는 암살자의 목을 찔렀다.

5년간 동생처럼, 친구처럼, 군주처럼 애정을 다해온 양의 죽음 앞에서, 훌륭한 베두인 사내인 그는 슬퍼하기 전에 분노했다. 그리고 베두인은 복수의 대상을 착각하지 않는다.

그는 지체 없이 몸을 날려, 여인을 찌르려는 암살자의 목을 낚아챘다. 고개를 돌린 암살자가 물었다.

"누, 누구냐, 넌?"

"양 주인."

놈이 이 무슨 미친놈이냐는 표정을 지었다. 그리고 뭔가 하고픈 말이 있는지 입술을 벙긋거렸다.

하지만 그는 복수의 대상과 말을 섞는 괴벽 따윈 없었다. 지니야를 왜, 어째서, 무엇 때문에 죽였으며 무엇으로 보상할 것이냐. 이런 질문은 필요치 않다. 죽음에 이유는 중요하지 않으며 목숨은 오직 목숨으로만 갚는 법이라고 배웠다.

베두인 사내가 천천히 팔을 뒤로 뺐다. 그 동작의 의미를 알아본 여왕은 기겁했다.

"멈춰라!"

여인의 목소리가 고막을 찔렀지만, 그는 일순간의 머뭇거림도 없이 칼을 내질렀다. "컥!" 암살자는 작은 단말마를 남기곤 축 늘어졌다. 여인이 애통한 얼굴로 달려왔다.

"아, 이런! 멈추라고 하지 않았느냐! 물어볼 것이 산더미인데!"

암살자의 죽음을 확인한 여인이 대뜸 그를 질책하고 나섰다. 하지만 여인의 질책보다 의복의 탈착 여부에 더 관심을 쏟고 있던 그는 다른 의미에서 얼굴을 찡그렸다.

'하다르란 참……'

하늘거리는 겉옷, 가슴이 움푹 파인 한 벌 치마. 이래서야 입은 거나 벗은 거나 별 차이가 없다.

그렇게 그의 기준에선 입은 것도 벗은 것도 아닌 차림을 하고, 여인은 옷에 피를 묻혀가며 그가 집어 던진 시신의 몸을 뒤졌다. 미간을 찌푸리고 머리를 움켜쥐는 모양새가 어지간히 실망한 듯 보였다.

"후우."

하지만 여인의 초록색 눈동자는 빠른 속도로 냉정함을 되찾았다. 언제 짜증을 부렸냐는 듯 찡그렸던 이마를 편 여인이 먼저 말을 걸었다.

"좋지 않은 일에 휘말려 들게 했구나. 미안하다."

거침없는 여인의 반말에 그는 적이 놀랐다. 상호 존중이 원칙인 그의 부족에서 이런 하대를 할 수 있는 사람은 족장뿐이었다. 부족에선 가장 나이가 많은 원로도 부족민에게 함부로 말을 놓지 않았다.

더욱 놀라운 것은, 반말을 하는 여인의 태도가 너무 자연스러웠다는 점이다. 그는 여인의 무례에 항의하는 심정으로 덩달아 말을 놓았다.

"무엇이 말인가?"

"네 양이 죽었잖느냐. 하니 값은 내가 치르도록 하마. 내가 내리는 보상이다."

그는 여자의 말을 이해할 수가 없었다.

"지니야를 죽인 것이 그대의 일행인가?"

"아니, 그렇지는 않다. 오히려 내 적이지."

"한데 그대가 왜 보상을 하나. 난 복수를 했고, 남이 주는 보상은 필요 없다."

여자의 입술이 동그랗게 벌어지며 눈이 가늘어졌다. 아마 그녀도 그와 비슷한 생각을 하고 있을 것이다. 베두인들이란 참, 대충 이런 생각.

"베두인의 복수에 끼어들 생각이 있었던 것은 아니다. 하나 그댈 그냥 보내기엔 개운치 못하구나. 음……."

톡톡. 여인이 검지로 제 뺨을 두드렸다.

"이렇게 하자. 양의 목숨값이 아니라 내 목숨값이라고. 어쨌든 덕분에 내가 살았으니."

"그대의 목숨값?"

"그래."

그는 시선을 여자의 뒤쪽, 오아시스의 수풀에 두었다.

후두둑.

그의 시선이 마치 신호라도 된 듯 수풀에서 검은 인영 대여섯 개가 튀어나왔다. 암살자처럼 검은 옷에 검은 복면을 쓰고 있었지만 암살자와 같은 음침함은 없었고 다들 칼 대신 검게 칠한 활을 들고 있었다.

"내 덕분에 그대가 산 것이 아니다."

"⋯⋯."

"사과는 내가 해야 할 터. 고의는 아니었지만 훔쳐봐서 미안했다."

"무얼⋯⋯? 아. 뭘 그런 걸 가지고. 말 그대로 고의가 아니었지 않나."

여인은 이해가 빨랐다. 그는 싱긋 웃는 여인을 외면하며 팔을 뻗어 서쪽을 가리켰다.

무슨 뜻이냐고 묻는 여자의 눈빛을 읽었지만 대답할 필요는 느끼지 못했다. 그는 말없이 지니야의 시체를 어깨에 둘러멨다.

툭툭. 살아 있을 때 그러했듯 죽은 지니야의 엉덩이를 두드린 그는 달이 뜨지 않는 어둠 속으로 무거운 걸음을 옮겼다.

"뒤를 쫓아야 하지 않겠습니까?"

눈썹 근처에 칼자국이 난 복면인이 물었다. 여왕은 입가에 미소를 띠고, 미소와는 대조적인 서늘한 눈빛으로 되물었다.

"뒤를 쫓으면, 들키지 않을 자신은 있느냐?"

암살자 셋을 단숨에 해치운 베두인 사내의 무위는 여왕의 비밀 호위들이 다 덤벼들어도 승리를 장담하지 못할 만큼 압도적이었다. 그런 이의 뒤를 몰래 밟는 것은 불가능했다. 칼자국의 전사가 고개를 떨구었다.

"죄송합니다. 감히 무례하였습니다."

"그대가 죄송해할 것은 무례가 아니다. 무능이지."

"죄송⋯⋯합니다."

"정히 죄송하다면 입으로 떠드는 것보다 실력을 키우는 것이 우선이다. 바라건대, 다음에는 더 기민하게 행동하거라."

싸늘하게 팔짱을 낀 여왕이 턱을 까딱여 사내가 손짓했던 방향을 가리켰다. 전사는 잠시 어리둥절하다, 한 발짝 늦게 그 의미를 알아채곤 다른 전사를 불렀다.

불려온 전사는 사내가 가리켰던 방향을 확인하러 떠나자 남은 전사들은 암살자들의 시체를 치우는 등 분주하게 움직였다.

살아 있는 암살자는 없었다. 사내에게 갈비뼈를 밟힌 암살자는 그나마 숨이 붙어 있었지만, 얼마 지나지 않아 핏물을 한 바가지 쏟아내곤 금세 숨이 넘어가 버렸다.

"부러진 뼛조각이 폐를 찔렀거나, 아무래도 그런 듯합니다."

"발로 단번에 갈비뼈를 부러뜨렸단 말이냐?"

"예. 일반적이진 않지만 그 외엔 생각할 수 없습니다."

"……힘도 좋지……."

어린 호위의 설명에 여왕이 혼잣말을 뇌까리며 쯧쯧, 혀를 찼다. 새삼스럽게 사내가 죽인 암살자를 아까워한 것은 아니었다. 애먼 사내에게 짜증을 부리긴 했지만 극도로 훈련된 암살자들에게서 정보를 빼낼 수 없다는 것쯤은 그녀도 알고 있었다.

그녀가 아쉬워하는 것은 그리 잘난 사내가 하필 베두인이라는 점이었다.

'안 된다고 그리 소리를 질렀는데 눈 하나 깜짝하지 않았지.'

밤의 추위처럼 싸늘한 표정이 기억에 남는다. 그러나 암살자를 해치울 때의 모습은 활활 타오르는 불꽃 같았다. 불꽃을 품고 있지만 불꽃에 휩쓸리지 않는 냉철함, 거기에 고절한 실력까지. 소문으로만 들은 베두인 전사의 실체를 본 느낌이었다.

'아까워라.'

혀를 차며 아쉬워하고 있을 때, 눈썹 짙은 전사가 쿠르드산 검정말을 끌고 왔다. 여왕은 설마 하며 물었다.

"그가 가리킨 곳에 있었느냐?"

"예."

이로써 한 가지 더 확인했다. 베두인 전사는 보지 않고도 가축이 어디 있는지 안다는 소문은, 과장 없는 사실이었다.

"흠……."

살 수 있다면 사고 싶다. 하지만 남부 아라비아의 모든 재화를 긁어모은 다고 알려진 여왕이라도 거기까진 무리였다.

베두인 전사는 돈에 움직이지 않았다. 그들은 오롯이 부족을 위해서만 검을 들고, 부족의 이익에 따라 움직였다. 하물며 사내 정도의 무위라면 부족 최고의 전사일 터. 그런 자를 돈으로 사려면 사막을 물로 채울 만큼의 돈이 필요할 것이다. 아니, 설사 그만큼의 돈이 있다고 하더라도, 베두인 전사의 충성만큼은 살 수가 없다.

차라리 세상 물정 모르는 어린아이였다면 좋았을 것을. 그랬다면 저 사내를 사달라며 누구에게 떼라도 써볼 수 있었을 텐데.

"폐하."

그러나 곁에서 들린 전사의 목소리가 그녀의 처지를 상기시켰다. 여왕은 아쉬움을 삼키며 눈썹 짙은 전사가 건넨 고삐를 받아 들었다. 한데 말이 한 마리가 아니라 두 마리다. 정체불명의 갈색 말이 흑마의 꼬리에 착 달라붙어 있었다.

"그 말은 설마 그대가 잡아 온 것인가?"

"아, 아닙니다. 폐하의 말을 따라온 것입니다."

"따라와? 말이?"

의아한 마음으로 갈색 말을 관찰하던 그녀는 마필 관리인의 말을 떠올리곤 소리 내어 웃었다.

"폐하! 그놈은 지금 발정기입니다!"

과연 자세히 살펴보니 갈색 말은 흑마에 비해 체구도 작고 털빛도 볼품없었다.

"뜻밖의 수확이구나. 밤 나들이가 헛되지만은 않도다."

여왕이 고삐를 받아 들자 칼자국의 전사가 아직 물기가 남아 있는 그녀의 어깨에 겉옷을 둘렀다. 여왕은 한 손으론 고정되지 않은 겉옷을 붙잡고, 한 손만을 이용하여 말에 올랐다. 때마침 호위들도 암살자들의 시신을 다 정리하고 그녀의 곁에 와서 섰다.

"명을 내리겠다."

"하명하십시오."

"오늘 밤, 내가 나가는 것을 본 시녀, 노예, 경비, 마필 관리인까지. 철저하게 조사하여 미심쩍은 자가 있다면 은밀히 처리하라."

"……!"

너무 과한 명령이라고 생각한 듯 전사들이 놀란 표정을 지었지만, 그녀는 차가운 눈동자로 조건 없는 승복을 요구했다. 예외는 없다.

그 순간 그녀는 자유를 갈망하는 인간, 아름다운 여인이 아니라 왕국의 주인이었다. 군주의 눈빛에 압도당한 칼자국의 전사가 허리를 굽히며 말했다.

"명 받겠습니다."

그를 따라 다른 전사들도 눈을 내리깔았다. 여왕은 고개를 끄덕이곤 말고삐를 당겼다. 생각해 보니 중요한 것을 빠트렸다.

"오늘, 모두 수고하였다."

칭찬받을 게 없다는 걸 아는 전사들이 민망한 표정과 기쁜 표정을 함께 지었다. 그녀는 보란 듯 고혹적인 미소를 피워 올리며 말에 채찍질을 했다.

바람 속에 옅은 피 냄새가 섞여든다. 여왕의 채찍질이 더 거세어졌다. 필사적으로 뒤쫓아 오는 전사들과의 거리가 점점 더 벌어지고 있었다.

혼자는 아니지만 혼자나 다름없다. 그녀는 실로 혼자였다.

홀로 밤을 달려나가는 그녀의 귀에, 어디선가 들려온 나이(Nay, 단소와 비슷한 목관악기) 소리만이 오래오래 남았다.

"하일라바드."

부족의 천막이 있는 곳으로 돌아가자, 아비가 가장 먼저 그를 맞았다. 그는 지니야를 어깨에 멘 채로 정중히 고개를 숙였다.

"죄송합니다. 늦었습니다."

아비를 대하는 태도라기보다는 족장을 대하는 태도에 가깝다. 아비는 아들의 그러한 모습을 자연스럽게 받아들였다.

"네 여왕은 어찌 된 것이냐?"

"죽임을 당하였습니다."

뼛속까지 베두인인 아비는 누가 지니야를 죽였냐고 묻지 않았다.

"복수는?"

"했습니다."

"어찌할 것이냐?"

보통 부족 내에서 가축이 죽으면 부족 사람들이 나누어 먹는 것이 관례다. 하지만 '어떻게'를 묻는 아비의 어조에 강압성은 없었다. 정말 어떻게 하고 싶냐는 물음. 족장이 아닌, 아비로서의 질문이었다.

"묻어주고 싶습니다."

"사막은 매일 밤 변하지. 이곳에 묻는다고 해도 다시 찾긴 어려울 것이다. 그래도 상관없느냐?"

"다분히 저의, 자기만족입니다."

그는 지니야를 위하는 거라고 말하지 않았다. 어차피 지니야가 원하는 것은 지니야 자신만이 알 것이다.

그리고 고집스러운 그의 여왕은 이제 자신이 원하는 것을 메에, 하는 울음소리로 말할 수가 없다.

'그렇다면 한 번쯤은……'

함께한 시간 내내 그녀가 원하는 대로 해왔으니 마지막엔 제 뜻대로 하고 싶었다.

"일정에 차질 없도록 정리하여라."

싫은 내색 정도는 할 줄 알았는데 아비는 별말 없이 고개를 까딱이고 자신의 천막으로 걸음을 옮겼다.

'복수만 제대로 했으면 무엇이 어찌 되었든 상관없다'. 그리 생각했을까? 아니면 그래도 아비라, 아들에게 그 양이 무슨 의미인지 충분히 짐작하고 아들의 선택을 존중해 준 것일까. 그는 후자라고 생각하고 싶었다.

갓 장년에 접어든 아비는 여전히 건장했지만, 그의 눈에 비친 아비의 뒷모습은 이전과는 조금 달랐다. 어깨에 힘이 빠져 있었고, 걸음을 질질 끌었다. 아마 지난 보름간 계속된 마음고생의 결과물일 것이다.

"쿨럭……."

족장의 천막에서 어머니의 밭은기침 소리가 났다. 그는 불 꺼진 천막을 바라보다, 천천히 몸을 돌렸다.

생각해 보았다. 어디에 묻으면 좋을까? 그러나 아비의 말대로 사막은 매일 밤 변하고 어디든 똑같은 모래 천지일 뿐이었다.

하일라바드는 그중에서 그나마 지표가 될 만한 나무 아래에 지니야를 묻기로 결정했다. 기둥 부근이 항아리처럼 넓고 굵은, 어린 바오바브나무 아래였다.

한참을 파 내려가자 바오바브나무의 뿌리가 드러났다. 그는 나무뿌리와 뿌리 사이의 넓은 틈에 지니야를 눕혔다.

원하는 곳에 원하는 대로 묻어주었는데도 기분은 나아지지 않았다. 죽음 앞에서, 복수나 매장 같은 것은 아무런 소용이 없다. 죽은 지니야는 더 이상 그의 여왕이 아니었다. 그저 죽은 양이고, 젖을 얻지도, 아이를 낳지도 못하는 불모에 불과했다.

'그 하다르 여자에게 보상이라도 받을 걸 그랬군.'

그랬다면 부족에 도움이라도 되었을 텐데.

"허……."

방금 제가 얼마나 베두인답지 않은 생각을 했는지를 깨달은 하일라바드는 소스라치게 놀라 고개를 흔들었다.

다른 생각을 하자. 오아시스, 암살자, 피, 보상 그리고 그 여자……. 그게 아니라, 어머니, 병, 동생, 부족 그리고 그 여자…….

하지만 아무리 생각을 돌려보아도, 마지막에 떠오르는 것은 그 여인이었다. 처음 본 하다르 여인에 대한 인상은 그리도 강렬했다. 마치 역청처럼 그의 머릿속에 들러붙어, 떨어지질 않았다.

그쯤 되자 지니야에게 미안해졌다. 아직 시체에서 온기도 가시지 않았는데 기껏 하는 생각이라고는.

그는 메마른 미소를 지으며 지니야의 무덤 봉분에 손을 올렸다. 그리고 허리춤에서 나이를 꺼내어 지니야가 좋아하던 오래된 노래를 연주했다.

추억을 담은 나이 소리가 바람을 타고 멀리 퍼져 나가, 밤길 달리는 누군가의 싸늘한 가슴을 위로해 주고 있었다.

2 Sūrah

سورة 2

정주(定住)

베두인에게 돌아다님은 일상이다. 하지만 간혹, 그 끈질긴 걸음이 멈출 때가 있었다.

지니야를 묻어주고 이틀 뒤. 하일라바드의 부족은 흙벽으로 높이 쌓은 담 아래에서 멈춰 섰다.

흙벽 주변으로 종려나무가 빼곡하다. 일정한 간격으로 줄 맞춰 있는 것을 보아하니 사람이 일일이 손으로 심은 것 같았다. 사막에선 보기 힘든 장관에 그의 아비를 제외한 부족민 모두 넋을 잃었다.

"시바 왕국은 지상 낙원이라더니, 마냥 헛소문은 아니었던 모양이구나."

하일라바드는 조용히 나무를 올려다보며 아비의 평가에 동의했다. 무채색의 사막을 수놓은 초록빛이 싱그러웠다.

"이동하자. 오늘 할 일이 많다."

족장의 재촉을 받은 부족민들이 천천히 안으로 들어섰다. 왕국의 외성 문을 지키는 경비는 그들을 막아서지 않았다. 신분을 확인하는 간단한 요식 행위조차 없었다.

'왕의 다스림이 꼼꼼하지 못한가?'

그렇다고 보기엔 밖에 심어놓은 종려나무가 너무 정갈했다. 그의 의문은 아비가 풀어주었다.

"남부 아라비아로 들어오는 모든 물자가 이곳을 거쳐 지나간다. 큰 상인이고 작은 상인이고 할 것 없이 죄다 들어오니, 입구에서 걸러내다간 한도 끝도 없을 테지."

"아, 예…… 과연 사람이 많습니다."

성문 경비의 나태한 태도가 이해 갔다. 검사가 꼼꼼하면 드나드는 상인들이 불편함을 느낄 것이고, 불편하다고 생각되면 찾지 않을 테니까.

왕은, 자신의 안전과 상인의 편리함 중에서 상인의 편리함을 선택한 것이었다.

"대담한 왕이군요."

"여왕이다."

"예?"

"왕이 아니라 여왕이다. 이 나라에선 아예 없는 일도 아니지."

대담한 아비가 성벽 앞 공터를 가리켰다. 부족민은 그곳에 천막을 쳤다. 주변엔 그들과 비슷한 처지의 베두인들이 더러 있었다.

천막을 치고 양을 풀어놓는 일까지 끝나자, 아비가 그를 불러들였다. 두 사람은 깨끗한 옷으로 갈아입고 왕성으로 향했다.

왕국 한가운데를 가로지르는 널따란 도로 양옆엔 시장이 있었고, 상점마다 사람이 가득했다. 호객 행위로 지나가는 사람을 불러들이는 상인, 걸음을 멈추는 사람들. 물건과 돈이 바쁘게 오갔다.

사람보다 사막의 모래에 더 익숙한 베두인에게 너무 많은 사람은 현기증을 일으키기에 딱 좋았다. 하지만 하일라바드는 오랜 시간 훈련해 온 침착성으로 사람들을 관찰하며 이 거리에 내재한 미묘한 뒤틀림을 찾았다. 그리고 그가 찾은 것을 연륜 있는 족장인 그의 아비도 찾았다.

"사람이 별로 없구나."

사는 사람이고 파는 사람이고, 죄다 상인이었다. 상인이 아니고서야 물건을 사면서 저리 흥정을 잘할 리가 없다. 자세히 살펴보면 옷차림에도 공통점이 있었다. 다들 활동성이 강조된 바지를 입었고, 그 위엔 자신의 부를 자랑하듯 화려한 겉옷을 걸쳤다.

"예."

결국, 사람이 없다는 아비의 말은 실질적인 생산 활동에 종사하는 이가 몇 안 된다는 사실을 지적한 것이다. 그것은 이 왕국이 겉으로 보이는 것만큼 강력한 나라가 아니라는 뜻이기도 했다. 생산 인구의 부족은 힘의 약화로 이어지기 때문이었다.

부유하지만 강성하진 않은 왕국. 초록의 신비가 깨진 왕국은 불안정했다. 그런 불안정함이 못내 마음에 걸린 듯, 아비의 걸음이 느려졌다. 하일라바드는 아비와 걸음을 맞췄다.

"……지금 당장은 부강하지 않더라도 그리될 수는 있겠지. 판단은 군주를 만난 뒤에 해도 괜찮을 거다. 일단 가보자꾸나."

그가 아무것도 묻지 않았다는 점을 고려해 볼 때, 아비의 설명은 자기합리화나 다름없었다. 저를 올려다보는 아비를 향해 그는 알았다는 듯 고개만 한 번 끄덕여 보였다. 족장의 판단에 이렇다 저렇다 말을 붙일 필요는 없지만, 이렇게 될 줄 알았다. 어쨌든 아비에겐 선택의 여지가 별로 없었다.

한참을 걷자 왕성의 전체적인 모습이 시야에 들어오기 시작했다. 가까이서 본 왕성의 정면은 옆으로 긴 사각형이었고, 거대한 지붕을 일렬로 늘어선 수십 개의 기둥이 받치고 있었다.

오아시스와 나무, 낙타 등이 조각된 기둥이 왕국 입구의 종려나무보다 크고 굵다. 무엇보다 2층이라는 점이 신기했다. 멀리 북쪽, 예루살렘과 그 근처에 층을 올린 건물들이 있다는 이야기를 듣긴 했지만 직접 본 것은 처음이었다.

규모 면에서, 입구에서 본 흙담이나 시장통의 큰 상점과는 비교가 되지 않는다. 경비 태세도 입구와는 크게 달랐다.

"정지!"

아치형으로 뚫린 문으로 다가서자마자 네 명의 경비가 득달같이 가로막았다. 네 자루의 창이 공중에서 교차했다.

"누구냐!"

"살람 알라이쿰. 난 타크와 부족의 부족장 이븐 아사드라 하오."

그러나 그들의 서슬 퍼런 경계에도 아비는 족장다운 품위와 태도를 잃지 않았다. 베두인의 전통에 따라 이름을 밝힌 아비가 대수롭지 않은 듯 한 손으로 창을 슬쩍 밀었다. 경비들은 주춤하면서도 물러났다.

"부족장이라면 혹 베두인이오?"

"베두인이 아닌 부족장도 있소?"

하다르에도 혈족으로 이루어진 집단이 있지만 그들은 부족이 아닌 가문이라 칭했다. 아비는 그런 차이를 잘 알고 있었다. 질문한 경비가 멋쩍게 뒤통수를 긁적였다.

"베두인이 왕성까지 오는 일이 없다 보니 혹시나 하여 물었소. 한데 무슨 용무요?"

"왕국의 주인을 뵈러 왔소."

"폐하를?"

놀란 경비들이 입을 쩍 벌렸다. 그들이 아는 바에 의하면 베두인이란, 도시로는 잘 들어오지 않으며, 어쩌다 들어오더라도 꼭 필요한 물건만 구매한 뒤 곧장 나가는 사람들이었다. 하물며 군주에게 면담을 청하다니. 그들이 알고 있는 어떤 방문자 대응 지침에도 이런 경우는 없었다.

"폐하는 왜 만나려 하시오?"

"이유를 꼭 밝혀야 하오?"

"그런 것은 아니지만……."

경비가 아비의 뒤에 서 있는 하일라바드를 턱짓했다.

"저자는 그대의 일행이오?"

"내 장자(長子)요."

그를 족장의 장자, 즉 족장의 후계라고 생각한 경비가 아예 창을 물렸다. 난감한 문제를 뒤로 넘긴 셈이었다.

"들어가 보시오. 안으로 들어가면 내성(內城) 호위 전사가 맞이할 거요. 남색 옷에 노란 허리띠를 두른 이 아무에게나 안내를 부탁하면 되오."

아치형 문을 통과한 부자의 눈에 노란 허리띠를 두른 전사들이 보였다. 전사들과 맞닥뜨린 부자는 입구에서 거친 절차를 또다시 반복해야만 했다. 두 사람의 신분을 묻고, 베두인이라는 말에 당황하고 상급자에게 책임을 미루는 것까지 판박이였다.

"뭐…… 시녀장께서 알아서 하시겠지. 접견실로 가시오. 어이, 이븐 다우드. 여기 두 사람을 접견실까지 안내 좀 해드리게."

늙수그레한 전사가 젊은 전사를 손짓으로 불러들였다. 이븐 다우드라 불린 전사는 불만스러운 표정으로 부자를 훑어보았다. 목적이 불분명한 이의 방문을 제대로 경계한다는 점에서 그나마 전사라고 불릴 자격이 있었다.

이븐 다우드는 입을 꼭 다문 채 두 사람을 접견실로 안내했다. 그의 뒤를 따르며 하일라바드는 왕성의 전체적인 조감도를 그려보았다.

왕성은, 여러 개의 건물이 여러 개의 긴 회랑으로 이어진 형태였다. 회랑이 여기저기서 꺾이는 걸로 짐작해 보건대, 건물에서 건물로 이동하는 방법이 여러 개인 것 같았다. 아마도 위에서 내려다보았을 때는 복잡하게 얽히고 설킨 거미줄과 같은 모양새일 것이다.

천장이 높아 웅장하기는 하기는 하나 효율적인 건물이라고 보긴 힘들었다. 특히나 도주면에서 그렇다.

'이래서는 도망치는 데도 한세월이겠군.'

천장을 바라보며 그런 생각을 하다가 이내 시선을 앞서가는 전사의 등에 두었다. 이 왕성의 효율성 같은 건, 외부인인 그와는 무관한 사안이었다.

젊은 전사가 회랑 끝에 자리 잡은 문을 열자 열다섯 명 정도를 수용할 수 있는 객실이 나타났다. 꽤 넓다고 할 만한 규모였지만 이미 온 사람이 일곱이라, 넓다는 생각은 전혀 들지 않았다. 그 일곱 명 중 다섯이 상의를 벗고 있었다. 하일라바드와 아비는 입을 떡 벌렸다.

"벗으십시오."

혼란스러운 와중에 들린 젊은 전사의 말은 부자를 경악으로 몰아갔다. 아비가 자신의 청력을 의심하며 되물었다.

"뭐라고 하였나?"

"폐하를 만나러 가기 전에 소지품 검사를 해야 하지 않겠습니까? 이상한 흉기를 숨겨올 수도 있으니. 하니 벗으십시오. 어차피 다 사내들뿐입니다."

"우리 부족의 율법에는 사내도 아무 데서나 맨살을 보여선 아니 되네. 아무에게나 보여서도 안 되는 것이고. 소지품 검사가 필요하다면 몸을 만져 확인하시게."

"폐하를 접견하려는 자라면 누구나 이런 절차를 거칩니다."

"피차 조율이 필요한 상황인 것 같구먼. 자네가 결정할 수 있는 사안은 아닌 것 같으니, 결정권자에게 상황을 전해주시게."

충격을 추스른 아비가 부드럽게 일렀다. 그러나 젊은 전사는 단호하게 고개를 저었다.

"부족의 율법은 부족에 가서 지키시고, 왕성에 왔으면 왕성의 율법을 따르십쇼."

스스로 벗지 않으면 벗기겠다는 듯 젊은 전사가 아비의 옷깃을 잡았다. 그리고 거의 동시에, 하일라바드가 그의 어깨를 잡았다.

"엇……?"

이자는 분명 부족장의 뒤에 있었는데 언제 제 뒤로 왔을까? 당황한 이븐 다우드는 어깨를 움직여 하일라바드의 손을 털어내려 했지만 어깨는 꼼짝도 하지 않았다. 당혹감 때문인지 고통 때문인지, 이마에 땀이 맺혔다.

"이것, 놔라! 여, 여기가 어딘지 알고……!"

"놓아주거라."

이븐 다우드가 왕성의 권위를 끌어오든 말든, 석상처럼 버티고 선 하일라바드를 아비가 말리고 나섰다. 하일라바드는 두말없이 이븐 다우드를 풀어

주었다. 이븐 다우드는 중심을 잃고 비틀거리다 겨우 자세를 잡았다.

"내 아들이 무례를 범했구먼. 미안하네. 하나 자네도 내 옷을 함부로 벗기려 했으니 이 일은 잠깐의 소동 정도로 치부하고 넘어가 주면 안 되겠나?"

화해를 청하는 아비를 무시하며 이븐 다우드는 하일라바드를 쏘아봤다. 하지만 쏘아보는 것이 고작이었다.

속도와 힘. 어느 모로 보나 그는 이 정체불명의 베두인 사내에게 상대가 안 됐다. 머릿수가 많기나 하면 또 모르겠지만, 먼저 온 전사 둘은 이 소란이 일었는데도 남 일인 듯 멀찍이 떨어져 구경만 하고 있었다. 대체 누구에게 화가 났는지 모호한 채로 이븐 다우드가 말을 뱉었다.

"그래서 어쩌란 말이오?"

"말했지 않은가? 몸을 만지는 것으로 검사를 대신할 수 있는지, 명령권자에게 물어주시게."

"만약 안 된다고 하면 어쩔 거요?"

"그때는 나 혼자만 들어가겠네."

아비가 '혼자'를 강조하자 젊은 베두인이 눈썹을 꿈틀거렸다. 그러나 아비의 한 마디에 이븐 다우드를 놓아주었을 때처럼, 역시나 그 무거운 입은 열리지 않았다. 이븐 다우드는 그를 한 번 더 쏘아보곤 자리를 떴다.

"하여, 그 자리에 두고 왔단 말인가?"

침실로 들어서기 무섭게, 시녀장의 성난 목소리가 들렸다. 왕국의 은퇴한 관리들과 아침 식사를 마치고 돌아온 여왕은 호위 겸 따라붙은 전사들을 물리고 시녀장에게 다가갔다.

"이런 한심한 작자를 보았나! 그러고도 폐하를 호위한다고 할 셈이야? 그자들이 어떤 의도로 들어온 줄 알고!"

시녀장은 여왕이 다가온 것도 모른 채 전사를 다그치고 있었다. 여왕은 인기척으로 주의를 끌어보려는 시도를 포기했다.

"무슨 일이냐?"

"폐하!"

직접 말을 걸자, 시녀장이 화들짝 놀라 그녀를 돌아보았다. 시녀장과 전사는 허리를 굽히며 한 걸음 물러섰다.

"소란을 피워 송구합니다."

"아니, 그건 됐어. 무슨 일인지나 설명하라."

그래서 시녀장은 그렇게 했다. 정체가 모호한, 자신들이 베두인 족장과 그 장자라 주장하는 이들이 소지품 검사를 거부하고 있다는 이야기였다. 확실히 그런 자들을 방치해 두었으니 시녀장이 화를 내고 있을 만도 했다.

그러나 베두인 부자에게 큰 흥미를 더 크게 느낀 여왕은 이븐 다우드를 꾸짖지 않았다.

"알겠다. 일단 나가 보아. 그 베두인 부자에 대한 처우는 나중에 전령을 통해 전하겠다."

여왕이 침실 문을 손짓했다. 허리를 숙인 이븐 다우드가 빠른 뒷걸음질로 침실을 나가자, 여왕의 처우가 너무 관대하다고 생각한 시녀장이 기다렸다는 듯 말을 쏟아냈다.

"폐하! 이 건은 용서와 관용을 보이셔서 될 일이 아닙니다. 왕성을 지키고 폐하를 호위하는 전사들이 겨우 베두인 사내에게 겁을 집어먹은 것도 큰일이지만, 저리 무책임하다니요! 왕성 경비부터 그자들을 데리고 들어온 전사들까지 일벌백계하셔야 합니다!"

"무엇을 위해서?"

"당연히 다른 전사들에게 본을 보이기 위해서지요."

"흐음."

시녀장이 열변을 토했지만 여왕의 반응은 심드렁했다. 길이가 옆으로 긴 제국식 의자에 앉으며 여왕이 물었다.

"말해 봐, 미리암. 이 왕성의 전사 중 절반 이상이 누구에게 충성하고 있을 것 같은가? 누구의 입김이 그들에게 닿아 있지?"

그것은 서 있는 어디든 위험하다는 일전의 말과 같은 의미의 질문이었다.

시녀장은 차마 인정할 수 없어 나오지 않는 답을 억지로 쥐어짰다.

"아지리 가문을 비롯한…… 왕국의 대가문들입니다."

할아버지, 아버지, 오라비. 삼대에 걸친 왕들의 이른 죽음은 왕권을 약화하는 대신 대가문들을 성장시켰다. 누구도 눈치채지 못하는 사이 군주의 권한이 하나씩, 하나씩 대가문의 가주에게로 넘어갔다. 그리하여 어린 그녀가 왕위에 올랐을 땐, 왕성과 군주를 지키는 전사들조차 가문의 가주들이 선별하여 보내고 있었다.

"한데 누구에게 본을 보이나? 왕성에 소속되어 있지만 충성은 가문에 바치는 전사들은 내가 어떤 벌을 내려도 나보다는 가문의 가주들을 두려워할 텐데."

"하나 폐하, 지금 왕성에는 폐하께서 직접 고르신, 폐하께 충성하는 전사들도 많습니다."

"그래. 우직하고 충성스럽고, 미숙한 전사들. 가주들에게 어마어마한 세제 혜택을 주고, 그 외 소소한 이익들을 넘겨주면서 얻어낸 사람들이지. 그런 이들에게 부러 겁을 줄 필요가 있을까?"

"폐하의 사람을 그리 폄하하실 필요는……."

"폄하? 사실에 폄하가 어디 있고 매도가 어디 있나? 나의 전사들은 분명 나에게 충성해. 하나 그들의 충성심이 그들의 미숙함마저 가려주는 것은 아니야. 이븐 다우드를 보라. 그는 내가 내 손으로 뽑은 첫 번째 전사야. 그가 나에게 충성하지 않아서 그 베두인 부자의 신체검사를 안 했겠나?"

자조적인 그녀의 질문에 미리암은 대답하지 않았다. 여왕은 쓰게 웃었다. 뛰어난 자들은 믿을 수 없고, 믿을 수 있는 자들은 미숙하다. 병든 낙타에 기대어 사막을 건너야 하는 여행자. 그녀의 현실이었다.

"하니 이번 일은 그냥 조용히 넘어가. 그리고 접견 절차는, 그 베두인 부자가 원하는 대로 해주어라. 베두인과 하다르는 다르니 내 왕국의 율법을 그들에게 강요할 수는 없지. 내가 사막의 주인도 아니고. 파나에게 그리 전해."

내내 조용하던 미리암이 질겁하며 펄쩍 뛰었다.

"설마 그들이 진정 베두인이라고 생각하시는 겁니까?"

"진정 베두인이 아니면?"

"군주가 청한 것도 아니고, 스스로 하다르의 군주를 찾아오는 베두인이 어디 있습니까? 베두인은 그런 짓을 하지 않습니다. 필시 위장일 것입니다. 아니, 위장입니다. 함야르 왕국에서 보낸 암살자입니다!"

"난 그래서 더욱 진짜 베두인일 것이라고 생각하는데. 당장 그대만 해도 보라. 베두인이 왕성까지 들어온다는 걸 믿지 않지 않나. 그래서 더욱 의심하고 있고. 함야르의 늑대가 아무리 바보라도 암살자를 베두인으로 위장시키는 그런 짓은 안 해. 상인으로 위장시킨다면 모를까. 그쪽이 핑계도 좋은데 베두인이라니, 말이 되지 않는다."

"잊으셨습니까? 함야르의 군주가 맨 처음 폐하께 보낸 암살자는 상인이었습니다. 그다음에도 상인이었고, 그다음에도 상인이었죠. 폐하의 말씀대로 그자에게도 머리라는 게 달려 있다면 다른 방법을 찾았겠지요."

"그렇다면 이제까지 그리했듯 그는 또다시 실패를 경험하게 되겠지."

"그들이 진짜 베두인이고, 진짜 암살자일 수도 있습니다."

미리암이 일견 논리적으로 들리는 여왕의 말에서 허점을 짚어냈다. 그녀는 여왕이 거기까진 생각하지 못한 거라고 생각했지만, 그녀의 군주는 그리 호락호락하지 않았다.

"그런 가정을 안 해본 것은 아니야. 하지만 그럴 것 같지는 않군. 베두인과 암살은 어울리지 않거든."

"폐하, 어울린다, 어울리지 않는다는 따지는 것은 상대를 어느 정도 알 때나 하는 평가입니다. 폐하께선 하다르이십니다. 베두인이 하다르를 잘 모르듯 하다르도 베두인을 잘 모릅니다."

"그래도 그대보단 잘 알지. 내가 생각하기에 여인의 알몸을 봤다고 사과하는 이들이 암살처럼 떳떳하지 못한 일을 저지를 것 같진 않은데."

"그야 그렇지만…… 예?"

미리암이 거품을 물었다.

"폐하! 대체! 언제, 어디에서 벗으신 겁니까?"

"아."

"아, 가 아닙니다! 오아시스로 외출하셨던 그날입니까? 폐하의 목숨을 구해주었다던 그 베두인이 폐하의 맨살도 본 것입니까? 그런 이야기는 어찌쏙 빼놓으시고⋯⋯."

"별로 중요한 게 아니었으니까 그렇지. 그 베두인 사내는 내 몸에 관심도 없었다."

흐트러진 머리를 틀어 올리며 대꾸하던 여왕은 이름 모를 베두인 전사를 떠올리곤 살짝 웃었다. 그리고 곧장 얼굴을 찡그렸다. 가지고 싶은 것을 보았을 때의 기쁨과 가질 수 없다는 것을 깨달았을 때의 안타까움이 동시에 밀려든 탓이다. 하여간 여러모로 복잡한 감정을 불러일으키는 존재였다.

"어쨌든 이것은 내 개인적인 평가니 그대에게 믿으라 강요할 생각은 없다. 대신 그대가 안심할 수 있도록 이쪽의 숫자가 훨씬 많다는 걸 상기시켜주지. 내가 괜히 가주들에게 세금을 제해주면서까지 내 전사를 키운 줄 아느냐? 접견실을 지키는 전사만 해도 스물이 넘는다. 미숙하긴 하나 그 정도 숫자면 제아무리 베두인 출신의 암살자라도 중과부적이야."

얘길 하다 보니 안타까움을 넘어 이제는 짜증이 나려 했다. 그자 한 명만 있었다면 접견실에 스물이나 둘 필요도 없었을 텐데. 여왕은 입술을 질겅거렸다.

"하니 더 이상 토 달 생각 말고 단장하는 시녀들이나 불러오라. 오전 접견을 마치고도 할 일이 산더미다."

의자에서 일어난 여왕이 시녀장을 내려다보았다. 단호한 군주의 눈빛에 시녀장은 우려와 걱정을 삼키고 군주가 명한 대로 시녀들을 불러들였다.

❖

동그스름한 얼굴의 시녀가 접견실 곁방으로 들어와 여왕의 명령을 전했다. 하일라바드와 그의 아비는 간단한 신체검사를 마친 뒤 왕의 접견실 앞에 설 수 있었다.

접견실은 가로가 비정상적으로 길었다. 들어온 문의 반대편에는 계단을 올려 접견객들이 서는 바닥보다 높은 공간이 있었고, 공간은 접견실 끝 벽으로 이어졌다.

벽을 오목하게 파서 만든 벽감에 누군가가 앉아 있었다. 그 주변을 둘러싼 전사들과 시녀장쯤으로 추정되는 중년 여인을 본 하일라바드는 벽감에 앉아 있는 이가 여왕이라고 생각했다.

시녀가 방의 중간쯤에 두 사람을 세웠다. 그 거리에선 여왕의 얼굴이 보이지 않았다. 얼굴이 보이지 않는 거야 문제 될 것 없지만 이래선 의사 전달이 힘들다.

'목소리도 들리지 않을 것 같은데.'

의아해하는 부자에게 계단 맨 아래 칸에 선 중년 여인이 말했다.

"이름과 용무를 밝히시오. 내 폐하께 전해 드리겠소."

아비가 이해했다는 듯 가볍게 고개를 주억거렸다. 하일라바드도 이해했다. 제삼자를 매개 삼아 대화가 이루어지는 형태. 번거롭다. 하다르의 군주들은 다 이런 것인가? 아니면 접견자와 거리를 두어야 할 이유가 있을지도 모르겠다. 군주이기 때문에 주의해야 하는 것…… 예를 들면 암살 같은.

'의심받고 있군.'

불쾌한 결론에 이른 하일라바드는 무심코 그 하다르 여자를 떠올렸다. 그러고 보니 그 여자도 목숨을 위협받고 있었다. 아직 살아 있나? 생각하다가, 그 여자를 떠올리는 자신을 어이없어하며 아비에게로 시선을 옮겼다.

"셰이크(Sheikh, 족장, 대장) 카림 이븐 아사드 이븐 마날 알 타크와입니다. 그리고 이 아이는……."

"성인이라면 이름 정도는 직접 말하게 하시오."

이제까지와 달리 제대로 된 이름을 댄 아비가 하일라바드를 소개하려 하자 중년 여인이 아비의 말을 끊었다. 하일라바드는 머리 두건을 완전히 풀어 얼굴을 드러내고 한 발 앞으로 나왔다.

"저는……."

그가 막 자신의 이름을 말하려는 찰나였다.

갑자기 계단 위가 소란스러워졌다. 고개를 드니, 분분히 무릎을 꿇는 전사들 사이로 여왕이 걸어오고 있었다. 한발 늦게 뒤를 돌아본 중년 여인이 부르짖었다.

"폐하!"

하지만 여왕은 경악이 담긴 중년 여인의 부르짖음을 무시하며 계단을 내려왔다. 서서히, 얼굴이 보였다.

옆에서 아비가 신음을 흘렸다. 신음을 흘리진 않았지만 아비와 비슷한 기분을 느낀 그는 멀거니 여왕을 쳐다보았다.

거무스름한 피부색이 무색하리만치 검은 눈썹은 조금 치켜 올라가 있었고, 눈썹과 눈 사이의 거리는 가깝다. 검은색 키나(Kina, 쥐똥나무과의 꽃 피는 나무. 영어식으로는 헤나) 가루로 화장한 눈은 뚜렷했고 눈동자는 신록을 닮은 녹색이었다. 높고 단단한 콧날엔 흠잡을 구석이 없다.

아름답다. 하지만 그녀의 아름다움은 그가 아는 여성들의 아름다움과 궤적을 달리했다.

'전사 같구나.'

칼을 들지 않았을 뿐, 곧게 편 어깨와 의지로 꽉 채워진 얼굴이 전사의 그것과 같았다. 몸매를 드러내는 푸른색 옷도 전사의 전투복처럼 보였다. 두 부자는 그녀의 강인한 아름다움에 경의를 표했다.

그녀가 계단을 두 칸 남겨둔 자리에 서자, 그녀의 시야를 가리고 있던 중년 여인이 옆으로 살짝 비켜섰다. 여왕은 손을 들어 하일라바드를 가리켰다.

"말하라."

뚜렷하다 못해 압도적이었던 이목구비와 달리 목소리는 낮고, 다소 탁했다. 하지만 군주의 목소리로썬 이쪽이 나았다. 박력이 느껴지는 목소리에는 위엄이 서려 있었다.

"……저는……."

"고개를 들고."

거부할 수 없는 명령에 그가 고개를 쳐들었다. 성인식을 치르기 전부터 부족에서 가장 키가 컸던 그는, 올려다보는 시선이 익숙하지 않았다.

"저는 하일라바드 이븐 카림 이븐 아사드 알 타크와입니다."

"셰이크라면 그대의 아버지가 족장이겠구나. 아부 하일라바드인가?"

'누구누구의 아버지'를 뜻하는 아부는 보통 장자의 이름 앞에 붙였다. 결국 그가 아비의 장자냐고 묻는 셈이다.

"예."

"내 왕국 안에서 타크와라는 성의 베두인 부족은 들어본 적이 없다만?"

"……."

"저희 부족은 대대로 왕국의 북동쪽, 살라라 지방에 근간을 두고 살고 있었습니다."

감히 하일라바드가 대답할 질문이 아닌지라, 망설이는 그를 대신해 아비가 답했다. 여왕이 놀란 기색을 드러냈다.

"살라라? 그 먼 곳에서 여기까지 무슨 일이냐? 접견까지 신청하면서."

"……그것은……."

아비의 입술이 천천히 벌어졌다.

"청컨대…… 저와 제 부족민들이 여왕의 왕국에 정착할 수 있도록 허락을 내려주십시오."

여왕은 잠시 아무 말도 하지 않았다. 눈을 가늘게 뜨고 한쪽으로 고개를 기울인 모습이 아비의 말을 곱씹고 있는 듯했다.

"내가 잘못 들은 것인가, 아니면 그대가 정착의 의미를 잘 모르는 것인가? 정착은 머무름이다. 베두인은 머무르지 않는다."

"그 정착이 맞습니다."

"하."

그녀가 혀를 내둘렀다. 자의로 정착을 선택한 베두인을 만나는 것은 그만큼 드문 일이었다.

"기어코 정착해야 하는 이유라도 있나?"

"……아내의 건강이 좋지 않습니다."

아비의 짧은 설명은 여왕의 이해에 아무런 도움이 되지 못한 것이 틀림없다. 여왕이 예리한 시선으로 아비를 쏘아붙였다. 아비는 한숨을 쉬며 부연했다.

"한 달 전쯤, 아내가 출산을 하였습니다. 노산에 난산인 탓인지 아내도, 아들도 건강하지가 못합니다. 하여 머물 곳을 찾던 차에 이곳에 대한 이야기를 들었습니다."

"이야기라면 어떤?"

"한낮에도 탈 듯 덥지 않고, 겨울밤에도 몸서리치게 춥지 않고, 좋은 의사와 물자가 풍부하다는 이야기였습니다."

제 나라에 대한 칭찬이 마음에 들었는지, 여왕이 웃었다. 하지만 어쩐지 씁쓸해 보이는 미소라고 하일라바드는 생각했다.

"아들이 몇이나 있었나?"

"넷이었습니다. 그중 둘은 이곳으로 올 때 독립하였습니다."

"우리는 처음 정착할 때 토지세를 받고 그 뒤에는 1년에 한 번 인두세(人頭稅)를 걷는다. 알고 있느냐?"

어쩌면 이것이야말로 본론이라고 생각해도 좋았다. 베두인에게 세금은 상당히 생소한 개념이라, 아비는 잠시 혀로 입술을 축였다.

"익히 들어 알고 있습니다."

"몇 명이나 되는가?"

"쉰입니다."

"생각보다 적구나. 아니, 둘이 독립했다고 하였지? 하면 규모가 상당한 부족이었군."

여왕이 눈짓을 보내자 시녀장이 그녀의 귓가에 무어라 속삭였다. 여왕의 키가 시녀장에 비해 월등히 큰 탓에 시녀장은 까치발을 들어야 했지만 여왕은 무릎을 굽혀주지 않았다.

"50명이 머무는 토지세는 1데나리온이라는군. 베두인이라니 그만한 돈은 없을 터, 무엇으로 대납할 테냐?"

"양 스무 마리 정도면 1데나리온은 될 것입니다."

"그만한 양이 있는지가 의문이구나."

여왕의 지적은 정확했다. 현재 부족에 남아 있는 양은 스물다섯 마리였다. 아니. 지니야가 죽었으니 스물네 마리다. 토지세는 낼 수 있겠지만 세금을 내고 난 뒤에는 당장 손가락을 빨아야 할 판이었다.

"있습니다."

그런데도 아비는 고집을 부렸다. 선택지가 없는 아비로서는 당연했다. 유목을 하지 못하면 양을 다 잡아먹은 다음엔 죄다 굶어 죽을 것이다. 그것은 죽음의 유예, 그 이상도 이하도 아니었다.

아내와 아들을 버리면 어떠한가? 이런 질문은 무의미하다. 아비의 선택지에 그런 것은 애초부터 존재하지도 않았다.

"흐음……."

꽉 다문 아비의 입술을 보며 여왕이 검지로 제 뺨을 툭툭 쳤다. 하일라바드는 묘한 기시감을 느꼈다.

"대납은 어떠한가?"

"예?"

"양은 비교적 흔한 짐승이다. 흔한 것은 가치가 떨어지는 법이지. 양 스무 마리로 그대가 얻을 수 있는 땅은 우물에서도 멀고 시장에서도 먼 땅이 될 것이야. 그러니 양이 아닌 다른 것으로 내라는 것이다. 그러니까, 예를 들면……."

여왕이 턱을 쳐들었다.

"그대의 장자라든가."

"……!"

양 스무 마리를 토지세로 바쳐야 할 상황에서도 눈 하나 깜짝하지 않은 아비였지만 이 느닷없는 요구에는 놀랄 수밖에 없었다. 아비가 부지불식간에 소매를 걷었다. 그것은 상당히 무례한 행동이었다.

"왜? 싫은가?"

"여군주시여, 이 아이는, 부족의……."

"후계라고 할 참이면 관두어라."

일순, 초목을 닮은 여왕의 눈빛에서 생동감이 사라졌다. 가라앉은 눈동자가 녹색 보석 같았다. 아름답지만, 감정은 없다.

"셰이크 카림 알 타크와. 그대는 왜 아직도 족장인가?"

"무슨 말씀인지 모르겠습니다."

"그대의 장자는 이미 성인이지 않나. 정 아내와 막내 아이가 걱정되었다면, 장자에게 족장의 지위를 넘기고 홀가분하게 세 식구만 정착하면 될 터. 무거운 짐을 어깨에 이면서까지 족장의 지위를 놓지 않은 까닭이 무엇이냔 말이다."

"……."

"내가 대신 대답해 줄까? 그대는 놓지 않은 것이 아니라 놓지 못한 거야. 진정한 후계가 자라지 않았으니까. 그대의 후계자는 갓 태어났다던 그 막내아들이다."

침묵하는 두 부자를 보며 여왕이 소리 없이 입술만 움직였다.

말. 자. 상. 속.

"일찍 성인이 된 자식들은 먼저 독립시키고 끝까지 아비의 곁에 남아 있던 막내아들에게 재산과 지위를 모두 넘겨주는, 아주 오래된 전통이지. 나조차도 이야기만 들었지 실제로 보는 것은 처음이다."

손뼉이라도 치고픈 통찰력이었다. 하지만 이어진 여왕의 말에 하일라바드와 아비는 감탄보다 피가 식는 듯한 기분부터 느껴야만 했다.

"그렇다면 이런 의문이 생기지. 어째서 말자상속법에 의해 가장 먼저 독립했어야 하는 장자가 아직 아비의 곁을 지키고 있나, 하는, 아주 타당한 궁금증."

"……."

"이것도 내가 대답해 주랴?"

높낮이가 없는 어조에 섞인 미약한 웃음기. 여왕은 명백히 두 사람을 떠보고 있었다. 체념한 아비가 퉁명스럽게 대꾸했다.

"이미 알고 계시다니 왜 이 아이를 양 스무 마리와 바꿀 수 없는지도 아시리라 믿겠습니다."

"물론 난 그리 염치없진 않다. 하면 이런 조건은 어떠하냐? 토지세와 인두세를 면해주고 왕궁 의사를 소개해 주겠다. 물론 치료비도 받지 않으마."

어지간히 파격적인 조건이었다. 그러나 스스로 부족을 쪼개 버린, 그리하여 남은 것이라곤 몇 되지 않은 아비는 아들을 포기할 수 없었다.

"베두인 전사를 돈으로 사려 하지 마십시오. 이 아이는 부족을 지키는 검입니다."

"내 왕국 안에서 내가 허락하지 않은 검을 가지고 있을 셈이냐? 이제 그대의 부족을 지키는 것은 건전한 생활 태도와 그런 생활 태도를 지지하는 왕국의 율법이다."

"아무리 일국의 군주라도 이것은 무도한 요구요! 정히 억지를 쓰겠다면 우린 다른 곳을 찾아 떠나겠소!"

기어코 아비가 분통을 터트렸다. 하지만 한때 동쪽 사막을 호령하던 아비의 분노도 무정물 같은 여왕의 눈동자에 감정을 실리게 하진 못했다.

"그래도 나는 상관없다. 양 스무 마리를 받고 땅을 떼어주니, 그 땅에 상인을 불러들이는 것이 이익이니까. 그대 아내의 병이야 내 알 바 아니고."

"……."

여왕은 단호했고, 그러면서도 아비의 약점을 사정없이 찔렀다. 아비의 침묵은 길어지자 하일라바드는 나직이 한숨을 쉬었다.

본래 족장의 대화에 끼어드는 것은 전사인 그의 일이 아니다. 전사의 거취를 정하는 것은 족장이고, 그는 명령에 따르면 그만이었다.

그러나 최소한의 전통은 지키고 싶은 족장으로서의 고집과 한 여인을 아끼는 남자의 의무 사이에서 갈등하는 아비에게 더 이상의 짐을 얹고 싶지는 않았다.

"허락하신다면 한 말씀 드리고 싶습니다."

갑자기 끼어든 그의 목소리는 단박에 모두의 관심을 끌었다. 허락한다는 듯 여왕이 고개를 까닥였다. 그는 이마에 손을 가볍게 얹었다 떼며 감사를 표했다.

"만약 저희가 문제없이 세금을 낸다 해도, 베두인 전사를 얻지 못하신다면 저희에게 불이익을 주실 겁니까?"

"불이익? 아. 혹시 그대들의 인두세를 올리거나, 쓸모없는 땅을 주거나 왕국의 모든 의사를 바쁘게 만들거나. 뭐 그런 치사한 협잡을 꾸밀 생각이 있느냐고 묻는 것인가?"

그는 침묵으로 대답을 대신했다. 여왕의 입꼬리가 미미하게 떨렸다. 가벼운 미소를 짓고 있는 것 같았다.

"군주에 대해 편견이라도 있느냐?"

"사람은 할 수 있는 일을 합니다."

"그래. 다른 이가 하면 치사한 협잡이 될 일도 내가 하면 왕국의 율법이 되지. 하나 그러기엔 내가 너무 바쁘구나. 내가 무언가를 얻기 위해 왕국의 율법을 바꾼다면, 그 필요의 목록에 그대는 맨 아랫줄을 차지하고 있을 것이다."

"베두인 전사는 부족을 향해 검을 겨누지 않습니다."

"그대의 부족이 반역이라도 꾀하지 않는 한 그런 일은 없다."

지독하게 담백한 대답이었다. 하일라바드는 그녀의 대답이 완벽한 진실임을 믿을 수 있었다.

결심한 그는 누구의 명령도 없이 스스로 무릎을 꿇었다.

"하일라바드 이븐 카림 이븐 아사드 알 타크와 앗 살라라. 군주께 인사 올립니다."

3 Sūrah

3 سورة

그, 하다르 여자

여왕은 그에게 반나절의 시간을 허락했다. 하일라바드는 여왕이 부족에게 내준 땅이 우물에서도 가깝고 시장에서도 가까우며, 의사가 사는 집까지는 불과 10큐빗(약 500m) 거리라는 것을 확인한 뒤 가족들과 함께 저녁을 먹었다.

식사는 침묵 속에서 이루어졌다. 새삼스러울 건 없다. 태어난 지 1년이 채 되지 않아 말 못 하는 막냇동생을 제외하고, 가족 구성원 중 누구도 수다스럽지가 않은 터라 식사 시간은 대체로 조용한 편이었다. 하지만 그는 이 침묵이 부모의 마음을 반영하는 것이라고 믿었다.

설령 잠깐일지라도, 타의로 자식을 떠나보내야만 하는 부모의 아쉬움과 미안함. 그리 믿고 싶었다.

그가 왕성으로 돌아왔을 때는 노을이 막 지평선 끝을 물들이기 시작할 즈음이었다. 왕성 입구로 올라가는 계단 끝에서 시녀장이 그를 기다리고 있었다.

"따라오게."

그녀는 접견실로 통하는 통로가 아닌 다른 길로 그를 이끌었다. 낯선 길을 걸으면서도 아무런 질문을 하지 않는 그에게 시녀장이 싸늘한 목소리로 말했다.

"난 폐하의 유모이자 왕궁의 시녀장일세. 자네는 시녀장님이나 유모님이라고 부르면 되네. 이름을 부를 일은 없으니 굳이 알려줄 필요도 없겠지?"

대답을 원하는 질문 같지는 않았기에 그는 입을 다물었다. 시녀장이 빠르게 말을 잇는 것을 보니 짐작이 맞은 것 같다.

"성안의 모든, 폐하께 소속되고 폐하께 고용된 자들은 여인이든 사내든 할 것 없이 내 말을 따르네. 자네도 마찬가지야. 물론 자네의 주인은 폐하이시지만, 그분은 세세한 것까지 신경 쓰실 여력이 없으시지."

"……."

"자네가 무슨 생각 하는지 아네. 베두인 사내들은 여인이 하는 이야기라면 일단 무시부터 하고 본다지? 하나 이제 자네는 베두인이 아닐세. 오랜 시간 쌓인 습성을 바꾸기가 쉽진 않겠지만 명심해 두게. 우리 왕국의 주인은 여인일세. 여인의 명령을 고까워해 봤자 곤란해지는 것은 자네뿐이야."

묵묵한 그의 반응이 오해를 산 듯 시녀장이 해괴한 조언을 해왔다. 오해가 너무 심대하여, 아니라고 구구절절 설명하는 제 모습을 상상하는 것조차 구차하게 느껴질 지경이었다. 그러다 보니 나온 반응도 간략할 수밖에 없었다.

"명심하겠습니다."

나름 적당하다고 생각하는 답을 했는데, 이상하게도 시녀장은 만족한 기색이 아니었다. 그녀는 못마땅한 눈으로 그를 한 번 흘겨보곤 걸음을 재게 놀렸다.

"우리 왕궁은 타국에 비해 예법이 까다로운 편은 아닐세. 하지만 옷차림에는 규제를 두고 있지. 막 들어온 수습 시녀는 노란색 옷을 입는다네. 수습 경비 역시 노란 옷을 입지. 그리고 요리사, 마필 관리사 같은 이들은 검은색 옷을 입지."

길고 긴 설명이 이어졌다. 여기는 어디, 저기는 어디. 누구는 무슨 일을 하고 또 누구는 무슨 일을 하고, 어디를 가려면 이 계단을 올라가야 하고, 저기를 가려면 이 통로를 돌아가야 하고…….

끝나지 않은 시녀장의 설명을 들으며 그는 베두인과 하다르가 얼마나 다른지 실감했다.

어떤 베두인도 옷차림으로 지위를 구분하지 않고, 어떤 베두인 부족도 천막의 용도를 구분하지 않는다. 하지만 이곳에선 그런 구분이 당연하고, 이런 복잡함이 당연한 듯했다.

'이러니 오해가 쌓일 수밖에.'

그나마 그가 지금의 이 당혹스러운 상황을 묵묵히 감내할 수 있었던 것은 며칠 전 오아시스의 그 여인을 본 덕택이었다. 이제까지 살면서 그 여인만큼 그에게 당혹감을 준 사람이나 상황은 없었다.

'아, 한 명 더 있군.'

자연스럽게 여왕의 얼굴이 떠올랐다. 그토록 예리한 통찰력이라니. 보석 같은 여왕의 눈동자가 저를 응시했을 땐 발가벗겨진 기분마저 들었다.

그러고 보니 묘하게 비슷한 느낌을 주는 두 사람이다. 물론 얼굴을 제대로 보지 못했기에 그가 기억하는 오아시스의 여인은 일종의, 색채의 집합 같은 이미지에 불과했다. 화려한 검은색. 이율배반적인 표현이지만 그녀의 인상은 그랬다.

그러나…… 아니, 그래서.

그래서 그는 여인의 얼굴을 제외한 다른 모든 것들을 더욱 구체적으로 그릴 수 있었다.

상체의 1/3을 채운 문신, 그 새의 날개 끝이 여인의 목 부근 어디에 닿아 있는지.

쇄골의 어느 지점에서 날개가 꺾여 있는지.

부리가 가슴의 어느 지점을 가리키고, 발톱이 무엇을 움켜쥐고 있는지.

눈을 감았는지 떴는지. 떴다면 게슴츠레 떴는지 부릅떴는지, 모두 다 생각났다.

'……또 생각해 버렸군.'

그는 지난 며칠간 이렇게 무시로 그 여인을 떠올렸다. 계기는 항상 사소했다. 날아가는 독수리가 될 때도 있고, 해가 진 뒤에 찾아온 어둠의 장막이 될 때도 있었다.

본의 아니게 본 것이라고 변명해 보지만 기억은 거짓말을 하지 않는다. 그는 어느새 자신을 잠식해 들어가는 기억을 떨쳐 내기 위해 청각에 집중했다.

시녀장의 설명은 그때까지도 이어지고 있었다.

"그리고 폐하께서는 낙타보다 말을 선호하시네. 간혹 말을 달려 왕성을 빠져나가시는 경우가 있으니 틈틈이 마장술을 배워두게. 잠자리에 드시기 전, 노대에 서는 것을 좋아하시는데, 보면 알겠지만 침실의 노대엔 난간이 없네. 하니 항상 유념하여 살피게. 하지만 가장 중요한 것은 이것일세."

육중한 여닫이문을 앞으로 잡아당기며 시녀장이 엄숙하게 말했다.

"지금 이 순간부터 자네는 폐하의 호위 전사로, 폐하를 가장 가까이서 지켜야 하네. 폐하의 명령에 절대복종해야 하며 폐하를 대신해 죽을 수도 있어야 해. 알겠나?"

"예."

"……그것뿐인가?"

"다른 대답이 필요하십니까?"

충성의 대상이 부족에서 여왕으로 바뀐 것일 뿐, 그에겐 어려울 것 없는 요구였다. 하지만 뭐가 잘못되었는지 시녀장의 표정은 점점 더 볼썽사납게 일그러졌다.

"어찌 이런 자를 굳이……. 후우. 됐네. 들어가게. 폐하께서 사용하시는 욕탕일세."

문을 가리키는 시녀장은 함께 들어갈 생각이 없는 것 같았다. 하일라바드는 한숨을 쉬며 문고리를 잡았다.

'뭐, 욕탕에서 길을 잃을 일은 없을 테니까.'

그렇게 생각했으나, 한 발 떼는 순간 그는 자신의 생각이 틀렸음을 인정해야 했다.

때로는, 욕탕에서 길을 잃는다는 것이 영 허무맹랑한 이야기만은 아닌 모양이다.

그가 상상한 욕탕은 네모반듯한 형태에, 탈의실이 있고 그 너머로 욕조가 있는 아주 단순한 장소였다. 살라라에 있을 때 방문한 도시의 공중욕탕이 그렇게 생겼었으니까. 다만 왕성이라는 특성을 고려해 크기는 한 세 배 정도 키웠다.

하지만 그의 눈 앞에 펼쳐진 욕탕은 팔각형이었다. 각을 이루는 각각의 면에는 또 다른 통로로 통하는 듯한 구멍이 있었는데 그 구멍은 일곱 개였다. 그런데 신경질 나게도, 구멍은 오각형이었다.

사각형을 찾아 두리번거리던 그의 눈에 직사각형으로 깊게 파인 벽감이 들어왔다. 그는 안도의 한숨을 쉬며 벽감으로 다가갔다.

그리고 그는 그곳에서 두 번째 도전을 맞이했다.

일반적인 벽감보다 깊게 파인 벽감에는 커다란 접시 같은 것이 놓여 있었다. 바닥이 오목하며 깊고, 위가 널찍하게 퍼진 생김새는 딱 과일 접시 같았지만 안에 담긴 것은 물이었다. 색이 옅은 적색인 걸로 보아 아마도 장미유가 섞였을 것이고, 달콤한 향이 나는 거로 짐작할 때 꿀도 조금 섞인 것 같았다.

그를 시련에 빠트린 것은 그 안에 담긴 물의 용도였다. 벽감 안쪽에 걸린 수건을 발견한 그는 하루의 피로가 왈칵 몰려드는 것을 느꼈다.

이것은 손을 씻는 물이다. 그러니 손을 씻으면 된다. 여왕을 만나러 가는데 더러운 손으로 갈 수는 없지 않은가.

하지만 척박한 사막의 베두인으로 자라온 그가 꿀과 장미유를 섞은 물에 손을 씻기 위해선 어마어마한 용기를 끌어 올려야만 했다.

그는 펄펄 끓는 물에 손을 담그는 사람과 같은 표정을 지으며 그 안에 손을 넣었다. 그리고 바로 내뺐다.

"하……."

그리 광활하지도 않은 공간이 그를 거의 공황상태에 빠트렸다. 일단 여길 벗어나야겠다. 하일라바드는 수건에 손을 대충 닦고, 감각을 집중했다.

벽감이 있는 벽 바로 옆의 통로에서 여인들의 목소리가 들렸다. 그는 소리가 들려오는 방향을 쫓아 통로로 들어갔다.

통로는 방향을 쉬이 짐작할 수 없을 만큼 구불구불했다. 만약 다른 통로도 이렇게 배배 꼬여 있다면 욕탕의 전체적인 형태는 개미굴과 같을 것이다.

이 길의 끝에 무엇이 있을지 궁금해졌다.

목욕탕이 있었다.

그리고 그는 이제부터 상상이나 짐작, 예상 따윈 하지 않기로 결심했다.

그가 예상한 여왕과의 만남은, 서로 번듯하게 옷을 입은 채로 이루어지는, 비교적 정상적인 만남이었다. 장소가 욕탕이라는 특이성은 '여왕의 욕탕이니 접견실이라도 있겠지'라고 생각하며 안일하게 넘겼다.

그러니까 커다란 대리석에 알몸으로 엎드려 안마를 받는 여왕과 마주하게 될 줄은 예상치 못했다는 이야기다.

"가까이 오라."

마침 통로 쪽으로 고개를 돌리고 있던 여왕이 그를 발견하곤 엎드린 채로 손짓을 했다. 그는 곤혹스러워하는 표정을 숨기기 위해, 그리고 여왕의 알몸을 보지 않기 위해 고개를 숙이고 재빨리 걸어가 대리석 앞에서 무릎을 꿇었다.

"하일라바드 이븐 카림 알 타크와. 부름을 받고 달려왔습니다."

"달려온 것 같지는 않구나."

할 말을 잃었다.

"내 농담에 익숙해지도록 하여라. 악의가 있는 것은 아니니."

아무런 대꾸도 하지 못했지만 그의 당황을 짐작한 듯 소리 내어 웃은 여왕이 말했다. 그 말소리 끝에 하일라바드는 여왕이 몸을 일으키는 소리를 들었다. 그의 고개가 더욱더 아래로 떨어졌다.

"나를 보지 않고 어찌 나를 호위하나? 나의 전사는 누구 앞에서도 고개를 숙이지 않는다. 그것이 설사 내 앞이라도."

"……."

"고개를 들어."

그가 아는 상식이 세 번째 도전을 맞았다. 그리고 세 번째는 언제나 앞의 두 번보다 강력한 법이다.

하지만 당황에 앞서 하일라바드는 의아하다는 생각을 먼저 했다. 고개를 들라고 할 때 여왕의 목소리는 낮에 들은 목소리와 달랐다. 그런데 익숙하다. 그 익숙함을 기이해하며 그가 고개를 들었다.

가장 먼저 끝이 잘 다듬어진 발톱을 지나, 길쭉하면서도 부드러운 발가락이 보였다. 마른 체형 탓인지 솟아 나온 발등뼈와 혈관이 도드라졌다.

종아리는 길고, 무릎은 둥그렇다. 마장술로 다져진 허벅지에는 근육이 탄탄했다. 검은 숲이 무성한 삼각 둔덕 위로 평평한 배와 위로 쭉 잡아 당겨진 배꼽. 아래에 음영을 드리운 커다란 가슴, 그 가슴 한가운데 있는 정점이 날카로운 새의 발톱에 물려 있었다.

"……!"

그가 아는 새가 그곳에 있었다.

생각이 멀리 달아났다. 상대가 누군지, 장소가 어딘지, 그런 생각을 할 여력이 없었다.

벌떡 일어난 그의 눈동자에 빙긋 웃고 있는 여왕의 얼굴이 비쳤다.

"이제 알았느냐?"

그가 아는 목소리로 그, 화려하고 검은 여인이 말했다.

밤의 정령에 홀린 듯한 그의 표정은 그의 놀람을 단적으로 보여주고 있었다. 혹시나 하는 자신의 짐작이 맞았음을 확인한 여왕은 씁쓸함과 유쾌함이 반씩 섞인 미소를 지었다.

"정말 몰랐던 모양이구나. 내가 그리 존재감 없는 사람이었나. 이거, 약간 자존심이 상하려고 하는걸?"

"······."

"가족들과 저녁 식사는 잘했나?"

중요하지 않은 주제로 가볍게 말을 걸어보았지만 그는 숨넘어가기 직전의 물고기처럼 입술만 뻐끔거렸다. 여왕은 웃으며 목욕 시중드는 시녀들에게 손짓을 했다.

"모두 물러가라."

"예, 폐하."

그녀의 말 한 마디에 안마가 끝난 뒤 목욕 시중을 들기 위해 대기하고 있던 시녀들이 우르르 욕탕을 빠져나갔다.

"이제 할 말 있으면 해보아."

하지만 그의 말문은 금방 트이지 않았다. 여왕은 대리석 통판에 엉덩이를 걸친 채로 팔짱을 끼며 그를 올려다보았다.

지척에서 본 그는 일반적인 사막의 남자들에 비해 날카로운 턱과 다소 매몰차 보이는 광대뼈를 가지고 있었다. 깊은 눈매만 보면 사막의 남자 같은데 그 외의 부분은 이방인처럼 낯설다. 낯섦과 친숙함이 공존하는 얼굴은 불안정하기에 더욱 매혹적이었다.

"아니면 시간을 더 주랴?"

여왕이 물었다. 그는 정신적인 탄식을 내쏟았다.

빙긋한 웃음기가 섞인, 하지만 불쾌하진 않은 어조. 그녀가 확실하다. 지난 며칠간 무시로 그의 머릿속을 지배했던 그녀가.

생각해 보면 높낮이가 분명하지 않은 여왕의 어조에도 이런 웃음기가 있었다. 심지어 뺨을 두드리는 버릇까지 똑같았다.

멍청이도 아니고, 이리 공통점이 많은데 어떻게 모를 수가 있나. 그는 스스로를 한심스러워하며 잘 나오지 않는 목소리를 쥐어짰다.

"……달랐습니다."

"무엇이?"

"목소리가 달랐, 습니다."

"목소리? 아, 그래. 여왕의 목소리는 이런 식이지."

그녀가 목울대 아래를 힘주어 눌렀다.

"고개를 들라."

"……!"

순간 그의 눈썹 사이에 힘이 바짝 들어갔다.

"어째서……."

"어째서 목소리를 바꾸냐고? 흠. 잘 생각해 보라. 그대가 먼 길을 걸어 왕국의 군주를 만나러 왔다 치자. 한데 옥좌에 앉아 있는 것이 새파랗게 젊은 계집이야. 하면 그대가 과연 나에게 경외를 표할까?"

대답하기 직전, 그는 어떤 생각을 했다.

그것은 꽤 불경한 생각이었다. 하여 생각한 바를 입 밖으로 꺼내진 않았다. 평소의 과묵함이 침묵에 도움이 되었다.

하지만 생각을 완벽하게 안으로 삼킨 그의 혀와 달리, 그의 표정은 과묵을 흉내 내는 데 실패했다.

"설마 방금 '이 군주는 전혀 젊지 않다' 라고 생각한 것이냐?"

"……."

"아니, 됐다. 말하지 마라. 이미 답하였으니."

"……."

거짓말할 필요가 없어진 그는 안도하며 입꼬리에 힘을 주었다.

경악으로 풀어져 있던 입가가 제자리를 찾고, 무뚝뚝한 표정이 돌아온다. 여왕은 눈매를 접으며 톡톡, 뺨을 두드렸다.

자기 딴에는 저 표정으로 감정을 감출 수 있다고 생각하는 모양이지만, 그래 봤자 무뚝뚝한 '표정' 이다. 거짓에 능숙한 이나 감정이 메마른 이가 아니고서야 표정에서 감정을 지우는 방법은 없다. 그리고 이 베두인 전사는 무뚝뚝한 얼굴로도 감정을 말할 줄 알았다.

거짓말쟁이도, 냉혹한 이도 아니라는 의미겠지.

여왕은 자신의 선택에 기꺼워하며 청금석으로 장식된 탁자에 놓인 물병을 집어 들었다.

"그대는 동의하지 않는 모양이지만 일국의 군주라면 머리 허연 노인네를 상상하는 자들의 눈에 나는 새파랗게 어린 여인이야. 하지만 그 자리는 냉철한 위엄이 필요한 자리지. 하여 그에 맞는 태도를 취한 거다."

말 중간에 여왕이 목소리를 바꿨다. 표정이 바뀌고 목소리가 달라지자 분장이라도 한 듯 완전히 다른 사람이 된다.

그것은 분명 놀라운 재주였지만 하일라바드는 순순하게 감탄할 수 없었다.

베두인의 기준에서 표정을 바꾸고 목소리를 바꾸는 자는 거짓말쟁이다. 그렇다면 접견실에서 본 담백함도 어쩌면 거짓이었을까?

의문이 생겼다. 여왕의 표현대로라면 타당한 의문이었다.

"한 가지 여쭈어도 되겠습니까?"

"두 번째 명령이다. 앞으로 나에게 할 말이 있거든 그냥 말해. 말해도 되냐, 물어도 되냐, 묻지 말고."

무엇으로 만들었는지 모를 불투명한 잔에 보랏빛 액체를 따르며 여왕이 명령했다. 하일라바드는 잠시 호흡을 멈추고 말을 골랐다. 말보다 행동을 중시하는 교육을 받아온 그가 생각을 말로 정제하기 위해선 약간의 시간이 필요했다.

"접견실에서 하신 말씀은 어디까지가 진실입니까?"

"그대의 아비에게 약속한 것을 묻는 거라면 모두가 진실이다. 지금쯤 그대의 어미는 의사의 치료를 받고 있을 거야."

"하면 제가 필요 목록의 맨 아랫자리를 차지하고 있다는 건……."

"무엇일 것 같나?"

"거짓입니다."

빙긋. 그녀가 웃었다.

"틀렸다. 나는 거짓말은 안 해. 사실을 은폐, 축소, 과장할 뿐이지. 거짓말을 할 생각이었다면 내 필요 목록에 그대가 없다고 했겠지. 어쨌든 필요성은 인정한 거다."

궤변을 늘어놓는 그녀에게선 조금의 부끄러움도 찾아볼 수 없었다. 하다르의 군주란 본래 이런 것인가. 군주의 사정이라고 판단한 그는 의문을 지웠다.

"더 궁금한 건?"

"없습니다."

"그래? 그대로 내가 한 말을 믿는 건가? 그렇다면 너무 신중하지 못한데."

"예?"

"내가 이번에도 사실을 은폐, 축소, 과장했을 가능성을 고려해 봤어야지."

"……."

"농담이다."

울컥했다.

"익숙해지라고 하지 않았나. 내가 농지거리를 할 때마다 그리 바짝바짝 얼어붙으면 굉장히 피곤해질 거야."

웃음을 내뱉은 그녀가 대리석 통판에서 엉덩이를 떼고 커다란 욕조가 있는 쪽으로 걸어갔다. 그는 이미 피곤해졌다는 생각을 하며 그녀를 따라 걸음을 옮겼다.

욕조는 육각형이었고, 안에 담긴 물은 옅은 붉은색이었다. 아마 그가 손을 씻었던 물처럼 장미유가 섞여 있는 것 같았다.

발끝부터 미끄러지듯 욕조 속으로 빨려 들어간 여왕은 욕조 벽에 느긋하게 등을 기댔다. 하일라바드는 아비를 호위할 때 그랬듯 여왕의 뒤쪽 측면에 자리를 잡았다.

그가 서 있는 위치에선, 가마가 뚜렷한 여왕의 정수리와 물속에서 첨벙이는 여왕의 다리가 훤히 보였다.

긴 다리가 한 번씩 굽었다 펴질 때마다 물결이 한데 모였다가 서서히 흩어졌다. 그는 눈을 내리깔며 흐트러지는 물결을 바라보았다.

투명한 장밋빛 물 아래서 일렁이는 살결이 조금…… 아찔했다.

"걱정하고 있느냐? 내 농이 농이 아닐까 봐서?"

"……."

"그런 걱정이라면 하지 않아도 돼. 입 밖으로 낸 약속은 꼭 지킨다. 그리고 말했잖은가. 겨우 세금을 제해주는 거로 베두인 전사를 사겠다고 할 만큼 염치없진 않다고."

"걱정……하지 않았습니다."

"하면?"

차마 여왕의 살을 바라보고 있었다고 말할 순 없었다.

"본래 말이 없는 편입니다."

"그런 편이 아니라, 없지. 그대의 아비도 말이 간략하더구나. 베두인의 교육 방침인가?"

"말의 무용함을 먼저 배우긴 했습니다."

"팔랑귀들이 뼛속 깊이 새겨두어야 하는 가르침이군."

그녀가 오른쪽 팔을 옆으로 뻗었다. 손바닥을 위로 올린 모습이 뭔가를 달라는 듯했다. 그는 약간 고민하다, 불투명한 잔을 건넸다. 정답이었다.

"자, 그럼 서로의 성격도 대충 알았겠다, 그대가 할 일을 설명해 주지. 별거 없어. 아주 간단하다."

물이 뚝뚝 떨어지는 여왕의 팔을 바라보고 있던 그는 그녀의 목소리에 정신을 집중했다. 어쩐지 말처럼 간단하지 않을 것 같다는 생각이 들었다.

"한 달 뒤, 로마 제국의 10군단 군단장이 이곳에 도착할 것이다. 그대는 그때까지만 나를 지키면 된다. 한 달 뒤에도 내가 살아 있다면 그대는 부족의 전사라는 본연의 역할로 돌아갈 것이고, 그대의 부족은 나의 왕국이 존재하는 한 영원히 그 땅을 소유할 것이다."

"살아 있다면……입니까?"

"나와 로마 군단장의 만남을 원치 않는 이들이 많은 것 같거든."

암살 시도라는 말을 여왕은 우아하게 돌려 표현했다. 검은 복면의 암살자 셋을 떠올린 그는 티 나지 않게 인상을 찡그렸다. 그때 그녀는 암살자들에게 물어볼 것이 있다고 했었다.

뭘 물어보려 했을까? 특별한 괴벽이라도 가지고 있다면 모를까, 암살자들에게 물어봐야 하는 것은 한 가지뿐이다. 의뢰인의 정체.

'누가 적인지 확실하지 않군.'

암살자로 의심받을 때부터 짐작하고 있긴 했지만 그녀는 제집에서도 편안하게 돌아다닐 수 없는 처지였다. 혈족은 당연히 믿을 수 없을 것이고, 목숨을 맡겨야 하는 전사들은 무책임하거나 어리숙하다. 그리하여 여왕은 차라리 낯선, 그래서 아무런 이해관계가 섞이지 않은 그를 믿기로 결정한 것 같았다.

"그 한 달 동안 그대는 나를 온종일 호위하여야 한다. 내가 어디를 가든 무엇을 하든. 목욕을 할 때도, 잠을 잘 때도 항상 내 곁에 있어야 해. 내가 잘 때 그대도 자고 내가 식사를 할 때 그대도 밥을 먹어야 한다. 그대는 나와 가장 많은 시간을 보내야 하고 나 또한 그대와 가장 많은 시간을 보낼 것이다."

누구도 믿을 수 없는 여왕의 입장을 고려한다면, 나쁘지 않은 결정이다. 어쩌면 여왕은 운이 좋았다. 동쪽 사막의 최강자인 아비를 호위해 온 그는 암살 시도에는 이골이 나 있었다. 살라라를 빠져나오기 직전엔 세가 약해진 아비를 죽인답시고 온갖 잡것들이 다 몰려들었었다. 그때는 쪽잠을 자며 한 달이고 두 달이고 아비의 잠자리를 지켰다…….

불현듯 아비의 잠버릇이 생각났다.

"아무리 과묵하다고 하여도, 이럴 때는 '예, 알겠습니다.' 정도는 해야 하지 않나?"

그의 긴 침묵이 의아했던 듯 고개를 젖힌 여왕이 답을 재촉했다. 하일라바드는 등줄기에 흐르는 땀을 느끼며 힘겹게 입술을 달싹였다.

"폐하, 한 가지 여쭈어도⋯⋯."

"두 번째 명령."

"하오면⋯⋯ 무례를 용서하십시오. 주무실 때⋯⋯."

하지만 그는 끝내 묻고 싶은 걸 물을 수가 없었다. 질문 자체가 올바른 베두인으로서 교육받은 그의 윤리 의식에 크게 어긋나는 것이었기 때문이다.

"아닙니다. 예⋯⋯ 알겠습니다. 그리하겠습니다."

"알겠다면 되었다. 이제 나가보아. 미리암이 기다리고 있을 거다."

다행히 여왕은 억지로 삼킨 그의 물음을 꼬치꼬치 캐어묻지 않았다. 새로운 군주에게 인사를 남긴 하일라바드는 비칠대는 걸음으로, 하지만 헷갈리지 않고 능숙하게 온 길을 되짚어 나갔다.

미리암은 욕탕에서 나온 하일라바드를 전사들의 숙소로 데려갔다. 미리암의 설명에 의하면, 전사들의 숙소는 여왕의 침실이 있는 건물 맞은편에 있었다. 미리암은 그곳을 제4 별관이라고 불렀다.

왕성엔 그런 숫자로 불리는 별관이 여러 개였다. 거기에 방향이 붙은 별관, 예를 들어 서쪽 별관이나 동쪽 별관 같은 것들까지 합치면 별관만 아홉 개에 육박했다.

"시녀들의 숙소는 남쪽 별관을 사이에 두고 전사들의 숙소를 마주 보는 곳에 있네. 제4별관 바로 옆의 서쪽 별관엔 전사들의 욕장이 있으니 씻을 때는 그곳을 사용하게. 폐하의 욕탕은 남쪽 별관 1층에 있고. 시녀들의 숙소를 제외한 남쪽 별관, 서쪽 별관, 북쪽 별관은 통로로 이어져 있으니 길을 잘 알아두어야 할 걸세."

설명을 듣다 보니 이 왕성의 동선이 왜 이 모양인지 알 것 같았다. 한데 좀, 주먹구구식이라는 느낌을 떨치기 어려웠다. 체계적으로 설계하여 만든 건물이 아니라 건물이 필요할 때마다 하나씩 하나씩 만들어 붙인 느낌이다.

"그리고 자네가 폐하를 접견한 접견실이 왕성의 본관일세. 본관에는 접견실을 비롯하여 대연회장 하나와 소연회장 두 개가 있지."

머릿속에 별관과 본관의 위치를 점찍어본 그는 커다란 의문에 봉착했다.

그가 아는 상식으론, 지도자의 침실은 가장 큰 건물에 있어야 한다. 그 점만큼은 하다르나 베두인이나 다르지 않았다.

하지만 시녀장의 설명대로라면 여왕의 침실은 본관에 있을 수가 없었다. 오히려 아직 설명을 듣지 못한 북쪽 별관이 설명에 부합했다, 호위에 있어서 꽤 중요한 문제였기 때문에 그는 질문을 말로 꺼냈다.

"폐하의 침실은 북쪽 별관에 있습니까?"

"그걸 어떻게 알았나?"

당장, 날카로운 반문이 되돌아왔다. 하일라바드는 난감해졌다. '어떻게'라니? 당연히 설명을 듣고 알았다.

물론 누구에게나 가능한 일은 아닐 것이다. 그가 말에 불과한 설명만 듣고 여왕의 침실 위치를 짐작한 데에는, 광활한 사막에서도 돌부리만 보고 길을 찾는 베두인이라는 점이 유리하게 작용했다. 시녀장의 설명은 그에게 지도를 쥐여준 셈이나 다름없었다.

……라고 설명하기가 너무 어려웠다.

침묵을 미덕으로 배운 그의 언어체계는 그렇게 복잡한 말을 표현할 방법을 몰랐다. 머리로는 알고 있는데 말로 하라면 못하겠다. 할 수 없이, 최종결론을 답으로 삼았다.

"다른 건물들의 위치를 말씀하셨습니다. 그렇다면, 저에게는 어려운 일이 아닙니다."

"왜? 자네가 베두인이라서? 베두인에겐 하늘을 나는 새처럼 아래를 내려다보는 재주라도 있는가?"

"모든 베두인이 그런 것은 아닙니다."

"한데?"

"하나 전 그럴 수 있습니다."

불행하게도 그의 솔직한 답변은 시녀장에게서 아무런 공감도 이끌어내지 못했다. 아니, 오히려 더한 반감만 산 것 같았다.

"자네가 그리 대단하니, 앞으로 한 달간 폐하의 안전은 걱정하지 않아도 되겠군."

"……"

"자네가 암살자가 아니라면 말일세."

잔뜩 일그러진 얼굴로 차갑게 덧붙인 시녀장이 숙소의 문고리를 잡았다. 퍽! 나무문이 벽과 부딪치며 신경질적인 소리를 냈다.

"자네가 머물 숙소일세."

뾰족한 목소리에서 적개심이 느껴졌지만, 그는 변명도 설명도 하지 않고 안으로 들어갔다.

네모반듯한 숙소에는 침상 하나와 협탁 하나, 작은 옷장 하나만 단출하게 자리했다. 미색 아마포 천이 깔린 침상 위에는 무릎까지 내려오는 긴 상의와 폭이 좁은 바지가 개켜 있었는데, 그건 짙은 남색이었다.

허리 아래부터 이어진 옆트임이 길이와 상관없이 활동하기에 좋아 보였다. 움직이기도 편하고, 이런 색이라면 모래나 먼지에도 쉽게 때가 타지 않는다. 입는 방법이 간략해서 누구의 도움도 필요 없다는 점이 특히나 마음에 들었다.

흔쾌히 옷을 갈아입고 나자 이제까지 입고 있던 옷을 둘 곳이 골칫거리였다. 좁은 방 안을 둘러본 그는 방 한쪽 구석에서 갈대로 엮은 광주리를 발견할 수 있었다. 사실 그것은 쓰레기통이었지만 그의 눈에는 영락없이 빨랫감을 걷는 광주리처럼 보였다. 그는 빨래 광주리가 참 작다고 생각하며 그 안에 옷을 쑤셔 넣었다.

광주리 안에 옷이 꽉 찼다. 그는 가만히 구겨진 옷을 들여다보았다. 혼자 남아 생각할 여유가 생긴 탓인지, 아니면 저 옷 때문인지 여왕에게 차마 묻지 못한 말이 머릿속에서 계속 반복되었다.

옷.

그러니까, 옷이 문제였다.

함부로 옷을 벗지 않는 베두인에게도 탈의(脫衣)의 자유가 허락된 순간이 있다. 몸을 씻을 때, 연인과 마주할 때, 잠자리에 들었을 때가 그 순간이다. 밖에선 겉옷을 두 겹씩 껴입는 아비도 잘 때만큼은 율법이 허락한 자유를 마음껏 누렸다.

그래. 아비는 벗고 잤다.

홀랑.

그는 여왕이 아비와 같은 잠옷 취향을 가지고 있을까 봐 진심으로 두려웠다.

군주의 침실엔 침대가 두 개였다. 폭이 비정상적으로 좁고 등받이가 높은 괴상한 침대와 네모나고 커다란 보통의 침대. 미리암과 하일라바드가 군주의 침실에 들어섰을 때, 여왕은 괴상하게 생긴 침대에 비스듬히 앉아 양피지에 적힌 글자를 읽고 있었다. 한껏 집중한 그녀는 미리암이 부러 인기척을 크게 낸 뒤에야 고개를 들었다.

두 사람은 짧은 대화를 나누었다. 침실 문가에 선 하일라바드와 두 사람 사이엔 거리가 좀 있었지만, 단련된 전사의 청력은 두 사람의 대화를 빠트림 없이 그에게 전달했다. 내용은 여왕이 조금 전까지 읽고 있던 편지에 관한 것이었다.

"카르도 베스파시아누스가 나바테아 왕국을 들르지 않기로 했다는구나."

"하면 예상보다 하루, 이틀 빨리 도착하겠군요."

"아무래도 그렇겠지. 공사를 서둘러야겠어."

카르도 베스파시아누스. 전형적인 제국식 이름에서 하일라바드는 그가 제국의 군단장임을 알아차렸다.

"왕성 노예들을 더 동원하겠습니다."

"인부도 더 고용하라. 노예들만으로는 부족할 듯싶으니."

"하나 폐하, 그러기엔 자금이 넉넉하지 않습니다. 아부 딸립에게 치를 값도 있다는 걸 잊지 마소서."

"그건 어떻게든 쥐어짜 봐야지."

"내일부터 더 바빠지시겠군요."

여왕은 말없이 싱긋 웃었다. 미리암이 한숨을 쉬었다.

"오늘 밤에는 일찍 주무십시오. 오늘보다 내일 하실 일이 많습니다."

"잔소리쟁이 같으니. 알았으니 가서 쉬어라. 그대도 자야지."

"예. 이만 물러가겠습니다."

침실을 나가기 직전, 미리암은 경고가 섞인 날카로운 눈빛으로 하일라바드를 한 번 쏘아보았다. 하일라바드는 오늘 저 눈빛 여러 번 본다고 생각하며 그녀의 시선을 흘려보냈다.

"거기서 뭐 하느냐? 가까이 오지 않고."

미리암이 나가자, 멀뚱히 문가에 서 있는 그를 여왕이 불렀다. 그 순간 하일라바드는 미리암을 쫓아 나가고 싶어졌다. 그가 여왕의 앞에서 스스로 무릎을 꿇고 충성을 맹세하지만 않았다면 분명 그랬을 것이다.

여왕은 염색하지 않은 얇은 자리옷을 입고 있었다. 알몸은 아니니 다행이라고 생각할 수도 있겠지만 베두인의 기준에서 저건 벗은 거나 진배없었다. 심지어 앉은 것도 누운 것도 아닌 묘한 자세 때문에 굽히거나 펼 때마다 얼핏얼핏 종아리가 보이기도 했다.

그래서 일부러 거리를 두고 서 있었던 것인데, 다 쓸모없는 노력이었다. 하일라바드는 시선을 애매하게 여왕의 머리 뒤쪽에 두고 걸었다.

그 또한 참 의미 없는 발버둥이었다.

"내가 옷을 입고 있는 게 이만저만 실망이 아니었나 보구나."

"……예?"

"눈빛이 흐리멍덩해서 하는 말이다. 일전에 오아시스에서도 그렇고 아까 욕장에서도 그렇고, 내 알몸을 볼 때는 번쩍번쩍했으면서. 혹, 내가 알몸이 길 기대라도 한 것이냐?"

장담컨대, 그는 일부러 오해를 살 생각도 없지만, 오해를 받았다 한들 애써 풀려고 노력하는 성정도 아니었다. 애초에 배우기를 그리 배운데다 오해란 말로 풀 수 있는 것이 아니라고 생각해 왔다. 시녀장의 경계에 말을 덧붙이지 않은 것은 그 때문이었다.

하지만 이 추접스러운 오해만큼은 그냥 넘길 수가 없었다. 그는 다부지게 항변했다.

"기대한 적, 없습니다."

"하지만 내가 알몸일지도 모른다는 생각은 했을 테지."

사실이 그의 입을 거세게 후려쳤다. 입을 벌린 채로 굳은 그를 보며 여왕이 '큭'과 '킥' 사이에 있을 법한 소리를 냈다.

"그리 놀랄 것 없다. 욕장에서 그대 표정이 그랬으니까. 잘 때 옷을 입고 자냐고 묻고 싶은 것 같았지. 아주 바르고 성실한 전사가, 이제부터 지나가는 여자의 치맛자락을 들치고 오라는 명령을 받은 것 같은 표정이었달까?"

"……."

"그리고 지금은 부끄러움에 절벽에서 뛰어내리고 싶은 표정이구나."

제 표정을 볼 수 없으니 정말 저런 표정인지는 알 수 없지만, 확실히 그런 기분이긴 했다. 이쯤 되자 제가 감정을 얼굴에 잘 드러내는 사람이었는지 새삼 회의감이 들었다.

"너무 심각해지지 마라. 농이었으니."

찌푸린 그의 표정을 오해한 듯 그녀가 손을 휘저으며 말했다. 그녀로서는 그를 안심시켜 주기 위해 한 말이었겠지만, 난생처음으로 자기변호까지 시도했던 그는 오히려 정신적 공황상태에 빠졌다.

"농……이셨습니까?"

"하면? 그대의 실력이 아무리 뛰어나도 여인의 알몸이나 기대하는 파렴치한에게 호위를 맡기겠나. 그대가 고지식한 베두인이라는 것을 안다. 기대한 것이 아니라 걱정하였다는 것도 알지. 하나 걱정하지 않아도 돼. 그대의 부족만큼 탈의에 강박을 가지고 있는 것은 아니지만, 나 또한 아무 데서나 옷을 벗어서는 안 된다는 기본 상식은 있다. 특히 잘 때는 절대 벗지 않아."

"저희 부족에게 침실은 '아무 데'가 아닙니다."

"자다가 죽을 뻔한 경험을 몇 번 하면 그 침실도 아무 데가 될 거다."

'오늘 저녁엔 양고기를 먹었다'는 투로 대꾸한 여왕이 몸을 일으켰다. 그는 명치 부근을 한 번 꾹 눌러보곤 일반적인 침대로 걸어가는 여왕을 따랐다. 암살이나 죽음 같은 단어에서 새삼 어색함을 느낄 이유가 없는데, 이상하게도 지금은 명치끝에 돌멩이가 매달린 듯 마음이 불편했다.

여왕은 잘 준비를 하며 오히려 옷을 덧입었다. 넉넉한 한 벌 치마에 가벼운 겉옷까지 걸친 모양새가 당장 외출할 사람 같았다. 그가 겉옷의 앞섶을 여미는 그녀를 말없이 바라보고 있자, 그녀가 괴상하게 생긴 침대를 가리켰다.

"베두인 전사도 잠은 자야 하지 않나. 거기서 자라. 그대에겐 좁겠지만 의자치고는 긴 편이라 바닥보다는 편할 거다. 제국식이지."

어쩐지 너무 이상하게 생겼더라니, 침대가 아니라 의자인 모양이다. 의자의 길이를 가늠해 본 그는 여긴 안 되겠다고 생각했다. 형태가 주는 낯섦과 별개로, 너무 짧다. 저기에 눕기 위해선 몸을 세 번은 접어야 할 것 같았다. 그보다는 두툼한 양탄자가 깔린 바닥이 편해 보였다.

"바닥에서 자겠습니다."

"좋을 대로 하렴. 어디가 더 편한지는 자신이 가장 잘 알 테지."

그녀는 양털을 넣은 베개에 머리를 누이고 얇은 리넨 이불을 머리끝까지 둘렀다. 잘 자라, 고 그녀가 말했다. 침대 발치에 선 그는 허리를 숙여 군주의 편안한 잠자리를 기원했다.

여왕은 상당히 오랜 시간을 뒤척였다. 잠이 든 듯 고른 숨소리를 내다가도, 얼마 지나지 않아 옅은 숨을 뱉는 것이 깊이 잠들지 못하는 것 같았다.

들쭉날쭉한 숨소리는 거의 한 시간을 끌고서야 안정되었다. 하일라바드는 한숨을 쉬며 침대 틀에 등을 기대어 앉았다. 오늘 하루, 너무 많은 사람을 만났고 너무 많은 변화가 한꺼번에 일어났다. 인생의 변곡점이라고 해도 좋을 정도였다. 그만큼 정신적인 혹사도 컸다.

쪽잠을 자야 하는 처지지만, 이 순간이 차라리 마음 편한 까닭은 그 때문이다. 지금 이곳엔 날 선 눈빛으로 온갖 불만을 말없이 쏟아내는 시녀장의 목소리도 없고, 예리하면서도 당혹스러운 질문들로 그를 구석에 몰아넣던 여왕의 목소리도 없다. 밤의 고요를 사랑하는 베두인은 새 군주의 숨소리에 귀를 기울이며 뻥 뚫린 창으로 비치는 달빛을 바라보았다.

삭일을 막 지나온 달은 새끼손톱 뿌리의 하얀 부분보다 가늘었다. 저 달이 동그랗게 부풀어 오르고, 졸아들고, 없어졌다가 다시 저만 해지면, 그때는 부족의 품으로 돌아간다. 엄격하면서도 포근한, 저의 밑절미가 되어준 사람들이 기다리는 곳으로. 얼마 남지 않은 부족민, 이제 막 기어 다니기 시작한 어린 동생, 어머니, 아버지…….

부모의 얼굴을 떠올리자 마음 한구석이 울렁였다. 그는 손등을 이마에 올리고 손가락 관절로 이마를 툭툭 쳤다. 밤이 퍽 길다.

손가락을 꼽아 숫자 서른을 세는 밤. 그날 밤, 암살자가 여왕의 침실에 들었다.

4 Sūrah

4 سورة

첫 번째 태양

미리암의 아침은 여왕의 일과를 챙기는 것부터 시작된다. 오늘 여왕은 아침부터 가문의 가주들과 식사가 계획되어 있었다.

시들어가는 눈으로 태양의 위치를 가늠한 그녀는 시간이 촉박하다는 것을 깨닫고 아무런 알림도 없이 여왕의 침실로 들어갔다.

사악—

군주의 침대로 다가가려는 찰나, 차가운 기운이 목을 휘감는 것이 느껴졌다. 미리암은 본능적으로 멈춰 서서 뒤를 돌아보았다.

거기 있었는지도 몰랐는데, 하일라바드가 뒤에 서 있었다. 그는 미리암의 목에 칼날을 댄 채로 물었다.

"무슨 일이십니까?"

"자네, 자네야말로 이게 무슨……."

"무슨 일이시냐고 여쭈었습니다."

"보면 모르는가! 폐하를 깨우러 왔잖은가!"

어처구니없다는 듯 미리암이 소리 죽여 외쳤다. 그러나 하일라바드는 칼날을 물리지 않았다.

"하다르는 군주의 침실에 들 때 허락도 받지 않습니까?"

"폐하를 깨우는 것이 내 일이네. 주무시는 분께 무슨 허락을 받는다는 건가."

"하면 물러나십시오. 제가 말씀드리겠습니다."

미리암은 황망하기 그지없었다. 굴러온 돌이 박힌 돌을 빼내도 유분수지, 시녀장의 임무는 일개 호위가 이래라저래라 할 수 있는 게 아니었다.

"무슨, 양털 빗질하는 소릴 하고 있어! 내 일이라고 하지 않았나!"

"폐하의 안전을 지키는 것은 제 일입니다."

자신의 임무가 가장 중요한 두 사람은 서로 팽팽하게 맞섰다. 결국, 소곤대며 다투는 소리에 깬 여왕이 가장 먼저 본 것은 자신의 호위 전사가 자신의 유모에게 칼을 겨누고 있는 모습이었다.

"하일라바드, 칼을 거두어라."

여왕은 놀라기에 앞서 상황부터 수습했다. 하일라바드는 눈매를 매섭게 좁혔지만 명령대로 서서히 미리암의 목에서 칼을 뗐다.

마지못한 표정에서 갈무리하지 못한 살기가 엿보였다. 그 살기가, 어쩐지 처음 그를 봤을 때 첫인상과 비슷하다고 느낀 여왕은 가슴이 선득해졌다.

"간밤에 무슨 일 있었는가?"

"예."

"무슨 일?"

그가 말없이 여왕을 노대로 이끌었다. 노대에 오른 여왕과 미리암은 바닥을 내려다보았다. 난간이 없는 노대로 햇살이 고스란히 들어, 덩어리진 하나의 물체를 환히 비추고 있었다.

"이건, 맙소……!"

말을 하다 말고, 미리암이 입을 막았다. 여왕은 눈을 부릅떴다. 경악이 목구멍에서 부글부글 끓어오르고 있었다.

그녀가 비명을 지르지 않은 것은 순전히 시신에 익숙한 까닭이었다.

"한 명은 턱뼈가 보일 정도로 살점이 녹아 있긴 하지만, 깨끗합니다……."

시신을 확인한 미리암이 목소리를 떨었다. 잠이 확 깬 여왕은 마른 손으로 얼굴을 쓸었다.

피와 비명. 암살이라고 하면 자연스레 연상되는 것들이다. 암살대상이 죽든, 암살자가 죽든 암살이라는 행위는 무조건 피를 부른다. 여왕이 아는 암살은 그러했다.

경험으로 인한 고정관념 때문에, 여왕은 복장에서부터 암살자임이 뻔한 자들의 시체를 보고도 그들의 정체에 의문을 가졌다. 두 구의 시신은 핏방울 하나 묻은 곳 없이 깨끗했고, 자면서 비명이나 여타의 소란을 들은 기억도 없다. 턱의 살점이 녹아버린 시신이 아니었다면 자연사가 의심될 지경이었다.

이 이해할 수 없는 상황을 설명할 수 있는 유일한 사람은, 시신을 보여준 것으로 설명을 다 했다는 듯 무뚝뚝한 표정을 하고 서 있었다. 여왕은 명령했다.

"설명하라."

"암살자가 왔기에 죽였습니다. 한 놈은 사로잡으려 했으나 적이 먼저 독을 삼켰습니다. 어금니 안쪽에 숨겨두고 있었던 것 같습니다. 후진(後進)이 올지도 모른다고 생각하여 경계를 서고 있었고, 시녀장님이 들어왔습니다."

"그래서 내 목에 칼을 댔단 말인가! 말도 안 되는 소릴!"

미리암이 불시에 끼어들었다. 그녀는 하일라바드를 향해 일갈한 뒤 여왕을 보고 해명했다.

"폐하, 저는 어젯밤 수상쩍은 움직임이나 소리가 있었다는 보고를 받은 적이 없습니다! 암살자가 둘이나 들고 죽었는데 그리 조용하다니요! 말이 되지 않습니다."

"내가 지금 누구에게 뭘 물었는지 그대에게 상기시켜 줘야 하는가?"

다소 성급한 미리암의 태도를 지적하며 여왕이 미세하게 짜증을 부렸다.

하일라바드의 말이 죄다 진실이라는 전제하에, 죽는지도 모르고 죽을 뻔했던 그녀에겐 자신의 유모를 배려해 줄 여유가 없었다.

"송구합니다."

찔끔한 미리암이 물러났다. 여왕은 이마를 짚으며 하일라바드에게 시선을 고정했다.

"미리암의 말대로다. 전사들도 그렇지만, 나 역시 어떠한 소리도 듣지 못했다. 내 침실의 노대에서 사람이 죽었는데 말이다."

"폐하께서 주무시고 계셨으니까요."

맥락을 잃은 듯한 그의 대답은 일견 그녀가 자고 있었기 때문에 못 들었다고 하는 것처럼 들렸다. 하지만 그녀는 어렴풋하게나마 그가 진정 말하고자 하는 바를 알아들었다.

"내가 자고 있어서 조용히 처리했다고? 그게 가능한가?"

"적의 턱과 정수리를 잡고, 서로 반대 방향으로 돌리면 경추가 부러지면서 즉사합니다. 목뼈를 잡아 뜯는 것과 비슷한 방법입니다. 그때는, 뼈가 꺾일 때 나는 '빠각' 소리 말고 다른 소리는 나지 않습니다."

미리암이 당장에라도 토할 것 같은 표정을 지었다. 적잖이 비위가 상한 여왕도 그 방법이 창으로 찌르고 칼로 베고 도끼로 찍는 것보다 더 끔찍하다는 생각을 했다.

"꺾는 힘이 부족하여 즉사시키진 못하더라도 호흡곤란 때문에 오래 버티지 못합니다. 더 자세히 설명할까요?"

"아니, 됐다. 가능하다는 것을 안 것으로 충분해."

여왕이 손사래를 쳤다. 암살자의 가슴뼈도 단숨에 박살 낸 전적이 있는데 손으로 목뼈를 못 부러뜨릴까. 그의 힘을 경험한 그녀는 상황을 완전히 이해했다.

그러나 하일라바드를 모르는 미리암의 귀엔 그저 얼토당토않은 소리로만 들렸다.

"폐하, 암살 시도가 있었던 것이 불과 며칠 전입니다. 함야르의 늑대에게 암살자를 연달아 보낼 만한 여력이 있을 리가요! 설사 저들이 정말 암살자라고 한들 폐하의 침실 위치를 어찌 이리 정확하게 알고 찾아왔단 말입니까? 아무에게도 들키지 않고요. 내부의 조력이 없는 이상 불가능한 일입니다."

"그렇다는군."

여왕은 또 허락도 없이 끼어든 미리암을 날 선 목소리로 꾸짖는 대신 미리암의 전령을 자처했다. 지난밤이 단순히, 죽는지도 모르고 죽을 뻔한 밤이 아니라 그만한 암살자를 어린아이 다루듯 다루는 전사의 역량이 드러난 밤이라는 것을 깨달은 그녀는 한결 너그러워져 있었다.

"그 내부의 조력자가 혹, 저를 말씀하시는 겁니까?"

"하면 설마 나일까?"

"아⋯⋯."

혹시나 하긴 했지만 정말 자신을 가리키는 것이라고는 생각하지 못했는지, 그가 곤혹스러운 음색을 흘렸다. 그 잠깐의 망설임도 미심쩍은 듯 미리암이 도끼눈을 떴다.

"하면 혹, 제가 저의 결백을 증명해야 하는 겁니까?"

"하면 좋겠지?"

가뜩이나 돌덩이처럼 표정 없는 얼굴이 더 굳어졌다. 그는 입을 두어 번 벙긋거렸다. 그러다 이내, 이런 말을 하는 것 자체가 수치스럽다는 듯 대꾸했다.

"저는 사람을 죽일 때, 누군가의 도움을 필요로 한 적도 없고 누구에게 도움을 준 적 없습니다. 앞으로도 그럴 생각입니다."

"⋯⋯그렇다는구나."

여왕이 미리암을 돌아보았다. 이제 미리암은 눈에서 불을 뿜고 있었다. 세상에, 저것도 해명이라고. 여왕은 피식거리다 종래엔 소리 내어 웃어버렸다.

❖

시녀장이 전사 넷을 은밀히 불러들였다. 말없이 시체를 자루에 담고, 마치 시신이 아닌 척 밖으로 끌고 나가는 그들은 이런 일에 익숙한 듯했다. 하일라바드는 네 명의 얼굴을 뇌리에 새겼다.

눈이 마주친 전사 하나가 경외감이 찬 눈을 내리깔았다. 노새도 달릴 수는 있는 법이니, 시신을 본 전사들은 여왕의 새로운 전사가 어떤 식으로 암살자들을 처리했는지 대충이라도 알아차린 듯했다.

노대가 말끔하게 정리되자, 시녀장도 아침을 준비하겠다며 사라졌다. 유독 서늘하게 느껴졌던 주변 기온이 한 뼘은 더 올라갔다. 그 해괴한 기온 변화는 비단 그만 느끼는 게 아니었다.

"이제 좀 따스해졌군."

도리 없다는 듯 여왕이 고개를 저었다.

"그대가 이해하라. 미리암에게 무슨 악의가 있는 것은 아니니. 본래 꼼꼼한 성정이기도 하고, 내 문제에 있어 유독 예민한 터라 그렇다."

친히 변명까지 해가며, 여왕은 삐걱삐걱 소리를 내는 두 사람의 관계에 기름칠을 했다. 하일라바드는 고개를 끄덕였다. 호의든, 적의든, 악의든, 미리암에게 아무런 감정이 없으니 이해하고 말 것도 없었다.

"예."

"그리고 추후로는 미리암에게 칼을 겨누지 마라. 그대가 누구의 도움도 받지 않고 나를 죽일 수 있듯 미리암도 마찬가지야. 내 일거수일투족을 알고 있으니, 미리암이 날 죽이고자 마음을 먹었다면 난 진작 이 세상 사람이 아니었을 거다."

"하면 시녀장 외에 제가 경계하지 않아도 되는 이를 알려주십시오."

"없다. 그대가 필요성을 느낀다면, 누구든 의심하고, 위협하고 칼을 겨누어도 좋아."

여왕이 단호하게 손날로 허공을 그었다. 그녀의 과감한 용인에 당황한 하일라바드는 알겠다고 말할 시기를 놓쳤다. 목숨 한 번 구해준 결과라고 하기엔 돌아온 믿음이 너무 크다. 아니, 두 번인가? 어쨌든 그게 이렇게 큰 믿음을 받을 만한 일이었나?

차라리 고맙다고 재화를 내렸으면 이리 당황하진 않았을 것이다. 지극히 하다르다운 방식이니까. 그런 걸 떠나서 기실 여왕은 그에게 아무것도 줄 필요가 없었다. 그와 여왕은 약속을 했고, 여왕이 약속을 지킨 이상 그에겐 백 번이고 천 번이고 여왕을 구해줘야 하는 의무가 있었다. 다만 할 일을 하였을 뿐인데 하다르에게 믿음을 받을 줄은 미처 몰랐다.

머릿속이 복잡한 나머지 군주의 말을 무시한 격이 되었지만, 여왕은 그의 머뭇거림을 평소의 과묵함이라고 생각한 듯 답을 강요하지 않았다. 때맞춰 시녀 둘이 옷가지를 가지고 들어온 덕에 아예 답할 필요가 없어졌다.

"꺄악!"

하일라바드가 다가오는 시녀들에게 칼을 겨누자, 시녀들이 비명을 질렀다. 그는 여왕이 그녀들의 신분을 보증한 뒤에야 칼을 물렸다.

시녀들은 파들파들 떨며 여왕의 새로운 전사에게 인사를 했다. 둘 중 얼굴이 동그스름한 시녀는 하일라바드에게도 낯이 익었다. 하일라바드도 가볍게 고개를 숙였다.

"폐, 폐하, 어제 준비하라 명하신 파르티아(Parthia, 페르시아)풍 허리 치마와 덧옷입니다."

노란 옷을 입은 낯선 시녀가 옷을 내밀자 여왕이 겉옷을 벗었다. 동그란 얼굴의 시녀가 눈치 빠르게 하일라바드와 여왕 사이에 가림막을 쳤다.

안도한 하일라바드는 가림막을 등지고 섰다. 그러나 보지 않는다고 하여 들리지 않는 건 아닌지라, 그는 옷깃 부딪치는 소리에서 자연스레 연상되는 모습을 상상하지 않기 위해 상당한 심력을 허비해야 했다.

다행히 여왕의 단장은 그의 상상이 형태를 이루기 전에 끝났다. 가림막 뒤에서 나온 여왕은 종아리가 살짝 드러나는 짧은 치마에, 여밈새가 없고 치마보다 긴 덧옷을 입고 있었다.

"덧옷의 길이가 더 긴 것이 좀 어색하구나."

차림이 마음에 들지 않는지, 여왕이 고개를 틀어 종아리 뒤쪽으로 시선을 내렸다. 하지만 곧 자세를 똑바로 하고 손가락으로 반듯하게 갈라진 가르마를 쓸었다.

"자, 그럼 아직 살아 있는 것을 자축하며, 즐겁게 하루를 시작해 볼까."

혼잣말처럼 중얼거리며 그녀가 싱긋 웃었다. 그 아름다운 미소 아래 깔린 얼룩을 본 하일라바드는 미세하게 떨리던 손가락에 대해선 언급하지 않기로 했다.

"폐하께서 드십니다."

동글동글한 시녀의 알림에 사내 셋이 식탁을 짚고 일어섰다. 순간 하일라바드는 앞서 걷던 여왕의 걸음이 잠시 멈칫한 것을 느꼈다.

하지만 정말 잠시였다. 여왕은 언제 그랬냐는 듯 경쾌하되 경박하지 않은 발걸음으로 걸어가, 식탁의 상석에 섰다. 사내들이 일제히 예를 표했다.

"가려져 더욱 고귀한 달의 왕국, 여군주께 인사드립니다."

"어서 오게. 알 아지리, 알 헤시드, 알 말타. 어린아이이고 처녀이고 어머니인 달의 축복이 언제나 함께하길."

축복을 마친 여왕의 시선이 알 아지리 옆의 자리에 닿았다. 두꺼운 갈대를 얼기설기 엮어 등받이를 만든 의자에 사람은 없고, 식탁 위에 식기만 덩그러니 놓여 있었다.

"한데 어찌하여 셋뿐인가? 난 분명 알 까르얏도 불렀던 것 같은데. 설마 달의 변화에 맞춰 사람 수를 맞춘 것도 아닐 테고."

"알 까르얏은 고뿔에 걸렸습니다. 미리 말씀드려야 하는 것이 도리이나 오늘 아침부터 급격하게 기침이 심해진 탓에 부득이하게 자리를 비웠음을 송구하게 생각한다고, 제게 전해달라 하였습니다."

대답한 사내는 풍성한 턱수염으로 호감을 주는 인상과는 달리 눈매가 매서운 중년인이었다. 그 눈매를 빼면 별 특색 없는 얼굴이었지만, 나귀처럼 귓구멍이 보일 정도로 앞으로 선 귀가 계속 시선을 잡아끌었다.

"거참 큰일이구나. 고뿔은 증상이 경미하다는 이유로 방치하면 큰 병이되지. 그에게 의사를 보낼 테니 알 아지리, 왕성을 떠날 때 그대가 동행하라."

"그에게는 제가 이미 의사를 보냈으니, 여군주께서는 심려치 마십시오."

알 아지리가 괜찮다는 듯 손바닥을 들어 보였다. 공손한 말투는 흠잡을데가 없는데 태도가 묘하게 오만했다. 하지만 여왕은 느끼지 못한 듯 고개를끄덕였다.

"그래. 하면 자리에 앉자. 하일라바드, 그대도."

여왕이 하일라바드에게 제 옆자리를 권하자, 세 명의 장년인은 앉으려던자세 그대로 굳어져 버렸다. 홉뜬 눈이 그들의 경악을 드러냈다.

"여군주시여, 이자가 누굽니까?"

하지만 아무리 놀랐다 하여도, 세 사내의 태도는 너무 도전적이었다. 이리 따지는 말투라니, 부족에서라면 당장 목이 잘리고도 남았다. 이 또한 하다르와 베두인의 차이라고 생각하며 인내해야 하나? 하일라바드는 시시때때로 그의 관념을 시험하는 '차이점'에 골치 아파하며 여왕의 반응을 살폈다. 여왕이 약간의 불쾌함이라도 드러내면 저들에게 그에 걸맞은 대우를 해줄 생각이었다.

"아, 그대들은 아직 듣지 못한 모양이구나. 인사하라. 이븐 카림 알 타크와. 어제부터 나의 호위 임무를 받은 베두인 전사다."

천연덕스럽게 대꾸하는 여왕은 표정이나 목소리, 어느 모로 보나 불쾌하지 않아 보였다.

나란히 붙어 있는 알 말타와 알 헤지드가 손으로 입을 가리고 속삭였다. 먼저 말을 꺼낸 자는 알 아지리였다.

"여군주시여. 관리도 아닌 저희가 군주의 결정에 가타부타 무슨 할 말이있겠습니까. 하나 군주의 위험을 보고도 입을 다무는 것은 왕국의 신민으로서 직무 유기가 되겠지요. 외람되지만 한 말씀 드려야겠습니다. 당장 자신을베두인 전사라 주장하는 저자를 내보내십시오."

"그렇습니다. 베두인이라니요. 전례에 없던 일입니다. 본래 왕국의 전사들은 오래되고 뿌리가 확실한 왕국의 가문에서 선발하기로 되어 있습니다. 그들의 선택이 믿을 만하기 때문입니다."

"여군주께선 지금, 군주의 신변을 위험에 빠트리고 계신 겁니다. 수틀리면 언제 도망칠지 모르는 베두인을 어찌 곁에 두십니까. 사막으로 도망친 베두인은 잡을 수도 없습니다. 부디 안정적이고 익숙한 왕국의 전사들을 등용하십시오."

알 아지리가 운을 떼자 알 말타와 알 헤지드가 말을 붙였다. 군주의 안전을 걱정하고 관례를 강조하는 그들은 기어코 하일라바드를 쫓아내야만 직성이 풀릴 듯싶었다. 그러나 여왕은 뜻밖이라는 듯 눈을 동그랗게 뜨고 순진무구한 표정을 지어 보였다.

"알 헤지드, 다른 이라면 몰라도 그대가 그리 말하면 안 되지 않나?"

"예?"

"그대의 사위도 본디는 파르티아 출신 아닌가. 그대의 사위가 되기 전엔 가문에 고용된 전사였고. 하면 그대는 왜 안정적이고 익숙한 왕국의 전사가 아닌 파르티아 출신의 사내를 사위를 맞이했는가. 설마 그가 파르티아로 도망가면 잡을 수 있다고 생각했더냐?"

"그, 그것은……."

"알 말타. 그대도 마찬가지지. 내 알기론 그대 가문의 전사 중에도 나바테아 왕국 출신이 다수 있는데, 내가 잘못 알고 있었는가?"

"……."

여기서 무슨 말을 하든 제 얼굴에 침 뱉는 꼴밖에 되지 않을 것이다. 알 헤지드와 알 말타는 물 밖으로 끌려 나온 붕어처럼 입만 벙긋댔다. 여왕은 두 사람을 더 괴롭히지 않고 알 아지리에게로 고개를 돌렸다.

"그리고 알 아지리. 난 적어도 그대만큼은 날 이해해 줄 줄 알았다."

"폐하, 저희 가문의 전사들은 한 명도 빠짐없이 왕국민으로 채워져 있습니다."

"전사를 말함이 아니다. 그대의 여인을 말하는 것이지. 그대 또한 안정적이고 익숙한 본처가 있는데도 아엘리아 카피톨리나 출신의 여인을 새로 들였지 않은가. 아, 그대들은 제국어를 모르지? 아엘리아 카피톨리나라고 하면 생소하겠구나. 하면 예루살렘이라고 정정해 주마. 이러면 알아듣겠지."

예의 바르지만 묘하게 오만하던 사내의 나귀를 닮은 귀 끝이 모욕감으로 달아올랐다. 여왕은 눈썹을 축 늘어뜨렸다.

"낯선 곳에서 온 이방인의 매력은 그대가 잘 알고 있으리라 생각하였다. 한데 다들 꾸짖듯 말하니, 관례를 깬 것은 알지만 좀 서운하구나……."

축 처진 눈썹에 고집을 매달고, 서운함을 말하는 여왕은 숙부에게 투정을 부리는 조카 같았다. 세 사내는 입맛을 다시거나 이마를 긁는 등의 행동으로 난감함을 표현했다.

중계 무역의 거점으로 자리 잡은 왕국에선 이방인이 드물지 않았다. 가까이는 북쪽 나바테아 왕국 출신의 전사, 멀리는 아비시니아(현재의 에티오피아) 출신의 상인까지. 각양각색의 사람들이 수도 없이 들락거렸다.

그러니 새삼 여왕의 전사, 그의 출신을 따지고 든 것은 괜한 시비와 다름없었다. 하지만 여왕은 철딱서니 없는 모습으로 그들의 경계심을 허물어뜨렸다. 제대로 된 군주는 신하의 앞에서 서운하다고 징징거리지 않는다. 주제넘다고 화를 냈으면 냈지. 마음이 풀어진 세 사내는 자신들이 경계심을 느꼈다는 사실조차 잊어버렸다.

"여군주시여, 허허……. 그리 서운함을 토로하시니 저희가 몸 둘 바를 모르겠습니다. 꾸짖다니요. 그렇지 않습니다. 말씀드렸듯 군주의 안전을 걱정한 것이지요."

"하면 내가 이븐 카림을 계속 곁에 두어도 되겠느냐? 긴 시간도 아니다. 고작 한 달이야."

"그것은……."

알 아지리는 대답을 미루며 하일라바드를 곁눈질했다. 화제의 중심인 베두인 전사는 제 뜻과는 상관없이 자신의 거취가 결정되는데도 남의 일인 양 무심한 표정을 짓고 있었다. 자존심이 하늘을 가른다던 베두인 전사에게선 쉬이 볼 수 없는 반응이었다.

진짜 베두인 전사가 아닌 걸까? 그럴 수도 있다. 하다르는 베두인 출신의 사내라면 무조건 베두인 전사라고 생각하는 경향이 있으니까.

그렇다면 크게 걱정할 필요는 없지 않겠는가. 결론을 내린 알 아지리는 선심을 썼다.

"여군주께서 정 원하신다면 그리하십시오."

"그리 말해주니 내 마음이 편하구나."

더없이 화사한 미소를 지은 여왕이 밀기울 빵을 반으로 쪼갰다. 그것이 신호가 되어 사내들도 각자의 취향에 맞는 음식을 골라 집었다. 이국적인 향 신료로 맛과 향을 낸 양고기, 기름에 볶은 닭 날개, 발효한 양젖에 과일을 섞은 음료, 꿀에 조린 무화과와 색색의 속살을 드러낸 과일. 군주의 식탁답게, 여왕의 아침은 화려하고 또 화려했다.

화려한 아침 식사가 끝나자, 접견이 기다리고 있었다. 나긋나긋하게 세 명의 가주를 보낸 여왕은 재빨리 옷을 갈아입었다. 몸에 딱 달라붙는 황금색 한 벌 치마는 하일라바드가 접견실에서 본 군주의 전투복과 색만 달랐을 뿐, 형태가 똑같았다.

여왕의 침실이 있는 북쪽 별관에서 접견실이 있는 본관까지는 두 개의 정원과 세 개의 복도를 통과해야만 했다. 성큼성큼 앞서 나가는 여왕의 걸음걸이엔 흔들림이 없었다. 곧게 세운 견갑골도 똑바르다. 전선을 가르는 장수처럼 걷는 여왕의 뒤를 한 뼘 뒤에서 따르며 문득 하일라바드가 물었다.

"세 가주를 잡아 올까요?"

확!

뒷목에 날카로운 가지가 날아와 꽂히기라도 한 듯 여왕이 화들짝 뒤를 돌아보았다.

"방금 무어라 하였느냐?"

"허락하신다면, 세 가주를 잡아 오겠다고 말씀드렸습니다."

나직한 목소리였던지라, 좀 떨어진 곳에서 뒤따르던 다른 시녀와 전사는 듣지 못했다. 하지만 여왕은 손짓으로 모두를 물리쳤다. 돌바닥에 천이 끌리는 소리를 내며 뒤따르던 이들이 사라졌다. 여왕은 그들의 그림자가 기둥 뒤에 완벽히 가려졌을 때야 입을 열었다.

"해괴한 소리를 하는구나. 왕국을 떠받치는 가문의 가주들을 왜 잡아 온단 말이냐. 그들은 나에게 매우 중요한 사람들이다. 왕국의 요직 대부분을 그들 가문의 사람들이 차지하고 있지."

"그렇습니까?"

그가 고개를 갸웃거렸다.

"하지만 폐하께선 화가 나시지 않았습니까?"

연이은 그의 질문은 반향을 얻지 못하고 조용한 복도 바닥에 부딪혀 사라졌다.

"저는 폐하께서 그들을 다 잡아 들이고 싶어 하시는지 알았습니다. 제가 주제넘었습니다."

"그대가 왜…… 그런 생각을 했는지 모르겠구나."

말없이 기울어진 그의 시선이 여왕의 손등에서 멈췄다. 여왕이 손을 들어 올린다. 창백하게 핏기를 잃은 중지와 약지가 머리를 부딪치며 서로를 학대하고 있었다.

"아니야, 하일라바드. 난 화나지 않았다."

작고 간헐적이지만 분명한 떨림. 여왕은 치맛자락을 움켜쥐었다.

"그대도 듣지 않았나? 왕국의 가주들이 날 여군주라고 부르는 것을. 폐하도, 군주도 아니야. 군주지만, 여자. 아무리 잘해봤자 결국은 여자. 그것이 작금의 내 위치다. 내 권위도 거기까지지."

"……"

"한데 내가 왜 화를 내겠어. 달라지는 것이 아무것도 없는데. 그보다는 목소리를 부드럽게 만들고, 미소를 만드는 것이 원하는 것을 얻는 데에 훨씬 효과적이지. 하니 앞으로 그런 위험한 이야기는 함부로 하지 말아라."

그리고 여왕은 활짝 웃었다. 티끌만 하게 남아 있는 분노를 완벽하게 감춘 미소는 어둑한 복도에서도 뚜렷했다.

저 미소에 집중한 가주들은 떨리는 그녀의 손가락을 보지 못했을 터다. '그 자리에서 칼을 겨누지 않길 잘했군'. 하일라바드는 천천히 눈을 내리깔았다.

"주의하겠습니다."

답변이 마음에 들었는지, 여왕이 다른 수행원들을 불러들였다. 손짓하는 그녀의 입가에 여전한 미소가 떠올라 있었다.

그 순간 그는 직감했다. 앞으로 남은 한 달 동안 저 미소를 지겹도록 보게 되리란 것을. 자신은 전혀 위협적이지 않다는 신호에 익숙해져야만 한다는 것을. 그는 자신이 정말 익숙해질 수 있을지, 자신이 없었다.

첫 번째 달(月)보다 훨씬 긴, 첫 태양 아래에서 하루가 시작되었다.

5 Sūrah

5 سورة

접 점(接點)

"하일라바드 님."

부르는 목소리가 들려, 뒤를 돌아보았다.

붉은 옷을 입은 시녀가 연두색 옷을 입은 시녀와 함께 그에게로 다가오고 있었다. 동그란 얼굴에 핀 보조개를 알아본 그는 기억 속에서 이름 하나를 끄집어냈다.

"파나 님."

"어머……."

화악, 얼굴을 붉히며 그녀가 멈춰 섰다. 하지만 이내 종종걸음으로 다가 왔다. 이름이 틀렸나? 하일라바드는 진지하게 고민하며 고개 숙인 그녀의 벌게진 목덜미를 내려다보았다.

"제가 무슨 실수를 했습니까?"

"예? 아, 아니에요. 그냥, 제 이름을 알고 계셔서 놀랐어요. 마, 말씀도 안 드렸는데."

"아."

여왕의 전령인 파나는 하일라바드가 왕성에 온 뒤 가장 처음 마주친 시녀이자 가장 많이 마주친 시녀이고, 유일하게 이름을 외우는 시녀였다. '파나를 불러 모모 씨에게 모모한 명령을 전해라'. 여왕이 그리 말하면 항상 파나가 나타난다. 그러다 보니 싫든 좋든 이름을 외울 수밖에 없었다.

그 외에 다른 시녀는 '여왕의 식사 목록을 결정하는 시녀 1, 2', '여왕의 단장을 하는 시녀 1, 2, 3', '목욕 시중을 드는 시녀 1부터 5', '여왕이 이동할 때 따라붙는 시녀 열 명'과 같은 식으로 기억했다.

사람을 구분하는 방법으로는 참 무례했지만 호위에게 필요한 것은 상대의 이름이 아닌 업무와 생김새다. 미리암을 제외한 모두를 경계해야 하는 그는 가까이 다가오는 시녀들에게 일단 칼부터 빼 들었다. 여왕이나 시녀장이 그들의 신분을 보장한 뒤에도 굳이 이름을 묻지 않았고, 듣더라도 잊어버렸다. 상대의 이름을 기억하지 못하기에 그의 칼날 앞에선 붉은 옷을 입은 귀족 가문 출신의 시녀나, 검은 옷을 입은 노예 종이나 처지가 똑같았다.

그런 면에서 파나는 좀 특이한 경우에 속했다. 사실 하일라바드가 파나의 이름을 기억하는 까닭엔 자주 들은 탓도 있지만 그녀의 태도가 더 큰 영향을 미쳤다. 그는 처음 여왕의 명령을 전하러 왔을 때 베두인인 아비를 보고 수줍게 눈인사하던 그녀를 기억하고 있었다.

물론 그런 이유를 구구절절 설명하는 것은 하일라바드에게 불가능한 일이었다. 그는 붉어진 뺨을 손등으로 식히고 있는 그녀에게 물었다.

"무슨 일이십니까?"

"예? 아, 폐하께서 찾으세요. 옷 갈아입으러 간 게 언제인데 왜 이렇게 늦냐고……."

"……."

맹세컨대 왕성 1층의 접견실에서 왕성 뒤쪽 전사들의 숙소 있는 곳까지 달려와, 옷만 후다닥 갈아입은 그가 소모한 시간은 차 한 잔 마실 시간이 채 안 됐다. 그런데 '늦다'라니. 한숨이 나왔다.

"다과 시간인데, 집무실로 가면 됩니까?"

"아니요. 저기, 지금은 서쪽 정원에 계세요. 서쪽 별관과 북쪽 별관 사이에 있는…… 아, 제가 안내해 드릴까요?"

"괜찮습니다."

혼자서도 찾아갈 수 있으니 수고하지 말란 의미에서 단호하게 거절했다. 파나는 다가올 때보다 더 붉어진 얼굴로 한발 물러났다.

꾸벅, 묵례를 한 그가 뒤돌아섰다. 파나는 따라서 고개를 숙였다가, 한참만에 고개를 들었다. 고개 든 그녀의 귓불이 빨갰다.

왕성 생활 사흘째. 성안에서 가장 작은 정원도 혼자서 찾아갈 수 있게 된 그가, 익숙한 걸음으로 복도 모서리를 걸어가고 있었다.

돌아다니는 것이 일상인 베두인들의 환경 적응력이 뛰어난 것은 당연한 일이다. 거취도 일정하지 않은 마당에 적응력마저 떨어진다면 베두인이라는 이름은 진즉 역사 속으로 사라졌을 테니까. 그런 만큼 하일라바드가 왕성 생활 사흘 만에 혼자 길을 찾아가게 된 것은 놀랄 만한 일이 못 되었다.

완전히는 아니지만 일상에도 그럭저럭 적응해 가고 있었다. 처음에는 기이하게만 보였던 불투명한 그릇을 '유리'라고 한다는 것을 알았고, 여왕의 잠옷이 사르데냐(현재의 남부 이탈리아)풍 의복이라는 것을 알았고 빨래 광주리라고 생각했던 것이 쓰레기를 버리는 통이라는 것을 알았다.

그리고 그가 익숙해지는 만큼 다른 이들도 조금씩 그에게 익숙해졌다. 여왕의 경우엔 그 받아들임이 다른 이들보다 적극적이었다.

그게 문제였다.

"늦었어."

대연회장 뒷문을 열고 나와 정원으로 들어서기 무섭게, 대뜸 질책이 날아왔다. 그는 터져 나오는 한숨을 막기 위해 입을 꽉 다물었다.

"옷만 갈아입고 오겠다고 하지 않았나. 군주의 곁을 이리 오래 비워두는 것이 베두인 전사의 율법이냐?"

그의 존재를 너무 빨리 받아들인 여왕은 잠시라도 그가 보이질 않으면 조바심을 일으켰다. 아무리 용건을 미리 말하고 가도, 돌아왔을 땐 항상 같은 말을 들었다. '늦었어'.

그래도 어제까지는 말만 하고 말더니 오늘은 사람을 시켜 찾으러 왔다. 이러다 언젠가는 직접 찾으러 올 판이었다.

"군주가 말을 하면 듣는 척이라도 하라."

말없이 다가오는 그를 향해 여왕이 이맛살을 구겼다.

"듣고 있습니다."

"하면 들었다는 티를 내."

아마 그녀가 원하는 것은 '늦었다'에 대한 답일 것이다. 하지만 늦지 않았다고 항의하는 것도, 늦지 않았는데 죄송하다고 사과하는 것도 성미에 맞지 않은 그는 이 상황에 가장 적절한 대꾸를 생각해 냈다.

"원로들과 다과는 잘 마치셨습니까?"

오늘 그녀의 빡빡한 일과 중 가장 중요한 시간은 왕국의 은퇴한 관리들과의 다과였다. 어떻게 해도 잘 마칠 수 없는 자리였다는 것을 뒤늦게 깨달았을 땐 이미 여왕의 심기를 건드린 뒤였다.

"잘 끝났을 것 같은가?"

여왕이 이를 갈 듯 물었다. 그는 고개를 저었다.

"아니요."

"알면서 뭘 묻나. 지난 며칠간 봤으면서. 심지어 아부 깔랄은 오지도 않았다."

퉁명스럽게 말한 그녀가 휙 뒤돌아섰다. 하일라바드는 북쪽 본성을 통과해 뒤로 나가는 그녀의 뒤를 쫓으며 멍청한 질문을 한 자신을 꾸짖었다.

여왕의 말대로 지난 며칠간, 그는 그녀를 보았고, 알았다. 일국의 군주가, 남부 아라비아에서 가장 아름다운 나라를 다스리는 왕국의 군주가 목소리를 바꾸고 미소를 꾸며야 하는 이유를 알았다.

왕국 내에서 그녀의 지위는 공고하지 못했다. 한 가닥 하는 이들은 대부분 그녀를 마음속으로 깔보고 있었다. 겨우 사흘 동안 지켜본 그가 느꼈을 정도였으니 여왕 자신은 더 크게 절감할 것이다.

여왕의 하루가 차 한 잔 마실 시간 단위로 쪼개져 있는 것은 그 때문이었다. 그녀는 차 세 잔 마실 시간 동안 화장을 하고, 혼자 먹는 아침 식사엔 차 네 잔 마실 시간을 소비했다. 누군가와 함께하는 식사는 그보다 길었지만, 차 열 잔 마실 시간을 넘기지 않았다.

식사가 끝나면 아침 접견을 하고, 접견을 마치면 차 한 잔 마실 시간 동안 옷을 갈아입은 뒤 왕국의 행정관들과 회의를 한다. 회의 뒤의 다과 시간엔 차를 마시고, 그다음엔 저녁을 준비했다.

그녀의 저녁 식탁엔 항상 누군가가 초대되었다. 그중 그녀의 친척이나 친우는 없었다. 다 어딘가의 거상, 어느 귀족 가문의 가주, 은퇴한 관리였다.

필요에 의해 만나는 사람들. 그날 누구를 만나느냐에 따라 화장이 바뀌었고 옷차림이 바뀌었다.

해가 떠서 잠자리에 들 때까지, 그녀가 자신을 위해 쓰는 시간은 거의 없었다. 씻는 시간조차 온전히 자신을 위한 것이 아니었다. 안마를 받는 것은 오늘의 피로를 풀어 내일을 준비하기 위함이고, 향유를 섞은 물에 몸을 씻는 것은 여군주의 몸에선 항상 좋은 향이 나야 한다고 믿는 얼간이들의 망상을 충족시켜 주기 위함이었다.

"하면 식당으로 모시겠습니다."

"됐어, 오늘 저녁은 안 먹어도 된다. 알 아지리가 약속을 미뤘거든."

지켜보는 그가 학대라고 느껴질 만큼, 여왕은 자신을 다그치고 채찍질했다. 한데도 여전히 '여' 군주였다.

폐하도 군주도 못 된다는 그 은근한 비하. 그래서 어느 은퇴한 관리는 군주가 불러도 오질 않고, 어느 가주는 아무렇지도 않게 약속을 미뤘다.

"알 아지리요?"

"그래. 왕국을 지탱하는 뿌리, 가장 오래된 가문의 가주. 다리를 접질렸다는군. 그래도 아무 말도 없이 오지 않은 아부 깔랄에 비하면 예의는 보인 터라, 내 고마워하고 있지."

하지만 이골이 난 여왕에겐 상황을 비꼬는 여유마저 있었다.

"그러고 보니, 그대에게도 아주 생소한 이름은 아니겠구나."

"귀가 나귀 같은 가주는 기억하고 있습니다."

"그 귀가 아지리 가문의 특징이긴 하지. 하나 내가 말하는 건 가주인 알 아지리가 아니다. 그 딸이지."

"예?"

"기억하지 못하나? 그대가 칼을 겨눈 시녀 중 한 명인데."

그가 고개를 갸웃거렸다.

"제가 칼을 겨누지 않은 시녀도 있습니까?"

"아, 그래. 바보 같은 질문이었군. 그대는 모든 시녀에게 칼을 겨누었지. 하나 그녀는 반응이 좀 유별났단 말이야. 그래서 기억할 줄 알았다. 펄펄 뛰면서 어디 감히 저에게 날붙이를 대느냐고 그대에게 손가락질을 했지. 미리암도 그리 법석을 떨지는 않았는데."

거기까지 들으니 얼핏 기억이 났다. 뭐라고 했더라. 하찮은 베두인 따위라고 했던가? '내가 누군지 알아?' 하면서 이름을 말했던 것도 같다. 항상 머리를 풀어 귀를 가리고 다녀서 그 아비와의 공통점을 미처 알아차리지 못했지만, 이제 보니 오만한 면모가 확실히 닮았다. 주의할 필요가 있는 여인이었다.

"식사1 말이군요."

"식사1?"

무슨 의미냐는 듯 여왕이 눈을 깜빡였다. 그는 자신만의 분류법을 간단하게 설명했다. 그녀는 진지한 얼굴로 이름을 기억하는 시녀가 없냐고 물었고, 파나라는 대답을 듣자 폭소를 터트렸다.

"세상에! 파나의 이름은 기억하면서 우마미야는 식사1이라니. 그대가 알 웃딘과 알 아지리의 위상을 역전시켰어. 우마미야가 알았다면 당장 그대의 목을 베라고 했을 거야."

"이름이 우마미야입니까?"

"우미미야 이븐 샤리프 알 아지리. 위대한 아지리 가문의 고명따님이시지. 그런 아이가 힘없는 군주의 식사 시중이나 들고 있어야 하니, 아무리 귀족 가문의 딸이라면 한 번쯤 거쳐 가는 것이 왕성 시녀직이라지만 하루하루가 얼마나 분하겠나."

"……."

"한데 누군가는 이름도 기억을 못 하는구나. 아무래도 이 사실은 내가 무덤까지 가지고 가야겠다."

눈꼬리에 매달린 눈물을 닦으며 여왕이 웃음을 정리했다. 통쾌한 웃음에 멋쩍어진 그는 말을 돌렸다.

"그래도 식사는 하셔야 하지 않습니까?"

"어차피 입맛도 없다. 그보다, 말을 탈 줄 아느냐?"

질문하는 그녀의 목소리엔 일말의 기대도 없었다. 그도 그럴 것이, 사막의 베두인들은 어지간해서는 말을 키우지 않았다. 이동 수단으로써 쓸모가 거의 없는 탓이었다. 발굽의 폭이 좁고 발굽이 갈라지지 않은 말은 모래 위를 걸을 때마다 밑으로 푹푹 가라앉았다.

하지만 그것은 어디까지나 '어지간한' 베두인의 경우였다.

"탈 줄 압니다."

"그래? 어떻게?"

"야생마를 길들인 적이 있습니다."

"별일이구나. 뭐, 탈 줄 안다고 하였으니 믿겠다. 설마 그대만 한 전사가 낙마하여 크게 다칠 리도 없을 테지. 마장으로 가자."

반신반의한 채로 마장에 도착한 여왕이 마필 관리사에게 눈짓을 보냈다. 그 눈짓을 본 마필 관리사가 말 한 마리를 꺼내왔다. 그녀는 웃으며 고개를 가로저었다.

"한 마리 더 내오거라. 나의 전사와 함께 나갈 것이다."

"예?"

마필 관리사가 여왕의 눈치를 살피며 하일라바드를 위아래로 훑었다.

"말을 탈 줄 아십니까?"

"압니다."

"잘…… 타십니까?"

"모르겠습니다."

저 외에 말 타는 사람을 본 적이 없으니 잘 타는지 못 타는지 알 수가 없다. 마필 관리사는 모호한 그의 대답에 입술을 삐죽 내밀었다. 표정에서 노골적인 불만을 느낀 하일라바드는 어리둥절했다.

그의 의문은 마필 관리사가 내온 말을 보자 더욱 커졌다.

여왕의 검정말도 체구가 큰 편이었는데, 온통 흰색에 꼬리만 다갈색인 그놈은 검정말보다 한 뼘이 더 컸다. 다리와 등에 붙은 근육만 봐도 힘깨나 쓰게 생겼고, 미간에 진 주름을 보아하니 성질도 보통은 넘어 보였다. 이놈을 말이라고 인정하기 위해선 말에 대한 새로운 정의가 필요할 것 같았다.

여러모로 실력을 모르겠다고 한 베두인에게 내줄 말이 아니었다. 하일라바드는 저도 모르게 여왕을 돌아보았다. 여왕이 사르르 눈웃음을 지었다. 그 웃음에서 악의 없는 장난기를 읽은 그는 어렴풋이나마 마필 관리사의 의도를 짐작했다.

'텃세…… 같은 건가?'

그렇다면 여왕의 저 웃음은 도와주지 않겠다는 명백한 신호였다. 그는 헛웃음을 터트렸다.

"하."

베두인 전사는 걸어온 싸움을 피하지 않는다. 그리고 전사의 싸움에 도움은 필요 없다.

그는 두 눈썹 사이에 힘을 주고 말고삐를 잡았다.

"푸릉!"

낯선 이에게 고삐를 잡힌 것이 마음에 들지 않는 듯 말이 콧김을 내뿜으며 고개를 휙 돌렸다. '엇!' 하는 소리를 내며 그가 말의 고갯짓에 딸려간다. 마필 관리사는 그런 그를 비웃었고, 여왕은 긴장하며 그를 바라보았다.

"하압!"

잠시 휘청거리던 그가 말 등에 억지로 올라탔다. 말은 앞발을 들고 엉덩이를 들썩이며 그를 떨어트리려고 했지만, 그의 허벅지 사이에 몸통이 끼어 있어 움직임이 생각보다 격렬하지 않았다.

하일라바드는 요동치는 말 등에 앉아 말고삐를 뒤로 힘껏 잡아당겼다. 야생마와 힘 싸움을 하는 그의 전신이 터질 것처럼 부풀었다.

히잉, 푸릉, 게게게게. 말의 비명 같은 울음소리와 사내의 거친 숨소리. 바닥에서 모래 먼지가 피어올랐다. 마필 관리사가 멍한 눈을 하고 중얼거렸다.

"코, 코뿔소 같……."

여왕은 그의 평가에 절반만 동의했다. 아무리 힘이 좋아도 코뿔소는 초식동물이다. 하지만 지금, 말과 사투를 벌이고 있는 하일라바드의 모습은 까다로운 먹이를 사냥하는 육식동물의 그것과 같았다.

피범벅이 된 얼굴로 무심하게 양 주인이라고 대답하던 베두인 전사. 아무리 예의 바르게 굴어도, 그것이 그의 본질이었다.

"후……."

긴 탄식과 함께 흙먼지가 가라앉았다. 인간과 말의 힘 싸움의 승자는 인간이었다.

그는 허리를 곧추세우고 서서, 하늘을 향해 한숨을 뱉고 있었다. 그 아래 고개 숙인 말이 씨근덕거리며 더운 숨을 헐떡인다. 여왕은 그에게서 시선을 떼지 않은 채 마필 관리사를 불렀다.

"하심."

"예에, 폐하."

"그대가 이븐 다우드의 숙부인 것을 안다. 하지만 그런 이유로 나의 전사를 시험하려 들지 말라."

"며……명심하겠습니다."

대답하는 하심의 허리가 한 뼘은 더 낮아졌다. 그녀는 만족스러운 콧방귀를 뀌며 꼬리를 살랑거리고 있는 검정말에 올라탔다.

"재미있는 구경을 했다. 그런 식으로 말을 길들일 수 있다는 생각은 한 번도 못 해 봤는데. 지난번에도 그렇게 길들인 건가?"

그녀가 물었다. 하일라바드는 고개를 가로저었다.

"아니요."

"아니야?"

"지난번에는 이렇게 힘들지 않았습니다."

여왕이 크게 웃었다.

"그래. 그랬겠구나. 그렇게 큰 말은 흔치 않지. 그럼 이제 진짜 실력을 좀 보자."

말을 끝맺기 무섭게, 그녀가 말의 옆구리를 걷어찼다. 느긋하게 승리의 기쁨을 만끽하며 땀에 젖은 머리를 털고 있던 그는 허겁지겁 말을 출발시켰다.

그러나 말을 길들이는 실력은 뛰어날지라도 하일라바드는 확실히, 뛰어난 기수는 아니었다. 그는 단순한 방향 전환에도 애를 먹었고, 말은 자신을 힘으로 길들인 이 초보 기수에게 상당히 비협조적인 태도를 견지했다. 말의 목을 조르고 싶어진 그는 자신이 원하는 바를 행동으로 옮겼다.

말이 우렁차게 울며 게거품을 물었다.

그가 자꾸만 갈지자로 달리려고 하는 말에게 '똑바로 달려'라는 명령을 전달하는 데 성공했을 때, 여왕은 이미 저만큼 멀어져 그를 기다리고 있었다.

말과 기수는 서로를 저주하며—말의 경우는 모르겠지만 그는 확실히 그랬다—여왕을 향해 터벅터벅 걸어갔다.

"그렇게 느려서야 어디 나의 전사라고 할 수 있겠느냐? 이런 상황에서 암살자라도 마주쳤다간 그대가 도착할 무렵엔 놈들이 내 멱을 따고 콧노래를 부르면서 의뢰인에게 돌아갔을 것이다."

십중팔구는 여왕이 즐겨 하는 농담이겠지만, 그녀의 안전을 책임지는 그로서는 흘려들을 수가 없었다. 그는 말 목을 조르는 상상을 하며 바짝 마른 입술을 열었다.

"저에게 하루의 1/10을 주십시오."

정제되지 않은 말투가 툭 하고 튀어나왔다. 의외라는 듯 여왕이 눈을 크게 떴다가 이내 입술을 한데 모으며 미소를 머금었다.

"며칠이나?"

"닷새면 충분합니다."

"그걸로 날 이길 수 있을 것 같은가?"

"이기고자 함이 아닙니다."

지키고자 함이다.

고집스럽게 다문 입술로 그가 소리 없이 말했다. 여왕은 생각하는 척, 턱을 괴었다.

"하루에 1/10이라고 하면 짧은 것 같지만 그걸 닷새간 모으면 꽤 길지. 하여 그대와 나의 한 달 약속에서 반나절을 늘릴까 하는데, 어떠한가?"

"뜻대로 하십시오."

"그리고 닷새 만에 결과를 못 내면, 닷새 더 주마. 하지만 그때는……."

"하루가 늘어납니까?"

"아니, 한 달이다."

그녀가 손가락 하나를 우뚝 세웠다. 하일라바드는 퉁명스레 말했다.

"그럴 일은 없습니다."

"꽤 확신하는구나. 좋아. 내일부터 나흘간 내가 접견실에 있는 시간을 온전히 그대에게 주마."

말 위에 앉아 있는 터라 무릎을 꿇을 수 없기에 그는 허리를 굽혀 감사를 표했다.

"인사는 필요 없다. 정당한 거래니까."

그녀가 실실 웃으며 말머리를 돌렸다.

어쩐지 꼬투리를 잡힌 느낌이지만 내뱉은 말을 되돌릴 생각은 없었다. 그는 뚱하니 서 있는 말을 한번 내려다보고 한숨을 쉬며 고삐를 흔들었다.

말은 어쩌라는 거냐는 식으로 투레질만 하다가 그에게 다시 목덜미를 잡히고서야 마지못해 움직였다.

❖

왕성으로 돌아온 여왕에게 시녀장이 손님의 방문을 알렸다. 여왕은 어이없다는 표정을 지었다.

"이 시간에?"

역청 불을 밝히고 밤을 즐기는 하다르라도 잠자리에 들 시간. 아무리 귀한 손님이라도 이런 시간에 약속도 없이 찾아오는 것은 분명 무례한 행동이었다. 승마로 잠시 풀어졌던 기분에 날이 섰다.

"누구냐? 그 버르장머리 없는 방문자가."

"스스로는 후다일 이븐 자이드 알 나즈란 앗 나바테아라고 밝히더군요. 호위로 따라온 수행원들도 한 쉰 명 되더이다."

"알 나즈란 앗 나바테아……?"

방문자의 이름을 읊조리던 여왕이 미간을 좁혔다. 나바테아 지역 출신도 많고, 나즈란이라는 성도 드문 성은 아니었지만 '나바테아 출신의 나즈란 가문'이라고 하면 딱 떠오르는 가문이 있었다.

"나바테아 왕국인가?"

"후계자라고 하더이다."

"제국에서 허락이 떨어져야만 왕위에 오를 수 있는 주제에 후계라니. 속령의 장자가 퍽도 자랑스럽나 보군."

여왕은 코웃음을 치며 겉옷을 벗었다. 등 뒤로 떨어지는 망토를 시녀장이 잽싸게 받아 들었다.

"부끄러움은 몰라도, 발은 꽤 넓은 것 같더군요."

"그건 왜?"

"아부 깔랄이 동행했으니까요."

"……."

순간, 공기가 정체되었다. 심상치 않은 분위기에 아부 깔랄이라는 이름을 떠올려 본 하일라바드는 저도 모르게 인상이 굳는 것을 느꼈다.

아부 깔랄. 여왕과의 선약을 말도 없이 깬 은퇴한 관리다.

"대단하군, 아부 깔랄. 과연 한때 재상직을 역임했던 자다워. 이래선 딸을 왕성으로 보낸 알 아지리에게 고마워하고 싶어질 지경이야."

이를 악물며 여왕이 웃었다. 아부 깔랄을 상대로 분노를 풀어봤자 남는 것은 없다. 하니 지금은 참는다. 비록 '지금'이 좀 길어지더라도, 그녀는 쉰 줄이 넘은 아부 깔랄보다 오래 살 자신이 있었다.

"날 밝으면 오라 할까요?"

"음…… 아니, 잠깐."

여왕은 손가락을 까딱였다.

"아부 깔랄이 하는 짓이 괘씸하긴 하지만, 나바테아 왕국을 무시할 수는 없지."

"북쪽 국경 때문입니까? 거긴 바위산에 가로막혀 있습니다."

"하지만 그들에겐 제국의 군대가 있어. 무슨 속셈인지는 알아두는 게 좋을 거다. 저녁은 먹었다던가?"

"저녁은 드셨는데 술은 안 드셨답니다."

"하면 대연회장으로 모셔라. 옷만 갈아입고 가겠다. 아, 아부 깔랄은 돌려보내고."

말귀를 알아들은 시녀장이 차갑게 이죽거렸다.

"꼭 그리하겠습니다."

무례를 무례로 갚아주는, 여왕 나름의 보복이었다. 아마 아부 깔랄은 목이 떨어지는 것보다 더한 불쾌감을 느끼며 집으로 돌아갈 것이다. 하지만 그 또한 여왕처럼, 지금의 분노를 풀 방법은 없다. 반역이라도 일으킨다면 모를까.

"간단한 요깃거리와 술을 준비하겠습니다."

스스로 할 일을 찾아낸 시녀장이 식사2와 함께 주방 쪽으로 사라졌다. 여왕은 하일라바드만 대동한 채 침실로 올라갔다.

"나바테아의 장자가 왜 여기까지 내려왔을까?"

계단을 밟으며 여왕이 말했다.

몇 번의 경험을 통해 그녀가 문답식의 혼잣말을 즐긴다는 것을 알고 있는 하일라바드는 가만히 듣고만 있었다.

"그쪽과는 오래전에 교류가 끊겼어. 소식 정도는 건너 건너 듣고 있지만, 왕가의 자식이 찾아올 만한 관계는 결코 아니지. 내가 나바테아에 간다면, 아무도 모르게 지나칠 거야. 나바테아의 왕에게 볼일이 있지 않은 이상. 왕족끼리의 만남은 꽤나 귀찮은 거니까."

"……."

"아, 그래. 나에게 볼일이 있는 거로군. 한데 갑자기 왜지? 그들에게 어떤 변화가 있다는 얘기는 못 들었는데. 여전히 제국의 속령이고, 충성스러운 속령이 된 덕에 이득을 보고 있고, 나의 왕국은……."

그녀가 고개를 돌려 그를 바라보았다. 잔뜩 팽창된 동공이, 바라보는 시선이라기보다는 뭔가를 깨달았다는 눈빛이었다.

"아부 깔랄이 알게 되었겠군……."

"예?"

"따라와라."

그의 대답도 기다리지 않고 계단을 뛰어오른 여왕은 침실 문을 벌컥 열었다. 안에는 여왕의 잠자리 준비를 하는 시녀 둘이 있었다.

"너, 지금 당장 시녀장에게 가서 장소를 대연회장이 아닌 본성 대정원으로 바꾼다고 하여라. 식탁은 최대한 화려하게 꾸미고, 음식도 다양하게 준비하라 이르거라."

지목당한 시녀가 침실을 빠져나가자 여왕이 남은 시녀에게 기상천외한 명을 내렸다.

"빨리. 편안하면서도 위엄 있는 옷으로. 장신구까지."

'강렬하면서도 차분한 색' 같은 여왕의 명령에 시녀가 아연한 듯 코를 벌름거렸다. 하지만 잠시 후 적당한 옷과 장신구를 골라왔다.

"팔레르모(현재의 시칠리아)풍 가운입니다."

어깨 아래로 내려온 민소매가 나풀거리는 한 벌 치마는 허리에서 끈으로 묶어 여밈을 고정하는 제국식 가운이었다. 흰색 바탕에 허리끈만 붉은색이라 별달리 화려할 것은 없었지만 치마 밑단을 빼곡하게 채운 자수가 유독 눈에 띄었다.

장신구는 목걸이 하나만 착용했는데, 쇄골 가운데서 모여 아래로 길게 떨어지는 형태가 일반적인 목걸이와는 달랐다.

"향은 어떤 것으로 할까요?"

"남쪽 바다 건너온 향 있지 않으냐?"

"백단향 말씀이십니까?"

"그래. 거기에 바나나유를 섞자꾸나. 달문의 후예라면 그 두 가지가 얼마나 귀한 것인지 정도는 눈치채겠지."

"예."

작은 유리병 두 개의 액체를 섞은 시녀가 손가락으로 향유를 찍어 여왕이 목덜미와 팔꿈치에 발랐다. 이윽고 달콤하면서도 차분한 향이 여왕의 주변을 은근하게 채웠다.

"어떠냐?"

매혹적이지만 접근이 쉽진 않은 성숙한 향. 보기 드문 형태의 목걸이, 이국적이면서도 우아한 옷차림. 그녀가 원한 대로 편안해 보이기도 하고 위엄 있어 보이기도 했다.

그러나 하늘하늘한 천이 너무 선정적이라고 생각한 하일라바드는 인상을 찌푸렸다.

"모범적인 베두인 전사가 그런 표정을 하는 걸 보니, 내가 아주 모범적인 하다르처럼 입긴 한 모양이군."

"……"

얼굴을 굳힌 채로 그가 고개를 돌리며 헛기침을 했다. 여왕은 그 표정에 대단히 만족하였다.

"하일라바드."

"예."

"내가 왜 나바테아의 왕자를 대정원으로 불렀는지 아나?"

이것도 혼잣말의 연장이군.

그러나 군주가 묻는데 답을 하지 않을 수도 없는 노릇이다. 그는 고개를 저었다.

"모릅니다."

"나바테아 왕국은 제국의 속령이지. 하니 어지간히 화려한 건물은 많이 보아왔을 거야. 하지만 꽃은 다르다. 나바테아는 꽃이 자랄 수 없는 환경이 거든."

"……."

"그래서 거기로 부른 거다. 내가 편히 싸울 수 있게, 내가 만든 전장이지."

단장을 마친 여왕이 눈썹을 치켜 올리며 말했다.

"가자, 나의 전장으로."

남쪽 바다를 통해 들어온, 사막에선 보기 드문 화초들이 피어 있는 대정 원에 간이 식탁이 차려져 있었다.

'간이'라고는 하지만 황금 수술이 달린 흰색 천으로 감싸고 꽃으로 장식 해 군주의 식탁다운 품위는 충분했다. 견과를 담은 접시가 열 개가 넘었고, 주둥이가 좁고 길쭉한 유리병에 담긴 술이 연분홍빛으로 찰랑거렸다.

무례한 방문객은 이미 식탁 앞에 앉아 있었다. 제 딴에는 꽤나 신경 쓴 듯 붉은색 모자를 높이 올렸지만 화려함은 정원의 꽃만 못했고 위엄은 여왕만 못했다.

"여군주시여."

정원으로 들어오는 여왕을 발견한 사내가 자리에서 일어나 이마에 손을 얹었다가 뗐다. 여왕은 서서 그의 인사를 받았다.

'어린애군.'

사내의 얼굴을 본 여왕의 감상이었다. 나이는 그녀보다 대여섯 살 많아 보인다. 하지만 노상 중늙은이 상인들과 원로만 상대해 온 여왕의 눈에는 어린애 같기만 했다.

"이븐 자이드 알 나즈란."

"후다일이라고 불러주십시오."

"스스럼없이 이름을 부르기엔 서로의 사이가 너무 멀리 떨어져 있구나. 천천히 좁혀가자."

친근하게 다가오는 그를 우아하게 밀어내며 여왕이 손바닥을 내밀었다. 앉으라는 의미였다.

순간, 왕족의 오만함으로 무장한 후다일의 눈매가 경련을 일으켰다. 하지만 그는 이내 비틀리는 입꼬리에 힘을 주며 표정을 정리했다.

"그리하지요."

그래도 일국의 왕자라고, 호락호락하진 않았다. 여왕은 자신의 전장 선택이 아주 탁월했다고 생각하며 시중들겠다는 시녀장을 물리쳤다.

"난 이곳에서 종종 술을 즐기는데, 그때는 아무도 곁에 두지 않고 혼자 마시지. 그대는 어떠한가? 꼭 시중들 이가 필요하다면 불러주고."

"글쎄요. 곁에 부리는 이를 두지 않은 적이 없어서 어떨지 모르겠습니다. 한데 번잡한 걸 싫어하시나 봅니다. 혹, 익숙하지 않으십니까?"

"재미있는 소릴 하는군. 사막에 사는 자라면 누구나 고요가 더 익숙하지 않나? 밤의 사막이 얼마나 고요한지는 그대도 알 텐데?"

"저희 왕국은 역청 불빛이 밤에도 꺼지질 않습니다."

"굉장하구나. 그런 장관은 저 멀리 제국에서나 볼 법한 광경이라고 생각했거늘. 아, 그래. 그대의 왕국은 그럴 만도 하지. 내 잠시 잊었노라."

"……"

막 술잔을 집어 들던 후다일의 손등 위로 갈고리뼈가 도드라졌다. 여왕은 웃으며 유리병의 주둥이 부분을 잡았다.

"고독이 익숙지 않다 하니, 내 첫 잔은 따라주마. 하나 오늘만큼은 제국의 풍속이 아닌 사막의 전통에 맞춰 즐겨보게나."

날붙이 하나 없이 사람을 말로 찔러 죽이는 여왕의 솜씨는 베두인 전사 부럽지 않았다. 확실한 기선 제압. 후다일의 어깨가 눈에 띄게 좁아 들었다.

하일라바드는 손뼉을 치고 싶은 기분을 느끼며 칼자루에 손을 얹었다. 혹시나 모를 후다일의 경거망동에 대비한 행동이었지만, 다행히 후다일은 자제력이 강한 편이었다.

"가끔은 이런 것도 괜찮겠지요. 첫 잔은 감사히 받겠습니다."

쪼록.

여왕이 후다일의 잔에 술을 채웠다.

최상급의 주향은 여왕의 뒤에 서 있는 하일라바드의 후각을 자극할 만큼 강했다. 술잔을 입가로 가져간 후다일의 표정이 슬쩍 풀렸다.

"처음 맛보는 술입니다."

"석류로 만든 것이지. 나의 왕국의 석류는 최고거든. 포도주도 괜찮지만 이것도 나름의 운치가 있어."

"확실히, 그렇군요."

그리고는 한동안 일상적인 이야기만 오갔다. 서로의 안부, 가문의 안부, 왕국의 안부. 누구도 먼저 상대에게 용건을 말하지 않는다.

어쩌면 인내심 싸움이다. 누가 먼저 본심을 내비치나. 먼저 바닥을 드러낸 쪽은 후다일이었다.

"여군주께서 왕위에 오르시고 처음 뵙는 것 같습니다."

슬그머니 그가 운을 뗐다. 하지만 여왕은 대수롭지 않다는 듯 말린 바나나를 조각내는 데 열중하는 척했다.

"그럴 수밖에. 나바테아와 우리는 통 교류가 없었잖은가."

"어떠십니까? 이 기회에 새로이 교류를 이어보시는 것은."

"그래? 하면 혼인동맹이라도 할까?"

중간에 뭔가 훅 건너뛴 여왕의 말에 후다일이 당황한 표정을 지었다. 여왕은 팔짱을 끼며 마케도니아식 푹신한 의자에 등을 기댔다. 후다일은 술잔을 내려놓았다.

"여군주께서도 말씀하지 않으셨습니까? 아직 우리가, 서로의 이름을 부를 수 있을 만큼 가까운 사이는 아니라고. 가깝지 않은데 어찌 혼인을 하겠습니까? 괜히 불편하기만 할 뿐이지요. 하나……."

처음으로, 후다일의 얼굴에 미소가 피어올랐다.

"하룻밤 정도면 괜찮지 않을까 싶습니다."

순간, 하일라바드가 칼자루를 움켜쥐었다. 암살자에 버금가는 은밀한 동작을 여왕이 알아차린 것은 단지 하일라바드와 그녀의 거리가 가까웠기 때문이다.

그것은 일종의 신호였다. '명령하신다면, 베겠습니다'. 그러나 여왕은 미약하게 고개를 저었다. 전사에겐 전사의 방법이, 군주에겐 군주의 방법이 있는 법이다.

"하면 그대를 나바테아의 군주가 나에게 보내는 진상품이라고 생각하면 될까?"

"예. 약소하지만, 제 아버지께서 준비하실 수 있는 가장 좋은 진상품일 것입니다."

"그래. 확실히 약소하구나. 그만 돌아가라."

"예?"

"진상품이 약소하니 돌아가라고 하였다."

후다일은 잠시 말을 이해하지 못하고 눈만 껌뻑였다. 여왕이 그의 이해를 도왔다.

"그건, 나바테아 왕국과의 교류가 필요 없다는 뜻이다. 그대의 왕국의 그 많은 재화, 잘 훈련된 무수한 군대. 그것만 보면 대단한 강국 같지만 모두 제국의 재화, 제국의 군대 아닌가. 제국에서 부르면 군인들은 언제라도 미련 없이 돌아갈 것이고, 제국에서 원하면 수레로 재화를 올려 보내야 하지. 그런 것이 어찌 그대들의 것이야. 남의 것을 빌려 쓰는 것이지."

"여군주시여, 말씀이 과하십—"

"과하지 않다. 그대들은 실로 빚쟁이니, 제국의 군단장이 왕국을 지나친다는 얘길 듣자마자 엉덩이에 불이 났겠지. 그에게 부탁할 것이 있는데 말이야. 왕국의 세금을 줄여달라, 군대를 더 보내달라, 이런 부탁이겠지. 그는 베스파시안 황제의 후예이고, 한 군단을 이끌고 있으니 불가능하진 않을 거라 생각했을 거야."

"……."

"하여 내게 달려온 거다. 기왕 내가 그를 부른 김에 은근슬쩍 그대들의 요구도 전해달라 할 셈으로. 손 안 대고 코 풀려는 거지. 답해보라. 내 말 어디에 그릇된 부분이 있는가?"

여왕의 말은 후다일이 생각하고 있던 왕국의 한계를 정확하게 꿰뚫고 있었다. 실수로라도 내비치지 않은 진짜 목적을 파악한 통찰력은 소름이 끼칠 정도였다.

"하면 그대들이 못 하는 걸 대신해 줄 나에게 좀 더 귀한 진상품을 올려야 하는 게 아닌가. 한데 그대는, 흠……."

후다일을 위아래로 훑어본 여왕이 한숨을 쉬었다.

"하룻밤 즐길 상대로는 도무지 만족스럽지가 않구나. 하니 그대의 아비에게, 원하는 것이 있으면 좀 더 귀한 진상품을 올리라 전하라."

누적된 경험 덕에 여왕은 어떤 말을 어떤 식으로 해야 상대가 상처를 받는지 잘 알고 있었다. 아니나 다를까, 속을 읽힌 당혹감에 어쩔 줄 모르던 후다일이 이를 악물었다.

"……취향이 썩 일반적이진 않으신가 봅니다. 저에게서 매력을 못 느끼신다니."

"지극히 일반적이란다. 용모가 단정하거나, 고분고분하거나, 부르면 달려올 기동성이 있어 내가 원할 때면 언제든 취할 수 있거나. 하룻밤 상대라면 셋 중 하나라도 가지고 있어야 할 것 같은데, 그대는 그 무엇도 아니지 않나. 난 사내가 궁하지 않아. 굳이 성에 차지 않는 진상품을 받아들여야 할 이유는 없지."

"그런 이가, 있기는 합니까?"

악물린 잇새로 분기에 찬 물음이 새어 나왔다.

그 순간, 여왕이 고개를 젖힌 이유는 아무도 모를 것이다. 여왕 자신조차도. 다만 자연스레 그리되었다.

꿈쩍도 하지 않고 있는 두툼한 목울대와 날카로운 턱선 위로 보이는 깊은 눈매. 전통적인 익숙함과 이방인의 낯섦이 섞인 얼굴로, 그는 지난 며칠간 언제나 그랬듯이 그녀를 바라보고 있었다.

흔들림 없이 침잠한 그 눈빛이 처음 만난 그날의 그 눈빛과 비슷해 보였다. 네가 나를 보니 나도 너를 본다는 식의 절제된 정서가 호락호락하지 않은 성격을 반영했다.

'셋 중, 못해도 둘은 만족시키는군.'

그리고…… 어떤,

충동이 일었다.

"하일라바드."

"예."

대답하던 하일라바드는 여왕의 손짓이 아래로 향하는 것을 보았다. 의심할 여지 없이 가까이 오라는 의미다. 그는 의자 등받이를 집으며 비스듬히 상체를 기울였다.

"명하십시……."

말이 끊어졌다.

주향으로 얼룩진 붉은 입술이, 단정한 사내의 턱을 물었다.

입술끼리 닿은 것도 아니고 은밀한 부위를 깨문 것도 아니다. 이도 필요 없을 만큼 부드러운 과육을 깨물 듯, 그의 턱을 물었을 뿐이다.

한데 그 촉감이 지독하게 자극적이었다. 아니, 자극적인 것은 후각인가. 조금 씁쓸하고 건조한 체취. 시각일지도 모른다. 한결같던 눈동자가 요동을 치고 있었다.

"밤동무와의 관계를 자랑하려 함이시면 다소 부족한 것 같습니다."

화를 꾹꾹 눌러 담은 목소리가 들렸다. 하지만 주향보다 더한 체향에 취한 여왕은 대꾸할 시기를 놓치고야 말았다.

여왕이 잠깐 멈칫한 사이, 후다일을 향해 움직이는 여왕의 고개를 팔로 휘감으며 하일라바드가 선수를 쳤다.

"빈객께서 자리를 뜨신 후에…… 부족하지 않을 짓을 할 생각입니다."

후다일은 눈을 부릅떴다. 특별히 무례한 말투는 아니었는데, 가라앉은 느릿한 말투가 그의 비위를 건드렸다.

하지만 오직 한 사람에게만 복종하는 베두인 전사는 무섭게 찔러오는 나바테아 왕자의 시선을 피하지 않았다. 태연해서 무심한 눈동자와 건기의 사막처럼 이글이글 타오르는 눈동자가 마주쳤다.

먼저 시선을 돌린 것은 후다일이었다.

"오늘의 무례, 잊지 않겠습니다."

신경질적으로 자리를 박차며 후다일이 말했다. 여왕은 하일라바드의 팔 너머로 고개를 빼꼼 내밀었다.

"나 또한 오늘의 무례를 잊지 않겠다."

"무슨―!"

"일국의 군주를 아들의 하룻밤 노리개 삼으려 한 네 아비의 무례함 말이다. 덧붙여, 그걸로 제 이익을 취하려 한 파렴치함도 잊지 않겠다."

"……."

"나가라. 길은 시녀장이 안내해 줄 것이다."

비릿한 조소를 띠며 여왕이 한쪽 눈썹을 움직였다. 본성으로 나가는 방향이었다. 후다일은 바닥에 핀 꽃잎을 짓이기며 정원을 떠났다.

"자."

빠르게 멀어지던 발걸음 소리가 어느 순간부터 완전히 들리지 않았다. 여왕은 하일라바드의 목덜미를 잡고 그를 좀 더 아래로 끌어 내렸다.

"그럼 어디, 계속해 보아."

"……예?"

"나바테아의 왕자가 자리를 뜨면 부족하지 않을 짓을 하겠다고 하지 않았나."

화악, 그런 소리가 들린 것 같았다. 얼굴로 피가 몰리는 소리. 그는 귓불까지 붉게 물들이고, 하지만 퉁명스러운 얼굴로 제 목을 잡은 그녀의 손을 떼어내었다.

"의무를 다한 것뿐입니다."

"군주를 희롱하는 의무도 있더냐?"

"폐하의 육신을 지키듯 명예를 지켜야 한다고 생각했습니다."

방종한 군주보다는 밤을 즐길 정인 하나 없는 군주가 더 비참하다. 군주에 대한 사람들의 평가는 대체로 그러했다. 성별에 상관없이.

어쩌면, 상관하는 사람들이 있을지도 모르겠다. '여' 군주는 달라야 한다고. 방종하기보다는 정숙하며, 유능하기보다는 아름다워야 한다고 생각하는 사람들은 분명히 존재했다.

하지만 그는 그렇게 생각하지 않았고, 그녀도 그리 생각할 것 같지는 않았다. '군주'로서의 의무를 다하기 위해 하루를 차 한 잔 마실 시간으로 쪼개어 사는 그녀라면 그런 의견에 동의할 리가 없다. 그녀는 이미 충분히 아름답고 넘치도록 현명했으니까. 그 미모만으로 그녀는 세상을 다 가질 수 있었다.

그렇게 판단했고, 판단한 대로 행동했다.

"은근 예리하단 말이지, 그대는."

그의 판단이 옳았는지 여왕은 더 이상 질책 같은 농도 건네지 않았다. 대신 어설프게 그녀를 가둔 그의 품 안에서 빠져나와 반쯤 남은 술잔을 기울였다.

말은 없었다.

다만 빈 술잔에 술을 따르는 쪼록쪼록 소리가 목소리를 대신했다. 오로지 '여' 군주이기 때문에 받아야만 하는 상처, 흠집 난 자부심. 때로는 침묵이 더 간절하고 시끄러운 법이다.

"오늘 밤 또다시 말을 달리는 것은 그대에게 무리겠지?"

한참이 지나, 그녀의 마지막 미련이 드디어 언어가 되어 나왔다. 자신할 수 없는 그가 입을 다물자 그녀가 빙긋 웃었다.

"들어가자. 봐야 할 서류가 많다."

의자를 밀며 일어난 여왕은 전혀 실망하지 않았다는 표정으로 그를 스쳐 지나갔다. 정원을 걷는 뒷모습이 언제나처럼 의연했다.

해가 뜰 무렵 시작한 여왕의 하루는 달이 중천에 올라 하늘에 남빛이 완전히 사라질 무렵 끝났다. 서류 업무까지 정리되자, 여왕은 겉옷을 걸쳐 입고 침대에 누웠다. 그도 여왕의 침대 발치에 자리를 잡았다. 이제 그의 잠자리에는 푹신한 양탄자보다 더 푹신한 양털 침구가 준비되어 있었다.

곧이어, 느리게 내뱉는 숨소리가 들렸다.

싸악, 싸악. 잠든 여왕의 숨소리는 부드러운 봄바람에 흔들리는 밀 이삭 소리를 닮아 있었다. 미풍에 휘말린 밀 이삭은 흩날리고 부서져 깊은 잠에 빠져들었다.

그즈음 여왕은 첫날에 비해 빨리 잠들었다. 언제든 도망칠 수 있도록 잘 때도 겉옷을 입고, 누구 하나 믿지 못해 제대로 된 책사도 두지 않는 그녀가 그 앞에서는 무방비했다.

그녀의 행동은 신뢰가 바탕이 되지 않고서는 존재할 수가 없다. 대체 어디서 그런 신뢰가 생겼을까? 물론, 짐작 가는 바가 있긴 했다.

'암살자 둘을 죽인 것이 이렇게 신뢰받을 만한 일이었습니까?'

한 번쯤은 소리 내어 묻고 싶었다. 묻지 않은 것은 답을 아는 까닭이다. 아니, 의문을 속으로 삼키는 성정 때문이다. 아니, 아니. 물을 필요가 없기 때문이다.

오죽 믿을 사람이 없어서, 단 한 번 본 그를 믿어야 하는 외로운 군주. 거짓된 목소리로 위엄을 가장하여 철혈의 군주를 연기하고, 때로는 아직 세상 물정 모르는 철없는 군주를 연기한다. 그녀의 입 밖으로 나오는 모든 말, 행동, 표정은 전부 고도로 계산된 결과물이었다. 군주로서 그녀는 완벽하고 빈틈없었다.

하지만 그 완벽하고 빈틈없는 군주의 안에는 분노를 알고 좌절하고, 두려움을 느끼는 인간이 분명 존재하고 있었다. 인간인 그녀는 삐져나온 분노에 손가락을 떨고, 그의 부재에 초조해하고, 쓸쓸할 땐 술잔을 기울였다. 자유를 갈망하며 말을 달렸고 말을 달리며 웃었다.

그때야 알았다. 나날이 힘겨운 군주가 저녁을 마다하고 말을 달리는 이유를. 말 위는 그녀의 유일한 안식처였다. 잔소리 많은 시녀장도, 말 한 마디에 담긴 뜻을 파악하느라 신경을 곤두세우게 하는 귀족도 없는 그곳에서 그녀는 진정 자유로웠다.

무리를 이끌기 위해서만 존재하는 여왕개미 같은 것이 아니다. 어쩔 수 없는, 인간이다. 그러자 비로소 이 군주와 '그 하다르 여인'이 동일인이라는 게 실감 났다. 전혀 다른 사람인 것처럼 인식되던 두 사람이 한 점에서 만났다.

사― 악…….

숨소리가 더욱 졸아든다. 그는 별일 없다는 것을 알면서도 자리에서 일어나 그녀의 코끝에 손가락을 가져다 댔다. 사내의 긴 그림자가 커다란 군주의 침대를 가로질렀다.

최고급 리넨 이불 밖으로 드러난 어깨의 솜털이, 달빛을 받은 사막의 모래처럼 짙은 황금빛으로 빛나는 시간이었다. 달빛에 잠긴 그녀의 머리카락이 황금물결 쳤다. 그는 열매 맺은 아몬드 가지처럼 기울어진 그녀를 내려다보며 손끝으로 제 턱을 쓸어내렸다.

대체 무슨 영문인지, 한참 전에 사라졌어야 할 그녀의 체취가 아찔한 주향과 함께 손끝에 묻어났다. 필시 착각이겠지만 취기가 오르는 것 같았다.

문득, 빨리 말을 잘 달리고 싶다는 생각이 들었다.

6 Sūrah

6 سورة

연희(宴嬉)

"으궤에엑!"

어디선가 돼지 멱을 따는 듯한 소리가 들려왔다. 오전 접견을 취소하고 침실에서 단장을 하고 있던 여왕은 그것이 목 졸린 말의 울음소리라는 것을 알아차렸다.

단지 소리만 들었을 뿐인데 지금 마방에서 벌어지고 있는 일이 눈앞에 펼쳐졌다.

말과 인간이 한 덩어리가 되어 뒹군다. 승자도 패자도 없다. 결국은 둘 다 진 것이고, 그래서 둘 다 분해 죽는다. 그 장면을 상상하니 웃음이 나왔다.

"풉."

"폐하. 그리 웃으시면⋯⋯."

"아, 그래."

화장을 해주는 시녀가 눈가에 검은 칠을 하다 말고 손을 멈칫했다. 검은 선이 눈꼬리 바깥으로 삐져나온 것이 느껴졌다. 여왕은 허리를 펴고 자세를 바로 했다.

하심이 무어라 고함을 치는 것 같더니, 이내 조용해졌다. 말에게 재갈이라도 채웠나? 아니. 뭔가 들리긴 한다. 너무 작고 낮은 소리라 제가 잘 듣지 못할 뿐이다.

토끼라도 되지 않는 한 저 낮은 소리를 들을 방법은 없을 것 같았다. 그녀는 그것도 나쁘지 않다고 생각했다. 귀를 쫑긋쫑긋.

허기가 느껴졌다.

"배가 고픈데."

"오전 내내 아무것도 안 드셨으니까요. 과일이라도 가져다드릴까요?"

곁에 서 있던 시녀장이 냉큼 그녀의 혼잣말을 받았다. 포도나 석류 같은 것을 떠올린 여왕은 고개를 끄덕이고 싶은 마음을 억눌렀다. 또다시 눈 화장을 망칠 수는 없었다.

"빈속에 신 과일 먹으면 배앓이 하는 것을 알면서 그러느냐. 됐다. 아몬드나 가져다 다오."

기다렸다는 듯 허드렛일을 하는 시녀가 견과류가 담긴 접시를 가져왔다. 아무런 가공도 되어 있지 않은 보통의 견과류였다. 본래 그녀는 꿀에 절인 아몬드를 즐겨 먹었지만 지금은 이 정도로 만족해야 했다.

여왕이 손을 쓸 수가 없었기에 시녀장이 직접 그녀의 입에 아몬드를 넣어주었다. 아몬드 껍질에 묻은 호두가루를 털며 그녀가 말했다.

"아부 바르크 알 샨파라도 오찬에 올 것 같습니다. 어제 늦게, 샨파라 상단의 다른 상인이 슬쩍 얘기를 흘리더군요. 폐하가 말씀하실 때는 오지 않을 것처럼 굴더니 마음이 바뀐 모양입니다."

"지키야를 통해 그의 귀에 들어가도록 내가 쓸데없이 입 좀 놀렸다. 이번 오찬은 보통 때와 다르다고. 까딱하면 알 말리크에게 유향 교역권이 넘어갈 판인데 제가 안 오고 배길까. 그 정도 눈치는 있는 자다."

"지키야라 하시면……."

"욕탕 뒷정리를 하는 그 지키야 맞다. 그 아이가 요즘 알 샨파라의 아들과 혼담이 오가고 있는 모양이더군. 그대는 욕탕엔 들어오지 않으니 몰랐을 것이야."

그때, 바깥에서 큰 소리가 한 번 났다.

"이럇!"

여왕의 고개가 획 돌아간다. 어쩐지 그럴 줄 알았다는 듯 눈 화장을 하는 시녀가 눈치 빠르게 화장 막대를 뗀 덕에 또다시 선이 삐쳐 나가는 불상사는 일어나지 않았다.

시녀장은 여왕의 동요를 못 본 척하며 못다 이른 말을 이었다.

"알 자만은 어찌하시렵니까? 그가 원하는 것은 교역권이 아닌 다른 것인데요."

"알 자만? 다른 것?"

여왕은 아무 생각 없이 시녀장의 말을 따라 했다. 하지만 신경은 온통 바깥의 동향에 쏠려 있었다. 말발굽 소리가 규칙적이다.

'원을 그리고 있군. 안정적이지만 좀 느린 편이고. 이 속도라면 날 따라잡기엔 멀었는걸?'

"폐하."

"음? 아, 뭐라고 하였느냐?"

다소 뾰족한 시녀장의 부름이 여왕의 정신을 일깨웠다. 시녀장은 평소보다 열 배는 경직된 얼굴로 같은 말을 두 번째 반복했다.

"알 자만은 어찌하실 거냐고 여쭈었습니다. 그는 교역권이 아닌 다른 것을 원하고 있으니까요."

알 자만? 알 자만이 누구였더라? 뚱뚱한 비단 상인이었던가, 키가 크고 풍채가 좋은 향료 상인이었던가.

"끼헤게게엑!"

또 뭔가 마음에 안 들어서 목을 조르고 있나. 그러기엔 소리가 이상한데. 아, 목이 아니라 갈기를 잡아당긴 건가? 알 자만, 알 자만…….

생각과 소리가 뒤섞여서 머릿속이 엉망진창이 되었다. 제가 무슨 생각을 하는지 저도 모르겠다. 여왕은 잠시 알 자만을 뒤로 미뤄두었다.

"하일라바드…… 그의 마장술은 어떠한가? 많이 나아졌나?"

"형편없습니다."

답하는 시녀장의 목소리가 얼음장처럼 차갑게 가라앉아 있었다.

이런 반응을 미처 예상하지 못했던 여왕은 고개를 갸웃거렸다. 움직이면 안 된다는 것조차 잊어버린 행동이었지만, 심상치 않은 분위기를 느낀 시녀들이 어느새 여왕과 멀찍이 떨어진 터라 상관없었다.

"아직도 그를 의심하고 있느냐?"

"의심은 해도 해도 부족합니다. 그는 너무 많은 걸 알고 있고, 폐하 주변에 너무 가까이 있습니다. 출신이 확실한 것도 아니오, 오랫동안 지켜본 자도 아닙니다. 그가 적의 암살자라도 되면 어찌하시려고 기존의 전사들을 다 마다하시고 그를 그리 등용하시는 겁니까? 주의 깊은 폐하께서요. 답지 않은 것은 폐하십니다."

마지막 말은 여왕의 신경을 꽤나 건드렸다. 아무리 태어날 때부터 그녀를 돌봐온 유모라고 해도 선을 넘은 것이다.

'화를 좀 낼까?'

좋은 생각 같지는 않았다. 자신의 목숨을 책임지고 있는 사람과 목숨을 내주어도 좋을 만큼 신뢰하는 사람이 서로 반목해 봤자, 골치 아파지는 것은 자신이다.

"그대 말대로 난 주의 깊은 사람이야. 그리고 주의가 깊은 사람은 가문이 이름 높다는 이유로, 오래 알고 지냈다는 이유로 사람을 믿지 않아. 그보다는 내 목숨을 한 번이라도 구해준 사람을 믿지."

"그 또한 계획의 일환이었을 수 있습니다."

"하면 그의 눈엔 내가 무슨 덜 익은 석류처럼 보이나 보군. 더 익힌 다음에 딸 계획인가 보지?"

그쯤 되자 시녀장도 더 이상 꼬투리 잡지 못했다. 지난 아흐레 동안 하일라바드에겐 좋은 기회가 정말 많았다.

그리고 시녀장은, 감정적으로는 아니었지만 이성적으로, 설사 암살에 성공한 그가 다른 전사들에게 들키더라도 왕궁을 초토화한 다음 유유히 빠져 나갈 만한 실력자라는 데 동의할 수밖에 없었다. 소리도 없이 암살자의 목을 부러트려 죽이는 건 현재 왕궁의 전사 중 누구도 이룩하지 못한 경지였다.

하지만 어디까지나 이성의 동의였을 뿐이다. 그녀의 감정은 이대로 둬선 안 된다고 끊임없이 경종을 울리고 있었다.

"진정 그 이유뿐이십니까?"

"그게 아니면?"

"폐하께서 그자를 유독 신경 쓰시기에 드리는 말씀입니다."

시녀장의 음색에서 묘한 기운이 읽혔다. 찰나가 지나기도 전에 그 의미를 알아챈 여왕은 고민도 없이 웃음부터 터트렸다.

"아, 이런, 미리암. 나이가 들면 걱정이 많아진다더니, 대체 무슨 생각을 하는 건가? 내가, 내 목숨을 맡긴 자와 엉겨 붙어 뒹굴기라도 할까 봐? 나한테 무슨 여벌의 목숨이 있는 것도 아니고. 호위 전사를 침대로 불러들인다면 그사이 나는 누가 지켜주지?"

"진정 아니십니까?"

"놀아날 다른 사내가 죄다 사라지면 모를까 그럴 일 없어. 그리고 한 달 안에 그런 일은 일어날 것 같지 않군. 하니 알 자만 얘기나 마저 해보자. 지금쯤 아부 깔랄을 통해 다른 가문에도 내 계획이 새어나갔을 테니, 일을 빨리 진행해야 해."

시녀장의 얼토당토않은 이야기가 그녀로 하여금 깜빡 잊고 있었던 알 자만을 상기시켰다. 풍채 좋고 턱수염이 덥수룩한, 왕국의 귀족과 사돈 맺고 싶어 하는 벼락부자 상인.

"그자에게서 뽑아낼 수 있는 최대 예상 금액이 얼마 정도 되나?"

"연간 300데나리온입니다. 그 이상은 그로서도 힘에 부칠 것입니다."

"300데나리온이라."

생각에 잠긴 여왕이 검지로 손잡이 윗부분을 톡톡 두드렸다.

"아무래도 내키질 않아. 관두자."

"하나 폐하, 300데나리온이면 꽤 큰 금액인데요."

"그렇다고 일국의 군주가 300데나리온에 매파 노릇을 하는 것도 우스운 노릇이지."

확실히, 모양 빠지는 일임은 틀림없다. 하지만 여왕의 말을 들은 시녀장의 표정은 좀 전처럼 굳었다.

알 자만이 원한 것은 잠깐이라도 좋으니 연회에 우마미야를 불러달라는 것이었다. 왕국 최고의 귀족이든 뭐든 우마미야는 여왕의 시녀였고, 여왕이 자신의 시녀를 찾는 것은 그리 이상한 일도, 품위 없는 일도 아니었다.

"폐하께서 폐하의 시녀를 찾는 것이 어째서 매파 노릇이 되는 겁니까? 우마미야가 폐하의 시중을 드는 건 당연합니다."

"무슨 소릴 하는 거냐? 우마미야는 시중들지 않는다는 거 알면서."

"그거야 폐하의 고집 때문이지요. 우마미야도, 파나도 다 폐하의 시녀입니다. 한데 우마미야는 폐하의 총애만 믿고 유일하게 명 받은 폐하의 식사준비도 제대로 하지 않으니, 다른 아이들과 형평성이 맞지 않습니다."

"지금 우마미야가 일을 열심히 하지 않는다고 고자질하는 것 같다만, 내 착각이겠지?"

"폐하께서 우마미야를 편애한다는 말씀을 드리고 있는 겁니다."

슬쩍 던진 여왕의 농을 시녀장은 상종도 해주지 않았다. 그녀는 우마미야에게 유독 무른 여왕의 태도가 걱정스러웠다.

"군주의 총애가 한 사람에게 쏠리는 것은 좋지 못합니다. 알 아지리도 결국은 폐하의 백성에 불과합니다."

"그 백성이 백성답지 않다는 게 문제겠지. 아부 깔랄이 어찌했는지 기억해 보라. 하면 내가, 누대에 걸쳐 왕국에 충성을 하고 있는 알 아지리의 딸한 명 편애하는 것이 무어가 나쁜가."

"하나 폐하, 알 아지리는 충성의 대가를 충분히 받고 있습니다. 그 가문이 내는 세금이 얼마나 적은지 아시잖습니까. 폐하께서 온갖 핑계로 감해주셨죠."

"그거야 내 목적을 위해서 어쩔 수 없는 일이었고. 무엇보다 난 우마미야를 내 시녀로 곁에 둔 것이 아니야. 그것이 관례라 하니 어영부영 그리된 것이지. 군주의 시녀였다는 이력이 혼인할 때 도움이 된다면서? 하긴, 알 아지리의 딸에게 그런 게 무슨 필요 있겠느냐마는."

"명실공히 왕국에서 가장 몸값 비싼 신붓감이지요."

"그래. 그런 아이를 시녀로 부리는데 일이야 좀 안 하면 어때? 하나……."

말꼬리를 흐린 여왕이 눈짓으로 눈 화장하는 시녀를 불렀다. 시녀는 멀찍이 떨어져 있다가, 여왕의 부름을 받고 잽싸게 다가왔다. 여왕은 그녀가 편하게 일할 수 있도록 턱을 들어주었다.

"내가 아닌, 그대가 매파 노릇을 하는 것은 괜찮겠지."

시녀장의 눈이 일순 반짝했다.

"예. 그렇지요."

체면도, 실리도 챙겨야 하는 여왕은 시녀장에게 일을 미루었다. 시녀장은 머릿속으로 알 자만의 아들과 우마미야를 자연스럽게 대면시킬 동선을 그려 보았다.

물론 우마미야, 귀족 여인다운 오만함을 지닌 그녀와 알 자만의 아들이 만난다고 해서 알 자만이 원하는 일은 결코 일어나지 않을 것이다. 그러나 두 사람의 만남이 왕성 안에서 이루어지는 이상, 알 자만은 그 대가를 치러야 했다. 교활한 방법이었다.

"알 자만의 300데나리온은 아부 딸립에게 줘야 하는 돈에 보태자꾸나. 간당간당했는데 마침 잘되었다."

"아부 딸립은 보석을 원했으니, 하면 보석으로 받겠습니다."

하지만 양심의 가책 같은 것은 느끼지 못했다. 원하는 것을 얻기 위해서 조금 교활하게, 효율적으로. 여왕은 그리 살아왔다.

"다 끝났습니다."

눈 화장을 하는 시녀가 여왕의 눈꼬리에서 화장 막대를 떼며 말했다. 그것이 마치 신호라도 된 듯 새로운 시녀가 침실 문을 열고 들어와 상인들이 도착하고 있음을 알렸다.

간헐적으로 들리던 말발굽 소리도 멎었다. 여왕은 만족스러운 미소를 피워 올렸다. 이제 이 자리에 하나만 있으면 완벽해진다.

"왕가의 검을 가져오라."

❖

말이고 사람이고 할 것 없이 모래투성이, 땀투성이였다. 어느새 일상이 되어버린 광경에 마필 관리사 하심은 한숨 쉴 기력도 잃었다.

하심이 말과의 관계에서 중요한 것은 정신적인 교감이라고 누차 강조했지만, 하일라바드는 한사코 말과의 육체적인 교감을 고집했다.

"그래도 좀 익숙해지신 것 같습니다."

하심의 관대한 평가에 말에서 내리던 하일라바드는 말등자에 발을 절반쯤 걸친 불안정한 자세로 의아하다는 듯 돌아보았다.

지난 닷새간 그는 말에서 여덟 번 떨어지고, 스무 번쯤 말의 목을 졸랐고 갈기는 수도 없이 잡아당겼다. 제 승마 실력이 어떠한지는 누구보다 자신이 절절하게 느끼고 있었다.

"그럴 리가요."

기껏 입에 발린 말로 칭찬을 하였지만 돌아온 반응은 지독하게 무뚝뚝했다. 하심은 여왕의 총애를 받는 전사에게 아첨하길 포기하고 말을 돌렸다.

"아니 뭐, 승마가 좀 불안하긴 하지만, 하하…… 어떻게, 오늘도 밖에 나가시겠습니까?"

"아니요. 시간이 다 되었습니다."

"아, 벌써 그리되었나요? 이런, 폐하께서 많이 시장하시겠습니다. 계속 굶으셨을 테니. 밤까지 계속될 연회를 즐기시려면 미리미리 속을 비워 두셔야겠지만요. 아 참. 전사님께서는 이런 연회는 처음이시겠군요. 낮부터 해가 질 때까지 먹고 마시고…… 난장판도 그런 난장판이 없지요. 품위 있는 상인들이 하나같이 술에 취해서. 하하, 버려지는 음식도 어마어마합니다. 한데 그 소란 통 사이에서 폐하께선 항상 꼿꼿하시지요. 취하는 일도 없으시고. 술은 어지간한 장정 저리 가라 드시는데 말입니다. 보면 깜짝 놀라실 겁니다."

"직접 보고, 경험해 보겠습니다."

하심이 하일라바드에게 기대한 반응은 '그래요?' 라든가 '정말 그리 술을 드시는데 안 취하신단 말입니까?' 하는 정도의 물음이었다. 하지만 하일라바드는 거기서 대화를 종료해 버렸다.

황당한 일이었지만 하심은 별로 불쾌해하지 않았다. 며칠 지켜본 결과, 이 베두인 전사는 사람의 기분을 맞춰주는 법을 잘 모르는 것 같았다. 악의가 있는 것 같지는 않으니 그저 사람 사귐에 능숙하지 못하다고 해야 할 것이다.

"그럼 이만."

꾸벅, 혀 차는 하심에게 묵례를 남기고 하일라바드는 마장을 나섰다.

넓은 마장을 가로질러 마장과 북쪽 별관을 연결하는 쪽문으로 걸어가는데, 높은 담벼락 그림자 아래에서 익숙한 뒷모습이 어른거렸다. 우마미야였다.

그는 잠시 그녀를 바라보았다.

그리고 가던 길을 마저 갔다.

왕성 안은 분주했다. 다들 정신없이 움직이느라 그를 보고도 인사 한 번 제대로 하는 사람이 없었다. 아무도 주목하지 않고 아무도 말을 걸지 않으니, 오히려 마음이 편했다. 그는 진심으로 그 상황을 즐기며 긴 복도를 걸었다.

"아. 하일라바드 님."

밝은 음색이 그의 즐거움을 깼다. 시선을 정면에 두자 2층 계단에서 종종 걸음으로 내려온 파나가 활짝 웃고 있었다. 하지만 노상 그러했듯 그와 눈이 마주치자 재빨리 고개를 숙였다.

"폐하께서 단장을 마치셨어요. 하일라바드 님도 연회장에 들어가셔야 하니까, 씻고 깨끗한 옷으로 갈아입으라는 명령이세요. 옷은 처소에 준비해 놓았어요."

제 꼴을 한 번 돌아본 하일라바드는 '쯧' 하고 가볍게 혀를 찼다. 모래와 땀으로 얼룩진 옷은 그야말로 엉망이었다. 머리카락과 얼굴도 그보다 심하면 심했지, 덜하진 않았다.

"폐하께 시간을 주셔서 감사하다고 전해 주십시오. 최대한 빨리 정리하고 가겠습니다."

"예. 하면 이따가…… 뵈어요."

종종걸음으로 다가온 파나는 종종걸음으로 떠났다. 그는 2층으로 오르려던 걸음을 서쪽 별관, 전사들의 욕장으로 돌렸다.

씻고, 어깨까지 내려오는 머리카락을 대충 말린 뒤 처소에 들어가자 파나의 말대로 의복이 준비되어 있었다.

소매가 긴 상의와 통이 좁은 바지는 평소 입는 것과 다를 바 없었지만, 색은 연한 우윳빛으로 평소보다 훨씬 밝았다. 상의 끝단과 바지 끝단에는 검은색 실로 포도 덩굴무늬가 수놓아져 있었다.

'하루 이상은 못 입을 옷이군.'

합리성을 중시하는 여왕답지 않다. 그렇다는 것은, 오늘 필요한 게 합리성이 아닌 과시욕이라는 의미였다. 그는 제가 부유한 상인들만 모아놓은 연회에서 무엇을 보게 될지 짐작도 가지 않았다.

어마어마한 음식과 어마어마한 꽃들. 어마어마한 옷차림, 억 소리 나올 장신구…… 아마도 대략, 그런 것들.

'나바테아의 왕자가 왔을 때 정도를 상상하면 되려나.'

그런 생각을 하며 여왕의 침실 문을 열었고,

생각을 잊었다.

"아. 왔느냐?"

그가 짐작도 가지 않는다고 했던 그 모든 것이 사람의 형태를 띠고 그곳에 있었다.

왕관 같은 머리띠는 녹주석과 금으로 이루어졌고, 뒤로 넘긴 흰색 망토를 어깨에서 고정하는 브로치는 청금석이었다. 가슴 바로 아래에서 치마를 묶고 있는 허리끈은 수십 가닥의 금사를 꼬아 화려함을 더했다.

금가루라도 뿌렸는지, 짙은 화장으로 굴절은 뚜렷해진 눈매가 금빛으로 반짝였다. 다리가 비칠 듯 말 듯 아스라한 흰색 치맛단 끝도 똑같은 색으로 반짝이고 있었다.

길쭉한 아몬드형의 금귀고리에 박힌 커다란 붉은 마노와, 손을 살짝 흔드는 것만으로도 사람들의 시선을 다 잡아끌 듯 찰랑거리는 수십 개의 팔찌. 여왕은 색, 그 자체였다.

"어두운색보다 밝은색이 잘 어울리는구나. 흐음. 한데 무장이 아쉽군. 오늘은 이걸 차거라. 왕가의 검이다."

현란한 색에 반쯤은 홀린 채로 여왕이 내민 검을 허리에 차던 하일라바드는 뒤늦게 정신이 들었다.

"방금 왕가의 검이라고 하셨습니까?"

"그래. 내 큰 오라비가 애용하셨지. 그대만큼은 아니지만 어디 가서 빠질 만한 실력은 아니었다. 그래 봤자 칼 맞아 죽었지만."

"……."

어떤 감정을 표현해야 할지 당최 알 수가 없다.

왕가의 검은 들 수 없다며 화들짝 놀라야 하나? 아니면 오라버니의 죽음에 애도를 표하는 것이 맞는 건가?

그는 혼란스러워했고, 자신의 감정을 고스란히 드러내 보였다.

"왕가의 검이라는 이유로 정색할 필요도, 내 오라버니의 죽음을 안타까워할 필요도 없다. 이미 오래된 이야기야. 슬픔이 생각나지 않을 만큼."

그의 표정을 읽은 여왕이 태평한 얼굴로 웃으며 하일라바드가 어정쩡하게 차다 만 검을 마저 채워주었다.

"장식에 치중된 검이라 휘두르기에 적합하지는 않겠지만 보기엔 그럴듯하지. 하니 오늘은 이걸 차고서 그럴듯한 모습으로 서 있거라. 다른 전사들이 연회장을 감시하니까 그대가 수고로울 일은 아마 없을 것이다. 나로서는 이럴 때 누군가가 쳐들어와서 그대의 무용을 소문낼 일이 생겼으면 좋겠는데, 과한 욕심이겠지."

"하지만 이것은…… 왕가의 검입니다."

"아무도 쓰지 않는 검이기도 하지. 쓸 만한 사람은 다 죽었고, 나는 이렇게 긴 검은 휘두르지 못하니까. 그리고 주는 것이 아니다. 빌려주는 거야. 하니 나중에 곱게 반납하도록."

필요에 의해 빌려주는 것이라는데 한사코 거절하는 것도 예의가 아니었다. 하다르는 어떨지 모르겠지만 아무튼 베두인들 사이에선 그랬다. 그는 놀란 어깨에서 힘을 풀고 여왕이 예쁘게 묶어놓은 검집의 매듭을 짱짱하게 조였다.

"보기 좋구나. 역시 사내는 잘생기고 볼 일이다."

제가 편한 대로 매듭을 정리하고 나자 여왕이 그에게 손등을 내밀었다. 그는 난데없는 칭찬에 어리둥절하며 여왕의 손을 잡았다. 그녀가 눈꼬리를 접었다.

그 웃음은 아름답지만 짙은 화장은 마음에 들지 않는다, 고 하일라바드는 생각했다.

"가자."

"폐하께서 나가십니다."

침실 문을 연 파나가 복도에 대고 소리쳤다.

곧이어 착착착, 병장기 부딪치는 소리가 들리더니 복도 양옆으로 수십의 전사들이 도열했다. 여왕은 하일라바드의 손을 잡고 웃으며 전사들 사이를 걸어갔다. 머리를 꽃으로 장식한 시녀들이 그 뒤를 따랐다.

가장 최근에 들어온 시녀가 전사들을 지나치자 전사들이 맨 앞부터 순차적으로 일행의 끝에 붙었다. 여왕과 하일라바드, 시녀와 전사들로 이루어진 긴 행렬이 움직였다.

◆

　왕성의 대연회장은 접견실에서 왼편으로 돌아, 긴 회랑의 복도 끝에 있었다. 식당 옆에 붙어 있는 다른 연회장이 있음에도 주방에서 한참 떨어진 대연회장을 여왕이 연회의 장소로 선택한 이유는 불러들인 상인이 너무 많은 탓이었다.

　물경 200명을 수용할 수 있는 대연회장이 꽉 찼다. 호위도 없이 상단의 후계자까지만 들어올 수 있는 자리였으니, 결국 모인 상단의 개수가 100개라는 뜻이다. 이만하면 남부 아라비아에서 힘 좀 쓴다는 상인들을 죄다 모았다고 해도 과언이 아니었다.

　그들의 부와 신분에 걸맞게 연회장 안은 화려함의 극치를 달렸다. 사방이 꽃이고, 금이다. 음식은 대부분 생전 처음 보는 것들이었고 산더미처럼 쌓여 있었다.

　여왕의 화려함을 먼저 본 하일라바드는 금으로 칠갑이 된 연회장을 보고도 무덤덤했다. 하지만 연회장 한가운데를 가로지르고 있는 긴 식탁을 봤을 때는 적이 놀랐다. 화려해서가 아니라 너무 익숙했기 때문이었다.

　네 발 달린 식탁을 이용하는 하다르는 의자에 앉아 밥을 먹지만, 베두인은 바닥에 앉아서 밥을 먹는다. 베두인이라면 누구나 가지고 있는 머리 두건이 그들의 식탁이 되어주었다.

　높이가 어린아이의 무릎 정도까지 오는 연회장의 식탁은 그런 베두인의 식탁을 연상케 했다. 높이에 맞는 의자가 없었기에 상인들은 모두 바닥에 앉아 있었다.

　한 해의 절반 이상을 사막에서 보내는 상인들은 돌아갈 곳이 있는 떠돌이였다. 그 때문인지 기질도 하다르보다는 베두인에 가까웠다.

　복잡한 계산속을 가지고 왕성으로 온 그들에게 이런 환경은 분명 의외였을 것이다. 그런 의외성은 그 뒤에 따라오는 익숙함과 어우러져 여왕에 대한 그들의 경계심을 완화하는 데 일조했다.

"즐거워 보이는군."

연회장에 들어선 여왕이 중얼거렸다. 상인들은 여왕이 들어온 줄도 모르고 저들끼리 웃고 떠드느라 바빴다. 벌 떼들이 윙윙거리는 듯 연회장 안이 시끌시끌하다.

"폐하께서 들어오십니다."

하지만 그 와중에도 파나의 알림을 들은 상인이 있었다.

소란이 서서히 잦아들었다. 여왕은 상인들이 완전히 자신을 바라볼 때까지 기다렸다가 가장 상석이라 할 수 있는 주인의 자리에 앉았다. 식탁의 긴 면이 아닌, 상대적으로 짧은 면 앞이었다.

여왕은 그들에게 환영 인사와 약간의 공치사와 방종과 향락을 권장하는 말을 순차적으로 건네었다.

"다망한 와중에 다들 이리 와주어서 고맙다. 그대들의 노력으로 왕국의 부가 극에 달하였으니, 군주 된 도리로 어찌 그냥 지나치겠는가. 하여 그대들을 위한 자리를 마련하였노라. 사막을 걷는 그대들에겐 이 자리가 비록 협소하겠지만, 술과 음식만큼은 부족하지 않게 준비되어 있으니 뒷일은 걱정 말라. 취해서 두 발로 걸어 나가지 못하는 이들은 업어서라도 데려다주마."

상인들이 소리 내 웃었다. 일부는 양손을 번쩍 위로 들어 올리며 환호했다. 여왕은 하나하나 그들과 눈을 맞추다, 손바닥을 앞으로 내밀었다.

"하니 부디 오늘 밤은 사막의 전통대로, 격식 차리지 말고 죽기 전까지 먹고 마셔보자꾸나."

"얼마든지요! 여군주시여."

상인들이 소리쳤다. 그들은 죽기 전까지 먹어보자는 여왕의 명령을 충실하게 이행했다.

술과 음식이 빠르게 사라졌다. 빈 그릇을 채우기 위해 시녀들이 연회장과 주방을 수십 번씩 왔다 갔다 하고, 빈 술동이가 연회장 구석에 줄을 섰다.

취기가 오른 상인들은 옆자리 사람과의 대화가 지루해질라치면 술잔을 들고 자리를 옮겨 새로운 사람과 새로운 대화를 했다. 개중엔 그 새로운 사람으로 여왕을 낙점한 이들도 있었다. 그들은 대체로 남들보다 좀 더 취해 보였다.

여왕 또한 술기운에 다소 상기된 안색으로 웃으며 그들을 맞았다. 때로는 그녀가 직접 많이 취한 사람을 곁으로 불러 단 과일이나 물을 챙겨주기도 했다. 여왕을 관찰하는 데 익숙해진 하일라바드가 이 방종한 연회에 어떠한 의미가 있는지 깨닫는 데는 그리 오랜 시간이 걸리지 않았다.

지금 이곳은, 거대한 정치판이다.

취한 듯 불콰한 낯빛을 띠고는 있지만 정말 취한 사람은 아무도 없었다. 잘못 놀린 말 한마디에 수십에서부터 수백 데나리온이 왔다 갔다 한다. 우선권, 교역권, 거래, 돈, 낙타, 양 같은 단어들이 유의미한 다른 단어로 치환된다. 비유와 은유. 진심이 끼어들 여지는 없다.

그 거짓된 단어로 구현된 세상에서 여왕은 오롯이 혼자였다. 수십 명의 상인을 홀로 상대하며 그녀는 오전 내내 굶은 것을 보상받기라도 하듯 끊임없이 먹고 마셨다.

하지만 난공불락 같은 여왕의 진실을 아는 그는 그녀의 거대한 위에 감탄하지 않았다.

양고기를 먹을 때, 술을 마실 때, 과일을 집을 때. 그때마다 이마에 핏줄이 돋아나는 그녀는 단 한 순간도 연회를 즐기지 못했다. 다만 그 시간을 버틸 뿐이었다.

뭘 얻으려고 이렇게 힘겨운 연회를 연 것인가. 수많은 비유와 은유로 대체된 단어들을 분석하여 얻은 첫 번째 결론은 교역세금의 인상이었다. 그 외 다른 부수적인 것도 있겠지만 그것이 무엇이든, 여왕에게 이득이 되는 일이라면 일단 백안시하고 보는 왕국의 귀족들이 좋아할 것 같지는 않았다.

'좀 더 주의해야겠군.'

정치적인 문제는 전사의 영역 밖이라, 부족의 첫 번째 검으로만 키워진 그는 일부러라도 정치에 관여하지 않으려 애써 왔다. 누가 누구에게 악의를 가지고 있고, 어떤 문제가 쟁점에 올랐고, 사람들 사이에 어떤 감정이 흐르는지는 검의 영역 밖의 일이었다. 무엇보다 아비는 적이 분명했다. 적어도 부족 내에서는 감히 아비를 죽이겠다고 달려드는 자들이 없었다.

하지만 여왕의 적은 분명하지 않고, 너무 많은 감정이 복잡하게 얽혀 있었다. 굳이 실마리를 찾자면 내부에 있을지도 모른다는 것뿐이다. 정보가 새어나간 여왕의 밤 나들이, 군주의 침실을 정확하게 노리고 온 암살자. 아무리 정치에 관심이 없다고 하더라도 그 문제가 호위와 직결되어 있다면 무시하는 것이 직무유기다.

주의하고, 또 주의해야 한다. 여왕이 얻을 만한 소득을 '좋아하지 않는' 귀족 중에 몇이나 군주의 암살을 시도할지는 모르겠지만 이럴 때는 낙관적인 태도보다는 회의적인 태도가 도움이 된다. 그는 오감을 열어, 사방에 감각을 집중했다.

"애야, 처녀야."

여왕이 열 번째 고기 그릇을 비우자 그녀의 오른편에 앉아 있던 노(老)상인이 새로운 그릇을 가져오라며 시녀를 불렀다.

"여기 빈 그릇 좀 치우고, 고기랑 과일을 더 가지고 오너라. 아, 그리고 술도."

시녀는 여왕을 한 번 힐끔거리고, 그녀가 고개를 까딱이자 주방으로 달려나갔다. 접시 하나가 비자 빈자리를 술로 채우겠다는 듯 노상인이 여왕의 잔에 술을 따랐다. 여왕은 한 손으로 오만하게 술을 받으며 아무도 눈치채지 못하게 명치 아래를 쓸었다. 배가 부른 것은 아니었지만 아까 전부터 그곳이 따끔따끔했다.

"한데 그 이야기 들으셨는지 모르겠습니다. 함야르 왕국 말입니다."

"함야르 왕국이 왜?"

"거기가 요즘 상인들한테 교역세를 파격적으로 낮춰주겠다고 했답니다. 대단하지요. 뭐, 그 나라의 사정은 모르겠지만 어쨌든 그 때문에 다른 상인들이 함야르 왕국에 크게 매혹을 느끼고 있는 듯하더군요."

노상인이 말했다. '근시일 내에 함야르 왕국에서 교역세를 내릴 거라는데 너는 무엇하느라 오히려 교역세를 올리겠다며 이 상인들을 다 불러 모았느냐. 자고새의 알을 얻겠다고 자고새의 배를 갈라봤자 결국 얻게 되는 것은 죽은 자고새뿐이다'. 그의 노회한 협박에 여왕은 미소로 응대했다.

"그 이야기는 나도 들었다. 한데 내가 들은 것과 그대가 들은 이야기에는 약간 차이가 있구나. 나는 그들이 유일신교로 개종한 상인들에게만 교역세를 내려준다고 들었는데. 그들의 신앙은 사내들에게 할례를 요구한다지? 아무리 그대들에겐 재화가 신앙이라지만 멀쩡한 껍데기를 가르고 홀딱 뒤집을 정도로 재화를 믿고 있는지는 미처 몰랐다. 그토록 중요한 부분을 말이야."

"그랬습니까? 그런 이야기는 미처 듣지 못했습니다. 할례라니요. 그런 조건이 있는지 알았다면 상종도 안 했을 겁니다. 상인들이 재화를 좇는 이유는 행복해지기 위해서죠. 한데 그곳을 가르고 피를 내어 반쪽짜리 사내가 되어서야 그 미래에 무슨 행복이 있겠습니까. 본래 사내의 행복 중 절반은 밤에 있는 것을요. 여군주께서는…… 아, 이런 주제는 좀 불편하신가요? 아무래도 아직 혼인 전이시니."

"꼭 그렇지만은 않아. 그리고 내 아는 바에 의하면, 할례를 받으면 성병에 걸릴 확률이 줄어든다더군. 사내구실을 못 하게 되는 것도 물론 아니고. 다른 이들은 모르겠지만 그대에게는 도움이 되지 않을까?"

능청맞은 미소가 끊이지 않던 노상인의 얼굴에서 드디어 웃음기가 사라졌다. 실제로 그는 젊었을 적 성병을 지독하게 앓은 적이 있었다. 그때의 고생이 생각난 노상인은 입맛을 잃은 표정으로 말린 생선이 담긴 접시를 내려놓았다.

"어느 방정맞은 작자가 고릿적 이야기로 여군주의 귀를 더럽혔답니까?"

"글쎄. 내게도 듣는 귀가 있다고 해두자꾸나."

은근슬쩍 대답을 피한 여왕이 술잔을 까딱거렸다. 그는 한숨을 쉬며 술잔을 부딪쳤다.

"참으로 여군주께서는, 꾀가 많기로는 원숭이 같으시고 대범하시기는 새끼를 지키는 흑표범 같으십니다. 전 솔직히, 여군주께서 조금은 부끄러워하실 줄 알았습니다."

"그것은 그대가 날 부끄럽게 하려고 했다는 걸 인정하는 건가?"

"인정하고말고요. 사죄드립니다. 노인네가 삶이 지루하여 군주를 희롱하였으니 벌을 주십시오."

"하면 그대의 상단에만 교역세를 두 배로 올려야겠다."

"아이고, 그것만은 제발!"

노상인이 질겁하며 기도하는 시늉을 했다. 여왕은 화통하게 웃었다. 애초부터 그에게 벌을 내릴 생각은 추호도 없었다. 희롱이야 물론 화낼 일이지만, 그녀의 주변에서 이만큼 솔직하게 자신의 잘못을 인정하는 이도 드물었다. 거짓에 둘러싸인 그녀는 진실에 유독 약했다.

하지만 그 모든 좋고 싫음의 이면에는, 남부 아라비아에서 가장 큰 옷감 상인을 벌주는 것보다 이것을 빌미로 삼아 뜯어낼 만큼 뜯어내는 것이 낫다는 계산속이 있었다.

여왕은 그에게 상단 일부를 왕국의 직속에 둘 것을 요구했고, 노상인은 치열한 수 싸움 끝에 기간을 한정하는 조건으로 여왕의 요구를 받아들였다. 대신 왕국으로 들여오는 비단에 대한 세금을 제해준다고 했으니 아예 손해는 아니었다. 하지만 본래 얻은 것보다는 잃은 것이 더 크게 느껴지는 법인지라 그는 갑작스러운 허기를 느꼈다.

"한데 음식이 좀 늦어지는 것 같지 않습니까? 양을 잡으러 갔나 봅니다."

"또, 또. 그런 말로 날 손님 대접도 못 하는 군주라며 모욕할 셈이구나. 기다려 보라. 금방 올 것이다."

대수롭지 않은 척 노상인을 타박한 여왕은 대연회장의 문을 열고 들어오는 시녀들의 면면을 살폈다. 그리고 딱 시기적절하게 붉은 옷을 입은 시녀하나가 접시를 들고 다가왔다. 한데 그 얼굴이, 처음 그릇을 받아간 시녀와 달랐다.

"우마미야! 그대가 웬일인가?"

여왕이 눈을 크게 떴다. 다른 이도 아니고 우마미야는 이 자리에 있을 만한 사람이 아니었다.

"왜요? 제가 당연히 해야 할 일인데요."

"해야 할 일이라니. 내 언제 그대에게 이런 일을 시켰나."

"여군주의 시녀가 하는 일이 이거죠. 시중을 들고, 꾸며주고, 먹여주고."

우마미야는 죽도록 하기 싫은 일이지만 억지로 한다는 티가 확 나는 얼굴로 그릇을 들어 보였다. 그녀의 무례에 오히려 노상인이 여왕의 눈치를 살폈다. 여왕은 몸 둘 바를 몰라 안절부절못하는 노상인을 향해 이도 저도 아닌 미소를 보여주며 눈동자로는 시녀장을 찾아 연회장 안을 훑었다. 설마, 미리암이 알 자만과 우마미야를 만나게 할 방법으로 선택한 게 이건가?

하지만 시야 닿는 곳 어디에도 미리암은 없었고, 우마미야는 이런 곳엔 한시도 더 머물러 있기 싫다는 듯 군주의 눈앞에 접시를 들이밀었다.

"구운 양고기가 방금 떨어졌어요. 지금 굽고 있으니 우선 이것을 드시고 계세요. 사실은 폐하께 고기가 떨어졌다는 말을 올리기 어렵다며 다른 아이들이 저를 보낸 것입니다."

그녀가 들고 있는 그릇에는 여왕이 좋아하는 것들만 한가득했다. 양젖과 야자유를 섞어 고운 다음 딱딱하게 굳힌 과자, 꿀에 조린 아몬드, 카카오 가루를 녹여 뒤집어씌운 포도, 말린 바나나…….

"잠깐."

우마미야가 내려놓은 그릇이 바닥에 닿기 직전, 하일라바드가 그녀의 손목을 낚아챘다. 있는지도 몰랐던 사람이 뒤에서 갑자기 튀어나오자 상인이 급하게 숨을 들이켰다. 덕분에 여왕은 또다시 모호한 미소를 흘려야 했다.

"뭐 하는 짓이냐! 이거 놓아!"

하찮은 베두인 사내에게 손목이 잡히자 우마미야가 날카롭게 반응했다. 하지만 하일라바드는 버둥거리는 우마미야에겐 눈길 한 번 돌리지 않았다. 그가 응시하는 상대는 명확하게 여왕이었다.

"바나나가 상했습니다."

"뭐……?"

"바나나가 상했다고 말했습니다."

기이한 정적이 흘렀다. 상인과 우마미야는 그를 숫제 미친놈 보듯 바라보았다. 오직 여왕만이 질문의 필요성을 느꼈다.

"이븐 카림."

공적인 자리임을 감안한 여왕이 그를 예법에 맞는 이름으로 불렀다. 하일라바드가 대답했다.

"예."

"말린 것은 상하지 않아. 한데도 상했다는 것이냐?"

"예. 상했습니다. 저는 알 수 있습니다."

그의 대답은 붉은 것을 붉다고 말하는 것처럼 지극히 자연스러웠다. 옅은 갈색을 띤 검은 눈동자가 낯설지가 않다. 생각해 보면 그는 항상 저런 눈빛을 하고 있었다. 도망친 말의 행적을 가르쳐 줄 때도, 사람을 죽일 때 누군가의 도움을 받을 생각이 없다는 말을 할 때도. 이래서는, 믿을 수밖에 없다.

"그래……. 손님을 모아놓고 상한 음식을 내놓을 수는 없지. 하면 우마미야 빈트 다우드 알 아지리와 함께 식재료를 살펴보고 오너라."

우마미야의 표정이 확 일그러졌다. 그녀는 하일라바드에게 손목이 잡힌 채 항변했다.

"말린 게 어떻게 상할 수가 있어요? 여군주께서 이런 터무니없는 말을 믿으실지는 몰랐네요. 일단 드셔보시면 알 것을요."

"물론 우마미야. 난 그대의 식견을 믿는다. 하나 그 음식의 상태를 내 혓바닥으로 직접 확인할 수는 없지 않은가. 그러니 다녀오렴. 모든 것이 괜찮다는 확신이 생길 때, 그때 접시에 든 것을 먹겠다."

"지금은 괜찮다는 확신이 없으세요? 왜요? 절 의심하세요? 독이라도 넣었을까 봐요? 하면 시험해 보시죠. 이럴 때를 대비하라고 모든 시녀에게 은장식을 달게 하셨잖아요."

"독이라니. 설마 고귀한 알 아지리의 딸이 그런 일을 했을까? 게다가 이 많은 사람이 있는 자리에서 그리 법석을 떨면 내 체신이 뭐가 되겠니? 다만 확실히 해두자는 거란다. 그는 베두인 전사이니 그대가 놓친 것을 발견할 수 있을 거야."

명령하는 음색이 꿀을 바른 듯 달콤했다. 더 이상 버티기엔 처지가 옹색해진 우마미야는 콧방귀를 뀌었다.

"예. 저를 못 믿으신다니 말씀대로 하지요. 이것 놔라, 무례한 놈!"

세차게 하일라바드의 손을 뿌리친 그녀가 휙 몸을 돌렸다. 하일라바드는 군주에게 인사도 없이 나가는 그녀의 뒤를 쫓았다. 강인한 전사의 커다란 손에는 우마미야에게서 뺏은 접시가 보물처럼 들려 있었다.

술 마시고 떠드는 사람들의 소음에 갇혀, 오직 네 사람만 아는 소란이 정리되었다. 소란의 크기는 작았지만 여파는 컸다. 노상인은 목덜미의 땀을 닦으며 어색하게 웃었다.

"대단하군요, 알 아지리의 위세란. 여군주를 전혀 두려워하지 않는 것 같습니다."

"날 거침없이 희롱하려 한 그대가 할 말은 아닌 듯해."

"어쩐지 뒤끝이 남으신 것 같지만, 지은 죄가 있으니 입 다물겠습니다. 하나 좀 억울합니다. 저는 여군주를 두려워하지 않는 게 아니라 편히 여기는 것입니다. 여군주께서 갓 왕위에 오르셨을 때부터 지켜보지 않았습니까? 아직도 제 머릿속엔 어린 소녀였던 여군주의 모습이 선명합니다."

노상인이 너스레를 떨었다. '그런 이유로 왕국의 모든 귀족이 날 업신여기지'. 여왕은 차오른 말을 삼키며 낮은 등받이 방석에 팔꿈치를 기댔다. 속내를 드러낼 자리도, 상대도 아니었다.

"괜히 고귀한 알 아지리겠나. 그 고귀한 가문의 따님을 시녀로 보내준 샤리프 알 아지리에겐 항상 고마워하고 있다."

"그것참 다행입니다. 힘센 가문은 언제나 든든한 뒷배가 되지요. 한데 아까 그 청년 말입니다, 진짜 베두인 전사 맞습니까?"

말꼬리가 묘하게 갈라졌다. 여왕이 피식 웃었다.

"미심쩍어하는구나. 하긴 부족 밖으로 나온 베두인 전사가 흔치는 않으니까. 하나 걱정 마라. 신분은 확실해."

"아뇨. 그런 것은. 흔치는 않지만 상단을 오래 운영하다 보면 가끔 봅니다. 대상단과 거래하는 베두인 부족도 있거든요. 상단은 그들에게 생필품을 무상으로 제공하고, 부족장은 상단을 보호해 주는 것이지요. 호위가 많이 필요하고 길이 험하면 더 많은 생필품을 줍니다. 그러다 보면 부족의 첫 번째 검도 만나게 되지요."

"첫 번째 검?"

"그 부족에서 가장 강한 전사를 첫 번째 검이라고 하더군요. 부족의 수호자이고, 부족장의 한 뼘 거리에 설 수 있는 유일한 존재지요. 온전히 실력만으로 그 지위에 오르며 모든 베두인 전사의 신뢰를 얻습니다. 말씀드리고 보니, 왕국의 셰이크 무자아히드와 비슷한 것도 같습니다."

경험 많은 상인답게 노상인은 베두인 전사에 대해 자신이 아는 바를 늘어놓았다. 부족장의 한 뼘 거리에 설 수 있는 유일한 존재. 여왕은 왕성에서 처음 그를 봤을 때, 하일라바드와 그 아비의 거리를 떠올렸다. '첫 번째 검이었군'. 그의 기량에 지극히 어울리는 자리라 새삼스럽진 않지만, 노상인의 설명은 그녀가 경험한 베두인과는 무언가 맞지 않았다.

"내가 아는 베두인 족장이라면 전사를 내어주느니 생필품의 값을 치를 것 같은데. 아니면 그대가 그 베두인 부족에게 귀한 손님 대접을 받았거나."

"예전에야 그랬죠, 예전에야. 제가 막 상단을 물려받았을 때, 그러니까 검은 턱수염이 아직 수풀처럼 무성하던 시절엔 말입니다. 베두인들이 은원을 분명하게 갚던 시절. 그때 베두인 부족들은 하다르 상인이라면 상종도 안 했죠. 하다르도 마찬가지였지마는. 그러나 요즘 어느 정도 규모가 있는 베두인 부족들은 하다르 상인과 직접 거래를 틉니다. 어쨌든 그들도 먹고살아야 하고, 이제 하다르들은 물물교환을 잘 하지 않으니까요."

"돈의 중요성을 알게 되었다는 얘기군."

"예. 그리고 동시에, 이익이니 손해니 하는 거래의 개념도 알게 된 거지요. 도시로 들어와 시장에서 물건을 사는 것이 상인에게 직접 물건을 사는 것보다 비싸다는 것을 깨달은 겁니다. 베두인 전사를 내어주는 것은, 이토록 대단한 전사에게 호위를 맡기니까 물건을 더 싸게 달라는 뜻이지요. 물론 요즘도 전통을 지키는 베두인 부족은 예전과 같은 태도를 고수하나, 수가 많지는 않습니다. 저는 한 번쯤은 그런 고집 센 부족과 거래를 터보고 싶긴 합니다만."

고지식한 면모가 싫지는 않다며, 노상인은 웃었다.

"그렇다면 베두인 전사를 볼 만큼은 보았다는 건데 어째서 미심쩍어하는 건가? 난 하일라바드…… 이븐 카림이야말로 베두인 전사의 표본이라고 생각하는데."

"그야 그렇지요. 풍모부터 이야기 속에서 툭 튀어나온 베두인 전사 같기는 합니다. 하나 여군주님, 이야기 속의 베두인 전사는 그야말로 이야기 속에만 존재하는 겁니다. 발자국만 보고 사내인지 여인인지, 늙은이인지 젊은이인지 구별하고, 냄새만으로 음식이 상했는지 알아채는 베두인 전사는 현실에 없습니다. 부족의 첫 번째 검이나 그 비슷한 경지에 이를까요? 제가 만나본 베두인 전사들은 그저 남들보다 조금 더 뛰어난 전사였습니다."

"그가 첫 번째 검일 수도 있다는 생각은 안 하나 보군."

"그러기엔 너무 어리니까요."

"어리다고? 그가?"

"제 나이쯤 되면 수염을 기르지 않은 청년은 다 어려 보이지요. 성인식은 진작 치른 것 같으니 어리다기보다는 젊다고 해야겠습니다."

여왕의 놀람을 단지 표현의 문제라고 생각한 듯 노상인이 어리다는 평가를 정정했다. 하지만 단 한 번도 하일라바드의 나이를 고민해 본 적 없는 여왕은 약간 혼란스러웠다.

확실히, 이상한 일이다. 저보다 대여섯 살 많은 나바테아의 왕자를 보고도 애라고 생각했는데 하일라바드를 보았을 때는 얕잡아보는 마음이 전혀 들지 않았다. 아마 젊은 청년이라면 응당 가지고 있을 법한 치기 어린 미숙함이 없기 때문이었을 것이다. 그녀의 앞에 나타난 그 순간, 그는 이미 완성되어 있었다.

"하나 첫 번째 검이라는 지위는 저 청년의 나이에 얻을 수 있는 게 결코 아닙니다. 뼈를 깎는 훈련과 엄청난 경험이 필요하지요. 백 년에 한 번 날까 말까 한 천재여도 마찬가지입니다. 만약 저 청년이 첫 번째 검이라면, 글쎄요. 모르긴 몰라도 걸음마를 하는 순간부터 훈련을 했을 겁니다. 상상이 가지 않는군요."

어쩌면 산전수전 다 겪은 노상인도 상상하지 못하겠다는 그 지독한 훈련이 그를 완성시켰는지도 모르겠다. 근육을 다듬어 육신을 만들고, 모난 정신을 갈아 영혼을 다듬어, 원석에서 세공된 보석이 되었다.

아무런 노력도 없이 명품을 얻었으니 운이 좋다. 한데 왜인지, 행운에 감사할 생각보다 보지도 못한 그의 어린 시절이 떠올라서 즐겁지가 않았다.

베두인 전사의 훈련법은 모르지만 정신을 갈아내기로 치자면 여왕도 만만치 않은 경험의 소유자다. 때문에 그녀는 정신의 실체를 아주 잘 알고 있었다.

그것은 육신보다 말랑말랑하고 유연하여, 두드리면 두드리는 만큼 단단해지고 깎아내면 깎아내는 만큼 깎여 나간다. 그러니 다만 단련의 문제라면 육신보다는 정신 쪽을 단련하는 것이 수월하다. 하지만 '원하는 형태로' 만드는 것은 전혀 다른 문제였다.

말랑말랑하기 때문에 이쪽을 깎아내려다가 반대쪽도 깎고 만다. 유연하기 때문에 저쪽을 두드리려고 했는데, 전체가 울린다. 세공은 어느새 마모가 되고, 유연성이라는 최대의 강점을 잃어버린다.

너무 동그랗거나 너무 뾰족하거나 너무 단단하거나. 어떤 것이든 완성형은 아니다. 적당히 동그랗게, 뾰족하게 날을 세워야 할 부분은 더할 나위 없이 날카롭게, 단단하되 아집은 되지 않도록. 다 놓아버려서 이제 그만 편해지고 싶은 욕망을 다잡고 의지를 다져가며 깎고 두드린다.

그렇게까지 하는 데도 원하는 형태로 만들어지지 않는다. 육신처럼 실체가 있는 것이 아니기에, 과정을 눈으로 볼 수도 없다. 하여 정신을 갈아내는 사람은 항상 불안하다.

그렇다면 그도 나처럼 불안한 것일까—

문득 그런 생각이 들어서, 그만 웃어버렸다.

"어찌 웃으십니까?"

"음. 아니, 잠시. 이제 걸음마를 시작한 유아가 제 몸보다 더 큰 칼을 들려고 낑낑거리는 상상을 했다."

"예? 하하."

여왕의 거짓말을 철석같이 믿어버린 노상인이 따라 웃었다. 그리고는 '베두인 전사가 되기 위한 첫 번째 훈련은 달리기이니, 어린아이도 달리기부터 배울 것'이라며 꽤나 식견 넘치는 의견을 내놓았다. 베두인 전사의 훈련법에 대해 문외한인 여왕은 그의 말을 긍정했다.

"걸었으니 그다음엔 뛰어야겠지. 한데 말이야, 그대가 말한 대로 베두인 전사의 이야기가 그저 이야기일 뿐이라면, 밀린 바나나가 상했다는 하일라바드의 말은 거짓이라는 건데. 그가 왜 그랬을까? 나는 그가 거짓을 말할 이유가 없다고 믿었기에 그의 말도 믿었지만 그대는 이유를 알고 있는 것 같군."

"그야 알 아지리의 따님을 끌고 나가기 위해서지요."

"우마미야를? 왜?"

"왜겠습니까?"

그의 말꼬리가 또다시 묘하게 갈라졌다. 여왕은 그의 말투보다 의뭉스러운 그의 표정을 보고 진의를 알아차렸다.

"하일라바드가 우마미야에게 연정이라도 품고 있단 말인가?"

어이가 없어서 웃음조차 나오지 않는다. 여왕은 콧바람을 몇 번 내뿜다가 겨우 웃음을 터트렸다.

"아부 압둘아지즈, 노련한 그대도 실수를 하는구나. 그래, 백번 양보하여 그대의 말이 맞는다 치자. 하일라바드는 베두인 전사가 아닐 수도 있어. 베두인에게 무슨 증명서가 있는 것도 아니고, 증명할 방법이 없지. 하나 나에게 속한 전사가 연모하는 여인과 함께 있기 위해서 나에게 거짓을 고하다니. 그는 그런 성품이 아니야. 절대 아니다."

"그것은 여군주께서 사내를 모르셔서 하는 말씀입니다. 사내는 한번 눈이 돌아가면 물불을 안 가리지요."

"관둬라. 우마미야와 하일라바드는 사이가 좋지 않아. 그는 며칠 전까지, 우마미야의 이름도 기억을 못 했다."

"남들 앞에서는 차가운 척, 뒤로 잘해주는 사내가 어디 한둘이랍니까? 하니 제 말이 영 믿기지 않으시다면 나중에 여군주의 전사를 붙잡고 은근히 물어보십시오. 십중팔구 제 말이 맞을 겁니다. 보십시오. 단순히 음식의 상태를 확인하는 것치고는 시간이 오래 걸리지 않습니까?"

여왕이 재차 부정했지만 노상인은 자신의 주장을 굽히지 않았다. 말도 안 되는 이야기, 불쾌하다. 그럴 리 없다는 걸 알면서도 불쾌했다. 그의 부재가 길어지는 까닭엔 그래야 하는 이유가 있다.

있을 것이다, 분명히.

분명히.

"왕성 주방엔 말린 바나나가 산더미처럼 쌓여 있다. 그걸 확인하느라 늦는 거겠지. 아니래도 한사코 고집을 부리는 게 늙은이들 특징이라지만, 그래도 상단의 주인씩이나 되어서 보통의 늙은이처럼 늙어서야 쓰나."

"저는 보통의 늙은이처럼 잘 먹고 잘살다 죽는 것이 소망인 사람입니다."

"내가 술이 부족한가 보다. 헛소리가 들리는 걸 보니."

"어이쿠!"

슬쩍 빈 술잔을 내밀자 아부 압둘아지즈가 호들갑을 떨며 잔을 채웠다. 여왕은 느릿한 손짓으로 술잔을 입에 가져가 대곤, 마시는 시늉만 하며 금방 내려놓았다. 달콤하기론 왕국 제일인 석류주가 소태처럼 썼다.

아부 압둘아지즈에게서 얻어낸 이득으로 잠시 둔감했던 명치의 고통이

다시금 욱신거렸다.

❖

"너!"

연회장을 빠져나오자마자, 우마미야가 기다렸다는 듯 손을 휘둘렀다. 하일라바드는 제 뺨을 향해 날아오는 그녀의 손바닥을 뻔히 보면서도 피하려 들지 않았다.

철썩! 살덩이 두 개가 부딪치는 소리는 충분히 경쾌했다. 하지만 표정만 보면 맞은 사람은 하일라바드가 아니라 우마미야인 것 같았다. 우마미야는 얼얼해진 손바닥을 움찔거리며 매섭게 눈을 치떴다. 안색이 금세 부어오른 손바닥만큼 벌겠다.

"지난번 내 목에 칼을 댔을 때는 뭘 몰라서 그런 거라 생각하여 용서해 주었다. 한데 오늘은 용서가 안 되는구나. 내가 누군지 뻔히 알면서도 여군주 앞에서 날 모욕을 줘? 그리고 누구 손을 함부로 잡아?"

"……."

"네가 여군주를 믿고 날뛰는 모양인데, 여군주가 널 비호해 줄 수 있다고 생각하면 대단한 오산이다. 이 무례가 뺨 한 대로 끝날 거라 생각진 마라! 내 결백이 증명되면 널 하다르의 법도에 맞게 처분할 것이다!"

군주의 권위를 무참히 밟아가며, 우마미야는 그를 겁박했다. 한데 돌아온 반응은 맥 빠졌다.

"그러십시오."

"뭐?"

"하다르의 법도든 뭐든 원대로 하란 말입니다. 단―"

그가 말을 이었다.

"그건 당신이 결백할 때의 이야기입니다. 결백을 증명하지 못하면 나 또한 베두인의 율법에 맞게 당신을 대하겠습니다."

그리고 하일라바드는 말없이 복도를 가리켰다. 가던 길이나 마저 가자는 뜻이었다. 우마미야는 잡아먹을 듯 그를 한 번 노려보았다가 발을 쿵쿵 구르며 앞서 나갔다. 적어도 그녀는, 거리낌은 없어 보였다.

대연회장에서 주방까지는 거리가 좀 있었다. 가는 동안 파나를 만난 하일라바드는 시녀장이 어디 있는지 물었고, 파나는 여왕과 떨어진 그가 의아한 듯 고개를 갸웃거리면서도 성실하게 답해주었다.

"시녀장님께서는 주방에 계세요. 마침 술이 다 떨어져서……."

"감사합니다."

"예……."

그는 무언가 설명을 이어가려는 파나의 말을 감사 인사로 싹둑 자르고, 얼굴 붉힌 그녀를 지나쳐 갔다. 우마미야는 아예 파나와는 말을 섞지도 않았다.

주방 문은 잠금쇠가 없는 여닫이문이었다. 먼저 우마미야가 당당하게 문을 밀고 들어갔다. 시녀들은 우마미야를 보고 허리를 굽신거렸지만, 하일라바드를 보았을 때는 어리둥절한 표정으로 고개만 까딱거렸다. 전사가 난데없이 주방엘 들어왔으니 반응이 어색할 법도 했다.

낯선 얼굴, 낯익은 얼굴. 주방은 시녀들로 와글거렸지만 그 안에서 시녀장을 찾는 것은 전혀 어렵지 않았다.

"몇 번을 말해? 아부 바르크 님은 단 걸 안 드신다고 하지 않았느냐! 우마미야는 대체 어딜 간 게야? 이 얼간이들을 감독하라고 했더니 코빼기도 안 보이고. 넌 뭘 멀뚱히 서 있어? 당장 그릇에서 단 과자를 빼거라! 어서!"

하일라바드는 목소리가 들리는 곳까지 걸어갔다. 우마미야를 찾아 두리번거리던 시녀장이 뒤늦게 그를 발견하곤 가뜩이나 카랑카랑한 목소리를 더욱 높였다.

"이븐 카림! 그대가 왜 여기에 있나? 우마미야는 웬일이고?"

"바나나가 상했습니다. 하니 주위를 물려주십시오."

"뭐? 방금 무어라 했는가?"

하일라바드는 같은 말을 두 번 하는 대신 가져온 그릇을 내보였다. 눈치가 빠른 시녀장은 그를 미친놈 보듯 바라보지 않았다.

"폐하께서 허락하셨는가?"

"예."

그렇다면 더 망설일 것도 없다. 하지만 주방에서 시녀들을 물려서는 연회에 차질이 생긴다. 다행히 가까이에 적당한 장소가 있었다.

"조리장 안쪽에 요리장의 휴식소가 있네. 그리로 가세."

주방 문도 그랬지만, 휴식소의 문도 잠금장치가 없는 여닫이문이었다. 두 사람을 먼저 들여보낸 시녀장은 아무도 접근하지 못하도록 단단히 이른 뒤 문을 닫았다.

"이제 말하게나."

"바나나에……."

"이자가 주장하길, 바나나가 상했다는군. 하나 그것은 핑계인 것 같고, 독이 들었다고 생각하는 것 같아. 하니 이 접시의 음식에 은 감별법을 사용해."

하일라바드의 말을 낚아챈 우마미야가 후다닥, 말을 끝냈다. 그녀는 당연하다는 듯 시녀장에게 하대를 하고 있었다. 말투도 명령조라 기분이 나쁠 법했지만 우마미야는 처음 들어온 날부터 이 모양이었다. 무엇보다, 독이라는 말에 염통이 발등까지 떨어진 시녀장은 새삼스레 그런 걸 지적할 정신이 없었다.

"독이라니? 주방에서 나간 음식은 모두 내 손을 거쳤는데 누가 독을 탔단 말인가? 접시를 내간 시녀가 그런 짓을 했다면 모를까……."

"접시는 내가 내갔다. 이자는 나를 의심하는 거야. 알 아지리의 딸인 나를. 하니 당장 은 감별법을 시행하라. 그대가 보는 앞에서 내 결백을 증명한 뒤, 이자를 가문으로 끌고 가겠다. 여군주도 내가 이런 모욕을 당했는데 이자를 편들어주시진 않겠지. 안 그래?"

우마미야가 동의를 구해왔지만 머릿속이 복잡해진 시녀장은 눈알만 굴렸다. 그녀가 생각하기엔 우마미야가 독을 탔다는 것은 말이 안 되었다. 이미 왕국 제일가는 가문인 알 아지리의 딸이 뭐가 아쉬워서 군주를 죽이려 한단 말인가.

그렇다고 하일라바드가 우마미야에게 누명을 씌울 이유가 있는 것도 아니다. 그 반대라면 모를까. 억하심정을 가지고 있는 것은 어디까지나 우마미야 쪽이었다.

물론 독 감별법 이야기까지 나온 이상 확인은 해봐야 했다. 하지만 하일라바드를 잡아먹을 듯 노려보는 우마미야가 마음에 걸렸다. 만약 우마미야의 혐의가 누명으로 밝혀질 경우, 하일라바드는 귀족 모욕죄를 받게 된다. 율법이 죄를 정하고 있는 이상 여왕도 속수무책이다.

바로 그 점이 걸리는 것이다. 미리암이 느끼는 감정과는 별개로, 여왕의 호위로서 그는 믿음직했다.

"이븐 카림, 신중하게. 귀족에게 누명을 씌운다면 돌이킬 수 없네. 이 자리에서 우마미야에게 사과한다면 이 일은 없던 것으로 해주겠네. 우마미야도, 더 이상 소란을 떨지 말게나. 이 접시는 내 재량껏 폐기한 것으로 하지."

어쩌면 폐하께선 그를 말려보라고 나에게 보내신 게 아닐까? 그리 생각한 미리암이 적당한 선에서 서로 물러나길 권했다. 하지만 우마미야는 콧방귀만 뀌었다.

"누가 소란을 떨고, 누구 마음대로 없던 일로 해? 난 그럴 생각 없는데. 그대가 안 하겠다면 내가 하겠어."

은으로 된 머리 장식 중 하나를 떼어낸 우마미야가 말린 바나나를 찔렀다. 어찌나 행동이 재빠른지 미리암이 만류할 새도 없었다.

마른 나뭇잎이 부서질 때 같은 소리를 내며 얇게 저민 말린 바나나가 부서졌다. 그걸로도 부족해 우마미야는 닥치는 대로 아몬드며 포도며 할 것 없이 찔러댔다. 미리암은 침을 삼키며 음식이 닿은 머리 장식 끝을 바라보았다.

색은 변하지 않았다.

"이, 이게……."

당황한 미리암이 자신의 장신구로 독 감별을 시도했다. 하지만 장신구는 변색한 곳 하나 없이 은제 특유의 은은한 광택만 흘리고 있었다.

"자, 이제 어쩔 테냐?"

이것 보라는 듯 우마미야가 장신구를 하일라바드의 발아래에 집어 던졌다. 하일라바드는 장신구를 대강 내려다보고, 천천히 고개를 들었다.

"색이 변하지 않을 거라 생각하긴 했습니다."

"그게 무슨 소리인가!"

"은으로 감별할 수 없는 독이 많으니까요. 전갈 독이나 뱀독 같은 생물 독은 대부분 은 감별법에 걸리지 않습니다."

"잘난 척하고 나서더니 또 그런 헛소리냐? 그것들은 특유의 냄새가 나서 향신료가 듬뿍 들어간 음식이라면 모를까, 이런 간식엔 섞을 수가 없다. 뱀독 같은 소리 하지 말고 말린 과일에 넣을 법한 독이 있으면 말해봐!"

당혹감을 감추지 못하는 미리암을 밀치며 우마미야가 나섰다. 하일라바드는 고개를 저었다.

"모르겠습니다."

"하!"

상황을 포기한 거나 다름없는 말이었다. 한데도 표정만큼은 담담하다. 그 표정이 가뜩이나 독이 오른 우마미야의 성질을 부추겼다.

"이제 와 죄를 인정해도 소용없어. 내 너에게 누차 경고했지? 뺨 한 대로 끝나진 않을 거라고."

"우마미야, 잠깐—"

"그대는 빠져! 이자에게 말하고 있으니까!"

미리암이 어떻게든 진정시켜 보려고 했지만 그럴수록 우마미야는 벼락에 놀란 말처럼 날뛰었다. 태어나는 순간부터 왕국 제일 가문의 외동딸로 대우받아 온 그녀는 화를 참아본 적이 없다. 처음 하일라바드가 제 목에 칼을 가져다 댔을 때 바로 응징하지 않은 것만으로도 많이 참은 셈이었다.

"떨기나무 가지로 네 등짝을 후려치고, 무례를 저지른 네 손목을 자르겠다. 그걸로 끝인 줄 알아? 널 그대로, 죽을 때까지 내버려 둘 테다. 피고름이 딱지가 되어 앉고, 딱지에 구더기가 들끓을 때까지 널 살려 두겠다. 절대, 쉽게, 죽이지 않아! 알겠느냐?"

"그대에겐 그럴 권한이 없을 텐데?"

"빠지라고 했지!"

두 번째 참견에 우마미야가 미리암 쪽으로 몸을 돌리며 왈칵 소리를 질렀다. 흥분한 그녀는 끼어든 목소리가 미리암의 그것과 다르다는 것도 미처 깨닫지 못했다. 알게 된 것은 실컷 소리를 지르고 난 후였다.

"폐……!"

"왕성에 소속된 전사는 살인, 방화, 강간을 저지르지 않는 한 내 허락 없이 형벌을 부과할 수 없다. 한데 우마미야, 누가 그대에게 그를 벌할 권한을 주었지?"

어느새 나타난 여왕이 물었다. 그녀는 파나와 두 명의 전사를 대동하고 있었다. 우마미야는 숨을 들이켰고, 시녀장은 황급히 허리를 굽혔다.

"폐하! 어찌 이곳까지 걸음을 하셨습니까."

"나의 전사가 나의 시녀를 데리고 나가더니 돌아올 생각을 안 하기에 밀회라도 하는지 알았지. 재미있는 구경이나 해볼까 하여 왔는데, 더 재미있는 구경을 하게 되었구나."

여왕은 고개를 까딱여 그녀의 인사를 받고 주위를 훑었다. 그리고 다정하게 우마미야를 바라보았다.

"말해보렴, 우마미야. 누가 그대에게 그런 권한을 주었나? 아니면 나의 전사를 벌하겠다는데, 내가 허락을 할 거라 생각했니?"

"하면 이자를 이대로 내버려 두실 생각이셨습니까? 제가 여군주의 접시에 독을 섞었다는 누명을 씌우는 것도 모자라, 이리 뻣뻣하게 고개를 들고 있는데도요. 어디 그뿐입니까? 제 목에 칼을 댄 적도 있습니다. 저를 보고 제대로 인사한 적도 없습니다."

"누명이 확실하니?"

"확실하지 않으면요? 보세요! 장식 색이 그대로잖아요!"

"그래, 그래. 그건 나도 보았다. 하나 그는 경솔한 이가 아니니, 그리 생각한 연유가 있겠지. 우선은 그의 얘기를 들어보자꾸나."

여왕은 우마미야를 살살 달래며 하일라바드에게로 시선을 돌렸다.

"말해봐라. 어째서 우마미야에게 누명을 씌웠느냐?"

그녀의 목소리는 좀 전과는 달리 싸늘했다. 하일라바드는 여왕의 에메랄드빛 눈동자에서 눈을 떼지 않았다. 화를 내고 있나? 아니, 화를 내는 것과는 조금 다르다. 이것은 아마도……

초조함.

"시중을 들지 않는 여인이 자청하여 시중을 드는 게 수상하다고 생각했습니다."

"누명의 근거가 되기엔 너무 빈약하구나."

"한데 그녀가 가져온 접시에서 이상한 냄새가 났습니다."

"냄새?"

"예. 처음 맡는…… 제가 모르는 향이었습니다. 은 감별법에 걸리지 않은 건 아마 그 때문일 것입니다. 아마 아는 사람이 거의 없는 향일 거라고 생각합니다. 아주 희미하고, 다른 음식 냄새에 금방 섞여 버렸지만—"

"또 헛소리냐! 그 냄새가 날 리가 없다!"

여왕이 그만하라는 명령을 내리지 않았기에, 그는 진술을 가로막으며 끼어드는 우마미야를 무시하고 말을 이었다.

"맛을 보면 아린 맛이 날 것 같았습니다."

불길한 향이다.

냄새를 인식하는 순간 가장 먼저 그런 생각이 들었다. 베두인 전사의 감이라고 해도 좋다. 그리 말하면 여왕은 또 근거가 부족하다 하겠지만 그는 자신의 감각을 믿었다.

"그러자, 낮에 본 것이 떠올랐습니다. 어떤 사내에게서 그녀가 보자기로

싼 무언가를 받고 있었습니다. 인적이 드문 은밀한 곳이었고 주고받는 두 사람의 태도도 은밀했습니다. 하여…….

"여군주님, 아닙니다! 저자가 오해를 한 것입니다! 그것은—"

"쉿."

우마미야가 또다시 끼어들었지만, 여왕이 검지를 들어 그녀의 입을 막았다.

"사람을 만나는 장소와 태도가 은밀했다……. 사내의 얼굴을 보았느냐?"

"나무 그림자에 가려져 보지 못했습니다. 다만 휨 없이 바른 자세로 추정하건대 나이는 많지 않은 것 같았고, 귀가."

하일라바드가 제 귀를 가리켰다.

"귀가 서 있었습니다. 나귀처럼."

사람들이 시선이 우마미야의 귀로 향했다. 우마미야는 저도 모르게 제 귀를 가렸다. 이 자리에 있는 사람이라면 누구나 그 귀가 의미하는 바를 알고 있었다.

"아지리 가문의 귀 모양은 참으로 특별하지."

하지만 누구보다도 잘 아는 여왕에게선 흔들림을 찾아볼 수 없었다. 그녀는 여전히 다정한 표정으로 우마미야에게 물었다.

"우마미야, 네 오라비가 왕성에 왔었니?"

"그것이……."

"어찌 내가 그걸 몰랐을까? 아, 그래. 왕성 경비 중엔 네 가문에서 보낸 전사들이 수두룩하지? 그들이 몰래 들여보냈다면 내가 알 방도가 없구나. 한데 어찌 몰래 들어왔느냐? 알 아지리라면 피리를 불며 당당하게 와야지."

여왕이 빙긋 웃으며 다가왔다. 우마미야는 주춤주춤, 뒷걸음질을 쳤다. 표정과 음성 모두 온화하기 짝이 없었지만 웃지 않는 여왕의 눈동자는 녹색 보석처럼 차가웠다.

"여, 여군주, 아니, 아니, 폐하……."

"우마미야. 네 가문으로부터 무엇을 받았느냐? 은 감별법에 걸리지 않는 새로운 독이라도 받았느냐?"

"저는 모릅니다! 제가 낮에 만난 사람은 왕궁에 호두를 대는 상인입니다. 제 오라비가 아닙니다! 나무 그림자 때문에 얼굴도 못 보았다고 하지 않습니까? 한데 어찌 귀의 모양을 구분할 수 있단 말입니까!"

"네 집안이 함야르 왕국과 내통하고 있었느냐?"

"모른다고 말씀드렸지 않습니까? 폐하! 제가 저자보다 폐하를 오래 모셨습니다! 저를 믿어주시옵소서! 어찌 저런 뜨내기의 말을 믿고 저를……. 전 정말 억울합니다!"

하일라바드의 말꼬투리를 잡고, 지나간 시간에 호소하며 우마미야가 목청 높여 자신의 결백을 주장했다. 톡톡, 여왕이 뺨을 두드렸다.

"그대는 '그 냄새'라고 하였지."

"……."

"내 귀에는 그것이, 냄새의 정체를 안다는 것처럼 들렸다만. 아니었나?"

휘청거리다가, 우마미야는 벽에 등을 부딪쳤다. 자백의 방법치고는 격렬하다고 생각하며 여왕은 시선을 비틀어 올렸다. 그 외 어떠한 말이나 행동도 없었는데 하일라바드가 기가 막히게 눈을 마주쳐 왔다.

"은 감별법에 걸리지 않을 거라 예상했다고?"

"예."

"하면 어찌 독을 밝혀낼 생각이었나?"

"먹이려고……."

그가 말했다.

"먹이려고 했습니다."

여기저기서 헛바람 들이켜는 소리가 났다. 특히 우마미야는 곧 쓰러져도 이상하지 않을 표정이었다. 여왕은 가면 같은 얼굴에 미소를 그렸다.

"그래. 즉사하지 않는 이상 그것이 가장 효과적으로 자백을 이끌어내는 방법이긴 하지. 하나 알 아지리의 딸에게 독이 들었을지도 모르는 음식을 먹이려 하다니. 행여 자백할 새도 없이 죽기라도 한다면, 그대뿐만 아니라 나

141

도 퍽 곤란해질 것 같구나.”

“그런 극독은 결코 아닙니다.”

딸을 제물로 삼을 생각이 아니고서야, 흉수가 뻔히 드러나는 독을 쓸 리가 없다. 날카롭게 찔러오는 녹색 눈동자를 바라보며 그는 단호하게 고개를 저었다.

여왕의 시선은 아주 잠깐만 그에게 머물렀다. 어느새 고개를 돌린 여왕이 대동한 전사 둘에게 명령을 내렸다.

“먹여라.”

“폐하!”

“폐하!”

우마미야와 미리암이 동시에 여왕을 불렀다. 우마미야는 경악이었고, 미리암은 우려였다. ‘그래도 알 아지리의 딸입니다’. 천에 하나, 만에 하나의 가능성. 하지만 여왕은 미리암의 신중론을 무시했다.

“먹여. 그릇에 담긴 것이라면 아몬드 한 톨도 남기지 마라.”

“폐하!”

사색이 된 우마미야가 제 양팔을 붙잡으려 드는 전사들의 팔을 뿌리치며 소리를 질렀다.

“저는 알 아지리입니다. 왕국에서 가장 오래된 귀족이며, 왕가와 가장 가까운 귀족입니다! 의심나는 것이 있다 하여 이리 대하실 수는 없습니다. 귀족은 재판을 받아야 합니다. 그것이 왕국의 율법입니다!”

“물론, 나는 율법을 잘 지키는 군주다. 하니 이것은 널 심문하는 게 아니야. 상을 내리는 것이지. 군주가 직접 먹을 것을 내린다는데 그 누가 그것을 심문이라 할 것인가.”

“폐하! 이것 놔! 놔라!”

우마미야는 어떻게든 전사들의 손에서 벗어나려 발버둥을 쳤지만 빠져나갈 방법은 애초부터 없었다. 눈물과 애원, 악에 받친 비명, 우격다짐. 벌리고, 물리고. 먹이고, 뱉어낸다.

"안 돼, 안 돼! 아아! 제발……! 폐하, 전 정말 억울, 읍! 우욱!"

즐거운 마음으로 지켜볼 만한 광경은 아니었던 듯 파나가 눈을 질끈 감으며 귀를 막았다. 시녀장은 물론이거니와 우마미야에게 손가락을 물려가며 억지로 음식을 먹이는 전사들의 표정도 좋진 못했다.

오직 여왕만이 처음과 똑같이, 감정이 실리지 않은 눈동자로 그녀를 쳐다보고 있었다.

"흐윽……!"

아몬드 한 줌을 겨우 먹은 우마미야가 눈물을 쏟아냈다. 눈에서는 독기 대신 체념이 보였다. 여왕은 비로소 우마미야에게서 등을 돌렸다.

"자리를 오래 비워두었구나. 연회장으로 돌아갈 테니 그대는 이곳에 남아서 전사들이 내 명을 제대로 이행하는지 감시하라. 주변 단속하는 것을 잊지 말고."

"명심하겠습니다."

"그리고 파나는 카디자를 찾아라. 이 순간부터 카디자가 내 식사 준비 담당이다."

"카디자 이븐 히샴 말씀이십니까?"

"맞다."

"알겠습니다."

여왕은 몇 가지 사소한 명령을 더 내린 뒤 자리를 떴다. 어깨에 힘을 주고 걸어 나가는 그녀의 뒤를, 아주 당연하게 하일라바드가 쫓았다.

여왕은, 적어도 겉으로는 아무렇지 않아 보였다. 하지만 하일라바드는 복도를 걷는 그녀의 걸음이 점점 빨라진다는 것을 알아차렸다.

거의 달리는 속도로 주방과 복도를 벗어난 그녀가 향한 곳은 왕성에서 가장 은밀한 서쪽 정원이었다.

그녀는 정원에 도착하자마자 정원과 복도를 구분하는 회랑 기둥을 잡고 허리를 숙였다.

"폐하—"

"가까이 오지 마!"

딱 한 발짝 더 떼었을 뿐인데, 발걸음 소리를 용케 들은 여왕이 소리를 질렀다.

등 너머로 슬쩍 보인 여왕의 얼굴이 기이하다. 무감동의 에메랄드빛 눈동자, 경직된 안면 근육. 여전한 무표정이지만 그 완벽한 무표정에 세상 온갖 풍파를 다 겪은 노파의 얼굴이 겹쳐 보였다.

주름 하나하나, 눈썹 한 올 한 올에 세월의 고통이 아로새겨져 있었다. 하지만 표정은 없다. 고통을 참는 얼굴은 그토록 무감각했다.

'그렇군……'

고통, 그래. 저것은 고통이다. 그 고통 아래 안개처럼 깔린 자욱한 슬픔이 그를 멈칫하게 만들었다.

"가까이…… 오지 마라."

서슬 퍼런 고함이나 신음처럼 들리는 명령 때문이 아니라, 여왕의 표정을 존중하는 의미에서 하일라바드는 더 이상 다가가지 않았다.

그가 적당한 거리에 멈춰 서자 여왕은 등줄기를 부들부들 떨며 이제까지 먹은 것을 다 게워내었다.

마른 등에서 날개뼈가 툭 뛰어나왔다. 더럽다는 생각은 들지 않는다.

게워 내고 또 게워내다, 나오는 것이 없어 노란 위액까지 토해내는 그녀의 토악질은 방종한 연회의 결과가 아니었다. 그녀가 토해내고 있는 것은 감정이었다. 분노, 두려움, 고통. 그런 섬세한 감정의 편린들이 아무렇게나 다루어지고 있었다.

안타깝다.

이럴 땐 어떻게 해야 하나. 죽은 그의 여왕, 지니야에게 그러했듯 끌어안고, 달래주면. 괜찮다고 이야기해 주면…….

"……"

깨달음은 섬뜩했다. 그는 저도 모르게 앞으로 뻗은 손을 물려 제 얼굴을 움켜쥐었다.

'맙소사. 대체 무슨 생각을 한 거냐, 너. 머리 두건을 벗고 소매가 짧은 옷을 입었다고 하다르 귀족이라도 된 것인 양 군주의 일에 참견하려는 꼴이라니. 건방지게.'

버릴 만큼 버리고 나면 여왕은 언제나와 같은 모습으로 돌아올 것이다. 수백 개의 얼굴을 가지고 있는 유능한 배우. 미처 버리지 못한 감정은 티 나지 않게 갈무리하고, 태연하게 연회장에 앉아서 다시 먹고 마실 테지. 주변의 누구도, 그사이 무슨 일이 있었는지 눈치채지 못하게.

그러니 제가 걱정할 바가 아니다. 그가 책임져야 하는 것은 군주의 육신이지 정신이 아니니까. 군주의 명예라면 모를까, 다친 마음을 지켜주는 것은 그녀의 가족, 벗, 연인의 몫이었다.

그런데 폐하, 당신⋯⋯.

가족은 있습니까?

벗은?

⋯⋯연인은?

신음에 가까운 토악질 소리가 멈췄다. 하일라바드는 여왕의 뒷모습에 시선을 고정했다.

허리를 부여잡고 일어난 그녀는 분수대의 물로 입을 헹군 뒤 쓰디쓴 꽃잎을 잘근잘근 씹으며 혹시 모를 입 냄새를 숨겼다.

입가를 정리하고 빨간 꽃잎을 찾아 물어 입술에 색을 입히고, 머리를 매만지고, 비로소 여왕이 그에게로 걸어왔다.

"가자. 너무 지체하였구나."

발걸음 한 번에 창백했던 얼굴이 제빛을 되찾고, 또 한 번에 태도가 당당해진다. 그리하여 연회장에 도착했을 무렵엔 이미 완벽해져 있었다. 그의 예상대로였다

그날 그녀는 마지막 상인이 거의 인사불성으로 취해 하인의 부축을 받고 떠날 때까지 자리를 지켰다.

7 Sūrah

7 سورة

깨진 우물

우마미야는 달이 뜨기 전에 모든 것을 실토했다. 시간으로 따지자면 반의 반나절도 못 버틴 셈이다.

제 주위에서 1큐빗 이상 떨어지지 말라는 여왕의 명령이 있었기에 심문 자리엔 하일라바드도 동행하게 되었다. 시녀장은 마뜩잖은 표정을 지었지만 그를 그림자 취급하기로 했는지 별다른 말은 하지 않았다.

"그 독은…… 오래전, 아버님께서 아는 상인에게 얻은 것입니다. 아라비아에서 아비시니아를 통해 히스파니아(현재의 이베리아 반도, 스페인)까지 상행을 하는 대상이었는데, 그도 그곳에서 우연히 구한 것이라고 들었습니다."

양손이 뒤로 묶인 채로 바닥에 주저앉은 우마미야가 속삭이는 것처럼 낮은 목소리로 제가 아는 바를 털어놓았다.

"나무에 기생하는 식물이라고…… 했습니다. 그것을 바짝 말려서 곱게 간 것이라고……. 색은 없고 약간 아린 맛이 있긴 하지만 꿀이나 과일즙에 섞으면 맛도 감쪽같이 사라지고, 나무와 성분이 똑같아서 은 감별법에도 걸리지 않는다고……."

"기생 식물? 나무에 난 혹 같은 것이냐?"

"저도 정확히는 모르겠습니다……. 하지만 듣기로는, 본래의 나무와는 아예 다른 것이 자라나는 것 같습니다."

여왕이 눈살을 찌푸리며 시녀장을 바라보자 시녀장도 똑같은 표정으로 고개를 흔들었다. 본 적이 없으니 상상할 수 없는 것은 마찬가지였다.

"흠."

여왕은 생각에 잠긴 콧소리를 내었다.

"어떤 형태인지 모르겠지만 어쨌든, 효과는 느린가 보군. 계속해 보아."

"적당량을 복용하면 짧게는 여섯 시간 뒤, 길게는 반나절 후에…… 증상이 나타납니다. 중화제를 복용하지 않으면…… 환각을…… 그리고……."

가뜩이나 작은 우마미야의 목소리가 환각이라는 부분에 이르자 더욱더 기어들어 갔다. 그러다 종내에는 입을 다물고 흐느껴 울었다. 시녀장이 중얼거렸다.

"설마 이것이……."

대상을 한정하는 '이것'은 그녀가 이 괴이쩍은 독에 대해서 이미 알고 있음을 의미했다. 여왕을 바라보는 시녀장의 표정엔 분명 경악이 떠올라 있었다. 경악까지는 아니지만 우마미야를 노려보느라 시녀장의 시선을 눈치채지 못하는 여왕의 반응도 일상적이진 않았다. 여왕이 우마미야에게 명령했다.

"계속하라."

"……환각…… 해져서……."

"크게."

"심해져서…… 나중엔 소량만으로도…… 고열과 복통에 시달리다……."

치맛자락을 꽉 잡은 여왕의 두 주먹이 부들부들 떨린다. 그 모습은 하일라바드로 하여금 터지기 일보 직전의 둑을 연상케 했다. 그토록 노련하게 감정을 조절하던 여인이 감정을 흘리고, 내보이고 있었다.

'이건, 뭔가……'

위험하다. 여왕의 감정 우물은 깊고 넓다. 그것이 터지면 분명 예측 밖의 일이 벌어질 것이다.

"더 크게."

"그리고 탈수 증세가……"

"크게!"

"탈수 증세가 나타나서 사망에 이릅니다! 폐하! 제발 살려 주소서! 이 독에는 해독제가 없습니다! 최대한 빨리, 독과 상극인 다른 음식을 먹어야 합니다. 전 그것이 무언지 모릅니다. 하니 저를 아버님께 보내주세요, 제발!"

울고 짜고 미적거린 것이 언제였냐는 듯 숨 한 번 몰아쉴 시간에 말을 마친 우마미야가 납작 엎으려 여왕에게로 기어왔다. 더 이상 여왕을 여군주라 하지 않는다. 왕국 최고의 귀족이라는 자부심과 오만함은 죽을지도 모른다는 공포 앞에서 맥을 못 추었다.

"제 아버님의 욕심이 과하였습니다! 하나 폐하, 잘못이 크지만 공도 많습니다! 오랜 세월 왕국에 충성한 가문을 어여삐 여기시어……"

흐느끼는 울음소리는 통곡으로 변해 있었다. 여왕은 행여나 우마미야의 어디 한 군데라도 자신에게 닿을까, 치맛자락을 뒤로 넘겼다.

"저 입…… 다물게 하라."

열띤, 하지만 가라앉은 여왕의 목소리에서 하일라바드는 둑이 터진 것을 느꼈다.

그의 느낌은 정확했다.

"폐하!"

시녀장이 우마미야에게 재갈을 물리는 것도 끝까지 보지 못하고, 여왕은 쏜 화살처럼 휴식소를 뛰쳐나갔다. 시녀장이 째지는 목소리로 소리쳤다.

"하일라바드! 폐하를—"

하지만 그녀가 말을 하기 전에 이미 하일라바드는 달음박질치는 여왕을 쫓아 달리고 있었다. 대체 여왕의 이 격렬한 반응이 무엇에 기인했는지는 모르겠지만, 왕국의 어디도 안전하지 않은 지금과 같은 상황에서 그가 해야 할 일은 분명했다.

여왕은 죽음의 신을 피해 달아나는 사람처럼 기를 쓰고 달렸다. 손을 뻗으면 언제든 붙잡을 만한 거리를 두고, 그는 여왕이 달아나도록 놔두었다. 터진 둑에서 흘러나온 물은 흐르는 대로 내버려 두는 것이 좋다.

하지만 여왕이 마장으로 향하자 적잖게 당황했다.

마장에 도착한 여왕은 가장 먼저 눈에 띈 말에 올라타 그대로 왕성을 빠져나갔다. 기마, 채질, 질주가 모두 한 호흡에 이루어졌다. '어'라며 당황을 드러내거나 '폐하!'라고 그녀를 불러 주의를 끌 새도 없었다.

"말을! 빨리, 부탁합니다."

"예? 예!"

대체 무슨 일인가, 눈알만 데굴데굴 굴리고 있던 하심이 하일라바드의 말을 듣고는 후다닥 그의 백마를 꺼내왔다.

"저, 전사님! 여기 있습니다."

하심의 손에 끌려온 말의 표정이 불퉁했다. 이런 시간에 무슨 일이냐는 의미겠지, 저 표정은. 하일라바드는 호흡을 고르며 말의 정면에 섰다.

그리고 이제까지 단 한 번도 시도하지 않은 일을 실천에 옮겼다.

"나의 여왕이 위험하다."

"푸르릉."

"네가 무어라 하든 난 나의 여왕을 쫓아갈 것이다. 지금 당장, 아주 빠르게. 하니 한 번만 더 나를 떨어트리려고 한다면……."

손을 뻗은 그가 재갈 밑에 가려진 말의 불룩 튀어나온 볼살을 움켜쥐었다.

"널 구워 먹어버릴 테다……!"

말은 그를 떨어트리지 않았다.

❖

'이길 순 없어도 뒤쫓아갈 수는 있다'.

하일라바드는 여왕에게 그리 말했고, 자신의 말을 지켰다.

왕성을 나와 여왕의 흔적을 따라간 그는 얼마 지나지 않아 여왕을 발견했다. 말을 달린 시간은 얼마 되지 않지만 왕성에선 한참 떨어진 곳이었다.

두 발이 네 발로 바뀌었을 뿐, 그녀는 여전히 죽을 둥 살 둥 달리고 있었다.

저 속도를 따라잡다니. 불과 닷새 만에 이룩한 쾌거에 하일라바드는 약간의 경의를 담아 노상 잡아당기기만 하던 말의 갈기를 쓰다듬어 주었다.

초목이 드문드문 핀 광야를 지나 주변 모습이 달라졌다는 생각이 든 찰나, 거대한 절벽이 나왔다. 절벽 끝에 말을 세운 여왕이 말 등에서 내렸다. 하일라바드는 말을 멀찍이 떨어트려 두고 그녀에게로 걸어갔다.

옆으로 살짝 비켜서며 그에게 설 자리를 내어주긴 했지만 '왔느냐' 말 한 마디 걸지 않는 여왕은 그를 이 자리에 없는 사람인 듯 대했다.

그 또한 특별한 말 없이 여왕의 곁에 섰다. 제가 절벽이라고 생각했던 것이 사실은 협곡임을, 하일라바드는 그때 알았다.

폭이 넓고 긴 협곡이 두 사람이 선 자리에서 낙차를 두고 아래로 깊게 파였다. 바닥에 물기가 약간 남아 있는 것을 보아하니 비가 오면 이 협곡을 따라 물이 흐르는 것 같았다. 높이가 달라지는 경계엔 귀퉁이가 무너진 돌벽이 있었는데, 용도는 알 수 없었다.

그녀는 표정 없는 얼굴로 협곡을 내려다보았다. 영원히 이어질 것만 같던 질주를 끝낸 그녀의 옆모습은 조금 무방비해 보였다. 저 까마득한 아래로 당장 몸을 던진다 해도 이상하지 않다.

'아니, 던지는 것은 감정인가?

협곡 아래에서부터 불어오는 바람을 온몸으로 맞으며, 그녀는 버리는 중이었다. 오늘 느낀 충격과 고통, 슬픔 그리고 어쩌면 피로까지. 깊은 우물 같은 감정 그릇 밖으로 새어 나온 자신의 일부를, 누구도 찾지 않을 협곡에 묻어버리고 있었다.

　바람에 휘감긴 협곡이 흐느껴 울었다. 문득, 여왕이 입을 열었다.

　"나는 그대가 단호하다고 생각했는데, 오늘은 그것이 무모함의 일종이라
는 생각이 들었다."

　"예?"

　"우마미야 말이다. 음식을 먹이려 했다지 않았나. 내가 그녀를 총애하는
걸 알면서 허락받을 생각도 안 하고. 일이 이렇게 풀렸으니 망정이지 정말
그 음식이 멀쩡했다면 알 아지리는 둘째치고, 나도 화가 무척 났을 거야. 그
게 무모함이 아니고 뭔가."

　그사이 버릴 만큼 버렸는지, 여왕의 목소리는 상당히 산뜻했다. 하지만
아무래도 그는 그녀처럼 산뜻해질 수 없었다.

　"폐하께서 알 아지리의 딸을 총애한다고 생각한 적 없습니다."

　"뭐? 내가 얼마나—"

　"말로만, 총애한다고 하시지요."

　"······."

　그렇지 않습니까, 라고 그가 눈으로 물었다.

　그의 시선을 피하며 여왕은 대답을 미뤘다.

　"이제는 그대를 잘 모르겠다. 단호한 건지 무모한 건지, 둔한 것인지 예리
한 것인지."

　"······."

　"자식은 부모한테 배운다고 하지. 우마미야는 나에게 단 한 번도 예를 다
한 적이 없었다. 그렇다면 그 아비는 날 어찌 생각하고 있겠나. 겉으로야 왕
국에 충성하는 척하지만, 그게 진심은 아닐 거다. 알 아지리는 항상 내 경계
의 대상이었어. 그리고 난 그들이 내 경계를 알아차리지 못하도록 최선을 다
했지."

　경계하여 그 딸에게 아무것도 시키지 않았고, 경계를 알아차리지 못하도
록 총애를 가장했다. 그녀가 보인 과도한 다정함은 그 때문이었다.

"조금만 깊이 생각해 보면 내가 그들을 좋아할 이유가 하나 없다는 걸 알 텐데, 아무도 눈치채지 못했다. 다들 내 거짓을 믿었지. 미리암조차도."

"그럴 만한 이유라도 있습니까?"

"우마미야의 고모가 내 큰오라버니의 아내였거든."

하일라바드는 귀를 의심했다.

"아지리 가문과 사돈이란 말씀이십니까?"

"사돈이었었지. 오라버니가 죽은 후에 재가했으니까. 둘 사이에 애도 없었고, 지금은 사실상 남이야."

그러나 어찌 되었든, 알 아지리가 그녀의 '가족'에 가장 가까이 있는 것은 맞았다. 여왕의 다친 마음을 달래주어야 하는, 가족. 한데 한 명은 항상 상대를 경계했고, 한 명은 독을 보냈다. 참으로 따사로운 가족관계였다.

"아들 하나, 딸 하나 정도 낳고 지금껏 잘살고 있었겠지. 즉위식을 사흘 남겨두고 오라버니가 돌아가시지 않았다면. 왕궁 안에서, 칼에 맞아 죽었어. 오라버니의 시신을 가장 먼저 발견한 것이 나다. 우습지 않으냐? 그리 칼을 잘 쓰던 사람이었는데."

그때의 광경을 상상이라도 한 듯 여왕의 눈동자가 흔들렸다. 하일라바드는 어떤 불쾌한 예감 같은 것을 느꼈다.

"알 아지리입니까?"

"아니. 오라버니의 암살은 함야르 왕의 지시였다. 우리 왕국의 오랜 적이지. 알 아지리 입장에서 생각해 봐도, 굳이 죽여야 한다면 가문의 딸이 오라버니의 핏줄을 잉태한 뒤에 죽이는 것이 맞아. 왕국을 통째로 집어삼킬 기회니까……."

그녀가 앞섶이 벌어진 겉옷의 옷깃을 여몄다. 더 이상 바람도 불어오지 않는데, 혼자만 추위를 타고 있었다. 감정이 빠져나간 빈자리는 그렇게 서늘했다.

"그러다 아버지가 돌아가시고, 죽은 큰 오라버니를 대신해 작은 오라버니가 왕위에 올랐다. 한데 작은 오라버니도 일찍 죽었어. 병사라고, 그때는 생각했었다.”

'했었다'. 명백한 과거형이다. 또다시 불쾌한 예감에 휩싸인 그는 여왕의 목소리에 집중했다.

“자꾸 눈앞에 노란 꽃잎 같은 것이 아른거린다고 하더니, 벽에다 대고 말을 하기 시작했다. 오라버니는 그곳에 사람이 있다고 했지만 오라버니가 말한 사람을 본 이는 아무도 없었다. 그러다 감기에 걸렸는지 열이 좀 높더니 식욕을 잃었어. 억지로라도 먹이려고 하면 계속 토를 했지. 그나마 대추야자 즙은 먹었다. 그 단 음료를……. 그리고 어떻게 되었을 것 같으냐?”

불쾌한 예감은 현실이 되었다. 하일라바드는 혐오감을 여과 없이 내보이며 말을 씹어 뱉었다.

“탈수 증세가 나타났겠군요.”

그녀는 메마른 미소로 그의 대답을 긍정했다.

“우리 왕국의 왕좌는 왕의 무덤이다. 어려서부터 두각을 나타냈던 큰오라버니는 왕이 되기 전에 죽임을 당했고, 큰 오라버니에 가려져 있었지만 선하고 영민했던 작은 오라버니는 왕이 되어 죽었다. 그리고 나……. 계집이라 아무것도 배울 필요 없어 배우지 않았던 나는, 무능한 덕에 여태까지 살아남았지.”

“폐하를 처음 만났을 때, 폐하께서는 죽음을 목전에 두고 있었습니다.”

“근래에 좀 그래. 덕분에 아주 무능한 군주에서 조금은 군주다운 군주가 되고 있는 것 같다는 생각을 하며 자위하고 있다.”

하하. 조소 띤 웃음이 정체된 밤공기를 타고 퍼졌다. 하일라바드는 주먹을 쥐었다, 펴며 조용히 물었다.

“어디까지 가실 생각입니까?”

왕궁으로 돌아가겠다고 대답하려던 여왕은 미간을 한껏 찌푸린 그의 표정에서 그가 말한 '어디'가 일종의 추상적인 개념이라는 것을 깨달았다.

목숨을 담보로 잡고 당신, 대체 무엇을 이루려 하는가.

“그런 걸 물어볼 줄은 몰랐는데.”

알아 두어야 호위하는 것이 편할 것 같다고, 그가 짧게 답했다. 그녀는 낮은 웃음소리를 내었다.

"성실하구나. 그럼 성실한 그대를 위해 답해주지. 어디까지 갈 거냐고 물었느냐?"

그녀는 그에게서 고개를 돌리고 손가락을 들었다.

"물을 돈으로 살 수 있을 때까지."

긴 손가락이 협곡의 돌벽을 가리켰다.

"저것은 댐이다. 물을 가두어 두는 장치지. 우리 왕국은 다른 지역에 비해 비가 많이 오는 편이지만 지대가 높아 물이 고이지 못하고 죄다 남쪽 바다로 흘러나가 버린다. 그래서 저곳에 댐을 세웠다. 천 년 전에. 그렇게 모은 물로 왕국의 모든 사람을 먹여 살렸지. 그때는 이 근처가 다 초록색이었다고 했다."

"하지만 망가졌습니다."

"그래. 불민한 후손들의 작품이지."

덥지도, 춥지도 않은 지상 낙원. 부는 하늘에 닿고 수백의 상인들이 오가는 화려한 도시. 천 년 전 위대한 여왕의 전설이 숨 쉬는 고도(高都). 그녀의 왕국을 설명하는 그 수많은 수식어에 진실은 단 한 개도 없었다.

"밖으로는 함야르라는 이리 떼에 치이고, 안으로는 왕국의 가장 오래된 귀족에게 치여 안팎으로 곪아 터진 종양……. 그것이 지금 나의 왕국이다. 땅은 넓지만 물이 없고, 물자는 많지만 사람은 적다. 사람이 적으니 병사도 적고. 메마른 땅을 보석으로 치장하여 사람들의 눈을 흐리는 신기루와 같지."

"……."

"그래서 저 댐을 다시 세워야 해. 멀쩡하고 튼튼한 신제품으로. 하지만 지금 남부 아라비아의 어느 곳에서도 저만한 규모의 댐을 설계할 수 있는 건축사는 찾아볼 수가 없다. 찾고 찾다 보니 로마 제국까지 올라가더군."

"상인들에게 세금을 올리신 이유가 그 건축사를 돈으로 사 오기 위해서였습니까?"

"그래. 한데 댐 하나를 세울 만한 역량이 있는 건축가는 대부분 제국의 귀족 가문에 고용되어 있다더군. 그래서 지금 로마 10군단장이 열심히 나의 왕국으로 오고 있는 거다. 물론 그는, 자신이 풍광 좋은 남부 아라비아에서 요양을 하러 오는 거라고 생각하고 있을 테지만. 돈이 참 좋아. 제국 군단장의 부관을 홀릴 수 있으니."

모든 것이 저 댐으로 귀결된다. 그녀는 댐을 다시 세우기 위해 군단장의 부관에게 어마어마한 뇌물을 주었고, 뇌물을 받은 부관은 제 상관을 남부 아라비아로 가게 만들었다.

제국과 손을 잡은 그녀의 왕국이 성장할 것을 두려워한 함야르 왕국은 끊임없이 암살자를 보냈고, 군주의 권위가 커지는 것을 우려한 왕국 제일의 귀족은 그녀를 암살하려 했다. 당장 가용할 재화가 부족한 그녀는 상인들을 불러들여 자기 학대에 가까운 연회를 벌였다.

그 모든 것이 저 댐 때문이었다.

"난 물을 돈으로 살 거야. 그리고 그 물로 다시 사람을 살 것이다. 그리하여 천 년 뒤에 이 땅을 들르는 모든 사람이 여전히 멀쩡한 마립댐을 볼 수 있도록······."

두 오라비를 모두 잃어가며 그녀가 꾸었던 꿈이 모두 그곳에 있었다. 하지만 꿈을 말하는 그녀에겐 생기가 느껴지지 않았다. 그저 지치고 씁쓸해 보일 뿐이었다.

"정신없이 나를 쫓아 달리느라 피곤하겠구나. 내가 이리 제멋대로다."

"······."

"돌아가자. 나의 왕국으로."

힘없이 웃으며 그녀가 등을 돌렸다. 힘이 잔뜩 실린 뒷모습에서, 그는 텅 빈 감정의 우물을 보았다.

'하지만 그게 그렇게 쉽게 비워질 수 있는 건가?'

그렇게 쉽게. 말 한 번 달리고, 협곡 한 번 내려다보는 것으로 마음이 비워지나?

혹시 그녀가 버렸다고 생각한 감정들은 그 마른 우물 벽 틈새에 이름만 바꿔 덕지덕지 붙어 있는 것이 아닐까?

결론을 내리기도 전에 손이 먼저 나갔다. 말고삐를 쥐기 직전 그에게 손이 잡힌 여왕이 눈을 크게 떴다.

"……하일라바드?"

"가지, 마십시오."

깊이 상관하지 않으려 했다. 베두인은 베두인, 하다르는 하다르. 물과 모래가 섞이면 진흙이 되어버린다. 하여 항상 거리를 두고, 필요한 만큼만 배우고 익혔다. 옷깃에 진흙 한 톨 묻지 않게. 설혹 묻었다 해도 툭툭 털어버릴 수 있도록. 그리하면 훗날 부족의 품으로 돌아갔을 때, 떠나기 전의 자신과 같은 모습이 될 수 있을 것 같았다.

한데 이제는 그리 안 되겠다. 그녀가 이대로 돌아가는 것이, 옷깃에 진흙 묻는 것보다 싫다. 그녀의 왕국은 그녀의 무덤이다.

당신이 그 무덤으로 돌아가지 않았으면 좋겠다. 그토록 화려하고, 그래서 더욱 비감한 그곳으로 가는 것이 싫다. 이리 지치고 외로운 표정을 하고 가는 것은 더욱 싫다. 그것이 협곡에서 뛰어내릴 것 같은 자살 희망자의 모습과 뭐가 다르단 말인가.

어쩌면…… 그래. 신뢰할 사람 없는 여왕이 그에게 신뢰를 보냈을 때부터, 이것은 예정된 순서였다. 그의 마음은 항상 자신을 믿어주는 사람을 향해 달려가곤 했다. 아비가 원했기에 첫 번째 검이 되었고 지니야가 원했기에 그녀를 여왕처럼 받들었다.

"좀 더 밤바람을 느껴보십시오. 그래도 늦지 않습니다. 안전을 걱정하시는 거라면, 제가 지키겠습니다."

그러니 진흙 같은 것, 묻어버리라지.

말이 일으킨 마법처럼, 때마침 바람이 불었다. 이 계절에 어울리지 않는 청명한 바람이었다. 바람은 여왕의 뺨에 입을 맞추고 장난스럽게 머리를 헝

클어트렸다.

여왕은 그에게 손이 잡힌 채 그를 올려다보았다.

"그대는 나를…… 대체 어찌 보고 있나."

"군주로 보고 있습니다."

"……."

"지치고 외로운."

그가 부연을 하기 전에 그녀는 하일라바드가 무어라 답할지 짐작하고 있었다. 그의 눈동자에 비친 제 모습이 딱 그러했다. 헝클어진 머리카락에 가려진 얼굴이 야위었다. 그녀는 고요하게 저와 눈을 마주쳐 오는 그를 응시하며 물었다.

"왜 나에게 말하지 않았느냐?"

"무엇을 말씀입니까?"

"연회장에서. 왜 나에게 먼저 알리지 않고 그리 수긍할 수 없는 모습으로 우마미야만 끌고 나갔냐는 말이다."

질문이 잘 이해가 되지 않았다. 하일라바드는 되물었다.

"그 자리에서 말해도 되는 것이었습니까?"

그가 아는 한, 여왕은 모든 암살 시도 자체를 숨기고 싶어 했다. '끊임없이 목숨을 위협받는 군주라면 아무래도 불안하다'. 사람들이 그리 생각할 것을 우려하는지도 몰랐다. 실제로도 불안한 지위였기에 더더욱 그러했을 것이다.

그래서 그는, 완벽해 보이기 위해서 수십 개의 가면을 덧씌우는, 연회를 위해 반나절을 쫄쫄 굶는 그녀의 노력을 저의 섣부른 판단으로 깨부수고 싶지 않았다.

"……내가 그대에게 내 속을 너무 많이 들켰구나."

간략한 반문에 담은 의미를 죄다 읽은 듯 여왕의 얼굴에 미소가 떠올랐다. 창백한 미소는 조소를 닮아 있었다. 자기혐오 혹은 자기비하. 보는 순간 가슴이 놀랄 만큼 철렁 내려앉았다.

"폐하."

"내 속을 그리 읽지 마라. 자꾸 기대고 싶어지니까. 나는 퍽 제멋대로고, 신경깨나 쓰이게 하는 사람이다. 하니 귀찮아지고 싶지 않거든 앞으로는 알아도 모른 척하라."

그녀가 그의 손을 뿌리쳤다. 하지만 그는 손가락에 힘을 주어 더욱 강하게 그녀를 붙들었다.

"저는 정말 사람을 귀찮게 하는 게 무엇인지 알고 있습니다."

마음이 없으면—

마음이 없으면 모든 게 귀찮다. 그는 마음을 이야기하고 있었지만 그녀는 다르게 알아들었다.

"마치 그런 사람이라도 있었다는 얘기처럼 들리는구나."

"……양입니다."

"양?"

"예. 폐하께서도 보셨습니다."

그녀의 얼굴이 일순 멍해졌다. 그러다 곧 입꼬리가 올라갔다. 하지만 적절치 못한 표정이라는 생각이 뒤늦게 들었는지, 화급히 웃음을 지웠다.

"베두인에게 제 소유의 짐승은 가족과 같다는 말은 들었다. 그대에겐 그 양이 그런 존재였구나. 미안하다. 나 때문에 그리되었는데. 웃으면 안 될 것 같은데 어쩐지 웃음이 나와서……."

그는 괜찮다며 고개를 저었다. 웃는 것 같기도 하고 우는 것 같기도 하지만 지금 그녀가 드러내는 이 감정은 진짜였다. 그걸로 충분했다.

"그 양이 좀 제멋대로였느냐? 이름이 무엇이었나?"

"지니야라고 불렀습니다."

"정령의 여왕이라. 제멋대로였을 만하구나. 모든 군주는 제멋대로지."

역시 이름을 잘못 지었던 것이 틀림없다고, 하일라바드는 생각했다.

"그대의 그 양도…… 지치고, 외로워할 때가 있었던가?"

"예."

"어떻게 달래주었나?"

여왕이 물었다. 그는 물기 마른 여왕의 에메랄드빛 눈동자를 물끄러미 바라보다 그때까지 잡고 있던 여왕의 손을 확 잡아당겼다.

"……!"

"안아주었습니다."

얇은 피부 한 겹 아래에서 두 개의 심장이 함께 뛴다. 삶은 그렇게, 소리로 자신의 존재를 주장하고 있었다.

단단한 목울대, 가지런한 턱선. 충동이 인다. 그녀는 손을 들어 올려 그의 뺨을 쓸었다.

"명색이 사람인데, 양보다는 나은 위로를 받아야 하지 않겠나."

붉은 입술 사이로 고르게 자란 하얀 치아가 얼핏얼핏 모습을 드러냈다. 그는 그녀의 허리에 손을 두르고 제 쪽으로 바짝 붙였다. 머릿속에 단단히 자리 잡은 뭔가가 흐릿해지고 있었다. 자제력이라든가, 절제라든가. 그를 베두인답게 만드는 모든 것들이.

아니, 이미 무너졌다.

"전 좀…… 거칠 수 있습니다."

"그런 건……."

아랫입술을 가볍게 깨물며 그녀가 속삭였다.

"직접 경험해 보마."

긴 상의를 벗은 그가 부드러운 모랫바닥에 옷을 깔았다. 군살이라고는 찾아볼 수 없는 상체에 새겨진 근육이 조각 같다.

가끔, 그를 보며 옷으로 꽁꽁 싸맨 그의 몸을 상상한 적이 있었다.

저 얇은 천 아래에 있는 몸은 과연 어떨까? 긴 팔을 뱀처럼 휘감은 근육. 불툭 튀어나온 빗장근, 광활한 가슴근, 톱니 모양이 섬세한 옆구리 근육, 경계가 뚜렷한 복근……. 아마 대충 그렇겠지.

하지만 지금 그녀의 눈앞에 드러난 상체는 그녀의 상상보다 완벽했다. 예를 들자면, 가슴근은 다소 빈약하지만 훌륭한 복근이 그 빈약함을 채워주는, 그런 조화에서 오는 완벽함이 아니다. 각각의 구성이 그 자체로 완벽하다. 저 몸통에 팔이 붙어 있지 않아도, 가슴과 배가 양단되어 따로 떨어져 있어도 보기 흉하다는 생각은 들지 않을 것 같았다.

그가 완벽한 팔을 움직여 바닥에 깔아놓은 옷 위에 그녀를 내려놓았다. 그러고도 맨바닥이라는 게 신경 쓰이는지 그녀의 등을 한 손으로 받쳤다.

"거칠게 대할 거라고 하지 않았나?"

"거칠 수 있다고 했지, 폭력적일 거라고는 하지 않았습니다."

돌아온 대답이 심드렁했다. 쑥스러워하는 건가? 여왕은 숨죽여 웃으며 손가락을 그의 가슴에 가져다 댔다.

빗장근부터 가슴근, 그리고 복근까지. 가운데 오목하게 패인 부분을 따라 손을 내리자 그가 오른쪽 눈가를 꿈틀거렸다.

거칠게 들이마시는 호흡에서 그의 흥분이 느껴진다. 그래서 더 아래로, 아래로. 손가락이 그의 하의 허릿단에 닿았다.

"폐하."

"억울하면 그대도 만져."

하지만 그녀는 아직 옷을 입고 있는 채였다. 그는 다급하게 그녀의 옷을 벗기려 했지만, 목까지 꼼꼼하게 가린 여왕의 예복은 끔찍하게 단추가 많았고 심지어 치렁치렁하기까지 했다.

한 손으로 그녀의 등을 받치고 있었기에 그가 사용할 수 있는 손은 한 개뿐이었다. 결국 단추 몇 개가 그냥 뜯어져 나갔다.

그렇다면 그냥 등에서 손을 떼는 게 낫지 않을까, 하는 그녀의 생각은 말로 이어지지 못했다. 대신 그녀는 본능적인 비음을 흘렸다.

"이게…… 가능한 건가?"

"뭐가 말입니까?"

"크기."

"작아서 놀라는 건 아닌 것 같군요."

"아주……."

입술을 벙긋거리며 그녀가 마지막 말을 삼켰다. 그는 어렵지 않게 알아들었다.

"다행입니다."

그가 설익은 미소를 지었다. 스쳐 지나간 미소는 그녀에게 놀라움과 의구심을 함께 선사했다.

'웃을 줄도 알아?'

생각해 보면, 그의 웃는 얼굴을 본 적이 없다. 그녀가 아는 그의 표정은 대체로 무표정이거나, 찡그리거나 생각에 잠긴 얼굴이었다. 그것도 나쁘진 않지만.

'다시 한번 웃어보라고 해야겠군.'

그런 생각을 하며 그의 눈동자를 들여다보았고, 숨 쉬는 것을 잊었다.

어느새 단추를 다 풀어헤친 그가 그녀의 가슴을 뚫어져라 응시하고 있었다. 검은 눈동자에서 불꽃이 일렁거렸다. 처음 만났을 때 그의 눈빛이 생각이 났다. 그때와는 다르다. 감정이 담뿍 담겨 있었고, 뚜렷한 욕망이 비쳤다.

단지 바라보고 있을 뿐인데 눈빛이 닿은 자리가 화끈거릴 정도였다. 이대로 삽입을 한다 해도 이상하지 않을 것 같았다.

하지만 그는 신중하게, 눈으로 보고 욕망한 것을 손끝에 새겼다. 손가락이 그녀의 목덜미를, 빗장뼈를 더듬어 내려갔다. 반복된 훈련과 전투로 다져진 전사의 손가락은 거칠고 단단했다. 그 거친 촉감이 깊이 잠들어 있던 그녀의 감각을 두드려 깨웠다. 그의 손이 가슴 끝에서 멈췄을 땐 아쉬움마저 느꼈다.

"아프다고 들었는데."

"아팠지. 왕족의 통과 의례만 아니었다면 절대 안 했어."

"지금은?"

"아프지 않아."

"……다행이군요, 그것도."

한숨을 내쏟을 것 같은 얼굴을 아래로 떨구며 그가 말했다. 습기를 품은 숨결이 가까워졌다. 그녀는 턱을 쳐들었다.

사내치고는 다소 육감적이라고 할 만큼 도톰한 그의 입술이, 옅은 대추야 자색을 띠는 그녀의 입술에 내려앉았다. 그는 나무줄기를 쪼는 새처럼 가볍게 부딪쳐 오고 부드럽게 아랫입술을 물었다. 그다운, 단정한 입맞춤이었다.

입술이 겹쳐진다. 살갗이 닿는다. 손가락을 겹치고, 끌어안는다. 온기를 나누며 서로의 심장박동 소리를 듣는다.

그것은 단지 행위일 뿐이었지만 의미를 부여하자 위로가 되었다.

그러니 조금 더, 가까이.

숨을 쉬기 위해 벌린 그의 입속으로 제 혀를 밀어 넣으며 그녀가 그의 단정한 입맞춤을 깨트렸다. 그는 잠시 멈칫했지만 이내 혀를 얽으며 화답해 왔다. 그다운 입맞춤은 딱 거기까지였다.

두꺼운 혀가 입안, 예민한 점막을 핥더니 목구멍 깊숙한 곳까지 들어왔다. 숨이 막히는 느낌에 그녀는 세모꼴의 혀를 말아 그의 침입을 저지했다.

"숨……."

채 말을 끝맺지 못하고, 입술이 광포하게 삼켜졌다. 그는 오므라든 그녀의 입술을 벌리고 기묘한 방법으로 그녀의 혀를 끌어당겼다.

제 영역에서 노닐던 혀가 호로록, 그에게로 딸려 들어간다. 엉키고 꼬였다가, 풀어졌다. 그 틈을 이용해 잠시 숨이라도 쉴라치면 다시 덤벼드는 그는, 그녀를 통째로 삼키고 싶어 하는 것 같았다.

입안 가득 고인 타액을 꿀꺽 넘겨 버린 그가 고개를 들었다. 그녀는 손을 뻗어 그의 뺨을 쓸었다. 그는 목을 살짝 비틀어 그녀의 손바닥에 입을 맞추고 어깨를 비스듬히 내려 그녀의 귓불을 물었다.

"훗!"

젖은 혀끝이 얄팍한 살을 적시는 소리가, 귓등에 진득하게 묻어 있는 체액이 그녀를 어쩐지 다급하게 만들었다. 그녀는 무릎을 한껏 굽혀 발가락 끝을 이용해 어설프게 걸려 있는 그의 바지를 밑으로 잡아 내렸다. 엄지발가락에 잠시 스친 바지 앞섶이 젖어 있었다.

"괜찮으시다면……."

"명령이다. 그런 거 일일이 허락받지 마."

고개를 주억인 그가 기다렸다는 듯 반 이상 벌어져 있던 그녀의 예복을 완전히 제치고 가느다란 목덜미에 얼굴을 묻었다. 온몸에 소름이 돋았다.

"추우십니까?"

"괜찮아."

답하는 목소리가 갈라져 나왔다. 그는 가만히 활짝 펼친 새의 날개 끝에 혀를 갖다 댔다. 무정물에 숨을 불어넣는 마법사처럼 날개에, 부리부리한 눈동자에, 뾰족한 부리에 입을 맞추었다. 날카로운 발톱을 머금자 퍼뜩, 그녀의 등허리가 튕겨 올라왔다.

"읍……."

그 바람에 배꼽 아래로 솟아난 부드러운 둔덕과 딱딱하게 경직된 그의 남성이 부딪쳤다. 이미 부풀어 오를 대로 부푼 그에겐 너무 과한 충격이었다. 그는 당장에라도 터질 것 같은 욕망을 억누르며 입안에 머금은 과육을 혀로 동그랗게 굴렸다.

"흐웃, 훗!"

꽉 다문 잇새로 연신 비음이 새어 나왔다. 가지런한 앞니가 가슴을 살짝살짝 깨물 때는 몸이 뒤틀리는 느낌이었다. 하지만 그래, 뭔가 부족해. 일부러 그러는 건지, 그는 아래쪽에는 손도 대지 않고 있었다. 그렇다면 차라리, 빨리…….

"들어와."

새된 신음 사이로 그녀의 목소리가 들렸다. 목소리는 탁하게 흐릿해져 있었지만 뜻만큼은 명징했다. 당황한 그가 가슴에서 입술을 떼자 그녀가 그의 어깨에 손을 얹었다.

"들어와, 지금."

말끔하게 정돈된 이마가 형편없이 일그러졌다. 그녀는 혀를 내밀어 그가 똑똑히 볼 수 있도록 느리게 제 윗입술을 쓸었다. 하지만 그는 단호하게 고개를 흔들었다.

"안 됩니다."

"뭐?"

"아플 테니까요."

"……."

이 순진해 빠진 사내가 지금 저를 처녀라고 생각하고 있는 건가? 어떻게 하지? 내 입으로 아니라고 해야 하나?

그녀는 고민했고, 이 고민이 상황과는 도무지 어울리지 않는다는 생각을 했다.

"아주 크다면서. 아프게 하고 싶지 않습니다."

그러나 그의 말이 그녀의 고민거리를 정리해 주었다. 납작하게 눌린 아랫배에 코끝을 부비며 그가 말했다.

"답답하더라도, 너무 자극하진 마십시오. 지금도 겨우 버티고 있는 거니까."

약간의 하대가 섞인 미묘한 말투다. 그녀는 실소하며 그의 머리카락을 손가락으로 쓸었다. 어깨를 덮는 결 고운 흑발이 손가락 아래에서 부드럽게 찰랑거렸다.

다리가 벌어지는 느낌이 났다. 벌어진 다리 사이로 그의 얼굴이 사라졌다.

뜨겁게 달아오른 입술이 화인을 찍듯 살짝 고개를 내민 그녀의 돌기를 찍어 눌렀다. 순간 몸이 뒤틀렸다. 단순한 느낌이 아니라, 정말로 그랬다. 터져 나온 신음을 양손으로 막으며 본능적으로 그의 얼굴을 밀어냈지만 오히려 그에게 손이 잡혀 버리고 말았다.

두 개의 앞니가 돌기를 깨작이고, 뾰족하게 말린 혀가 거칠게 그녀의 입구를 자극하는 동안 그녀는 아무것도 할 수 없었다. 넓은 혓바닥이 계곡을 쓸어 올릴 때마다 감각이 첨예하게 몸을 일으켜 세웠다. 닫혀 있던 입구가 열리며 점차 크기를 키워가고 있었다.

"이건 물어봐야 할 것 같은데."

깊게 가라앉은 짙은 탁성이 귓전을 스쳤다. 그 목소리가 평소와 다르다고 생각하며 고개를 끄덕이자 그가 체중을 그녀에게 실어왔다.

"안에다 해도 되는지."

"……."

이런 순간에 이런 걸 묻다니. 그녀는 신경질이 났고, 자신의 기분을 행동으로 옮겼다.

"군주의 포태(胞胎, 임신)가 흠이 될 것 같으냐?"

배에 힘을 주고 상체를 반쯤 세운 그녀가 그의 귓불을 잘근잘근 씹었다. 그는 무섭게 표정을 굳히며 그녀의 어깨를 밀어 저에게서 떨어트렸다.

화난 건가 싶은 생각도 잠시, 휙 하고 다리가 들렸다. 그리고 그의 힘에 이끌리는가 싶더니 탄탄하다 못해 딱딱한 그의 허벅지 위에 제 엉덩이가 올라가 있었다.

"자극하지 말라고 말씀드렸지 않습니까."

"……!"

아무런 예고도 없이 묵직한 살덩이가 속살을 가르고 들어왔다. 그녀는 비명도 지르지 못한 채 목을 젖혔다. 등줄기가 파들파들 떨리고 있었다.

분명 수월치 않은 진입일 텐데, 그는 거의 우격다짐으로 자신을 밀어 넣었다. 한 손으론 여전히 그녀의 등을 받친 채다. 허공에 살짝 뜬 상체가 그의 움직임을 따라 흔들렸다. 그녀는 대체 어떻게 이런 자세가 가능한지 이해할 수가 없었다.

얇고 예민한 피부가 그의 남성을 따라 밀리고 쓸리길 반복했다. 살이 맞닿은 자리가 아팠지만 기이하게도, 마냥 아프지만은 않았다. 그의 다급함이 고스란히 느껴져서 오히려 약간 뿌듯하기까지 했다.

통증을 동반한 쾌락. 이런 기분은 이상하다. 그가 내뿜는 열기에 함께 휩쓸리는 것 같았다.

'거칠다는 게 이런 의미였군.'

그녀는 의식적으로 허벅지 안쪽에서 힘을 뺐다.

육신은 충실하게 그녀의 욕망을 따라 찐득한 체액을 뱉어냈다. 그리고 마침내 그녀의 은밀한 동굴이 그를 뿌리 끝까지 삼킨 순간, 그가 입을 맞춰왔다.

"……"

내뱉은 숨이 먹혔다. 누가 뱉고, 누가 먹었는지 모르겠다. 숨을 제대로 쉬지 못해 머리가 띵해질 무렵에서야 입술을 뗀 그는 팔꿈치를 굽혀 그녀의 머리를 감싸 안았다. 그녀의 얼굴과 그의 가슴이 맞닿는다. 거친 숨소리가 메아리처럼 머리를 울렸다. 아니. 울리는 것은 심장 소리다. 아니, 어쩌면 욕망. 어쩌면, 열정. 누구 것인지 모를……

게슴츠레 뜬 눈에 고집스럽게 입술을 앙다문 그의 얼굴이 들어왔다. 숨소리가 들릴 만큼 가까운 거리에서 그가 다문 입술을 달싹였다.

'괜찮습니까?'

말이 되어 나오지 못한 그의 걱정이 생생하게 들렸다.

그렇게 찡그린 얼굴을 하고서 누굴 걱정하는 거냐.

그제야 비로소, 이 행위의 시작이 무엇 때문이었는지를 상기했다.

의미를 부여하고, 서로의 체온을 나누는 가장 원시적인 위로. 행위가 위로가 될 수 있는 까닭은 둘이 하기 때문이다. 혼잣말이 대화가 될 수 없듯. 혼잣말이 스스로를 위로하지 못하듯.

자신을 그녀에게 쏟아부으며 그는 끊임없이 말을 걸고 있었다.

괜찮아. 괜찮으니 당신이 가고 싶은 곳까지 가.

그녀를 살피고 배려했다. 그렇게 위로가 되었다.

아찔하고 안온하다. 왕위에 오른 후 이런 감각을 느낀 적이 있나 싶다. 그 순간을, 그 감각을 놓치고 싶지 않아서 그녀는 두 다리로 그의 등허리를 칭칭 감았다.

완전한 해방을 허락받은 그는 광야를 달리는 야생마처럼 내달렸다. 거침없이 달려와서 깊숙한 곳을 탁 때리고, 빠르게 뒷걸음질 친다. 다시 달려올 때는 더 빠르고 더 깊었다. 가득 차고, 차서 비틀리고 허전해지고 다시 채워졌다.

수십 번쯤 그랬나? 수백 번쯤 그랬던가? 긴 손가락이 그의 등을 훑으며 부르튼 상처를 남겼지만 그도, 그녀도 깨닫지 못했다. 흐윽. 여전히 누구 것인지 모를 신음은 점차 울음을 닮아가고 있었다.

모든 것이 뒤섞이고 모호하게 흐려진다. 그리고 꽝!

정점에 달한 감각을 가장 높은 곳에서 그가 후려쳤다. 땀에 젖은 두 개의 몸뚱어리가 한 치도 없이 맞물려 완벽하게 결합했다.

"아흑!"

배 속에서 뭉근하게 뭉쳐져 있던 열기가 온몸으로 퍼져 나갔다. 성긴 호흡과 함께 뜨거운 입맞춤이 이마로 쏟아졌다. 땀으로 축축해진 머리카락이 한껏 격앙된 피부를 간질였다.

"아직……."

안쪽 깊은 곳에서 꿀럭꿀럭 요동치는 남성을 느끼고 있던 그녀가 서서히 저에게서 떨어지려는 그를 붙잡았다.

"조금 더 이대로 있어 다오."

고개를 갸웃거린 그가 그녀를 매단 채로 반 바퀴 굴렀다. 그 상태에서 허리를 곧추세우자 그녀는 그의 허벅지 위에 다리를 벌리고 걸터앉게 되었다.

"팔이 저려서."

그러고 보니 그 격렬한 정사의 순간에도 그는 그녀의 등에서 손을 떼지 않았다. 그녀는 그 놀라운 힘에 경탄을 해야 할지, 저 모호한 말투에 화를 내야 할지 고민하다가 결국 웃어버렸다.

"미련하기는."

"아프게 하고 싶지 않았습니다."

어차피 결 고운 모랫바닥인 데다, 두꺼운 옷까지 깔려 있어 아프지 않았을 것이다. 작은 생채기 한두 개 정도 남기야 했겠지만 그 정도 고통은 쾌락에 먹혀 버렸을 가능성이 크다. 한데 그것조차 싫었나?

가뜩이나 몽글해진 마음속이 한 가닥 엉킴도 남기지 않고 풀어 헤쳐져 버렸다. 그녀는 이제껏 자신을 받치고 있었던 강인한 팔뚝을 쓰다듬으며 그의 어깨를 가볍게 깨물었다. 움찔움찔, 그가 몸서리를 쳤다.

"……그러지 않으셨으면 좋겠는데……."

팔뚝을 쓰다듬던 손이 점차 아래로 내려가더니, 결합부 밖으로 튀어나온 그의 민감한 부분을 만지작거렸다. 하지만 말과 다르게 그는 그녀의 행동을 방치했다.

손짓은 보다 과감해져, 그의 뿌리를 잡고, 훑고 툭툭 건드렸다. 반응은 순식간에 돌아왔다. 잠시 풀 죽었던 그의 남성이 그녀의 안에서 몸집을 부풀렸다.

"경고하지 않았느냐. 난 퍽 귀찮은 사람이라고."

그녀는 그의 가슴을 지지대 삼아 고개를 쳐들고 인내로 주름진 그의 턱을 물었다. 손바닥 아래에서 뛰는 심장이 두근두근, 극한의 달리기를 하고 있었다. 그녀가 중얼거렸다.

"가능할까?"

기다렸다는 듯 커다란 손이 그녀의 엉덩이를 움켜쥐었다. 그대로 무릎을 차올리자 빼곡하게 들어찬 부푼 남성이 한층 좁아진 그녀의 내벽을 휘저었다.

아흑. 날씬하게 뻗은 등줄기가 우아하게 휜다. 그는 딱딱하게 솟아오른 여인의 색 짙은 살덩이를 베어 물었다.

"얼마든지."

❖

추워서 깼다,

—고 눈을 뜬 그녀는 생각했다.

아직 잠에 취한 눈에 어둠이 들어왔다. 별이 제자리를 찾아가는 깊은 밤이었다.

밤의 사막은 이가 딱딱 부딪칠 만큼 춥다. 덥지도, 춥지도 않다고 평가받는 그녀의 왕국도 이런 시각이 되면 쌀쌀한 것이 당연했다.

하지만 손바닥으로 언뜻 쓸어본 살갗에는 냉기가 거의 없었다. 아니, 차라리 뜨겁다고 하는 것이 좋을 것이다. 더듬더듬. 제 몸을 더듬던 그녀가 혼곤한 웃음을 지었다.

'추워서 깬 게 아니라 무거워서 깬 거군.'

나무 기둥처럼 두꺼운 팔다리가 뒤에서부터 그녀를 옭아매고 있었다. 비할 데 없이 따스한 이불이다. 묵직하게 내리는 무게감도 포근하게 느껴졌다. 조심조심 몸을 돌린 그녀는 그의 옆구리에 팔을 끼워놓고 고개를 쳐들었다.

협곡 아래에서부터 불어온 바람이 흐트러진 그의 앞머리를 쓸고 지나갔다. 싫은 꿈이라도 꾸는 걸까. 엄격함이 뚝뚝 흐르는 이마 한가운데로 난 가로 주름이 유독 신경이 쓰여서, 저도 모르게 손을 뻗었다.

"흐음⋯⋯."

주름진 이마를 한참 문질러 보았지만 그는 꿈쩍도 하지 않았다. 이해 못할 바는 아니다.

몇 번이었더라? 처음은 바로 두 번째로 이어졌고, 숨 좀 돌린 뒤 세 번째⋯⋯ 마지막으로 잠들기 전.

내일이 없는 사람처럼, 그는 그녀를 끝도 없이 탐했다. 욕망에 몸을 맡긴 결과는 고스란히 육신의 몫이 되었다. 다리에 힘이 풀리고, 온몸의 근육이 비명을 지르고 있었다. 아마 세상모르고 잠든 그의 상태도 더하면 더했지 그녀보다 낫지는 않을 것이다.

그러나 어쨌든, 중간에 밀어낼 수도 그만둘 수 있었던 행위를 온전히 받아들인 건 다름 아닌 그녀 자신이었다.

깨어 있는 동안엔 단 한 순간도 멈춤 없이 돌아가던 생각들이 그때만큼은 날아가 버렸었다. 머릿속이 늑진하게 녹아내리는 느낌.

음, 그래. 기분이 꽤 좋았다. 다소 거칠었던 그의 움직임도 점차 부드러워져, 마지막엔 아무런 고통도 없이 쾌감에만 집중할 수 있었다. 천천히 그녀의 희열을 두드리는 그는, 마치 회를 거듭할수록 능숙해지는 숫총각 같⋯⋯.

이마를 쓸어내리던 손이 멈췄다.

우스운 생각이 들었다.

무시무시하거나 끔찍한 생각이기도 했다.

과연 이 사내가 이전에 여인을 경험한 적이 있었을까? 이, 엄격한 베두인 전사가?

성격을 고려해 봤을 때 정혼한 여자가 있다면 저를 안지 않았을 것이고, 간혹 들른 도시에서 돈으로 여인을 사는 방종한 짓을 했을 것 같지도 않다. 제 알몸을 볼지도 모른다는 사실을 깨닫고는 절벽에서 뛰어내릴 것 같은 표정을 하지 않았던가. 그런 그가 도시의 매음굴에서 유녀와 알몸으로 뒹구는 모습은 상상할 수가 없었다. 그렇다면⋯⋯.

어쩐지 골치가 아파져 그녀는 이마를 짚었다. 끄응. 앓는 소리가 절로 나왔다.

"아⋯⋯."

그 소리 때문인지 감은 두 눈꺼풀이 열렸다. 정처 없이 흔들리는 검은 눈동자가 혼란에 휘감겼다.

그가 마른 입술을 달싹였다.

"지니야⋯⋯?"

"⋯⋯마케바다."

"⋯⋯!"

펄쩍, 하고 그의 몸이 튀어 올랐다. 덕분에 그의 품에 안겨 있던 그녀의 허리가 기이한 각도로 휘었다.

"아!"

"죄, 죄송합니다."

뾰족한 비명을 내지르자 그는 허둥지둥거리더니 도로 누워 버렸다. 대체 얼마나 당황하면 '다시 눕는다' 라는 선택지를 고를 수 있는 거지? 왼쪽 팔꿈치로 바닥을 짚은 그녀는 실실 웃으며 손등으로 턱을 괴었다.

"지금 같은 상황에서 지니야를 부르는 건, 수간(獸姦)을 실토하는 건가?"

그가 당장에라도 혀를 깨물어 죽고 싶다는 표정을 지었다. 그런 일은 결코 없었다는 해명도 내지 못할 만큼 경악한 그를 보며 그녀는 자신의 생각을 확신했다. 그는 정말 처음이었다.

"말했지 않나. 내 농에 익숙해지라고."

"농……인지 알고 있었습니다."

"거짓말을 할 때는 눈에 힘부터 풀어. 뭐, 어쨌든. 일어나라. 돌아갈 시간이다. 동트자마자 알 아지리를 불러들이려면 준비할 것이 많으니."

그사이 겉옷의 단추를 여민 그녀가 먼저 일어섰다. 바닥에 깔린 윗옷의 모래를 털고, 몸에 걸치던 그는 그녀의 말에서 기묘한 위화감을 느끼곤 그녀를 바라보았다.

"알 아지리와 대화를 하실 생각이십니까?"

"하면 피의 복수라도 할까?"

당연하지 않냐는 듯 그가 눈을 깜빡였다. 여왕이 고개를 가로저었다.

"그것은 베두인의 방식이다. 통쾌한 방법이라는 것은 인정하마. 나도 알 아지리를 어르고 달래야 한다는 생각을 하면 구역질이 나올 지경이니까. 하지만…… 불가능해. 하니 그런 표정은 관두거라."

하고 싶다, 하기 싫다. 욕망의 문제가 아닌 능력의 문제. 지금의 그녀에겐 알 아지리를 처리할 능력이 없었다.

"아지리 가문에서 보유한 사병의 숫자가 100이다. 대외적으로는 80명이라 떠들지만 내가 확인한 바에 의하면 스무 명이 더 있었다. 왕궁의 전사는 200명이지. 한데 그중에서 다른 가문의 입김이 씌지 않은, 오직 내 명만을 듣는 전사는 100이 채 안 된다."

"……."

"그들을 다 움직일 수 있는 것도 아니야. 일부는 남아 나를 지켜야지. 알아지리가 확 돌아버려서 왕궁으로 쳐들어올 수도 있으니. 호위 병력을 최소 30으로 잡고, 물론 이 숫자도 그대가 있기에 가능한 숫자지만 아무튼. 30명을 빼면 결국 동원할 수 있는 전사는 60명 남짓. 전사 한 명이 아지리 가문의 사병 둘을 해치워야 하는 셈인데 냉정하게, 그것은 불가능하다."

오랜 시간 약화한 왕권은 가장 먼저 전사의 질부터 떨어트렸다. 뛰어난 전사들이 콧방귀 좀 뀐다는 귀족 가문의 사병으로 들어가는 일은, 그녀의 아버지 대부터 비일비재하게 일어나곤 했다.

결국, 남아 있는 쓸 만한 전사들은 국경 경비대로 보내고, 유능한 전사들은 귀족 가문에 빼앗기고 나니 군주의 곁에는 쭉정이만 남게 되었다. 그 쭉정이도 숫자가 많지 않았다. 그나마 왕성 경비 숫자가 세 자리를 넘게 된 것도 그녀가 재화와 시간을 아낌없이 투자한 덕분이었다.

그런 이들을 데리고 왕국에서 가장 오래된, 그래서 가장 강력한 사병들을 거느리고 있는 가문을 힘으로 찍어 누를 수는 없다.

"지금, 지금은…… 물러나야 하는 때다."

그녀가 물러남을 이야기했다

그러나 물러남을 모르는 베두인 전사는, 불가능도 몰랐다.

"80명만 죽이면 됩니까?"

"뭐……?"

"부족한 실력은 머릿수로 메울 수 있습니다. 왕궁 경비 세 명이 알 아지리의 사병 하나를 처리한다 치면 남은 적의 숫자는 80입니다. 그러니, 80명만 죽이면 됩니까?"

그녀는 멍한 얼굴로 그를 올려다보았다. 새로운 형태의 농담인가 하는 생각도 들었지만 덤덤하다 못해 무심한 그의 표정은 환청도, 농담도 아니라고 말하고 있었다.

"아니면 그 집안의 사내들까지 죄다 죽일까요? 베두인은 그리하긴 합니다만."

순간 울컥, 화가 치밀었다.

그의 능력을 믿지 못해서가 아니다. 분명 그는 사람 목숨 여든을 바나나나무에서 바나나 따듯 딸 수 있을 거라고, 믿어 의심치 않는다. 한데 믿어서 화가 났다.

"말이 되는 소릴 하라. 왕국 최고 귀족을 숙청하는 일이 그 가문의 전사만 죽여 없애면 되는 것인지 아느냐. 샤리프 알 아지리는 교활하고, 교활한 만큼 신중한 자다. 내가 그를 도모하고 있다는 것을 알면 먼저 반격해 올 것이야. 왕성 곳곳에 그의 눈과 귀가 가득할 터인데 내가 무엇을 할 수 있겠나!"

알 아지리의 사병쯤은 눈감고도 베어 넘길 수 있는 전사를 데리고도 아무것도 할 수 없는 제 처지를 실감하여 화가 났고, 위로를 바라며 한가하게 그와 놀아난 제 어리석음에 화가 났다.

"아마 지금쯤이면 알 아지리의 귀에 제 딸의 구금 소식이 들어갔을 것이다. 그러고 보니 성녕 내가 미쳤었구나. 이런 상황에서 그대와……. 하, 참!"

"폐하, 저는—"

"그만!"

자학과 무참함. 대체 불가능한 감정이 언어를 통해 더 강렬해졌다. 무어라 입을 여는 그에게 그녀가 버럭 소리를 질렀다.

"그만. 조용히 하라. 이것이 현실이고, 내 선택이 지금의 최선이다. 선택의 여지가 없지만, 어쨌든 선택한 거야! 내 비록 한 달이 멀다 하고 암살 위협에 시달리는 힘없는 군주이긴 하나, 선택마저 존중받지 못해야 하는가!"

그리고 소리를 지르는 순간 후회했다.

순식간에 덩치를 부풀리며 부글부글 끓어오른 이 화는, 온전히 그녀 혼자 삭여야 하는 감정이다. 그녀의 분노를 대신 받아줘야 할 의무를 가진 사람은 세상에 없고, 설사 있다고 하더라도 그는 절대 아니었다.

알고 있는데. 잘 알고 있는데도 화풀이를 해버렸다. 위로 좀 받았다고 마음이 풀어졌던가. 우물 뚜껑 하나 제대로 닫지 못할 만큼? 졸렬하기 짝이 없다.

하지만 군주는 사과하지 않는다. 진실로 잘못을 느꼈을 때는 더욱더.

"왕의 선택이다……. 하니 따라라."

여왕은 아주 효과적인 방법으로 그의 입을 막았다. 왕의 선택. 모든 선택은 군주의 몫이고, 그에 따른 결과도 군주가 감내해야 할 짐이었다.

그리고 모범적인 베두인인 하일라바드는 감히 왕의 선택에 끼어들지 못했다.

"……폐하의 뜻대로."

그가 눈꺼풀을 내리깔았다. 여왕은 냉기를 날리며 돌아섰다.

화는 가라앉았지만 이상하게 씁쓸함이 남았다. 부드러운 위로로 기분 좋게 끝낼 수 있었던 밤을 다 망쳐 버린, 제 졸렬함 때문인 듯하여 더욱 그러했다.

8 Sūrah

8 سورة

붉은 그림

아침 일찍부터 알 아지리의 가주가 왕성에 들었다. 평소와 달리 접견실로 안내받은 그는 접견실 계단 아래에서 인사를 했다.

"샤리프 이븐 칼리드 알 아지리. 부름을 받고 왔습니다."

왕국 제일이라는 귀족 가문의 가주는 여왕 앞에서 무릎을 꿇지 않았다. 고개를 숙이지도 않고, 허리를 굽히지도 않는다. 오연히 턱을 쳐든 모습은 간밤의 일과는 상관없는, 결백한 사람인 것처럼 보였다.

"하나 적절하지 못한 시간에, 적절하지 못한 장소로 절 부르신 것 같습니다."

주위를 둘러본 그가 눈살을 찌푸렸다. 여왕은 무표정한 얼굴을 하고 접견실 벽감 의자에 앉아 있었다.

"무엇이 그리 적절하지 못하단 말인가?"

"제 나이쯤 되면 잘 먹고 잘 자는 것이 무엇보다 중요해지지요. 취침을 방해받았으니 대우라도 잘 받아야 할 텐데 접견실이라니요. 귀족을 대우함에 있어, 상궤에 크게 어긋났다는 생각이 듭니다."

알 아지리를, 여왕을 만나길 원하는 자라면 누구나 들어올 수 있는 접견실로 부른 여왕의 의도는 명확했다. '결국 너도 한 명의 백성이다.' 알 아지리의 가주로서는 결코 받아들일 수 없는 상황이었다.

"군주를 암살하려 한 주제에 대우는 받고 싶은 모양이군."

"저와는 무관한 일입니다. 제 여식이 자의로 한 일이지요."

과연 여왕의 짐작대로 샤리프 알 아지리는 우마미야의 소식을 이미 들어 알고 있었다. 하지만 태연한 그의 안색에서 불면의 흔적은 찾아보기 힘들었다.

간밤에 그는 잘 먹고, 잘 잤다.

"그대의 장자가 개입되어 있는데도 무관하다 할 셈인가?"

"제가 명하였다는 증거는 없지 않습니까?"

"……"

"하니 제 여식을 죽이든 살리든 폐하의 뜻대로 하십시오. 부족하시다면 제 장자도 내어 드리지요. 국경 경비대로 보내십시오. 감히 군주에게 독을 쓰려 한 죄라면 그 정도로 충분할 것입니다."

"반역을 저지른 가문의 죄를 목숨 두 개로 치르겠다?"

"하면 병사라도 동원해 제 가문의 씨를 말리시겠습니까? 둘이면 저로서는 충분히 양보한 셈입니다."

꼬리 자르기 같은 자구책이 아니었다. 그는 여왕이 결코 그렇게 하지 못하리란 것을 확신했다. 진실로 여왕에게 충성하는 병사가 몇인지, 그들이 얼마나 무력한지. 알 아지리는 모든 것을 알고 있었다.

"반복될 위험을 걱정하시는 거라면, 폐하. 혼처를 찾아보시는 것은 어떻겠습니까? 적당한 가문의 말자 정도가 딱 좋겠군요. 아이는 셋? 넷? 더 많아도 괜찮겠지요. 그 작고 보드라운 것들은 많을수록 좋답니다. 아직 혼인하고 싶은 마음이 없으십니까? 하면 쾌락을 좇으십시오. 폐하께서는 보기 드문 미인이시니, 침실에 뛰어들 사내들은 얼마든지 있을 것입니다."

"……"

"무엇을 하셔도 좋고, 어디든 가셔도 좋습니다. 하나 스스로 뭔갈 이루려 하지 마십시오. 불길에 몸을 던지는 것은 불나방들이나 하는 짓입니다. 제대로 된 군주요? 그런 것들은 다 허상이랍니다. 그보다 더 즐겁고 기쁜 일이 훨씬 많으니, 폐하께서 한평생 즐거이 사시면 그걸로 저는 족합니다."

샤리프 알 아지리는 빙글빙글 웃으며 양팔을 펼쳤다. 여왕이 살아 있길 바란다는 그의 말은 진심이었다.

허수아비라도 왕은 있는 게 낫다. 독은 주제 파악을 못 하고 진짜 '왕' 노릇을 하려는 여왕에게 보내는 경고였을 뿐이다. 감히 댐을 재건하려 하다니. 그런 것은 두고 볼 수 없다.

"혼인이라……. 좋은 혼처라도 있나?"

힘없이 웃은 여왕이 물었다. 늘어진 여왕의 얼굴에서 포기가 읽혔다. 알 아지리의 가주는 반색했다.

"폐하께서 원하신다면 찾아 대령하겠습니다."

"하면 기다리고 있겠다."

그녀가 자리에서 일어났다. 그녀의 움직임을 따라 샤리프 알 아지리의 턱이 더 위로 들렸다.

"돌아가라, 그대의 장녀와 함께. 오늘처럼 그대를 적절치 않은 시간에 적절치 않은 장소로 부를 일은 다신 없을 것이다."

"현명한 결정이십니다."

그녀는 모든 것을 묻어두기로 한 듯했다. 간밤의 일도, 오라비의 죽음도.

한심하지만, 당연한 일이다. 쇠락할 만큼 쇠락한 왕국에서 알 아지리의 의지를 꺾을 이는 없으니까. 뭔가 해보려 발버둥 치던 여왕도 결국엔 포기했다.

만족한 샤리프 알 아지리는 여왕에게 등을 보이며 접견실을 빠져나갔다. 온갖 이들이 드나든 이런 구질구질한 장소엔 단 한 순간도 머무르고 싶지 않았다.

❖

감금에서 풀려난 우마미야는 화려한 채색 옷으로 갈아입고 제 아비가 데려온 사병들의 호위를 받으며 위풍당당하게 성을 떠났다. 행렬의 화려함이 시집가는 공주에 버금갔다.

왕성을 완전히 나서기 직전, 배웅 나온 여왕과 마주친 우마미야가 입꼬리를 치켜 올렸다. 중독의 영향으로 안색은 다소 파리했지만 미소에 담긴 조롱은 뚜렷했다.

"다신 뵙지 않길 바랍니다."

여왕이 말없이 턱으로 내성 문을 가리켰다. 우마미야는 피식거리는 웃음소리를 흘리며 내성 계단을 내려갔다.

감히 허락도 없이 왕성에 사병을 끌고 들어온 알 아지리를 보면서도 여왕은 아무런 주의를 주지 않았다. 대신 침실에 틀어박혔다. 그리고 태양이 중천을 훌쩍 뛰어넘을 때까지 그곳에서 꼼짝도 하지 않았다.

가만 놔두면 점심까지 건너뛸 기세라, 보다 못한 시녀장이 그녀의 칩거를 깨트렸다.

여왕은 긴 제국식 의자에 비스듬히 앉아, 마치 두통이 일어난 사람처럼 한 손으로 관자놀이를 짚고 있었다. 상심이 큰 듯 시름에 잠겨서 누가 들어오는 것도 눈치채지 못한 듯했다.

"폐하……."

미리암은 조심스럽게, 망설이며 여왕의 주의를 끌었다. 어쩌면 여왕은 좌절했을지도 모른다. 분하고 원통한 일이지만 알 아지리의 벽은 그렇게 높았다.

"미리암. 마침 잘 왔다."

고개를 든 여왕이 무슨 말인가를 했다. 제가 잘 못 들었다고 생각한 미리암은 허리를 숙였다.

"죄송합니다. 잘 못 들었습니다."

"알 아지리를 치겠다고 하였다."

"……예엣?"

너무 놀란 나머지 물음이 뒤늦게 나왔다.

"알 아지리를 말씀이십니까? 제가 아는 그 알 아지리요?"

"난 아지리 가문은 하나밖에 모른다."

단호하게 대꾸하는 여왕의 태도에 머뭇거림은 없었다. 그러나 미리암의 귀에는 영 안 될 소리였다.

"폐하. 알 아지리는 제압할 수 있는 상대가 아닙니다. 폐하께서도 잘 아시지 않습니까?"

"전사들의 머릿수의 문제라면 걱정하지 않아도 돼. 한 사람이 여든 명만 죽이면 되더구나."

두통이 현기증을 일으켰다.

"예. 그렇지요. 폐하께서 그리 좋아하시는, 간단한 산술적 계산이지요. 한데 누가요? 폐하, 사람 목숨 여든 개는 아몬드 여든 개와 다릅니다. 어느 누구도 제가 여든 명을 죽일 수 있다고 장담할 수 없습니다……!"

어찌어찌 말은 끝맺었지만, '어느 누구도'를 말할 때쯤 시녀장의 시선은 이미 한 사람을 향해 있었다. 여왕도 고개를 젖혔다. 알 아지리를 치자는 말은 그에게도 의외였을 것이 분명한데, 그는 눈썹 한 번 꿈틀거리지 않았다.

"하아……."

툭툭. 시녀장이 제 가슴을 두드렸다. 알 아지리에게 그리 모욕을 당하고도 좌절하지 않는 여왕의 태도는 찬사받아 마땅하지만 상대는 다름 아닌 알 아지리다. 한 사람만 믿고 일을 진행할 수는 없었다.

"하면 다른 전사들이 준비될 때까지 조금만 기다려 주십시오. 단체 훈련 한 번 제대로 받지 못한 이들입니다. 시간이 필요합니다."

"결행 날짜는 오늘 밤. 해가 지기 전이다."

미리암의 입이 비명을 지를 것처럼 벌어졌다.

"폐하!"

"그대의 의견은 기각한다. 반대도 용납하지 않는다."

"아무리 그래도 이것은 너무 급작스럽습니다! 폐하께서는 인내할 줄 아시는 분 아닙니까. 이런 일은 시일을 두고 진행해야 합니다. 13년을 참으셨는데 한 달, 두 달을 더 못 참으십니까?"

"샤리프 알 아지리도 그리 생각할 거다."

제 말을 스스로 확신하듯 여왕이 고개를 끄덕였다.

"그도 내 성정을 알아. 내가 기다릴 줄 안다는 것을 알지. 하니 그가 아무리 교활한 뱀이라도, 내가 오늘 움직일 거라고는 예상치 못할 거다. 오늘은 우마미야의 치료로 정신도 없을 테고. 괜히 혼담을 받아들이는 척, 그의 콧대를 높여놓은 게 아니야."

좌절하지도 않고, 포기하지도 않았다. 다만 여왕은 기회를 노렸을 뿐이다. 샤리프 알 아지리의 교활함이 무뎌지는 기회를. 그 기회를 잡기 위해서 '포기'를 연기했다.

"그러니까…… 지금 해야 해."

안 될 게 무언가. 지금 제 곁에는 사람 여든 명 정도는 기꺼이 죽여주겠다는 최강의 전사도 있는데. 안일해지려는 마음을 잘라내기라도 하듯 여왕이 단호하게 손날로 허공을 그었다.

"지금을 넘겨 버리면, 앞으로도 기다린다는 핑계로 도망쳐 버릴 것 같다."

"폐하……."

"파나와 이븐 다우드를 불러라, 미리암. 암호문을 전달하겠다."

미리암은 또다시 가슴을 두드렸지만, 더 이상 설득하려 들지 않았다. 이럴 때의 여왕은 설득할 수가 없다. 지난 13년간, 아니 여왕이 젖먹이였던 시절부터 미리암은 여왕의 고집을 꺾어본 적이 없었다.

"명 받습니다."

허리를 굽히며 양손을 모은 그녀가 손을 머리 위로 올렸다. 체념이든 뭐든, 결국엔 동의한 셈이었다.

계획의 초기 단계에서 여왕은 자신의 호위로 아무도 두지 않으려 했다. 어차피 기회는 한 번뿐이니, 사람이 부족하여 샤리프 알 아지리를 놓치는 것보다 위험을 감수하는 편이 낫다고 생각했기 때문이다.

당연히 미리암은 펄펄 뛰었고, 이번만큼은 하일라바드도 순순히 동의하지 않았다.

"부족의 거주지에서 하리파 이븐 아흐마드를 찾아 왕성으로 불러주십시오. 제가 찾는다고 하면 부족장께서도 허락하실 겁니다."

"누군가? 그자가."

"햇병아리 베두인 전사입니다."

행여나 그가 제 편을 들어줄까, 기대하고 있던 미리암이 아연실색하자 여왕이 어깨를 들썩이며 웃었다.

"최고의 호위구나."

"폐하!"

말도 안 되는 소리다, 베두인 전사 하나가 호위에 무슨 도움이 된단 말인가, 열 명은 더 있어야 한다. 미리암은 항의하고 화를 내고 설득했지만 이제까지 제가 여왕의 의지를 꺾은 적이 없다는 경험을 재확인하는 데 그쳤다.

불려온 햇병아리 전사는 턱에 수염도 나지 않은 소년이었다. 소년은 여왕에게 예를 갖추어 인사한 뒤, 하일라바드를 보고 꾸벅 고개를 숙였다. 정돈된 자세가 얼핏 하일라바드와 비슷했다. 이건 숫제 아이 아니냐며 숨넘어가던 미리암도 어느 순간부터 입을 다물었다.

그리고 아주 은밀하게, 여왕의 전사들이 움직이기 시작했다.

왕성 안에 100명 가까이 되는 전사를 한꺼번에 운집시키고도 남의 눈에 띄지 않을 만한 장소가 없었기에, 여왕의 전사들은 먼저 성 밖을 나가 알 아지리의 저택 근처에 자리를 잡았다.

다행스럽게도, 혹은 당연하게도 왕국 최고의 귀족 저택은 왕국에서 가장 번화한 곳에 있었다. 한밤에도 수십의 사람들이 오가는 장소라, 사람 100명 정도 스며드는 일이 가능했다.

여느 집에선 어미가 저녁 찬거리를 걱정하며 골머리를 썩이고 있을 시간이었다. 여왕은 노대에 올라 밤새처럼 날갯짓하는 왕국을 바라보았다.

사실은 아무것도 보고 있지 않았다. 애초부터 그녀의 침실 노대에선 왕국의 어디도 볼 수 없었다.

"원래 왕의 침실, 그러니까 내 아버지와 내 작은 오라비가 사용하시던 침실 창은 본관, 왕성 문을 정면으로 바라보는 쪽에 나 있었다. 지금 여기와는 정반대 자리였던 거지."

"……."

"5년 전쯤 이곳으로 침실을 옮겼다. 여긴 원래 역대 군주들이 가장 아끼던 애첩의 침실이었다고 하더군. 그 뒤로는 밤에도 좀 잘 만했다."

눈에 잘 띄는 방은 표적이 되기 쉽다. 그렇다면 그 반대의 상황도 충분히 가능하다. 하물며 왕의 애첩의 침실이라면, 이 왕성에서 가장 비밀스러운 장소라고 해도 좋았다. 아마 그래서였을 테지. 하일라바드는 일국의 군주가 침실을 옮기게 된 까닭을 정확하게 짚어 냈다.

"불안하십니까?"

주제를 한참 벗어난 질문에 여왕은 대답 대신 그를 곁눈질했다. 눈빛에 비친 감정이 조금 언짢아하고 있었다. 하지만 이내 처연히 웃는다.

"하긴…… 그대는 본래 내 속을 잘 읽지."

왜 그런 생각을 했느냐고 되물을 필요는 없었다. 미리암 앞에서도 통하는 거짓 연기가 그에겐 전혀 통하지 않았으니까. 외롭냐고 물어본 사람도, 불안하냐고 물어본 사람도 그가 처음이었다.

"그래. 두렵다. 불안해."

여왕은 한숨을 쉬며 양팔로 자신의 어깨를 끌어안았다.

"오해는 하지 말라. 그대를 믿지 못해서는 아니니까. 이것은 전적으로 내 문제다. 불안해하지 말자고 아무리 되뇌어도 끝이 가까워지니 불안하다. 이것이 정말 끝이라면 난 이 끝을 받아들일 제대로 된 마음의 준비가 되어 있나……. 사실은 그런 생각이 날 더 불안하게 만들지."

"그렇다면."

그가 말했다.

"저를 믿지 마십시오."

"뭐?"

그녀의 상체가 그를 향해 확 비틀렸다. 하일라바드는 이제 와 무슨 헛소리냐는 듯 노기 띤 여왕의 시선을 담담히 받아넘겼다.

"저는 도구입니다."

"도구?"

"예. 하니 저를 믿지 마시고, 도구를 사용하는 이의 의지를 믿으십시오."

도구를 사용하는 이란 두말할 것도 없이 여왕을 뜻함이다. 그리고 여왕은 다른 누구보다 알 아지리를 죽이겠다는 의지로 똘똘 뭉쳐 있었다.

찰나 간 자신을 사로잡았던 분노가 순식간에 사라졌다. 그녀는 시선을 들어 그와 눈을 마주쳤다. 심연처럼 차분하게 가라앉은 눈동자. 저 눈을 보고 있으면 무슨 말을 해도 괜찮을 것만 같다.

"……왕이 된 후로, 나는 화를 낸 적이 없어."

힘없는 자의 분노는 한 줌 웃음거리도 되지 않는다. 그래서 화는 삭이고, 분노는 억눌렀다. 분노하기보단 조롱하고 이죽거리는 편이 원하는 것을 얻는 데 효과적이었다. 무엇보다 그녀는 이죽거리는 데 빼어난 재능이 있었다.

"하나 샤리프 알 아지리를 봤을 땐 정말 화가 나지 않더구나. 오히려 머리가 차가워졌지."

이미 한바탕 화를 냈기 때문에—

삭인 게 아니라 쏟아내서, 분노가 형태를 이루지 못했다. 분노하지 않았기에 냉정하게 사고하고 빠르게 판단할 수 있었다. 태연하게 샤리프 알 아지리의 앞에서 '포기'를 연기할 수 있었다.

그녀의 감정 우물에 담아둔 화를 그가 가져가 버렸기 때문에 가능했다.

"고맙다."

그 말이 하일라바드의 귀에는 미안하다고 하는 것처럼 들렸다. '그대에게 화풀이를 해서 미안하다'. 그는 고개를 저었다.

"저는 제가 할 수 있는 일을 할 뿐입니다."

"자신 있느냐?"

"필요하면 합니다."

무뚝뚝한 답변에 여왕이 실소하며 등을 뒤로 젖혔다.

난간이 없는 노대 밖으로 여왕의 상체가 넘어갔다. 하일라바드는 화급히 손을 뻗어 그녀의 등을 감았다. 대지가 사람을 받치듯 그가 그녀를 받쳤다.

이 느낌, 단단하다.

고개 숙인 그의 목덜미 아래로 검은 머리카락이 흘러내렸다. 여왕은 단호한 표정으로 그의 머리카락 끄트머리를 잡아당겼다. 그는 한쪽 눈썹을 찌푸리면서도 그녀가 이끄는 대로 순순히 끌려왔다.

"가서 나의 선택을 비겁한 습격이 아닌 왕의 행사로 만들어라."

"저는 왕의 행사가 무엇인지 모릅니다."

"왕의 행사는 화려하지."

"하면 화가가 되어야겠군요."

"도구가 아니라?"

"예. 화가 말입니다. 가장 화려한 붉은색으로 왕국을 물들여 보겠습니다."

샤리프 알 아지리는 잠든 우마미야를 바라보았다.

치료를 마친 딸의 안색은 창백했다. 하지만 아픈 딸을 바라보는 아비의 시선에 온기는 없었다.

"해독은 되었으나, 중독된 채로 장시간 방치되어서 자리를 털고 일어나려면 시간이 걸릴 것 같습니다."

"죽지만 않으면 된다."

친아비라고는 믿기 힘들 정도로 냉정한 말이었지만 가문의 가주로서는 당연한 반응이었다. 여왕의 접시에 독 가루 좀 뿌리는, 그 간단한 일 하나 제대로 못하고 꼬리를 잡히다니. 한심한 노릇이었다.

"무능도 죄지. 자업자득이다."

딸에게 흥미를 잃은 샤리프 알 아지리는 창밖으로 고개를 돌렸다. 그리고는 미간을 찌푸렸다.

"노을이……?"

해가 질 무렵이었기에 서쪽 창으로 노을이 들어오는 것은 이상하지 않았다. 이상한 것은 노을의 색이다. 자연적인 현상이라고 보기에는 색이 유독 붉었다. 약간은 일렁이는 것도 같았다.

아니, 일렁이는 것은 색이 아닌 소리였다. 멀리서부터 점점 가까워지는 소란. 본능이 불길함을 감지했다.

"가주님?"

"가주님!"

주인의 눈살이 찌푸려 드는 것을 본 의사가 의아한 듯 그를 부른 것과, 가문의 수전사가 우마미야의 침실로 뛰어들어 온 것은 거의 동시였다. 샤리프 알 아지리는 의자를 박차고 일어났다. 본능적인 반응이었다.

"무슨 일이냐?"

"적이……! 왕의 전사들이 침입했습니다!"

잠깐, 머릿속이 혼란스러워졌다. 왕에게 전사가 어디 있나. 곧이어 실소가 터졌다.

"납작 엎드려 허수아비처럼 살아가라고 그리 일렀거늘. 멍청한 년!"

상대의 정체를 파악하자, 불길함을 느낀 감각이 힘을 잃었다. 아무리 신중하려 해도 여왕의 전력을 속속들이 아는 그로서는 이것을 회심의 반격이라고 생각하기 힘들었다. 그보다는 마지막 발악이라고 봐야 했다.

죽일까? 그런 생각을 해보았다. 이미 선대왕을 죽여본 그는 두 번째 왕의 죽음을 고려하는 데 거리낌이 없었다.

하지만 내키지가 않는다. 쥐 불알만 한 양심이 걸려서가 아니라 여왕에게 후계가 없기 때문이었다. 영화는 누리되 책임은 지고 싶지 않은 알 아지리에겐 아직도 왕이 필요했다. 여차하면 함야르 왕에게 여왕의 목을 바치고 새로운 영화를 이어갈 의향도 있었다.

"주제 파악 못 하는 허수아비가 끝내 방울뱀의 머리를 밟으려 하는구나. 하면 뒤꿈치를 물어줘야지. 전사들을 총동원하여 놈들을 도륙하라. 한 놈도 살려두지 마."

"예."

제 전사들의 패배를 전혀 상정하지 않은 샤리프 알 아지리의 명은 '알아서 해'에 가까웠다. 그는 전사들이 알아서 해도 여왕의 팔다리를 자르는 데 전혀 문제가 없을 거라고 생각했고, 제 주인의 판단을 믿은 수전사는 그의 명에 토를 달지 않았다.

만약 그 순간, 그 자리에 있던 세 사람 중 한 명이라도 저녁놀이 유독 붉은 이유에 대해 생각해 보았다면 이후의 상황은 달라졌을 것이다.

알 아지리의 저택이 높다란 담에 둘러싸인 사각형의 2층 건물이라는 것을 알았을 때, 하일라바드는 왕국 최고의 방화범이 되기로 결심했다.

역청을 모은 그는 주저 없이 알 아지리의 담벼락에 불을 붙였다. 물론 역청 불로 돌을 태울 순 없다. 그가 노리는 것은 연기였다.

한 줄로 가느다랗게 올라가는 연기가 몽실몽실해질 즈음, 담 주변을 순찰하는 경비들이 나타나기 시작했다. 하지만 떼로 몰려오는 일은 없었다. 저택이 워낙 넓은 탓에 보고가 빠르게 이루어지지 않았기 때문이다. 백 년 가까운 세월 동안 단 한 번도 외부의 침입을 받지 않은 저택의 비상연락망은 형편없는 수준이었다.

무엇보다 연기는 불보다 긴급도가 낮다. 한 명, 두 명씩 달려오던 전사들은 영문도 모르고 죽었다. 보고는 더 늦어졌고, 죽은 전사의 숫자가 스물을 헤아릴 무렵 하일라바드는 여왕의 전사 중 절반을 모았다.

"여러분들은 저와 함께 안으로 들어갑니다. 나머지 분들은 밖에서 기다리다가, 밖으로 나오는 알 아지리의 혈족을 잡습니다. 사내는 죽이고 여인은 생포하십시오."

토끼몰이 같은 것이었다.

전사들이 비장한 얼굴로 눈을 빛냈다. 마침 바람도 남풍이라 연기가 저택 안까지 흘러들어 가고 있었다. 연기에서 시작한 불똥은 여기저기로 옮겨붙어 곧 불길이 되었다. 하일라바드를 위시한 전사들은 큰 함성을 지르며 저택 안으로 진입했다.

넓은 저택은 넓은 전장이다. 하일라바드는 아군을 찌를 걱정 없이 마음껏 검을 휘둘렀다. 회색 연기와 주홍색 불길, 붉은 피가 어지럽게 혼재했다.

"저자다! 저자를 먼저 죽여라!"

뒤늦게 달려온 알 아지리의 수전사가 칼끝으로 그를 가리켰다. 썩어도 준치라고, 왕국 제일 가문의 수전사는 전황의 핵심을 파악할 줄 알았다. 모든 전투가 하일라바드를 중심으로 돌아가고 있었다.

알 아지리의 전사들이 한꺼번에 달려들었지만 찰나도 버티지 못하고 나자빠졌다. 수전사의 처지도 크게 다르지 않았다.

"큭!"

그와 칼날을 맞부딪친 수전사의 입에서 둔탁한 신음이 새어 나왔다. 내려치는 힘이 말도 못 하게 묵직하다. 가주의 적은 섬세한 기술과 무지막지한 힘, 집요함까지 모두 갖추고 있었다. 상대하길 포기한 수전사는 이를 악물고 계단으로 뛰었다.

"내실 쪽입니다. 알 아지리의 가주가 있겠군요. 쫓아가겠습니다."

피와 땀이 흐르는 얼굴을 닦으며 칼자국이 난 여왕의 비밀 호위 중 하나가 말했다.

두 명에서 알 아지리의 전사 하나와 대등하게 싸운 그들의 능력은 다른 전사들에 비해 확실히 뛰어났다. 그러나 하일라바드는 고개를 저었다.

"저 혼자 가겠습니다."

"예? 하지만 너무 위험……."

"괜찮습니다."

아직 여든 명을 못 죽였다고, 그가 덧붙였다. 칼자국의 전사는 왠지 질리는 느낌을 받았다.

연기와 피, 비명이 가득한 저택을 하일라바드는 마치 산책하듯 걸어갔다. 저를 보고 달려드는 알 아지리의 전사들은 삐쭉 튀어나온 나뭇가지 같았다. 산책할 때 거슬리는 것들. 그는 유려한 손짓으로 가지치기를 했다.

2층으로 올라가자 복도 저편에서부터 달려오는 샤리프 알 아지리가 보였다. 그는 서른이 넘는 전사들에 둘러싸여 있었다. 혈족이 모두 죽더라도 제 몸 하나만 무사히 빠져나가면 된다는 의도가 빤했다.

"처리해라."

복도를 막고 선 하일라바드를 보고도 샤리프 알 아지리는 전혀 긴장하지 않았다. 피 칠갑을 하고 있긴 했지만 그래 봤자 한 명이다. 그 명에, 이미 하일라바드와 검을 겨뤄본 수전사가 소리쳤다.

"안 돼!"

—가장 먼저 달려간 전사의 목이 떨어졌다.

수전사만큼은 아니지만 그래도 쓸 만하다고 평가받던 전사였다. 그런 이가 손 한 번 쓰지 못했다. 경악한 샤리프가 후퇴 명령을 내렸지만, 이미 늦었다.

"이게 무슨……!"

하일라바드에게 달려간 전사들은 그 순서 그대로 그의 칼의 제물이 되었다. 비명이 고막을 괴롭히고 연기가 시야를 가로막는데도 하일라바드는 거칠 것이 없었다.

하나, 둘, 셋……. 전사들이 짚단처럼 넘어간다. 샤리프 알 아지리는 두 눈을 크게 뜨고 이 상황을 이해하려 애를 썼다.

그런데, 이해가 잘 안 되었다.

"끄……."

그나마 분투하던 수전사가 비명도 제대로 지르지 못한 채 숨이 끊어졌다. 놈은 표정 없는 얼굴로 허공에 칼날을 휘둘러, 칼날에 흐르는 핏줄기를 떨구어냈다. 핏줄기는 포물선을 그리며 날아가, 우윳빛 벽에 긴 궤적을 남겼다. 혓바닥을 날름거리며 다가온 불꽃이 그 위를 덮었다.

샤리프는 눈을 깜빡였다. 매캐한 연기로 흐려진 시야에 비치는 세상은 단한 가지 색이었다.

불꽃과 피가 그리는 그림. 세상이 온통 붉다.

그는.

알 아지리를 화폭 삼아 붉은 그림을 그리고 있었다.

"진짜…… 베두인 전사였던가?"

저녁놀을 보았을 때 느낀 불길함이 대상을 찾았다. 하일라바드는 말없이 고개를 끄덕였다. 샤리프 알 아지리가 혀를 찼다.

"내가 너무 긴장을 놓았군. 아직도 12살짜리 꼬마 계집 취급했어. 더 신중해야 했는데……."

"신중했다 하더라도, 상황이 달라지진 않았을 겁니다."

"하긴. 그것도 그래."

오만한 말이었지만 인정할 수밖에 없다. 한 사람의 존재가 이리 압도적일 줄 어느 누가 상상이나 했겠는가. 눈앞에서 본 저도 믿지 못하는데.

"지난번에 보았을 땐 너무 얌전하기에 진짜 베두인 전사가 아니라고 생각했지. 한데 실력이 진짜라면 내가 들은 사연도 진짜겠군. 내 사람이 되게. 마케바가 줄 수 있는 것은 나도 줄 수 있다네."

내 사람이 되겠냐고 묻는 것이 아니다. 내 사람이 되라는 명령형. 최악의 궁지에 몰렸어도 알 아지리의 가주는 오만했다.

"그러지 않으시는 것이 좋겠습니다."

"무엇을 말인가?"

"군주의 이름을 함부로 부르는 것. 베두인은 패자의 오만함을 용서하지 않습니다."

샤리프의 입이 떡 벌어졌다.

협박인가 싶었지만, 베두인 전사의 무덤덤한 표정에는 아무런 사심도 들어 있지 않았다. 승자라면 응당 내비쳐야 하는 오만함, 피에 도취한 광기 하나 없이 담백하다. 그 표정에서 샤리프 알 아지리는 깨달았다.

"이제 오만할 수 있는 이는 마케바뿐이라는 뜻이로군."

까득.

이름을 부른 것이 마음에 들지 않는지 하일라바드가 검을 쥔 손에 힘을 바짝 넣었다. 두 번째 경고는 말로 하지 않겠다는 의지가 느껴졌다. 저자가 참으로 모범적인 베두인 전사라 다행이었다.

"베두인들의 복수는 혈족의 모든 사내를 죽여야 끝난다고 들었다."

"……."

"하니 죽여라."

목숨을 구걸할 생각은 없다. 그는 어디까지나 알 아지리고, 어떤 상황에서도 알 아지리였으니까.

죽는 순간까지 알 아지리. 그러니 오만하게 죽겠다. 100년간 왕국을 지배해 온 가문의 자부심은 마지막 순간에까지 그에게 비굴을 허용하지 않았다.

느리게 달려드는 칼날을 눈에 담으며, 샤리프 알 아지리가 사납게 웃었다.

그날 밤, 왕국의 번화가 호데이 거리에 사는 사람들은 살면서 가장 붉은 노을을 보았다.

습한 밤공기를 데우는 불길한 열기. 아지랑이가 피어나듯 불꽃이 피어난다. 저택이 불타는 모습은 왕국 입구에서도 잘 보였다.

구경꾼들이 몰려들었다.

사람들은 아지리 가문에 변고가 생겼음을 쉽게 짐작했지만, 멀찍이 떨어져 구경하는 사람 중에 이 유서 깊은 가문의 몰락을 안타까워하는 사람은 드물었다.

알 아지리는 명실상부한 왕국의 일인자로 군림해 왔고, 그런 가문이 으레 그렇듯 덕을 쌓는 것보다는 부를 쌓는 데 관심이 많았기 때문이다. 저택도 다른 이들의 집과는 한참 떨어져 있어, 다들 마음 놓고 구경에 열을 올렸다.

다만 몇몇 노회한 상인들이 우려를 표하긴 했는데, 그들의 우려는 여왕을 향해 있었다.

"여왕께서 너무 성급하신 것이 아닌가?"

"내 생각도 그러하네. 아무래도 알 아지리의 저력을 너무 무시하신 것 같으이."

"여왕의 전사 중에 쓸 만한 자가 있다는 이야기 들은 적이 있나? 아니, 설사 있다고 해도 저게 어디 전사 한둘로 될 일인가?"

"알 아지리의 사병이 세 자리를 훌쩍 넘는다는 것은 모두가 아는 사실이지."

그러나 풍부한 경험에 기반을 둔 그들의 온당한 염려는 아지리 가문의 혈족들이 왕의 전사들의 손에 끌려 나온 순간부터 노인네의 구시렁거림으로 전락하고 말았다.

위세 대단한 가문의 혈족들이 말린 생선처럼 줄줄 꿰어 있었다. 찢긴 옷, 눈물로 얼룩진 얼굴, 상처 입은 몸뚱어리. 그들은 비참했고, 왕의 전사들은 당당했다. 하룻밤 사이에 서로의 입장이 바뀌었다.

"대체 어떻게…… 저리되었을까?"

누군가가 중얼거렸다. 그 옆에 있던 노상인이 대꾸했다.

"난 알 것 같네."

주변의 시선이 그에게 쏠렸다. 아부 압둘아지드는 손등으로 턱수염을 튕기는 척, 맨 앞에 선 전사를 가리켰다.

"본 적이 있는 자야. 여군주의 옆을 지키고 있었지. 베두인 전사 출신이라던가. 저자가, 알 아지리의 장녀를 끌고 가더군."

베두인 전사라는 말에 사람들이 작은 탄성을 터트렸다. 말도 안 될 상황들이 비로소 이해가 갔다.

베두인 전사라면 저럴 수 있지.

베두인 전사에겐 불가능이 없다는, 하다르의 흔한 착각이었지만 이번만큼은 그 착각이 진실이었다.

하지만 그걸로 모든 의문을 날려 버린 보통의 사람들과 달리, 어떤 이들은 노상인의 마지막 말에 더 집중했다. 은퇴한 왕국의 관리, 어느 정도 기반을 다진 상인, 알 아지리에 비하면 발바닥의 때 같은 수준이지만 그래도 귀족이라고 이름 붙일 수 있는 사람들이 그랬다.

'여왕의 전사가 알 아지리의 장녀를 끌고 갔다.'

머리 굴리는 데 이력이 난 그들은 그 제한된 정보를 통해 얼추 비슷한 결론을 내었다.

알 아지리는 뭔가 죄를 지었다. 군주에게 무례했나? 아니, 그 정도 이유로는 부족하다. 그보다 더한, 아마도 함야르 왕국과 내통. 혹시 반역일까?

이유가 무엇이든 여왕은 지금 알 아지리를 치죄하는 중이었다. 그리고 그 결과는 매우 훌륭했다.

진정한 왕국의 일인자를 처리하고, 여왕이 숨죽이고 있던 날개를 폈다.

변화를 직감한 사람들은 각자의 계산기를 튕겼다. 상인은 여왕이 말한 세금에서 1할 정도 더 올려도 되겠다는 생각을 했고, 은퇴한 관리는 아들도 관리를 시켜야겠다는 결심을 했다. 아마 앞으로 여왕은, 불러도 오지 않는 귀족 원로를 불러들이기 위해 골머리를 썩이지 않아도 될 것이다.

피로 물든 알 아지리의 저택이 한쪽 귀퉁이부터 무너지고 있었다.

9 Sūrah
9 سورة
잠 식(蠶食)

"폐하!"

요란한 소리가 들리더니 순박한 인상의 전사와 함께 시녀장이 침실로 구르듯 들어왔다. 그 어마어마한 무례에 여왕을 지키고 있던 앳된 소년 전사가 칼을 움켜쥐었다. 여왕은 손을 들어 어린 베두인 전사의 흥분을 가라앉혔다.

"어찌 되었느냐?"

묻긴 했지만 의미 없는 질문이었다. 시녀장이 들어온 순간부터 그녀는 짜릿한 승리의 향기를 맡았다. 만약 일이 틀어졌다면 시녀장의 첫마디는 '폐하!' 가 아니라 '도망치십시오!' 였을 것이다.

"예? 아, 네. 자네가 직접 말씀드리게. 어서."

시녀장이 한 걸음 물러나며 동행한 전사를 채근했다. 가까이서 여왕을 처음 대면한 전사는 빨개진 얼굴을 하고 앞으로 나섰다.

"어, 구, 군주께 영광을. 어, 음, 알 아지리의 저택은 전소하였고 어, 알 아지리의 모든 사병과 그리고 어, 가주와 장자를 제외한 성인이 된 가문의 사내를 모두, 모두 처리했습니다."

"우리 쪽 피해는?"

"그게 어, 죽은 사람은 어, 없는 걸로 알고 있습니다. 그리고 다친 사람은, 어……."

"한 번만 더 '어'라고 말하면 그댄 해고다."

전사의 안색이 해쓱해졌다.

"크, 크고 작은 상처는 다들 얻었습니다만 불구가 되거나 새, 생명이 경각을 다루는 사람은 없습니다. 알 아지리의 죄상은, 죄상은 낱낱이 밝혀졌고, 신민들은 폐하께, 겨, 경외와 찬사를 바치고 이, 있습니다."

심하게 더듬긴 했지만 적어도 '어'를 하지 않았다는 점에서는 괄목할 만한 성장이었다. 내용도 마음에 든다. 그러나 여왕은 찌푸린 미간을 풀지 않았다.

"샤리프 알 아지리가 살아 있어?"

"예? 예."

"흠."

톡톡. 그녀가 뺨을 두드렸다.

"한데 왜 그대가 왔는가? 하일라바드는?"

"셰이크 무자아히드 님이, 차림새가, 너무 엉망이시라며 저를 보내셨습니…… 다. 그리고 팔뚝을 사, 사, 살짝 베이셔서 지금 욕장에서 치, 치료를……."

전사는 말을 끝맺지 못했다.

쾅!

의자를 넘어트리며 여왕이 일어났다.

"살아남은 알 아지리의 혈족들을 모조리 지하 감옥에 가두어라! 전사들은 두 명씩 다섯 조, 2교대로 감옥을 지키게 하되, 알 아지리에게 추천받아 입성한 자, 알 아지리와 관계가 있는 자는 제외하라! 시인과 석수장이를 불러 알 아지리의 죄상을 석비에 새기도록 하라. 석비는 이틀 이내에 준비되어야 할 것이다!"

"폐하!"

명령을 쏟아낸 여왕이 침실을 나서자 그녀의 명령을 받아 적고 있던 시녀장이 필기구를 내팽개치고 쫓아 나왔다.

"폐하! 어디 가십니까! 이러실 때가 아닙니다! 처리하셔야 할 일이 산적해 있습니다."

그러거나 말거나, 여왕은 계단을 두 칸씩 뛰어 내려갔다. 목적지는 분명했다. 제집 어디에 뭐가 있는지 잘 모르는 일반적인 군주와 달리, 그녀는 왕성 구석구석을 알고 있었다.

누구에게 묻지도 않고 정확하게 왕성 서쪽 별관에 있는 전사들의 욕장을 찾아낸 여왕은 서슴없이 문을 열었다. 뒤에 주렁주렁 딸려 온 시녀와 전사들, 시녀장이 무어라 소리쳤지만 밖보다는 안이 더 난리였다.

"누구…… 으악!"

"폐, 폐폐폐폐……!"

"으억! 으악! 허억!"

중요한 부분만 가린 채 느긋하게 피로를 풀고 있던 전사들이 경악성을 내질렀다. 어떤 이는 손에 들고 있던 물바가지로 가슴을 가렸고, 어떤 이는 어깨에 수건을 둘렀다. 물바가지도, 수건도 없던 누군가는 아예 바닥에 엎으려 버렸고 어떤 이는 온몸에 거품을 발라 참사를 방지했다.

제 앞뒤에서 무슨 일이 벌어지는지 관심도 없이, 여왕의 시선은 오직 한 곳에 쏠려 있었다.

욕장 안 간이침대에 걸터앉아서 길게 자른 리넨 천으로 팔뚝을 묶고 있던 하일라바드가 눈을 크게 떴다. 여왕은, 이제 와선 쓸모없어졌지만 최대한 품위 있는 태도로 고개를 들고 차분하게 명령했다.

"모두 나가라."

명령이 떨어지게 무섭게 전사들이 줄행랑을 쳤다. 그중 제대로 옷을 걸친 이는 한 명도 없었다. 곧장 문밖에서 시녀들의 비명이 들려왔다.

다행히 하일라바드는 여왕이 말한 '모두'에 자신은 포함되지 않는다는 것을 알 정도로는 현명했다. 그는 영문을 모르겠다는 눈으로 점차 가까워지는 여왕을 바라보았다.

그의 팔에 감겨 있던 리넨 천이 스르륵 풀리더니 바닥으로 떨어졌다. 그녀는 신경질적으로 천을 낚아챘다. 그의 눈빛에 떠오른 의문이 더 커졌다.

"폐하, 왜……."

"누가 다쳐서 오라고 했나? 난 그대에게 왕의 행사를 행하라고 명했지, 다치라고 한 적은 없어."

폭력에 가까운 억지에 그는 아무런 항의도 할 수 없었다. 항의라는 고차원적인 의사 표시를 할 만한 능력이 없다는 이유도 있었지만, 성난 듯 치켜올라간 그녀의 눈썹에서 걱정과 안도를 한꺼번에 읽은 까닭이었다.

"죄송합니다."

"……그냥 입을 다물라."

어금니에 힘을 꽉 주며 으름장을 놓은 그녀가 그의 팔을 잡아당겼다.

팔꿈치 아래, 한숨이 나올 만큼 완벽한 전완근 위로 무딘 창날에 베인 듯한 상처가 있었다. 그것이 절세미인의 뺨에 난 뾰루지처럼 거슬렸다. 천을 묶는 그녀의 손에 힘이 들어갔다.

그녀가 천을 다 감았을 때, 그의 팔은 피가 통하지 않아 주변이 다 시퍼레질 지경이 되었다. 하지만 그는 아프지도 않은 듯 별 불만을 토로하지 않았다. 마음에 들지 않는다. 그의 침묵도, 제가 해놓은 짓도.

'치료가 아니라 고문이군.'

그녀는 스스로에게 짜증을 내며 묶은 천을 죄다 풀어버렸다.

"샤리프 알 아지리는 왜 살려두었나? 혈족의 사내를 죄다 죽이는 게 베두인의 방식이라고 한 것 같은데."

"베두인이 아니었으니까요."

"응?"

"그 순간에는, 왕의 행사를 대신하는 집행자였습니다."

당당하고 화려하게. 왕의 행사란 그러한 것이다. 그러니 샤리프 알 아지리는 모두가 보는 앞에서 절차를 밟아 죽어야 한다고 생각했다.

그의 판단에 여왕은 아무런 평가도 내리지 않았다. 다만 그를 한 번 올려다보고, 말없이 리넨 천을 묶는 데 열중할 뿐이었다.

그리고 한참을 조용했다. 사락사락, 천이 쓸리는 소리와 똑똑, 어떤 전사가 버려두고 간 물바가지에서 물이 떨어지는 소리만 들렸다.

먼저 침묵을 깬 사람은 여왕이었다.

"셰이크 무자아히드. 내 전사들이 그대를 그리 부르더군."

순간, 그의 근육이 거의 경련 비슷한 것을 일으켰다.

고개를 들어 바라본 그는 미간을 한껏 좁히고 있었다. 경악, 혹은 경직. 언어로 표현하자면 '말도 안 돼'에 가까운 표정이다.

하지만 여왕은 그의 표정을 이해했다. 베두인인 그에게 셰이크라는 호칭이 어떤 의미를 지니고 있는지, 하다르인 그녀도 대충 짐작할 수 있었으니까.

"베두인은 오직 족장만을 셰이크라고 부르지만 하다르 사이에서 셰이크는 그렇게 존경을 담아 부르는 호칭이 아니야. 여기서는 꼬맹이들 골목대장도 셰이크고, 뒷거리 건달패 대장도 셰이크다. 가장 부유한 상인도 셰이크고, 군주도 셰이크고. 한자리 차지하고 앉으면 죄다 셰이크지."

그러니 셰이크 무자아히드란 '대장 전사'라는 의미 외에 아무것도 아니다. 그녀는 그런 식으로 말했지만 그는 속지 않았고, 그녀도 그가 속지 않았다는 것을 알았다.

"그래, 전사들이란 참 바보 같지. 아니, 우직하다고 해야 하냐? 그들은 다 그래. 베두인 전사든, 하다르 전사든. 자신들이 진심으로 수긍하고 온몸으로 굴복한 사람에게만 셰이크라는 호칭을 붙이지. 그러니까 그대는, 음······ 대략 4대 만에 나타난 셰이크 무자아히드다."

그녀의 할아버지, 아버지, 오라비. 그리고 그녀. 햇수로 따지자면 거의 80년. 반세기가 넘는 세월 동안 이 왕국에, 셰이크 무자아히드는 존재하지 않았다.

"그런 셰이크 무자아히드가 다치면……… 내가 창피해. 하니……."

왠지 모르게 말을 하면 할수록 천의 매듭을 짓는 손이 떨렸다. 얼기설기 겨우 매듭을 지은 그녀가 그를 올려다보았다.

"하니…… 다치지, 말라."

부드러운 손바닥이 땀과 모래로 얼룩진 그의 뺨을 감싸 안았다. 승마로 다져진 여왕의 손바닥은 사실, 보통의 하다르 여인에 비해 거친 편이었지만 그에게는 한없이 말랑말랑하게만 느껴졌다. 깡마른 여왕의 손등에 제 손을 얹으며 그가 웅얼거렸다.

"폐하의 뜻대로."

대답은 짧고 간결했다. 꾸미지 않은 것이 그답다. 그러니 진심이고, 그러니 믿을 수 있다. 짧은 시간이었지만 그는 아직 그녀와 한 약속을 어긴 적이 없었다.

"이제부터 많은 것이 바뀔 거다. 당장은 아니겠지만 조금씩……. 그대의 일도 약간은 줄어들겠지. 내치가 안정된다면 암살 시도도 덜해질 테니. 이젠 푹 잘 수 있겠어. 그동안 잠이 부족하지 않았느냐."

"저는 쪽잠에 익숙합니다."

"그래도."

그녀는 눈꼬리를 접으며 해사한 미소를 보냈다.

"그대가 있어 다행이다, 진심으로. 내 기대보다 훨씬 잘해주었어. 뭔가 주고 싶은데, 무얼 해주어야 할까. 왕궁의 의사는…… 아, 그건 보냈구나, 첫날. 하면 집에 한번 갔다 올 텐가? 그대 소식도 전하고 그대 부모님들 사는 모습도 볼 겸…… 음……."

보상으로 휴가를 말하는 여왕의 목소리에서 부쩍 자신감이 없어졌다. 불안감? 아니면 아쉬움? 어쩌면 둘 다일 수도. 그는 얼굴을 살짝 비틀어 콧김을 뿜어냈다. 보는 이에 따라서는 코웃음이라고 생각할 법도 한, 그런 숨이었다.

"제가 원하는 것은…… 아마 폐하께선 주실 수 없을 겁니다."

"원하는 게 있긴 하다는 말이구나."

그녀가 반색을 하며 그에게 가까이 붙었다. 그는 말없이, 어서 말해보라는 듯 눈을 반짝이는 그녀를 뚫어져라 쳐다보기만 했다.

한참 만에 눈빛의 의미를 알아챈 그녀가 손가락으로 제 가슴 어름을 가리키자 고개를 끄덕인다. 그 내용의 과감함보다 그의 태도에 당황한 그녀가 말을 더듬었다.

"그걸, 왜…… 그렇게 눈으로…….."

"하면 군주를 손가락으로 가리키리까."

퉁명스럽게 대답한 그가 주먹 쥔 손으로 입 근처를 가리고 다시 한번 콧김을 내뿜었다. '큼'. 코웃음을 치는 것 같았던 그것은 수줍어하는 동작이었다.

당혹과, 부끄러움이 섞인 정적이 흘렀다. 그래서 그녀는 깨닫게 되었다. 저 긍지 넘치는 베두인 전사가 부족의 문제도 아닌 하다르의 권력 다툼에 기꺼이 끼어든 이유를. 제 희망에 취해, 제 미래를 그리느라 바빠서 이제야 깨달았다.

멍청이 같으니. 저렇게 열정으로 가득 찬 눈을 보고 어찌 모를 수가 있나.

그녀는 자신에게 혀를 차며, 하지만 그 마음은 숨기고 여유로운 태도로 다리를 꼬았다.

"그건 왕국의 군주를 탐내는 야심가의 요구인가, 아니면 밤의 쾌락을 알아버린 청년의 요구인가."

"……어느 쪽이었으면 좋으시겠습니까?"

"베두인 전사와 야심가는 어울리지 않으니 전자는 아닐 것 같고, 설사 전자여도 그건 들어줄 수 없는 보상이지. 왕국의 절반을 내줄 수는 없지 않나."

"……."

"하지만 후자라면, 음. 괜찮아."

"하면."

그가 손을 뻗었다.

"하면 주십시오."

그녀는 그의 손을 맞잡았다.

열 개의 손가락이 얽혔다. 그녀는 그의 어깨를 밀어 간이침대에 눕힌 뒤, 단단하게 존재감을 과시하고 있는 그의 남성을 움켜쥐었다. 부드러운 속살에 가져다 대고 몇 번 문지르자 그의 갈라진 속살이 꿀렁거리며 맑은 액을 토해냈다. 그녀는 그대로 체중을 실어 그의 허리 위에 내려앉았다.

그의 체액에 반응한 입구가 약간 젖어 있었고, 위에서 짓누르는 무게 때문에 진입은 쉬웠다. 그가 나직한 탄식을 터트렸다.

"윽……."

반원형으로 된 욕장 지붕 가운데 뚫린 공간으로 빛이 들어와 그의 얼굴을 적나라하게 비췄다. 언제나 철통같던 강직한 표정이 묘하게 흐트러져 있었다. 흥분과 기대가 섞인 겉 표정. 그 안쪽에 설핏 비치는 씁쓸함.

왜 그런 표정이지?

그녀의 눈에 떠오른 의문을 읽은 듯 고개를 저은 그가 손을 그녀와 제 틈새에 가져갔다. 커다랗고 넓적한 손가락이 체액에 젖은 그녀의 속 날개를 벌리고 부푼 돌기를 부드럽게 문지르는 감각이 느껴졌다. 일순, 벼락이라도 맞은 것처럼 몸이 파르르 떨렸다.

"아흑!"

상체를 반쯤 일으켜 세운 그가 한 손으로 그녀의 허리를 잡았다. 돌기를 건드리는 잔망스러운 손가락 놀림은 멈추지 않은 채다.

숨을 할딱이며 그녀가 무어라 중얼거렸다. 그는 벌어진 입술에 제 혀를 밀어 넣으며 답했다.

"아니, 이 정도는 괜찮습니다. 팔은……."

그의 손에 잡힌 허리가 제 의사와는 상관없이 앞뒤로 움직였다. 손은 사라졌지만 움직임은 끈질기게 그녀의 속살을 집적거렸다. 거칠한 사내의 음모와 여인의 여린 털이 체액과 뒤섞여 엉켜 들었다.

끼— 익. 끼— 익. 두 사람을 실은 간이침대가 욕장 바닥에서 미끄러지는 소리가 들렸다. 햇살에 닿은 피부가 덴 것처럼 뜨겁다. 감각 하나하나가 날 카롭게 벼려져 모든 것이 선명했다. 그 선명한 감각의 인지 끝에는 항상 그 가 있었다.

뭉툭한 끝으로 그녀의 내부를 헤집으며 그는 그녀의 온 살결에 입을 맞추 고, 확인이라도 하듯 손에 닿는 그녀의 모든 신체 부위를 매만졌다.

이게 뭐였지? 처음엔 위로였고, 지금은 보상. 그런 줄 알았다. 그런데 아 니다. 그는 느리지만 확실하게 그녀를 잠식해 들어왔다. 그래. 잠식이라는 표현이 옳다. 악착같이 그녀의 감각에 자신을 새기는 작업. 그에게 먹혀들고 있었다.

"아—"

남성의 끝이 그녀의 가장 안쪽, 가장 깊고 예민한 부분에 닿은 순간 그가 그녀의 가슴을 아프게 움켜쥐었다. 그녀는 새된 탄설음을 내뱉으며 허벅지 안쪽에 힘을 주었다. '훗!', 탄식 이상의 거친 호흡이 그에게서 흘러나왔다.

삐걱삐걱삐걱삐걱.

조금 느린 리듬으로 귓전을 건드리던 소리가 요란스럽게 귀를 때렸다. 문 득 혼미한 머릿속에 기묘한 생각이 떠올랐다. 군주를 탐하는 야심가, 밤의 쾌락을 알아버린 청년. 그리고 한 가지 또 있었다.

'사랑에 빠진 전사.'

그건 보기에 넣어두지 않아서 정말 다행이라고 생각하며, 그녀는 끝을 향 해 달려가는 그의 어깨에 얼굴을 묻었다.

차가운 시선이 느껴졌다. 어지간해서는 감각에 잡히지 않을 정도로 미세 한 느낌이었지만, 전투의 여파에서 아직 벗어나지 못한 전사의 감각은 그 미 세함을 놓치지 않았다.

그리고 감각은 그에게 그 싸늘한 시선의 주인이 누군지도 알려주었다.

'눈 떴을 때 처음 보는 얼굴로는 적당하진 않은 것 같은데.'

그는 썩 유쾌하지 못한 심정으로 눈을 떴다.

"일어났는가."

시녀장이 말했다. 그녀의 눈빛뿐만이 아니라 목소리에서도 냉기가 뚝뚝 흐르고 있었다.

그는 벌떡 일어나거나 하여 시녀장을 맞이하지 않았다. 여왕이 그의 품에 안겨 잠들어 있었기 때문이다.

대신 천천히 손을 들어 여왕의 몸이 채 가려주지 못한 제 체모를 숨겼다.

시녀장의 얼굴에 미소 비슷한 것이 떠올랐다.

"구태여 가릴 필요 없네. 폐하를 품에 안은 사내들의 치부를 한두 번 보는 것도 아니고."

한쪽 입꼬리만 올리며 짓는 미소는 조롱에 가까웠다. 하지만 그는 고집스럽게 손을 치우지 않았고, 시녀장은 치켜뜬 눈으로 그를 바라보다 아랫입술을 질근 깨물었다.

"폐하를 깨우시게. 할 일이 많으신 분이네."

툭. 입속에 까칠한 모래라도 들어온 듯 말을 내뱉은 그녀가 몸을 돌려 욕장을 나갔다. 저렇게까지 온몸으로 불만을 표하기도 쉽지 않을 것이다. 그는 한숨을 쉬며 제 팔을 베고 누운 여왕의 몸을 돌려 안았다.

잠든 여왕에게선 평소의 모습을 찾아볼 수가 없었다. 가식에 가까운, 그린 듯 아름다운 미소도 총명하게 빛나는 눈동자도 없다. 오로지 피로로 내려간 입매와 찡그린 눈썹만이 있었다.

쌔근쌔근. 따스한 숨결이 목울대를 데웠다. 흐트러진 그녀의 뒷머리를 쓰다듬으며 하일라바드는 시녀장의 말을 상기했다.

대체 저에 대한 시녀장의 적의가 무엇으로부터 기인했는지는 모르겠다. 아마 제 사람 사귐이 미숙하여 사람들 사이에 흐르는 감정을 다 이해하지 못하는 탓이리라.

하지만 아무리 미숙하다 해도, '폐하를 품에 안은 사내들'에 방점을 찍은 말의 속뜻도 파악하지 못할 만큼은 아니었다.

'내가 첫 번째가 아니라는 거지.'

한데 왜 굳이 그런 말을 했을까. 첫 번째가 아니니까 우월감은 갖지 말라는 경고의 의미였나? 아니면 여왕을 소유하려 들지 말라는 조언? 조언치고는 심술궂군.

그가 쓴웃음을 지었다.

시녀장이 무슨 의도로 그런 말을 했는지는 모르겠지만 그것이 무엇이든, 그녀는 틀렸다. 그는 자신이 첫 번째가 아님을 익히 알고 있었다. 그리고 그 사실은 그에게 아무런 영향도 미치지 못했다.

물론 그것이, 그가 모르는 여왕의 과거, 그 특정한 어느 한 부분을 떠올릴 때도 아무렇지 않았다는 뜻은 아니다. 그런 일이 자주 있지는 않았지만 그럴 때마다 그는 뒤통수 안쪽이 뜨거워지는 기이한 기분을 느끼곤 했다. 짜증? 아니, 그보다는 분노에 가까운 열기…….

하지만 제 기분이 나쁘다는 이유로 그녀의 침실에 들었던 미동들을 찾아내 칼부림을 하거나 상한 기분을 드러낼 생각은 없었다. 어찌 되었든 그것은 과거, 즉 어제의 일이었다.

어떤 베두인도 어제 본 모래언덕이 오늘 그 자리에 없다고 해서 화를 내지 않는다. 어제와 오늘은 다른 것이 당연했다. 중요한 것은 다만 지금.

'지금' 그녀는 제 품 안에 있었다.

그녀를 소유하려 드는 것이 아니다. 어차피 그녀는 여왕 아닌 무엇도 되지 못할 사람이므로.

그러니 어제의 그녀가, 내일의 그녀가 모두의 군주로 존재한다 하여도 상관없다. 그녀의 그 완벽한 가면이 때로는 아름답고 현명한 군주를, 때로는 무자비한 폭군을, 때로는 치명적인 창부를 연기한다 하더라도 괜찮다.

다만 지금은—

다만 지금은…… 나의 여왕으로 있어 주길. 피로하고 지친 한 인간으로.

그 '지금' 이 비록 찰나에 지나지 않더라도.

밖에서 들리는 인기척이 늘어났다. 그에게 허락된 지금은 이리도 짧았다. 하일라바드는 조금 아쉬운 마음으로 여왕의 이마에 입술을 대고, 그녀를 불렀다.

"마케바."

욕장에서 나온 여왕을 기다리고 있던 것은 못 먹을 음식을 씹은 듯 잔뜩 찌푸린 시녀장의 얼굴이었다.

왜 저런 표정을 하고 있는지도 짐작하고, 그녀로서는 그럴 수밖에 없다고 인정도 하지만 아무래도 사람의 기분을 상쾌하게 만들어주는 얼굴은 아닌지라, 여왕은 뭔가 물어봐 달라는 듯 입술을 오물거리는 시녀장을 무시하고 자신의 침실로 올라갔다.

침실 창가 의자에 앉은 여왕이 쫄레쫄레 따라온 사람들을 모두 물렸다. 이번의 '모두' 에는 하일라바드도 포함되어 있었다.

그는 아무런 의문도 없이 그녀의 명령을 따랐다. 하일라바드까지 나가 버리자 시녀장과 여왕, 단둘만 침실에 남았다.

여왕이 말했다.

"그리 뒤가 급한 표정 하지 말고 할 말 있거든 속 시원하게 하라."

"호위 전사를 침실로 끌어들이진 않겠다고 하시지 않았습니까?"

역시나, 대뜸 그 얘기다. 여왕은 의자 등받이에 몸을 깊숙이 묻으며 다리를 꼬았다.

"침실에선 안 했다만."

"폐……!"

능청맞은 대답에 언성을 높이려던 시녀장은 뒤늦게 그것이 여왕 특유의 농담이라는 것을 깨닫고는 땅이 꺼지라고 한숨을 쉬었다.

"대체 어찌하여 이러십니까. 과하게 신임하시는 것도 모자라서 침대 봉사까지 맡기시다니요. 사내가 필요하시다면 제게 언질을 주십시오. 군주의 총애가 한 사람에게 쏠리는 것은 옳지 못합니다."

"하면 그대에 대한 내 신임도 좀 거두어야겠군."

시녀장이 얼굴을 붉혔다. 붉으락푸르락, 다채롭게 변해가는 그녀의 안색에는 '어찌 평생 폐하를 모셔온 저와 저런 뜨내기를 비교하실 수 있습니까?'라는 억울함이 가득 담겨 있었다. 하지만 여왕은 대수롭지 않게 손을 휘저었다.

"농담이다."

의자를 밀어 자리에서 일어난 그녀가 창가에 섰다.

아치형의 커다란 창문 밖으로 말 등에 올라탄 하일라바드의 모습이 보였다. 마장의 끝에서부터 끝까지. 천천히 걸었다가 빨리 뛰고, 다시 천천히 걷는다.

자연스럽게 속도를 줄였다가 빨리하는 방법을 연습하고 있는 듯했다.

나가서 뭘 할까, 궁금했는데 기껏 저러고 있나.

'성실하긴.'

그의 성실함이야 하루 이틀 일이 아니지만, 그의 주변을 누군가가 둘러싸고 있는 광경은 다소 생소했다.

왕성의 전사들이 그를 보고 있었다. 마치 구경하는 것 같지만 사실은 노력이다. 그의 일거수일투족을 놓치지 않으려는 노력. 전사들이 셰이크 무자아히드에 보내는 경외와 찬사는 그런 식이었다.

"왜 그리도 그를 경계하는가."

한참 말없이 바깥만 바라보고 있던 여왕이 입을 열었다. 시녀장은 정형화된 대답을 내놓았다.

"말씀드렸듯, 군주의 총애가 한 사람에게 쏠리는 것을 저어하는 것입니다."

"솔직하게."

등을 돌린 채였기에, 시녀장은 여왕의 표정을 볼 수 없었다. 하지만 솔직하게 말하라는 것은 제 대답에 만족하지 않았음을 분명하게 시사했다. 시녀장은 무어라 말하려고 벙긋거리던 입술을 닫았다.

왜 그리 하일라바드를 경계하냐고 묻는다면, 그녀가 할 수 있는 대답은 한 가지뿐이었다.

'싫으니까요'.

그녀는 그가 싫었다. 아무리 싫은 티를 내도 자세 하나, 표정 하나 흐트러트리지 않는 그의 태도는 높은 산등성이에 세워진 성채를 연상케 했다. 밖에서 아무리 두드려도 깨지지 않는 강대한 철탑. 바로 그의 그런 점이 마뜩잖다.

표정을 읽을 수 없으니 생각을 알 수가 없고, 생각을 알 수 없으니 신뢰할 수가 없다. 말이나 많아 적극적으로 자신을 드러내는 성격이라도 되면 또 모르겠다. 그럼 적어도 최소한의 친근감은 형성할 수 있었을 테니까.

하지만 가장 마뜩잖은 점은, 여왕이 그를 대하는 태도였다. 그녀가 아는 여왕은 '난 아무것도 몰라요' 식의 정숙한 여인도 아니었지만 쾌락을 탐하는 여인도 아니었다. 군주답게 적당히 방종할 줄 알았고, 적당히 절제했다.

그런 그녀가 대체 무슨 바람이 불어 하찮은 베두인 사내와 야외에서 살을 섞었단 말인가.

그걸로 족한 것도 아니다. 그가 다쳤다는 얘길 듣자마자 욕장으로 달려가는 모습은 그야말로 눈을 감고 싶게 만들었다. 그 욕장 안에서 무슨 대화가 오가고, 무슨 일이 있었는지는 궁금하지도 않았다.

그녀는 그가 싫었다. 하나부터 열까지. 그의 태도, 그의 표정, 여왕의 동요와 판단. 그도 싫고, 그가 일으키는 불꽃은 더 싫었다. 그 불꽃이 여왕을 활활 태워 버릴 것만 같았다.

할 말이 이렇게나 많은데, 시녀장은 고집스럽게 침묵을 지켰다. 솔직하게 해서는 안 되는 이야기다. 왕국의 칼바람을 맞으며 오십 해를 살아온 그녀는 말이 가진 마력을 믿었다. 그저 미약한 가능성, 상상한 미래에 불과할지라도 말로 표현하면 현실이 되어버린다. 때로는 숨겨야 할 생각도 있었다.

하지만 시녀장이 여왕을 아는 것만큼 시녀장을 아는 여왕은 가라앉은 침묵에서 그녀의 생각 대부분을 읽었다. 후. 한숨을 뱉은 그녀가 스쳐 지나가는 말처럼 중얼거렸다.

"그가 나를 변화시킬까 두려운가?"

"……."

"내가 청년의 열정에 홀려, 가장 필요한 때에 나를 비싸게 팔아넘기지 못할까 봐서?"

"폐하!"

기어코 시녀장이 성마른 목소리를 내었다. 슬쩍 고개를 돌린 여왕은 가당찮다는 듯 씩씩대고 있는 시녀장을 보며 싱긋 웃었다.

"걱정 마라, 미리암. 난 지금 상황에서 가장 가치 있게 나를 파는 중이니까."

"팔다니요! 폐하, 어찌 그리 말씀하십니까? 폐하께선 색주가의 유녀가 아니라 군주십니다. 누가 감히 군주를 살 수 있단 말입니까?"

"하면 나바테아의 왕자는 어째서 나와의 하룻밤을 요구했을까? 세상엔 나를 군주가 아닌 여자로 보는 이들이 더 많아. 그대도 알고 있을 텐데? 표현이 문제라면 그대가 걸러 들어."

"제가 언제 폐하를 팔아넘기라고 했습니까!"

"그대가 그랬다고 말하는 것이 아니다. 내가 그랬다는 거야. 나는 그것을 거래라고 보았다. 나를 팔고, 이익을 얻는다. 지금도 그래. 나를 팔아서 베두인의 가장 무서운 검을 얻었다."

"……."

"이만하면 꽤 가치 있는 상품 아닌가. 그러니 더 이상 쓸데없는 염려로 얼굴 찡그려서 괜한 주름 만들지 말라. 그럴 시간에 로마의 군단장 맞을 준비나 해."

서늘한 목소리가 대화를 일방적으로 끝내 버렸다. 여왕은 주춤하는 시녀장에게서 시선을 떼고 창밖으로 고개를 돌렸다.

전사 하나가 말에서 내려온 하일라바드를 붙잡고 말을 걸고 있었다. 전사의 목소리에 귀를 기울이는 그의 표정이 조금 매서웠다. 검에 대한 조언이라도 원했는지, 고개를 젓고 제 칼을 꺼내 시범을 보이는 그는 경건하고 엄숙했다. 그야말로 전사의 표본 같았다.

'사랑에 빠진 전사…….'

문득 떠오른 생각에 마음이 제자리에서 한바탕 진탕을 일으켰다. 여왕은 심장 어림을 움켜쥐는 기분으로 옷깃을 쥐었다.

사랑 같은 것. 그리 불가해하고 재단할 수 없는 감정이 이 관계에 끼어들어서는 곤란하다. 그러니 그런 가능성은 배제한다. 그는 밤의 쾌락을 알아버린 청년이고, 저는 잇속에 밝은 군주여야 했다.

"……있지……."

"무어라 하셨습니까?"

나직한 중얼거림을 제대로 알아듣지 못한 시녀장이 물어왔다. 여왕은 아무것도 아니라며 머리를 흔들었다.

'사내의 욕정이란 유효한 순간까지는 여러모로 이용할 수 있지.'

그렇다면 이용할 수 있는 것은 모조리 이용해 주마. 그 어떤 매혹적인 유녀, 그 어떤 돈 많은 상인도 부족의 첫 번째 검으로 하여금 스스로 검집에서 검을 꺼내게 하진 못한다는 생각 같은 건 하지 않으려다. 이것은 어디까지나 거래였을 뿐이니까. 그가 먼저 손을 내밀었고, 저는 그 손을 잡았을 뿐이다.

군주의 밤을 팔아 얻는 이득. 과연 이 거래가 최고의 효율을 창출해 낼 수 있는가, 아닌가.

그가 내민 손을 잡는 순간 그녀는 계산했고.

그런 계산을 하는 자신이 조금 싫었다.

어쩔 수 없는 일이었다.

❖

끼룩—

경첩이 마찰하는 소리가 나더니, 열린 문틈으로 빛이 들어왔다.

느닷없이 등장한 빛줄기에 눈이 시렸다. 깜빡, 깜빡. 눈을 몇 번 깜빡이는 사이 빛은 사라지고, 그 자리를 사람 그림자가 채웠다.

"샤리프 이븐 칼리드 이븐 파우 알 아지리 앗 마립."

"⋯⋯."

샤리프가 고개를 들었다.

가느다란 선을 가진 인영이 빛을 막고 서 있었다. 손발이 묶여 있었기에 샤리프는 그 인영을 올려다봐야만 했다. 굴욕적이었다.

"마케바."

인영의 어깨가 잔 떨림을 일으켰다.

"그것이 그대에게 남은 마지막 자존심인가? 내 이름을 부르는 것이?"

웃음기 띤 목소리에 굴절이 없다. 그 목소리가 샤리프로 하여금 자신의 처지를 상기시켰다.

한때는 왕국 최고의 가문이었던, 하지만 지금은 완전히 무너진 가문의 가주. 그의 존재는 여왕의 마음에 한 점 파문도 만들지 못하고, 여왕은 그에게서 조금의 위협도 느끼지 못한다.

이제 그는, 완전히 그녀의 발밑에 있었다.

"기분이 어떠시오?"

"무슨 기분?"

"감히 날 내려다보는 기분. 날 두려워하지 않는 기분. 내 앞에서 오만하게 굴 수 있는 기분이 어떠시냐고 물었소."

"해가 지면 달이 뜨고, 달무리가 지면 비가 내리는 것을 보고 그대는 어떤 기분이 드나?"

"뭐?"

"당연한 것에 어떤 감상이 느껴지냐 말이다."

여왕이 싱긋 웃었다. 샤리프 알 아지리는 어금니를 꽉 깨물었다.

"날 어찌할 생각이시오?"

"어찌할 것 같은가?"

"재판받게 해주시오. 귀족의 당연한 권리요."

최소한의 존엄이라도 지키고 싶었다. 하지만 여왕은 그것마저 무참히 짓밟았다.

"반역자에게는 그런 권리가 없다. 샤리프 이븐 칼리드. 그대와 그대의 장자는 재판 없이 처형되어 왕성 입구에 목이 걸릴 것이고, 그대의 재산은 모두 몰수하여 왕국에 귀속될 것이다. 그대의 전사들은 노예로 팔려 나갈 것이며 그대의 딸들은 색주가에서 몸을 팔 것이다. 그리하여 아비가 누군지도 모를 아이를 낳겠지."

"마케바!"

"이후로 내 왕국에 아지리라는 성을 달고 태어나는 자는 없다. 왕국에서 지워질 권리. 이것이 그대에게 남은 유일한 권리다."

격분한 샤리프가 무릎으로 바닥을 찧었다.

"이 승리가 너의 것 같은가? 나는 너에게 패한 것이 아니다. 그 베두인 전사에게 패한 것이야! 너의 오만함은 그가 주워 너에게 빌려준 것이다! 너에겐 날 조롱할 권리가 없다! 내 시신은 온전하게 보전되어야 해!"

"그래. 그럴 수도 있지. 그가 주워서 나에게 준 것이라고 치자. 한데 그것이 왜? 그는 내 것이고, 내 것의 권리는 나의 권리다. 그러니 난 얼마든지 너를 조롱할 수 있고, 모욕할 수도 있단다."

"마케바아!"

샤리프가 악을 썼다. 그는 악에 받쳐 여왕의 이름을 불렀다. 마케바, 마케바, 마케바!

하지만 어떤 반응도 돌아오지 않았고, 문이 닫혔다. 어둠에 갇힌 몰락한 가문의 가주는 엎드려 오열했다.

왕이 있다. 그리고 반역자가 있다. 왕이 반역자를 처리했다. 그래서 모두가 행복해졌다.

그런 단순한 결말 따위, 현실에는 없다. 대부분의 현실은 이야기 속의 그어떤 복잡한 설정보다 복잡한 법이다. 여왕이 겪은 현실도 그러했다. 이제한숨 돌리겠거니 하고 있던 그녀는 밀려드는 일에 머리를 쥐어 싸맸다.

가장 먼저 처리해야 할 문제는 살아남은 알 아지리의 여인들이었다. 시녀장은 알 아지리의 성을 단 여인들이라면 다 죽어 마땅하다고 주장했지만, 여왕은 그 과격한 주장을 한마디로 일축했다.

"난 왕의 행사를 한 거지, 광인의 학살극을 벌인 게 아니다."

"하오시면, 어찌할까요?"

"왕국의 율법은?"

"태형 후 노예의 낙인을 찍습니다."

여왕은 잠깐 생각에 잠겼다. 하지만 오랫동안 고민하지는 않았다.

"잉부(孕婦, 임산부)와 이번 숙청에 자식을 잃은 어미는 죽여라. 혼인한 적이 없는 성인 여자는 인장을 찍어 팔아넘기고 아직 성인식을 치르지 않은 여자아이는, 역시 인장을 찍어 귀족 가문에 보내 허드렛일을 시키도록 하라."

자식이 있는, 혹은 자식을 잃은 어미는 무섭도록 독해질 수 있으니 죽인다. 그 외엔 율법대로 처리한다. 어떤 군주는 '어디 네 힘껏 복수해 보아라'라는 의도에서 일부러 적을 살려주기도 한다지만 여왕에게 그런 기벽은 없었다.

낙인이 찍힌 알 아지리의 여인들은 왕국의 가장 큰 노예상인을 통해, 가장 큰 노예시장에서 팔려 나갔다. 노예와는 평생 인연이 없을 가난한 사람들까지 와서 그들을 구경했다.

한때 왕국을 호령했던 가문의 여인들이 여타의 노예들과 똑같은 대접을 받으며 비슷비슷한 가격에 팔려 나가는 모습은, 알 아지리가 어디까지 몰락했는지 보여주기에 차고 남았다.

그리고 우마미야. 그녀는 자신의 바람을 이루었다.

"우마미야는 알 자만의 상단에 팔렸습니다."

"한데?"

"보러 가지 않으시렵니까?"

어쩌면 여왕이 망가진 우마미야의 꼴을 보고 싶어 하지 않을까, 생각한 시녀장이 제안했다. 그녀는 왕성을 떠나던 날 우마미야가 얼마나 오만했는지 기억하고 있었다.

하지만 여왕은 다른 걸 기억했다.

"다신 뵙질 않길 바란다고 하였지, 그 아이가."

"그랬습니까?"

"그래. 하니 제 입 밖으로 낸 말을 지킬 기회를 주자꾸나."

느긋한 동작으로 턱을 괴며 여왕이 시원스레 웃었다.

우마미야가 어디로 팔려 나가서 어떻게 살든 그녀가 알 바 아니었다. 그녀는 진정한 승자였으므로 노예 계집 하나에 신경 쓸 이유가 없었다.

그걸로 굵직한 일은 다 처리한 줄 알았다. 하지만 오산이었다.

샤리프 알 아지리와 그 장자의 목이 왕성 문에 걸린 날. 그다음 날도 아니고 그날 오후. 상당수의 귀족 가문의 가주가 왕성을 찾았다.

불안에 휩싸인 그들의 얼굴은 저들이 알 아지리와 한패였음을 암묵적으로 시인하고 있었다. 적극적으로 동조했거나, 은근히 묵인했거나.

그들의 수를 세어 본 여왕은 정신이 아득해짐을 느꼈다. 그들 모두를 처리하자니 왕국이 거덜 날 지경이었다.

그녀는 하일라바드를 제외한 아무도 보지 않는 곳에서 거친 말을 쏟아내며 소리를 질렀지만, 결국 모두를 용서했다. 하지만 쾌락에도 대가를 받는 여왕의 용서에 거저란 없었다.

여왕은 그들에게서 사과 대신 가문의 아들을 받았다. 바쳐진 아들들은 왕국의 전사라는 명예를 달고 국경으로 쫓겨났다. 아직도 왕국에 충성하는 전사들이 있는 국경으로. 서로 야합하지 못하게 동, 서, 남으로 찢어진 것은 덤이다. 가문의 아들은 고스란히 가문의 인질이 되었다.

그렇게, 지레 찔려 여왕을 찾은 이들 외에도 많은 사람이 왕성을 방문하거나 인사를 보내왔다. 그중에 반가운 이들은 단 한 명도 없었지만, 관리들의 대대적인 개편을 꾀하고 있던 여왕은 적당한 선에서 그들을 받아들였다.

그러나 가장 반갑지 않은 사람은 따로 있었다.

"주바이다가 서신을 보냈다고? 왜?"

"일간 찾아달라고 적혀 있군요."

양피지에 적힌 글자를 먼저 읽어본 시녀장이 말했다. 여왕이 코웃음을 쳤다.

"하. 하다 하다 별……. 이제 와 무슨 콩고물이라도 얻어먹으려 하는가 보지?"

여왕의 말투에서 극도의 혐오와 분기를 읽은 하일라바드는 머릿속으로 주바이다라는 이름을 탐색해 보았다. 하지만 이름만으로는 아무것도 알아낼 수 없었다. 그것이 이름인지, 성인지조차 불분명했다.

"콩이라면 질리도록 드셨을 겁니다."

"그래서? 고기라도 보내주란 말이냐?"

"……."

"가지 않겠다. 가지 않겠다는 연락을 할 필요도 없다."

짜증 섞인 여왕의 결정에 시녀장은 묵묵히 침묵을 지켰다. 침묵은 고스란히 압박이 되어 여왕의 핏대를 세웠다.

차라리 종알종알 잔소리를 하는 것이 낫지. 저 성격에 조용히 있으니 그게 더 고역이다. 여왕은 앓는 소리를 내며 핏줄기가 도드라진 이마를 만지작거렸다.

"알았다. 일이 어느 정도 정리가 되면, 그때 들르마."

"하면 그리 알고 있겠습니다."

꾸벅. 허리를 굽힌 시녀장은 웃고 있었다. 그 미소가 괜히 사람 속을 뒤집는 것 같아, 여왕은 시녀장을 향해 얼굴을 한 번 찌푸려 주고는 서류를 뒤적였다. 할 일이 아직도 많았다.

여왕이 알 아지리의 패망으로 인한 뒤처리를 대략적으로나마 끝내는 데에는 사흘이 걸렸다. 그 사흘 동안 여왕은 초인적인 인내심을 발휘하여 왕성을 바꾸어 나갔다.

주먹구구식으로 운영되던 왕성의 경비체제가 체계를 갖추었고, 알 아지리와 손톱만큼의 인연이라도 있었던 자들은 쫓겨났다. 우직하게 여왕의 편을 들어온 이들은 등용되었다.

정체되어 있던 공기가 흐르기 시작한다. 그제야 여왕은 알 아지리의 숙청을 결심했을 때부터 정말 하고 싶었던 일을 하기로 마음먹었다.

"자, 그럼 이쪽은 대충 끝났고……."

급한 일을 얼추 정리한 여왕이 고개를 틀며 제 곁에 선 하일라바드를 돌아보았다. 살짝 내리깐 눈꺼풀 아래, 초록빛 눈동자가 묘한 기대감에 차 있었다.

"그대가 나를 위해 뭔갈 해줬으면 좋겠는데."

"하명하십시오."

"왕성에 소속된 전사들을 가르쳐 보는 건 어떠냐?"

수상쩍은 눈빛에 어느 정도 희한한 명령이 내려올 것을 예상했지만, 여왕의 명령은 그의 예상 범주를 훌쩍 뛰어넘었다.

하지만 내용이 무엇이든 그것이 명령의 형태를 띤 이상 그는 거부할 수가 없었다. 전사들의 실력 향상의 필요성은 그 또한 느끼고 있는 바였다. 하일라바드는 당혹감으로 경직된 얼굴을 하고 그녀의 명령을 받았다.

시녀장은 반대가 무슨 일상이라도 된 듯 반대했다. 하지만 여왕은 그녀의 관심이 하일라바드에게 쏠릴 만한 여유를 주지 않았다.

"침실을 바꾸겠다."

"예?"

'하일라바드가 훈련 교관이 되어서는 안 되는 이유'를 스무 가지쯤 만들어 여왕의 침실로 쳐들어온 시녀장은 대뜸 쏟아진 여왕의 말에 기성을 내질렀다.

이쯤 되면 하일라바드가 훈련 교관이 되어서는 안 되는 이유 따위는 중요한 문제가 아니었다. 그녀는 자신이 들고 온 스무 가지 이유를 머릿속의 쓰레기통에 처박았다.

알 아지리는 처리했지만 아직 함야르 왕국이 남아 있으니 암살 위협에서 온전히 자유로워진 것은 아니라는 시녀장의 우려와, '군주의 위엄' 운운하는 여왕의 고집이 팽팽하게 맞부딪쳤다. 별것 아닌 문제로 이틀이나 허비한 것은 여왕이나 시녀장이나 너무 바빴기 때문이다.

"폐하. 알 아지리가 뱀이라면 앗 함야르는 이리입니다. 뱀에게 물리면 살수 있지만 이리에게 물리면 뼈가 바수어져 죽습니다!"

"하나 강가의 이리가 무섭다는 이유로 하마가 물을 마시지 않는다면 결국 죽기밖에 더하겠는가. 알 아지리의 처리에는 동의했으면서 앗 함야르는 왜 그리 위협적으로 생각하는 거지?"

"그야 알 아지리는 가까이 있는 뱀이었으니까요. 가까이 있는 뱀은, 그 뱀이 위협적이라면 미리 죽여 없애는 것도 하나의 방편이겠지요. 하나 함야르는 멀리 있는 이리입니다. 멀리 있는 이리의 아가리에 일부러 머리를 들이밀 필요는 없지 않습니까."

흠잡을 데가 없는 주장이었다. 억지로 강행하면 미리암이 어쩌겠느냐마는, 그것은 여왕의 방식이 아니었다.

골치가 아파진 여왕은 창밖으로 시선을 돌렸다. 마침, 훈련을 시작한 전사들의 구령 소리가 들려왔다. 아직 제대로 된 훈련장이 준비되지 않은 탓에 전사들은 임시방편으로 넓은 마장을 사용하고 있었다.

"하나 멀리 있는 놈이라면, 다가올 때 좀 더 큰 소리가 나겠구나."

"그야 그렇지만……."

또 무슨 말을 하려나 싶어, 시녀장은 선뜻 '그렇다' 답하지 못하고 여지를 두었다.

"큰 소리가 나면 귀가 밝은 전사는 금방 알아들을 수 있을 테지."

아니나 다를까. 결국은 하일라바드다. 시녀장은 머릿속 한쪽에 잠시 처박아두었던 스무 가지 이유와 함께, 하일라바드를 맹신해서는 안 되는 열두 가지 이유를 즉석에서 만들어냈다.

"폐하, 셰이크 무자아히드는 만능이 아닙니다. 그의 전공(戰功)을 폄하하려는 것은 아니지만 그도 사람입니다. 못 하는 것이 분명 있습니다. 저는 그가 전사들의 훈련을 맡는 것도 불안합니다. 일신의 능력이 뛰어난 것과 사람을 가르치는 것은 다르지 않습니까? 그의 능력을 너무 맹신하지 마십시오."

"하면 물어보자꾸나."

"예?"

"할 수 있는지 없는지, 물어보자는 말이다. 그는 자신을 과장하지 않아. 하니 그에게 직접 물어보자."

손가락으로 마장을 가리킨 여왕이 싱긋 웃었다.

빈말에 빈말을 더하고 긍정적인 의견을 두 번 곱해도 하일라바드에게 '붙임성이 좋다'라는 평가를 내리긴 어렵다. 그에게 어울리는 평가는 '과묵하다', '진중하다'처럼 어쩐지 돌덩이를 연상시키는 것들이었다.

그런 성품의 소유자가 누군가를 가르치려 할 때 생기는 필연적인 결과. 그의 수업은 지독하게 재미가 없었다. 한데 그게 문제가 되지는 않았다.

단 한 번이지만 압도적인 무용을 보여준 셰이크 무자아히드가 그들의 훈련을 담당한다는 여왕의 명령이 내려오자, 전사들은 전폭적인 지지를 보냈다. 여왕에게 고용된 이후 혼자만의 힘으로 성장해야 했던 그들에게 셰이크 무자아히드의 존재는 그 자체로 기적이었다.

다른 사람들이 지독하다고 평가하는 그의 과묵함도 전사들은 우러러보았다. 본래 전사란 종자들은 말이 많은 사람보다 말 없는 사람을 선호하는 법이니까. 그들은 하일라바드가 전갈이 양서류라고 해도 믿을 준비가 되어 있었다. 재미가 있고 없고는 둘째 문제다.

어차피 단순무식한 전사들의 생각은 베두인이나 하다르나 거기서 거기고, 역시나 전사인 하일라바드는 자신이 그들의 눈에 어떻게 비칠지 익히 짐작했다. 하지만 과도하게 반짝이는 전사들의 눈빛과 마주하자 생리적인 거부감이 밀려왔다. 훈련장에서 선 그는 더욱 과묵해졌고 더욱 무뚝뚝해졌다.

분명히 그랬는데, 나중엔 그 눈빛에 자극당해 버렸다.

처음에는 여왕의 접견 시간에만 가르치기로 한 것이 이튿날에는 저녁 시간까지 하루 두 번, 사흘째에는 아침 점심 저녁 세 번으로 늘어났다. 매시간 훈련장은 교대를 마친, 혹은 휴일을 맞이한 전사들로 빼곡했다.

이 무뚝뚝한 교육관과 초짜 훈련생들의 열정은 분명한 효과를 나타내었다. 무엇보다 하일라바드는, 재미없는 교육관이긴 했을지언정 무능한 교육관은 아니었다.

그는 말로 가르치는 대신 행동으로 보여주었다. 나쁜 버릇을 가진 전사를 가르칠 때는 나쁜 버릇이 나올 때마다 그 부분만 죽어라 공격했고, 성격이 소심한 전사가 멈칫하며 칼을 내지르지 못할 때는 금방이라도 목을 벨 듯 칼을 휘둘러 그를 위협했다.

그의 칼은 전사의 목에서 얇은 리넨 실 한 가닥 정도의 거리를 두고 멈췄다. 다리에 힘이 풀려 주저앉은 전사를 내려다보며 하일라바드는 무심히 한마디 던졌다.

"죽이지 않으면 죽습니다."

달리고 또 달리고, 구르고 또 구르다 보면 안 되는 것도 되게 되나니. 하일라바드의 훈련 철학이었다. 그는 전사들이 달리다 토악질을 할 때까지 굴렸다. 그럼에도 전사들은 그에게 더욱 달라붙어 하나라도 더 배우려 애를 썼다.

나흘쯤 지나자 전사들의 자세에 기틀이 잡혔다. 일당백의 전사로 완벽하게 탈바꿈한 것은 아니지만 어디 가서 꿀리지 않을 정도는 된 것이다. 그저 악쓰는 것에 지나지 않았던 구령에 힘이 실렸고, 눈빛이 번뜩였다.

"핫!"

힘찬 기합을 내지르며 전사가 창을 찔러왔다. 바람을 일으키는 공격이 자 못 흉흉하다. 하지만 하일라바드는 한 발 물러나는 것으로 그의 공격 범위에 서 벗어났다. 전사는 찔러 가던 관성을 이기지 못하고 바닥에 꼬꾸라졌다.

"알겠습니까?"

쌕쌕, 거친 숨을 내뿜으며 하일라바드를 올려보는 전사는 모르겠다는 표 정이었다. 하일라바드는 그가 놓친 창을 주워 그에게 건넸다.

"모르면 다시."

전사는 세 번을 꼬꾸라지고 나서야 하일라바드가 말하는 바를 깨달았다. 생채기가 난 손으로 바닥을 짚고 일어선 전사가 깨달음의 탄성을 내질렀다.

"거리입니다!"

"맞습니다."

두 사람의 대결을 지켜보고 있던 창잡이 중 몇 명이 저도 알았다는 듯 '아!' 하며 바보 도 트는 소리를 냈다. 하지만 대다수는 여전히 고개를 갸웃 거리고 있었다.

창은 칼보다 길이가 긴 무기였지만 공격을 수행하는 창 촉은 칼보다 짧은 터라, 공격 시점이 중요했다. 그 공격 시점을 결정하는 것이 바로 상대와의 거리였다.

내가 한 발 디딤으로써 내 공격 범위에 상대를 집어넣는 동시에, 상대가 한 발 물러나도 공격 범위에선 벗어날 수 없는 거리를 찾아야만 제대로 된 창잡이라고 할 수 있었다.

그렇다면 그렇게 설명해 주면 될 텐데, 저 긴 말을 해야 한다는 상상만으 로도 혀에 땀띠가 돋을 것 같은 하일라바드는 두 차례 더 시범을 보인 뒤 훈 련장 구석에서 내려치기 연습에 여념이 없는 검사들을 불러들였다.

"창수 한 명에 검사 둘. 3인 1조로 찌르고 막기를 연습합니다. 음……."

몇 번을 시킬까, 고민하는 하일라바드의 말꼬리가 늘어지자 검사고 창수고 할 것 없이 침을 꼴깍꼴깍 삼키며 그의 입술에만 집중했다.

"천 번만 하죠."

전사들의 얼굴이 누렇게 떴다.

하지만 너무 많다며 항의하는 사람은 없었다. 각자 적당한 상대와 조를 맺은 전사들은 터덜터덜, 검사들이 연습하던 훈련장 구석에 자리를 잡았다.

그 뒤로 도끼잡이와 궁수들의 상태를 확인한 하일라바드는 도끼잡이들에게는 팔굽혀펴기 300번을, 궁수들에게는 하체 강화 훈련 100번, 과녁 맞히기를 200번 시켰다.

얼마 지나지 않아 여기저기서 헐떡거리는 소리가 들렸다. 그나마 버틴 게 힘 좋은 도끼잡이들이었다.

"300번 더."

하지만 하일라바드는 팔굽혀펴기 300번을 끝내고 온 도끼잡이들을 또다시 굴렸다.

"부수(斧手)는 사막에서 하등 쓸데가 없습니다. 그러니 더 노력하십시오."

곡소리가 났다.

마지막으로 궁수들이 훈련을 마쳤을 때, 다른 이들은 상의를 벗어 던진 채 훈련장 바닥에 널브러져 신음을 흘리고 있었다. 오늘도 어김없이 궁수 중 한 명은 토악질을 했다. 그는 여왕의 비밀 호위 중 한 명이었는데, 활 쏘는 솜씨는 그럭저럭했지만 체력이 형편없었다.

하일라바드는 그를 가만히 내려다보았다.

'하체 강화 훈련을 50번 더 시킬까?'

문득 오한을 느낀 궁수는 토사물이 묻은 입을 닦으며 고개를 들었다. 덕분에 그는 사내들의 시큼한 땀 냄새로 가득 찬 훈련장의 변화를 가장 먼저 발견한 사람이 되었다.

"폐……하?"

전사의 중얼거림을 들은 하일라바드가 뒤를 돌아보았다. 그의 말대로 정말 파나와 시녀장만 대동한 채, 여왕이 훈련장으로 들어오고 있었다.

"셰이크 무자아히드가 나의 전사들을 잡아 족치고 있다고 하던데, 그 말이 사실인가 보군."

웃음기 담긴 목소리에서 특유의 농담임을 알아차린 하일라바드는 허리를 숙였고 여왕이 끄덕, 인사를 받자 시녀장과 파나에게도 묵례를 했다. 시녀장은 그의 인사를 무시했고, 파나는 얼굴을 붉히며 허리를 굽혔다.

그가 여왕과 그 일행에게 인사를 하는 동안 그의 뒤에서는 난리가 났다. 궁수들은 화급히 바닥에 머리를 찧었다. 하지만 검사나 창잡이, 도끼잡이들에겐 인사보다 급한 것이 있었다.

"옷! 내 옷!"

"여기, 여기!"

"어이! 그건 내 거야!"

던져 놓은 상의를 찾는 손들이 바쁘다. 어떤 옷이 누구 것인지 확실치 않아, 바꿔 입기도 했다. 여왕은 짐짓 심각하게 들리는 낮은 목소리를 내었다.

"어찌 그러느냐, 보기 좋기만 한데. 다들 내 다리는 잘만 훔쳐보면서 그거 조금 나에게 보여주는 게 무엇이 아깝다고?"

전사들의 움직임이 동시에 멈췄다. 군주를 추행했다는 죄목을 뒤집어쓴 전사들은 정신적인 비명을 지르며 시선을 교차했다.

'들켰나!'

구겨진 옷으로 가슴만 가린 채 이러지도 저러지도 못하는 전사들을 보며 하일라바드는 한숨을 쉬었다. 남의 마음을 들여다보는 재주 같은 건 없었지만, 저들의 생각만큼은 빤히 읽혔다. 그는 상식이 끼어들 틈 없는 저들의 공황에 누구보다 공감할 사람이었다.

"폐하께서 농담하신 겁니다. 다들 옷 입으십시오."

동병상련의 기치 아래 꺼낸 그의 말은 전사들에겐 구원이나 진배없었다. 그들은 재빨리 옷을 입었다. 그들의 신속한 태도 변화에 여왕이 하일라바드를 보며 피식, 괴상한 웃음소리를 냈다.

"도대체 어떻게 세뇌를 시켰길래 나의 전사들이 저리 앞뒤 선후 구분 못하는 멍충이가 되었나? 누군가는 나에게 정말 농담이냐고 묻는 시늉이라도 해야 하는 거 아닌가?"

여왕의 말은 분명 농담의 연장선이었다. 하지만 하일라바드는 대수롭지 않게 넘어간 그 말이 시녀장에게는 대수롭지 않게 들리지 않았다.

하일라바드를 본 순간부터 시종일관 냉랭한 태도를 보이던 시녀장이 그를 향해 적의로 가득 찬 눈빛을 쏘아 보냈다.

그래 봤자 하일라바드에겐 저 시선이 익숙했다. 처음엔 경계와 무시를 띠던 눈빛이 언젠가부터는 날카로운 적의로 변했음은 아무리 둔한 그라도 알았다. 아마도, 알 아지리를 숙청하고 돌아온 그날부터였던 것 같다.

그는 시녀장의 시선을 여상하게 흘렸다. 살짝 스치기만 해도 사람 하나 정도는 충분히 태워 죽일 만한 눈빛이었지만, 그 눈빛이 여왕의 것이 아닌 이상 그에겐 아무런 영향도 미치지 못했다.

"저들도 농담과 진담 정도는 구분할 줄 압니다."

"하여 두 번 묻는 수고를 덜기 위해 나에게 묻지 않았다? 그거야말로 정말 아쉬운 일이구나."

그는 무엇이 아쉬운 거냐고 물어보려고 했다. 하지만 그럴 만한 짬이 없었다.

"폐하를 뵙습니다!"

차림새를 제대로 갖춘 전사들이 바닥에 머리를 찧으며 예를 갖춰왔다. 개중엔 옷을 뒤집어 입은 사람도 있었지만 그래도 스물에 달하는 인원이 떼로 모여 있으니 기세가 만만치 않았다. 흡족한 미소를 지은 여왕이 말했다.

"그러니까, 난 헐벗은 것이 더 마음에 든단 말이다."

"……."

마음이 약간, 따끔했다.

"어인 일로 예까지 오셨습니까?"

"아."

까끌한 마음을 들키고 싶지 않아 먼저 말을 걸자 그제야 용건이 생각났다는 듯 여왕이 손가락을 튕겼다.

"이리 떼가 있다."

"예?"

"그냥 이리 떼가 있다고 치자꾸나. 그 이리 떼가 나한테 접근하면 그대는 언제쯤 그걸 알아챌 수 있나?"

영문을 모를 질문에 하일라바드는 당황하면서도 일단 거리를 가늠했다.

"떼로 몰려온다면, 아마 저쯤 오면 제가 알 것입니다."

그가 말한 '저쯤'은 마장과 연결된 왕성 후문이었다. 거리로 따지자면 30 큐빗(대략 1,300m)이 넘는다. 여왕은 질문을 바꿨다.

"기척을 죽인 사람이라면?"

이제야 질문의 의도를 알겠다. 그는 단호하게 대답했다.

"제가 있는 한 암살자는 폐하의 털끝 하나도 건드릴 수 없습니다."

"들었나?"

여왕은 의기양양한 표정으로 시녀장을 바라보며 한쪽 눈썹을 치켜 올렸다. 적당히 단장이나 맞춰주려는 심산으로 지켜보고 있던 시녀장은 한숨을 쉬며 고개를 절레절레 저었다.

제아무리 여왕의 심정을 이해하고, 제아무리 품질 좋은 베두인 전사의 보장이 있었다 하더라도 '예, 그러십니까' 하며 손을 놓을 시녀장이 아니다. 그녀는 온갖 법석을 떨며 옛 군주의 침실을 뜯어고쳤다. 노대의 난간이 한 치나 높아졌고 드나드는 문이 두터워졌다.

덕분에 여왕은 침실 이전을 결정한 지 사흘이 지나서야 방을 바꿀 수 있었다. 그리고 여왕이 방을 바꿨을 때 즈음, 왕성 서쪽 별관 앞 공터에 훈련장도 완성이 되었다.

엄밀히 말해서 바꿨다는 표현을 옳지 않다. 옛 군주의 침실이 원래 여왕의 침실이고, 지금까지 쓰던 곳은 필요 때문에 잠시 몸을 의탁하고 있었을 뿐이니까. 아마도 복귀하였다, 가 맞을 것이다.

하지만 오랜만에 옛 군주의 침실에 들어선 여왕은 생경함만 느꼈다.

침실 문을 열자마자 나타나는 것은 반원형의 알현실이었다.

여기에 이런 게 있었던가?

곰곰이 생각해 보니 있었던 것도 같다. 물론 그녀는 이곳을 사용한 적이 없다. 알현실에 들어올 수 있는 사람은 군주가 신임하는 친인척뿐이었고, 그녀에겐 그런 존재가 없었으니까.

이 방이 이런 모습이었나? 저 창문이 저쪽에 있었던가? 난간이 있는 노대가 저쪽이었던가?

약간 헤매다, 알현실이 끝나는 곳에 있는 계단에 올라서자 그나마 익숙한 물체가 등장했다.

아 그래, 저건 아직 그대로군.

"어떠한가?"

침대 옆에 선 그녀가 양팔을 의기양양하게 펼쳤다. 침실을 둘러본 하일라바드는 짤막한 감상을 밝혔다.

"큽니다."

여왕이 침실로 사용하던 그 방도 크다고 생각했지만, 진짜 군주의 침실을 보니 거긴 크다고 할 바가 못 되었다. 군주의 침실은 일단 알현실—하일라바드는 무의미한 공간이라고 생각하였던— 부터가 이전에 사용하던 침실 전체만했다.

제대로 된 침실이라고 할 만한 공간은 알현실에서 계단을 서너 개 올라야만 나왔는데, 침대와 커다란 협탁, 제국식 의자만 있는 침실이 알현실보다 두 배는 컸다.

거기에 난간이 있는 노대, 군주의 옷방, 자그마한 욕조가 있는 욕실에 집무실까지 합치면 규모가 가늠되지 않는다.

이 정도면 침실이 아니라 '집'이라고 해야 할 것이다. 군주의 침실엔 군주의 모든 생활이 다 담겨 있었다.

"왕의 침실이니까. 쓸데없이 크고 쓸데없이 웅장해야 하지."

여왕은 킬킬거리며 오아시스에 몸을 던지듯 침대 위로 몸을 눕혔다. 양털을 얼마나 집어넣었는지 등에 닿는 감촉이 푹신했다.

"그대는 크다고 하지만 내 기억 속의 장소와 비교했을 땐 너무 작아. 작아졌지. 물론 내가 커진 탓이겠지만. 이 침대에 처음 누웠을 땐……."

생경하기 짝이 없는 이곳에서 유일하게 그녀의 기억을 일깨운 것은 야자나무를 겹겹이 얽어 어른 무릎 높이까지 올린 군주의 침대였다. 침대 모서리를 쓸며 여왕은 감상에 젖었다.

"그땐 무서울 정도로 크다고 생각했었거든."

이 침대에서 잔 것은 2년도 채 되지 않는다. 좋은 기억도 없었다. 그녀에게 군주의 침대는, 아비가 임종을 맞이한 곳, 둘째 오라비가 임종을 맞이한 곳, 암살 위협에 시달리며 눈에 핏발이 서도록 밤을 새운 곳. 그 이상도 이하도 아니었다.

그럼에도 꼭 이곳에 돌아와야만 했다. 그것은 거의 강박에 가까운 감정이었다. 그리고 그러한 강박증은 그녀에게서 합리성을 앗아갔다.

"질문이 많은 얼굴이구나."

고개를 들어 바라본 그의 표정이 복잡했다. 주절주절 말을 하진 않았지만 언뜻언뜻 내비친 표현만으로도 그는 아마 알았을 것이다. 그녀의 소회, 이 방에 대한 불편한 감정, 논리적이지 않은 그녀의 강박증까지.

그러나 그는 언제나 그러하였듯 '왜'라고 묻지 않았다. 왜 이곳으로 돌아오려고 했습니까? 궁금한 것을 꾹꾹 집어삼키니 표정이 저럴 수밖에. 침대 위에 널브러져 있던 그녀는 허리를 괴상하게 비틀어 누운 채 양팔을 앞으로 뻗었다.

"손을."

그가 그녀의 손을 가볍게 움켜쥐었다. 여왕은 그의 손을 잡고 일어나, 노대가 있는 동쪽 큰 창으로 나갔다.

해거름 녘. 자연이 섬세한 손길로 그녀의 왕국에 채색을 하고 있었다. 붉은색, 푸른색, 보라색, 주황색……. 왕국은 석양에 잠겼다.

저기, 왕성 경비병이 교대한다. 집으로 향하는 사람들의 걸음이 빨라지고 상인들은 가판을 정리했다. 집마다 불이 켜지자 왕국은 거대한 반딧불이의 숲처럼 보였다.

"이곳에선 모든 것이 다 보이지."

어떤 거리는 환했고, 어떤 거리는 어두침침하다. 저 거리는 불빛이 유독 적군. 누가 살고 있는지 알아봐야겠어. 저곳은 유독 화려한데, 색주가인가? 저만큼이 다 색주가라고? 아, 이런. 나의 왕국이 얼마나 방종해진 건가. 아니, 그보다. 특수 업종에 종사하는 저 여인들의 건강을 챙기는 의사는 있나? 저 거리에 전문 의사를 파견할까? 왕의 명령으로 의사를 파견한 뒤 업주들에게 세금을 더 걷는 것도 괜찮은 방법이겠군. '보건세'라는 이름을 붙여도 괜찮겠어.

"그래서 돌아온 거다."

역대 모든 군주도 이곳에 서서, 그녀와 같은 모습을 보고 비슷비슷한 생각을 했을 것이다. 그러니 남들은 여왕이 군주의 침실에 복귀하였다고 하겠지만 그녀는 입성이라고 표현하고 싶었다.

근 십 년이 지난 지금. 이 자리에 선 뒤에야 비로소 군주라고 불릴 만한 위치에 도달한 느낌이 들었다. 생경하고, 좋은 기억이라고는 없는 군주의 침실에 기어코 돌아와야만 했던 이유는 그 때문이었다.

그러나 그의 표정은 여전히 뜨뜻미지근했다.

이해하지 못했군.

그녀는 잠깐 씁쓸해했지만 얼른 그 감정을 털어버렸다. 생각해 보니 이상하다. 대체 무엇 때문에 그를 이해시켜야 한단 말인가. 마치 강박증과 같은 이 감정은 온전히 그녀만의 것이었다. 타인인 그를 이해시킬 필요도, 이유도 없는.

"그냥 내 마음이 그렇다는 얘기야. 그대는 이해하지 못하겠지만."

"그러시다면."

그는 가만히 눈을 감았다가 떴다. 낙타의 그것처럼 아래로 길게 뻗는 속 눈썹이 그의 얼굴에 음영을 드리웠다.

"폐하의 뜻대로."

군주의 행사는 이해하는 것이 아닙니다. 그가 덧붙였다.

폐하의 뜻대로. 그의, 거의 유일하다고 할 만한 의견이다. 이해는 못 하지 만 받아는 들인다. 무뚝뚝한 얼굴을 하고 그는 그녀를 온전히 수용했다.

그녀는 흡족한 눈웃음을 지으며 난간에 올라 머리를 쓸어 올리고 등을 기 대어 누웠다.

"그래. 이제 진정한 군주가 되었으니까, 내 뜻대로 할 거다."

긴 검은 머리가 풀어 헤쳐져 우윳빛 대리석 난간에 먹물처럼 번졌다. 시 녀장의 극성 덕분에 한 치는 더 높아지고 두 뼘 더 넓어진 난간은 그녀 한 사 람이 눕기엔 충분했다.

그런데도 움찔, 몸을 경직시킨 그가 한 발 다가와 난간에 딱 붙었다. 손을 뻗으면 바로 그녀를 붙잡을 수 있는 위치였다.

비스듬히 누운 그녀가 그녀의 성실한 전사를 향해 손을 내밀었다. 또 일 으켜 달라는 건가 싶은 그가 여왕의 손을 잡으려 했지만 뿌리쳐졌다.

여왕의 손이 어리둥절한 그의 어깨를 거슬러 올라간다. 그는 그때야 그녀 의 의도를 알아차리고 무릎을 살짝 굽혔다. 잿빛 그림자를 얼굴에 그리우며 그녀가 이를 드러내고 웃었다.

"둔하긴."

그의 얼굴에 미세한 곤혹스러움이 떠올랐다. 여왕은 저녁이 되어 수염이 거뭇하게 자란 그의 뺨을 쓰다듬다가 길게 자란 그의 귀밑머리를 잡아당겼 다.

질 때가 된 태양이 수평선 아래로 떨어지듯 그가 고개를 떨궜다.

그는, 처음에는 조심스러워하고 쑥스러워하는 듯했지만 입술이 닿기 무 섭게 본성을 드러냈다.

두툼하고 거친 사내의 입술 아래 깔린 짙은 분홍빛 입술이 짓이겨지고 찌

그러졌다. 숨쉬기가 힘들어 살짝 입술을 벌리자 기다렸다는 듯 혀가 안으로 파고들었다.

가볍게 치열을 더듬고, 목구멍 깊숙한 곳까지 집어넣는다. 견디지 못해 혀를 내밀자 덥석 빨아 삼킨다. 혀뿌리가 뽑히는 느낌이었다.

그의 혀가 목젖을 건드릴 때마다 돌기를 자극당한 듯 숨이 턱턱 막히고 아랫배가 뜨끈하게 달아올랐다. 그것은 분명 입맞춤이었지만 성교를 연상시키는 면이 있었다.

그러나 아무리 입맞춤이 깊다 해도 성교에 비할 수는 없다. 그녀는 다만 기대하고 있는 것뿐이었다. 진한 입맞춤 뒤에 올 그것을. 그녀를 가득 채울 그것을.

"안으로……."

밭은 숨을 내뿜으며 그녀가 말했다. 그는 금이 간 그릇을 다루듯 조심스럽게 그녀를 들어 올렸다.

옅은 푸른색으로 염색된 리넨 커튼을 헤치고 침실 안으로 들어간 그가 침대로 걸음을 옮기자 그녀가 그의 목을 콱 끌어안았다. 어리둥절하여 걸음을 멈춘 그의 눈에 등받이가 달린 긴 의자를 눈짓하는 여왕이 보였다.

"……불편하실 텐데요."

"약속한 바가 있어서."

물론 하일라바드의 존재 자체가 문제인 미리암에게 여왕이 성애를 나누는 장소는 그녀의 싫은 감정에 별 영향을 미치지 못할 것이다. 기껏해야 더 싫거나, 덜 싫거나. 딱 그 정도의 차이. 그러니 약속한 바가 있다고는 했지만 사실은 그저 오기였다. '그렇다면 어쨌든 침대는 빼주지'.

질색할 미리암의 표정을 상상하며 고개를 든 여왕의 입술에서 얄궂은 미소가 사라졌다. 긴 의자를 내려다보는 그의 미간이 찌푸려져 있었다.

왜? 잠시 생각해 본 그녀는 침대에 들지 못한다는 그녀의 말이 그의 자존심을 상하게 할 수도 있음을 깨달았다.

"침대를 원한다면, 내가 전에 쓰던 침실을 그대에게 줄까?"

농담에 약간의 진심을 섞어 그녀가 말했다. 자존심이 상하기로 따지자면 이쪽이 더 했겠지만 여왕의 농담에 어느 정도 익숙해진 그는 화난 기색 없이 고개를 저었다.

"괜찮습니다."

"어째서? 베두인은 어떻게 느낄지 모르겠지만 하다르에겐 그 자리도 꽤 영광스러운 자리란다. 그대의 긍지가 상할 일은 없을 거야."

"명예나 긍지는 중요하지 않습니다. 다만……."

그리고 그는 잠시 말을 골랐다.

하지만 '그 단어'를 대체할 만한 적당한 단어가, 이 과묵한 베두인 전사의 머릿속에는 애초부터 존재하지 않았다. 결국 어쩔 수 없이 다듬어지지 않은 말을 꺼냈다.

"다만 지금 폐하껜 '남첩'보다는 전사가 더 쓸모가 있을 것 같습니다."

"……."

잠깐, 여왕의 안색이 질렸다.

양심이 말에 걷어차였다. 이용할 수 있는 건 다 이용하겠다며 스스로에게 다짐했지만, 이용당한다는 사실을 그가 모르고 있을 때와 알고 있을 때 느껴지는 양심의 무게는 확실히 달랐다.

그런 마음까지 읽혔던 건가?

여왕은 저도 모르게 그의 눈치를 살폈다.

하지만 저를 고요히 응시해 오는 눈동자에 담긴 열정은 여전히 순수했다. 원망이나 쓸쓸함, 불쾌함 같은 부정적인 감정도 엿보이지 않는다. 그러자 양심의 무게에 짓눌려 있던 뻔뻔함이 다시 고개를 들었다.

"맞아. 기왕이면 그대가 더 쓸모 있는 쪽으로 남아주는 편이 나에겐 좋지. 어쩔 수 없는 일이고, 달라질 것 없는 현실이니 사과는 하지 않겠다."

어떻게 그렇게 평안할 수 있냐고 묻지 않겠다. 무엇이 이 고지식한 베두인 전사로 하여금 명예나 긍지는 중하지 않다는 말이 나오게 했는지도 묻지 않겠다.

"사과받으려 한 것이 아닙니다. 하니 그저 즐기십시오."

……무엇이 이 단정한 남자의 입에서 '그저 즐기라' 라는 말을 꺼내 가며 노련한 바람둥이 흉내를 내게 만들었는지, 묻지 않겠다.

'왜?' 라는 질문을 하는 순간, 고요함 속에서 일렁이는 열정의 정체를 외면할 수 없을 테니까. 소년을 청년으로 성장시키고 긍지와 명예를 헌신짝처럼 버리게 만드는 그것. 책임질 수 없는 감정과 맞닥뜨리는 것이 두려웠다.

"나에게 즐기라 하였으면 그대도 즐거운 표정을 지어."

"아, 그건."

그가 한숨을 쉬었다.

"난도가 좀 높은 것 같아서 그랬던 겁니다."

"음?"

고개를 갸웃거린 그녀가 작게 실소를 터트렸다.

확실히, 로마 제국에서 들여온 이 의자는 폭이 좁은 데다 등받이까지 있어 특정한 업무를 수행하기엔 난도가 평소보다 높았다. 넓은 바닥에 익숙한 그에게는 아마 낮은 모래언덕만 등반하다 시나위 산을 목진에 둔 느낌일 것이다.

하지만 베두인 전사에게는 시나위산도, 단지 높은 산이었을 뿐 못 오를 산은 아니었다.

여왕을 의자에 내려놓은 그가 그녀의 발치에 꿇어앉아 뒤축이 없는 여왕의 신발을 벗겼다. 뼈가 갈퀴처럼 튀어나온 발등이 나타났다.

그녀는 올라간 입꼬리를 요염하게 흐트러트리며 다리를 꼬았다. 허리에서 끈으로 묶어 고정한 긴 가운이 무릎 위에서 벌어지더니 아래로 떨어졌다.

뜨끈한 감각이 마른 발등에, 똑바로 뻗은 종아리에, 동그스름한 무릎에 내려앉았다. 감각은 그녀의 온몸을 간질이다 배배 꼬인 허벅지에까지 닿았다. 개미 떼가 아래서부터 거슬러 올라오는 느낌이었다. 뜨겁고, 따끔따끔하고, 간지럽다. 의도한 바이긴 하지만 어느 순간부터는 견디기 힘들어졌다.

뜨겁지도 않고 차갑지도 않은, 딱 좋은 봄철 날씨처럼 미지근하게 데워진 혓바닥이 뱀처럼 날름날름 꽉 다물린 허벅지 틈새를 핥고 있었다. 스르륵, 불가항력으로 다리가 벌어졌다.

그가 벌어진 가랑이 사이에 고개를 처박았다. 그녀는 허리를 뒤틀며 그의 어깨를 쥐었다. 거뭇하고 꼬물꼬물한 음모가 그의 타액에 젖어 들고, 엉키고 엉망으로 흐트러졌다.

"훗!"

날숨에 흥분이 섞였다. 처음엔 살짝 쥐고만 있던 손에 점차 힘이 실려 손톱이 광대한 어깨를 파고들 때쯤, 얼굴을 뗀 그가 그녀의 위로 올라왔다. 그녀는 비스듬히 기운 그의 얼굴에서 입술을 찾아 입을 맞추고, 오직 감만으로 그의 허리끈을 풀어 헤쳤다.

그의 손가락이 기대로 벌어진 그녀의 은밀한 곳을 휘저었다. 안쪽을 닥닥 긁기도 하고 손가락 끝으로 예민한 내벽을 쓸어내리기도 했다.

채워졌지만, 부족하다. 그녀는 퍼뜩퍼뜩 튀어 오르며 그의 손을 쳐 냈다. 자잘한 쾌락이 계속되는 전희는 지금 그녀가 느끼는 갈증을 해소해 줄 수 없었다. 아니, 오히려 기갈감만 더 든다. 그녀는 분명하고 확실한 절정을 원했다.

"어서……."

빨리, 빨리. 재촉하듯 의자 바닥을 짚고 선 그의 팔뚝을 잡았다. 손이 떨어지자 그가 잠깐, 불만스러운 표정을 지었다. 하지만 곧 평소의 얼굴로 돌아온 그는 그녀의 양 무릎을 굽혀 발바닥이 의자 위로 오게 만들었다.

무릎을 굽힌 것도 아니고 편 것도 아닌 엉거주춤한 자세가 불편해 보였다. 붉게 달아오른 입술을 혀로 쓸며 그녀가 말했다.

"난도가……."

난도가 너무 높냐고 물어보려고 했다. 하지만 타액과 체액으로 젖은 입구에 성난 그의 남성이 들어와서, 숨을 들이켜느라 말을 맺지 못했다.

"아!"

만질만질한 귀두 부분까지만 넣은 채로 그가 헐떡이는 그녀의 무릎 사이에 제 양팔을 끼우며 속삭였다.

"괜찮을 것 같습니다."

그도 어지간히 흥분한 듯 속삭임이 거칠었다. 잔 떨림을 일으키는 피막 안에서 남성이 몸집을 부풀려 가고 있었다. 그리고 엉덩이가 붕 떴다.

"……!"

순간적으로 덮쳐 온 쾌감이 너무도 강렬했기에 그녀가 상황을 깨닫기까지는 약간의 시간이 필요했다.

허리 아래는 허공에 떠 있고, 그 위는 의자에 누워 있다. 그는 지지할 것 없는 그녀의 엉덩이를 제 허벅지로 받치고, 양팔로 그녀의 두 다리를 고정했다. 그의 몸이 좁은 의자를 대신하고 있는 셈이었다. 베두인 전사의 등반법은 그토록 기상천외했다.

허리가 바깥쪽으로 휘고 배가 오목하게 들어간 기괴한 각도 탓에 그의 남성이 자리 잡은 곳은 그녀가 이제까지 단 한 번도 경험해 보지 않은 곳이었다. 그러나 생소한 것이 싫지는 않았다. 생소해서 오히려 강렬했다.

몇 번 관계했을 뿐인데 그는 그녀가 어떤 것을 싫어하는지, 그녀의 어느 부분이 가장 예민한지, 그 부분을 어떻게 건드려야 하는지 너무 잘 파악하고 있었다.

인정할 수밖에 없다. 그의 이용 가치와 별개로, 그녀는 그와의 이러한 관계 맺음이 좋았다.

"으응……."

그가 거칠어진 것은 그녀가 옅은 신음을 흘릴 때였다.

앉은 것도 선 것도 아닌 자세를 하고 그는, 앉은 것도 떠 있는 것도 아닌 그녀를 쪼개 버릴 기세로 달려들었다. 특별한 기교는 없었지만 분명하고 확실하게 그녀의 가장 예민한 부분을 쾅쾅 때렸다. 퍽퍽. 한 번 들이박을 때마다 쾌감이 벼락처럼 내려왔다, 내부를 온통 진탕 시키고 빠져나갔다.

"하윽!"

진퇴 운동을 반복하던 남성이 안에서 돌아가는 느낌이 났다. 한 점에 불과한 장소와 그 근처 전부가 파르르 떨린다. 이 정도의 쾌감은 오히려 고통이었다.

"앗, 아흣!"

그녀는 숨을 할딱이며 완벽한 그의 가슴근육을 탕탕 때렸다. 보통의 처녀처럼 엉엉 울 자유가 있었으면 그랬을 것이다. 빌 수 있다면 빌고 싶었다. 하지만 그럴수록 그는 여봐란듯이 속도를 높였다.

"그, 그…… 만, 그만……!"

한순간 그의 남성이 쑥 빠져나가더니, 그 탄력을 이용해 그녀를 치받고 들어왔다. 이번에는 눈에서 불똥이 튀었다. 머릿속이 하얗게 탈색되어서 아무런 생각도 나지 않았다. 그만하라든가, 이 관계가 좋다든가, 그런 것들이 모두 그가 주는 쾌락에 휩쓸려 내려갔다.

한계까지 내몰린 그녀의 여성이 수축하며 거친 침입자를 콱 베어 물었다. 그러자 그녀를 받치고 있던 그의 허벅지가 딱딱하게 경직되었다. 이제까지가 돌덩이 같았다면 지금은 절대 깨지지 않을 보석 같았다. 그녀는 혼미한 와중에도 반사적으로 다리를 꼬아 그의 허리를 칭칭 묶었다.

"크흡!"

불덩이처럼 이글거리는 거친 숨을 쏟아내며 그는 자신의 뿌리 끝까지 그녀의 안에 담고 가장 깊은 곳에 제 모든 것을 던졌다. 안에서 경련을 일으키는 그의 남성이 느껴졌다. 그러다 마침내 미세하게 남아 있던 떨림마저 멎었다.

"욕탕으로 가시겠습니까?"

그가 물었다. 탈력감에 휩싸인 여왕은 긴 의자에 가슴을 댄 엎드린 자세로 누워, 고개를 저었다.

"꼼짝할 힘도 없다……."

"찝찝하실 텐데요."

"상쾌한 기분은 확실히 아니지만, 음……."

단 한 번의 정사가 그녀에게서 모든 기운을 앗아갔다. 그야말로 영혼까지 쪽 빨린 기분이었다. 가뭄에 바짝 마른 바오바브 나뭇가지가 이럴까? 아니, 그보다는 비를 너무 맞아 시들시들해진 야생 꽃이라고 해야겠구나. 그건 적어도 촉촉하긴 하지.

축 늘어진 그녀를 보다 못한 하일라바드가 여왕의 침대 옆 협탁으로 향했다. 다섯 개의 길쭉한 꽃잎이 양각된 협탁 위에는 여왕이 즐겨 먹는 과일과 물병, 그리고 손 씻을 물이 담긴 그릇이 있었다.

그녀는 목만 살짝 비틀어 수건에 물을 적시는 그를 바라보았다.

'설마……?'

혹시나 하는 의구심이 든 찰나, 의자의 빈틈을 차지하고 앉은 그가 엉덩이에 물기가 적당히 남은 수건을 가져다 댔다. 헛. 여왕이 헛바람을 뱉었다.

"셰이크 무자아히드에게 과분한 대접을 받는구나."

"베두인도 몸은 닦습니다."

"하지만 남의 몸을 닦아주진 않았겠지."

말라붙은 백탁액을 걷어내는 손길이 어색했다. 다만 경험 미숙의 문제만은 아니었다. 엉덩이 골을 닦아낼 때 특히나 쭈뼛거렸으니까. 분명히 넘어갈 때가 되었는데 다 닦은 엉덩이를 하염없이 닦고 있는 모습도 그러했다.

'흐음…….'

이러다간 엉덩이가 닳아 없어질 판이었다. 여왕은 한숨을 삼키고 양다리를 그의 어깨에 걸쳤다.

"데려다 다오."

그녀가 눈썹을 움직여 침실 옆의 간이 욕탕을 가리켰다. 제 미숙함과 어색함을 통감하고 있던 그는 헛기침을 내뱉은 뒤 여왕의 다리를 걸친 채로 허리를 세웠다.

지탱할 것 없는 여왕의 상체가 공중에서 위태하게 흔들렸다. 여왕은 깔깔 웃으며 그의 머리를 끌어안았다.

갑자기 시야가 가려지자 그가 콧김을 훅 내뿜었다. 뜨끈한 숨으로 아직 흥분감이 남아 있는 피부를 자극당한 여왕이 자지러졌다.

"꺄홋! 하일라바드, 숨 쉬지 마! 참아라."

그는 마지막으로 한숨을 한 번 더 뱉고는, 정말 숨을 멈췄다. 앞이 가로막혀 있다는 사소한 사실은 이미 욕탕의 위치를 외우고 있던 그에겐 장애가 될 수 없었다.

침실 욕장의 욕조는 여왕이 평소 사용하는 욕조에 비하면 1/10 크기도 되지 않았지만 두 사람이 들어가기엔 충분했다.

"그대도 씻어야지 않나."

"……."

"어서."

여왕은 망설이는 그를 욕조에 밀어 넣고 그의 가슴에 제 등을 기댔다. 분명 시녀들이 따뜻하게 데워놓았을 물이 서늘하게 식어 있었다.

하지만 여름이 지척에 다가온 이 날씨엔 이 정도 온도가 좋다. 그녀는 푹 늘어지고 싶은 기분이 되어 그에게 자신을 내맡겼다. 두 다리를 세운 그가 금방이라도 물에 잠길 듯 흐느적거리는 그녀의 몸을 고정해 주었다.

"그러고 보면, 그대는 음…… 확실히 하얘."

그녀가 물 밖으로 튀어나온 그의 무릎을 쓸었다. 생아몬드 빛을 띠는 무릎에 진한 갈색을 띠는 손등을 얹자, 상대적으로 더 진해 보였다.

"살결도 여인처럼 부들부들하고, 털빛도 옅은 편이고. 이목구비는 꼭―"

"폐하."

웬일로 그가 그녀의 말을 잘라먹었다.

"저는, 제 용모에 대해 평가받는 것을 싫어합니다."

"왜? 아, 내가 여인 같다고 하여 기분이 상했느냐?"

"……."

"하여간 사내들이란. 알았다, 그 말은 취소하지. 흉터도 없는 것도 신기하여, 그래서 그랬다."

온몸이 크고 작은 흉터투성이인 다른 전사들에 비하면 하일라바드의 몸은 새로 산 그릇처럼 매끈했다. 흉터라고 할 만한 것은 알 아지리를 처리할 때 다친 팔뚝의 상처뿐이다. 그래서 더 시선을 잡아끌었지만 여왕은 애써 지나쳤다.

"다칠 일이 없으니까요."

"그야말로 몸 쓰는 데 특화되어 있군."

그 안에 담긴 성적인 의미를 알아차린 그가 주먹 쥔 손으로 입을 가리고 콧김을 뿜었다.

"하면 또 무엇을 잘하나? 오늘 보니, 은근히 교육에도 소질이 있던데."

"나이(Nay)를 불 줄 압니다."

"나이? 악기 말인가?"

화다닥, 그의 가슴에서 등을 뗀 그녀가 몸을 돌려 그의 배 위에 걸터앉았다. 움직임이 컸는지 욕조 밖으로 물이 넘쳐흘렀다.

"악기를 연주할 줄 안다고?"

"예."

"나중에 미리암에게 말해서 나이를 가져다주마. 불어봐라. 듣고 싶어. 그대가 연주하는 나이 소리."

"하면, 만약 제 연주가 마음에 드신다면……."

말을 멈춘 그가 혀로 입술을 쓸었다. 욕장 창문으로 든 별빛을 받은 그의 귀뿌리가 붉어진 것 같았다.

"제게 무엇을 주시겠습니까?"

이런 것도 거래의 품목이 되던가? 여왕은 인상을 살짝 찌푸렸지만 그의 담백한 성정을 믿기에 되물었다.

"바라는 바가 있느냐?"

"제가 곁에 있을 때는, 부족하지만 제 몸만으로 만족하셨으면 좋겠습니다."

"그건 왜…… 아."

그녀가 눈을 깜빡였다. 그는 목 아래까지 붉혔으면서도 그녀의 시선을 피하지 않았다.

곧, 물에 젖은 손가락이 그의 어깨를 잡았다.

"왜? 내가 전사들의 벗은 몸을 보고 시시덕거리는 것이 싫은가?"

풍만한 가슴을 붙여오며 묻는 목소리가 심술 맞다. 그는 그녀의 허리를 힘주어 잡는 것으로 대답을 대신했다.

"그게 며칠 전 일인데 아직 마음에 담아두고 있나."

"……."

"귀엽기도 하지."

후후, 나직하게 웃은 그녀가 그의 목 뒤에 손을 두르며 입을 맞췄다. 물에 젖어 미끄덩거리는 입술 두 개가 아교처럼 달라붙었다. 그녀의 입술에선 다디단 향내가 났다.

그 향에 취해서, 그녀가 아무런 약속도 해주지 않았다는 것을 그때의 그는 알지 못했다.

10 Sūrah

سورة 10

망자의 신탁

다음 날, 여왕은 훈련장으로 파나와 함께 새 옷을 보냈다. 마장에서 기다리겠다는 명령을 전달받은 하일라바드는 상기된 기분으로 옷을 갈아입었다.

소매가 넓은 상의에 겉옷과 머리 두건까지 갖춘 옷은 고급스러웠고, 고급스러운 만큼 거추장스러웠지만 별로 신경 쓰이진 않았다. 여왕이 직접 오지 않은 것이 마음에 든다. 그는 그것을 제바람에 대해 여왕이 건넨 무언의 답이라고 생각했다.

"왔느냐?"

마장에 들어서자 하심과 얘기를 나누고 있던 여왕이 인기척을 느끼고 돌아섰다. 하일라바드는 잠시 멈칫했다.

그녀는 평상복 차림이 아니었다. 바닥까지 질질 끌리는 치마에 어깨에서 고정해 뒤로 길게 늘어뜨리는 흰색 케이프까지 갖춘 차림새는, 왕관만 없다 뿐이지 군주의 정복이라고 할 만한 수준이었다. 온통 흰색 일색인 모습에선 경건함마저 느껴졌다.

"옷이 불편하진 않나? 그 옷을 입고 말을 달릴 수 있겠느냐?"

"예. 가능합니다."

"하면 됐다. 가자."

외출했던 이도 집으로 돌아가는 걸음을 재촉할 만한 시각이었다. 이런 시각에 나가는 것은 이상한 일이다. 감정이 벅차오른 여왕이 탈출하듯 왕성을 뛰쳐나가고, 제가 다급히 따라가는 형국이라면 또 모르겠다.

'대체 어디를……'

하지만 그가 질문할 새도 없이, 하심이 말을 끌고 나왔다. 한데 한 마리뿐이다.

원수와 친구 사이. 그러니까 사실상 그와는 아무 사이도 아닌 백마의 등에 얹어진 안장의 크기가 평소보다 컸다. 하일라바드는 미심쩍은 눈으로 여왕을 바라보았다.

"혹시…… 제가 폐하를 모시고 가야 하는 겁니까?"

"하면 이걸 입고 말에 탈까."

그녀가 제 옷을 가리켰다. 아닌 게 아니라 폭이 유달리 좁은 그런 치마로는 말을 달리기 힘들어 보였다.

"하나 저는 근방의 지리를 거의 모릅니다."

"그건 걱정 마라. 내가 아니까."

앞에 누군가를 태운 적도 없다고 말하려 했지만 관두었다. 어차피 그녀도 알고 있을 것이다.

그가 먼저 타고, 디딤대를 밟고 선 여왕이 그의 도움을 받아 그의 앞에 자리를 잡자 아까 전부터 안절부절못하던 시녀장이 경고 비슷한 것을 해왔다.

"가서 경거망동하지 말게. 삿된 일을 벌여도 될 곳이 아니네."

하일라바드는 무뚝뚝하게 대답했다.

"저는 어디로 가는지도 모릅니다."

말문이 막혔는지, 시녀장이 움찔하며 뒤로 물러났다. 그는 시녀장의 대답을 기다렸지만 깔깔 웃은 여왕이 두 발을 모아 말의 배를 걷어차는 통에 들지 못했다. 출발 신호를 받은 말은 쏜살같이 달려 나갔다.

왕성을 빠져나온 다음부터 사실상 말고삐를 잡은 사람은 여왕이었다.

여왕은 능숙하게 말이 달리는 방향을 조정했고, 말은 착실히 그녀의 말을 들었다. 호락호락하지 않은 녀석이라 지조와 고집이 있다고 생각했는데 알고 보니 실로 쓸개 빠진 놈이었다.

그는 할 일 없는 사막의 전사가 으레 그러하듯 하늘을 올려다보며 방향을 가늠했다. 알 앗즌의 별이 그들의 뒤를 천천히 쫓아오고 있었다. 이것은 의외다. 방향이 아니라 속도가.

바람과 경쟁이라도 하듯 달리던 여왕의 이전과는 사뭇 다른 모습이었다. 자세가 불편하니 어쩔 수 없는 일이라고 생각할 수도 있었지만, 그에게는 그 속도가 가기 싫은 곳을 억지로 가야 하는 사람의 미적거림처럼 느껴졌다.

그러다 어느 시점부턴가는 거의 걷기 시작했다. 목적지가 가까워졌다고 생각한 하일라바드는 시선을 앞에 두었다. 땅거미가 내려앉은 풍경 가운데 하늘로 솟아오른 기둥 여덟 개가 보였다.

그것은 네 면에 글자가 새겨진 거대한 석비였다. 뒤에는 원형을 제대로 알기 힘들 정도로 지붕과 벽이 반파된 직사각형의 건물이 있었고, 그 건물을 필두로 깨진 담장이 구불구불하게 주변을 에워쌌다.

'여기가 어디지?'

그의 의문을 읽은 듯 여왕이 드디어 입을 열었다.

"성소(聖所)다."

"왕국에 봉헌된 신이 있습니까?"

"있었지. 지금은 아니지만."

그녀가 고개를 비틀어 그를 올려다보았다. 강렬한 요구가 담긴 그녀의 눈빛에 그는 먼저 말에서 내려 그녀를 끌어 내려주었다.

"으으……."

여덟 개의 열주 앞에서, 그녀가 앓는 소리를 냈다. 정말 싫다고 중얼거리는 낮은 목소리도 들렸다. 하지만 이내 별수 없다는 듯 열주 사이를 지나쳐 안으로 쭉쭉 들어갔다.

안쪽의 사정은 바깥보다 나았다. 담장 안에는 세 개의 건물이 있었는데, 가운데 건물의 지붕만 날아갔을 뿐 형태는 오롯이 남아 있었다.

"마흐람 빌키스. 왕국의 사람들은 여길 그렇게 부르지. 빌키스는 옛 군주의 호칭이다. 본명은 따로 있지만, 지금은 아는 사람이 거의 없지."

"빌키스……."

"술레이만(솔로몬)과 화려한 염문을 뿌린 시바의 여왕. 아마 그대도 들어본 적 있지 않을까 싶은데."

"술레이만이 누굽니까?"

"히브리족의 왕인데, 모르나?"

그가 고개를 저었다.

"모릅니다. 그쪽과는 전혀 교류가 없어서."

"하긴. 그들은 남부 아라비아까지는 잘 안 내려오니까. 어쨌든, 이곳은 그 옛 여왕의 이름을 따서 지었다. 중앙의 성소는 달의 여신에게 봉헌했고, 양옆에 태양신과 풍요의 신을 모셨지. 예전에는…… 그러니까 내 고조부 대까지는 한 해에 두 번, 이곳에서 큰 제의를 올렸다더구나."

그러나 아무리 웅장하고 아무리 거대한 곳이라도, 살아 있다는 생각은 들지 않았다. 이곳은 묘하게 여왕의 무너진 댐을 연상시켰다. 차이점이라면, 여왕의 댐에선 세월의 흔적이 느껴졌지만 성소엔 인간의 흔적이 남아 있다는 정도였다.

"공격을 받았군요."

"맞아. 내 조부가 왕위에 오르시고 얼마 안 돼서 벌어진 일이지."

"함야르 왕국이었습니까?"

"그들은 히브리인처럼 유일신을 믿거든. 우상 숭배니 뭐니 하며 신상의 목을 잘라 갔지만 참된 목적은 성소의 보물들이었을 거다."

웅장하고 거대한 성소는 웅장하고 거대한 폐허로 변했다. 생명력은 없다. 숨 쉬는 것은 이제 막 떠오르기 시작한 달과 여왕과 자신, 그리고 저기 저,

하얀 여인…….

'……여인?

중앙 성소 앞에 하얀 옷을 입고 하얀 베일로 얼굴까지 가린 여인이 서 있었다. 장소도 장소인 데다, 차림새도 저 모양이라 이리 오라는 듯 하늘거리는 손짓이 섬뜩함마저 자아냈다. 여인을 향해 걸음을 옮기려는 여왕의 팔을 그가 붙들었다.

"가지 마십시오."

이런 밤, 이런 장소에서 여행자를 홀리는 못된 정령을 만나는 건 이상한 일이 아니었다. 하지만 여왕은 두려운 기색 없이 웃어넘겼다.

"걱정할 것 없다. 처음부터 저자를 만나러 온 것이니."

"누굽니까?"

"뭐, 폐허가 된 성소를 지키는 지킴이라고 해두자꾸나."

"하면 제사장…….."

"성소에 신이 없는데 제사장이 어디 있나. 그저 떠나야 할 때를 찾지 못한 망자에 불과하다."

"……."

"그대는 여기 기다려라. 나야 어쩔 수 없이 만나야 하지만, 만나서 하등 득 될 것 없는 자니까."

"그렇다면 더더욱 혼자 보내 드릴 수 없습니다."

"명령이다."

그는 잠깐 항명의 유혹을 느꼈다.

그러나 놓아줄 수밖에 없었다. 그리 미적거렸으면서도 왔다면, 그래야 하는 이유가 있었을 테니까. 이 또한 군주의 행사일 것이다.

"늦으시면, 들어가겠습니다."

"늦을 일도 없어."

그의 손에서 풀려난 여왕이 여인을 향해 걸어갔다. 가는 걸음이 하품 나올 만큼 느렸다.

중앙 성소 앞에서 조우한 두 여인은 함께 성소 안으로 사라졌다. 들어가기 전, 하얀 여인의 시선이 잠시 저에게 머무른 것 같았지만 여왕의 뒷모습에 집중한 하일라바드는 신경 쓰지 않았다.

"저자가, 그 소문 자자한 베두인 전사인가요?"

근 십 년 만에 만나는 여인은 십 년 전과 똑같은 목소리를 가지고 있었다. 단지 목소리만으로 사막의 사내들을 다 홀려 버릴 듯한 미성이다. 여왕은 부디 제 목소리가 시체 먹는 까마귀의 그것처럼 들리지 않기를 바라며 말했다.

"반쯤 죽은 망자 주제에 귀는 밝군."

"반쯤은 죽었지만 반쯤은 살아 있으니까요. 저에게는 식사를 가져다주는 사람도, 소식을 전해주는 사람도 있답니다."

후훗, 여인이 웃었다. 베일에 가려진 여인의 얼굴을 아는 여왕은 진저리를 치며 여인을 외면했다.

폐허나 다름없어진 성소 안에는 불빛을 내는 도구가 없었다. 하지만 컴컴한 통로를 걷는 여인의 걸음은 달빛이 사라진 뒤에도 자연스러웠다.

끌려가는 듯한 상황에 자못 불쾌해하며 여왕은 그녀의 하얀 옷을 지표 삼아 그녀의 뒤를 쫓았다.

두 사람은 말없이 원형으로 된 집회장을 지나 성소의 첫 번째 칸으로 들어섰다. 세 개로 분리된 성소는 첫 번째 칸을 거쳐야만 두 번째 칸으로, 두 번째 칸을 지나야만 세 번째 칸으로 갈 수 있었다.

성소가 제 기능을 다하던 시절에 첫 번째 칸은 왕족도, 귀족도 되지 못한 일반 백성에게 허락된 유일한 장소였다. 각 지파의 족장과 귀족, 왕족은 두 번째 칸까지 들어갈 수 있었다. 하얀 여인과 여왕은 두 번째 칸도 지나쳤다.

그리고 오직 군주에게만 허락된 세 번째 칸. 성소에 바쳐진 온갖 보물과 어마어마한 크기의 신상이 안치되었던 곳에서 두 사람은 멈춰 섰다.

한때 이곳을 가득 메웠던 빛과 소리는 무채색과 정적으로 대치되었다. 그나마 여인이 생활을 하는 공간이라, 역청 등 두어 개가 밝혀져 있어 완전한 어둠은 면했다.

여인은 정적을 뚫고 계단을 올라 지금은 흉물스러운 형태밖에 남지 않은 목 잘린 여신의 신상 앞에 섰다.

"지난 십여 년간 들어온 이야기에 비해 근 몇 달간 들어온 이야기가 훨씬 흥미진진하더군요. 왕국의 주인이시여, 얼마 전 군주의 침실로 돌아가셨다지요? 알 아지리도 처리하셨고……. 아주 위풍당당하십니다."

"수다나 떨자고 날 부른 것은 아닐 테고. 본론으로 넘어가라."

"왕국은 변했지만 당신은 변하지 않으셨군요. 당신은 예전부터 절 싫어했죠. 좋아하는 척도 하지 못할 만큼."

"주바이다—"

"예, 예. 용건을 말하겠습니다."

무섭게 표정을 일그러트린 여왕을 달래며 주바이다는 눈을 감고 크게 심호흡을 했다. 희끄무레한 어둠 속에서, 양팔을 펼치고 어깨가 들썩이도록 숨을 들이마시는 모습은 성스럽기보다는 을씨년스러웠다.

주바이다는 한참 만에 눈을 떴다. 계단 아래에 선 여왕을 바라보는 눈빛이 형형하게 빛났다.

"이번 봄 우기는 사흘 뒤부터 시작됩니다."

"그게 끝이면 널 죽일 거다."

"어머 무서워라. 죽기 싫으면 순순히 말씀드려야겠군요. 로마 10군단 군단장을 부르셨다지요?"

"한데?"

"돌려보내십시오. 당신에게 도움이 될 사람이 아닙니다."

"무슨 쓸데없는 얘기를 하려나 했더니……."

혀를 찬 여왕은 그대로 뒤를 돌아서려 했다. 하지만 낭랑한 목소리가 걸음을 막았다.

"너무 오랜만이라, 제가 누군지 잊으셨습니까?"

"……."

"제가 하는 말은 모두 신탁입니다. 로마의 군단장을 돌려보내세요."

얼굴이 보이진 않았지만, 베일 아래 표정을 숨긴 주바이다는 명백히 웃고 있었다.

"네가 누구냐고?"

여왕이 걸음을 크게 뗐다.

그 한 걸음으로, 그녀는 역대 어느 군주도 도달하지 못한 대제사장의 자리에 올라섰다.

"넌 신력의 찌꺼기를 끌어모아 겨우 살아가고 있는 망자다. 대제사장의 그림자이며, 불행밖에 예언하지 못하는 마녀다. 그게 너다."

"불행밖에 예언하지 못해도, 제 입에서 나오는 말은 신탁입니다."

"맞아야 비로소 신탁이지. 넌 내 두 오라비의 죽음도 예견하지 못했다."

"못한 것이 아니라 안 한 것이지요. 아시잖습니까? 전 불행만을 예언합니다."

후훗. 주바이다가 또다시 소름 끼치는 웃음소리를 냈다. 여왕은 이를 갈았다.

"죽음보다 더 큰 불행이 있다더냐?"

"삶보다 나은 죽음은 어디나 있습니다. 살아 있어봤자, 당신의 두 오라비는 지금의 당신과 같은 모습밖에 되지 않았을 겁니다. 하면 자문해 보시지요."

"……."

"지금, 행복하십니까?"

"……."

"내 예언을 신경 쓰지 않는다고, 당신은 확신할 수 있습니까?"

"……물론 확신할 수 있다."

손바닥에 핏방울이 맺히도록 주먹을 꽉 쥐며 여왕이 말했다. 하지만 찰나 간의 망설임이 주바이다에게 빌미를 주었다.

"그 베두인 전사, 한번 데려오세요. 혹시 아나요? 그자가 당신의 미래를 바꿔줄지.”

순간, 여왕은 평정을 잃었다.

“너……!”

덥석 달려든 여왕의 손이 여인의 목을 움켜쥐었다. 여인이 팔을 버둥거리며 여왕의 손을 떼어내려 했다. 그러나 그럴수록 여왕은 손아귀에 힘을 주었다.

“네 눈에는 내가 아직도 열세 살 어린애로 보이느냐? 네 예언을 듣고 벌벌 떨며, 밤마다 악몽을 꾸던 그때 그 어린애로 보여? 응? 그래?”

“마, 마케…….”

“착각하지 마라, 주바이다. 이 못된 혀를 가진 마녀야. 지금의 넌 대제사장이 아니고, 지금의 난 네가 대제사장이라는 말을 철석같이 믿는 열세 살 아이가 아니다. 네 예언이 진실이 될까 두려워하고, 신경 쓰고 마음에 담아두는 그런 아이가 아니란 말이다.”

주바이다의 숨이 가빠졌다. 툭, 여왕은 물건을 놓듯 손에서 힘을 풀었다. 여인은 반동을 이기지 못하고 바닥에 쓰러져 캑캑거렸다.

“내 앞에서 오만을 떨 수 있는 자는 아무도 없다. 죽지도 살지도 못하는 망자는 더더욱 그럴 자격이 없지. 하니 끼니때마다 너에게 제공되는 수프라도 얻어먹고 싶거들랑 나의 전사에게 관심 꺼라.”

“정말 믿지 않으신다면…….”

벌겋게 손자국이 남은 목을 부여잡고 일어난 여인이 말했다.

“정말 믿지 않으신다면, 못 데려올 이유도 없지 않습니까?”

“넌 믿지 않지만 네 혓바닥에 담긴 악의는 믿으니까.”

계단을 내려가던 여왕이 대답을 집어던졌다. 그러나 아름다운 목소리는 끈질기게 따라붙었다.

“마케바. 잊지 마십시오. 당신은 아무것도 이룰 수 없습니다. 그것이 신탁입니다.”

그대로 뒤돌아보는 일 없이, 여왕은 성소를 빠져나갔다.

탁탁, 타타타닥!

달리는 속도로 걷는다. 어둠 속이고 익숙지 않은 길이라 다칠 수도 있다는 생각은 들지 않았다. 오히려 어둠이 위엄으로 치장한 자신을 발가벗기는 것 같아, 이곳에서 빨리 나가고만 싶었다.

이곳은 꼭꼭 묻어두었던 기억을 끄집어낸다.

잊고 싶은 기억. 그 옛날 주바이다는 아름다운 목소리로 그녀에게 신탁을 내렸다.

「마케바. 당신은 아무것도 이룰 수 없습니다. 당신의 왕국은 말라갈 것이며, 당신은 불모의 몸으로 죽을 것입니다. 당신의 노력은 열매를 맺지 못하고, 당신이 이룬 결과는 악취를 풍길 것입니다.」

그녀는 그것을 저주라고 생각했지만 주바이다는 신탁이라고 했다. 왕으로서 그녀의 미래는 그렇게 결정되었다. 그때, 열세 살 마케바는 울었다.

하지만, 아니다. 그녀는 그 미래를 순순히 받아들일 생각이 없었다. 그래서 숨죽여 힘을 키웠고, 살아남았고, 무의미하다고 평가받은 노력을 게을리하지 않았다.

그런데도 그녀 안에는 아직 주바이다의 예언에 불안해하는 열세 살의 마케바가 존재했다.

잘 기억도 나지 않는 열세 살의 그 아이는 포도알만 했다. 그 아이가 가지고 있는 불안은 포도알보다 작을 것이다. 한데 그 작은 불안이 무슨 주박처럼, 도무지 떨어지지가 않았다.

'저 웃음소리 때문이다.'

성소 깊은 곳에서부터 들려온 주바이다의 웃음소리가 바로 뒤까지 달라붙었다. 그녀는 거의 뛰고 있었다.

저 웃음소리는 포도알보다 작은 불안을 키운다. 그러니 어서 나가자. 과

거의 불안에 잡아먹히기 전에. 열세 살 마케바로 돌아가 엉엉 울어버리기 전에.

좋은 군주가 되고 싶은 노력이, 주바이다의 신탁에 대한 오기에 불과하다는 것을 깨닫기 전에.

빨리, 빨리.

"아⋯⋯!"

그리고 어떤 생각이 들었다.

넘어지기 직전에 드는 생각 같은 것이었다.

아, 이제 넘어지겠구나.

묵직한 돌부리에 걸리는 감각보다 생각이 빨랐다. 걸렸다, 라고 느꼈을 때는 이미 넘어지는 중이었다. 중심을 잡아보려고 했지만 폭 좁은 치마가 움직임을 방해했다. 그녀는 통증을 각오하며 눈을 감았다.

풀썩.

예상외로 소리가 부드럽다. 아프지도 않다.

언젠가도 이런 일이 있었는데. 그녀가 입술을 달싹였다.

"하일라바드?"

"예."

기대한 목소리가 들렸다.

"늦어지시는 것 같기에 허락도 없이 들어왔습니다."

"⋯⋯."

가장 맑은 날의 달빛처럼 아래로 잔잔하게 깔리는 목소리. 이 목소리가 뭐라고, 강박에 가까운 탈출 욕구가 사라졌다.

"폐하? 무슨 일 있으셨습니까?"

"아니, 잠시만⋯⋯."

그녀는 고개를 저으며 단단하게 버티고 선 그의 품으로 파고들었다.

"잠시만 이렇게 있어 다오⋯⋯."

어느새 주바이다의 웃음소리는 들리지 않았고, 어둠에서 파생한 불안도

사라지고 없었다. 열세 살 마케바는 다시 포도알만 한 크기로 돌아갔다.

답삭 안겨 오는 그녀의 태도가 뜻밖이었던 듯 그에게서 머뭇거리는 기척이 났다. 이윽고 커다란 손이 그녀의 등을 토닥이기 시작했다.

톡톡거리는 울림에 심장이 맞춰 뛰었다. 그녀는 공명에 귀를 기울이고 가만히 어둠을 눈에 담았다.

컴컴하기만 했던 공간이 서서히 형태를 갖추어간다. 금이 간 거대한 열주가 보이고, 돌조각이 내려앉은 바닥이 눈에 들어왔다. 잿빛으로 물든 성소의 첫 번째 칸. 거대한 열주보다 그의 어깨가 더 거대했다.

"하일라바드."

"예."

"나가자."

그의 등허리를 붙잡은 채로 고개를 쳐들어 그를 올려다보며 그녀가 말했다. 나가야 한다는 강박 관념 때문은 아니었다. 이곳에서 할 일이 다 끝났기에 더 이상 머무를 이유가 없는 것이었다.

나가자고 말하는 그녀의 눈빛이 반짝였다. 안겨들 때 느낀 불안정감은 더 이상 느껴지지 않았다. 궁금한 것이 많았지만, 그녀가 괜찮으면 되었다고 생각하며 그는 눈을 한 번 깜빡여 말없이 그러겠노라, 답했다.

보름이 가까워지고 있는 탓인지 달빛이 휘황했다. 막 어둠 속에서 빠져나온 여왕은 시린 눈을 깜빡이며 손바닥으로 하늘을 가렸다.

"그러고 보니 보름이 며칠 남지 않았구나."

"그전에 큰비가 올 것 같습니다."

"그걸 어떻게…… 아."

그의 예측이 주바이다의 예언과 상통하자 여왕은 소스라치게 놀랐다. 하지만 스스로 답을 찾고는 허탈한 웃음을 지었다.

"맞아. 그대는 베두인이었지. 천장을 보는 날보다 하늘을 보는 날이 많은. 하나 날씨를 예측하는 건 족장의 일 아닌가?"

"전사도 날씨를 봅니다. 전투에선 날씨가 중요하니까요."

"사람 가르치는 것 말고, 잘하는 거 또 한 가지 발견했군."

"……입구로 모시겠습니다."

칭찬이 쑥스러운 듯 기이한 콧소리를 낸 그가 말을 돌렸다. 여왕은 입가에 진한 미소를 띤 채 고개를 저었다.

"아직. 들를 데가 있어."

달의 신전 왼편의 성소를 가리킨 그녀가 따라오라는 눈짓을 보냈다. 무너진 곳도, 부서진 곳도 없는 왼편의 성소는 지붕이 날아간 달의 신전에 비하면 새것이나 다름없었다.

두 사람은 건물 모서리를 따라 꺾인 계단을 통해 성소 꼭대기까지 올라갔다.

"여긴……."

오르기 전에는 판판한 지붕 같았던 꼭대기의 정경은, 오른 후에는 완전히 다른 모습을 드러냈다.

금방이라도 부서질 듯 균열을 일으키고 있는 짧은 석주, 위로 갈수록 폭이 좁아지는 삼각뿔 형태의 계단과 그 위에 놓인 숫양의 뿔 모양의 조각상, 한때는 잘 닦여 있었을 대리석 바닥. 관리를 받지 못한 채 세월만 흘려보낸 탓에 제대로 된 형태를 알긴 힘들었지만 용도를 짐작하긴 어렵지 않았다.

"제단입니까?"

"태양신의. 달의 여신의 제단은 성소 가장 깊은 곳에 있고, 태양신의 제단은 이렇게 가장 높은 곳에 있지. 한낮에 태양 빛이 내리쬐면 저기에 있었던 보석이 빛을 머금었다가, 밤이 되면 그 빛을 밖으로 뿌렸다고 하더군."

여왕이 뭔가를 떼어 낸 흔적이 있는 뿔 모양의 조각상을 가리켰다.

"이제는 보지 못할 광경이지……. 뭐, 이제 보지 못할 것이 그것 하나뿐이겠느냐마는. 이리 와 봐."

제단의 끝에 선 그녀가 그를 손짓해 불렀다. 그는 다급히 손을 뻗어 그녀의 어깨를 잡았다.

"위험합니다."

"괜찮아. 음……."

뭔가 생각하는 듯 제 뺨을 톡톡 두드린 여왕이 방긋 웃었다.

"걱정되면 이렇게 하고 있어 다오."

그녀는 제 어깨를 잡은 그의 손을 잡아내려 제 허리를 둘렀다. 하일라바드는 그녀가 잡지 않은 다른 손까지 그녀의 허리에 가져다 대고 두 손을 깍지 꼈다.

"이럼 그대가 좀 안심하겠지."

"……예."

답하는 그의 목소리가 조금 달떴다. 여왕은 눈꼬리를 접으며 그의 가슴에 등을 기댔다.

"저곳이 우리 왕국이다."

그와 같은 방향을 보고 있었기에, '저곳'을 손가락으로 가리킬 필요가 없었다.

"예전에는…… 그러니까 한 천 년 전쯤엔 여기서부터 저기까지가 왕국의 영토였다. 그때는 이곳에서 왕국을 바라보면, 밤에도 불빛이 환한 왕국의 모습을 다 볼 수 있었다고 하더군. 큰 도시도 열 개가 넘었고. 한데 지금은 고작 저거 남았어."

"함야르 왕국이 그리 강대합니까?"

"아니. 그들이나 우리나, 세력은 거기서 거기다. 말했지 않나. 댐이 무너졌다고."

'그 댐 말이군.'

그는 인상을 찌푸렸다.

"언제나, 댐이 무너진 게 시작이야. 댐이 무너져서 사람들이 뿔뿔이 흩어졌고, 사람이 흩어지다 보니까 큰 영토를 관리할 수가 없게 된 거지. 성소와 왕국의 거리가 멀어지니 공격에도 제때 대응하지 못한 거고."

"……."

"하나 그 덕에 이전에는 볼 수 없었던 걸 볼 수 있게 됐다."

그녀가 턱을 치켜들었다. 그녀를 따라 하늘을 올려다본 그는 작은 감탄사를 터트렸다.

"아……."

달이 손을 뻗으면 잡힐 듯 가까이 내려와 있었다.

가장 높은 곳에서 바라보는 달은 평소와 그 느낌이 사뭇 달랐다. 선명한 노란빛이 어린아이의 채색 옷처럼 친근하다. 시리고 고결하여 바라보는 사람의 마음을 외롭게 만드는 것이 아니라, 외로워하는 사람을 부드럽게 안아 주는 색이었다.

"달은 이곳에서 보는 게 가장 예쁘지."

그는 완벽하게 동의했다.

"밤에도 보석이 태양 빛을 내뿜던 시절에는 볼 수 없었을 거야. 그러고 보니 요즘은 추억 순례를 하고 있구나. 여기도 그렇고 침실도 그렇고……. 싫은 기억이 반, 좋은 기억이 반이군."

"이전에도 이곳에 오신 적이 있으십니까?"

"왕이 된 자는 누구나 처음 이곳에 와서 신탁을 받거든. 구닥다리 관습이 긴 한데 미리암은 그런 걸 꼭 지키는 편이라."

그 시녀장이라면 그럴 만하다고 생각하던 하일라바드는 여왕의 말에서 이상한 점을 발견했다.

"신탁을 내린다면, 아까 그 여인이 대제사장 맞는군요."

"굳이 말하자면 대제사장이 '었' 지. 하지만 파괴된 성소에는 더 이상 신이 머물지 않아. 그리고 신의 힘을 잃은 제사장은 영락하지. 지금의 그녀는 불행한 미래밖에 예언하지 못하는 폐허의 마녀다."

"불행한 미래요?"

"사람이란 본래 좋은 미래보다 불행한 미래에 귀를 기울이게 되지 않나."

그녀가 쓴웃음을 지었다. 불행한 미래에 귀 기울이는 사람……. 저라고 예외는 아니었다.

"신도 잃고 신력도 잃고, 신도도 잃어버린 전직 대제사장이 할 법한 짓이
야. 신은 당장 불러들일 수 없으니까 사람이라도 끌어보려는 거지."

"아아, 예. 이해했습니다."

사람이 모이면 성소가 재건되고, 성소가 재건되면 신이 돌아올 것이다.
그는 그녀가 말하지 않은 부분까지 알아들었다.

"그 여인이…… 폐하께도 불행한 미래를 예언했나 보군요."

"왜 그렇게 생각하지?"

"오기 싫어하시는 것 같았습니다."

이젠 이렇게 정곡을 찔려도 놀랍지 않다. 여왕은 담담히 웃으며 물었다.

"그대 같은 이도 어릴 때 울었나?"

"예."

"언제?"

"동무와 실력을 겨룬 적이 있는데, 그 아이가 눈을 찔렀습니다. 비겁한 짓
이었죠."

"……."

여왕은 눈이 찔려 울었다는 베두인 전사의 눈을 물끄러미 바라보았다. 그
는 자신이 뭔가 잘못한 것을 알았지만 정확하게 뭘 잘못했는지는 몰랐다.

"그런 거 말고. 슬프거나 무서워서 운 적이 있냔 말이다."

"……."

그런 적이 있었던가?

생각해 보면 아이답게 울고 떼쓰고 웃고 뜀박질을 한 기억이 없다. 그의
유년 시절은 짧고, 상당히 정적이었다. 태양이 떠오르는 아침 하늘이 아니라
노을이 지는 저녁 하늘 같았다. 소리 없이 하늘을 물들이는 붉은빛. 약간은
허무하고, 슬프지만 아련했다.

"그러고 보니…… 있긴 하군요."

"어째서 울었나?"

"그냥……."

그가 말꼬리를 흐렸다.

"부족 어른의 장례식이었는데…… 끝나고 집에 돌아가다가 노을을 봤습니다. 그때 울었습니다."

"죽음이 슬퍼서?"

"아뇨. 그보다는……."

위대한 전사였고, 선대 첫 번째 검이었다.

평생을 모래바람 속에서 칼을 휘둘러 온 그는 노환으로 몇 주를 앓다가 자신의 천막 안에서 조용히 죽었다.

삶보다 편안한 죽음이었기에 사람들은 그의 죽음을 슬퍼했지만 안타까워하지는 않았다. 칼바람을 벗 삼아 살아온 전사는 부족민들의 애도 속에서 고요히 항아리 안의 한 줌 가루로 돌아갔다.

장례식을 마치고 돌아올 때, 해가 졌다. 노을에 물든 어른들의 얼굴을 바라보던 하일라바드는 시선을 위로 들었다.

붉고, 파랗고, 보랏빛의 노을이 흘러넘치다, 아래로 떨어지고 있었다. 툭. 그의 눈물도 뺨을 타고 아래로 떨어졌다.

결국 노을은 어둠에 그 자리를 내어주고 말 것이다. 위대한 전사가 위대한 삶을 죽음에 내어주었듯. 장렬하지도, 찬란하지도 않다. 그렇게 사라져 버린다. 모든 사라지는 것들은 그리도 아련하고 허무했다.

그래서 눈물이 났다.

"그냥…… 위대한 전사는 죽음도 위대할 줄 알았습니다."

여왕은 숨이 턱 막히는 느낌이 들었다.

대체 얼마나 자신을 갈고닦아야, 노을을 보고 우는 아이가 부족의 첫 번째 검이 될 수 있을까? 시인이 전사가 되기 위해서 보낸 시간을 상상하자 한마디 내뱉는 것도 힘들어졌다.

"나는…… 무서워서 울었다."

"그렇게 두려운 예언이었습니까?"

"아니."

말하고 싶지 않다. 주바이다의 악의가 저에게 어떠한 오기를 불러일으켰는지, 제가 열세 살의 마케바를 어떻게 자신의 안으로 구겨 넣었는지. 말하려니 제가 너무 보잘것없이 느껴져서 거짓말을 했다.

"어린아이가 좋아할 만한 장소는 아니잖나. 그 캄캄한 성소 말이다. 온통 캄캄한데 흰옷을 입은 여자만 덜렁 있으니 울음을 터트릴 만하지."

"확실히, 즐거운 공간은 아니었습니다."

"아이에겐 더욱 그렇지."

낮게 중얼거린 그녀는 달의 신전 쪽으로 시선을 옮겼다. 지붕이 날아간 신전은 따스한 달빛 아래서도 을씨년스러웠다.

「당신은 아무것도 이룰 수 없습니다.」

또다시, 주바이다의 목소리가 들려왔다.

그녀의 유년 시절을 지배한, 신탁을 빙자한 저주.

그때는 손에 쥔 것이 왕위 외엔 없었다. 어리고 불안했기에, 그 말을 믿는 것이 당연했다. 불행에 귀 기울이는 사람들처럼.

하지만 지금은 다르다. 없는 것보단 있는 것이 더 많다. 재물이 있고, 권위가 있고, 그녀에게 충성하는, 쓸 만해진 전사들이 있고…….

"하면 더 이상 신경 쓰지 않겠습니다."

……그가 있었다.

머리 위로 습윤한 그의 숨이 내려앉았다. 입가에서 쓴웃음을 지운 그녀는 눈에 미소를 담으며 손을 들어 그의 뺨을 어루만졌다. 그가 조용히 허리를 굽혔다.

그녀의 윗입술과 그의 아랫입술이 교차했다.

촉. 소리가 났다.

그것은 소유욕을 드러내는 그의 입을 막기 위해 한 입맞춤과는 달랐다. 좀 더 따스하고, 진심이었다.

콧김이 입술 아래 오목이 들어간 부분을 간질인다. 흐흐응. 웃음이 나왔지만 간지러워서 웃는 건 아니었다. 아니, 간지럽기는 했다. 살갗이 아니라 마음이 간지러웠다.

입술을 떼고 그의 품에 뒤통수를 푹 파묻자 그가 턱을 제 머리 위에 올려왔다. 그 외 다른 질문은 없었다. 그의 한결같은 과묵함에 고마워하며 그녀는 아까 전 주바이다 앞에서 삼킨 말을 되뇌었다.

'……그렇다면 그 신탁이 틀렸음을, 내가 기필코 증명해 주마.'

휘황한 달빛이 서로 끌어안은 두 사람을 오랫동안 바라보고 있었다.

11 Sūrah

11 سورة

혼재(混在)

"시녀장님, 폐하께서 오십니다."

처소 문을 두드리고 들어온 파나가 여왕의 귀환을 알렸다. 이제나저제나 여왕을 기다리고 있던 시녀장은 반색하며 의자에서 벌떡 일어났다.

"그래?"

하지만 막상 엉덩이를 떼고 보니 파나에게 제 태도가 상당히 성급하게 여겨질 것 같았다. 다시 슬금슬금 주저앉은 그녀가 의아했던 듯 파나의 고개가 살짝 기울었다.

"시녀장님?"

"어, 그래. 치마가 모서리에 걸려서……. 이제 되었네. 나가자."

"네."

다행히 생글생글 미소 짓고 있는 파나는 급조한 시녀장의 대답에서 아무런 어색함도 느끼지 못한 것 같았다. 수더분함을 넘어 둔한 파나의 성격을 생각하면 당연한 일일지도 모르겠다.

'저 성격 덕분에 전령 노릇을 하는 거지.'

안도하던 시녀장은 안도할 일이 아님을 깨닫고는 두통이 이는 이마를 짚었다.

파나가 낙타처럼 둔하든, 방울뱀처럼 교활하든 제가 여왕을 기다리는 것과 무슨 상관이라고 그녀의 눈치를 본단 말인가. 예전의 저였다면 진작 성문 밖으로 나가 늦어지는 그녀의 귀환에 초조해하며 발을 구르고도 남았다. 지금도 마음은 그리고 싶었다.

그런데도 눈치를 본다. 저의 초조함이 야유를 나간 군주의 안전 때문이 아니라, 군주와 동행한 그 사내에게서 기인했음을 들킬까 봐 절로 눈치를 보게 되었다. 정확하게는, 여왕이 그의 흔적이라도 묻히고 올까 봐 초조했다.

물론 군주의 유희는 허물이 아니다. 하지만 유희란 군주가 매일같이 미동들을 갈아 치우며 쾌락을 탐할 때나 쓰는 표현이었다. 한 사람만을 곁에 두는 것은 유희라고 하지 않는다. 그것은 총애였다.

군주의 총애를 받는 셰이크 무자아히드라니. 그런 조합은 위험하다. 그는 알 아지리보다 더 위험한 존재가 될 수도 있었다.

위안이라면, 여왕이나 그자나 그런 일을 티 내고 다니는 성격은 아닌지라 아직은 둘만이 아는 밀회에 머물러 있다는 점이다.

되도록 그 관계가 총애가 아닌 밀회에서 끝나길 바라며 마장으로 들어섰다. 여왕은 하일라바드의 도움을 받아 말에서 내리고 있었다. 미리암을 본 그녀가 농을 걸었다.

"나의 왕국이 확실히 안전해진 모양이야. 외출했다가 돌아왔는데 그대가 이리 미적미적 나타난 것을 보면."

"왕국의 홍복이지요."

적절한 답을 내놓은 미리암은 여왕을 살폈다. 여왕은 기분이 좋아 보였다. 이상한 일이다. 폐허의 제사장에게서 무슨 좋은 신탁이라도 받으신 건가?

그럴 리가.

주바이다가 좋은 신탁을 내릴 가능성이 남부 아라비아에 내리는 눈처럼 낮다면, 주바이다를 만난 여왕의 기분이 '그냥' 좋을 가능성은 내리는 그 눈이 푸른색일 가능성보다 낮았다. 주바이다를 만난 이후, 기분이 좋아질 무언가 다른 일이 있었다면 모를까.

시녀장은 반사적으로 하일라바드에게 시선을 돌렸다.

그는 하심에게 말고삐를 건네고 있었다. 그의 차림새나 여왕의 차림새나 멀끔하기 그지없다. 그러나 이상하다는 생각보다 수직으로 떨어지는 그의 강건한 어깨가 먼저 들어왔다. 미리암은 아무도 모르게 한숨을 쉬었다.

'후⋯⋯.'

인정할 수밖에 없다. 저자는 확실히 괜찮은 사내였다. 실력은 물론이거니와 어디 가서 빠지는 외모도 아니다. 베두인치고는 눈치도 빠른 편이라 같은 말을 두 번 할 필요가 없었고, 특유의 성격적인 둔중함은 삿된 유혹이 끼어들 여지를 주지 않았다. 사실 그녀가 그의 단점으로 꼽았던 모든 요소는 그의 장점이기도 했다.

어쩌면 그는 여왕에게 잘 어울리는 짝이 될 수도 있었다. 만약 여왕이 마립댐의 재건을 인생 목표로 삼지만 않았다면 분명 그랬을 것이다.

천 년 뒤에도 남을 왕국을 꿈꾸는 여왕에게 필요한 것은 강력한 힘을 가진 사람이었다. 칼로 한 명을 죽일 수 있는 전사가 아니라, 말 한 마디로 천 명을 죽일 수 있는 권력자. 여왕에겐 그런 사람이 필요했다.

"뭐 해, 미리암?"

찰나간 복잡하게 얽힌 생각을 여왕이 깨트렸다. 미리암은 태연하게 허리를 숙이며 말했다.

"욕탕으로 모시겠습니다."

"그러지. 그대도 씻고 침실로 와."

여왕의 마지막 말은 하일라바드를 향한 것이었다. 하일라바드는 고개를 꾸벅 숙이고 전사들의 욕장이 있는 쪽으로 걸음을 돌렸다.

그가 가려는 방향엔 파나가 있었다. 그와 눈이 마주친 파나는 볼에 가벼운 홍조를 띠며 한쪽으로 비켜났다. 그리고는 제가 얼마나 바보짓을 했는지 깨달았다.

"……아."

마장은 넓었다. 한 사람이, 반대편에서 다가오는 다른 이를 위해 굳이 길을 비켜줄 필요가 없다는 의미다.

파나의 얼굴이 불쌍할 정도로 빨개졌지만 정작 하일라바드는 아무 일 없었다는 듯 묵례를 하며 그녀를 지나쳐 갔다. 허둥지둥 그를 따라 고개를 숙이던 파나가 멈칫했다. 고개 든 그녀의 표정에 미세한 의문이 떠오른 것을 시녀장은 똑똑히 보았다.

파나의 얼굴에 떠오른 의문은 욕장으로 가는 여왕의 뒤를 따르면서 더욱 짙어졌다. 발은 착실하게 걸음을 떼면서도 간혹 일없이 고개를 갸웃거리거나 '으음' 하며 생각에 잠길 때 내는 입소리를 내기도 했다.

"자네 왜 그러나?"

보다 못한 미리암이 물었다. 여왕은 욕탕으로 들어가고, 여왕의 목욕 시중을 들지 않는 두 사람만 남은 때였다.

"죄송합니다. 추후 이런 일이 없도록 주의하겠습니다."

그녀의 질문을 질책으로 알아들은 파나가 대뜸 용서부터 빌어왔다. 단순한 질문도 딱딱하기 그지없는 시녀장의 표정과 만나면 오해를 불러일으킨다.

미리암은 화들짝 놀라 허리를 굽히려는 파나의 어깨를 잡았다.

"꾸짖는 것이 아니다. 평소 차분하던 자네가 묘하게 허둥지둥하니 묻는 것이야. 좀 전, 셰이크 무자아히드와 인사를 나눌 때도 그렇고. 무엇이……마음에 걸리는 거라도 있는가?"

"그, 그건……."

파나가 얼굴을 붉혔다. 모르는 사람이 봤다면 얼굴에서 피를 흘리는 것 아니냐고 의심할 정도였다.

"그건 실수였습니다. 하일라, 아니, 셰이크 무자아히드 님을 뵈면 좀 긴장이 되어서요……. 그리고……."

수석 시녀니 뭐니 해도, 파나는 이제 갓 열여덟 살 먹은 소녀였다. 낮에 한 실수를 잠자리에 들기 전까지 수십 번을 곱씹고, 그때마다 부끄러워하는 소녀.

성정이 둔하다고 하여 부끄러움을 느끼는 감정까지 둔한 것은 아니다. 그녀는 자신을 부끄럽게 만드는 이 주제에서 빨리 벗어나고 싶었다.

"조금 전에 셰이크 무자아히드 님이 지나가시는데, 향기가 났습니다."

"향기?"

"네. 폐하의 향기요. 신전으로 가시기 전에 향유를 바르셨거든요. 백단향유…… 바다 건너온 기름으로 만든 거. 향이 특이해서 기억하고 있었어요. 그 향기가 셰이크 무자아히드 님에게서도 났습니다."

"……."

"그리고 폐하를 따라가는데, 폐하에게서 셰이크 무자아히드 님의 향기가 맡아졌어요. 향유 같은 게 아니라 셰이크 무자아히드 님께는 그분만의 향기가 있거든요. 모래 냄새랑 불꽃 냄새가 섞인……. 두 분께 서로의 향기가 묻어 있었습니다. 그것이 좀 의아해서 생각하느라, 허둥지둥했나 봐요."

파나가 죄송하다며 재차 허리를 숙였다. 하지만 시녀장에겐 그녀의 용서를 받을 정신이 없었다. 오한이 든다는 게 이런 거였나. 손발은 차갑게 식었는데, 등줄기에선 땀이 흘렀다.

만약 그 말을 한 사람이 파나가 아닌 좀 더 눈치 빠르고 예민한 다른 시녀였다면 미리암의 놀람은 좀 덜 했을 것이다. '그래. 이 아이라면 눈치챌 만하지'. 이렇게 수긍할 수 있었을 테니까. 한데 파나라니. 너무 뜻밖이라 뒤통수를 호되게 얻어맞은 기분이었다.

멍해진 미리암은 최대한 태연해 보이도록 평소의 딱딱한 표정을 쥐어짜냈다.

"그야…… 오늘 폐하께서 셰이크 무자아히드와 함께 말을 타시지 않았느냐. 하면 서로의 체취가 묻을 수도 있겠지. 그게 그리 이상한 일 같지는 않구나."

"그런 거겠지요?"

어미에게 선물을 약속받듯 되물어온 파나가 입술을 벙긋거렸다. 반문에서 확연한 안도가 드러났다. 순간 미리암은 마장에서 그녀의 모습을 순차적으로 떠올렸다. 평소 같지 않은 허둥댐과 양 볼의 홍조 그리고 안도. 미리암은 좀 전과 비슷한 강도의 충격을 받았다.

"자네, 혹시……."

"네?"

"아니, 아무것도 아닐세. 가서 자네 볼일 보게나."

시녀장이 손을 휘저었다. 파나는 눈을 빠르게 깜빡이다, 곧 공손히 양손을 모았다.

"하면 저는 폐하의 잠자리 준비를 하러 가겠습니다."

그리고 그녀는 2층으로 올라가는 계단이 있는 방향으로 향했다. 분명히 걷고 있었지만 발걸음이 하도 가벼워 마치 뛰는 것 같은 착각이 일었다.

미리암은 멀어지는 파나의 뒷모습이 모서리를 돌아 더 이상 보이지 않게 될 때까지 그 자리에 석상처럼 서 있었다.

두통과 함께, 그녀가 알면서도 부러 외면해 왔던 사실이 밀려왔다.

파나는 열여덟 살이다. 그리고 하일라바드는 퍽 괜찮은 사내였다. 몇 번의 마주침, 몇 번의 눈인사, 몇 번의 간단한 대화만으로도 열여덟 소녀의 마음을 설레게 만들 만큼은 되는.

욕탕에서 나온 여왕에게 시녀장이 말했다. 꽤 조심스럽고 이리저리 빙빙 돌린 말을 정리한 여왕은 어이가 없어졌다.

"시중드는 아이들까지 죄다 물리고 무슨 소릴 하려나 했더니……. 겨우 한다는 말이 좀 씻고 다니라는 말이냐?"

"시녀들이 있는 자리에서 할 이야기는 아니니까요."

"막 욕탕에서 나온 사람한테 할 이야기도 아니지."

"욕탕에서까지 제 잔소리를 듣고 싶지는 않으시다고, 제가 욕탕에 들어가는 걸 싫어하시지 않습니까?"

"그게 욕탕에서 나오자마자 잔소리를 해도 된다는 뜻은 아니잖나."

황당한 마음을 숨기지 못한 여왕이 팔짱을 끼며 피식, 코웃음을 쳤다. 하지만 고집이 뚝뚝 묻어나는 시녀장의 표정은 바뀌지 않았다.

"하면 내일 아침에 다시 말씀 올릴까요?"

"아니, 잠깐. 자꾸 논점이 이탈되는 것 같은데 어디에서 할 이야기인지, 언제 할 이야기인지 이런 것은 접어두고, 빙빙 돌리지도 말고, 하고 싶은 말을 제대로 하라. 바로 지금, 여기서. 아마도 남부 아라비아에서 가장 자주 씻고 있을 나에게 좀 씻으라고 잔소리하는 이유가 뭔가?"

여왕은 '지금 여기'를 강조하며 손가락으로 바닥을 가리켰다. 시녀장은 주변을 살폈다. 아무리 주위를 물렸다지만 이곳은 사람들이 지나다니는 계단이다. 실제로 여왕의 침실 정리를 마친 파나와 다른 시녀들이 계단을 내려오고 있었다.

"폐하, 장소가 적절하지 못하니 내일 아침에……."

"미리암 빈트 자라 알 딘."

한발 빼려는 미리암을 여왕이 저지했다.

온전한 이름을 부르는 목소리가 차갑다. 아무래도 중언부언하는 태도가 여왕의 심기를 건드린 모양이다. 별수 없이 속에 담아온 말을 끄집어냈다.

"폐하, 폐하는 소유하는 분이시지 소유되는 분이 아니십니다. 왕국의 모든 것은 폐하께 소속되어야 하며……. 후우."

잔소리는 이제부터 시작이었지만 미리암은 중간에 다시 입을 다물었다. 집어치우자. 일장연설을 늘어놓기에는 장소도, 군주의 표정도 좋지 못했다.

"폐하에게서 셰이크 무자아히드의 냄새가 납니다. 셰이크 무자아히드에게서는 폐하의 냄새가 나고요."

"냄새?"

그 말에 여왕이 제 팔을 들어 냄새를 맡아본 것은 거의 무의식적인 반응이었다.

"방금 전에 바른 향유 냄새밖에 안 나는데?"

"그야 씻으셨으니까요. 하니 야외에서는 되도록 정사를 삼가시고, 꼭 하셔야 하는 상황이라면, 그 꼭 해야 하는 상황이라는 것이 무엇인지 저는 짐작도 못 하겠지만, 그럴 때는 오아시스라도 찾아서 몸을 담그고 오십시오."

명령에 가까운 미리암의 조언은 이제까지보다 의도가 분명했다. 하지만 여왕은 혼란스러움만 느꼈다.

"그 이야길 왜 지금에서야 하느냐? 그게 언제 적 일인데."

"언제 적 일이라뇨. 바로 오늘 밤에 있었던 일입니다."

"오늘 밤?"

약간의 당혹감이 지나가고 오해의 실체를 접한 여왕은 맥이 빠졌다.

그녀는 알았다, 라는 말도 없이 성큼성큼 계단을 밟았다. 애가 탄 시녀장이 종종걸음으로 계단을 따라 오르며 계속 여왕을 불렀다.

"폐하, 대수롭지 않게 넘기지 마십시오. 폐하, 제 말 듣고 계십니까? 폐하, 폐하……."

"미리암."

견디다 못한 여왕이 계단 한가운데 우뚝 섰다.

"한 가지 묻자. 내가 사내의 냄새를 묻히고 다니는 것이 문제냐, 아니면 그 사내가 하일라바드인 것이 문제냐?"

"누누이 말씀드렸지만, 군주가 한 사람만 총애하는 것이 문제입니다."

"하면 내가 상대를 매일 갈아 치우면 되겠구나."

"그리하시겠습니까?"

미리암이 무섭게 눈을 빛냈다. 여왕은 제 이마를 탁 때리고 앓는 소리를 내며 다시 계단을 올랐다. 탁탁탁탁. 미리암의 발걸음 소리가 신경질적으로 따라붙는다.

"폐하!"

“아아…… 미리암, 제발.”

여왕이 질색을 하며 제 관자놀이에 손을 댔다가 떼었다.

“오늘 아무 일도 없었다. 주바이다를 만나고, 달을 보고 온 게 다야. 함께 있었으니 서로의 향취가 묻었나 보지. 그리고 야외에서의 정사는 딱 한 번뿐이었다. 구질구질하게 이런 이야기까지 하게 할 테냐? 잔소리 좀 적당히 하라.”

시녀장을 돌아보는 그녀의 표정에 짜증이 어렸다. 그러나 여왕의 짜증을 정면으로 받고도, 미리암은 한결같이 꼬장꼬장했다.

“그러셨다면 다행입니다. 하나 앞으로도 조심해 주십시오.”

“이래서야 누가 군주인지 모르겠구나.”

명령을 하는 건지, 조언을 하는 건지. 태도가 워낙 당연하다는 투라 화도 나지 않는다. 여왕은 고개를 뒤로 젖히고 고개만 한 번 흔들었다.

그러는 사이 두 사람은 침실 앞에 도착했다. 침실 문을 지키는 전사 둘이 양쪽에서 문고리를 잡아 문을 열었다.

여왕은 안으로 들어가다 말고 입구 중간에서 몸을 휙 돌렸다. 누가 보기에도, 뒤따라 들어오려는 미리암을 막고 선 모양새였다.

“폐하?”

“그에게서는 어떠한 냄새가 나느냐?”

“예?”

“하일라바드에게선 어떠한 냄새가 나느냐고.”

경악한 미리암은 눈동자만 빠르게 굴려 전사들의 표정부터 확인했다. 다행히도, 앞만 쳐다보고 있는 그들은 어떠한 의구심도 드러내지 않았다. 당연한 반응일지도 모르겠다. 군주가 셰이크 무자아히드의 체취를 묻는 것이 대단한 의문을 자아낼 만한 일은 아니었을 테니까.

“모래 냄새와 불꽃의 냄새가 섞인…….”

“알았다.”

파나에게 더 이상 들은 바가 없는 시녀장이 자연스럽게 말꼬리를 흐리자,

그만하면 됐다는 듯 침실 안으로 들어간 여왕이 문을 닫으려 했다. 시녀장은 잽싸게 바깥쪽 문고리를 잡고 버텼다.

"아직도 할 이야기가 남았느냐? 남았으면 빨리 마무리해. 잘 거니까."

"벌써요? 폐하, 오늘 보셔야 하는 문서가 있습니다."

"새벽에 일어나서 정리하마. 오늘은 피곤하다. 그대의 잔소리도 더 이상 듣고 싶지 않고."

어쩐지 '오늘'을 강조하는 듯한 말투가 미리암의 양심을 콕콕 찔렀다. 주바이다가 얼마나 사람을 지치게 하는 존재인지는 미리암도 잘 알고 있다. 그런 그녀에게 가기 싫다는 여왕을 억지로 보낸 이가 다름 아닌 저였다.

"송구합니다."

"그대가 무얼. 어쨌든 거기까지 간 건 내 선택이었다."

피로가 한가득 담긴 눈을 하고, 여왕이 웃었다. 미리암은 문고리를 잡은 손에서 힘을 뺐다. 아직 남은 잔소리는 가슴 깊이 묻어두었다.

"폐하."

침실에선 먼저 씻고 온 하일라바드가 여왕을 기다리고 있었다. 여왕은 미리암에게 보여주었던 힘없는 미소를 깨끗이 지우고, 그에게 다가가 대뜸 그의 목깃을 잡았다.

양손을 치켜 올린 채 엉겁결에 끌려오는 그를 바라보는 여왕의 눈빛이 이글이글 타올랐다. 미리암이 보았다면 통탄할 만한 변화였다.

버티자면 얼마든지 버틸 수 있었지만 하일라바드는 여왕이 원하는 대로 끌려가 주었다. 엉거주춤하게 허리를 굽힌 그의 목덜미에 여왕이 얼굴을 묻었다. 규칙적으로 쉬어지는 들숨과 날숨이 아직 물기 남아 있는 목덜미를 건드렸다.

쿵쿵.

"……뭐 하시는 겁니까?"

"냄새 맡아."

그의 목덜미, 가슴, 팔에 코를 처박으며 그녀는 그 '모래와 불꽃이 섞인 냄새'의 정체를 확인하려 애를 썼다.

그녀의 얼굴이 그의 겨드랑이로 향하자 그가 질겁하며 양팔을 제 몸에 딱 붙였다. 여왕은 그마저도 용납지 않고 스스로 팔을 벌리게 만들었다. 그 과정에서 약간의 권위가 동원되었다.

"명령이다."

"……."

탄식하는 표정을 지으며, 그가 항복했다.

하지만 아무리 킁킁거려 봐도 문제의 모래와 불꽃의 냄새는 맡아지지 않았다. 그에게서는 좋은 냄새만 났다.

물 내음과, 전사들의 욕장에서 사용하는 거품 입욕제에 섞인 사이프러스 향. 청량하고 산뜻한 향이었지만 기분은 오물 냄새를 맡은 듯 더 가라앉았다.

"왜 미리암도 맡을 수 있는 냄새를 나는 맡지 못하는 거지?"

"대체…… 제 몸에서 무슨 냄새가 나야 하는 겁니까?"

"그대에게서 모래와 불꽃이 섞인 냄새가 난다고, 미리암이 그랬다."

"모래와 불꽃……."

그가 고개를 갸웃거렸다.

"그건 마른 땀 냄새잖습니까."

"마른 땀 냄새?"

"불꽃에 모래를 뿌리면, 불꽃이 죽으면서 큼큼하고 쓸쓰레한 냄새를 풍깁니다. 그게 마른 땀 냄새와 비슷합니다."

불을 피워본 적도, 불을 꺼본 적도 없는 여왕은 큼큼하고 쓸쓰레하다는 그 냄새를 상상할 수가 없었다.

하지만 마른 땀 냄새라면 짐작 가는 바가 있다. 그의 품속에서 깰 때, 그가 다가올 때, 긴 팔로 제 허리를 두를 때. 그때마다 그는 땀을 흘린 뒤였다. 사실 최근 며칠간, 그는 하루의 대부분 땀을 흘리고 있었다.

그 향이 씁쓰레했던가? 생각해 보니 그랬던 것도 같다. 그녀는 그것을 바짝 굳은 소금을 혀끝에 댈 때 나는 향이라고 하고 싶었다. 결국 미리암이나 저나, 같은 이야기를 다르게 표현한 셈이다.

음. 좋아. 다 이해했다. 그러자 가라앉은 기분이 수면으로 떠오르고, 불쾌한 소외감이 사라졌다. 아무리 그래도 모래와 불꽃의 냄새라니. 미리암치고는 상당히 감성적인 표현이었다고 생각하며 그녀는 그의 몸에서 얼굴을 뗐다.

"그대는 좀 씻고 다니는 게 좋겠어."

"……!"

그가 화급히 제 팔꿈치를 들었다.

그 빠른 반응으로 보건대 그녀의 말을 진심으로 받아들인 게 틀림없다. 사악한 미소를 지은 여왕은 좀 전의 자신처럼 코를 킁킁거리고 있는 그를 내버려 두고 유유히 침대로 걸어갔다.

그녀가 옷을 벗고 홀가분해진 몸을 침대에 눕힐 때까지 하일라바드는 자신의 냄새를 맡고 있었다. 저 성격에 정말 냄새가 나냐고 묻지도 못할 테지. 여왕은 금방이라도 터져 나올 듯 목구멍에서 끓어오르는 폭소를 찍어 누르며 그를 불렀다.

"하일라바드."

"……예."

"농, 크흡, 농담이다."

웃음이 조금 새어 나왔다.

휙 하고 고개를 돌린 그의 눈에 은은한 분기가 어렸다. 하지만 여왕은 아랑곳하지 않고 살랑살랑 손을 흔들었다.

"이리 와보렴."

그녀의 긴 속눈썹 끝에 졸음이 대롱대롱 매달려 있었다. 그는 가벼이 한

숨을 내쉬고 걸어가, 침대 발치에 걸터앉았다.

"졸리면 주무십시오."

"흐음……."

마치 무슨 주술처럼, 그의 목소리를 듣자 졸음이 확 밀려왔다. 여왕은 졸음에 반쯤 잠식된 눈을 비볐다.

"그냥 자도 되나……."

"할 일이 있으십니까?"

할 일이야 있다. 주바이다를 만나느라 저녁 시간을 다 허비한 탓에 봐야 할 서류가 산더미였으니까. 하지만 자지 못하고 미련을 떠는 이유는 그런 서류 쪼가리 때문이 아니었다.

"더 가까이 와봐."

저벅저벅. 그가 침대를 돌아, 침대 옆 협탁에 앉는 소리가 들렸다.

"더 가까이. 여기."

그녀가 제 옆의 빈자리를 가리켰다. 반쯤 감긴 눈두덩 위로 그의 망설임이 느껴졌다.

하지만 끝내는 그녀가 원하는 대로 곁에 앉는다. 허리는 뒤틀리고, 종아리 아래는 침대 밖으로 삐져나온 채였다.

"그리하고 자면 불편할 텐데."

"괜찮습니다."

"눕는 게 어떨까?"

"전 폐하의 남첩이 아닙니다."

"남첩이 아닌 전사라서, 군주의 침대에 눕는 건 안 되고, 앉는 건 괜찮고?"

"아뇨. 앉는 건 제 이기심 때문입니다."

"이기심?"

"이렇게라도…… 폐하를 보는 것이 좋습니다."

에둘러 말하지 않는 솔직함이 그녀의 심장 어림을 아프게 때렸다. 그것은 솔직하지 못한 자가 솔직한 자를 대할 때 흔히 느끼는 죄책감 같은 것이었다. 그녀는 그의 솔직함에 절대로 응해줄 수 없다. 절대로.

절반 이상 감긴 눈으로는 그의 표정을 볼 수 없었지만 눈빛만큼은 훤히 그려졌다. 고요하게 가라앉은 검은자위 한가운데서 불길이 일렁인다. 그 불길에 닿으면 델 것이 너무도 자명해서, 그녀는 아예 눈을 꼭 감아버렸다.

"하일라바드."

"예."

"아무에게나 그대의 체취를 묻히고 다니지 마라."

"……."

"이번엔 농이 아니야."

"……."

폐하의 뜻대로, 혹은 폐하께서 원하시는 대로. 익숙한 그 대답이 들려오지 않았다. '왜'의 문제가 아닌 '어떻게'의 문제일 테니 그럴 수밖에. '어떻게' 해야 다른 사람에게 체취를 묻히지 않을 수 있습니까.

다른 여인을 가까이하지 말고, 곁에 두지도 말고……. '어떻게'는 너무도 치졸하다. 그렇다면 혼자 실컷 고민하라지. 그녀는 이불을 머리끝까지 둘러쓰고 그에게 손을 내밀었다.

"노력해 보겠습니다."

느릿한 대답과 함께, 그가 내민 손을 잡았다. 그 정도면 만족할 만한 대답이다. 그녀는 입꼬리를 살짝 올리며 반듯이 누웠다. 잠이 쏟아졌다.

눈을 떴을 때, 사위가 온통 뿌옜다. 새벽과 아침의 경계. 노대 밖으로 보이는 먼 하늘이 옅은 노란빛으로 물들고 있었다.

'늦었다'라는 생각을 하기 전에 그녀는 먼저 손가락을 움직여 감각부터 깨웠다. 뭔가 꽉 막힌 느낌이 드는 것이, 움직임이 자유롭지 못했다.

"일어나셨습니까?"

"아."

잠들기 직전을 떠올린 그녀가 고개를 비틀었다. 제 손을 단단하게 깍지 낀 그의 손가락과 다소 피로해 보이는 그의 얼굴이 차례로 눈에 들어왔다.

"밤새 그러고 있었나? 잠은?"

"잤습니다."

"앉아서 말이냐?"

"가능합니다."

그녀는 그의 고지식함에 소리 없는 투정을 부리며 기지개를 켰다. 왠지 모르게 바깥이 소란스러웠다.

"방금 전부터 그랬습니다."

"그래? 오늘이 무슨…… 아!"

날짜를 꼽아보던 그녀가 노대로 뛰쳐나갔다. 소리는 성문에서 들려오고 있었다. 정확하게는 성문이 있는 방향에서. 하지만 그녀의 시력으로는 무슨 일이 일어나고 있는지까지는 볼 수 없었다.

"저기, 보여?"

뒤따라 나온 그에게 여왕이 성문 쪽을 가리켰다. 그는 눈을 가늘게 뜨고 안력을 높였다.

"예. 대충은."

"무엇이 보이지?"

"사람이…… 거의 백 명은 있습니다. 뭔가를 끌고 오는 듯한데, 우리……? 짐승의 우리 같습니다. 바퀴가 달렸고 천으로 덮어씌웠습니다. 높이가, 허…… 멀어서 정확하지는 않지만 높이가 거의 건물만 합니다."

"또?"

"그런 우리가 두 개고, 뒤에는 그보다 작은 우리가 서너 개 있습니다. 뒤에 있는 건…… 음. 꽤 사나운 짐승을 가둔 모양이군요. 바로 옆에 채찍을 든 조련사가……."

"됐다!"

여왕은 그의 설명을 끝까지 듣지도 않고 대충 옷을 꿰입었다. 그리고 힘껏 침실 문을 밀었다.

시녀장이 들어가야만 시작되는 여왕의 하루와 달리, 안에서 먼저 여왕이 튀어나오자 침실을 지키고 있던 전사들이 기겁했다. 놀란 그들을 진정시키는 것은 하일라바드의 몫이었다.

그녀의 달리기가 잠시나마 느려진 것은 계단을 내려가던 중 시녀장과 마주쳤을 때뿐이었다. 숨을 헐떡이는 그녀도 어지간히 바삐 달려온 듯했다.

"폐하! 밖에⋯⋯!"

"봤다."

시녀장도 여왕을 따라 달리기 시작했다.

계단을 내려가고, 모퉁이 몇 개를 돌고, 긴 복도를 지나 내성 문에 다다른 여왕이 소리쳤다.

"열어!"

경비들이 후다닥 문을 열었다.

때마침, 머리 두건을 높이 올린 사내가 왕성 계단을 올라오고 있었다. 여왕은 그제야 멈췄다.

"아부 딸립."

"여군주시여."

사내가 예를 갖추며 인사했다. 여왕은 그의 인사를 받는 둥 마는 둥 하며 다급하게 물었다.

"가져왔는가?"

"에⋯⋯."

사내는 대답을 미루며 뒤에 선 아들을 바라보았다.

아비의 눈짓을 받은 아들이 고개를 끄덕이며 치켜 올린 손을 앞으로 꺾었다. 거의 동시에, 짐승의 우리를 덮은 천이 벗겨졌다.

뿌오오옹!

갑자기 밝아진 사위에 놀란 듯 기괴하게 생긴 짐승이 기괴하게 울었다. 그러자 작은 우리에 있던 짐승들이 나직하게 으르렁거렸다. 온몸이 잿빛인 기괴한 짐승만은 못하지만, 얼굴에 기다란 털이 자라 있는 그 맹수도 못지않게 기괴하게 생겼다.

"아비시니아산(産) 코끼리와 사자, 여군주께 대령했습니다."

한 달 전, 여왕은 왕국 제일의 짐승 상인인 아부 딸립에게 코끼리와 사자를 주문했다. 당시 아부 딸립은 구하기 어려운 짐승이라며 앓은 소리를 했지만 구할 수 없다고는 하지 않았다.

코끼리와 사자. 둘 다 남부 아라비아에서는 찾아보기 힘든 짐승이라 소문을 들은 사람들은 들뜨고 신기해했다.

여왕도 처음엔 예외가 아니었다. 아니, 누구보다 들떴다. 하지만 곧 골치가 아파졌다.

"가로세로 3큐빗짜리 상자에 담긴 보석 세 상자. 그것이 애초 우리의 거래 조건이었다. 한데 이제 와 그 두 배를 내놓으라니, 그건 어느 나라 셈법인가?"

새로운 세계를 왕국에 들이는 데 여왕이 지급해야 하는 대가는 엄청났다. 하지만 싸늘한 여왕의 목소리에도 아부 딸립은 눈 하나 끔뻑 안 했다.

"여군주시여. 기억을 떠올려 보십시오. 그것은 최소 거래 조건이었습니다. 현지 상황에 따라 상품 가격도 오를 수 있다고, 분명 말씀드렸나이다."

"그래서, 아비시니아에 최근 눈이라도 내렸단 말이냐? 대체 어찌하면 한 달 사이에 가격이 두 배로 뛸 수가 있나?"

"눈이 내렸다면 두 배가 아닌 세 배, 네 배라도 코끼리를 가져올 순 없었을 것입니다. 눈이 아니라 가뭄이 문제인 것이지요. 가뭄에 살아남은 맹수는 더 강해지고 더 독해집니다. 저놈들을 잡기 위해 희생된 사냥꾼들의 숫자와, 저놈들을 길들일 수 있는 조련사들의 몸값을 아신다면 그런 말씀 못 하실 겁니다."

그리고 아부 딸립은 보석 세 상자를 받았을 때 제 손해를 줄줄이 늘어놓았다. 사연이 어찌나 구구절절한지, 보석 여섯 상자를 받지 못하면 삼대가 굶어 죽을 것만 같았다.

하지만 거래에 관해서는 여왕도 질 생각이 없었다. 그녀는 아부 딸립 못지않게 궁상을 떨었다.

"그대의 사정을 모르는 바는 아니다. 하나 돈이 있어야 줄 것 아니냐. 그대도 듣는 귀가 있으니 알겠지만, 왕국에 최근 환란이 있었다. 그 환란을 수습하고 나니 나라 꼴이 말이 아니야."

"아니, 알 아지리를 처리하셨는데 어째서 왕국이 거지꼴이란 말입니까. 알 아지리의 그 많은 재화는 어떻게 하시고요."

"저런. 그건 듣지 못했나 보구나. 알 아지리는 그 가문의 명예와 함께 재화까지 불타 없어졌다. 믿지 못하겠거든 가서 확인해 보라. 그 거리가 잿더미가 되었는데 아직 복구도 못 했다. 그대의 말대로 왕국이 거지 꼬라지라."

"꼬라지라고는 안 했습니……."

"아무튼 상황이 그러해. 그대가 기어코 보석 여섯 상자를 부른다면, 나는 구매할 수 없다. 안 하는 게 아니라 못 하는 걸 염두에 두었으면 좋겠구나."

"하, 하오시면 저놈들은 어쩌란 말씀입니까?"

"보석 여섯 상자를 낼 만한 다른 이를 찾아봐야겠지. 아. 그동안 조련사 몫의 삯은 추가로 더 나가겠구나."

아부 딸립의 얼굴이 형편없이 일그러졌다.

결국 여왕과 아부 딸립은 보석 네 상자와 반년 치 유향 교역권이라는 조건하에 대화합을 이루었다. 아부 딸립이 처음 부른 가격을 생각하면 절반 가까이 줄어든 셈이다. 그러나 여왕은 그조차도 아까워했다.

"아부 딸립 정도로 노련한 상인이라면 반년 치 유향 교역권을 가지고 보석 한 상자는 남겨 먹을 수 있을 거야. 그리고 나는 그 반년 치 유향 교역권 가지고 보석 두 상자에 버금가는 일을 도모할 수 있었겠지."

아부 딸립을 보낸 뒤, 우리 안에 갇힌 사자를 보며 여왕이 경미하게 짜증을 부렸다. 그것이 여왕 자신에게 내는 짜증이라는 것을 알아차린 하일라바드는 묵묵히 그녀의 말을 들었다.

한 달 남짓한 여행 동안 묶이고 갇힌 자신의 처지에 익숙해졌는지, 코끼리는 아주 자연스럽게 여왕의 정원 분수대에 있는 물을 코로 쭉 빨아들였다.

녀석들이 입을 한 번 놀릴 때마다 왕국의 재화가 뭉텅이로 떨어져 나간다. 저 녀석들의 먹이를 대다가 댐은 세워보지도 못하고 왕국이 망할지도 모르겠다는 걱정마저 들었다. 그리고 필연적으로 아부 딸립에 대한 원망이 따라왔다.

사기꾼 같은 놈! 저렇게 많이 먹는다는 이야기는 하지 않았잖아!

분통이 터졌다. 그렇다면 차라리 보질 말자고 생각하며 그녀는 아예 고개를 돌려 버렸다.

하지만 고개 돌린 곳에 있는 건, 코끼리만큼은 아니지만 또 다른 의미에서 그녀의 속을 쓰리게 만드는 사자 조련사들이었다.

"가장 화딱지 나는 건, 그 보석 중에 한 상자는 저 조련사들 몫이라는 거다. 나는 대체 그동안 뭐 한답시고 사자 조련사 하나 키우지 않은 거냐, 왜? 얼간이 같으니!"

여왕의 짜증이 슬슬 짜증을 넘어 자학의 단계로 넘어갔다. 그리고 자학으로도 해결되지 못한 감정은 항상 밖으로 향한다.

"하일라바드."

빠르고 날카로운 어조로 여왕이 그를 불렀다. 하일라바드는 듣고 있다는 의미에서 눈을 깜빡였다.

"그대, 채찍도 다루나?"

"예."

"엇?"

"저들에게 가서 맹수 조련법을 배워올까요?"

정말 다룰 줄 몰랐다는 듯 움찔했던 그녀는 이내 정신을 차리고 얼굴을 붉혔다.

"사람 무안하게 만드는구나. 내가 아무리 정신이 나갔어도 셰이크 무자아히드에게 그런 일을 시킬까. 그냥, 채찍을 다루지 못한다고 하면 그걸 핑계로 그대에게 화풀이하려고 했던 거야. 못된 심사지."

"……."

"유향 교역권이 아깝긴 하나 정당한 거래였다. 애초부터 그 정도 가격은 예상했었어. 다만 예상한 대로 되니 속이 쓰렸다. 내가 진실로 필요해서 산 것도 아니라 더 속이 쓰린 거고."

답하는 그녀의 입가에 쓸쓸한 미소가 어른거렸다. 그는 잘 이해가 가지 않았다.

"저 사자와 코끼리가 필요하셨던 게 아닙니까?"

"필요는 해. 최종 목적을 위한 도구로써."

뿌웅.

물을 다 마신 코끼리가 코를 쳐들며 만족한 듯 울었다. 녀석은 다만 목을 축였을 뿐인데, 분수대의 물이 절반 이상 줄었다. 곧이어 세 대의 수레에 산더미처럼 담긴 바나나가 녀석의 배 속으로 들어갔다. 그 모습을 바라보고 있던 여왕의 미간에 깊은 고랑이 파였다.

"제국에서는 저런 짐승들이 서로 싸우는 모습을 귀족들이 한자리에 모여 구경한다고 하더군. 저리 돈 많이 드는 유희는 내 취향이 아니지만 제국의 손님을 모셨으니, 그 왕국의 방식대로 대접해 줘야겠지."

그야말로 한가함에 진력이 난 이들이나 떠올릴 법한 놀이였다. 흥미를 잃은 하일라바드는 코끼리에게서 시선을 뗐다.

때맞춰 여왕이 그를 돌아보았다.

눈이 마주치고, 그가 물었다.

"무엇이 불안하신 겁니까?"

"……하아, 진짜……."

말꼬리를 흐리며 그녀가 그의 가슴을 가볍게 밀었다.

"평소엔 말도 없으면서, 내 속을 읽을 때는 꼭 말을 해야 직성이 풀리지."

그는 밀려나는 척하는 대신 제 가슴에 닿은 그녀의 손을 잡았다. 여왕은 그에게 잡힌 손을 오그려 살짝 주먹을 쥐었다.

"제국의 군단장 눈에, 내가 준비한 것들이 성에 찰까?"

의미를 파악하지 못한 하일라바드가 고개를 기울이자 여왕이 손가락으로 코끼리를 가리켰다.

"그대는 저런 짐승을 본 적이 있나?"

"아니요."

"나도 그렇다. 그래서…… 불안해."

실체도 없는 주바이다의 세 치 혀에 흔들리는 마음과는 다르다. 지금 그녀의 앞에는, 거대한 덩치를 자랑하며 제국과 그녀의 왕국의 차이를 실감케 하는 존재가 있었다.

"아마 제국의 군단장은 저것보다 더 기괴한 짐승도 봤을 거다. 세상은 내가 보고 들은 것보다 넓으니까. 그리고 로마는 대제국이니까."

그 대제국의 기준에선 남부 아라비아의 낙원이라고 불리는 그녀의 왕국도 그저 그런 왕국에 불과할 것이다. 아주 작고, 촌스럽고 한심한. 그렇다면 대제국의 군단장의 시선은 뭐가 다를까? 그럴 것 같지는 않았다.

그게 불안했다.

"그런 표정은 좀 무례한 것 같은데?"

불현듯 그녀가 얼굴을 찌푸렸다. 제 표정을 볼 수 없는 하일라바드는 손바닥으로 뺨을 쓸어내렸다.

"제가 어떤 표정을 하고 있습니까?"

"바보 같은 걱정이라고 말하는 표정."

"……."

이번의 침묵은 정말 긍정이다. 그녀는 그의 얼굴을 흘겨보았지만 딱히 할 말은 없었다. 제가 생각하기에도 바보 같은 걱정이긴 했다.

"그래. 아무리 불안해해 봤자, 이제 와 내가 할 수 있는 일은 없겠지. 그사이 더 기괴한 동물을 찾아올 수도 없고. 모든 것은 로마의 군단장이 와야 확실해질 거야."

지금 이 시점에선 여기까지가 그녀의 최선이었다. 여왕은 깊게 심호흡을 하며 자신에게 최면을 걸었다. 난 최선을 다했어. 결과는 시간이 알려주겠지.

마음속의 불안감을 입 밖으로 꺼낸 덕분인지 자기 최면 덕분인지, 위아래로 요동치던 마음이 좀 가라앉았다. 그녀는 다소 냉정한 시선으로 코끼리와 사자와 조련사들의 가치를 계산했다.

절대적인 확신은 없지만 코끼리와 사자는 그래도 제 역할을 하긴 할 것 같다. 어차피 놈들은 서로 붙어서 잘 싸워주면 그만이니까. 하지만 조련사들은 영 미심쩍었다.

놈들은 물병에 입을 대고 물을 마시거나, 지나가는 시녀들을 보며 시시덕거리거나 다리를 쩍 벌리고 앉아 건들대고 있었다. 그들을 바라보는 여왕의 콧잔등 위로 짙은 주름이 졌다.

"하일라바드."

"예."

"맹수 조련이 아니라, 순수한 실력 면에서, 채찍질로 그대와 저 사자 조련사 중에 어느 쪽이 더 나을 것 같은가?"

그는 찰나도 고민하지 않았다.

"제가 낫습니다."

"어떻게 알지?"

근거는 세 가지 정도 있다. 한데 이유를 설명하자니 너무 길다는 생각이 들었다. 하일라바드는 간단한 해법을 제시했다.

"불러서 겨루어볼까요?"

"……상해를 입히지 않고 이길 수 있으면 그렇게 해."

그가 입을 다물었다. 기대도 하지 않았기에 그녀는 실망도 하지 않았다. 그녀가 아는 베두인 전사란 모름지기 '이긴다'와 '죽인다' 사이에 차이를 두지 않는 자들이고, 하일라바드는 아주 모범적인 베두인 전사였다.

"괜찮다. 그럴 거라고 생각했으니까."

코로 깊게 숨을 들이마시며 그녀가 팔짱을 꼈다.

"채찍질은 왜 배웠나?"

"약으로 쓸 전갈을 잡을 때는 몽둥이나 검보다 채찍이 용이합니다."

"전갈을 잡는 게, 사자를 얌전하게 만드는 것보다 어렵겠지?"

"채찍질의 숙련도 문제라면, 예. 그렇습니다."

"음. 그래. 좋아."

뭐가 좋다는 건지, 이해할 수 없는 말을 중얼거린 여왕이 그를 바라보며 웃었다. 하일라바드는 저도 모르게 제 팔뚝을 쓸었다. 손바닥에 쓸리는 피부가 오돌토돌하다. 소름이 돋아나 있었다.

어쩌다 이렇게 되었을까?

가파른 바위산의 돌 틈을 바라보며, 하일라바드는 생각했다. 언제라도 앞으로 뻗을 준비가 된 그의 오른손에는 채찍이 들려 있었다.

파삿!

마른 나뭇가지 껍질이 부서지는 소리가 들리더니 바위 틈새가 손가락 한 마디만큼 벌어졌다. 그 사이로 커다랗게 분절된 연갈색 껍질이 삐죽 튀어나왔다. 그는 채찍을 쥔 오른손에 힘을 주었다.

두웅. 따락.

채찍이 포물선을 그리며 그의 손에서 벗어나려는 찰나, 바닥을 울리는 진동과 함께 자갈 같은 것이 높은 곳에서 낮은 곳으로 떨어지는 소리가 들렸다.

손에서 힘이 풀린다. '아차!' 하며 목표물로 시선을 다시 고정했지만 연갈색 껍질은 이미 바위틈 깊숙이 사라진 뒤였다.

'후.'

한숨을 쉰 그가 어깨를 늘어뜨리며 뒤를 돌아보았다. 곤란한 표정을 한 여왕이 타고 온 갈색 말의 꼬리를 붙든 채로 어색하게 서 있었다.

"도망…… 갔나?"

"예."

야행성인 전갈은 한낮엔 바위틈이나 모랫구멍에서 휴식을 취한다.

놈들의 악명 높은 무기인 맹독은 엄밀히 말해 방어용이다. 놈들의 공격성은 높지 않으며, 그 때문에 사람이 먼저 접근하면 오히려 더 깊숙이 숨어버린다.

귀가 있는지는 모르겠으나 진동을 느끼는 재주가 있어, 놈들을 잡기 위해선 최대한 조용하게, 발걸음에도 주의를 기울여 가며 접근해야 한다…….

하일라바드가 여왕에게 말한 주의 사항이었다. 그리고 여왕은 총 3회에 걸친 시도 동안 그의 주의 사항을 충실하게 지켰다.

여왕은 지켰는데, 말들이 못 지켰다.

"화났느냐?"

"아니요."

하지만 누구 탓을 할 만한 상황도 아니었다.

재갈을 물려 소리는 막았지만 어쨌든 말은 말. 놈들의 무게는 건장한 성인 남성 여섯에 상당했다.

놈들이 발을 한 번 구르면 돌덩이가 떨어지고, 코로 숨을 내쉬면 바람이 일어난다. 사람의 팔뚝만 한 전갈의 감각에는 녀석들의 작은 움직임도 천둥만큼 크게 느껴졌을 것이다.

말을 떼어놓을까 생각도 해봤지만 그러기엔 이미 왕성에서 너무 멀리 와버렸다. 천에 하나, 만에 하나라도 말에게 무슨 일이 생긴다면 돌아갈 일이 요원하다. 그는 상관없지만 여왕이 문제였다. 그리고 당연히, 여왕은 떼어놓을 수 없었다.

"표정이 굳어 있는데?"

"다른 생각을 하고 있어서 그런 겁니다."

"무슨 생각?"

어쩌다 이렇게 되었을까?

그는 마음속에 떠오른 의문을 잠시 젖혀두고 물었다.

"꼭 전갈을 애완동물로 키우셔야겠습니까?"

왕성을 나오기 전에 했던 질문과 똑같은 질문이다. 여왕도 똑같은 대답으로 응수했다.

"물론이지."

그래. '어쩌다'의 원인은 그것이었다. 여왕이 전갈을 애완동물로 키우고 싶어 한다는 것.

얼토당토않은 소망이라고 생각하는 그에게 여왕은 말했더랬다.

"전갈이 싫어하는 향이 있단다. 그 향을 이용하면 길들이는 것이 가능하지."

설득력이 전갈 똥만 하다. 하지만 그를 침몰시킨 것은 이어진 여왕의 말이었다.

"옛날, 왕국의 여왕은 흑표범을 길들였다는구나. 이집트의 가장 아름다운 여인이라는 어떤 여왕은 독사를 길들였다지? 어지간한 것은 선대 여왕들 손을 탔으니 남은 건 전갈밖에 없잖아. 그래야 '아, 이 여왕은 상상도 못 한 걸 길들이는구나' 하며 제국의 군단장에게 강렬한 인상을 심어주지."

"……."

"게다가 내가 기른 전갈이 독침으로 코끼리나 사자를 죽이기라도 한다면, 그런 광경은 그도 아마 처음 보지 않을까?"

그런 전갈은 없다. 아니, 그런 일은 벌어지지 않는다. 가능은 하지만 어디까지나 가능성일 뿐이었다.

전갈 독으로 코끼리를 죽이려면, 전갈 수천 마리가 달려들거나 한 마리가 아주 오랫동안 코끼리를 물어야 했다. 동시에 전갈이 코끼리를 무는 그 오랜 시간, 코끼리는 놀고 있어야 한다. 코끼리가 발바닥이 간지럽다고 느끼는 순간 전갈은 압사할 테니까.

물론 하일라바드는, 코끼리도 잘 모르고 전갈도 잘 모르는 여왕의 기이한 열망에 대해 아무런 의견 표출을 하지 않았다. 그것이 왕의 행사라고 느꼈기 때문이다. 위험하지만 화려하고, 보여주기 위한 용도 외에는 아무짝에도 쓸모가 없다는 점이 진실로 왕의 행사다웠다.

결국 전갈을 가둘 수 있는 뚜껑이 달린 항아리와 마실 물을 두 마리 말의 안장에 매달고, 왕성을 나온 것이 아침나절에 있었던 일이다.

처음에는 금방 잡아서 금방 돌아갈 줄 알았다. 본래 전갈이란, 발견하는 것이 어려운 놈이지 잡는 게 어려운 놈은 아니기 때문이었다.

하지만 말 두 마리를 혹으로 달고 다니는 이상, 그의 출중한 채찍 실력도 헛손질에 불과할 뿐이다.

한번 놓친 전갈을 다시 찾아내는 건 불가능에 가깝다. 게다가 여왕은 맹독을 지닌 전갈을 원했다. 장대한 크기의 코끼리를 독침 한 방으로 함락시킬 수 있는, 그런 전갈.

여정이 점차 길어졌다. 아침 일찍 나왔는데 점심때가 훌쩍 지나가 버렸다. 문제는 흘려보낸 반나절의 시간만큼 왕성과의 거리도 멀어졌다는 점이다.

고개를 든 하일라바드는 주변을 스윽 훑었다. 두 사람이 있는 곳은 왕성의 최북단, 바위산이었다.

이 지역은 왕성이 있는 마립 지역에 비해 전체적으로 지대가 높았다. 덕분에 사방이 한눈에 들어왔지만 오랜 시간 방치된 이곳에선 왕성의 흔적도 찾아볼 수가 없다.

앞은 허허벌판이고 뒤는 바위산으로 막혀 있다. 바위산을 넘어가면 그다음부터는 나바테아 왕국, 사실상 로마 제국의 영토였다.

물론 지금으로서야 바위산을 넘어갈 방도가 없고, 설사 방도가 있다 하더라도 갈 생각은 없다. 그의 관심사는 하늘이었다. 그는 이마 위에 손을 올려 태양 빛을 가리고, 바위산에 가려 겨우 모습을 드러낸 북쪽 하늘을 응시했다.

"무슨 생각을 했냐고 물었는데 답은 안 하고 웬 딴짓이지?"

"되도록 오늘 중으로 폐하의 소망을 들어드리고 싶은데, 방도가 안 보여서 고민 중입니다."

"왜? 전갈이 없나?"

"아니요."

그가 손가락을 들어 하늘을 가리켰다.

"큰비가 올 것 같습니다."

여왕이 퍼뜩 고개를 들었다.

그의 손가락이 가리키는 방향 끝에 놓인 하늘은 흐리멍덩한 회색빛이었다. 물기를 잔뜩 머금은 구름. 베두인만큼은 아니지만 사막에서 살아온 그녀도 폭우의 전조쯤은 알아보았다.

"이런……!"

여왕은 분노했다.

"망할 주바이다! 우기는 사흘 뒤부터 시작이라더니! 이젠 이런 것마저 틀려? 폐허로 가는 모든 지원을 끊어버릴 테다! 빗물을 받아 먹고 모래를 소화해서 살아남든지 말든지!"

"아사시킬 생각이십니까?"

"……평생 콩 수프나 먹어라!"

콩 수프 정도는 주겠다며 말을 바꾼 여왕이 입술을 잘근잘근 깨물었다. 붉은 입술이 하얀 치아 아래에서 짓이겨지고 일그러진다.

한데 어쩐 일인지, 그 입술이 웃고 있는 것 같다는 생각이 들었다.

생각해 보면 이상하다. 길고 긴 인고의 시간이 말의 꼬리 흔들기 한 번, 발 구르기 한 번에 무위로 돌아갔음에도 여왕은 화를 내지 않았다.

말을 아끼는 그녀가 꼬리 좀 흔들었다고 말에게 화를 내지는 않겠지만, 짜증 정도는 낼 수 있지 않을까? 말에게 짜증을 내 봤자 무의미하다고 생각한 건가?

물론 합리적인 성격이니 그랬을 수도 있다. 하지만 방금 전 주바이다의 예언에 분개하는 모습은 전혀 합리적이지 않았다.

고민하던 하일라바드는 한 가지 결론에 도달했다.

"즐거우십니까?"

"뭐가 말이냐?"

"지금 이 상황이……."

"이 상황? 반나절 동안 고생해서 전갈을 세 번이나 놓친 이 상황이 즐겁냐고? 설마. 오히려 그대에게 미안해 죽을 지경인데."

미안해 죽을 것 같다는 말과는 달리, 그녀는 입꼬리를 씰룩거리고 있었다. 그리고 여왕도 자신이 웃고 있다는 것을 알았다.

"음, 그래. 그대에게 미안해. 애초에 내 고집 때문에 예까지 끌려와 고생하고 있으니 미안한 것이 당연하지. 한데 즐거운 것도 사실이다. 그대가 정확히 보았어."

"……."

무엇이 즐거운 거냐고, 그가 말없이 물었다. 그녀는 가만히 그의 눈동자를 응시하다, 홱 돌아섰다.

"그만 돌아가자. 가는 길에 큰비라도 만나면 곤란할 테니."

그리고 그에게서 등을 돌린 채, 자연적으로 형성된 험준한 바위 계단을 밟았다.

여왕의 손에 고삐를 잡힌 갈색 말이 달그락, 달그락, 자갈을 떨어트리며 그녀의 뒤를 쫓았다. 얼핏 보인 그녀의 귓등이 붉게 달아올라 있었다.

등을 보였지만 싸늘한 느낌은 아니다. 그녀가 뿌리치지 않을 거라고 확신한 하일라바드는 한 손으로 그녀의 팔을 붙잡음과 동시에 반대쪽 손으로 말고삐를 끌었다.

예상대로, 그녀는 그의 팔을 뿌리치지 않았다.

문제는 반대편에서 생겼다. 그의 원수도 아니고 친구도 아닌 말이 꿈쩍도 하지 않은 것이다.

"으응……?"

워낙 예상 밖의 일이었는지, 말을 돌아본 그녀가 잇소리를 냈다. 졸지에 사람과 말 사이에 끼게 된 그는 두어 번 더 힘주어 고삐를 당겼다.

"어이, 야, 이봐."

하지만 신경질적으로 꼬리를 흔드는 놈은 발을 뗄 생각이 도통 없어 보였다. 말과 씨름하는 그를 바라보고 있던 여왕이 툭, 말을 내뱉었다.

"물."

바라보는 여왕의 시선은 명확하게 그를 향해 있었다. 그는 당황하며 턱을 내밀었다.

"물?"

"물을 주라고. 말이 너무 짧은 건 당황해서 그런 거라고 이해해 주겠다."

"아, 예."

그는 허둥지둥 준비해 온 물병을 말의 주둥이에 가져다 댔다. 말은 상당히 불손한 눈으로 그를 쳐다보곤 병 주둥이에서 흘러내리는 물을 마셨다. 그러나 마시는 물보다 바닥으로 흘리는 물이 훨씬 많았고, 그게 아까웠던 하일라바드는 물병을 세우기 시작했다.

"푸르릉!"

간헐적으로 떨어지는 물방울이 마음에 들지 않았는지 놈이 주둥이에 힘을 줘 물병을 눕혔다. 지지 않겠다는 듯 기어코 물병을 세운 하일라바드가 이를 드러냈다.

"주는 대로 마셔라."

물줄기가 완전히 끊겼다. 놈은 물병 주둥이에 얼굴을 박은 채로 고개를 털었다.

부웅—

"……."

날아간 물병이 바위 틈새에 틀어박히자 놈의 주둥이가 웃는 모양으로 벌어졌다. 그는 어처구니없는 눈으로 물을 콸콸 쏟아내는 물병을 바라보다, 우악스럽게 놈의 볼살을 움켜쥐었다.

"너 이 자식……!"

그때였다.

"아하하하하."

맑은 웃음소리가 귓전을 울렸다. 하일라바드는 말의 빰을 움켜쥔 채로 고개를 돌렸다.

"그 녀석하고만 있으면 말하고 똑같은 수준이 되는구나. 새로운 모습이야. 신선해서 좋았다."

타고 온 갈색 말의 머리에 턱을 기대며 여왕이 말했다. 웃음을 참지 못하는 얼굴이었다. 오전 내내 즐거웠던 그녀의 기분이 이 지점에서 폭발한 것 같았다.

"더운데 물을 찔끔찔끔 주니 그 아이도 심통이 나지. 근처에 오아시스가 있다. 들러서 말 물도 먹이고, 물도 떠서 가자꾸나. 설마 그 짧은 사이에 비가 내리진 않겠지."

말에 오른 그녀가 곡예를 하듯 아래로 달려 내려갔다. 웃음소리가 길게 꼬리를 남긴다. 그도 허겁지겁 말에 올랐다. 물론 배은망덕한 말 녀석은 달리지 않겠다며 고집을 부렸지만 갈기를 쥐고 흔들어 기어코 뛰게 만들었다.

동쪽으로 잠깐 달리자 여왕이 말한 오아시스가 나왔다.

두 사람은 말을 오아시스 가장 깊은 곳으로 끌고 갔다. 그러나 물 마시고 싶다고 난리 치던 녀석은 정작 물을 보고도 시큰둥하게 굴었다.

"어이, 물 마시고 싶다면서?"

"게게게게."

"물병에 담아온 물보다 신선해. 하니 어서 마셔라."

"푸헬."

여왕의 눈치가 보여 나름 어르고 달래보았지만 놈은 콧방귀만 뀌어댔다. 하일라바드는 녀석의 새하얀 머리를 물속에 처박고 싶은 욕망을 느꼈다.

"사람 손 타는 아이구나."

가까이 다가온 여왕이 손바닥으로 물을 떠서 녀석의 주둥이에 가져다 댔다. 그리고 놈은 제가 얼마나 쓸개 빠진 놈인지를 몸소 증명했다.

찹찹, 찹찹찹—

하일라바드는 여왕의 손에 담긴 물을 핥고 있는 놈을 노려보았다. 날름거리는 혓바닥이 끔찍하게 얄미웠다.

"간혹 이런 아이들이 있지. 자주 쓰다듬어 주고 자주 들여다봐야 하는 아이들. 번거롭기는 한데 일단 친구라고 인정을 받으면 낙타보다 더욱 듬직한 평생의 벗이 되어준단다."

여왕은 진지했지만, 뼛속까지 베두인인 그는 말과 친구가 된 자신을 상상할 수가 없었다.

내가 이놈과 벗? 설마. 낙타라면 또 모르겠다.

눈매가 선한 그 짐승은 주인을 위해 무릎을 꿇을 줄 안다. 주인이 그에게 순종을 요구했기에 낙타의 무릎에는 두껍고 단단한 굳은살이 박여 있었다. 갈라진 발굽으로 부드럽게 모래 위를 밟으며 제 등에 탄 주인을 불편하지 않게 하고, 급할 땐 엄지의 발굽으로 모래를 박차고 달려 초조한 주인을 달래준다. 낙타는 거의 완벽에 가까운 짐승이었다.

하지만 말은, 세상에. 놈들은 죽기 직전까지 무릎을 굽히지 않는다. 살아생전 놈들이 무릎을 굽힐 때는 더 큰 도약력이 필요할 때뿐이다. 제 등 위에서 흔들리는 주인의 사정 따윈 아랑곳하지 않고 속도에 취해 달리며, 딱딱한 발굽으로 모래를 걷어차 주인의 시야를 가린다. 가끔 그 발굽으로 주인을 걸어차기도 한다.

솔직한 감상을 말하자면 그는, 이 배은망덕한 데다 심지어 쓸개까지 빠진 놈하고는 벗이 되고 싶지 않았다.

"저는, 제 벗은 좀 더 온화한 성격이었으면 좋겠습니다."

"글쎄. 얘기 들은 바로는 그대의 지니야도 썩 온화한 성격은 아니었던 것 같은데."

"지니야는……."

그는 잠깐 숨을 골랐다. 오랜만에 지니야의 이름을 듣고, 말하자 마음 구석이 약간 경직되었다.

"지니야는 벗이 아니었습니다."

그의 여왕.

한때 그를 지배했던 여왕은 죽었다.

그리고 지금 그에겐 다른 여왕이 있었다.

"하면 이 기회에 벗을 만들어보렴. 말했잖느냐. 잘 길들이면 낙타보다 더 든든하다고."

"저를 제외한 누구나 다 따라가는 녀석이 말입니까?"

"오기 부리는 거야, 그건. 그대가 저에게 애정이 없다는 것을 아니까. 그대, 이 아이에게 이름도 지어주지 않았지? 이놈, 저놈 하지 말고 잘 어울리는 이름을 지어주려무나."

"이름이요?"

난감해진 그는 긴 혀로 제 콧잔등을 핥고 있는 녀석에게 시선을 돌렸다. 놈이 커다란 눈을 껌뻑였다. 커다란 밤색 눈동자가 약간 기대에 차 있는 것도 같았다.

"폐하께서 정해주시면……."

"응?"

"폐하께서 정해주시면 그 이름으로 부르겠습니다."

이미 양 이름을 지니야라고 지어 마음고생 톡톡히 한 그였다. 그 이름을 짓는 데도 사흘이나 걸렸다. 당연히 작명에 자신이 없었다.

"하면 이프리트라고 하자."

하지만 여왕은 순식간에, 가장 최악의 이름을 지어냈다.

"불꽃에서 태어난 진(Jinn)의 왕. 가장 뜨거운 불꽃은 흰색이라고 들었다. 이 아이의 흰 털과 잘 어울리는 이름이야."

"외람되지만 폐하…… 다른 이름은 안 되겠습니까?"

"왜? 마음에 들지 않아?"

여왕의 되물음에 그는 말없이 한숨을 쉬었다. 여왕은 그가 망설이는 이유를 알아차리곤 풋, 웃었다.

"이름 따라간다는 내 말을 신경 쓰고 있는 거로군. 지니야처럼 이프리트도 그럴까 봐. 벗이라면 몰라도 왕을 모시고 싶진 않다 이거지."

"약간 다릅니다."

"달라? 무엇이?"

"호불호의 문제가 아니라 할 수 없는 거니까요."

그는 미간을 찌푸리며 단어 하나하나를 신중하게 내뱉었다.

"전 이미 군주를 모시고 있습니다."

"……."

그의 말은 '사실', 그 외에 아무것도 아니었다. 그녀는 그의 군주였고, 그는 그녀의 전사였으니까.

그러나 일렁이는 눈은 다른 말을 한다.

당신이 군주라서 모시는 것이 아니다. 군주라서 당신을 대신해 검을 들고, 당신을 위로하는 것이 아니다. 여왕의 귀에는 그렇게 들렸다.

불꽃을 담은 눈으로 선언하는 주종 관계. 쏟아지는 감정이 안정감을 준다. 아니, 익숙함인가? 무엇이든 그의 감정을 대면할 때마다 느껴왔던 죄책감은 형체를 알아보기 힘들 만큼 사그라져 있었다.

"하일라바드."

"예."

말하고 싶었다. 아까 전의 그 외면에 대해서. 화가 나거나 짜증이 난 것이 아니라 부끄러웠던 것이라고. 조금 고생스럽긴 했지만 그대와 일상을 보내는 느낌이라 즐거웠다고. 계산하고 피 튀기는 이야기가 아니라, 쓸데없는 이야기를 하는 그 시간이 좋았다고.

그 속내를 들켜서 창피했다고.

하지만 다감한 먹빛 눈동자를 보고 있노라니, 그런 말들이 다 무슨 소용인가 싶었다.

"말씀하십시오."

"……아니, 그런 이유라면 걱정하지 않아도 될 거라는 말을 하려고 했다. 근원을 모시는 정령은 있어도 정령을 모시는 근원은 없지 않나. 이름을 지어 주면 오히려 그대에게 더 복종할 것 같은데."

"근원이요?"

"이프리트는 불꽃에서 태어나니까."

무슨 의미인지 알아듣지 못한 그가 어리둥절한 표정을 지었다. 하지만 톡톡, 뒷덜미를 두드리자 그 말 없는 신호는 기가 막히게 알아듣고 고개를 기울인다. 그녀는 그의 두툼한 아랫입술을 물었다.

"나에겐 그대가 불꽃이다."

화르륵. 그의 몸에서 피어나온 열기가 미지근한 오아시스를 후끈하게 데웠다. 긴 팔이 허리를 휘감는다. 속절없이 끌려간 그녀의 상체가 그의 하체와 닿았다. 하필 살집이 올라온 아랫도리 둔덕 부근이었다.

"당신의 뜻대로."

이제부터 저 녀석의 이름은 이프리트입니다, 라고 그가 속삭였다.

맞닿은 입술 사이로 숨이 불어 넣어졌다. 훅. 온몸을 울리는 숨결에 현기증이 일었다. 입술은 불타오르는데 그의 손에 잡힌 뺨은 차갑게 식었다.

위아래가 분리되는 느낌. 울렁이는 감각이 마음을 벌렸다.

"흐응……."

그 틈새, 그 마음의 허점, 벌어진 공간, 입술을 비집고 혀가 들어왔다.

축축한 살덩이가 진득하게 혀뿌리의 여린 살갗을 쓸고 거칠게 치열 안쪽의 점막을 훑었다. 얽혀든 그녀의 혀를 애무하다, 뿌리치고 목구멍을 건드린다. 숨을 참느라 입안에 모인 침이 그의 목구멍으로 꼴깍꼴깍 넘어갔다.

"그걸 왜 먹……."

"하면 뱉을까요."

"더러……."

달라붙은 입술을 떼며 그가 벙긋 웃었다.

"더럽지 않습니다."

순식간에 사라진 미소가 망막에 잔상처럼 남았다. 그녀는 한 손으로 그의 등을 끌어안고, 힘이 한껏 실린 그의 팔뚝에 제 손을 얹었다. 오랜 시간 단련을 거듭한 전사의 근육이 손바닥 아래에서 꿈틀거렸다.

"웃······!"

당연하게 그의 남성으로 뻗는 손을 그가 잡아챘다. 고개를 든 여왕이 그의 표정에 떠오른 곤혹스러움을 발견하곤 물었다.

"왜?"

"······."

대답하기 전, 그는 일단 새로이 이름을 얻은 그놈에게로 시선을 돌렸다. 대체 언제부터였는지, 이프리트가 두 사람을 보고 있었다.

갈색 눈동자가 노란색으로 보일 만큼 번쩍댔다. 그러나 지금 놈이 보이는 기대감은 이름을 얻기 전에 보인 기대감과는 크게 달랐다.

"폐하, 저놈, 아니, 이프리트는 사람 말을 알아듣습니다."

"으응······?"

"구워 먹겠노라 협박을 했더니 잘 달리더군요."

여왕은 황당해하며 이프리트를 바라보았다. 그의 이야기를 들은 탓인지, 번쩍거리는 눈동자가 예사롭지 않아 보였다.

"저는 사람 말을 알아듣는 말에게 폐하의 ······소리를 들려주고 싶지 않습니다."

행여나 이프리트가 들을까, 그가 여왕의 귀에 대고 속삭였다. 매몰찬 광대가 좀 붉었다.

평소엔 무뚝뚝한 얼굴인데 이럴 때만큼은 소년의 그것이 된다. 그 간극이 만족스러운 여왕은 그의 의견을 존중하는 의미에서, 까치발을 하고 그의 귓가에 입술을 가져갔다.

"그건 사람 말을 알아듣는 말이 없는 곳에서는 내가 마음껏 소리를 질러도 괜찮다는 의미인가?"

"예? 아……."

"하면 사람 말을 알아듣는 사람은 근처에 있어도 괜찮겠군."

목덜미부터 이마까지, 그가 불타올랐다. 하지만 그런 상황에서도 그는 여왕의 도발을 침묵으로 피하지 않았다.

"원하신다면 가장 높은 곳에서…… 소리 지르도록 해드리겠습니다."

달아오른 얼굴로 내뱉는 목소리가 쉬었다. 이럴 때는 성애에 눈뜬 청년의 표정을 짓는다. 이런 얼굴도 마음에 들었다.

"오늘 밤…… 기대하고 있으마."

강건한 턱선에 입을 맞추고, 눈웃음을 치며 그녀가 그에게서 떨어졌다.

하일라바드는 달아오른 목덜미를 긁적이며 맥없이 이프리트의 엉덩이를 툭툭 쳤다. 그러다 실망한 듯 입맛을 다시는 이프리트의 꼬리에 손등을 맞았다. 인내심이 한계에 달한 그는 결국 이프리트의 고개를 물에 처박았고, 이프리트는 온몸을 이용해 하일라바드를 물에 빠트렸다.

말과 사람의 우격다짐에 여왕이 끼어들었다. 두 수컷은 인정사정 봐주지 않았다. 그녀는 곧 흠뻑 젖었다.

그녀가 아는 수줍음 타는 소년, 냉혹한 전사, 쾌락을 맛본 청년이 이곳에 모두 있다. 말을 좋아하는 어린 계집아이, 계산속만 남은 군주, 일상이 즐거운 여자도 모두 있다. 그 모든 것이 혼재되고 섞여서 하나가 되었다. 그것이 좋았다. 그래서 좋았다.

물이 뚝뚝 흐르는 머리를 흔들며, 그녀가 웃었다.

12 Sūrah

12 سورة

어설픈 분기(分岐)

하일라바드가 말했다.

"이제 그만 돌아가셔야 할 것 같습니다."

물장난에 젖은 옷을 말린다는 핑계로 드러누워 빛을 쐬고 있던 여왕은 상체를 반쯤 일으켜 하늘을 바라보았다.

"구름이……."

먼 북쪽 하늘에서 보이던 비구름이 가까이 다가와 있었다. 바람은 남쪽으로 불었다. 여왕의 눈매가 가늘어졌다.

"생각보다 몰려오는 속도가 빠르구나. 언제쯤 쏟아질 것 같으냐?"

훌륭한 전사이자 그럭저럭 뛰어난 천문학자인 하일라바드는 여왕의 질문에 '해 지기 전'이라고 답했다. 왕성까지 돌아가기엔 빠듯한 시간이었다. 두 사람은 잽싸게 차림을 정돈하고 말에 올랐다.

그리고 다음 순간, 둘 중 누구도 예상하지 못한 일이 일어났다.

번쩍!

마른벼락이 쳤다. 날카로운 빛줄기가 여왕이 타고 온 말 옆에 내리꽂혔다.

"히이이잉!"

소리는 빛보다 한발 늦게 들려왔다.

콰르릉!

"폐하!"

질겁한 말이 앞발을 번쩍 들자 미처 자세를 잡지 못한 여왕이 말 잔등에서 떨어졌다. 하일라바드가 손쓸 새도 없었다.

"읏!"

"폐하!"

번개와 비견될 만한 속도로 말에서 내려와 여왕에게 달려갔지만, 그녀는 이미 바닥에 떨어져 발목을 부여잡고 있었다. 등짐이 가벼워진 여왕의 말은 뒤도 돌아보지 않고 도망쳤고, 이프리트도 덩달아 놈을 쫓아 달렸다. 그러나 하일라바드는 놈들이 도망치도록 내버려 두었다. 말을 쫓아갈 방도도 없었을뿐더러, 여왕의 안부가 더 중요했기 때문이다.

"괜찮으십니까?"

"말에서 떨어졌는데 괜찮을 리— 흡!"

불퉁하게 대답하던 그녀가 세차게 숨을 들이켰다.

낙마할 때 잘못 꺾이기라도 했는지, 가느다란 발목이 벌겋게 부어 있었다. 찌르르, 울리는 통증이 말도 못 하게 아프다. 하일라바드가 그녀의 발목을 이리저리 만져 보는 동안 여왕은 끙끙 앓는 소리만 흘렸다.

"부러진 건 아닙니다. 근육 쪽에 문제가 생긴 것 같은데, 당장 걷기엔 아무래도 무리가 있습니다."

"하면, 으으……."

터져 나온 고통이 말문을 막았다. 여왕은 이를 악물었다.

"하면, 어찌하나? 이 계절에 내리는 비는, 한번 시작하면, 몇 시간이고, 계속……."

"우선 이곳을 벗어나야겠습니다. 물이 불으면 휩쓸릴 수도 있으니. 근처에 몸을 피할 만한 곳이 있습니까?"

"음······."

"큰 나무 아래나, 폐허. 뭐든 좋습니다. 물가만 아니면."

"아, 그렇다면······."

그녀가 손가락을 들어 남쪽을 가리켰다.

"내 기억엔 여기서, 아래로 좀 내려가면, 고대 여왕의 별장이 있다. 폐허가 되어 이젠 아무도 찾지 않지만······ 비 피할 정도는, 아마 될 거야. 걸어간 적이 없어서 얼마나 걸릴지는 모르겠구나······. 꽤 멀지도······."

"상관없습니다."

고개를 저은 그가 창백해져 땀만 흘리고 있는 여왕을 업었다. 여왕은 그의 목에 손을 둘렀다.

그리고 얼마나 걸었는지 모르겠다.

굉장히 긴 시간처럼 느껴지는데, 확신할 수가 없다. 간헐적으로 찾아오는 통증이 시간 감각마저 마비시키는 것 같았다.

그가 과연 고대 여왕의 폐허를 발견할 수 있을까. 불안한 마음이 들었다. 그는 이곳이 초행이었고, 길 안내를 해야 할 그녀는 제 역할을 하지 못하는 상황이었다.

뭐라도 하고 싶은데 앞을 아무리 노려봐도 여기가 어디쯤인지 도무지 모르겠다. 말을 타고 갈 때와 걸어갈 때가 이리도 다른가? 아마 무용지물이 된 감각도 이 '알 수 없음'에 크게 한몫하고 있을 것이다. 그렇다면 괜한 참견으로 혼란을 주느니 입을 다무는 게 나을 것 같았다.

방향도 알려주었고, 대략적인 시간도 알려주었다. 그렇다면 길 찾는 것쯤이야. 베두인인데, 베두인 전사인데. 핑계는 수십 가지지만 그에 대한 신뢰가 없었다면 애초에 불가능한 선택이었다.

여왕은 한숨을 쉬며 그의 등에 뺨을 기댔다. 그는 따뜻했다. 그에게서 흘러들어 온 온기가 땀으로 차가워진 몸을 데웠다. 까막까막. 눈꺼풀이 잠긴다.

"저기가 맞습니까?"

막 잠들기 직전, 그의 목소리가 잠을 깨웠다.

"응?"

파들짝 정신을 차린 여왕은 눈꺼풀에 바짝 힘을 주고 그가 가리킨 곳을 보았다. 우르르 무너진 돌무더기, 돌무더기를 지탱하고 있는 석판, 받칠 것 하나 없이 오도카니 서 있는 기둥이 흐려진 시야에 들어왔다.

"아, 그래. 맞아. 저기가 빌키스의 여름 궁전이다."

"빌키스……."

"마흐람 빌키스의 빌키스. 왜? 무슨 문제라도 있나?"

그녀가 멍하니 서 있는 그의 목덜미를 살짝 깨물었다. 하일라바드는 어깨 근육에 바짝 힘을 주었다.

"아무것도 아닙니다."

"흐음."

"폐허라고 하셔서 마흐람 빌키스 수준을 생각했었는데, 그보다 못하여 좀 놀란 겁니다."

탐탁지 않아 하는 그녀의 콧소리가 마음에 걸린 듯 그가 부연을 했다. 그리고는 걸음을 재게 놀려 폐허 깊숙이 자리 잡은 가장 큰 석판 아래 그녀를 내려놓았다. 사람 한 명이 겨우 들어갈 수 있을 정도로 협소한 공간이었다.

"아무래도 이곳에선 오래 머물기 힘들 것 같습니다. 잠시 계십시오. 방도를 찾아오겠습니다."

그사이 사위는 이미 어둑해져, 말을 건네는 그의 얼굴조차 희미했다.

먹구름이 신명 나게 태양을 살라 먹고 있었다. 부지불식간에, 떠나려는 그의 옷깃을 잡자 그가 상의를 벗어 어깨에 둘러주었다. 그녀는 고개를 저었다.

"추워서가 아니라, 어떻게, 무슨 방도……? 아니, 언제……."

"좀 돌아다녀 보겠습니다. 지형적으로 베두인들이 머물 만한 곳이니까. 운이 좋으면 우기에 발이 묶인 베두인 부락을 발견할 수도 있을 겁니다."

"……."

"금방. 너무 늦지 않게 오겠습니다."

양손으로 그녀의 뺨을 부여잡고, 그가 안정된 미소를 지었다.

"……빨리…… 오라."

희소가치 있는 미소에 불안감이 색을 잃는다. 그녀는 어쩔 수 없이, 하지만 대범한 척 그를 놓아주었다.

그가 떠나자 좁디좁은 석판 아래가 휑하니 비었다. 발목이 또다시 욱신거린다. 여왕은 부은 발목을 어루만지며 그의 상의를 덮고 바닥에 쪼그려 누웠다.

잠깐 잠이 들었는데, 악몽을 꾸었다.

어떤 내용인지는 명확하지가 않다. 그저 정신없이 쫓기고, 아프고 두려워했었다.

혼자서.

짜아아악—

혼곤한 정신 속으로 날카로운 소리가 끼어들었다.

힘겹게 눈을 떴지만 어둠이 시야를 차단했다. 먹구름이 태양을 완전히 삼켜 버린 것이다. 여왕은 반사적으로 옆을 더듬었다. 메마른 손바닥 아래에서 모래 버석거리는 느낌이 났다.

"하일라바드?"

짜아악—

나지막한 부름이 캄캄한 공허에 부딪혀 빗소리로 되돌아왔다. 채찍으로 돌바닥을 후려치는 듯한 소리. 여름 우기의 빗줄기는 이리도 광포했다.

확인하듯, 그의 이름을 다시 불러보았다.

"하일라…… 바드?"

아무도 없다.

꿈속에서처럼 그녀는 혼자였다.

바람에 휘말린 빗줄기가 들이쳤다. 치마 끝단이 젖어 든다. 그녀는 무릎을 끌어안고 엉덩이를 뒤로 밀었다. 하지만 얼마 가지 못하고 단단하게 뭉쳐진 모래벽에 등을 부딪쳤다.

폐허는, 옛 여왕의 여름 별장답게 평소에도 다른 지역보다 기온이 낮았다. 거기에 비까지 쏟아지니, 그야말로 '서늘하다'는 표현이 어울릴 만한 날씨였다.

그 찬 기운 때문인지 발목의 통증이 더욱 심해졌다. 춥고, 아프다. 그녀는 어깨를 떨며 그가 주고 간 상의를 그러쥐었다.

그는 대체 어디까지 간 걸까? 그가 나가고 나서 시간이 얼마나 지난 거지? 인제쯤이면 돌아올까? 밖이 이렇게 어두운데 잘 찾아올 수 있을까? 그럼 난 여기서 날이 밝을 때까지 그를 기다려야 하나? 기다린다고 해도, 발목이 낫지 않으면 어떻게 하지?

두서없는 생각들이 떠올랐지만 멈출 수가 없었다. 생각함. 지금 그녀가 할 수 있는 유일한 작업이었다.

사고의 끝에, 그가 오지 않을지도 모른다는 생각이 스치고 지나갔다. 그녀는 생각을 떨치려는 듯 화급히 고개를 흔들었다.

비이성적이고 비합리적이다. 그가 오지 않을 이유 같은 건 없다. 그녀가 아는 그의 성격과도 맞지 않는다. 이런 건 생각도 아닌 망상에 불과했다.

한데 잠깐 스쳐 간 망상에 머리카락이 쭈뼛 섰다. 살면서 이런 공포는 처음이었다. 어깨가 좀 더 오그라들고 등이 한껏 굽었다.

두렵다. 혼자인 지금이 두렵고, 그가 오지 않을지도 모르는 미래가 두렵다. 그녀는 지독하게 무력했다.

그렇다면 생각하는 걸 그만두자.

조금 더 무력해지더라도, 두려운 것보다는 나았다.

여왕은 무릎에 턱을 대고 멍하니 어두운 공간을 바라보았다. 단속적으로 끊어져 내리는 벼락이 가끔 사위를 밝히고 있었다. 투둑, 투둑. 빗줄기에 얻어맞은 모랫바닥이 동그랗게 파였다.

아무 의미 없이, 손가락으로 그 동그라미를 따라 그리는데 손톱 사이에 뭔가 걸렸다. 모래가 아직 돌이었을 무렵, 혹은 돌이 모래가 되기 전의 흔적이었다.

위를 덮은 모래를 걷어내자 아람어가 새겨진 석판이 나왔다. 자세히 보니 석판이 아니라 별장의 주춧돌이다. 비바람과 세월에 풍화되어 대부분의 새김글은 지워졌지만, 모래 아래 묻혀 있던 덕에 중요한 글자는 어느 정도 남아 있었다.

"이즐 빈 ……이 위대한 ……왕, 마케바에게 이 ……을 바친다."

옛 여왕 빌키스의, 지금은 잊힌 이름.

그리고 제 이름.

쿠쿵!

멀리서 번갯불이 번쩍했다.

그녀의 머릿속에도 번개가 쳤다.

"마케바……."

잊힌 여왕의 이름이 그녀로 하여금 자신을 자각시켰다.

내가 지금 여기서 뭘 하는 거지? 무엇 때문에 여기서 이렇게, 아무것도 하지 않고 무력하게, 그가 오기만을 기다리고 있는 거지?

다쳐서? 걸을 수가 없어서? 비가 와서?

아니. 그런 건 모두 비겁한 자기변명이다. 열다섯, 처음 가슴에 문신을 했을 때, 온몸이 찢어지는 듯한 고통에도 상체에서 피를 줄줄 흘리며 똑바로 걸어 침실까지 갔다.

아홉, 처음 마장술을 배웠을 때. 그때는 팔이 부러졌었다. 아직 성인식도 치르지 않은 어린 나이였기에 아파서 울긴 했지만 누구의 도움을 바라진 않았다.

생각을 멈춘 적이 없고, 두려워한 적이 없다. 생의 절반 가까이 무력하게 살아왔지만 무력함에서 벗어나기 위해 발버둥을 쳤다.

한데 왜, 지금은.

"폐하."

한 사람의 존재가.

"······."

그렇게 만들었다.

환청인가 싶어 고개를 들었다. 비에 흠뻑 젖은 그가 서 있었다. 무슨 마법을 부린 건지, 도망갔던 두 마리 말도 찾아왔다.

"말을 찾았습니다."

"······."

그녀는 안도했고, 안도하는 자신이 두려웠다.

그에게 의지한다고 생각했었다. 한데 아니라는 것을 깨달았다. 그녀는 그에게 저를 완전히 내맡기고 있었다.

"그리고 멀지 않은 곳에서 베두인 부락을 발견했습니다. 비가 많이 오니, 오늘 밤은 그곳에서 묵는 것이 좋을 듯합니다."

다리를 다친 뒤부터 어디를 가야 하고, 어떻게 해야 하는지. 모든 것을 그가 결정했다. 앞으로 무엇을 해야 하는지도 그가 결정해 버렸다. 그렇게 하도록 내버려 두었다. 제가 결정하는 것이 당연한 일을, '아프니까'라는 핑계로 팽개쳤다.

아이가 부모에게 의지하듯, 늙은이가 자식에게 의지하듯. 어리광을 부리고, 칭얼댔다. 무력함이 무슨 무기라도 된 양손을 놓았다.

장님이 눈 보이는 길 안내자를 찾아 자신의 부족함을 메우는 것이 아니라, 안내자로 인해 완전해지는 의존. 그에게 의존했다.

"폐하? 괜찮으십니까?"

새삼 제가 얼마나 그에게 의존하고 있었는지를 깨닫자 섬뜩함이 밀려왔다. 그것은 삶도 죽음도 홀로 헤쳐 나온 지나온 시간을 스스로 부정한 것이나 다름없는 행동이었다.

자신이 자신이 아니게 된다. 오연히 대지를 짓밟고 설 수 없게 된다. 그리하여 한 명의 군주가 아닌, 한 명의 무지한 인간, 무력한 여인이 된다.

그의 걱정, 속내를 읽는 그의 예리함이 그렇게 만들었다. 그녀를 안도하게 만들고, 부끄럽게 만드는 예리함에 무뎌져 있었다.

"괜찮아. 난…… 괜찮다."

그것이 죽을 만큼 두려웠다.

하일라바드에겐 어쩌면 최악의 하루가 될 수도 있는 날이었다.

그렇게 채찍을 휘둘렀는데 목표했던 전갈은 한 마리도 잡지 못했고, 목숨을 걸고 보호해야 할 여왕을 다치게 만들었고, 유일한 승용물인 말이 도망가 버린 탓에 귀가 막막했다. 덧붙여 먹구름이 머리 바로 위까지 도달해 있었다.

하지만 최악의 하루라는 그의 생각은, 오아시스 쪽으로 달려오는 두 마리 말과 마주치면서부터 약간 달라졌다.

이프리트가 꽁무니를 툭툭 칠 때마다 여왕의 말이 오만상을 찌푸리며 깨 금발로 뛰었다. 꼴을 보아하니 놈이 여왕의 말을 찾아 끌고 온 듯했다.

그 장면을 본 하일라바드는 제가 이프리트에게 단 한 번도 품으리라 상상해 본 적도 없는 감정을 느꼈다. 감동해 버린 것이다.

"잘했다."

"게게게게."

스윽, 미간을 쓸어주자 이프리트의 두 귀가 기분 좋게 팔랑거렸다.

그 뒤로는 별스럽다 싶을 만큼 운이 따랐다. 옛 여왕의 별장에서 그다지 멀지 않은 곳에 자리 잡은 베두인 부락을 발견했고, 타 부락을 방문할 때의 베두인의 예법에 따라 그들에게 줄 선물을 고민하고 있는데 전갈 한 마리가 지나갔다.

비 올 때가 되어 하늘이 컴컴해지니 밤인 줄 알고 제집에서 기어 나온 듯했다. 천둥소리 때문에 그의 기척을 읽지 못했는지 아무런 경각심 없이 배로 느릿느릿 사막의 모래를 밀고 있었다.

그의 손목이 움직였다. 옅은 초록빛을 띤 전갈 한 마리가 순식간에 채찍에 휘감겨 항아리로 들어갔다.

그즈음 비가 쏟아지기 시작했지만 최악의 날이라는 생각은 들지 않았다.

이만하면 선방했지. 그는 콧노래를 부르는 기분으로 걸음을 재촉했다.

옛 여왕의 별장으로 돌아갔을 때, 여왕은 석판 밑에 오도카니 앉아 있었다.

"폐하."

여왕은 그의 목소리를 듣고 나서야 고개를 들었다. 장소가 어두운 탓에 표정은 보이지 않았다.

"말을 찾았습니다. 그리고 멀지 않은 곳에서 베두인 부락을 발견했습니다. 비가 많이 오니, 오늘 밤은 그곳에서 묵는 것이 좋을 듯합니다."

놀랍게도, 그가 무려 두 문장이 넘는 말을 하는 동안 여왕은 아무런 대꾸도 없었다.

"폐하?"

할 말이 다 떨어진 그는 당황하고 의아해하며 그녀를 살폈다. 전갈이나 자칼 같은 야행성 동물만은 못했지만 그의 밤눈도 그럭저럭 쓸 만한 덕에 대강의 모습은 그릴 수 있었다.

가장 먼저 눈에 들어온 것은 유달리 오그라든 그녀의 어깨였다. 발가락은 굽었고, 무릎을 끌어안은 손에는 날이 섰다.

이것을 무어라고 해야 할까? 불안? 경계? 경직?

아니면…….

"괜찮으십니까?"

두려움?

"……괜찮다. 난 괜찮아."

약간의 시간 차이를 두고 여왕이 대답했다. 목소리가 약간 갈라지긴 했지만 두려움을 느끼는 사람들 특유의 떨림은 없었다.

'잘못 봤나?'

표정이 보이질 않으니 판단에 확신이 생기질 않는다. 그러나 그는 괜찮다는 여왕의 말을 믿었다.

둘만 있을 때 여왕은 그에게 항상 솔직했다. 말하고 싶지 않아 화제를 돌리는 경우는 있어도 묻는 말에는 거짓 없이 대답해 주었다.

두려움의 가능성을 지운 그는 그녀가 보이는 경계의 원인을 고민했다. 그러다 여왕의 출신에 생각이 미쳤다.

지위에 맞지 않게 소탈한 면모가 있어 그동안 실감을 못 했지만, 어쨌든 그녀는 하다르였다. 베두인과는 물과 모래처럼 섞일 수 없는 하다르. 베두인 전사를 제 호위로 받아들인 그녀도 태생적 차이에서 오는 이질감만큼은 어쩔 수 없나 보다.

당연하다면 당연할 수 있는 경계가 두려움으로 비친 까닭은 아마 부상 때문일 것이다. 사람이든 짐승이든, 다치면 평소보다 곱절은 날카로워지는 법이니까.

"낯선 곳에서 주무시는 것이 마뜩잖으시면, 조금 무리를 하더라도 돌아가는 게 좋겠습니다."

"그럴 필요 없다."

고개를 저은 그녀가 석판 아래에서 나왔다. 후두두둑. 허공을 긋던 빗줄기가 그녀의 어깨를 때리며 소리를 달리했다. 더 벗어줄 옷도 없는 그는 궁여지책으로 손바닥을 내려 그녀의 머리를 가렸다.

이제야 그녀의 표정이 보인다. 그녀는 새파랬다.

"안색이, 폐하…… 정녕 괜찮으십니까?"

"두 번 묻는 거 싫어하는 거 알면서 그러느냐. 정녕 괜찮다. 비 때문에 체온이 내려간 것뿐이야. 내가 언제 이리 비를 맞아봤겠나."

손을 뻗자 여왕이 괜찮다고 말하며 그의 상의를 머리에 둘러썼다. 덕분에 그녀의 뺨을 어루만지려던 그의 손은 제 옷자락만 잡고 말았다.

"이런 몸으로 말을 달려봤자 며칠 앓아눕기밖에 안 할 테지. 그대가 말한 베두인 부락으로 가자꾸나. 안내하라."

"폐하께는 좀 불편한 자리가 될 수 있습니다."

"지금 심정으로는 따뜻한 물만 있어도 지상 낙원일 것 같구나."

빙긋. 그녀가 웃었다.

순간 하일라바드는 무어라 형용하기 힘든 감정에 휩싸였다.

입꼬리를 한껏 들어 올리는, 여느 때와 다름없이 아름다운 미소. 분명 매일같이 보던 것이다.

한데 낯설었다. 생뚱맞고 어색했다. 어디가 어색하냐고 묻는다면 설명할 수는 없지만 찰나 간 느낀 감정은 분명 그랬다. 가슴 결에 뭔가 걸린 듯 멈칫했다.

하지만 여왕은 그에게 상념에 빠질 만한 시간을 주지 않았다.

"조만간 왕국의 건축자들이 그대에게 감사 인사를 하러 오겠구나."

"예?"

"그대가 날 이리 계속 바깥에 세워둔 덕에, 지붕에서 비가 새는 백성들의 심정을 십분 이해하게 된 내가, 왕국 안의 모든 지붕의 보수 재건 사업에 들어갈 테니까 말이다."

정수리에 벼락을 맞은 듯 그의 모든 얼굴 근육이 딱딱하게 응집되었다.

"죄송합니다."

"죄송 전에 시정부터 해줬으면 좋겠는데."

여전히 미소 띤 여왕이 이프리트를 턱짓했다. 뼈아픈 지적이었다. 그깟 낯선 미소가 그녀의 안위보다 중요하진 않을 텐데. 정신을 놓은 채 그녀를 방치했다. 하일라바드는 의무를 등한시한 자신을 책망하며 안장에 오르는 그녀의 허리를 잡았다.

손에 닿은 그녀의 몸이 나무토막처럼 뻣뻣하게 느껴졌다.

하일라바드가 발견한 베두인 부락은 성인 남성의 수가 여덟 명이 채 되지 않았다. 여인과 아이를 합쳐도 스무 명이나 될까? 부족이라 불리기엔 과분하고, 친척 모임 정도로 이름 붙이면 딱 어울릴 규모였다.

이 부족은 본래 다른 큰 부족에 속해 있었다. 갓 쉰 줄에 접어든 부족장이, 딸의 혼인 문제로 원래의 부족장과 싸운 뒤 저를 따르는 친족을 이끌고 뛰쳐나온 것은 비교적 최근의 일이다.

사정이 그러하니 비 오는 야밤에 부락으로 접근하는 남녀를 본 부족장이 긴장하는 것은 어쩔 수 없다. 아비와 대화를 나누고 있던 자식들도 같은 마음이었는지, 대화가 뚝 끊겼다.

두 남녀 중 사내는 외견에서부터 전사의 태가 줄줄 흘렀다. 겉옷을 여인에게 벗어준 탓에 얇은 홑겹 옷 아래로 잘 발달한 삼각근과 복근이 여실하게 드러났다. 거센 빗줄기가 혹독하게 단련된 신체에 닿기 무섭게 튕겨 나갔다.

저 사내가 검을 쥐고 휘두른다면 살아남을 방도가 없어 보였다. 운이 나쁘면 몰살이고, 운이 좋아봤자 절반이나 살아남으려나?

제대로 된 전사 하나 두지 않은 부족장은, 사내가 제발 약탈자만은 아니기를 바랐다.

그리고 사내는 족장의 간절한 바람에 격식을 갖춘 인사로 응답했다.

"살람 알라이쿰. 저는 이븐 카림 알 타크와 앗 살라라입니다. 부족의 족장님과 이야기를 나누고 싶습니다."

출신과 성을 모두 밝힌, 흠잡을 데 없는 베두인식의 인사였다. 부족장은 숨통이 트이는 기분을 느끼며 역시나 베두인식 인사로 화답했다.

"와알라이쿰 살람. 내가 알 카이라니 부족의 족장, 이븐 자바르요. 비 때문에 낭패를 당한 모양이구려."

"예. 일행 되시는 분이 낙마로 가벼운 상처를 입으셨습니다. 귀갓길이 험한지라, 하룻밤 묵어감을 허락해 주시면 감사하겠습니다."

사내가 단단히 밀봉된 작은 항아리 하나를 공손히 내밀었다. 살아 있는 생물이 들어 있는 듯 항아리가 따각따각 소리를 내며 움직이고 있었다.

이븐 자바르는 뚜껑을 열어보지도 않고 항아리를 대충 갈무리했다. 그는 선물보다 폭우가 쏟아지는 밤, 사막을 헤매는 두 남녀에게 관심이 더 쏠렸다.

사내는 건실한 베두인이 확실했는데 여인은 아무래도 하다르 같았다. 사람을 내려다보는 시선도 그러했고, 차가운 표정에서 하다르만의 세련됨이 느껴졌기 때문이다.

베두인 사내와 하다르 여인. 물과 모래처럼 섞일 수 없는 두 사람이 섞여 있을 만한 사연으로 당장 떠오르는 것은 한 가지뿐이다. 부족장의 눈가에 묘한 미소가 어렸다.

'눈이라도 맞은 모양이군.'

두 남녀의 관계를 명쾌하게 정립한 이븐 자바르는 느긋한 태도로 품 안에서 카트(khat) 잎을 꺼냈다.

"흔쾌히 허락하겠네. 내 집처럼 편히 쉬다, 언제든 떠나고 싶을 때 떠나게나. 안내는 내 딸아이가 해줄 걸세."

아비의 눈짓을 받은 여인이 나무틀에 천을 엮어 만든 의자에서 일어났다. 아비에게서 받은 카트 잎을 갈무리하는 그녀는 하일라바드와 비슷한 또래였다.

여인은 고개를 숙여 묵례한 뒤, 가장 고급스러운 천막으로 두 사람을 이끌었다. 고급스럽다고 해봤자 역청을 입힌 방수 천을 겉면에 두 겹 두른 정도에 불과했지만, 고만고만한 다른 천막들에 비해선 확실히 독보적이었다.

"이 옷으로 갈아입으십시오. 일행분께는 적당한 옷과 마른 천을 가져다드리겠습니다."

족장의 딸이 천막 안에 여분으로 놔두었던 듯한 옷을 내주며 말했다. 하일라바드는 그대로 나가려는 그녀를 불러 세웠다.

"실례지만 물과 물그릇을 부탁드려도 되겠습니까?"

"찜질을 하시려는 모양이군요. 하면 따뜻한 물로 준비해 드리겠습니다. 다만 물을 데우는 데 시간이 좀 걸릴 겁니다."

"기다리겠습니다."

가장 고급스러운 천막을 내준 족장의 호의만큼이나 족장의 딸도 친절했다.

아무리 대접하는 것을 좋아하는 베두인이라지만 이런 호의는 과한 면이 있었다. 그와 비슷한 생각을 했는지, 족장의 딸이 사라지자 여왕이 확인받듯 물었다.

"여기 아무래도 부족장의 천막 같지 않으냐?"

"그런 것 같습니다."

"손님에게 족장의 천막을 내어주는 풍습이라도 있는 건가……."

"잘 모르겠습니다. 부족마다 풍습이 약간씩 다르니."

여왕과 마찬가지로 그 또한 족장의 이러한 호의가 당최 이해가 가지 않았다.

그러나 마음 한편으로는 다행이라는 생각을 했다. 이 정도 환경이면 여왕도 편히 쉴 수 있을 테니까. 여기까지 오는 동안 여왕의 기분이 저조한 것 같아 신경이 쓰이던 차였다.

족장의 딸이 내어준 옷으로 갈아입으며 그가 조심스럽게 물었다.

"잠시 나갔다 와야 할 듯한데, 혼자 계셔도 괜찮으시겠습니까?"

"왜? 아니……."

되묻다 말고 그녀가 이마를 짚었다.

"어린아이 취급 말고, 볼일이 있거든 얼마든지 나갔다 오라. 이렇게 작은 규모의 부족에 설마 암살자가 있을까."

"아까 그 여인이 오거든……."

"찜질은 나도 할 줄 안다. 하니 가서 볼일 보려무나."

여왕은 부드럽게, 하지만 단호한 목소리로 그를 밀어냈다.

"……하면 다녀오겠습니다."

그는 망설임을 내비치다, 마지못한 얼굴을 하고 그녀의 곁을 떠났다.

입구의 가림막을 들추는 그의 어깨가 조금 처져 있었다. 그녀는 꼬리 내린 강아지 같은 그의 뒷모습을 애써 외면하며 족장의 침대에 걸터앉았다.

아무런 생각도 없이 시간만 흘려보내다 보니, 어느새 천막으로 들어온 족장의 딸이 발밑에 뜨끈한 물이 담긴 물그릇을 내려놓고 있었다.

"아. 괜찮다. 내가 직접 하겠다."

찜질을 해주려는 듯 허리를 숙인 족장의 딸을 일으켜 세우고, 여왕은 그녀가 가져온 옷가지를 집어 들었다.

발목까지 내려오는 긴 상의. 단출한 옷이지만 해지거나 얼룩진 곳은 없다. 한데 그 옷가지 틈새에 얇은 천 쪼가리로 에워싸인 뭔가가 있었다.

"이건……."

천을 펼치자, 줄기째 뜯긴 나뭇잎 뭉치가 나타났다. 족장의 딸이 말했다.

"카트 잎입니다."

굳이 누구에게 설명을 듣지 않아도, 이것이 뭔지 정도는 알았다. 다만 그녀가 사용하지 않았을 뿐 그 쓰임새도 알고 있었다.

"이걸 왜 주는가?"

"부족의 족장님이 손님에게 드리는 선물입니다."

"그러니까, 왜?"

영문을 몰라 하는 여왕의 거듭된 질문에 족장의 딸도 덩달아 영문 모르겠다는 표정을 지었다.

"베두인들은, 밤의 쾌락을 즐길 때 카트 잎을 사용하곤 합니다. 하다르는 다릅니까?"

여인의 무미건조한 목소리가 여왕의 머릿속을 후려갈겼다.

여왕은 힘겹게 물었다.

"나와…… 그가 연인 사이로 보이는가?"

"그것은 제가 대답할 수 있는 질문이 아닙니다."

족장의 딸이 고개를 저었다.

"하지만 아버님께서는 그리 보신 것 같습니다."

"……!"

온몸에 소름이 돋는다. 혹시나 이런 오해를 받을까, 일부러 눈을 홉뜨고 표정을 가라앉혀 가며 군주의 가면을 썼는데.

너무나 익숙해져서 원래 제 표정이나 다름없는 가면은 완벽했다고 자신할 수 있다. 한데 어떻게? 어떻게 족장이 그 가면을 알아봤지?

설마…….

설마, 감정을 읽힌 건가?

생각이 그에 미치자 구역질이 나오려고 했다. 관계에 투영된 감정을 오늘 처음 본 사람에게 읽혀 버리다니. 이븐 자바르의 눈에 비친 그녀는 여왕 마케바가 아닌 한 명의 여인이었을 뿐이다. 거짓 미소 한 번에 한 꺼풀, 거짓 슬픔 한 번에 한 꺼풀. 목소리를 바꾸고 태도를 바꾸고, 정신을 갈아내고 깎아가며 완성해 온 가면이 무용지물이 됐다.

'미리암은 이걸 걱정한 거야…….'

하일라바드가 곁을 지키는 한 가면은 제대로 작동하지 않는다. 아무리 의지를 다잡아도 감정은 새어 나오고, 새어 나온 감정은 관계에 배어든다. 말 위에 오르내릴 때 도움을 받지 않는, 그런 같잖은 의지로는 이 흐름에 딸려가 버린다. 그러다 보면 언젠가는…… 저 또한 '당연하게' 그의 연인이라는 위치를 받아들일 날이 올지도 모른다. 관계란 그런 것이었다.

그건, 절대, 안 돼.

자리에서 벌떡 일어난 여왕은 매서운 기세로 가림막을 들췄다.

"손님?"

족장이 딸이 쫓아 나왔지만 그녀는 말을 매어둔 곳으로 무작정 달렸다.

쏟아지는 폭우가 시야를 가리고, 발목이 떨어져 나갈 것처럼 아파 걷기도 힘들었다. 하지만 비바람 하나, 발목의 통증 하나 이기지 못하고서야 홀로서기가 어디 가당키나 한 말인가. 누군가는 미련한 오기라고 평가하겠지만 그녀에겐 이 한 걸음이 무엇보다 중요했다.

"손님!"

갈색 말을 끌어내 올라타자 고저를 느낄 수 없던 여인의 목소리가 째질 듯 올라갔다.

"손님! 이리 가시면 일행분께서 찾으실 것입니다!"

저 목소리가, 공통점이라고는 하나도 찾을 수 없는 주바이다의 목소리와 겹쳐 들리는 것은 왜일까?

「당신은 아무것도 이룰 수 없습니다.」

그리고 이어지는 목소리.

「그의 품 안에 안겨 안주하는 한은.」

……예언의 실체를 알았다.

"손님! 돌아오세요!"

「그러니 그에게 돌아가세요. 혼인을 하고, 아이를 낳으세요. 둘이나 셋? 그 작고 보드라운 것들은 많을수록 좋답니다. 군주가 되는 것 말고도 기쁘고 즐거운 일이 많으니, 그저 한평생 행복하세요.」

이제는 이 목소리가 누구 것인지조차 모르겠다. 주바이다인가, 아니면 샤리프 알 아지리인가. 아니면 족장의 딸인가.

아니, 누구의 목소리인지는 중요하지 않다. 여왕은 크게 입을 벌려 소리쳤다.

"싫어!"

13년간 어떻게 버텨왔는데, 이렇게 무너지긴 싫어. 겨우 사람 하나, 하나쯤은 버릴 수 있어.

눈앞이 부옇게 흐려졌다. 그녀는 고개를 흔들어 빗물을 떼어냈다.

안주하라 유혹하는 목소리들을 뿌리치며, 여왕은 벼락이 찢어놓은 밤의 공간 속으로 몸을 던졌다.

천막을 나선 하일라바드는 풍습에 따라 족장 장자의 천막을 찾았다. 그가 올 것을 예상한 이븐 자바르가 화톳불을 켜놓고 그를 기다리고 있었다. 외부의 방문자가 부족의 주인에게 바깥소식을 전해주는 것은 베두인의 오랜 풍습이었다.

"살라라에서 왔다고? 요즘 그쪽에 뭐 재미난 일이라도 있는가?"

"떠나온 지 한참이라 들려 드릴 이야기가 있을지 모르겠습니다."

"지난 몇 년간 살라라 소식은 들은 적이 없으니 나에겐 모두 처음 듣는 얘기가 될 걸세."

말주변 없는 그에겐 다행스럽게도 대화는 이븐 자바르가 주도했다. 하일라바드는 그가 묻는 말에 대답만 하면 되었다. 그마저도 단답형이 대부분이었지만 이븐 자바르는 웃어넘겼다.

"자네, 내 딸아이하고 비슷하구먼. 말주변도 없고 숫기도 없고. 그런 재주로 어찌 하다르 여인을 꼬셨나?"

"……."

하일라바드는 무슨 소리냐는 반문도 못 하고 눈만 끔뻑였다. 이븐 자바르는 그것을 숫기 없는 사내의 쑥스러움이라고 받아들였다.

"하기야. 정이 통하는 데 재주가 무슨 소용인가. 기왕 도망친 거, 멀리멀리 가게나. 연고가 없는 곳에서 살림을 차려야만 훗날 서로 헤어지더라도 뒤탈이 없는 법이라네. 특히 여인에게."

여왕과 자신의 관계를 설명할 엄두가 나지 않은 하일라바드는 웃는 것도, 우는 것도 아닌 모호한 표정을 지었다. 답하기 싫은 질문을 받았을 때 여왕의 표정을 흉내 낸 것이었다.

"물론 가장 좋은 것은 둘이 변치 않고 사는 거지. 먹고사는 문제는 항상 고생스러운 법이지만, 하다르들 사이에 섞여서 사는 것도 괜찮을 게야. 서로 다르지만 밤을 즐기는 방식은 다 똑같지 않은가. 사랑하는 여인을 품에 안고. 그렇지?"

말도 안 되는 소리다. 하지만 하일라바드는 어느새 이븐 자바르의 말을 따라 상상하는 자신을 발견했다.

그녀와 손을 잡고, 걷고, 살아간다. 올해의 수확을 걱정하고, 내일 할 일을 정리하며 같이 침대에 눕는다. 그러다 보면 언젠가는 아이도 생길 테지. 셋 정도면 좋겠는데. 한 아이는 업고 한 아이는 안고, 한 아이는 그녀가 안고…….

그에겐 결코 허락되지 않는 꿈.

그래도 상상하니, 마음이 들떴다.

"손님."

하지만 그의 즐거운 상상은 족장의 딸이 그에게 말을 걸면서 끝났다. 하일라바드는 상상의 여파로 올라간 입꼬리를 갈무리하며 고개를 들었다.

"예. 말씀하십시오."

"일행분께서 나가셨습니다."

"예?"

"일행분께서, 말을 타고, 나가셨습니다."

"······!"

간이 의자를 쓰러트리며 그가 뛰쳐나갔다. 당황한 이븐 자바르가 불렀지만 뒤 한 번 돌아보지 않고, 커다란 얼개 천막으로 달려갔다. 베두인들이 우기에 낙타나 양 등을 가두어두는 곳이었다.

"폐하!"

하지만 두 마리의 말이 있어야 할 그곳엔 이프리트만 덜렁 남아 있었다. 그는 비가 쏟아지는 밤하늘을 노려보았다.

발자국만 보아도 발자국의 주인을 알아차리는 그였지만, 이렇게 비가 쏟아지는 상황에서는 속수무책이었다. 대체 어디로 갔을까?

그는 여왕이 나간 이유에 대해선 궁금해하지 않았다. 중요한 것은 '어디로'였다.

어디로 가야 그녀를 쫓아갈 수 있지? 왕성? 아니면 옛 여왕의 별장?

모르겠다. 그제야 '왜'가 중요해졌다. 이 악천후를 뚫고 왕성까지, 먼 거리를 가야 할 만큼 무모한 짓을 벌인 이유가 무엇인가. 왕성이 아니라 옛 여왕의 별장으로 간 것이라면 아무래도 베두인의 천막이 불편해진 것인가.

아니. 잠시 외출했을 가능성도 있다. 하면 기다릴까?

'기다린다고?'

물론 그는 기다리지 않을 것이다. 그녀를 절대 혼자 둘 수 없다. 마른 어깨를 파들파들 떨며 감정을 게워내는 뒷모습을 본 순간부터, 그렇게 결심했다.

하지만 쫓아가는 것이 과연 옳은 일인가?

일순, 그녀의 낯선 미소가 떠올랐다. 그 미소에서 무엇이 잘못되었는지 이제야 알아차렸다.

'눈이······ 웃고 있지 않았어.'

이 밤, 이 폭우, 어떤 흔적도 남기지 않고 사라진 그녀. 그리고 낯선 미소.

모든 것들이 정말 따라오지 말라는 그녀의 강력한 의지처럼 느껴졌다. 그녀는 아무런 명령을 내리지 않음으로써 명령했다.

따라오지 말라고.

낯선 미소가 가슴속에서 데굴데굴 구른다. 처음에는 조약돌만큼 작았는데 점점 커지더니 결국은 속을 꽉 메웠다.

무겁고, 답답하다. 그는 바위를 매단 듯 꿈적도 하지 않는 몸을 억지로 움직여 이프리트의 등에 올라탔다.

따라가기로 결정했으니 무조건 따라간다는 고집 같은 건 아니었다. 여왕을 지키는 것이 제 의무이니 의무를 다하겠다는 고차원적인 신념 때문도 아니다. 어디로 가겠다는 명확한 목표도 없었다.

가슴이 터져 버릴 것 같아서, 달려야만 했다. 숨이 막히는 것 같아서 이프리트를 재촉하며 소리를 질렀다.

"이럇!"

그때만큼은 발작적으로 말을 달리는 여왕의 심정을 완벽하게 이해할 수 있었다.

그리고 하일라바드가 여왕을 찾아 왕국의 북쪽을 모두 뒤진 그 날 밤. 하지만 끝내 여왕을 발견하지 못한 채 귀환한 왕성에서 여왕을 만난 후로부터 이틀 뒤.

두 사람이 약속한 한 달을 사흘 남기고, 로마 10군단 군단장이 왕성에 도착했다.

13 Sūrah
13 سورة
우기의 끝

빗물이 한바탕 휩쓸고 간 하늘은 기가 질릴 만큼 파랬다. 근 사흘 만에 보는 제대로 된 하늘이다. 바위 언덕에 선 사내는 저를 찾는 다른 이가 올 때까지 한참 동안 푸름에 취해 있었다.

"카르도 님, 거기서 뭐 하십니까?"

"페키스."

고개를 돌려 페키스를 바라보는 사내의 눈동자는 하늘과 같은 푸른색이었다. 그 눈동자 색과 가느다랗고 높은 콧대에서 갈리아(Gallia, 로마에서 켈트 지역을 일컫는 말) 출신 어머니의 혈통이 드러났다.

"하늘 보고 계셨습니까?"

"그래. 하늘이 반가울 지경이야."

"이쪽 날씨가 본래 그렇다고 말씀드렸지 않습니까. 팔레스타인을 생각하시면 안 돼요. 제가 괜히 서두른 것이 아닙니다. 조금만 속도를 내었으면 진작 도시로 들어가, 단단한 지붕 아래서 비 오는 정취를 즐기셨을 겁니다."

페키스가 거보라며 혀를 끌끌 찼다. 카르도는 감히 상관을 가르치려는 듯

한 그의 태도보다 말의 내용에 더 어이가 없었다.

"네가 퍽이나 나를 위해서 그랬겠다."

"카르도 님을 위한 것이 아니면요? 트리부누스(Tribunus militium, 군사 호민관. 군단장의 부관 정도에 해당한다)가 레가투스(Legatus, 군단장)를 위하지 않으면 누가 위합니까?"

"감라(Gamla)에 있는 네 별장이 얼마 전에 증축했다지?"

한마디를 던지면 백 마디로 돌려주는 페키스의 수다스러운 입이 다물렸다. 그는 고개를 숙이고 눈동자를 위로 굴리며 카르도의 눈치를 살폈다.

"아, 음, 그것이……"

"쫄지 마. 설마 뇌물 좀 받아먹었다고 내가 널 죽일까. 기껏해야 정강이 좀 차고 말겠지."

퍽!

"악!"

인정사정없는 발길질이 페키스의 정강이에 꽂혔다. 젊은 군단장과 그보다 더 젊은 부관 사이에 애초부터 격식이란 존재하지 않았다.

"아프단 말입니다!"

"아픈 게 불명예 제대보단 나을 텐데?"

"불명예 제대라뇨! 아니, 물론 제가 약간, 아주 소소한 금전을 받은 것은 사실이지만 우리 군의 정보를 팔아넘긴 것도 아니잖습니까."

"그랬으면 정강이 한 대로 안 끝났지."

"그러니까요. 그리고 따뜻한 남쪽 지방에서 요양이나 해야겠다는 말씀은 카르도 님이 먼저 하셨습니다?"

"내가 말한 남쪽은 팔레르모 정도였어."

"그건 또 무슨 제국 본토에 사는 귀족 같은 말씀이세요? 지금 카르도 님의 위치는 아엘리아 카피톨리나(Aelia Capitolina, 현재의 예루살렘)라고요. 아엘리아 카피톨리나 남쪽이면 당연히 남부 아라비아죠. 핑계도 좋잖습니까. 제국의 영토 시찰! 악!"

같은 자리를 얻어맞은 페키스가 정강이를 붙잡고 한 발로 경중경중 뛰었다. 하지만 곧 카르도에게 멱살을 잡혔다.

"또, 또 왜 그러십니까?"

"제국의 영토 시찰 좋아하네. 그런 녀석이 정작 나바테아 왕국은 그냥 통과해 버려? 개코나. 왜? 네가 알고 지내는 그 상인이 최대한 빨리 오라던? 아무 데도 들르지 말고?"

"하, 하, 하, 하⋯⋯."

날카로운 지적에 페키스는 양손을 들어 올리며 무조건적인 항복을 표시했다.

입을 벙긋 벌린 얼굴에선 반성의 기미를 찾아볼 수가 없었다. 젊은 군단장이 욕설을 내뱉었다.

"빌어먹을 자식."

"그 상인이 그런 요구를 하긴 했습니다만 나바테아 왕국에 들르지 않은 것은 제 판단이었다⋯⋯고 하면 믿으시겠습니까?"

"왜 그랬는데?"

"황제가 좋아하지 않을 테니까요. 잊으신 모양인데 임페라토르, 황제라는 명칭에는 개선장군이라는 뜻도 있습니다. 그리고 카르도 님은 지난 10년간 수차례 벌어진 도나비우스 전투에서 승리한 유일한 개선장군이죠. 그런 임페라토르가 제국에서 먼 남부 아라비아의 속령을 방문한다고 하면, 황제가 무슨 생각을 하겠습니까? 잘한다면서 손뼉 쳐 줄 것 같지는 않습니다만."

"하여 내가 겨우 군단 하나를 이끌고 반역이라도 일으킬까, 걱정이라도 한단 말이냐?"

"패배한 적도, 전멸한 적도 없는 군단이죠. 총독의 지배를 받지 않는 유일한 군단이기도 하고요. 상징성도 있군요. 아, 참. 변방을 전전하시느라 역시 까맣게 잊고 계신 모양인데 카르도 님은 베스파시아누스 황제 가문의 후예십니다."

그리고 베스파시아누스 황제 시절, 로마 10군단은 황제 직속 군단이었다.

이래저래 현 황제의 견제를 받기 좋은 조건임은 분명했다.

'빌어먹을 놈.'

과한 물욕이 흠이지만 페키스는 정세를 정확하게 파악하고 있었다. 카르도는 턱밑까지 치밀어 오른 욕을 삼키며 페키스의 멱살을 놓아주었다. 지금은 떨어지는 나무 잎사귀도 조심해야 하는 때였다.

"그래서, 약속한 날짜까지 날 데려가려면 얼마를 더 받기로 했어?"

"들으면 놀라실 텐데요."

"안 놀랄 테니까 말이나 해봐."

"그럼 잠시."

페키스가 가까이 오라는 손짓을 했다. 새삼 왜 그러냐는 눈으로 쳐다보자 뒤쪽을 가리킨다.

그들의 뒤로, 다른 일행들이 자유분방하게 주변을 돌아다니고 있었다. 군단장의 호위 격인 군인, 몸종, 노예, 길잡이 등등 그 수가 거의 예순에 달했다.

"너무 많은 사람이 알면 비밀은 지켜질 수가 없죠. 그리고 알면 욕심이 생기잖아요, 사람이라는 게."

"욕심은 네놈이 가장 많지."

하지만 그가 카르도의 귀에 속삭인 금액은 정말 듣기만 해도 욕심이 날 만한 액수였다. 카르도는 혀를 내둘렀다.

"네 녀석한테는 양심이라는 게 없는 거냐? 겨우 이딴 부탁 들어주고 그만큼이나 받아 처먹어?"

"제국의 군단장을 이 촌구석까지 불러들이는 게 어디 '겨우'나 '이딴'으로 표현될 일입니까? 자신의 가치를 너무 무시하고 있다는 생각 안 드세요?"

"그런 생각은 안 들고, 저 왕국이 무지막지한 부자 왕국이라는 생각은 든다."

'저'를 말하며 카르도가 턱으로 앞을 가리켰다.

구름 저편, 야트막한 구릉지 위에 자리 잡은 왕국의 모습은 일견 평화로 워 보였다.

"듣기로는 그렇지만도 않더라고요. 저쪽도 속깨나 시끄럽던데요."

"그래?"

"그 부를 이룬 게 근 3, 4년 사이의 일이라니까요. 국력은 약한데 돈은 많으니 여기저기 노리는 놈들이 많겠죠."

"흠…… 군대라도 보내 달라는 요구를 하려는 건가."

카르도는 제 생각을 긍정하며 심드렁하게 고개를 주억거렸다. 저 왕국의 사정은 알 바 아니지만, 돈이 많다면 그들의 부탁을 긍정적으로 검토해 볼 용의가 있었다.

"한 백 명 정도면 황제 모르게 빼돌릴 수 있을 것도 같은데."

"그걸로 뭐 하시게요?"

"저쪽 부탁 좀 들어주고 나도 돈 받아서 전역이나 하게. 네까짓 놈한테도 그리 큰돈을 줬는데 군인 백 명이라면 백 배는 더 받지 않겠냐?"

"아시죠? 제국에선 현직보단 전직이 더 대우받는 거. 뭐, 세력을 모아 큰일을 도모하실 계획이시라면 말리지 않겠습니다."

페키스가 너스레를 떨었다. 그러면서 덧붙이는 말을 잊지 않는다.

"대신 저는 그 창대한 계획에서 빼주십쇼. 전 찔끔찔끔 받아서 가늘고 길 게……."

"찔끔찔끔 받아 처먹다가 들키지나 마라!"

순간 카르도의 손과 발이 움직였다. 이번에 페키스는 정강이와 뒤통수를 동시에 얻어맞았다.

"악! 악! 악!"

"오리 새끼처럼 꽥꽥대기는. 따라오기나 해. 짐 다 싼 모양이니까."

"트리부누스를 좀 소중히 대해달란 말입니다."

카르도가 뒤에서 투덜대는 페키스의 목소리를 흘려들으며 바위 언덕을 내려가자, 일꾼들이 낙타를 끌고 왔다.

처음에는 등에 혹이 난 이 승용물이 불편했지만 이제는 오르내리는 데 어색함이 없다. 사실 그는 말보다 낙타가 더 좋았다. 익숙해져서 더 그리 느끼는지도 모르겠다.

하긴 익숙해진 것이 어디 낙타뿐일까. 페키스가 질색하는 이 땅의 더위, 간헐적으로 보이는 녹음도, 투박한 문화도 카르도는 싫어하지 않았다. 팔레스타인 내륙의 건조함은 건조함대로 좋고, 남부 아라비아의 습한 기후는 또 그것대로 좋다. 바위산에는 그만의 매력이 있었고, 모래사막의 정취는 고아했다.

그리고 어디든, 지평선 끝자락에서 오아시스를 발견했을 때 느끼는 즐거움은 똑같았다. 본토의 귀족들이나 사막의 베두인들이나 진탕 술을 마시면 취하는 게 똑같듯이.

'이래서 장기 체류한 총독들이 본토로 돌아가길 꺼리는 거지.'

저도 조만간 그렇게 될 것 같았다. 그것도 나쁘진 않다고 생각하며 카르도는 자연스럽게 머리 두건을 내렸다. 데리고 온 십 수 명의 군인들이 저들의 군단장을 보호하듯 둘러쌌다.

"가."

그의 말이 떨어지자, 선두에 선 페키스가 발을 굴러 낙타의 옆구리를 찼다. 그를 필두로 수십 마리의 낙타가 느릿느릿, 구릉지를 올랐다.

새파란 하늘이 그들을 배웅했다.

삐, 삐익—

날카로운 휘파람 소리가 짧게 두 번 울렸다.

그 소리를 들은 매 한 마리가 커다란 날개를 접고 여왕의 침실 노대 난간에 내려앉았다. 여봐란듯이 살짝 들어 올린 매의 발목에 작은 천이 묶여 있었다. 미리암은 매의 입에 벌레를 물려준 뒤, 발목의 천을 풀었다.

"로마 군단장 일행이 마라시케 언덕에서 출발했답니다."

"하면 해 지기 전에는 도착하겠구나."

천에 적힌 내용을 정리하여 말하자, 새로 산 가운을 걸치며 여왕이 대구했다. 서로 다른 색의 천을 여러 겹 겹쳐 자연스러운 화려함을 강조한 가운은 세레스(Seres, 중국) 상인을 통해 로마로 들어온 것이었다.

하지만 이국적인 정취가 물씬 묻어나는 화려한 옷도 창백한 여왕의 안색을 가려주진 못했다. 그 때문에 오늘 여왕의 화장은 퍽 진했다.

이것이 비단 오늘만의 일은 아니다. 정확하게는 짧은 여름 우기가 시작된 첫날부터 그랬다.

"마중을 나가야겠지?"

"실로, 저는 권해 드리고 싶지 않습니다. 폐하께서는 아직 와병 중이십니다."

그날 동이 터 오를 무렵. 빗물과 흙탕물에 젖어 추레한 행색으로 돌아온 여왕을 보았을 때, 미리암은 그녀가 사막의 악령을 만났다고 생각했다. 그렇지 않고서야 모든 생기를 다 잃어버린 듯한 그 표정을 설명할 길이 없었다.

"내가 초대한 손님인데 아프다는 핑계로 마중을 나가지 않는 것도 예의가 아니지 않으냐. 그리고 사실 아프지도 않아. 그대도 잘 알면서."

"일국의 군주가 일개 군인을 마중하는 것도 예의는 아닌 듯합니다."

"로마 군단장을 일개 군인이라고 할 수는 없지."

시간이 지나 기력은 회복했지만, 예전의 모습으로 돌아오진 않았다. 여왕은 변했다. 태도가 변하고 모습이 변하고 미소가 달라졌다. 지치지 않던 열정이 피로를 맞이한 것 같았다.

"하면 셰이크 무자아히드를 대동하시지요. 그것이 격식에 맞습니다."

"뭘 그렇게까지야……."

무엇보다 확연한 변화는 하일라바드를 대하는 여왕의 태도였다. 예전 같았으면 시녀장이 말을 꺼내기도 전에 하일라바드부터 찾았을 것이다.

하지만 지금은 그가 있어야 마땅한 상황에서도 그를 찾지 않는다. 그가 없으면 없는 대로, 있으면 있는 대로 내버려 두었다. 그녀는 그에게 무심했다.

"대체 무슨 일이 있으셨던 겁니까?"

이 변화가 좋은 것인지, 나쁜 것인지 가늠할 수 없는 미리암이 한탄하듯 물었다. 여왕이 답했다.

"나를 그의 연인으로 보더구나."

"예?"

"나와 하일라바드를, 연인으로 보았단 말이다."

"누가요?"

"비를 피해 찾은 베두인 부족의 족장이."

미리암이 인상을 찌푸리며 혀를 찼다.

"그것은 확실히…… 셰이크 무자아히드가 처신을 잘못했군요. 폐하의 정체를 숨기고 싶었으면 그저 귀족가의 여식과 그 호위 정도로 소개하면 되었을 것을."

"……."

"그 때문에 셰이크 무자아히드에게 화가 나신 겁니까?"

"화? 아니, 그런 게 아니다."

피식하고 여왕이 웃었다. 그녀의 미소는 녹아내린 벌집을 연상케 했다. 희끄무레하고 불투명한, 얼굴 근육을 움직이는 것 이상의 의미를 담지 못한 그런 미소였다.

"그는 아무런 말도 하지 않았어. 그 부족장이 혼자 지레짐작한 것이지. 그런 걸 떠나서, 그의 효용 가치가 예전보다 덜하지 않다. 이제는 나 죽이자고 달려드는 암살자들도 없고 나의 전사들도 한 사람 몫은 하고 있으니, 서로 주고받는 거래가 끝나 가는 거지."

"폐하께서 그리 생각하셨다니 다행입니다. 하면 행렬에서 셰이크 무자아히드는 뺄까요?"

"음…… 아니. 그대의 말이 맞아. 군주의 곁에 셰이크 무자아히드가 없는 게 보기 좋은 모양새는 아니니까. 예의는 다하되 비굴하거나 얕보여서는 안 되겠지. 왕가의 검을 준비시켜라.”

왕가의 검.

살아 움직이고 숨 쉬는 사람을 물체로 표현한 여왕의 말속에서, 미리암은 그와 멀어지겠다는 여왕의 의지를 느꼈다.

“준비는 파나에게 맡기겠습니다.”

“……알아서 해. 그리고 행렬 인원은…….”

답을 잠시 망설이던 그녀가 로마식 의자에 팔꿈치를 대다 말고 말꼬리를 흐렸다.

그리고 한참을 조용했다. 명령을 기다리고 있던 미리암이 견디다 못해 여왕을 불렀다.

“폐하.”

“아, 그래.”

그제야 정신을 차렸다는 듯 그녀가 고개를 들었다.

“그리고 이 의자는 당장 내다 버려.”

“예?”

설명을 요구하는 눈으로 쳐다봤지만 맞받아쳐 오는 여왕의 시선은 모든 설득과 설명을 거부하고 있었다. 미리암은 허리를 굽히며 그녀의 이해할 수 없는 명령을 받아들였다.

빛이 점멸하는 초록색 눈동자에 지독한 피로감이 어려 있어, 더 묻지 못했다.

총총총총.

짧은 보폭으로 빠르게 다가오는 기척이 느껴졌다. 검사들의 자세를 교정해 주고 있던 하일라바드는 검을 늘어뜨리고 뒤를 돌아보았다.

"하일라바드 님."

그와 눈이 마주친 파나가 꾸벅 인사를 했다. 그녀는 옷과 검을 들고 있었다. 동그란 눈매에 붉게 달아오른 얼굴. 최근 며칠 들어 저 얼굴을 자주 본다.

그렇다고 '요즘 자주 보는군요' 따위의 한담을 건넬 성격은 아닌지라, 하일라바드는 용건부터 물었다.

"무슨 일이십니까?"

"저기, 그게, 폐하께서 외출하신다고, 하일라바드 님을 준비시키라 명하셨어요. 그래서 제가……."

"아. 잠시만."

얘기가 길어질 것 같아지자 하일라바드가 손을 들었다. 양해를 구하는 그의 손짓에 파나는 얼른 말문을 닫았다.

하일라바드는 그대로 전사들을 해산시켰다. 짧은 교육 시간에 전사들이 아쉬운 표정을 하며 각자의 자리로 흩어졌다.

그사이 파나는 입속으로 중얼중얼, 하고픈 말을 연습했다. 그 앞에서 바보처럼 말을 더듬지 않기 위한 노력이었다.

그는 전사들이 모두 떠난 뒤에야 파나를 향해 몸을 돌렸다.

"이제 말씀하십시오."

"제국의 군단장님이 오늘 저녁 즈음 도착하실 예정이라고 합니다. 폐하께서 마중을 나가실 계획이니, 제게 하일라바드 님의 준비를 도와드리라 명하셨습니다. 하여 예장을 챙겨 왔습니다."

노력이 빛을 발했다. 이번에는 말도 더듬지 않았고 아이처럼 앵앵거리지도 않았다. 자못 군주의 전령다운 모습이었다고 자평한 파나가 흡족한 미소를 지었다.

하지만 그의 표정을 마주하자마자 자신감이 사라졌다.

"폐하께서 직접 명하셨습니까?"

그는 평소의 무표정과는 조금 다른, 경직된 얼굴을 하고 있었다. 짙은 밤색 눈동자를 쳐다보는 것만으로도 어쩐지 무서워져서 파나는 잔뜩 움츠러든 어깨 사이로 고개를 파묻었다.

"아니요…… 시녀장님께서……."

답하는 파나의 목소리가 기어들어 갔다. 겁먹은 기색이 역력한 모습에 하일라바드는 한숨을 쉬었다. 저도 모르게 감정이 새어 나왔던 건가. 어른스럽지 못했다.

"화난 거 아니니 신경 쓰지 마십시오."

"네? 네에……."

"주십시오."

"네, 네?"

"예장. 들고 계신 것이 그거 아닙니까? 주십시오. 무겁습니다."

"아…… 네."

그녀가 허둥지둥 들고 온 짐을 넘겼다. 그 안에 왕가의 검까지 섞여 있어, 받아 든 짐의 무게가 상당했다.

옷가지 위에 검을 얹은 그는 전사들의 욕장으로 향했다. 그가 이상한 점을 눈치챈 것은 욕장 건물 앞에 도착했을 때였다.

"……어디까지 따라오시려는 겁니까?"

우연히 같은 방향이라고만 생각했는데 아무래도 파나의 최종 목적지는 그의 뒤꽁무니인 듯했다. 여왕의 전령이 전사들의 욕장만 있는 서쪽 별관에 볼일이 있을 리 없으니까.

"시, 시녀장님께서 하일라바드 님 준비하는 것을 도, 도와드리라고……."

홍조 띤 얼굴을 바짝 들어 올렸다가, 지레 놀라 화들짝 숙이며 파나가 말했다.

하일라바드로서는 시녀장의 정신 상태를 의심하게 만드는 말이었다. 바윗덩어리처럼 어지간해서는 흔들림 없는 그의 미간에 깊은 고랑이 파였다.

"돌아가십시오."

"하지마안."

"돌아가십시오. 다 큰 성인입니다."

다 큰 성인인 그가 옷 갈아입는 데 누구의 도움도 필요 없다는 뜻이었지만, 가뜩이나 움츠러들어 있는 파나의 귀에는 '다 큰 성인 여인이 이런 일을 해서는 안 된다'라고 들렸다.

"죄송……합니다."

아랫입술을 말아 넣으며 그녀가 물러났다. 한결같은 붉은 얼굴에 수줍음이 아닌 수치가 떠올라 있었다. 그러나 그녀의 안색을 미처 보지 못한 하일라바드는 설명을 덧붙이지 않았다.

설사 보았다 한들, 아무 말도 못 했을 공산이 크다. 자신의 문제만으로도 벅찬 그에겐 파나의 감정을 배려해 줄 여유가 없었다.

닫힌 욕장 문에 기대고 선 그의 입에서 한숨도 되지 못한 감정이 새어 나왔다.

예장을 갖춰 입고 나온 하일라바드를 시녀장이 기다리고 있었다.

두 사람은 거의 동시에 얼굴을 찌푸렸다. 하일라바드는 파나에게 내려진 시녀장의 명령이 불쾌했고, 미리암 역시 파나를 돌려보낸 그의 무례를 불쾌하게 여겼다.

"아직 여린 아이일세. 그리 수치를 주어서는 안 되는 것이었어."

시녀장이 먼저 입을 열었다. 하일라바드는 어리둥절했다. 그로서는 시녀장의 질책이 뜬금없었다. 하지만 제가 또 무슨 말실수를 했겠거니 싶어 그 문제는 따져 묻지 않았다.

"실수한 것이 있다면, 파나 님을 만나 사과하겠습니다."

"당연히 그래야지."

"하나 시녀장님께서도 파나 님에게 그런 명은 아니 내리시길 부탁드립니다."

그의 지적에 미리암이 눈을 매섭게 떴다.

"내 이제까지 해온 일이 있으니 쉽게 믿지 못하겠지만, 그것은 내 나름의 호의였네."

"그런 호의, 저는 괜찮습니다."

"왜? 아직도 폐하께 미련이 남은 겐가? 그리 둔한 사람이었나?"

대꾸하고 싶지 않았기에, 그는 입을 다물었다. 시녀장과 나눌 만한 이야기도 아니라고 생각했다.

"나는, 솔직히 자네가 마뜩잖아. 하나 그렇다고 하여 자네가 망가지거나 불행해지는 것을 원하는 건 아닐세."

후. 흐릿한 한숨을 뱉은 시녀장이 말을 이어 갔다.

"그리 지척에서 폐하를 모셨으니 잘 알겠지. 폐하께선 한번 결심한 것을 바꾸는 분이 아니시네. 설사 경천동지할 사건이 생겨 폐하께서 마음을 바꾸시더라도, 그건 꽤 시간이 흐른 뒤일 거야. 한데 자네에겐 시간이 얼마 없지 않나? 폐하와 약조한 날짜까진 사흘밖에 남지 않았다네."

"……."

"하니 어리석은 미련이든 유치한 오기든 그만 버리게나. 버리고, 가까이서 행복을 찾게. 파나는 괜찮은 아이일세."

애초에 그를 기다린 용건이 그것이었다는 듯 그 말을 끝으로 시녀장은 더이상의 질책 없이 돌아섰다. 보통 그녀가 돌아설 땐 냉기를 풀풀 날리곤 했는데 평소에 비해 쌀쌀맞음이 덜했다. 그가 이제는 주의의 대상에도 못 미친다는 것을 미리암은 자신의 태도를 통해 확실하게 보여주었다.

이런 인간적인 동정이라니. 그는, 차라리 미움받을 때가 좋았다는 생각을 하며 마중 행렬이 기다리는 왕성 입구 계단 아래 공터로 향했다.

여왕을 호위할 다른 전사들은 이미 준비를 마친 채 여왕을 기다리고 있었다. 다들 차려입은 모양새가 화려하다. 로마 군단장의 행렬에 무엇 하나 뒤지고 싶지 않은 미리암의 마음이 반영된 결과였다.

그가 일행에 합류하고 얼마 지나지 않아 여왕이 왕성에서 나왔다.

"폐하께서 나오십니다."

파나의 알림을 들은 전사들이 질서 정연하게 허리를 굽혔다. 여왕은 똑바른 걸음걸이로 그들을 지나쳤다. 그녀가 지나친 대상 중에는 하일라바드도 있었다.

"가자."

말에 오른 여왕의 명령이 떨어지자 전사들이 준비된 낙타에 올라탔다. 행렬의 선두에는 여왕이 섰다. 뒤에 숨어 보호받아야 하는 여왕이 아니라, 무리를 이끄는 군주가 되고자 하는 그녀다웠다.

하일라바드의 자리는 그녀의 바로 뒤였다. 거리로 치자면 말 머리 하나 정도다.

그 짧은 거리가 모질 만큼 멀었다.

저도 모르게 손을 뻗었다가, 주먹을 쥐며 뻗은 손을 물렸다. 그의 손짓을 의아하게 여긴 전사가 입술을 벙긋거렸다.

'무슨 일 있으십니까?'

"아무것도 아닙니다."

나직한 그의 대답에 전사는 일말의 의구심도 비치지 않았다.

대외적으로 여왕과 셰이크 무자아히드 사이는 변함이 없었다. 그는 여전히 군주의 총애를 받는 전사였고, 대부분의 경우 여왕의 곁을 지키고 있었다.

겉으로 드러난 여왕의 태도 변화가 워낙 교묘했던 탓에, '항상'이 '대부분'으로 바뀐 것을 눈치챈 사람은 드물었다. 하일라바드 또한 자신의 일이 아니라면 모른 채 지나갔을 것이다.

하지만 자신의 일이 되자 변화는 거의 피부에 각인되는 듯한 느낌으로 그에게 다가왔다.

왕성에 돌아와 그녀를 보았을 때, 그는 안도하면서도 걱정했다. 밤새 말을 달린 그녀가 아플까 봐. 몸이 상했을까 봐. 미안했고, 쓸데없이 북쪽에서 헤맨 자신을 질책했다. 해쓱해진 그녀의 안색 앞에서 제가 느낀 답답함 같은 것은 뒷전으로 밀려났다.

더 이상 눈으로 웃지 않는 그녀를 안아주고 싶었다. 손을 내밀어 혈색 잃은 뺨을 쓰다듬고 싶었다. 그녀의 위로가 되고 싶었다.

하지만 그녀는 겨울 사막의 밤바람보다 빠르게 그에게서 멀어졌다.

분명하게 느껴지는 두 사람 사이의 거리. 이제는 그녀의 얼굴이 아닌 등이 먼저 보인다. 손을 뻗어도 쉽사리 닿지 않았다.

그럴 때면 말을 달리고 싶어졌다.

묻고 싶은 말, 하고 싶은 말은 많았다.

왜 그날 그렇게 먼저 가버렸는지. 왜 나를 멀리하는지 묻고 싶었다.

말하고 싶었다.

당신이 그렇게 가버려서 내가 매우 놀랐노라고. 몸이 저릴 때까지 비를 맞으면서 왕국의 북쪽을 다 뒤졌노라고.

……내가 그리 힘들었는데 당신은 얼마나 더 힘들었겠냐고.

수없이 입술을 달싹이다가도, 결국엔 꾸역꾸역 삼키고야 만다. 어떻게 말해야 할지 몰라서 그랬다.

그는,

마음을 말로 표현하는 법을 배우지 못했다.

주변의 어느 누구도 그런 말을 어찌해야 하는지 알려주지 않았다.

성인식을 치르고 한 사람 몫을 하기 시작한 후부터 그의 주된 대화 상대는 지니야였다. 지니야와의 대화에선 말이 필요 없었다. 과묵함을 미덕으로 삼아온 아비의 교육관도 오해를 사는 그의 화법에 크게 영향을 미쳤다.

여왕의 호위가 되기 전에는 그런 것들이 문제가 되지 않았다. 문제가 된다는 것을 깨달은 뒤에도 고칠 필요는 못 느꼈다.

그에게 중요한 사람은 오직 여왕뿐이었고, 지니야와 그러했듯 여왕과의 대화에선 말이 무용했다. 그는 여왕이 원하는 것, 하고자 하는 말을 말없이 알아들었다. 여왕은 혼자서도 잘 떠드는 편이라 그가 말할 필요는 더더욱 없었다.

그때는 몰랐다. 여왕이 입을 다물면 대화가 단절된다는 것을. 이 관계 맺음이 너무도 쉬이 끊어질 수 있는 관계였다는 것을. 사실은 아무것도 아닌 관계였다는 것을. 한 달이면 끝날 모래성 같은 관계였다는 것을.

한 달 전에는 그렇게 되새기던 한 달을, 잊고 있었다.

차라리…… 남첩이 되었으면 나았을지도 모르겠다. 그랬다면 이 관계를 잇는 선이 조금은 두터워졌을 테니.

그러니 묻지 않은 것은, 묻지 못한 것은 다만 부족한 언변 때문만은 아니었다. 그는 그날 밤, 그녀가 무언가를 결정했음을 짐작했다. 미리암이 짐작한 것을 그가 모를 리 없다.

그 결정을 묻는 것이 두려웠다.

안타까운 마음을 가슴속에 삼킨다. 내민 손을 그림자 속으로 숨긴다. 금방이라도 새어 나올 것만 같은 탄식을 모아 심장에 쌓아둔다.

가슴에 돌덩이가 가득 들어차도, 그녀에게서 '아니' 라는 대답을 듣는 것보단 견딜 만했다. 달콤한 향을 풍기는 아름다운 입술에서 '끝' 이라는 말을 듣는 것보단 참는 것이 나았다. 다행히 배운 것이라고는 오직 참고 인내하는 것뿐이었기에 참을 수 있었다.

그러니 아무것도 묻지 않는다. 말하지 않는다.

그렇게, 언젠가는 필연적으로 듣게 될 마지막을 유예시켰다.

그에게는 아직 사흘의 시간이 남아 있었으니까.

한때는 익숙했던 낙타의 흔들림이 지독하게 어색해, 멀미가 났다.

멀리서 모래 먼지가 일었다. 먼지의 숫자를 대강 가늠해 본 페키스는 말을 세웠다.

저쪽의 숫자는 얼추 열둘 정도. 적다고도, 많다고도 할 수 없는 애매한 숫자였다.

낯선 땅에서는 사소한 마찰만으로도 큰 싸움이 벌어진다는 것을 익히 알기에, 페키스는 놈들이 제발 평범한 상인이길 바랐다. 이쪽도 군인의 수가 열다섯은 되니 두려울 것은 없지만 싸우는 것 자체가 귀찮았다.

하지만 놈들은 한 치의 흔들림도 없이 페키스의 일행을 향해 직진하고 있었다. 그리고 놈들이 얼굴을 확인할 수 있을 만큼 가까이 다가왔을 때, 페키스는 '놈들'이라는 표현을 정정해야겠다고 생각했다.

한 명의 여인과 열 명의 사내로 이루어진 아주 별난 무리였다. 선두의 여인이 낙타가 아닌 말을 타고 있었다는 점에서 더욱 별났다. 더욱 놀라운 것은 그 여인의 미모였다.

놈들은 당당하게 다가와 당당하게 그들의 길을 막고 섰다. 페키스는 골치 아프게 되었다 생각하며 선두에 선 여인을 향해 말했다.

"어디의 누군지 모르겠으나 불순한 의도가 없다면 길을 비켜 주시오."

"로마 제국의 10군단 군단장이 이끄는 행렬이 맞나?"

여인은 페키스의 정중한 요청에도 불구하고 대뜸 질문부터 던졌다. 놀랍게도 흠잡을 데 없는 제국어다. 페키스는 눈썹을 꿈틀거렸다.

난데없이 길을 막고 선 무리가 이쪽의 정체까지 알고 있다면, 아무래도 호의를 가지고 접근했다고 보긴 힘들었다. 같은 판단을 했는지 카르도가 뒤에서 '츳' 하는 소리를 냈다.

"그렇다면 어쩔 테고, 아니라면 또 어쩔 텐가?"

"부관인 모양이구나. 물러서라. 대화를 나누기엔 그대의 격이 나에게 미치지 못한다."

"뭐?"

페키스의 입이 쩍 벌어졌다. 대체 어느 누가 제국의 트리부누스에게 격이 떨어진다는 말을 할 수가 있겠는가. 이런 일은 결단코, 트리부누스가 된 후로 처음 겪었다.

"이……!"

"뒤로 빠져, 페키스."

잠시 멍했던 정신을 추스른 페키스가 정체불명의 여인에게 막 화를 쏟아내려는 그때, 카르도가 앞으로 나섰다. 페키스는 발끈했다.

"하지만 카르도 님, 이건 제 임무입니다."

"물러서라면 물러서라. 네가 상대할 수 있는 사람이 아니야."

그러나 카르도는 페키스의 항의를 간단하게 밀어냈다. 소름 끼치도록 아름다운 여인에게서 익숙한 향기를 맡았기 때문이다. 누구에게도 명령을 받아본 적 없는 사람들만 풍길 수 있는, 군주의 향기였다.

"남부 아라비아는 초행이라 시바 왕국의 군주가 여인인지 미처 몰랐습니다."

카르도의 말을 들은 페키스는 튀어나오는 딸꾹질을 막기 위해 손으로 입을 막았다.

"나 또한, 제국의 군단장이라길래 상당히 연륜 있는 군인일 것이라 지레짐작했으니 무지로 인한 실수는 서로 덮어둡시다."

제국의 군단장에게서 공대(恭待)를 받은 여왕은 은은한 미소를 띠며 반공대로 화답했다. 제국 유일의 독립군단장과 소국의 군주. 서로 간의 우위가 확실하지 않은 관계에선 이런 애매한 말투가 차라리 어울렸다.

"바라는 바입니다."

입꼬리만 살짝 올리는 여왕의 미소에 카르도는 그녀의 얼굴에서 눈을 떼지 못했다. 그녀는 차분한 군주의 기품과 화려한 여인의 미소를 함께 가지고 있었다. 그래, 이런 걸 보려고 여기까지 내려온 거지.

"오는 동안 말 탄 사람을 본 적이 없는데, 고귀하신 분이 진귀한 구경을 시켜주시는군요. 말을 좋아하시나 봅니다."

"좋아하지. 별난 군주라고 생각하시오?"

"그럴 리가요. 저 역시 말을 좋아합니다. 아엘리아 카피톨리나로 부임한 이후부터는 자주 보지 못해 아쉬울 따름이죠. 그런 의미에서, 가까이 다가가도 되겠습니까?"

말보다 낙타가 더 좋다는 감상은 모래언덕 저 너머로 휙이휙이 날려 버리고, 카르도는 질문과 동시에 낙타를 여왕에게로 몰았다. 여왕의 대답은 한발 늦게 나왔다.

"그리하시오."

"영광입니다."

허락도 떨어졌겠다, 거침없이 여왕에게로 다가가던 카르도의 시선이 여왕의 뒤쪽에 머물렀다. 무언가 거슬리는 것이 그의 기감을 잡아끌고 있었다.

'음?'

원인을 찾는 것은 어렵지 않았다.

깊은 눈매에 단정한 이목구비를 가진 사내였다. 선이 분명한 어깨와 허리춤에 찬 검을 보건대 아마도 여왕을 호위하는 전사일 것이다.

하지만 카르도의 신경을 건드린 것은 뭇 사내들의 부러움을 살 그의 어깨도 아니고, 찬탄이 절로 나오는 긴 팔다리도 아니었다.

사내는 흑암 같았다. 끝이 없는 무저갱. 속을 모를 어둠. 단지 눈만 마주쳤을 뿐인데 기괴한 압박감이 느껴졌다. 그 압박감이 찌릿찌릿하며 카르도의 감각을 자극했다.

'인상적인 자로군.'

그러나 천성적으로 깊이 생각하는 것을 싫어하는 카르도는 일부러라도 사내가 뿜어내는 압박감을 무시했다.

피곤한 것은 딱 질색이다. 그리고 사람 사이의 마찰만큼 피곤한 것도 없다. 정신적으로 피곤할 바엔 차라리 몸이 힘든 게 낫다. 그러니 상대가 황제든, 사막의 전사든 피곤해질 것 같으면 일단 피하고 보자는 게 카르도의 인생철학이었다.

"이곳의 지리를 모르는 것이 안타깝습니다. 군인인 제가 앞장서 귀인을 인도하는 게 원칙인데 말이지요. 염치 불고하고, 인도를 부탁드리겠습니다."

낙타를 여왕의 벌어진 두 무릎에 닿을 만큼 가까이 붙이며 카르도가 말했다. 여왕은 눈동자만 슬쩍 움직여 아래를 내려다보곤 헛웃음을 지었다.

"혀가 매끄럽구려. 행동도 그러하고. 내가 아는 군인, 전사들은 하나같이 뻣뻣하기 그지없던데, 제국의 군단장은 과연 남다르오. 한데 낙타를 모는 실력도 남다른지?"

"부족하다고 느끼시진 않을 겁니다."

"하면 기대하리다."

점점 옆으로 다가온 카르도의 무릎이 여왕의 무릎에 닿기 직전, 그녀가 말머리를 돌렸다. 그녀를 수행해 온 전사들의 낙타도 한꺼번에 머리가 돌아갔다.

팟팟!

낙타의 뭉툭한 발굽이 모래를 파고드는 소리가 일사불란하다. 기다렸다는 듯 여왕이 말을 달려나갔다. 출발하겠다는 어떠한 신호도 없었다.

"엇?"

당황한 그가 외마디 소리를 내지르기 무섭게, 빨리 가라는 무언의 압력이 여왕의 전사들로부터 밀려왔다.

언제라도 달릴 준비가 되었다는 듯 허리를 숙여 낙타의 등과 평행을 만든 그들은 한 명의 예외도 없이 낙타의 고삐를 잡은 팔 근육을 긴장시키고 있었다.

특히나 그 사내. 흑암 같고 무저갱 같은 그 사내가 내뿜은 기운은 전사 중에서도 특히나 발군이었다. 이쯤 되니 대체 무슨 훈련을 어떻게 받은 것인지 궁금해졌다.

하지만 천하 없는 한량이라도 전장에서 구르다 보면 기민해지는 법이다. 그는 소국의 전사답지 않은 호위들의 기강에 질려 하며, 가늘고 긴 막대기로 낙타의 등짝을 후려쳤다.

입성한 카르도 일행은 왕성의 세 개 별관 중 본성에서 가장 가까운 동쪽 별관으로 안내되었다. 카르도와 페키스를 비롯한 군인들은 별관 2층 숙소에, 고용된 짐꾼이나 역할이 불분명한 평민은 1층에 각자의 짐을 풀었다.

그 과정에서 약간의 혼선이 있었는데, 미리암이 예상한 것보다 카르도 일행에 포함된 평민이 많았기 때문이다.

평민의 숫자가 별관 1층 숙소에서 수용할 수 있는 인원을 넘어서자 미리암은 특단의 대책을 강구했다. 평민 중 일부를 떼어내 여왕의 전사들과 같은 방을 쓰도록 한 것이다. 여왕과 카르도, 둘 다의 허락이 필요한 일이었다.

무례한 부탁이 될 수도 있었지만 카르도는 흔쾌히 허락했다. 여왕도 처음엔 그랬다. 방을 함께 쓰는 전사들 명단에 하일라바드가 포함된 것을 알기 전까지만.

"평민을? 하일라…… 아니, 셰이크 무자아히드도 말이냐?"

"셰이크 무자아히드도 평민인데 안 될 것 없지요. 싫으십니까?"

여왕이 이맛살을 찡그렸다.

"싫다, 좋다의 문제는 아닐 테지. 뭐 하는 자라던가?"

"제국의 군단장이 개인적으로 고용한 검투사라고 하더이다."

"검투사?"

적이 놀란 듯 여왕의 언성이 올라갔다. 아무리 평민이라지만 검투사라면 노예에 준한다. 같은 평민이라도 준귀족의 대우를 받을 자격이 있는 셰이크 무자아히드와는 격이 맞지 않았다.

하지만 미리암에게 하일라바드를 모욕할 의도는 추호도 없었다. 다만 마지막으로 여왕을 떠보려고 했을 뿐이다.

정말 그와의 거래를 끝내시려는 겁니까? 하면 어디까지 용납하시겠습니까? 이래도 상관없으십니까?

그리고 여왕은 잠시 침묵함으로써 그녀의 미련을 여과 없이 드러내 버렸다.

"주고받는 거래가 끝나간다 하신 말씀은 거짓이었습니까?"

"……."

"셰이크 무자아히드를 밀어내심에, 저에게 말씀하시지 않은 다른 이유가 있는 겁니까? 그날 밤, 저는 모르는 무슨 일이 진정 있었습니까?"

"……."

"폐하."

"아니, 그런 것이 아니야."

연이은 미리암의 추궁에 여왕이 피곤한 듯 이마를 짚으며 손을 휘휘 내저었다.

"어쨌든 셰이크 무자아히드지 않나. 셰이크 무자아히드가 평민 검투사와 한 처소를 사용하는 것이 나의 위신에 썩 도움이 될 것 같지는 않아서 망설인 거다."

반박의 여지가 없는, 정말 그럴듯한 핑계였다. 거기까진 미처 생각 못 한 미리암의 얼굴에 드물게도 민망함이 어렸다.

"이런 실수를……. 하면 셰이크 무자아히드는 명단에서 제하겠습니다."

"그냥 두어. 그리고 전사가 아닌 것도 아니고. 손님 접대는 제대로 해야 하지 않겠느냐."

"하나 폐하의 위신이……."

"그가 누구와 처소를 나누어 쓴다는 이유로 내 위신에 흠집이 생긴다면, 내가 그동안 군주로서 위엄을 제대로 세우지 못했다는 뜻이겠지. 난 그리 행동해 오지 않았다. 하니 가서 몸단장하는 아이들이나 불러오라. 이러다 저녁 연회에 늦겠구나."

여왕은 단호한 어조로 더 이상의 반론을 막았다. 어쩐지 주제 자체를 불편하게 여기는 느낌이 들었지만, 미리암은 여왕이 받아들였다는 사실만을 중요하게 생각하기로 했다.

가볍게 전사들의 훈련을 마치고 처소로 돌아온 하일라바드는 처소의 문을 열었다가, 닫고, 제 처소 문이 맞다는 것을 재차 확인한 뒤 다시 열었다.

낯선 이가 제 처소에 있었다. 나이는 하일라바드보다 족히 열 살은 많아 보였다.

뙤약볕에 탔음에도 붉은 기가 감도는 피부와 얇은 턱선만 봐도 확실히 아라비아인은 아니다. 하일라바드는 어렵지 않게, 상대가 제국 군단장의 일행임을 짐작했다.

군단장 일행의 일부가 전사들 일부와 처소를 공유하기로 했다는 것은 이미 들었다. 하지만 그 일부에 자신이 포함되어 있을 줄은 몰랐다.

시녀장은 그에게 아무런 언질을 주지 않았다. 그렇다는 것은, 알려줄 필요를 느끼지 못했다는 뜻이다. 그리고 시녀장의 모든 결정은 여왕의 허락하에 내려진다.

그 사실이 그를 쓸쓸하게 했다.

'이제 이런 건 굳이 말하지 않아도 된다는 거겠지.'

더 이상 너는 특별하지 않다고 말하는 소리를 듣는다. 그렇게 여왕의 삶에서 내쳐지는 것을 자각한다. 가슴 전체에 전갈 독이 묻은 듯 아리고, 아팠다.

욱신거리는 가슴을 어루만지며 하일라바드는 낯선 사내를 바라보았다.

제가 느끼는 감정적인 쓸쓸함과는 별개로, 저 사내는 존중받을 자격이 있었다. 손님의 일행은 곧 손님이었으니까.

사적 공간이란 개념이 희박한 베두인들에게 다른 사람을 제 처소에 들이는 일은 아무것도 아니었다. 문제는 베두인이 자랑으로 삼는 손님 대접이 힘들다는 점이다.

'대체 말이 통해야, 뭘⋯⋯.'

그와 비슷한 곤란함을 느끼고 있었던 듯 낯선 사내가 어색하게 웃었다.

두 사내는 서로 어색함과 곤란함이 반반씩 섞인 시선을 교환하며 바라보다 거의 동시에 입을 열었다.

"난—"

"제—"

한데 사내 쪽이 조금 빨랐다.

"난 아람어를 할 줄 아오."

“…….”

하일라바드는 튀어나오려던 말을 삼키고, 연장자에 대한 예우로 고개를 숙여 보였다. 그러자 사내가 손을 휘저었다.

“아니, 아니. 그러지 말아요. 군주의 전사에게 인사를 받을 처지는 아니니까. 아, 내 발음이 좀 어색한가…….”

“아니요. 괜찮은 아람어입니다.”

“그래요?”

삐죽삐죽 솟아난 수염을 만지작거리며 사내가 호탕하게 웃었다.

“히브리인들이 하는 말을 듣고 알음알음 배운 건데, 다행이오. 아무튼 존대는 할 필요 없소. 난 검투사요. 제국에선 노예와 별 차이가 없지.”

“…….”

“원래 노예나 전쟁 포로들이 많이 하는 일인데 내가 무산자(無産者), 그러니까 돈이 원체 없다 보니……. 다른 재주도 없고, 가진 건 몸뚱어리뿐이라 몸 쓰는 일이 뭐가 있을까 하다가, 이 일에 뛰어들었소.”

붙임성이 좋은 사내는 묻지도 않은 제 신변잡기를 풀어놓았다. 하일라바드가 멀뚱멀뚱 듣고 있기만 하니 멋쩍어 더 그러했을 것이다.

사내는 히스파니아의 변방 출신이었다. 검투사가 되어 제국 수도 한번 밟아보려 했으나 여의치 않았고, 어쩌다 보니 아엘리아 카피톨리나까지 흘러 들어 왔다고 했다.

“거기도 라티움, 제국 수도 말이오. 라티움에 비하면 내 고향만큼 시골이긴 하지만, 그래도 제국의 귀족은 있더군. 그래서 겨우 일자리를 얻었소. 운이 좋았지. 지금 고용주는 씀씀이도 크고 성격도 거침이 없으니 더 일할 맛이 나오. 한 번만 더 이기면 고향으로 돌아갈 수 있을 것 같소, 하하.”

“…….”

“거, 참. 지독하게 과묵하구려.”

혼자 말하기에도 지쳤는지, 사내가 입맛을 다셨다. 하일라바드는 억지로 운을 뗐다.

"고용주…… 그러니까 제국의 군단장은 어떤 사람입니까?"

"아, 내 지금 고용주 말이오? 말했지 않소. 씀씀이도 크고 성격도 거침이 없다고. 나만 해도 보오, 언감생심 검투사 따위가 제국 귀족의 여행 행렬에 낄 법이나 한가? 한데 내가 남부 아라비아에 꼭 가보고 싶다 하니 내 청을 들어주시지 뭐요. 내 시합이 재미있었다나 뭐라나."

하일라바드의 입에서 먼저 질문이 나오는 게 얼마나 드문 일인지도 모른 채, 사내는 신나서 떠들었다.

"혈통도 좋소. 내, 이름은 정확하게는 모르지만 조상 중에 제국 황제도 있다 하오. 당연히 가문도 어마어마한 부자지. 갈리아 땅 절반이 그 가문의 소유라던가? 가문에서 부리는 사람이 몇 명이고 노예가 몇 명이고, 기술자가 몇 명인지는 헤아릴 수도 없다고 하더이다. 그러니 라티움에선 또 인기가 얼마나 많았겠소. 그분이 연회에만 가면 사람들이 좋아서 난리를 피웠다 하더군. 그런 분이 아엘리아 카피톨리나 같은 변방까지 왜 왔는지, 원. 모르긴 몰라도 꽤 답답하실 게요."

신분이 신분이다 보니, 사내는 카르도에 대해서 속속들이 알진 못했다. 하지만 사막의 전사가 제국의 군단장을 이해하는 데에는 구체적인 설명이 필요하지 않았다. 제국의 군단장은, 여왕의 소망을 충분히 들어줄 수 있는 사람이었다.

그걸로 충분했다.

"……그렇군요."

"그렇지. 아차차. 내 정신을. 우리 아직 통성명도 하지 않았소. 난 푸르엘이라요. 그쪽은 아버지 이름이 뭐요?"

이미 아라비아인들을 많이 만나 본 듯, 푸르엘라는 정확하게 아비의 이름을 물었다. 하일라바드는 '카림'이라고 짤막하게 대답했다.

"하면 이븐 카림이라고 부르면 되겠구려. 한데 이븐 카림, 내 듣자 하니 우리 같은 평민과 같은 처소를 쓰는 자들은 이곳 군주의 전사라고 하던데, 그대도 그렇소?"

"예."

"아, 역시 그렇구려. 들어올 때 너무 젊어 보여서 혹시나 했소. 하면 어떻소? 같이 칼밥 먹는 처지에, 아, 나는 다른 검투사들과 다르게 칼을 주로 쓰오. 아무튼 같이 칼밥 먹는 처지끼리 가볍게 몸 좀 풀어봅시다. 비가 오는 통에 계속 갇혀 있었더니 이거 원, 몸이 찌뿌둥해서……."

오른손으로 왼쪽 어깨를 잡은 그가 어깨를 휘휘 돌렸다. 하일라바드는 곤란해하며, 하지만 무뚝뚝한 얼굴로 고개를 저었다.

"죄송합니다만, 저는 몸을 풀기 위해 검을 들지 않습니다."

"존대는 관두래도. 아니면 내가 무산자라서 거리를 두려는 거요?"

"그런 의도는 결코 아닙……."

"하면 뭐가 문제요? 댁도 알지 않소? 우리 같은 이들이 하루 몸을 안 움직이면 얼마나 감이 떨어지는지. 내 고용주야 탱자탱자 놀다 가면 그만이지만 나는 가서 또 목숨 거는 일을 해야 한단 말이오."

하일라바드가 거푸 거절했지만 푸르엘라는 끈덕지게 달라붙어, 그를 졸라댔다.

"한데 여기선 뭘 할 수가 있어야지. 함부로 칼을 들 수가 있나, 검을 찬 사내 아무나 붙잡고 싸워보자고 할 수가 있나."

"……."

"그러지 말고 나갑시다. 뜨뜻미지근한 싸움이 될까 봐 걱정이라면, 내 진짜처럼 싸우겠소. 댁도 진짜처럼 상대해 주오. 살벌……."

하일라바드가 손을 움직였다.

순간, 어쩌면 '살벌하게 싸워보자'는 말이 되었을 푸르엘라의 말은, 채 완성이 되지 못하고 목구멍 아래로 사라졌다.

긴 손가락 끝에 걸린 짧은 막대기가 그의 목젖을 정확하게 찌르고 있었다. 푸르엘라는 그제야 그것이 파피루스에 기록하는 상아 펜이라는 것을 깨달았다. 본래는 침대 옆 협탁 위에 놓여 있던 것을 하일라바드가 들어 제 목을 찌를 때까지, 그는 아무것도 보지 못했다.

"방금, 죽었습니다."

"……."

"제 싸움은 이렇습니다."

"……."

그사이 사람이 바뀌기라도 한 듯 푸르엘라는 단 한 마디도 하지 않았다. 경악에 찬 푸르엘라의 눈동자를 바라보며 하일라바드는 한숨을 쉬었다.

이 손짓에 감정이 실리지 않았다면 거짓말일 것이다. 사실 그는 조금 짜증이 난 상태였다. 그리고 그 짜증의 저변엔, 무엇 하나 빠지는 것 없는 제국 군단장의 존재가 잔뜩 깔려 있었다. 카르도의 부, 혈통, 신분, 그가 쥔 권력……. 애꿎은 푸르엘라만 저열한 분풀이의 대상이 된 셈이었다.

"손님께 실례를 범했습니다. 용서하십시오. 가벼운 결투를 원하신다면, 전사 중에서 적당한 자를 물색하여 보내 드리겠습니다."

"아, 아, 아아아니오! 괘, 괜찮소, 아니, 괜찮습니다! 몸은 내가 알아서 풀겠습니다. 달리든 뛰든 알아서, 내, 알아서 하겠소!"

그의 정중한 사과에 푸르엘라는 더욱 사색이 되어 손사래를 쳤다. 말투도 존대와 하대를 오고 갔다. 하일라바드는 더욱 미안해졌다.

"죄송합니다."

"아니! 아닙니다! 사과 같은 건 하지 말아요. 저기, 난 우리 일행이 어디 있나 좀 보고 오겠소이다. 그, 그럼 편하게 쉬고 있으십쇼."

"아닙니다. 손님을 이리 쫓아내듯 내보낼 수는 없……."

"그럼! 그럼, 내가 여기 가만히 앉아 있겠소. 숨소리도 내지 않고 앉아 있겠소. 하, 하. 하, 하, 하."

어색한 웃음소리를 내며 푸르엘라가 창가 의자에 정자세를 하고 앉았다. 이대로 나가는 것도, 손님을 혼자 두는 것도 예의에 어긋나는지라 하일라바드는 그와 멀찍이 떨어진 문가에 자리를 잡았다.

두 남자는 그 후로 저녁 연회 시간이 되어 하일라바드가 나갈 때까지 한 마디도 나누지 않았다. 하일라바드가 나가길 손꼽아 기다리는 푸르엘라나,

저녁 연회에서 보게 될 여왕과 카르도의 모습을 상상하는 하일라바드나. 모두에게 지옥 같은 시간이었다.

❖

숙소에다 각자 짐을 푼 카르도 일행은 저녁 시간이 되어 대연회장으로 내려갔다.

연회장은 철저하게 제국식으로 꾸며져 있었다. 얼마 전까지만 해도 베두인식의 낮은 식탁이 있었던 자리엔 높고 길쭉한 제국식 식탁이 등장했고, 연회장 곳곳에 제국식 긴 의자가 놓였다. 음식이 나오는 방식도, 종류도 제국의 풍습을 따랐다.

연회장에 들어선 카르도는 아주 당연하게 가장 안쪽 자리로 향했다. 낮은 등받이가 있는 곡선형에, 가죽으로 마감한 긴 의자는 제국 연회에서 상석이었다.

의자 왼편에 자리를 잡고 잠시 기다리자 옷을 갈아입은 여왕이 그녀의 전사들과 함께 들어왔다.

제국의 풍습에 따르면 자리에 앉을 수 있는 사람은 여왕뿐이다. 전사들은 상석과 1큐빗 떨어진 곳에서 걸음을 멈췄고, 여왕은 카르도와의 거리가 반큐빗에 못 미치는 곳에 앉았다.

밀어를 나눌 수는 없지만 운이 좋으면 어깨가 닿을 수도 있는 거리. 여왕의 자리 선정에 감탄한 카르도는 등받이에 팔을 걸치고, 여왕을 향해 허리를 비틀었다.

"실로 놀랐습니다. 남부 아라비아에서 제국의 향취를 느낄 수 있다니. 시녀들의 옷차림이 아니었으면 꿈을 꾸고 있다고 생각하였을 겁니다."

"시녀장의 솜씨지. 어찌, 마음에 족하시오?"

"족하다 뿐입니까? 없던 향수병이 생길 지경인 것을요. 특히나 이것은⋯⋯."

카르도가 전채로 나온 음식을 집어 들었다. 잘 구운 메추리 고기에 꿀과 해바라기 씨앗을 끼얹은, 본토에서 가장 인기가 많은 전채 요리였다.

"아엘리아 카피톨리나로 온 뒤 유독 생각이 나더군요. 하여 식탁에 올라온 것을 보고 반가웠습니다."

"그런 사연이 있을 줄은 몰랐소. 제국 귀족들이 즐겨 먹는 음식이라 하여 준비한 것인데. 그대가 운이 좋은 것인가, 손님을 잘 대접하게 된 내가 운이 좋은 것인가?"

"제가 운이 좋은 것입니다. 하하. 하나 이 연회에 아라비아 전통 음식이 나왔다 하여도 저는 족하였을 것 같군요. 자랑은 아니지만 적응이 빠른 편이거든요. 음식 투정도 하지 않고. 어디서든 잘살 자신이 있습니다."

생선 기름에 튀긴 병아리콩으로 손을 뻗는 카르도의 어깨가 기울었다. 여왕은 점점 다가오는 그의 어깨를 슬쩍 피해, 커다랗고 푹신한 허리받이에 팔꿈치를 대고 몸을 반쯤 뉘었다.

"전장을 따라 옮겨 다니다 보면 없던 적응력도 생긴다더니, 확실히 군인은 군인이구려."

"반대죠. 적응력이 좋아서 군인이 된 것입니다. 사실 군인으로서 저는 무능하다는 평가가 어울릴 것입니다. 다른 재주도 없으니 군인이 되지 않았다면 지금쯤 가문의 재산이나 까먹으면서 무위도식하고 있겠지요."

"스무 명도 안 되는 제국의 군단장이 그 무슨 겸손을. 듣기로는 8년 전 도나비우스 전투에서 크게 승리한 공로로 군단장의 지위에 올랐다고 들었소만. 승전 장군에게 무능이란 단어는 어울리지 않소."

"그건 운이 좋았죠. 아니, 어쩌면 나빴다고 해야 할까요?"

스스로도 결론을 내릴 수 없는 카르도는 고개를 갸웃거렸다.

"도나비우스 전투에 참전했을 때 저는 트리부누스 밀리툼, 그러니까 군사호민관이었습니다. 그것도 막 차출된 따끈따끈한 신참이었죠. 본래 트리부누스 밀리툼은 1개 대대를 이끌거나 레가투스를 직접 보좌하는 것이 관례지만 신참에게 그런 자리가 주어질 리가 없지 않습니까? 하여 처음엔 1대대의 대대장의 부관 역할을 맡았습니다."

"내, 제국의 군편제에 대해 정확히 아는 것은 아니나 군사 호민관은 상당한 유망주들에게만 돌아가는 자리라고 알고 있는데. 심지어 선출직이고. 하면 능력은 이미 인정받은 것 아니오?"

"가문의 위세를 등에 업고 있는데 선출직이 어렵겠습니까? 승계보다 선출이 공정하다고는 하지만, 권력과 위세에서 완벽히 자유로운 사람은 없지요."

술잔을 잡은 카르도가 이를 드러내고 웃었다. 군인이라고는 믿을 수 없을 만큼 경쾌한 미소였다.

"제 능력의 한계를 알기에, 대대장의 부관으로 임관했지만 제겐 그게 나았습니다. 더 이상의 명예를 바라지 않았으니까요. 한데 문제가 생겨 버린 겁니다."

"무슨 문제길래?"

"레가투스가 전사했습니다. 자연스레 제 상관이었던 1대대장이 군단장이 되었고, 저 또한 얼렁뚱땅 군단장의 부관으로 승진했죠. 한데 제 상관이 대단한 군인이었지 뭡니까. 그분이 군단장이 된 후부터 수세에 몰려 있던 제국군은 연승을 거듭했습니다. 결국 갈리아인들을 도나우비스 강 건너까지 몰아붙였지요. 그야말로 승리가 목전이었고, 손을 뻗어 열매를 따기만 하면 되는 상황이었는데……."

혹시나 하는 마음에 여왕이 물었다.

"설마 그 상관도 전사했소?"

"정확하십니다."

"운이 좋은 것인지 나쁜 것인지 모르겠다고 한 것은, 승진은 좋은 것이나 군인으로서 큰 명예는 바라지 않았기 때문이고?"

"명예처럼 사람 번거롭게 하고 피곤하게 하는 것이 또 없지요."

여왕이 폭소를 터트렸다.

"이런!"

박장대소하는 여왕의 웃음은 약간 과장되어 있었다. 마치 누군가 그녀의 웃음을 들어주길 원하는 듯했다. 목소리도 유독 컸다.

"세상에. 그대는 결코 무위도식하고 살았을 것 같지 않소. 참이든 거짓이든 이리 얘길 잘하는데, 아무리 못해도 이야기꾼은 되지 않았겠는가?"

"제 이야기는 모두 참입니다. 하나 거짓이라면 이야기꾼으로서 자격이 없지요."

"그건 또 어찌 그러시오?"

"여군주께서 결말을 맞히셨으니까요. 뻔한 이야기에 누가 관심을 갖겠습니까? 굶어 죽기 십상이니, 제 이야기가 참인 것이 다행입니다."

자신의 무능함을 말할 때도, 가문의 배경이 버티고 있다는 말을 할 때도 그는 시종일관 당당했다. 어쩌면 부끄러움을 모르는 그 당당함이야말로 인생에서 연승 가도만 달려온 그의 행운의 비법일 것이다.

"좋소. 그대의 이야기가 거짓 한 톨 섞이지 않은 참임을 내 믿으리다. 하면 아엘리아 카피톨리나로의 전출도 그대가 원한 것이 아닌가 보오. 큰 명예를 바라지 않았다고 하는 그대라면 도나비우스 전투 이후 전역하고 싶어 했을 것 같은데."

"아, 아닙니다. 그 부분은 제가 바란 것이 맞습니다."

"음? 그건 또 뜻밖이구려. 특별한 이유라도 있었소?"

"궁금하십니까?"

궁금하냐고 묻는 목소리에 은근한 웃음기가 어려 있었다. 여왕도 장난스러운 표정으로 고개를 흔들었다.

"진실로 궁금한 것은 따로 있지."

"무엇입니까, 그게."

"번거롭고 피곤한 것이 싫어서 명예도 마다하는 사람이 무슨 까닭으로 남부 아라비아까지 내려온 것인가. 그것도 퍽 피곤한 일일 텐데 말이오."

"제가 답을 드리면 여군주께서도 제 질문에 답을 주시지요."

"무엇이 궁금하기에?"

"제게 무엇을 원하시는 겁니까?"

"……."

너무 날카로운 질문이었는지 여왕이 입을 다물었다. 하지만 본래 즉흥적인 성향이 농후한 카르도는 내친김에 한 걸음 더 나아갔다.

"원하는 것을 드리면, 폐하께서는 제게 무엇을 주시겠습니까?"

일종의 거래를 제안한 셈이었고, 그는 여왕이 거래를 받아들이리라 믿어 의심치 않았다.

여러 가지 정황과 페키스가 건넨 단편적인 정보를 통해 그녀가 간절하다고 판단했기 때문이다.

간절하지 않다면 무엇 때문에 그토록 막대한 돈을 써가며 절 불러 왔겠는가. 간절한 사람은 다루기 쉽다. 간절한 여인은 더 쉽다. 간절함을 이용해 조금 주고 크게 얻으려는 카르도에겐 최적의 먹잇감이었다.

결국 모든 판단의 이면엔 상대가 여인이라는, 부정할 수 없는 사실이 편견으로 작용하고 있었다.

"글쎄. 그건 그대가 어디까지 줄 수 있냐에 따라 달라지지 않겠소?"

"그러니 얘기나 한번 해보시지요."

"순서가 틀렸다오. 조금 급해."

카르도와 똑같은 자세로 관자놀이에 손가락을 가져다 대며 여왕이 생글생글 웃었다.

"내가 무엇을 필요로 하는지보다, 내가 그대에게 여까지 온 까닭을 왜 물었는지 생각해 보는 것이 먼저라고 생각하지 않소?"

"왜 물으셨습니까?"

"그대에게 시간이 얼마나 있는지 궁금했거든. 본래 사막의 민족들은 이민족을 쉽게 믿지도, 사귀지도 않소. 하여 시일을 두고 그대와 천천히 알아가려 하였지. 한데 시간이 얼마 없으신가 보오? 다짜고짜 본론이라니. 아니면, 급한 것은 시간이 아니라 성정인가?"

"시간이 없어서 그런 거라 답하면, 알아가는 데 걸리는 시간이 줄어들겠습니까?"

여왕의 미소가 더욱 진해졌다.

"나는 보통 사람보다 더 의심이 많다오."

"……."

완벽한 대답이었다.

"한 가지 더 알려 드리지. 우리는 자리에 맞지 않는 대화를 싫어하오. 딱딱한 민족이라 생각할 수도 있지만, 제국에도 이 비슷한 풍속이 있다고 들었소."

"제국의 연회에선 죽음을 연상케 하는 주제가 암묵적인 금기지요. 골치가 아파지거든요."

"바로 그렇소. 하니 이 자리에서 골치 아파질 이야기는 관둡시다. 오늘은 그저 연회를 즐기시오. 맛있는 음식을 먹고, 향긋한 술을 마셔요. 술과 음식을 앞에 두고 서로 기분 상할지도 모를 이야기를 나누는 것은 주인을 부끄럽게 만드는 일이라오."

그녀가 술잔을 눈썹 높이까지 들어 올렸다. 순간 카르도는 적은 노력으로 큰 이익을 보려는 계획을 폐기 처분했다.

그리고 새로운 계획을 세웠다.

"제가 무례를 범했군요. 여군주께서 말씀하신 바대로 하겠습니다."

잔을 앞으로 내밀어 서로 부딪치는 흉내를 낸 그가 술잔을 입술로 가져가며 말했다. 그의 입가에 여왕의 그것보다 더 진한 미소가 떠올랐다.

"아직, 시간은 많으니까요."

연회는 안 나스르 앗 타이르(An nasr aṭ ṭāʼir, 독수리자리 알파) 별이 달을 지나 중천을 넘어가고 나서야 끝났다.

그 무렵 카르도는 제 발로 걷기가 힘들 만큼 취해 있었다. 취하는 것은 손님으로서 그의 의무였지만, 정도를 벗어난 폭음에 대한 책임은 그의 부관인 페키스의 몫이었다.

"으아!"

발도 제대로 가누지 못하는 상관을 업고 겨우겨우 침실까지 들어온 페키스는 괴상한 기합을 내지르며 카르도를 등에 매단 채로 침대에 누웠다. 건장한 사내의 몸에 짓눌린 카르도가 버둥거렸다.

"컥!"

"일어나시죠? 안 취하신 거 다 아니까."

카르도는 거의 번개를 방불케 하는 속도로 일어났다.

"알았냐?"

"제가 카르도 님의 주량을 모릅니까? 아까 토하고 오신 것도 봤습니다. 이걸로 입이나 헹구십쇼."

한심하다는 듯 얼굴 반쪽을 일그러트리며 물 잔을 건네자 카르도가 잔에 담긴 물을 단번에 들이켰다.

"한데 웬일로 술을 그리 드신 겁니까? 아엘리아 카피톨리나로 부임하신 뒤로 얌전하게 사시더니, 개 버릇 고양이한테 못 준 겁니까?"

"연회를 즐기라더군. 모름지기 연회라면 배 터질 때까지 먹고, 속에 있는 것을 두세 번은 게워낼 때까지 취해야 하는 거지."

"언제부터 남의 말을 그리 잘 들으셨다고요?"

"만만한 여자가 아니야. 사람을 꼼짝 못 하게 만들어."

"예예. 확실히, 보통 여자는 아닌 것 같더군요."

건성건성 답한 페키스가 바닥에 앉았다. 체중을 실은 양 손바닥으로 바닥을 짚고 두 다리를 쭉 뻗은, 상당히 방만한 자세였지만 카르도는 이맛살 한번 구기지 않았다. 이 정도 격의 없음은 두 사람 사이에는 일상이었다.

"여왕이 뭘 원하는지 알아낸 거냐?"

"말씀드렸잖습니까. 보통 여자가 아니라고. 얼마나 입단속을 시켜놨는지, 시녀들이고 전사들이고, 여왕에 대해서 물어볼라치면 다들 입을 딱 다물어요. 게다가 이 나라 사람들, 나라말이 따로 있어서 아람어 할 줄 아는 사람이 드물더라고요."

"그래도 명색이 내 트리부누스인데 아무런 성과도 없는 건 아니겠지. 일단 썰부터 풀어봐."

"여왕 위로 오라비가 둘 있었는데 둘 다 일찍 죽고, 여왕이 왕위에 올랐답니다. 어린 나이였나 봐요. 왕국 제일이라는 귀족 가문의 위세에 짓눌려 살다가, 얼마 전에 그 가문을 숙청했답니다. 혼인은 안 했고, 옆 나라와 사이는 최악이고. 또 뭐 있지? 아, 댐."

"댐?"

"예."

그리고 페키스는 저도 주워들은 마립댐에 관한 이야기를 카르도에게 전달했다.

"겉보기엔 번지르르한 부자 나라가 왜 이렇게 쇠약해진 건지 물어봤더니 댐 때문이라고 하더군요. 그 댐이 망가져서 이 나라가 더 크질 못하는 것 같아요. 자세한 건 상태와 지리적인 위치를 봐야 알겠지만요. 얘기해 준 전사도 더 이상은 모르는지, 이게 답니다."

별것 아니라는 듯 페키스가 어깨를 으쓱거렸다. 하지만 댐이라는 말을 들은 카르도는 짐작 가는 바가 있었다.

"과연…… 댐이란 말이지? 이거 원, 생각보다 더 대단한 여잔데? 아주 야심만만해."

"칭찬의 방향이 틀린 것 같은데요? 방금 전 평가의 1/5만 들려줬어도 황제의 눈밖에 벗어나는 일은 없으셨을 텐데요."

"무슨 멍청한 소리야. 내가 이런 칭찬을 한다고 황제가 좋아할 것 같아? 오히려 더 경계하지. 꿍꿍이가 있다고 생각할걸?"

"하긴. 그것도 그러네요. 암살 미수 이후 사람 못 믿죠."

암군에 폭군. 황제에 대한 제국민의 평가였다. 그 때문에 벌써 두 차례나 암살 위협을 겪은 황제를 동정하는 사람은 거의 없었다. 그런 평가는 카르도라고 해서 크게 다르지 않았다.

"그리고 사람이 어지간해야 칭찬을 하지. 아무리 내가 혓바닥에 꿀을 발랐다고 해도 안 되는 건 안 되는 거야. 그래서 이 여왕이 더 대단해 보이는 것일 수도 있지마는."

"뭐가 그렇게 대단한데요? 아. 미모 말고요. 그건 저도 인정합니다."

"일단 자제력이 대단해. 본래 목마른 사람이 우물을 파지 않나. 알아서 우물 좀 파라고 슬쩍 미끼를 던졌는데 안 물더군. 장담하는데 그 여자, 거래에서 손해 본 적 없어. 상대에게 주도권을 내주지 않거든."

"흐음……."

"부리는 자들의 입단속을 잘 시킨 것 같다고 했지? 입단속을 시킨 게 아니야. 여왕이 뭘 계획하고 어떠한 청사진을 그리는지, 그들은 모르는 거다. 신뢰하는 사람이 몇 없다는 증거지. 기껏해야 그 시녀장이라는 여인 정도일까? 어린 나이에 왕위에 올랐다면 암살 위협에 시달렸을 수도 있겠군. 아마 그것도 성격 형성에 영향을 미쳤을 거야."

군인이 안 되었다면 무위도식자가 되었을 거라는 카르도의 자평은 옳았다. 그의 예리함과 상황 판단은 군인보다는 정치가에 더 잘 어울렸으니까. 그리고 그는, 정치가를 할 생각이 추호도 없었다.

"혼자서 판단하고 혼자서 결정을 내리는 성향. 그렇다고 해서 독불장군인 건 아니고. 합리적인 면모가 있어. 물론 적당한 과시욕도 있었고. 화장이 진했거든. 그리고 결단력. 이거 중요한데, 날 불러들인 거 보면 결단력에 과단성도 보통이 아니야. 게다가 머리도 좋아. 라틴어로 대화하는 데 막힘이 없더군."

"그야말로 여 '군주' 로군요."

"이상적인 군주상이지. 덕분에 한 방 먹었지만. 제국식 양아치 짓 좀 해보려고 했는데 그건 안 되겠어. 그래서 계획을 바꿨다."

"하지 마십시오."

"들어보지도 않고?"

어이없다는 듯 카르도가 눈을 부릅떴다. 하지만 페키스는 단호했다.

"지금 카르도 님이 어떤 얼굴을 하고 있는지 아십니까? 5년 전 저주받은 그

날, '페키스! 아엘리아 카피톨리나다!' 하면서 저희 집 문을 벌컥 열고 들어오실 때와 똑같은 표정이에요. 아람어라고는 아빠(Abba, 아버지)밖에 모르시는 분이 아엘리아 카피톨리나라니. 그거 완전히 즉흥적인 결정이었잖아요."

"음……."

"카르도 님은 말이죠. 인생의 중요한 결정을 너무 즉흥적으로 하시는 경향이 있어요. 애초에 군인이 되신 것도 연회에서 술 마시고 토하시다가 작심하신 거 아닙니까?"

"그렇게 살아야 인생이 고민 없고 행복한 거야."

"카르도 님의 그 결정 때문에 피해 보는 사람이 생긴다는 게 문제죠. 대표적으로 저! 특히 저! 전 군인 될 생각도 없었고, 아엘리아 카피톨리나로 올 생각도 없었다고요. 카르도 님이 뭘 결정하시면 제가 귀찮고 번거로워진단 말입니다. 그러니까 뭘 결정하셨든, 어떤 계획을 세우셨든 하지 마십시오. 전 안 들을 겁니다."

페키스가 양손으로 귀를 막았다. 이 얘기는 여기서 그만하겠다는 표시였다. 카르도는 그의 부관의 건방짐을 탓하지도, 달래지도, 설득하지도 않았다.

"불명예 제대."

페키스의 어깨가 움찔, 튀어 올랐다.

"알지? 불명예 제대하면 퇴직 연금 없는 거. 아, 참. 변방을 전전하느라 까맣게 잊고 있는 모양인데 너 밑으로 여동생이 둘이나 있다? 참고로 둘 다 혼인 안 했고, 제국에선 여인이 혼인할 때 지참금을 들고 가야 정식 혼인으로 인정을 받지. 퇴직 연금 못 받는데 동생들 지참금은 어떻게 만들지?"

침대에 반쯤 드러누운 자세로 빙글빙글 웃으며, 카르도는 페키스가 오전에 한 말을 인용하여 그를 궁지로 몰았다.

세상에서 가장 값싼 무릎을 가진 페키스는 순식간에 태도를 바꿨다.

"전장의 영광, 마르스의 화신, 도나비우스 전투의 영웅. 데셈 프레텐시스 (X Pretensis, 10군단의 정식 명칭)의 지도자, 레가투스 카르도 베스파시아누스

파두세우스. 명령만 내려주십시오."

한쪽 무릎은 바닥에 대고, 반대쪽 무릎은 세운 페키스가 오른쪽 주먹으로 왼쪽 가슴을 쳤다. 카르도는 근엄한 표정으로 명했다.

"여왕의 시녀장 말이다. 그 시녀장한테 가서 내 말을 전해."

"이 시간에요? 자는 사람을 깨우란 말씀이십니까?"

"안 자. 절대 안 자고 있어. 그 시녀장도, 여왕도. 머리가 복잡할 거거든. 너와 내가 얘기하듯 그 둘도 이야기하고 있을 거야."

확신에 가까운 예상이었다. 페키스는 수긍했다.

"뭐라고 전할까요?"

"내가 여왕과 만나길 원한다고. 연회 같은 거 말고, 수행하는 사람 없이 단둘이서만."

"한마디로 은밀한 만남을 주선하라는 거군요. 설마 여왕을 덮치실 생각은 아니죠?"

"팍, 씨! 내가 그럴 사람 같아?"

무섭게 표정을 일그러뜨린 카르도가 으르렁거렸다.

"아뇨. 카르도 님은 그런 사람은 아니시죠. 뭐든 대놓고 하시는 분이죠. 그런 분이 은밀한 만남을 주선하라시니 이상하죠. 대체 무슨 계획을 세우신 겁니까?"

"안 들을 거라면서?"

"전장의 영광, 마르스의 화신, 도나비우스 전투의……."

"알았어, 알았어. 적당히 해."

그리고 카르도는 그의 창대한 계획을 충직한 부관에게 알려주었다. 얘기를 다 들은 페키스가 판단하기로는, 창대하다기보다는 한심한 계획 같았다. 거기에 즉흥성은 필수불가결이다.

하지만 본래 이런 것이 카르도 베스파시아누스다운 계획이었다. 말려봤자 소용없다는 것을 깨달은 페키스는 혀를 차며 고개만 저었다.

미리암이 연회의 뒷정리를 마무리하고 왔을 때, 여왕은 무릎을 끌어안은 채로 침실 노대 구석에 앉아 있었다.

"폐하."

하지만 아이벡스(뿔이 뒤쪽으로 길게 휜 야생 염소의 일종)의 머리가 양각된 노대 난간 틈새로 고개를 내민 그녀는 미리암의 부름을 듣지 못한 듯했다.

바깥의 정경을 보고 있는 것 같지만, 초점이 모호한 여왕의 눈동자는 사실상 그녀가 아무것도 바라보지 않는다는 것을 미리암에게 알려주었다. 미리암은 조심스럽게 손을 뻗었다.

"폐하……."

"아."

손가락을 웅크려 여왕의 팔뚝을 움켜쥐자, 그제야 여왕이 몸을 떨며 고개를 틀었다.

목표물을 찾은 시선이 명료해진다. 그녀가 웃었다.

"미리암, 놀랐잖나."

여전히 밀랍 인형처럼 희끄무레한 미소였다. 아니, 그보다 더 심하다. 다만 힘이 없었을 뿐, 낮에 본 여왕의 미소는 적어도 미소 같긴 했다. 그러나 지금은 돌멩이에 그려 놓은 웃는 얼굴을 보는 느낌이었다.

"어찌 이러고 계십니까?"

"술기운이 오르는 것 같아 정신 좀 차리고 있었다. 바닥이 차서 좋구나. 숙취에 좋다는 음료나 요리보다 나아."

"하면 차가운 목욕물을 준비하라 이르겠습니다. 들어가시지요. 이리 계시는 것은 군주의 위신을 떨어트립니다."

"그대 말고 보는 사람이 또 누가 있다고 위신이 떨어지나?"

그러나 여왕은 투덜거리면서도 자리에서 일어나 침실로 들어갔다.

침실로 들어선 여왕이 아침나절까지 제국식 긴 의자가 있던 자리 앞에서 우뚝, 멈춰 섰다. 빠르게 깜빡이는 눈동자가 의자의 행방을 고민하는 듯했다.

상상조차 해본 적 없는 바보 같은 행동에 미리암은 숨이 턱 막히는 느낌을 받았다.

"명하신 대로 버렸습니다."

"……그래. 내가 그랬지."

고개를 주억거린 여왕은 그 주변을 좀 더 배회하다, 미리암이 새로 들여놓은 의자에 앉았다. 팔걸이가 없고, 발을 쭉 뻗을 수 있도록 발 받침대를 따로 둔 낮은 의자는 전통적인 하다르식 의자였다.

두 발목을 교차시킨 그녀가 발 받침대 위에 뒤꿈치를 얹었다. 눈을 감은 모습에서 지독한 피로와 권태가 묻어난다. 미리암은 그 시들함을 골치 아픈 연회의 후유증이라 여겼다.

처음 보는 모습이지만, 이해할 수 있다. 마음이 통하는 벗과 즐기는 술자리도 아니고. 진심이라고는 바나나 씨만큼도 존재하지 않는 거짓된 웃음, 거짓된 자리. 그게 어디 하루 이틀 일이던가.

'지칠 때도 되셨지.'

피로가 누적되다 보면, 평소엔 안 하던 짓도 얼마든지 할 수 있을 것이다. 바보 같은 짓 좀 한다고 무에가 대수랴. 그렇게 생각했다.

그렇게 생각하고 싶었다.

"연회가 많이 불편하셨습니까? 피로해 보이십니다."

"음."

"카르도라고 했던가요? 보기에는 영 군인 같지도 않고 한량처럼 보이던데. 겉모습과는 달리 까다로운 상대였나 봅니다."

카르도의 이름을 들은 여왕이 그제야 눈을 떴다. 억지로 말을 붙인 보람이 있었다.

"카르도 베스파시아누스. 그대 말이 맞아. 확실히 호락호락한 상대는 아니었다. 은근슬쩍 말에 함정을 파놓는 솜씨라니. 능글맞기는 또 어찌나 능글맞은지, 왕국의 원로들과 부대낀 시간이 없었다면 나 또한 그자의 말장난에 깜빡 넘어갔을 것이야."

"점점 더 이상적인 군인상에서 멀어지는 것 같군요."

"군인보다는 정치가에 가깝지. 하지만 군인이 황제가 되는 나라잖나. 그 자의 증조부인가, 고조부도 군인 황제였으니 그 피를 이어받았나 보지. 세상 물정 모르는 귀족 청년 같은 태도도 스스로 의도한 바가 아닐까 싶어."

"그런 자라면…… 아무래도 거래는 힘들어지겠군요. 받아낼 수 있는 건 다 받아내려 하지 않겠습니까?"

시녀장의 미간에 수심이 어렸다. 무조건 제국식으로 꾸미라는 여왕의 명령이 있었다지만, 새삼 너무 있는 척을 한 게 아닌가 하는 걱정이 들었다.

그러나 여왕은 미리암의 걱정을 일축했다.

"그런 걱정은 하지 않아도 돼. 그자, 능글맞긴 하지만 비열하거나 야비한 자는 아니야. 오히려 거래에선 확실한 성격 같더군. 빚지는 것도 싫어하고, 빚을 지우는 것도 싫어하고. 거래가 성사되든, 성사되지 않든 괜한 어깃장으로 사람 피곤하게 만들 일은 없을 거다."

냉철한 여왕의 평가에 미리암은 한 사람의 얼굴을 떠올렸다.

"다른 사람이 그런 얘기를 했으면 전 틀림없이 폐하에 대한 평이라고 생각했을 겁니다."

농담 같지만 미리암은 농담을 하는 것도, 이죽거리는 것도 아니었다. 여왕이 한숨 섞인 웃음을 뱉었다.

"부정하지 못하겠군. 그와 얘기를 나누면서 나 또한 그런 생각을 했으니. 그래, 나와 비슷해. 어쩌면 그 때문에 그가 나를 원하는지도 모르겠다."

"원한다고요?"

시녀장이 도끼눈을 떴다.

"폐하를 취하려 한단 말입니까? 나바테아의 왕자처럼요? 감히!"

"그것과는 달라. 음…… 이 부분은 확신할 수 없지만, 적어도 그는 후다일처럼 날 불쾌하게 바라보진 않았다. 그보다는 재미있어하는 눈빛이었지. 호감이라고 표현하는 것이 맞으려나? 아무튼."

하지만 정작 당사자인 여왕은 남 얘기를 하듯 심드렁했다. 미리암은 퍽 퍽, 가슴을 두드렸다.

"그런 이야기를 참 태평하게도 하십니다. 호감이든 욕망이든, 그자가 폐하와 진한 우정이나 나누자고 할 건 아닐 텐데 말입니다. 정녕 그래도 상관 없으십니까?"

"왜 그리 열을 내는지 잘 모르겠군, 미리암. 내 누차 이야기하지 않았나. 난 언제든 나를 가장 비싸게 팔아넘길 의향이 있다고. 그런 면에서 제국의 군단장이란 얼마나 매혹적인 거래 상대인가."

"저 또한 누차 말씀드렸습니다. 폐하의 육체는 유녀의 그것처럼 사고팔 수 있는 대상이 아니라고요. 군주의 몸을 두고 거래라니, 일고의 가치도 없습니다!"

"어차피 죽으면 한 줌 재가 되어 돌아갈 몸뚱어리. 유녀는 되고 나는 안 될 이유 없다. 여인은 되지만 사내는 안 될 이유 또한 없고. 베스파시아누스가 내가 필요한 것을 제공한다면 나 또한 그에게 필요한 것을 제공할 뿐이야."

미리암이 언성까지 높였지만 여왕은 요지부동, 마치 철벽과도 같았다. 그래서 표정에 미래의 희망이라도 차올라 있었다면 그걸로 위안을 삼겠는데, 여왕의 눈빛에선 한 줌의 즐거움도 찾을 수가 없었다.

입꼬리만 움직이는 웃음, 무심한 표정이 권태를 닮았다. 그녀가 얼핏 비친 권태감은 미리암의 남은 인내심을 바닥내 버렸다.

"하여 폐하의 육신을 두고 제국의 군단장과 거래를 하면, 셰이크 무자아히드와의 그것도 그저 거래라고 취급하실 수 있을 것 같습니까?"

"……뭐?"

아이가 발로 찬 공이 튀어 오르듯 여왕이 벌떡 일어났다.

사정없이 흔들리는 눈동자는 오늘 하루 본 여왕의 그 어떤 표정보다 인간적이었다. 그에 안도한 미리암은 험악한 여왕의 인상에도 물러서지 않았다.

"그리 취급하면, 폐하의 마음이 달래질 것 같습니까?"

"……."

"전 제국 말은 모르지만 폐하는 압니다. 연회에서 폐하는 즐거움을 가장 하셨습니다. 그 대상이 과연 제국 군단장이었습니까? 폐하의 뒤에 누가 서 있었습니까? 그런 억지웃음과 억지 행동으로, 그가 알아서 떨어져 나가길 바라신 겁니까?"

"그만해, 미리암. 듣고 싶지 않다."

"차라리 깨끗하게 인정하십시오. 그에게 마음을 내어주었다고. 인정하셔 야 그 마음을 물릴 수 있습니다. 그리고 정리하신 뒤 앞으로 나아가십시오. 그것이 폐하답습—"

"그만하라고 하지 않느냐!"

기어코, 여왕의 손이 쳐들렸다.

"……!"

폭력을 예상한 미리암은 침을 삼키며 눈을 감고 여왕을 외면했다. 어떻게 보면 그녀가 마음껏 때릴 수 있도록 뺨을 내준 셈이었다.

하지만 손바닥이 미리암의 뺨을 후려치기 직전, 여왕은 손을 멈췄다.

"폐하?"

손을 가슴께에 딱 붙이고 손목을 어루만지는 여왕의 안색이 하얗게 질려 있었다.

그녀는 곧, 손목을 내려놓고 이마를 짚었다. 손바닥에 식은땀이 묻어 나 왔다.

"세상에…… 미리암. 내가 정녕 제정신이 아닌가 보다. 그대를 때리려 하 다니. 하, 진짜……."

"폐하……."

한참, 거친 숨을 내뱉으며 마음을 진정시킨 여왕이 미리암을 향해 고개를 돌렸다.

"그대는 답답하겠지만, 이 이야기는 여기서 그만하자. 난 아직 베스파시 아누스에게 어떠한 말도 못 들었어. 그리고 그런 제안에 확실하게 그리하겠 다, 결정한 것도 아니다. 내 지레짐작으로 우리 둘이 반목할 필요는 없지 않

나. 그대도 그리 생각하지?"

여왕은 웃으며 미리암의 동의를 구했다. 그 와중에도 하일라바드에 관한 얘기는 쏙 빠졌다. 처연한 미소가, 어떻게든 문제를 피해가려는 그 얄팍함이 미리암에게 남은 투지를 모두 앗아 갔다.

이젠 화낼 마음도 생기지 않는다. 미리암은 어깨를 늘어뜨리고 고개를 주억거렸다.

"예. 그러하겠습니다."

감정적 마찰이 찾아들자, 대화가 소강상태에 빠졌다. 이런 일이 처음이라 미리암은 뭘 어찌해야 할지 몰랐다. 여왕도 비슷한 감정이었는지 아무런 말이 없었다.

"시녀장님."

마땅한 말이 떠오르지 않아 그저 침묵하던 미리암을 구원한 것은, 침실 문을 두드리고 들어온 시녀였다.

미리암은 긴 목을 쭉 빼어 목소리에 부러 생기를 넣었다.

"무슨 일이냐?"

"제국 군단장님의 부관이라는 분께서 뵙길 청하십니다."

"부관이?"

시녀장이 여왕을 바라보았다. 여왕은 그사이 바짝 마른 입술을 움직여 허락했다.

"뭔가 할 말이 있나 보군. 자리가 불편했나? 어서 가보아. 가서 듣고, 그들이 불편함 없게 행하라."

"하면, 내려가면서 목욕물을 준비시키겠습니다."

"천천히 해도 좋다. 잠시 산책을 할 터이니. 그런 표정 할 필요는 없어. 왕성 밖으로 나가진 않을 거다."

산책이라는 말에 표정을 흐트러뜨린 미리암을 달래며 여왕이 침실 문 쪽을 손짓으로 가리켰다.

미리암은 시녀를 따라 무거운 걸음을 옮겼다.

침실 문이 완전히 닫히기 직전 좁은 틈새로 본 여왕은 한 손으로 허리를 짚은 채 멍하니 서 있었다.

아무것도 없는 벽을 좇는 시선이 공허하다. 그제야 알았다. 저것이, 여왕을 권태롭게 만들고 공허하게 만드는 저것이 여왕의 첫정임을. 군주가 아닌 인간 마케바의 첫정.

그 시선이 미리암의 머릿속에서 떠나질 않았다. 페키스를 만나 대화를 나누면서도 집중하지 못한 까닭은 그 때문이었다. 그래서 이야기의 맥락을 잠시 놓쳤다.

"……하여…… 청하십니다."

"예? 지금 무어라 하셨습니까?"

미리암이 물었다. 딴생각을 하고 있었다는 방증이었지만 비슷한 경험을 여러 번 한 페키스는 '아람어에 익숙하지 않은 탓이겠거니' 생각하며 넘어갔다.

"제 말이 어려우셨나 봅니다."

그리고 페키스는 카르도가 내린 명령을 쉬운 말로 풀어 설명했다. 미리암은 그 순간에도 반쯤은 여왕의 생각에 정신이 팔려 있었다. 하지만 요지는 확실히 알아들었다.

그녀가 코웃음을 쳤다.

"말도 안 되는 청을 하시는군요, 그쪽의 군단장께선. 세상천지에 어느 군주가 최소한의 보호 장치도 없이 사람을 만난단 말입니까. 하물며 그분은 군인이시죠. 암살의 위험이 전혀 없다고 누가 보장합니까?"

"꺼리시는 까닭은 십분 이해합니다. 하지만 이렇게 생각을 해보시면 어떨까요? 저희 인원 중에 군인만 열이 넘습니다. 섬뜩한 표현이지만 다들 살인 전문가들이죠. 불순한 의도가 있었다면, 아까 전 연회장에서 분탕질 치는 것으로 충분했습니다."

미리암은 그 열 명이 분탕질을 치는 순간 하일라바드의 손에 목이 떨어졌을 것이란 이야기는 하지 않았다. 그러나 하일라바드를 떠올리긴 했다. 정확하게는 여왕과 하일라바드, 이 두 사람의 관계였다.

어쩌면 여왕은 하일라바드에게 준 마음을 끝내 묻어버리지 못할 것이다. 첫정에서 자유로울 수 있는 사람이 몇이나 될까? 그것은 혼자만의 힘으로는 절대 빠져나올 수 없는 늪이었다.

"정 못 미더우시다면 여군주께서 무사히 돌아오시기 전까지 저를 억류하셔도 좋습니다."

그렇다면 손을 내밀어주고, 등을 떠밀어주자. 미리암에겐, 언제든 여왕이 필요할 때 그녀의 발 받침대가 될 용의가 있었다.

"아니요, 그것은 손님에 대한 예의가 아니죠."

그리고 여왕을 위해, 이용할 수 있는 모든 것을 이용할 용의도 있었다.

"폐하께서도 군단장님이 불편하지 않게 행하라 하셨지요. 청을 받아들이겠습니다."

여왕은 가만히 서서, 하다르식 의자를 내려다보았다.

의자를 감싼 천은 붉은빛이었고 검은색 실로 짠 격자무늬가 있었다.

붉은 바탕을 수십 개로 쪼개고 나눈 검은색 정사각형. 화려하면서도 강렬하다.

몇 개지? 하나, 둘, 셋…….

헤아린 숫자가 얼추 서른에 가까워질 무렵, 여왕은 본질적인 의문에 봉착했다.

'내가 지금 뭘 하고 있는 거지?'

해답은 쉽게 나왔다.

아무것도 하고 있지 않다.

'그럼 무엇을 해야 하지?'

한참을 멍하니 있다가, 가까스로 산책할 계획이었다는 것을 기억해 냈다.

그녀는 뒤따르는 시녀들과 전사들을 모두 물린 뒤 서쪽 정원을 찾았다. 왕성의 가장 후미진 곳. 작은 분수대와 덤불 나무들만 있는 정원은 다른 곳의 번다함과는 상관없이 홀로 고요했다.

오늘은 삭일이라 달이 뜨지 않는다. 밤을 수놓는 화려한 여름의 별자리들도 아직 동쪽 하늘에 머물러 있었다.

별 반짝임 소리도 없고 바람의 울음소리도 없다. 달은 침묵의 미덕을 아는 여인이 되었다. 들리는 것은 분수대에서 떨어진 물방울이 대리석 틀에 부딪치는 소리뿐이었다.

한껏 늘어져 있던 신경이 다소나마 벼려지는 것 같았다. 여왕은 가슴에 손을 가져다 대며 막힌 숨을 토해냈다.

유독 피곤하고, 유독 날카로웠던 날이었다. 신경이 자꾸 분산되어 짧은 대화를 나누는 데도 모든 정신을 쏟아부어야 했다. 카르도와의 대화에선 그 집중도가 정점을 찍었다.

그러다 결국은 나가떨어졌다.

곤두선 신경이 잡아당기는 힘을 이기지 못하고 축 늘어져 헐렁댔다. 연회가 끝난 후부터는 사실상 정신적으로 무방비 상태였다고 봐도 좋았다.

하지만 그것이 어디 오늘만의 일일까. 지난 며칠간 그녀의 신경은 '여왕다움'과 '여왕답지 못함' 사이에서 잡아 당겨지고, 늘어지는 것을 반복하고 있었다.

혹사당한 정신이 탄력을 잃는다. 제자리로 돌아오지 않으니 일상적인 행동을 할 때도 더 많은 노력을 기울여야 했고, 더 빨리 피로해졌다. 그리고 누적된 피로는 기어코 권태를 불렀다.

이 정신이 탄력성을 잃다 못해 끊어질지도 모른다고, 그런 생각이 들었다.

아니. 사실은 아무런 생각도 안 했다. 그녀의 모든 감각, 모든 신경은 남들은 듣지 못하는 소리, 남들은 보지 못하는 시선에 쏠려 있었다.

그 소리가 지금도 들려왔다.

가볍지만 경박하지는 않은 발걸음 소리. 전사의 발걸음 소리다.

모래 위를 걸어야 하는 전사들의 걸음은 빠르고 정확하다. 발이 지면에 닿는 시간을 최소화했기 때문이다. 절제된 동작엔 군더더기가 없고, 그래서 보통 사람들과는 다른 소리를 냈다.

그리고 최상위의 전사는 자신만의, 아주 특별한 소리를 가지고 있었다.

자박자박이나 저벅저벅. 걸음을 묘사하는 그 어떤 단어로도 이 소리는 설명할 수가 없다.

사락—

땅거미처럼 짙게 깔린 고요 위로 걸음 소리가 내려앉았다. 그것은 옷깃이 스치는 듯한 소리와 비슷했다.

그는, 소리부터 왔다.

이전에는 한 번도 그의 발걸음 소리에 신경을 쓴 적이 없어서 몰랐다. 그가 이리도 특이한 소리를 내며 걷는지. 얼마나 산뜻하고 절도 있게 걷는지, 알지 못했다.

그가 숨을 들이마시는 소리, 내쉬는 소리, 눈을 깜빡이는 소리, 머리 두건이 채 감싸지 못한 그의 머리카락이 바람에 흔들리는 소리, 한숨 소리…… 발걸음 소리.

그녀는 발걸음 소리만으로도 그를 구분할 수 있었다.

시선이 느껴졌다. 여왕은 뒤도 돌아보지 않고 말했다.

"가까이 오지 마라. 혼자 있고 싶으니."

대답 전에, 그가 나직이 한숨을 쉬었다.

"하면 근처에 있겠습니다."

"……."

"외인(外人)이 많습니다. 제가 의무를 다할 수 있게 해주십시오."

"……그리하라."

기이한 걸음 소리가 조금씩 멀어지다 어딘가에서 멈췄다. 아마도 회랑의 기둥 뒤쯤일 것이다.

다시 고요해졌다.

묻고 싶을 것이 많을 텐데, 그는 아무것도 묻지 않았다. 아무런 말도 하지 않고, 아무런 원망도 하지 않는다. 다만 침묵으로 그녀의 선택을 온전히 수용할 뿐이었다.

그의 침묵이, 수용이 그녀를 짓눌렀다. 예전으로 돌아가고픈 그녀의 향수를 자극하며 감미롭게 그녀를 유혹했다.

일부러 단호한 뒷모습을 보여주며 그의 접근을 막았다. 향기 가득한 유혹을 떨쳐 내려 입술을 짓이기고 주먹을 꼭 쥐었다. 잇새로 짓눌린 입술에 피멍울이 졌다.

그것은 달콤한 고통이었다.

듣고, 느끼기만 하는 지금 순간이 아프다. 하지만 그녀에겐 듣지도, 느끼지도 못하는 순간이 기다리고 있었다. 그녀는 그때가 지금보다 훨씬 아플 것을 예감했다.

……그래, 분명. 그 순간이 더 아플 것이다.

줄어드는 하루하루가 두렵다. 그래서 보내지도 못하고 놓지도 못했다. '이만 떠나라.' 거래 종료를 알리는 그 말이 나오지가 않았다. 무책임하고 교활한 짓인 걸 알지만 도무지 놓을 수가 없었다. 그의 얼굴을 보는 순간, 어둠 속에 몸을 던져 가며 결심한 모든 것들이 흐트러져 버렸다.

현재를 부여잡고 몸부림치는 그녀의 사랑은 두창(천연두)보다 아프고, 타르보다 끈적끈적했다. 아마 이 사랑은 시간이 아무리 흘러도 완벽하게 잊지 못할 것이다. 두창을 치료해도 얽은 자국이 남고 타르가 떨어져도 손끝에 끈적거림은 남아 있듯이.

그러니 견딘다. 그를 느끼는 데 총력을 기울이고 있는 '인간 마케바'와 그에게 무심한 '여왕 마케바'의 갈등에 온 신경 줄이 타버리는 것 같아도, 견딘다.

『그대를 사랑한다.』

그는 알아듣지 못할 제국의 말로 마음을 고백하고,

『하지만 만약 그대가 왕성에 찾아온 그 날로 다시 돌아간다면, 절대 그대를 선택하지 않을 거다.』

그악스러운 후회를 내비친다.

다 던져 버려서 파편만 남은 마음을 기워가며 아픈 환희를 즐긴다.

그렇게, 충분히 앞당길 수 있는 이별을 유예했다.

❖

"파나."

처소 문밖에서 누군가 이름을 불렀다. 의외의 사람, 의외의 시간이었기에 긴가민가하며 문을 연 파나는 상대를 확인하곤 깜짝 놀랐다.

"시녀장님?"

"어찌 그리 놀라나? 예가, 내 와서는 안 될 곳이었나?"

"아니요! 그럴 리가요. 다만 너무 늦은 시간이라……."

"나한테는 아직 초저녁이나 다름없다네."

시녀장은 제대로 된 허락도 받지 않고 성큼 걸음으로 파나의 처소 안쪽까지 들어왔다.

손수 만든 천으로 침대를 덮고, 아기자기한 장식들로 창틀을 꾸민 파나의 방은 전형적인 소녀 취향이었다.

"드실 것을 챙겨 올까요?"

"되었네. 얘기가 길진 않을 테니. 내가 앉을 곳은 없나?"

"아, 예."

파나가 허둥지둥, 여분의 앉은뱅이 의자를 끌어다 시녀장의 앞에 놓아주었다. 무슨 일일까, 궁금한 기색이 역력한 파나의 표정을 바라보며 시녀장은 말했다.

"내 알기론 자네 가문이 알 파샤와 오랜 유대가 있는 거로 아는데, 맞는가?"

"예? 예. 조부님 대부터 벗이에요. 제 작은 고모님도 그 가문에 시집을 가셨죠."

"마침 잘되었군. 하면 내일 해가 중천에 닿기 전에 알 파샤의 저택으로 가서 가문의 안주인을 뵙고, 안주인의 솜씨가 담긴 자수 베일을 주문하게나. 폐하께서 사용하실 것이니 특별히 화려하게 부탁드린다는 말도 잊지 말고."

"예……. 그런데 저기…… 하면 저 혼자 가야 하나요?"

혼자서 왕성 밖으로 나가야 할지도 모른다는 생각에 덜컥 겁을 먹은 파나가 조심스럽게 물었다. 미리암은 고개를 저어 그녀를 안심시켰다.

"혼인도 하지 않은 처녀를 혼자 내보낼 수는 없지. 셰이크 무자아히드와 함께 다녀오게나. 그는 길을 모를 테니, 길 안내는 자네가 해야 하네."

"셰이크 무자아히드 님이랑요?"

파나는 저도 모르게 목소리를 높이곤, 지레 놀라 양손으로 입을 막았다. 데구루루 구르는 그녀의 눈동자에선 숨길 수 없는 기쁨과 미세한 의혹이 함께 떠올라 있었다.

"하지만 셰이크 무자아히드 님은 폐하를 모셔야……."

"내일 폐하께선 왕성에 아니 계시네. 제국의 군단장님과 회동이 있으시지. 비밀스러운 행장이라, 셰이크 무자아히드에게도 알리지 않았네. 하니 자네도 다른 이들에게는 말하지 말고, 셰이크 무자아히드가 묻거든 그에게만 알려주게나."

"어머, 어머……."

갑자기 찾아온 행운에 어찌할 바를 모르는지 파나는 '어머'만 연발했다. 미리암은 그 틈을 노렸다.

"자네가 셰이크 무자아히드에게 마음을 둔 것을 알고 있네."

"……!"

파나의 엉덩이가 바닥에서 한 뼘 넘게 튀어 올랐다. 시녀장은 그녀의 경악을 못 본 척했다.

"왕성의 시녀들을 왕성에서 혼인시키는 것은 오랜 관례지. 나는 그와 자네가 퍽 잘 어울릴 것이라 보네. 베두인 출신인 것은 흠이지만, 폐하께서 인정한 셰이크 무자아히드니 가문이 크게 처지진 않을 걸세."

"하, 하지만 그분께서는 절 안 좋아하세요…… 지난번 일도 그렇고……."

"안 좋아한다기보다는, 크게 관심이 없었던 거겠지. 싫어하는 것도 아니지 않나?"

"그건 그런 것 같지만……."

고개를 푹 떨구고 중얼거리는 파나에게선 자신감을 찾아볼 수가 없었다.

"나는 자네가 행복했으면 하네."

미리암은 꿇은 무릎 위에서 꼼지락거리는 그녀의 손을 잡았다. 파나는 흠칫했지만 그 손을 뿌리치진 않았다.

"사람 사이에 호감이 생기려면 서로 알아 가는 시간이 필요하지 않겠나. 그 시간을 내가 주겠네. 나머지는 자네의 몫일세. 어떤가? 해보겠나?"

"시녀장님……."

평소 시녀장의 모습에서는 상상도 할 수 없는 다정함에 파나가 눈물을 글썽였다.

그녀는 크게 고개를 끄덕였다.

"예. 저, 노력해 보겠어요."

"잘 생각했네."

시녀장이 그녀의 손등을 토닥거렸다. 파나는 부끄러워하며 입술을 사리물었다. 작은 호의에도 감동하고 수줍어하는 그녀는 아직 여물지 못해 사랑스러웠다.

이 계획이 그녀에게 얼마나 도움이 될지는 알 수 없다. 그러나 그런 불확실함과는 별개로, 미리암은 그녀가 행복해지길 바랐다.

이루어지지 않을 연정을 붙잡고 버티는 그도, 첫정을 앓고 있는 여왕도. 모두가 행복해지길 바란다.

결과가 어찌 되든 그 마음만은 진심이었다.

14 Sūrah
14 سورة
스물아홉 날

이른 아침, 하일라바드를 찾은 미리암은 그에게 왕국의 남서쪽 시찰을 명령했다. 수상쩍은 무리가 성소 근처를 배회한다는 소식을 들었다는 것이다.

엄밀하게 따지자면 국경 경비대가 할 일이었지만, 하일라바드는 실력 있는 전사 스물을 추려 당장 떠났다. 외인이 많은 만큼 특별한 주의가 필요한 때였다.

말 한 마리와 낙타 네 마리가 왕성을 나서는 모습은 여왕의 침실 노대에서 훤히 보였다. 그들이 일으킨 흙먼지가 가라앉을 때 즈음, 여왕이 미리암에게 물었다.

"진정 그런 보고가 있었나?"

"예."

미리암은 눈 하나 깜짝하지 않고 거짓말을 했다. 다행히 여왕은 미심쩍어하면서도 속아 넘어갔다.

"왜 하필 성소 근처인지……."

미리암이 하일라바드를 성소로 보낸 데엔 특별한 이유가 없었다. 너무 가깝지는 않되, 하일라바드가 다소 시간을 지체하더라도 점심시간 전에는 돌아올 만한 장소가 필요했을 뿐이다. 파샤 가문에 방문하는 시간이 너무 늦어지면 예의에 어긋날 테니까. 그런 면에서 성소는 최적이었다.

"성소 근처여서는 안 되는 이유라도 있습니까?"

"아니, 그냥 물어봤다."

미리암은 하일라바드와 파나에게 시간을 주기로 한 계획을 말하지 않았고, 여왕은 주바이다가 하일라바드에게 관심을 두고 있다는 말을 하지 않았다.

설마 별일이야 있겠는가. 달의 여신의 신관을 자처하는 주바이다는 태양빛을 꺼렸다. 하일라바드가 낮에 움직이는 한, 그녀와 만날 가능성은 거의 없었다.

그렇다면 관심은 여기까지만 두자. 이프리트의 갈색 꼬리에서 시선을 뗀 여왕은 양 손바닥으로 노대 난간을 짚으며 미리암을 돌아보았다.

"다른 건?"

"차질 없이 준비되고 있습니다."

자신 있게 답한 미리암이 빨리 채비하라는 눈빛을 보냈다. 마케바는 느릿느릿한 동작으로 노대에서 내려왔다.

반평생을 건 거래를 시작할 시간이었다.

그 범위의 모호함과 광대함 때문에, 왕국의 남서쪽 시찰은 말처럼 쉬운 일이 아니었다.

그러나 출발할 때부터 이런 난관을 예상한 하일라바드는 성소를 중심에 두고 사방을 스무 개로 쪼갰다.

스무 마리의 낙타가 스무 방향으로 뻗어 나갔다. 하일라바드는 성소 주변에 가상의 원을 크게 그리고, 그 원 안에 들어오는 모든 공간을 확인했다.

땀투성이가 될 때까지 돌아다녔지만 돌아다니는 쥐새끼 한 마리 발견할 수 없었다. 그의 날카로운 기감도 침묵을 지켰다. 그것은 다른 전사들도 마찬가지였다.

"이쪽엔 아무것도 없습니다."

정남향으로 향했던 전사가 돌아와 말했다. 뒤이어 귀환한 다른 전사들도 줄줄이 같은 보고를 내놓았다.

"죄송합니다, 셰이크 무자아히드."

그들은 아무것도 발견하지 못한 것이 마치 제 탓이라도 되는 양, 하나같이 죄인 같은 표정을 짓고 있었다. 하일라바드는 고개를 저었다.

"아니요. 사과하실 필요 없습니다."

북쪽 바위산 부근이라면 모를까, 높다란 모래언덕 하나 없는 왕국의 남서쪽은 불순한 무리가 숨어들기에 적합하지 않았다. 그러니 전사들이 아무것도 못 찾았다면 정말 아무것도 없을 공산이 컸다.

시녀장이 잘못된 보고를 받았나? 그럴듯한 가정이다. 하지만 그의 본능은 다른 이야길 했다.

'아니면 나를 왕성 밖으로 내몰고 싶었던가……'

하지만 굳이 왜?

이제 그녀의 침실에 들 수도 없고, 그녀의 곁에 설 수도 없지만 어쨌든 그는 그녀의 호위 전사였다. 그녀는 그가 제 뒤에 서는 것을 허락함으로써 그의 역할을 인정했다.

그래 놓고 이제 와 저를 내보내야 하는 이유가 뭐지? 거짓 보고를 꾸미고, 전사 스물을 준비시키는 번거로움까지 감수하면서. 이치에 맞지 않는다.

어쩌면 정말 불손한 무리가 있는데 제가 발견하지 못한 것일 수도 있다. 잘못된 보고를 그녀가 믿었을 가능성도 분명 존재한다.

무엇이든, 저를 내보내려 한 것만은 아닐 것이다. 그녀가 이런 식으로 저를 내치려 한다고는 믿고 싶지 않았다. 이렇게도 졸렬한 수법이라니. 관계를 끝내는 방법으로는 너무도 최악 아닌가.

"이제…… 어찌할까요?"

그렇다면 일단 의무를 다하자. 생각을 뚫고 들어온 전사의 조심스러운 질문에 하일라바드는 유일하게 확인하지 않은 장소를 가리켰다.

"들어가겠습니다."

성소였다.

그의 손끝만 바라보던 전사들이 일제히 비슷한 표정을 지었다. 공경과 두려움. 그들은 떨떠름한 얼굴로 서로의 눈치를 보았다.

신의 목소리를 듣는 예언자는 언제나 사람들에게 경외를 불러일으켰다. 명령에 죽고 사는 전사들도 두려움에서 완벽히 자유롭진 못했다. 용기는 훈련으로 얻는 것이지만 두려움은 본능이기에.

그들의 복잡한 양가감정을 이해한 하일라바드는 그들에게 어려운 선택을 강요하지 않았다.

"들어가는 건 저 혼자입니다. 여러분은 왕성으로 돌아가십시오. 성을 너무 오래 비워두었습니다."

"하지만 셰이크 무자아히드 님 혼자서는…… 위험하실지도 모릅니다."

"제가 위험하다면 여러분도 마찬가지입니다."

전사의 우려를 단칼에 잘라내며 하일라바드가 말에서 내렸다. 전사들은 당연하게 낙타를 물려, 부서진 집하장으로 들어가는 그를 위해 길을 내주었다. 누구도 홀로 위험을 자초하는 그를 보며 오만하다 생각하지 않았다.

하일라바드는 전사들의 배웅을 받으며 달의 성소 안으로 들어갔다. 그때는 그 앞에서 무엇이 기다리고 있는지 몰랐다.

하일라바드가 첫 번째 수색 장소로 달의 성소를 낙점한 까닭은, 그곳이 적당히 허름했기 때문이다. 지붕은 날아갔지만 벽은 온전한 덕에 거친 환경과 사람들의 시선을 피할 수 있었고, 여차하면 육중한 기둥이나 돌무더기 뒤에 숨을 수도 있었다.

한때 성소였다는 심리적인 두려움을 극복해야 한다는 문제가 있긴 하지만, 왕국의 적이 왕국의 성소를 존중할 것 같지는 않았다. 하일라바드는 누군가 숨어들었다면 여기밖에 없다고 확신하며 주변을 꼼꼼히 살폈다.

시간이 꽤나 소요되는 일이었다.

평민과 상인들이 드나드는 첫 번째 칸에는 아무것도 없었다. 당연한 결과일지도 모르겠다. 숨어든 놈들이 나 잡아가라는 듯 입구 가까운 곳에 있지는 않을 테니까. 놈들은 지성소 가장 깊은 곳에 있을 공산이 컸다.

첫 번째 칸의 수색을 마친 그는 왕족과 고위 귀족에게만 허락된 두 번째 칸으로 걸음을 옮겼다. 신과 예언자를, 공경은 하지만 두려워하지 않는 그에게 부서진 성소는 금기가 되지 못했다.

거침없는 행보가 멈춘 것은 두 번째 칸에서도 허탕을 친 그가 세 번째 칸의 문을 열었을 때였다.

"멈추어라."

길고 하얀 베일로 얼굴을 가린 여인이 반쯤 열린 문 너머에 서 있었다.

본 적이 있는 여인이다. 하일라바드는 갑자기 튀어나온 그녀의 존재가 아닌 그녀의 목소리에 놀라 걸음을 멈췄다.

"왕국의 셰이크 무자아히드. 신분은 비록 평민이나, 귀족의 대우를 받을 자격이 있지. 하나 그대에게 허락된 공간은 거기까지다. 여기부터는 대제사장과 군주 이외에는 들어올 수 없다."

처음 듣는 여인의 목소리는 그야말로 경이로웠다. 번식기를 맞이한 암컷 자고새의 울음소리처럼 유혹적인 동시에 아이의 웃음소리처럼 맑고, 티끌 하나 없이 깨끗하다. 사람들로 하여금 예언에 귀를 기울이게 하는 것이 예언자의 덕목이라면 여인은 가히 최상급이었다.

그러나 주바이다에 대해 들은 바가 있는 하일라바드는 그녀의 경이로운 목소리에 오히려 거부감을 느꼈다.

저런 목소리를 가지고 불행한 미래만 예언하다니. 그것은 누군가에겐 저주가 될 것이다. 듣는 사람은 그 예언이 이루어질 때까지 평생토록 목소리의 주박에서 벗어날 수 없을 테니까.

대체 얼마나 많은 사람이 저 목소리의 먹잇감이 되었을까. 하일라바드는 인상을 찌푸리며, 그럼에도 정중히 요청했다.

"안에 불순한 무리가 숨어들었을지도 모릅니다. 확인할 수 있도록 물러나 주십시오."

"불순한 무리?"

호호. 여인이 간드러진 웃음소리를 냈다.

"불순한 무리라고 했느냐? 그들이 이 안에 있다고? 이 안에는 아무것도 없단다. 하니 무의미한 행동으로 시간을 버리지 말거라."

"판단은 확인 후에 하겠습니다."

"청맹과니 흉내로 진실을 가리려 하는구나. 그래 봐야 소용없느니라. 난 모든 것을 알고 있거든."

여인의 말은 뜬구름을 잡듯 모호했다. 더 이상 들을 필요가 없다고 판단한 하일라바드는 문을 가로막고 선 주바이다를 지나쳐 성소 가장 깊은 방에 한 발을 내디뎠다.

"20년 전, 네 어미를 겁간한 자가 누군지 궁금하지 않으냐?"

"……!"

의지와 상관없이 그의 고개가 돌아갔다.

매섭게 노려보자 그녀가 베일을 내렸다. 그 순간 그는, 여인의 말에 놀란 건지 여인의 얼굴에 놀란 건지 모르게 되었다.

드러난 여인의 얼굴은 노파의 그것이었다. 주바이다는 그가 얼음장처럼 굳은 틈을 타, 그의 뺨을 어루만졌다.

"이름은 제르비네 쉔헤드. 히베르니아(현재의 아일랜드) 출신의 제국 상인이었단다. 동쪽 사막에서 헤매는 그의 상단을 네 아비가 구해준 것이 그 악연의 시작이지. 네 아비는 그날을 두고두고 후회하지만, 그 후회가 겁간자를 구해준 제 관용 때문인지, 더럽혀진 네 어미를 내치지 않은 제 미련 때문인지, 아니면 태어난 너를 제 아들로 받아들인 순간의 연민 때문인지는 그 자신도 모를 것이다."

"……."

"그렇게 네가 태어났다. 네 생부를 닮은, 다른 이들보다 조금 흰 피부를 가지고. 너는 이 모든 사실을 다섯 살 때 알았지. 전대 첫 번째 검의 장례식에서. 다음 대 첫 번째 검을 두고 다투는 어른들의 이야기를 엿들었지."

하일라바드는 그날을 떠올렸다. 노을이 어둠에 자리를 내어주던 날. 어떤 삶도 찬란하지 않다는 것을 깨달은 날. 노을이 흘러넘치듯 흘러넘친 눈물을 쏟아냈었다.

"짐작해 보렴. 네 어미는 너를 볼 때마다 무엇을 느끼겠느냐? 또 네 아비는 무슨 생각을 하겠느냐? 너 자신은 어떠하냐? 너를 보는 네 어미의 눈빛에서, 네 아비의 눈빛에서 느껴지는 바가 정녕 없더냐?"

뺨에 닿은 여인의 손바닥은 나무껍질처럼 거칠고, 병든 양의 콧날처럼 바짝 말라 있었다. 그제야 비로소 현실을 실감했다. 늙어 보이는 것이 아니다. 그녀는 정말 늙었다.

"부족의 첫 번째 검. 그 영광을 차지하기 위해 네가 들여온 노력을 생각해 보아라. 과연 그것이 영광 때문만이었을까? 부모의 애정에 부응하기 위해 발바닥이 까질 때까지 뛰고, 달리고, 자신을 채찍질하고. 어떤 아이도 그렇게는 하지 않아."

소리 죽인 제사장의 입술이 진실을 토했다.

너는, 버림받는 것을, 두려워하였다.

—깎아내고 갈아내도 끝내 동그랗게 만들 수 없었던 정신의 모서리.

"너의 애정과 충성은 결국 두려움의 발로란다. 버림받을까 봐 필사적으로 몸부림치고, 필요 없다는 말을 들을까 봐 유능해지지. 그리고 지금, 두려워하고 있구나."

"……."

"너도 알고 있지? 마케바는 이미 너를 버렸다. 사람을 끊어내는 방법치고는 참으로 저열하나, 별수 있겠느냐. 그 아이는 사랑을 모른다. 사람의 마음을 이용하는 법만 알지. 한동안 실컷 너를 이용하다, 네 효용 가치가 떨어지자 배를 옮겨 탈 생각을 하는 거야. 이번 차례는 제국의 군단장이구나. 계획을 세우고 있어."

그의 어깨를 잡고 까치발로 선 주바이다가 달콤하게 속삭였다.

"하나 슬퍼 말거라. 네 사랑이 본래 그러하니. 네 사랑은 보답받지 못하는 선행이고, 돌아오지 않는 메아리다. 퍼주어도 채워지지 않는 공허이며 결코 빛을 볼 수 없는 암흑이다. 겁간자의 아들아, 네 어미의 슬픔아. 그것이 너의 사랑이란다."

저주의 말을 사랑의 밀어처럼 속삭이는 주바이다는 마치 거미 같았다. 그녀가 내뿜은 독액이 귓가로 스며들어 그의 두려움을 들쑤셨다.

아마 그녀의 말은, 절반쯤은 사실일 것이다. 아니, 전부 다 사실일지도 모른다. 그의 아비는 그를 볼 때마다 후회했고, 어미는 끔찍한 기억을 되새김질했을 수도 있다. 여왕은 이미 저를 끊어냈고, 카르도의 품으로 날아갔을 수도 있다.

애써 외면해 왔던 그의 본능도 주바이다와 같은 말을 했다. 이곳엔 아무것도 없다고. 이것이 그녀가 선택한 끝이라고. 그녀는 더 좋은 것을 찾아 떠났다고. 거추장스러운 너를 치워 버리고.

호흡이 거칠어진다. 그는 흐트러진 숨을 정리하며 제 어깨에 놓인 주바이다의 손을 움켜쥐었다.

"……한 가지 묻겠습니다."

"묻거라."

"제 군주께는 어떤 신탁이 내려왔습니까?"

"그 아이는 불모의 운을 타고났다. 아무리 노력해도 원하는 것은 얻을 수 없고, 원하지 않는 것은 야멸차게 내쳐 버리지. 그 아이가 바라는 강대한 왕국이란 그야말로 한낮의 꿈. 마케바는 평생 노력만 하다 죽을 것이다."

답하는 주바이다의 목소리는 여전히 달콤했고, 악의는 느껴지지 않았다. 그녀는 그냥 그렇다고 말하는 것뿐이었다. 하일라바드는 고개를 끄덕였다.

"감사합니다. 덕분에 결심했습니다."

"무슨……?"

말의 맥락을 이해하지 못하고 어리둥절해하는 주바이다를 향해 그가 칼 끝을 겨누었다. 움찔한 주바이다는 물러서려 했지만 어느새 그에게 손을 잡혀 꼼짝도 할 수가 없었다.

"너, 설마……."

"……."

"너 설마, 날 해하려는 것이냐?"

"예."

주바이다의 입이 쩍 벌어졌다. 하지만 그때까지는 아직, 여유가 있었다.

"정신이 나갔구나! 난 대제사장이다."

"예, 당신은 대제사장입니다."

그는 애초부터 그녀를, 여왕처럼 폐허의 마녀 취급하며 무시할 생각은 없었다. 목소리와 얼굴의 간극에서 오는 기괴함만 봐도 그녀는 보통의 예언자가 아니었다.

하일라바드는 그녀의 권위를 인정했고, 그녀의 예언에 팔 할 이상의 진실이 담겨 있음을 믿었다. 주바이다가 묻는 말에 꼬박꼬박 답하는 까닭은 그 때문이었다.

"그리고 그렇기 때문에."

버둥거리는 주바이다의 손목을 잡은 채로, 한숨을 쉰 하일라바드가 말을 이었다.

"당신이 죽어야 하는 겁니다."

"무슨, 무슨 그런……! 성소에서 대제사장을 죽이면 어떤 저주가 내릴 줄 알고……! 신의 분노가 두렵지도 않으냐!"

하지만 할 말을 끝낸 하일라바드는 대꾸하지 않았다. 금기를 깨고 타인의 신탁을 발설한 대제사장에 대한 예우는 여기까지였다.

끼릭. 철끼리 부딪치는 소리를 내며 눕혀 있던 칼날이 베기 쉬운 방향으로 돌아갔다. 그 모습이 주바이다로 하여금 까맣게 잊고 있던 죽음의 공포를 일깨웠다.

"어째서냐? 내가 숨기고 싶어 한 네 과거를 들추어서냐? 너의 사랑에 불행한 끝만 있다고 예언했기 때문이냐? 너의 노력을 두려움으로 폄하한 것이 마음에 들지 않은 게냐? 그, 그것은 내 잘못이 아니다."

혼비백산한 주바이다가 빠르게 말을 쏟아냈다.

"난 그저 신의 목소리를 대신한 것뿐이야. 힘없는 늙은이고, 신이 떠난 성소를 홀로 힘겹게 지키는 가련한 늙은이다. 그리고…… 아, 그래, 그래. 맞다! 내 비록 반쪽짜리 힘밖에 쓸 수 없는 반쪽짜리 제사장이지만 사람 하나의 운명 정도는 바꿀 수 있노라. 하니 날 놓아다오. 날 놓아준다면 네 미래를 바꾸어주마. 마케바가 널 사랑하게 해주마. 응? 난 그럴 수 있어! 난 그럴 수 있다!"

죽음을 목전에 두고 그녀는 온갖 사탕발림과 거짓말을 서슴지 않았다. 귀가 녹아내릴 것처럼 달콤한 목소리로 빌고, 부탁했다. 그러나 공포로 흔들리는 주바이다의 눈동자를 물끄러미 바라보며 하일라바드는 정신적으로 고개를 저었다.

"아니면, 아니면 이별이 두려워서 미쳐 버린 것이야? 응? 솔직히 말해보아라. 괜찮다. 난 다 이해할 수 있어."

물론, 이별은 두렵다. 죽음에 자리를 내어주는 삶이 허망하듯 이별에 패배한 사랑이 보잘것없어질까 두렵다. 길고 긴 삶을 반쪽만 남은 심장으로 살아가야 한다는 것이 두려웠다. 그것이 어떤 삶인지, 상상조차 되지 않았다.

"그것도 아니라면, 마케바에게 화가 난 것을 나에게 풀려는 것이냐? 그러지 말아라. 너의 두려움, 너의 분노를 온전히 이해하는 사람은 세상에 오직 나뿐이다. 나는 모든 것을 알고, 모든 것을 이해한다. 이별이 두렵다면 차라리 내 앞에서 울어버려라! 아니면 마케바에게 가서 화를 내! 이리 패악 부리지 말고!"

그리고 정말 두려워했기에, 이런 식으로 끝나서는 안 된다고 생각한다.

마케바와 하일라바드. 두 사람의 관계는 어디까지나 군주와 호위 전사의 관계였다. 감정이야 어찌 되었든 하일라바드는 이름 붙여진 관계의 틀에서 벗어난 적이 한 번도 없었다.

그러니 처음 그에게 호위 전사라는 짐을 얹어주었듯 여왕에겐 이 관계가 끝났다고 선언할 의무가 있었다.

그는 그 말을 듣지 못했고, 그래서 화가 났다.

하지만.

"내 두려움은 내 몫이니 끼어들지 마십시오."

"……!"

무엇을 두려워하든, 누구에게 화가 났든 그의 감정은 그의 것이었다. 그걸 누구와 공유하고 싶지 않았다.

주바이다의 능력을 존중하기 때문에 죽이는 것이다. 그 악의 없는 저주에 속박되어 평생을 살아갈 나의 여왕을 위해서.

진정 화가 났기에 주바이다의 도움을 거절한다. 그 도움에 사그라질지도 모르는 내 분노를 위해서.

경건한 베두인 전사는 경건한 태도로 주바이다의 삶에 사망 선고를 내렸다. 주바이다가 악을 썼다.

"날 죽이면 너는 평생 신의 분노에 시달릴 것이다!"

절망감에 아름다운 목소리가 잔뜩 갈라져 있었다. 하일라바드는 단호하게 칼 쥔 손을 들어 올렸다.

"그것 역시, 내가 알아서 하겠습니다."

반짝.

아침 햇살이 물 표면으로 떨어졌다.

햇살을 머금은 오아시스는 은가루를 뿌려놓은 유리그릇 같았다. 사방이 은빛. 물가로 가까이 다가간 카르도의 입에서 찬탄이 흘러나왔다.

"아름답습니다, 정말……. 고인 물이 이렇게 깨끗하기 힘든데."

"이 오아시스의 바닥 흙은 입자가 크다오. 더러워진 물 찌꺼기는 그 사이로 다 빠져나가 버리지."

뒤따라온 여왕이 빼기는 기색 없이 말했다. 이런 정경쯤이야 일상이라는 듯한 그녀의 태도가 카르도에게 더한 감탄을 불러일으켰다.

"절 감동하게 하기 위해 이곳으로 부르신 거라면, 성공하셨습니다. 덕분에 남부 아라비아에서 가장 아름다운 왕국이라는 평가가 거짓이 아님을 확인했습니다."

한쪽 손을 배 위에 대며 허리를 굽힌 카르도가 제국식 감사 인사를 건넸다. 여왕은 모호한 웃음을 흘렸다.

"글쎄. 그런 의도였던가? 잘 모르겠군."

회담을 빙자한 밀회의 장소로, 마립댐에서 가까운 오래된 오아시스를 선택한 사람은 미리암이었다.

왜 하필 이곳인지. 그 까닭은 모른다. 어쨌든 여왕은 이 장소에 아무런 의미도 두지 않았다. 아니, 의미를 두긴 했지만 카르도가 말한 아름다움과는 전혀 무관했다.

이곳은, 그와 처음 만난 장소다.

그뿐이다.

오아시스에서 먼저 고개를 돌린 여왕은 나무 사이에 천을 걸어 만든 간이 휘장 아래로 들어갔다.

안에는 하다르식 의자 두 개와 아침 식사가 차려진 식탁이 놓여 있었다. 시중드는 사람이 없는 것을 고려해, 음식은 다 찬 음식이었고 가볍게 마실 수 있는 약한 술을 곁들였다.

정갈한 모양새가 왕성 안에서 맞이하는 아침 식탁과 별 차이가 없다. 이만한 결과물을 내놓기까지 고생했을 시녀들의 모습이 절로 그려졌다.

'미리암이 무지막지하게 닦달했겠군.'

그녀는 혀를 끌끌 차며 식탁 오른편 의자에 앉았다. 그즈음 겨우 오아시스의 아름다움에서 벗어난 카르도도 들어왔다.

"아침 식탁이 풍성하군요. 매일 이렇게 드십니까?"

식탁을 본 카르도가 혀를 내둘렀다. 후추에 살짝 절인 말린 돼지고기와 채소 기름에 튀기고 향신료를 끼얹은 구운 생선. 식혀서 꾸덕꾸덕해진 닭고기 수프는 한 입 거리로 잘라 놓았고, 오리고기는 삶은 뒤 잘게 찢어 레몬즙을 묻혔다. 꿀에 절인 견과류와 말린 과일도 빠질 수 없다.

확실히, 아침 식사로 먹기엔 풍성함을 넘어 과했다. 여왕은 제 맞은편 자리를 눈짓하며 고개를 저었다.

"그럴 리가. 그대가 군인이라 시녀장이 신경을 많이 쓴 것 같소. 왕성 전사들의 식탁은 매 끼니 고기 일색이거든. 다 먹지 않아도 상관없어요. 부담을 주려고 차린 식탁은 아니니."

"하면 부담 없이, 적당히 먹고 남기겠습니다."

카르도는 사막에서는 실례가 될 이야기를 아무렇지도 않게 내뱉으며 자리에 앉았다. 그의 첫 선택은 말린 돼지고기였다. 별달리 입맛이 없는 여왕은 술을 홀짝였다. 하지만 몇 모금 마시지 못하고 술잔을 내려놓았다.

아무런 맛도 느껴지지 않는다. 옅은 붉은색만 봐서는 왕국이 자랑하는 석류주가 분명한데, 영 맹탕이었다.

"간밤에 잘 못 주무셨습니까?"

술잔을 들었다 놓았다 하는 여왕의 귀에 카르도의 질문이 흘러들어 왔다. 이 상황에서 하는 질문치고는 맥락이 없다. 왜 그런 걸 묻지? 내가 약해 보였나? 정신이 번쩍 들었다.

"잠은 잘 자오만. 어찌 그러시오?"

소금에 절인 아몬드로 손을 뻗으며 여왕은 태연하게 거짓말을 했다. 카르도는 어깨를 으쓱거렸다.

"피곤해 보이시기에 여쭤봤습니다. 하면 처리해야 할 일이 많으신가 보군요. 숙면을 취하시는데도 피곤하다는 것은 늦게 주무셨다는 의미일 테니."

한없이 가벼운 그의 목소리와 태도는 마치 한담이나 나누자는 듯해 보였지만, 여왕의 본능은 회담이 시작되었음을 알리고 있었다.

카르도 베스파시안은, 일전에 온 나바테아의 왕자보단 두 배는 어려운 상대였다. 아부 딸립이나 알 자만 같은 상인과도 성향이 다르다. 회담의 목적을 모르는 여왕은 치열한 수 싸움을 준비했다.

약한 모습은 보이지 말자. 그렇다고 너무 힘이 들어가서는 곤란하니 적당히 편해 보이는 자세를 취한다. 대답은 비유로, 태도는 모호하게. 미소는 잊지 않는다.

"신하들이 유능하다고 군주가 마냥 놀기만 하면 어디 쓰겠소. 적당히 놀 줄도 알고, 적당히 일할 줄도 알아야지."

"하긴, 그것은 그렇지요."

하지만 카르도는 딱 한 단어로 여왕의 모든 계산을 쓸모없게 만들었다.

"댐 건설 같은 것은 신하들이 처리할 수 있는 일이 아니니까요."

"……!"

한껏 팽창된 동공을 본래의 크기로 돌리며 표정을 수습했지만 이미 카르도에게 들킨 뒤였다.

그가 씨익, 장난스럽게 웃었다.

"여군주시여, 이러니저러니 해도 저는 군인입니다. 아침부터 고기를 먹고, 전장에서 술을 마시지요. 그리고 군인이기 때문에 모호한 정치 언어를 싫어합니다. 꼭 해야 한다면 할 수는 있겠으나, 질러갈 수 있는 길을 둘러가야 하는 이유가 무엇이란 말입니까. 하니 허심탄회하게 여쭙겠습니다. 폐하께서 제게 원하시는 것은 베스파시안 가문의 건축사지요?"

고귀한 핏줄을 타고 태어나 굴종(屈從)을 모르는 그는 질문을 할 때조차 조심하는 법이 없었다. 여왕은 허탈한 표정으로 팔짱을 꼈다. 또 언제 치고 들어올지 모르는 그에 대한, 나름의 방어 자세였다.

"질문이 아니라 확신 같소. 뒷조사라도 한 게요?"

"뒷조사는 아닙니다. 제 부관은 대놓고 물어보는 성격이거든요."

"확신한 건 맞는다는 거군."

타는 입술을 축이려 여왕은 술잔을 입에 가져다 댔다. 목구멍이 뜨거웠다.

"그리 정치 언어를 집어치우자, 떼를 쓰니 그에 맞춰서 응대해 드리리다. 그대의 말이 맞소. 나는 베스파시안 가문에서 고용한 건축사를 원하오. 셋이 있다고 들었는데, 셋 다 보내 준다면 고맙겠소. 셋이 안 되면 둘이라도. 목적은 그대가 짐작한 대로 댐의 보수 및 건설이오."

"보수가 꽤 셀 텐데요."

"베스파시안 가문에 5년 치 유향 교역권을 드리리다. 그리고 건축사에게는 1인당 가로세로 4큐빗짜리 상자에 담긴 보석을 지급하겠소. 물론 공사중 소모되는 재료와 사람은 모두 우리가 준비하겠소."

"어마어마한 사례금이로군요. 시바 왕국의 유향 교역권은 천금을 줘도 살수 없다고 들었습니다. 하지만, 흠……."

밑천을 다 털었지만, 카르도는 만족하는 기색이 아니었다. 여왕은 그의 반응 하나하나에 촉각을 곤두세웠다. 이래서 주도권을 빼앗기지 않으려 한 것인데. 상대가 너무 단도직입으로 나오니 도리가 없었다.

"매혹적인 조건이라는 것은 인정하겠습니다. 하나 제가 비록 장자라도, 부친께서 살아 계시는 이상 가문에 고용된 건축사를 마음대로 부리는 것은 어렵지요. 베스파시안 가문에 돈이 부족한 것도 아니고요."

"솔직한 것을 좋아하는 것 같으니 나도 솔직하게 말하지. 방금 제시한 조건보다 더한 요구는 현재로선 불가능하오."

"……."

"더 솔직해져 볼까? 나는 이미 13년을 기다렸소. 덧붙이자면 5년 정도 더기다릴 용의도 있소. 그 5년 동안, 감히 누구도 넘보지 못할 부를 이룰 자신도 있지. 그리하여 5년 뒤, 내가 지금과 똑같은 일을 시도했을 때 베스파시안 가문은 내 고려 대상에 들어 있지 않을 것이오."

졸지에 주도권이 넘어가 버렸다. 제가 내민 칼날에 도리어 찔린 카르도는 속으로 감탄사를 연발하며 한 손을 내밀었다.

"돈이 부족하니 더 내놓으라는 뜻은 아니었습니다. 이런 것은 어떻겠습니까? 말씀하신 보상을 가문이 아닌 저에게 주신다면 저는 그 재화로 이 왕국에, 군인 출신의 사병 백 명을 보내 드리겠습니다. 그들의 삯은 신경 쓰시지 않으셔도 됩니다. 제 주머니에서 나갈 테니까요."

"나에게 필요한 것은 군인이 아닌 건축사요. 하나 내가 듣기론, 그대에게 건축사의 거취를 결정할 권한은 없는 것 같은데?"

"예에, 물론. 보통의 경우는 그렇지요. 하지만 권한이라는 것. 만들 수도 있지 않습니까? 여군주께서 저에게 그 권한을 만들어주시면 됩니다."

"내가?"

무슨 재주로 완벽한 타인인 그녀가 베스파시아누스의 장자에게 없던 권한을 만들어줄 수 있나. 의아해하며 고개를 갸웃하는 그녀에게 카르도가 말했다.

"혼인 동맹을 제안하겠습니다."

❖

"하일라바드 님! 늦으셨어요."

말에서 내리는 하일라바드를 발견한 파나가 조르르 달려왔다. 그녀는 들뜬 목소리로 왜 늦었냐는 질책과, 이제라도 왔으니 다행이라는 감정을 여실히 드러냈다.

"예. 늦었습니다."

돌아온 대답은 예상대로 무뚝뚝했다. 하지만 갈라진 그의 목소리에서 무뚝뚝함 이상의 감정을 읽은 파나는 저도 모르게 한 발짝 물러섰다.

이건 일전에 얼핏 본 분노와도 조금 다르다. 가라앉아 있지만 한편으로는 상기되어 있다. 그것이 부정한 살해를 저지른 전사의 죄악감임을 그녀는 알지 못했다.

'어?'

그녀가 이프리트를 마구간에 집어넣는 그의 옷자락이 젖어 있는 것을 발견한 것과, 그가 뒤에 꽂히는 시선을 느끼고 뒤를 돌아본 것은 거의 동시였다.

"왜 그러십니까?"

"아, 그게……."

그녀는 언제나처럼 얼굴을 붉히며 말꼬리를 흐리다, 입술을 질끈 깨물었다. 지금이야말로 시녀장 앞에서 다짐한 용기가 필요한 때였다.

"어디 다녀오셨나 봐요. 옷이 젖어 있어요."

"……."

"날이 많이 덥긴 하죠? 여름 큰비가 내린 뒤에는 항상 이래요. 아, 물을 좀 가져다드릴까요? 아니면 새 옷이 필요하세요?"

"……."

그녀가 무어라 하든 그는 묵묵부답으로 일관했다. 기껏 일깨운 용기가 쪼그라든다. 그러나 그의 안색을 살피던 파나는 그가 제 말을 아예 듣지도 않는다는 것을 깨달았다.

그는 한곳을 무시무시한 얼굴로 바라보고 있었다. 마장 구석, 내일 치 말여물이나 주방으로 들어갈 식재료, 혹은 버려진 물건을 두는 곳이었다.

정확한 이름조차 붙이기 힘든 장소를 보는 눈빛치고는 너무도 살벌하다. 철저하게 외면당했다는 섭섭함보다 그의 눈빛에 압도된 파나는 그가 보고 있을 만한 것을 찾았다.

그러나 특별한 것은 없다. 어제 그랬고 그제 그랬듯, 몇 덩이의 말여물이 있었고 가끔 그랬듯 버려진 물건이 있었다. 왕성 생활을 몇 년 하다 보면 으레 보는 흔한 풍경.

'아, 이분은 처음 보시는 건가?'

그가 왕성에 들어온 지 이제 막 한 달을 채워간다는 데 생각이 미친 파나는 옳다구나, 싶었다. 아무래도 대화에는 화제가 분명한 편이 좋을 것 같았다.

"폐하가 쓰시던 물건 중에 필요 없어진 것들을 저리 내어놓아요. 그럼 시녀들이 주워가요. 폐하께서 사용하시던 물건은 죄다 고급품이거든요."

순간, 그의 눈썹이 꿈틀거렸다. 충성심 높은 베두인 전사에게 군주의 욕을 하는 것처럼 들린 것 같았다. 놀란 그녀는 여왕을 대신해 변명을 주워 삼켰다.

"그, 그렇지만 폐하께서 사치하시는 분이라는 뜻은 아니에요. 다만 군주께는 아직 쓸 만한 새 물건도 버려야 할 때가 있는 모양이에요. 그러니까…… 유행이라든가…… 다른 사람한테 보여줘야 할 상황이라는 것도 있고, 더 좋은 물건이 들어올 수도 있으니까요. 더 좋은 물건을 두고 헌것을 쓰는 건 군주의 위신에 맞지 않는 일이잖아요……."

쓸모없어진 것. 버려야 하는 것. 더 좋은 것.

그리고 버려져서 남의 손에 들어가도 상관없는 것.

제 말이 그에게 어떤 식으로 들릴지 꿈에도 생각하지 못하고, 파나는 밑바닥까지 드러난 용기를 닥닥 긁어모았다.

"저어…… 하일라바드 님. 혹시 바쁘신 일이 없다면, 저와 함께 왕성 밖으로 나가시지 않겠어요? 실은 시녀장님께서 시키신 일이 있거든요. 저 혼자 가기에는 먼 거리라, 하일라바드 님이 같이 가주셨으면 좋겠어요."

"……."

없는 용기, 있는 용기 다 쥐어짜 내어 한 말이었는데 역시나 그에게서는 아무런 답도 돌아오지 않았다. 마른침을 삼키며 고개를 들자 마침 그도 그녀를 향해 고개를 돌렸다.

그의 눈동자가 불타오르고 있었다.

"제가, 제가 그러고 싶다는 게 아니라요, 시녀장님께서, 시녀장님께서 하일라바드 님과 함께 가라고 하셨어요……. 폐하의 의복을 주문하라시면서요, 저 혼자 왕성 밖으로 나가면 안 되니까요. 왕성 밖은 위험할 수도 있으니까, 그래서……. 하일라바드 님은 강하시니까요……."

모든 것을 다 태워 버릴 듯한 그 눈빛에 소박한 제 연심이 들킬까 두려워서, 그녀는 허겁지겁 자리에 없는 시녀장을 끌어왔다. 모든 것은 시녀장님이 시킨 것이라고. 폐하의 옷을 짓기 위해서 해야 하는 일이라고.

폐하를 위해서.

"……폐하께선 어디 계십니까?"

드디어, 조가비처럼 꽉 다물려 있던 그의 입이 열렸다. 그러나 파나는 조금도 기뻐할 수가 없었다.

그의 목소리는 그의 눈빛보다 더 뜨거웠다. 만약 그 불꽃이 제대로 저를 향했다면 흔적도 남기지 않고 잿더미가 되어버렸을 터다.

"폐, 폐하께선, 아침에 일찍 나가, 나가셨……."

입술이 제멋대로 움직이더니 대답을 토했다. 내가 무슨 말실수를 했나, 그런 고민에 빠질 겨를도 없었다.

"제국의 군단장과 함께 나가셨습니까?"

"예? 예. 함께……."

어설픈 대답이 끝나기 무섭게 그가 품은 불꽃이 더욱 강렬해졌다. 파나는 맹렬한 도주 욕구를 느끼며 말을 덧붙였다.

"……나가셨다가, 돌아오셨어요."

그녀가 마장에서 그를 기다린 까닭은 그 때문이었다. 왜인지, 여왕이 돌아오자마자 시녀장이 뭔가에 쫓기는 사람처럼 그녀를 재촉해 마장으로 보낸 것이다. 그때는 다만 조금이라도 그를 먼저 본다는 생각에 냉큼 달려왔지만, 그의 분노를 대면하자 왜 그랬을까 하는 후회가 들었다.

"돌아오셨다고요……."

의외로, 이번 그의 반응은 고요했다. 하지만 그것이 더 무서웠다. 불꽃이 한꺼번에 산화하였다가 확 줄어든 느낌이었다. 불꽃은 작게 압축되어, 그의 눈동자에 고스란히 담겼다.

"어디 계십니까?"

"저, 저기……."

그녀가 벌벌 떨며 손가락으로 군주의 침실이 있는 쪽을 가리켰다. 그는 인사도 없이 자리를 떴다.

열기가 멀어졌다. 비로소 그의 분노에서 자유로워진 파나는 자리에 풀썩 주저앉았다.

❖

"회담이 생각보다 일찍 끝나셨습니다."

여왕의 겉옷을 받아 들며 미리암이 말했다. 마치 다른 데 정신이 팔린 것처럼, 어쩐지 성의 없게 느껴지는 말투다. 하지만 제 고민만으로도 머리가 터질 지경인 여왕은 구태여 그 점을 지적하지 않았다.

"회담은 안 했다."

"예?"

"대신 청혼을 받았지."

미리암의 입이 쩍 벌어졌다. 여왕에 대한 카르도의 호감을 짐작하고 있던 그녀에게도 이것은 상식 밖의 전개였다.

"그런, 말도 안 되는……. 설마 일국의 군주를 제국에 들여앉히겠다는 의도인 것은……."

"자신이 나의 왕국으로 오겠다고 하던데."

"그럼 더더욱 말이 안 됩니다. 그자, 제국에선 꽤나 알아주는 가문의 장자라고 하지 않았습니까? 무사히 전역만 하면 부와 명예가 절로 따라올 텐데, 굳이 타향살이를 자처할 이유가 없지 않습니까?"

"나도 똑같은 걸 물었다. 하니 그러더군. 총독병에 걸렸다고."

"총독병이라뇨?"

"제국의 총독들이 부임지에 눌러앉는 거 말이다. 그리 드문 일은 아니지 않나."

총독병.

이성적으로는 도무지 이해할 수 없는 카르도의 선택을 설명하는 단어로는 적절하다. 부와 명예를 거추장스러워하는 그의 성격을 고려한다면 아귀도 딱 맞아떨어졌다.

하지만 이후에 이어진 문답은, 여왕으로 하여금 카르도의 선택에 총독병 이상의 이유가 있음을 짐작게 했다.

"왜 하필 나인가. 진정 사막의 엄격함에 홀린 것이라면 적당한 상대는 많을 텐데. 군주와의 혼인은 그대가 아는 그 어떤 혼인과는 다르다오. 훗날 후회 말고 이제라도 아엘리아 카피톨리아의 정숙한 처녀를 알아보는 것이 어떻겠소?"

"그 정숙한 처녀가 베스파시아누스라는 후광을 원하지 않는다면 저 또한 좋겠지만, 이 이름은 쉽게 무시할 수 있는 게 아니라서요. 누구와 혼인을 하든 결국은 카르도 베스파시아누스 아니겠습니까? 그래서야 기껏 사막에 정착한 의미가 없죠."

"나와 혼인을 하면 카르도 베스파시아누스가 아닐 것 같소?"

"그때는 카르도 베스파시아누스가 아니라 군주의 배우자가 되겠지요. 아름답지만 제국에 위협이 되지는 않는 나라, 그 나라의 아름다운 여군주, 그리고 그녀의 배우자 말입니다."

웃음 아래 희미하게 드러난 짜증. 그는 사막이 좋은 게 아니라 제국이 싫은 사람처럼 보였다. 그러니 조건만 맞았다면, 꼭 그녀가 아니어도 상관없었을 것이다.

그런 이야기까지는 미리암에게 하지 않았다. 다행히 미리암은 총독병이라는 말에 모든 것을 이해한 듯했다. 납득과 우려가 반반씩 섞인 표정으로 그녀가 한숨을 쉬었다.

"아무리 왕족의 혼인이 조건만 보는 정략혼이라고는 하지만……. 폐하께선 어떠십니까? 그것이 가장 중요하지 않겠습니까?"

"내 의중이 중요하다고?"

여왕이 코웃음을 쳤다. 그녀의 의중 따윈 상관없이 하일라바드에게 적의를 거두지 않았던 것은 어디의 누구였던가.

그녀의 이죽거림을 알아들은 미리암은 뜨끔했지만, 자신이 잘못했다고 생각하지는 않았다.

"연인과 배우자가 같답니까? 연인과의 이별에서 오는 타격이 티끌이라면 배우자는 모래 언덕입니다. 감수해야 하는 것도 연인과는 비교가 안 되지요."

"……."

"그러니 우선하여 고려해야 할 것이 폐하의 마음이고, 그다음은 그의 각오겠지요. 저는 솔직히 걱정이 됩니다. 노인네가 걱정만 많다고 하시겠지만. 군주와의 혼인이 뭔지나 알고서 덤비는 것인지……."

"그건 걱정할 필요 없다. 그자, 살짝 돌아 있긴 하지만 멍청이는 아니니까."

카르도에 대해 통렬한 평가를 내린 여왕은 노대로 나갔다. 그사이 옷을 갈아입어, 가벼운 평상복 차림이었다.

"제국 군인 백 명과 베스파시안 가문의 건축사 두 명. 군인 백 명은 내가 대가를 지급해야 하는 것이지만 혼인의 지참금이라고 생각하면 과한 것도 아니지. 거기에 그가 어떤 조건을 붙였는지 아는가?"

"무어라 했습니까?"

"내 침대 생활엔 관여하지 않겠다고 하더군. 잠자리 취향이 맞지 않으면 그만한 고역도 없다면서."

한마디로, 필요하다면 적당한 밤 상대를 두고 알아서 즐기라는 뜻이었다. 그것이 계산적인 필요에 의해서든, 감각의 충족을 위해서든 상관하지 않겠노라고, 그는 선언했다.

"군주와의 혼인이 무엇인지, 그는 누구보다 잘 알고 있어. 나를 독점할 수 없다는 것을 알고, 그런 요구를 해서는 안 된다는 것도 알지. 어느 사내가 혼인에 그러한 조건을 붙이겠나. 그는 제국에서 암묵적으로 행해지는 관습 같은 것이라고 했지만, 글쎄. 암묵적인 것과 드러내는 것은 큰 차이가 있으니까."

그리고 카르도는 방종한 제안으로 그녀를 군주 취급해 주었다. 예, 당신은 지배자죠. 아무도 당신을 속박할 수 없고, 속박당해서도 안 됩니다. 그쯤은 이해하고 있으니 내가 당신의 짐이 될까 걱정은 마시길. 낙낙한 그의 미소에 담긴 속내를 여왕은 읽었다.

"하면…… 이미 결정하신 겁니까?"

후. 바람에 한숨을 흘려보내며, 여왕이 대답했다.

"마다할 이유도 없지……."

그래. 마다할 이유는 전혀 없다. 오히려 이것이 일생일대의 기회가 될 수도 있었다.

카르도는 가장 시의적절할 때, 그녀가 가장 원하는 모습으로 나타났다. 아직 운명을 믿는 소녀라면 당장 사랑에 빠져도 이상하지 않을 상황이다. 그러나 카르도의 청혼을 들은 순간부터 지금까지, 그녀의 머릿속을 가득 채운 것은 이 운명 같은 행운이 아니었다.

"미리암, 혹시 내가……."

"안 됩니다."

조심스럽게 입술을 달싹거려 봤지만, 미리암은 본론이 나오기도 전에 여왕의 말을 잘랐다. 그녀의 눈에는 여왕의 바람이 투명한 물속처럼 훤히 보였다.

"셰이크 무자아히드. 아니, 여기선 이븐 카림이라고 해야겠군요. 폐하께선 지금 그를 남첩으로 들이고 싶어 하십니다. 배우자의 동의도 있으니 상관없지 않나, 그리 생각하시는 거죠."

"……."

"하나 폐하, 그가 누구인지 잊지 마십시오. 그는 자부심 높은 베두인 전사이고, 부족의 첫 번째 검입니다. 그의 명예는 곧 그 부족의 명예이며, 그렇기 때문에 하다르의 기준에 맞춰 재단할 수 없습니다. 폐하께서는 군주의 남첩도 명예로운 자리라고 생각하시겠지만 베두인은 다릅니다."

미리암의 말은 여왕의 양심과 수치심, 모두를 건드렸다. 여왕은 뻣뻣하게 굳어가는 입술을 억지로 움직였다.

"그대는…… 그를 싫어하는 줄 알았는데?"

"이븐 카림이라는 사람 자체를 싫어한 적 없습니다. 폐하의 짝으로서 적당하지 않다고 생각한 것일 뿐. 그의 불행을 즐거워할 이유 없고, 그의 명예를 더럽힐 이유도 없습니다."

"……."

"하니 폐하께서도 부디, 그의 명예를 지켜주소서. 과한 욕심은 독입니다. 예로부터 실속과 사랑 모두 챙긴 군주는 없습니다."

말을 마친 미리암이 양손을 모아 이마까지 올리고 허리를 굽혔다. 그것은 아마, 선을 넘은 조언에 대한 사죄 표시였을 테지만 여왕은 아무런 반응도 보일 수 없었다.

그녀가 받고 싶은 것은 사죄가 아닌 이해였으므로.

모르지 않는다. 제바람이 얼마나 비열한 것인지. 완벽하게 버리지도, 완벽하게 품지도 못하는 이 미련이 얼마나 어리석은 것인지.

자기혐오에 짓밟혀 숨도 쉬지 못할 만큼 절절하게 깨닫고 있다.

그리고 그렇기 때문에, 더욱 간절하게 이해받고 싶었다. 말하고 싶었다.

미리암, 나는.

나는 심장을 버렸어.

그를 버렸다고 생각했는데 그게 아니었어.

그래서 너무 아프고, 그렇게라도 가지고 싶어.

이해받지 못할 것을 알기에 오히려 이해를 바랐다. 단 한 사람에게라도, 욕심내도 괜찮다는 이야기를 듣는다면 제가 조금쯤은 덜 싫어질 것 같았다.

그러나 여왕의 시녀장은 엄격한 태도로 마케바의 등에 왕관의 무게를 얹었다. 사랑과 권력 모두를 가진 군주는 없다는 그 준열한 경고. 진심을 다문 입술이 순간, 갈피를 잃고 헤맸다.

그리고 순간을 놓친 그녀에게 미리암의 이해를 구할 기회는 두 번 다시 오지 않았다.

쾅—!

커다란 소리가 공간을 울렸다. 소리를 따라 침실 문 쪽을 바라본 두 여인의 눈이 한껏 벌어졌다.

공기를 부수며, 하일라바드가 들어오고 있었다.

뚜벅. 뚜벅. 뚜벅.

그답지 않게, 발걸음 소리가 크다.

연회실 계단을 올라 침실을 가로지른 동안 그는 아무 말도 하지 않았다. 처음 듣는 발걸음 소리에 여왕은 멀거니 서서 가까이 다가오는 그를 바라보았다.

"죄송하지만, 무례를 좀 범하겠습니다."

그가 말했다. 그제야 정신을 차린 시녀장이 되물었다.

"무례를 범해 죄송하다고 했는가?"

너무나 황망한 상황이라, 그녀는 하일라바드가 말실수를 했다고 생각했다.

하지만 그는 주저 없이 고개를 저었다.

"아니요. 무례를 범하겠다고 말씀드렸습니다. 자리를 비켜 주십시오."

"뭐……?"

"폐하와 나눌 이야기가 있으니 시녀장님께선 빠져 달라는 뜻입니다."

이제 미리암은 더 놀랄 일도 없을 것 같았다.

"자네! 이게 대체 무슨 짓인가! 비록 베두인 출신이나 최소한의 예는 안다 여겼거늘! 사람이 어찌 이리 망령될 수가 있어?"

"……."

"이븐 카림!"

크게 호통을 쳐 봤지만 하일라바드는 대꾸도 없이 여왕만 응시하고 있었다. 철옹성 같은 그의 뚝심은 이럴 때조차 빛을 발했다.

'우리, 할 이야기가 있지 않습니까?'

기묘하게 상기된 눈동자로, 그가 여왕에게 조용히 말을 걸었다.

'그러니 얘기를 좀 해야겠습니다.'

선연한 침묵으로 더 이상의 유예는 허락할 수 없다고 말한다. 도망칠 수도, 물러날 수도 없다고 말한다. 그는 조용하기에 오히려 더 정확하고 분명한 어조로 자신의 의지를 밝히고 있었다.

'그래. 할 이야기가 있지.'

마케바는 다 꺼져 가는 등잔불처럼 무기력한 웃음을 지었다. 분명 예정된 끝이었지만 이런 식으로 맞이하게 될 줄은 몰랐다. 두려운 한편, 허탈하기도 했다.

"미리암, 물러나라."

"폐하!"

"그만."

여왕이 손을 치켜들었다. 그 순간만큼은 그녀도 하나의 거대한 철옹성이었다. 흔들림 없는 여왕의 태도에 결국 미리암이 백기를 들었다.

미리암이 나가자, 육중한 야자나무 문은 그가 들어올 때와는 달리 부드러운 소리를 내며 닫혔다. 그때까지도 하일라바드는 마케바에게서 시선 한 번 떼는 일이 없었다.

두 사람 사이를 메운 침묵은 바짝 마른 장작 같았다. 작은 불씨 하나만 던져도 활활 타오르는 마른 장작. 먼저 불씨를 던진 사람은 마케바였다.

"그대의 성정에 이리 경우 없이 나오는 데는 그만한 이유가 있겠지. 어디, 하고 싶다던 그 얘기 한번 해보렴."

"설명해 주십시오."

"내가 무엇을 설명해야 하지?"

"거짓 보고를 핑계로 절 성소에 보낸 이유. 저는 설명을 들을 자격이 있습니다."

'거짓 보고?'

그녀는 순간 영문을 몰라 데굴데굴 구르는 눈동자에 힘을 바짝 주었다.

처음 듣는 이야기였지만 전후 사정을 짐작하기가 어렵진 않았다. 그녀가 아는 한, 그녀의 주변에서 이런 오해를 불러일으킬 사람은 단 한 명뿐이었다.

별다른 설명을 덧붙이지 않아도 말 한 마디, 행동 하나가 여왕의 의지를 대변한다고 믿어지는 사람.

'미리암의 짓이군.'

하지만 그녀가 왜? 하일라바드에게 한 거짓말이야 그렇다 치고, 저에게까지 거짓을 말할 필요는 무어란 말인가. 그를 내보내려는 시도가 저를 불쾌하게 만들 것이라 판단했나?

그렇다면, 왕성으로 돌아왔을 때 보인 미리암의 산만함이 이해가 된다.

그녀는 아마 하일라바드의 동향에 신경을 쓰고 있었을 것이다. 저와 살을 섞은 여인이 다른 사내와 수상쩍은 회담을 나누고 온 것을 알게 된 그가 어떤 반응을 보일지, 짐작이 불가능하기 때문에. 그를 미리 내보낸 까닭도 그 때문일 테지.

이 조악하기 짝이 없는 무대에 파나가 있음을 모르면서도, 그녀는 그의 짧은 힐난에서 거의 사실에 가까운 결론을 도출해 냈다.

"그대에게 설명을 들을 자격이 있다고 누가 말했나?"

그래서…… 결코 사실을 말할 수 없었다.

"군주가 아랫사람에게 명령을 내리는데 구구절절 설명이 필요하더냐? 명령이 합리적이든 불합리적이든, 참이든 거짓이든 따르기만 하면 그만인 것을. 혹, 군주와 동등해지고 싶은 것이라면 내 목을 베고 왕좌를 차지하려무나."

밝혀져선 안 되는 진실. 이것은 그녀가 짊어지고 가야 하는 멍에다. 이 지지부진한 유예에 끝점을 찍기 위해, 마케바는 그의 오해를 기꺼이 받아들였다.

"그래도 정 설명을 요구하려거든, 요구 전에 그대의 머리로 생각해 보라. 내가 왜 그대에게 거짓 명령을 내렸을 것 같은가?"

"하면!"

그가 그녀의 말을 끊었다.

"제가 단지 아랫사람일 뿐이었다면 거짓으로 명령을 꾸며내실 필요도 없지 않습니까! 수긍할 수 없습니다. 설명해 주십시오!"

"그대가 단지 아랫사람일 뿐이라도, 엄존하는 사실을 왜곡할 수는 없겠지. 왜 그러했냐고 물었느냐? 이븐 카림, 그대가 검을 쓰는 자라 그랬다. 내 밤을 데워준 자라 그랬다. 그대에게 내가 첫 여인임을 알기에 그러했고, 내가 곧 혼인할 것 같아 그러했다."

"……!"

마른 장작 같던 공기가 불타올랐다. 마케바는 부러 조소 띤 미소를 보여주고, 무심한 척 그에게서 등을 돌렸다. 내뿜은 열기가 무색하리만큼 차갑게 가라앉은 목소리가 뒤늦게 들려왔다.

"청혼을…… 받으셨습니까?"

그것이 그가 겉으로 표현할 수 있는 분노의 최대치라는 것을 알았기 때문에 그녀는 더욱더 자신을 가라앉혔다.

"그래."

"허락하실 겁니까?"

"그……."

답하는 목소리가 흐트러지려 했다. 그녀는 목울대 아래를 꾸욱 눌러, 흔들리는 소리를 붙잡았다.

그 사소한 행동으로 마케바는 사람의 마음 따윈 얼마든지 이용할 수 있는 철혈의 군주가 되었다.

"그래. 안 할 이유가 없지. 그와의 혼인으로 내가 얻을 수 있는 이득이 얼마나 많은지 그대가 안다면 놀랄 것이다."

"……."

"그는 내가 원하는 것 대부분을 줄 수 있어. 그런 귀한 손님이, 스쳐 지나갈 관계 때문에 불상사라도 겪으면 곤란하지 않겠느냐. 그것이 천에 하나의 가능성이라도 조심해야 할 필요는 있다고 생각했다."

"대부분을 줄 수 있다는 말씀은, 전부는 아니라는 거군요."

"전부?"

그녀가 소리 내 웃었다. 조소에 진심이 섞였다.

"세상천지에 전부를 줄 수 있는 사람이 어디 있나? 내가 원하는 것은, 내가 노력하여 내가 얻어내야 하는 거야. 카르도 베스파시아누스는 다만 그 토대를 제공할 뿐이다. 강맹한 제국의 전사 백 명과 뛰어난 건축사 두 명으로."

"……"

"한데 그대는 나에게 무엇을 줄 수 있나? 전부는커녕, 줄 것이나 있는지조차 의문인데. 아, 그래. 줄 것이 아예 없는 건 아니지. 그대와 함께한 낮과 밤은 퍽 즐거웠다."

그리고 이 말 또한, 어쩌면 진심이다.

"하니 남첩이라면 모를까, 전사로서 그대는 더 이상 나에게…… 필요 없다."

완벽한 거짓 속에 숨겨진 완벽한 진심. 치졸하고 저열한 바람. 마음을 쏟아낸 그녀는 작게 숨을 헐떡이며 그의 대답을 기다렸다.

독기 어린 혓바닥으로 그의 명예를 더럽힌 주제에 그의 대답을 기다린다.

제가 쏟아낸 말이 미안해서, 죄책감에 몸부림치면서도 기대했다.

[폐하의 뜻대로.]

그 말 한 마디. 그녀에게 무조건적인 이해를 부여하고, 그녀를 완벽하게 수용하는 그 말 한마디가 들리기를…… 자기혐오에 허덕이면서도 기대했고,

"죄송하지만, 남첩은 안 되겠습니다."

안 된다는 대답에도 실망하지 않았다.

"제국의 군단장에게 제가 위해를 가할까, 걱정이 되어 절 내보낸 거라 하셨지요?"

그가 그녀를 빙 돌아 그녀의 앞에 섰다.

등 돌려 겨우 피한 그의 시선이 정확하게 그녀에게로 내리꽂혔다. 옅은 갈색 눈동자에 하얀 불꽃을 담은 그는 아예 불꽃 그 자체가 되어버린 것만

같았다.

가장 순도 높은 불꽃이 그녀를 잠식해 들어왔다. 하지만 철혈의 군주를 연기해야 하는 그녀는 오연히 그의 시선을 감내했다.

"그래. 그리 말했다."

"보름 전이었다면, 그런 걱정은 하실 필요가 없었다고 자신 있게 말씀드렸을 겁니다. 하나 지금은……."

"지금은?"

"지금은, 현명하셨다고 말씀드리고 싶군요."

살짝 내리깐 눈으로 그녀를 응시하며 하일라바드가 웃었다.

"그자가 폐하께 청혼한 것을 알았다면 반드시 죽였을 테니까."

"……."

분노를 품은 미소는 어느 밤의 그것과 똑 닮아 있었다. 내뿜는 살기가 방금 사람을 죽이고 온 사람의 그것처럼 생생하다. 암살자의 최후를 떠올린 마케바는 저도 모르게 그에게서 한발 물러났다.

그는 그때야 미소를 거두었다.

"그러니 아무래도 남첩은 안 되겠습니다. 하나 군단장의 안위에 대해서는 염려 놓으셔도 됩니다. 남첩이 될 수 없기에 제가 폐하의 것이 아니라면, 폐하 또한 제 것이 아니겠지요. 베두인은 자신의 것이 아닌 무엇 때문에 살인을 저지르지 않습니다."

세상에서 가장 무뚝뚝한 얼굴에 가장 깊은 슬픔을 담고, 그가 선언했다.

당신이 나에게 아무것도 아니기 때문에—

우리 사이가 아무것도 아니기 때문에 카르도 베스파시아누스는 나로부터 가장 안전하다.

그러나 불꽃으로도 숨기지 못한 감정이 그의 눈동자 속에서 일렁이는 것을 그녀는 똑똑히 보았다. 잡아서는 안 된다는 것을 아는 사람의 체념, 그럼에도 남는 미련. 두려움…… 베두인 전사도 끝내 깎아내지 못한 정신적 모서리.

그도, 그녀와 똑같았다.

아아…… 대체 어째서 이런 순간에조차 그대의 표정은 거짓을 모르나. 눈앞이 뿌옇게 흐려졌다. 그의 슬픔엔 전염성이 있었다. 동화된 슬픔에 군주의 가면이 벗겨지려고 했다.

그러나 제 탄식과 눈물은 저 혼자 삭여야 하는 것이었다. 결국엔 울어버릴 것 같아서 마케바는 이를 악물었다. 눈물을 삼키고 모진 말을 내뱉었다.

"잊어버린 모양이구나. 우리가 약조한 날까지는 아직 시간이 남아 있단다. 그때까지 그대는 나의 전사이니, 나의 손님께 최선을 다하라."

"예. 물론. 약조는 지킵니다."

고개를 끄덕인 그가 하늘을 올려다보았다. 달이 이제 막 자신을 채워가기 시작한 날이었다.

"딱 하루 남았군요."

"……."

"이제 기회가 없을 테니, 제가 전에 드린 약조를 지킬 수 있도록 허락해 주시겠습니까?"

"무슨……?"

"잊으셨습니까?"

아니, 잊지 않았다. 그와 관련한 것이라면 그녀는 무엇도 잊을 수 없었다.

"가장 높은 곳에서 소리 지르도록 해드리겠습니다."

원하신다면.

"원하십니까?"

그가 손을 내밀었다. 어조는 분명 질문이었는데, 내민 손은 요구였다. 마케바는 그 요구를 뒤늦은 채무 상환이라고 생각했다. 그의 마음을 알면서도 모르는 척 이용만 해온 마음 빚.

그는 채권자의 당연한 권리로 상환을 요구했고, 그녀에겐 거부할 권리가 없었다. 차일피일 미뤄온 빚이 하룻밤 정사로 탕감이 된다면 오히려 이득이다. 처음도 아니고, 어차피 흔한 하룻밤 아닌가.

아니, 아니.

그런 건 다 거짓말이고 핑계다. 그냥 저 손을 잡고 싶었다. 모질 게 내칠 때는 언제고, 제 고통은 저 혼자의 몫이라며 눈물을 삼킬 때는 언제고, 무작정 이 시간을 잡고 싶었다.

그녀에겐 단 하룻밤만 남아 있었으니까.

오직, 하룻밤.

"원한다."

그래서 그 손을 잡았다.

안타까워하고 탄식하며 그의 손을 꼭 붙들었다.

군주의 침대 위를 드리운 휘장은 짙은 남색이었다. 일반적인 푸른색보다 엄격하고, 그보다 차가운 색. 그 색이 두 사람 사이를 가르고 있는 선처럼 보였다.

노대에서 내려와 침대로 걸어간 그녀는 손수 휘장을 젖히고 한 덩이로 만들어 침대 기둥에 묶었다.

그는 그때까지도 노대에 서 있었다. 네 개의 휘장을 다 묶은 그녀가 그를 불러들였다.

"이리로."

어쩌면 그가 거부할지도 모른다는 생각을 했다. 침대에선 안 된다고 말한 사람은 그녀였으므로. 고지식한 그의 성격대로라면 거부가 전혀 이상하지 않았다.

"예."

하지만 하일라바드는 그녀의 예상을 깨고 스스럼없이 다가왔다. 그녀는 숨소리도 죽여 가며 걸어오는 그를 바라보았다.

한 걸음, 한 걸음, 한 걸음……

마침내 그가 휘장을 넘어, 그녀에게 도달했다.

……금기가 깨졌다.

서로의 숨결이 느껴질 만큼 가까운 거리에서 멈춰 선 그가 그녀에게로 먼저 손을 뻗었다.

커다란 손이 그녀의 긴 머리카락을 쓸어내렸다. 부드러운 곱슬머리는 섬세하지 못한 전사의 손가락을 휘감고, 굳은살이 박인 그의 손끝에서 떨어졌다.

고개를 들자 그가 양손으로 뺨을 감싸며 눈을 마주쳐 왔다. 옅은 갈색 눈동자에, 조금 몽롱한 듯 풀어진 표정을 짓고 있는 그녀의 얼굴이 비쳤다. 제 표정을 보기가 힘겨워진 그녀는 눈을 감았다.

그는 마치 금이 간 유리컵을 손에 쥔 사람처럼 조심스럽게 그녀의 턱을 받쳐 들었다. 곧이어, 입술이 정수리에 닿는 느낌이 났다.

입술은 푸르스름한 빛깔을 띠는 그녀의 가마에 가벼운 화인을 찍고, 이마를 지나 시원하게 뻗은 콧대에 내려앉았다. 그는 그녀의 콧날과 뺨, 움푹 들어간 인중에 차례로 입을 맞췄다. 그리고 두 입술이 맞닿기 직전, 그가 그녀를 불렀다.

"마케바."

그녀가 번쩍, 눈을 떴다. 표정엔 놀람이 가득했다. 그 사이로 불신이 엿보인다. 그는 녹주석을 박아 넣은 듯 선명한 초록빛 눈동자를 바라보며 그녀의 불신을 끝내주었다.

"마케바."

숨을 고르듯 천천히.

"마케바……."

주문을 외우는 제사장처럼 경건하게.

"마케바."

나의 여왕.

나의 꿈.

"당신을⋯⋯."

사랑합니다.

온 정신을 집중해야만 겨우 들을 수 있을 만큼 작은 목소리로 그가 속삭였다.

"사랑합니다."

그녀가 이미 알고 있는 사실. 그렇기에 그의 고백은 그녀에게 지극히 무의미했다.

무의미해야만 했다.

하지만 그 짧은 단어가 왕관의 무게보다 더 무겁게 다가온다. 그의 고백은 주바이다의 예언보다 더한 마력을 지니고 있었다.

취소할 수도, 돌이킬 수도 없는 말. 그는 말로써 자신의 심장에, 그리고 그녀의 심장에 낙인을 찍었다. 그렇게 처음이자, 아마도 마지막이 될 고백을 기념했다.

그러니 이것은 차라리 의식이다. 그토록 신성한 의식 앞에서 그녀의 반평생을 지배해 온 모든 오기와 고집이 허물어졌다.

"나⋯⋯."

그녀가 입을 벌렸다.

"나는⋯⋯."

그런데, 대답해서, 어쩌려고?

짧은 순간 떠오른 의문에 말문이 막혔다. 무어라 답하든, 그녀의 대답은 그의 말에 대한 메아리가 될 수 없었다.

"울지 마십시오."

그 말을 듣고 보니 어느새 뺨에 눈물길이 나 있었다. 그녀는 화들짝 놀라 고개를 숙였다. 하지만 곧, 억센 힘에 동작이 멈췄다.

"당신을 곤란케 하려던 것은 아니었습니다."

그는 양손으로 그녀의 뺨을 꼭 쥐고, 엄지손가락을 이용해 그녀의 눈물을 닦아주었다. 깊이 들어간 눈매에는 다정한 미소와 비할 데 없는 슬픔이 함께 매달려 있었다.

"당신이 아무 말도 할 수 없다는 것을 알고 있으니까. 다만 마지막이기에……."

마지막이기에 욕심을 내보았다.

그래서 폐하가 아닌 마케바로. 폐하가 아닌 당신으로.

"하니 울지 마십시오. 당신이 울면 나는……."

—당신을 놓을 수가 없어.

채 말을 잇지 못한 그가 그녀의 턱을 잡아당겨 입을 맞췄다. 가볍게 닿았다가 떨어졌다가 아랫입술을 물었다가 놓고, 다시 윗입술을 물었다.

입술이 떨어질 때마다 그는 길게 한숨을 뱉고, 그 한숨이 여운을 남길 새도 없이 같은 행동을 반복했다. 그의 한숨과 그녀의 눈물이 섞인 입맞춤에선 짜고, 싱거운 맛이 났다.

그것은 긴 정사를 예고하는 입맞춤 같았지만, 결코 입맞춤이 될 수 없었다. 이름을 붙이자면 슬픔. 이름을 붙이자면 탄식. 이름을 붙이자면 안타까움. 이 슬픔에, 끝 간 데 없는 탄식에, 견디지 못할 안타까움에 그녀가 할 수 있는 일이라고는 양팔을 뻗어 그를 끌어안는 것뿐이었다.

포개진 상체 사이에서 얇은 두 사람의 평상복이 바스락 소리를 내며 구겨졌다. 두 사람은 누가 먼저라 할 것도 없이 서로의 옷을 벗겼다. 서두르진 않는다. 빠르게 움직이면 빠르게 시간이 지나갈 것을 두려워하는 듯, 단추를 푸는 손길이 약속이나 한 것처럼 느렸다.

그러나 아무리 느리게 움직여도 홑겹에 불과한 여왕의 평상복은 너무 금방 벗겨졌다. 그는 흐르는 시간에 한탄을 쏟아내며 그녀의 긴 목덜미에 입술을 묻었다.

그가 목덜미를 물고 있는 입술에 힘을 주자 그녀가 흠칫, 몸을 떨었다. 강한 압력에 여린 살갗이 짓뭉개지더니 곧 피멍울이 맺혔다. 그는 그대로 손가락 끝에 가볍게 힘을 주고 그녀를 밀었다.

"아……."

맥없이 넘어간 그녀의 등이 양털을 가득 집어넣은 침대 속에 파묻혔다. 하일라바드는 그녀의 무릎 뒤에 손을 집어넣어 무릎을 세웠다. 그의 얼굴이 아래로 떨어졌다.

"거긴……!"

엄지와 검지 발가락 사이로 파고드는 혀를 느낀 그녀는 몸을 일으켜 세우려 했지만, 그의 손에 가로막혔다. 그는 그녀의 허리를 붙들어 꼼짝 못 하게 만들고는 자꾸만 오그라드는 발가락 틈새에 혀를 집어넣었다.

"여긴……."

길쭉하면서도 부드러운 발가락. 여왕의 욕탕에서 그녀와 재회했을 때 이것을 가장 먼저 보았다.

"그다음엔."

발등뼈와 혈관이 도드라진 마른 발. 타액으로 젖은 입술 아래에서 혈관이 맥동했다.

쭉 뻗은 종아리, 형태가 분명한 무릎, 탄탄한 허벅지……. 그는 기억 속의 그녀를 순차적으로 더듬어 올라갔다. 그리고 마침내, 검은 숲이 무성한 삼각둔덕에 입술이 닿는 순간 그녀가 비음을 터트렸다.

"흐읏!"

한 줄로 고르게 자리 잡은 앞니가 몸집을 부풀려 가고 있는 돌기를 건드렸다. 불에 달군 인두로 지지는 듯한 통증과, 그보다 더 큰 쾌락이 그녀의 머릿속을 때렸다.

아무런 예고도 없이 덮쳐 온 강렬한 감각에 그녀가 허리를 비틀었지만 그는 작정이라도 한 듯 떨어지지 않았다. 숨겨진 계곡 사이에서 넘실거리는 혀는 분명한 목적성을 띠고 있었다.

"읍……! 그건 싫……! 아흑!"

그가 끈질긴 애무 끝에 눅진하게 풀어진 그녀의 질구 속으로 혀를 집어넣자 그녀가 거부를 표시하며 그의 머리카락을 움켜쥐었다. 그는 입술을 뗐다. 생각해 보면 그녀는 구음을 별로 좋아하지 않았다.

"하긴······ 당신이 좋아하는 건 따로 있죠."

허리를 세운 그가 납작한 그녀의 배를 한 손으로 누르며 그녀의 가랑이 사이에 자리를 잡았다. 구음 때문이었는지, 기껏 벌려놓은 입구가 좁아져 있었다.

그는 가볍게 인상을 찡그리며 제 손으로 그새 꼿꼿해진 제 성기를 쥐곤, 그녀의 음부에 대고 흔들었다. 마치 자위처럼 보이는 그의 행동에 그녀는 혼미한 와중에도 그의 의도를 깨달았다.

이 고지식한 베두인 전사는 그녀에게 최상의 쾌락을 선사할 생각이었다. 그녀가 가장 높은 곳에서 소리를 지를 수 있도록. 그리하여 사람의 말을 알아듣는 사람이라면 누구나, 환희에 찬 그녀의 목소리를 듣게 될 것이다.

어쩌면 별것도 아닌 약속을 지키기 위해서, 그녀에게 조금의 불편함도 주지 않기 위해서 그는 자신과 어울리지 않는 행위까지 아무렇지 않게 해치웠다. 그러니 이제까지 느낀 감각은 시작에 불과했다.

위아래로 움직이는 동작을 따라 얇은 표피가 들려 올라갔다가 딸려 내려왔다. 매끄러운 선단이 서서히 형태를 드러내고, 갈라진 구멍에서 나온 선액이 그녀를 적시자, 끊임없이 자신의 돌기를 지분거리는 그의 남성이 더욱 생생하게 느껴졌다.

"괜찮을 것······ 같습니다."

이만하면 됐다고 생각한 듯 낮게 중얼거린 그가 그녀의 안에 천천히 자신을 밀어 넣기 시작했다. 하지만 절반에 못 미쳐서 빼내고, 다시 집어넣는다. 두 번째 들어올 때는 처음보다 약간 더 깊었다. 그녀의 입술에서 신음과 비음이 섞인 묘한 소리가 연신 흘러나왔다.

"으응, 으흐응······."

그러다가 그가 어딘가를 건드렸다. 순간, 그녀의 허벅지가 한 차례 경련을 일으켰다.

"하일라바드······! 하윽!"

"드디어 내 이름을 부르는군요."

그는 진심으로 기뻐하며 양손으로 그녀의 엉덩이를 움켜쥐고 허리를 짓쳐 올렸다. 추진력을 받은 남성이 뿌리 끝까지 단숨에 박혔다.

"……!"

순식간에 절정을 맛본 그녀의 눈에서 눈물이 떨어졌다. 쾌락이 너무 순식간에 덮쳐 와, 그녀는 소리도 지르지 못했다. 하지만 그는 그에 멈추지 않고 그녀의 오른쪽 다리를 들어 제 어깨에 걸쳤다.

"하지 마, 그건…… 너무……! 앗, 아아아!"

이미 비슷한 자세를 경험해 본 그녀가 애원했지만 그는 도대체 후퇴라는 것을 몰랐다. 오로지 앞으로, 앞으로. 분명 뿌리까지 들어왔다고 생각했는데 아직도 끝이 남아 있었다. 달라진 자세에 그녀의 가장 예민한 속살이 마구잡이로 짓이겨졌다. 그녀는 꼼짝도 못 하고 신음을 쏟아냈다.

"흐……!"

"당신의 이런 모습……."

"앗! 아아! 하일라바드, 읏!"

"……싫지 않은데……."

그녀의 깊은 곳을 헤집으며 그가 무어라 중얼거렸다. 목소리가 작아서 잘 들리지 않는다. 그녀는 신음을 삼키고, 그의 가슴에 손바닥을 가져다 댔다.

"아니요. 아무것도 아닙니다."

"……."

그는 말하지 않았지만 그녀는 그가 하고자 하는 말을 알아들었고, 그 역시 그녀가 알아들었다는 것을 알았다.

"그런 얼굴 하지 마십시오."

검질긴 가슴 근육이 크게 부푸는가 싶더니, 그가 허리를 뒤로 물렸다. 그의 남성은 들어올 때완 다르게 순식간에 빠져나갔다. 그녀는 안도와 아쉬움이 섞인 숨을 토했다.

"하아……."

하지만 다음 순간, 그녀의 안도는 부질없는 것이 되고 말았다.

"이게 무슨……!"

하늘과 땅이 뒤집혔다. 고개를 침대에 처박은 그녀가 억눌린 소리를 질렀지만 그는 아랑곳하지 않고 그녀의 허리를 잡아당겼다.

"내가……."

퍽!

"말씀드렸지 않습니까."

퍽퍽퍽!

"당신을 곤란케 하려는 것이 아니라고."

"하일, 하일라바드! 그만……!"

"그러니 그런 미안한 표정을 할 바엔 차라리 그냥……."

"아아아아, 앗!"

"울어버리십시오."

엉덩이만 들어 올린 채 받아들인 그의 남성은 그녀를 완벽하게 꿰뚫었다. 손을 아래로 내린 그가 젖꼭지를 꼬집었을 땐 머릿속이 다 타버리는 것 같았다.

뜨거운 땀방울이 절묘하게 휜 그녀의 등 위로 후두두둑, 마치 여름날 소나기처럼 떨어졌다. 매캐하고 씁쓸한 그의 향취가 온 사방에서 진동을 한다. 어느새 그녀는 자신의 의지로 엉덩이를 들고 있었다. 이것이 짐승의 암컷이나 하는 자세라는 생각을 할 겨를도 없었다. 수치심도 없다. 오로지 쾌락, 쾌락뿐이었다.

"흐윽……!"

끝내 울음이 터져 나왔다. 그녀는 헐떡거리고, 울고, 아무렇게나 입에서 나오는 말을 뱉었다. 그만해, 싫어, 아니, 좋아, 그만두지 마, 더, 더……. 허리를 흔들며 애원했다.

"아…… 아아아아아아!"

그리고 어딘가에 딱 맞아 든 듯한 감각이 두 사람 모두를 휘감았다. 그녀가 이제까지와는 비교도 되지 않은 교성을 내지르자 그의 허릿짓이 더욱 빨라졌다.

"윽······!"

절정에 달한 여자의 내벽이 아프게 그를 움켜쥐었다. 그는 당장에라도 사정하고 싶은 욕망을 참으며 그녀를 돌려 눕혔다. 그 바람에 그의 남성이 살짝 빠졌고, 그녀는 숨 돌릴 여유를 얻게 되었다.

"하아, 하아······."

위에서 내려다보는 그녀의 얼굴은 눈물과 땀으로 얼룩져 있었다. 그녀도 자신이 어떠한 얼굴을 하고 있는지 대충 짐작한 듯 고개를 흔들었다.

"보지 마······."

"······당신의 뜻대로."

그녀가 놀란 표정을 지었다. 하지만 이미 허리를 숙인 그는 그녀의 표정을 보지 않았다.

그녀의 상체에 제 몸을 겹친 그가 그녀의 젖은 눈가를 혀로 쓸며 부드럽게 허리를 움직였다. 이번 삽입은 빠르지 않았지만, 깊고 섬세했다. 굵직한 남성이 그녀의 내부를 꼼꼼히 헤집는다. 아직 절정에서 내려오지 못한 그녀는 느린 움직임에도 쉽게 달아올랐다.

"이런, 이런 것······ 아앗!"

그는 조금 시간을 들여, 그녀를 두 번째 절정으로 이끌었다. 두 번째는 첫 번째보다 파고(波高)가 훨씬 높았다.

"······!"

쾌락을 감당할 수 없게 된 그녀가 그를 밀어냈다. 하지만 그는 본능적으로 그에게서 도망치려는 그녀를 붙잡고, 그녀의 다리로 제 허리를 휘감게 했다.

"훗!"

"마케바, 사랑합니다."

"아, 응, 으응······!"

"사랑합니다."

그녀의 대답을 신음이라고 생각한 듯 그가 같은 말을 반복했다. 사랑합니다, 사랑합니다. 그 목소리에 거친 숨소리가 섞여들었다.

대답을 바라지 않는 그의 고백은 공허에 던지는 아우성이었다.

사랑합니다. 그 말에 그녀가 대답해 줄 의무는 없다. 그는 그녀에게 아무런 짐도 지우지 않았다.

하지만 대답해 주고 싶었다. 의무가 아니라 그녀의 마음이 시키는 대로 한 번쯤은 솔직하게, 그에게 메아리를 들려주고 싶었다. 그녀는 지금 제 몸짓이 그에게는 단지 쾌락에 빠져 허우적대는 여자의 몸짓으로 보이길 바라며 고개를 끄덕였다.

"아흑, 응, 응, 나…… 나도…… 흐윽!"

거짓말쟁이 여자는 교성을 가장하고 나서야 겨우 솔직해질 수 있었다. 그녀의 진심을 아마 그는 결코 모르겠지만 그래도 상관없다. 어차피 내일 밤은 없으니까.

겨우 마른 줄 알았던 눈가가 다시금 젖어 들었다. 이 눈물이, 머릿속을 탈색시켜 버리는 아찔함 때문인지, 아니면 다른 이유 때문인지는 모르겠다.

확실한 끝이 예정된 마지막 밤. 그녀는 그의 품에서 수십 번 절정을 맞이했고, 수백 번쯤 같은 말을 했다. 왕성 안의 모든 사람이 들었으면 좋겠다고 생각하며, 사랑해, 사랑해, 사랑해……. 그 순간만큼은 내일을 생각하지 않았다.

다음 날 눈을 떴을 때 그녀는 혼자였고, 어제와 다름없는 군주의 아침이 그녀를 기다리고 있었다.

15 Sūrah

15 سورة

서른 날, 일몰

"**아**예 시인을 불러 기념 시를 짓게 하지 그러셨습니까?"

아침이 되어, 여왕의 침실을 찾은 미리암의 첫 마디였다. 막 잠에서 깬 여왕은 두통이 이는 관자놀이를 문지르며 퉁명스럽게 대꾸했다.

"간밤 평안히 주무셨냐는 아침 인사는 어디에 팔아먹고 대뜸 영문 모를 소리냐?"

"폐하께서 간밤에 평안히 주무셨는지, 잠을 설치셨는지 아니면 다른 일을 하셨는지는 왕성 안에 모르는 사람이 없는데 굳이 그런 인사를 들으셔야겠습니까?"

반문하는 미리암의 입술이 비틀렸다. 머리가 아프기로 따지자면 그녀도 만만치 않았다. 한창때를 훌쩍 지난 나이에 밤샘은 필연적으로 두통을 동반했다. 하지만 잠을 설친 것이 어디 미리암 혼자뿐일까? 그녀가 아는 바만 해도 서른 명은 훌쩍 넘었다.

"그리 자랑하듯 정사를 치르실 계획이셨으면 제게 미리 언질을 주지 그러셨습니까? 하면 궁정 악사에게 연주를 명하였을 텐데요. 사람들에게 들려주기에도 그편이 더 나았을 겁니다."

"……."

"어찌, 지금이라도 시인과 궁정 악사를 부를까요? 아마도 왕국의 역사에 길이 남을 명문, 명연주가 탄생하지 않을까 싶습니다만. 폐하의 위업을 남기는 방법으론 나쁘지 않겠습니다."

"……."

"그래도 간밤의 일 덕분에 이른 카림이 폐하께 총애를 받는 이유를 알게 되었으니 속은 시원하군요. 아무리 혈기 왕성한 나이라지만 밤이 새도록 그럴 줄이야, 누가 상상이나 했겠습니까? 남다른 베두인 전사는 과연 밤일도 남다른가 봅니다."

"그리 듣기 싫었다면 문을 부숴서라도 침실로 쳐들어오지 그랬느냐?"

끝도 없이 이어지는 비아냥을 견디지 못한 마케바가 기어코 날 선 반응을 보였다. 하지만 잔뜩 쉰 그녀의 목소리는 미리암에게 더한 이죽거림만 샀다.

"꾀꼬리처럼 앙앙, 우실 때는 언제고 저에게는 그런 목소리만 들려주시는 겁니까? 섭섭합니다, 폐하."

"미리암!"

"어찌 그리 부르십니까!"

신경질적인 여왕의 부름에 미리암은 더 큰 목소리로 응수했다. 밤샘의 여파 때문인지, 그녀의 목소리도 여왕의 그것만큼이나 갈라져 있었다.

"침실로 쳐들어오지 그랬냐고 하셨지요? 제가 그런 시도도 안 해봤을 것 같습니까? 들어오려고 수십 번을 노력했습니다. 한데 어떻게요? 침실 앞에만 서면 전사들이 얼굴을 붉히면서 고개를 돌리고 다리를 오므리는데 누가 저 육중한 문을 부순단 말입니까? 귀머거리 장사라도 찾아왔어야 할까요?"

"……."

"하다못해 시녀들의 힘이라도 빌리려고 해봤습니다. 어찌 되었는지 아십니까? 다들 귀를 막고 꽁지가 빠지라 도망가더이다!"

언성을 높이며 문을 가리키던 미리암의 머릿속에 간밤의 상황이 떠올랐다.

좀 잠잠해졌다 싶으면 다시 커지는 신음. 밤의 고요함을 깨는 여인의 날카로운 교성. 불려온 전사들이 난감한 눈으로 미리암을 힐끔거린다. 더 이상 군주의 권위를 보호해 주지 못하는 문 앞에 서서, 미리암은 수치심을 잊은 여왕의 몫까지 대신 부끄러워해야만 했다.

"세상에, 그 소리라니. 전 정녕 그런 소리를 처음 들었습니다. 유곽의 창부도 그런 소리는 못 낼 것입니다! 발정 난 고양이도 그보다는 조용했을 것이고요!"

"그래! 난 유곽의 창부가 어떠한 소리를 내는지 들어본 적이 없으니 그대의 말이 맞는다고 치자. 한데 그게 어쨌단 말이냐! 창부의 교성은 괜찮고, 군주의 교성은 안 된다고 누가 정해놓기라도 했는가!"

"폐하!"

"설사 누가 정해놓았다 하더라도, 내가 왜 그 말을 따라야 하는가! 어차피 어젯밤이 마지막이었다! 다시는 그럴 일도 없어! 내가 이별연 좀 소란스럽게 치렀기로서니, 그대가 뭐라고 감히 나에게!"

질세라, 여왕이 새된 고함을 내질렀다. 창날처럼 뾰족한 목소리에 미리암은 자못 충격을 받았다. 상황에 따라 화를 내기도 하고, 소리를 지르기도 하는 여왕이지만 이렇듯 날카로운 분노를 쏟아낸 적은 없었다. 여왕의 유모인 그녀는 언제나 여왕에게 특별했다.

아무래도 윽박지르는 걸로는 안 될 것 같았다. 놀란 마음을 진정시킨 미리암은 차근차근 설명하기로 마음먹었다. 합리성을 중시하는 여왕에겐 이 방법이 차라리 나았다.

"폐하, 누가 무어라 해서 이러는 것이 아닙니다. 잊으셨습니까? 폐하께선 지금 혼담이 오가고 있습니다. 제국의 군단장이 제아무리 관대한 자라고 한들, 제가 청혼한 여인이 밤새 다른 사내와 있었다는 것을 알면 좋아하지는 않을 것입니다. 설사 알았다 하여도, 그저 아는 것과 보고 들어 아는 것은 다릅니다. 그런 이치 정도는 폐하께서도 알고 계시잖습니까."

"카르도라면 걱정할 필요 없다! 그자가 뭐라고 내 침실 사정에 가타부타 말을 얹는단 말이냐. 기껏해야 이죽거리기나 하겠지."

"하면 이븐 카림은 어떠합니까? 폐하와 그는 사정이 다릅니다."

"괜히 그를 들먹일 생각이라면 관둬라."

또다시 두통이 밀려온 듯 여왕이 머리를 싸매며 쏘아붙였다. 하지만 목소리는 확실히 한풀 꺾여 있었다.

"내 분명히 말하였다. 어젯밤이 마지막이었다고. 그 또한 동의했으니, 이후 그와 내가 개인적인 만남을 가질 일은 없다. 내가 바라도 안 돼. 그대는 그가 약조를 어길 사람으로 보이는가?"

"아니요. 그렇지는 않습니다. 하나 폐하, 이븐 카림에겐 제 아비에게 돌아간 뒤의 삶도 중요합니다. 생각을 해보십시오. 어젯밤 폐하의 침실에 든 이가 누군지 온 왕성에 소문이 다 나버렸는데, 어느 여인이 혼인을 하려 하겠습니까? 당장 파나만 하여도……."

대화가 파나에 이르자 미리암이 표정을 살짝 흐트렸다.

이른 새벽에 잠깐 스쳐 지나가면서 본 파나는 여왕과는 다른 의미의 눈물을 흘리고 있었다. 여왕을 위해서라면 뭐든 할 각오를 지닌 미리암도 그때만큼은 상당한 책임감을 느꼈다. 어쩌면 외사랑으로 끝내고 말았을 파나를 괜히 들쑤셔 놓은 것 같아서 미안했다.

"당장 이 왕성에만도, 그를 마음에 품은 아이들이 분명 있었을 겁니다. 어쩌면 그 아이 중 괜찮은 누군가와 혼인을 하였을지도 모르지요. 한데 이제는 그것도 틀렸습니다. 아마 이븐 카림이 혼인을 하는 것은 이 일이 사람들의 뇌리에서 지워진 뒤일 테니, 폐하께선 그의 혼삿길을 막으신 겁니다."

슬쩍 파나의 이름을 숨기고 말을 이었지만, 머리를 감싸 쥔 여왕에게선 별다른 대꾸가 없었다. 미리암은 절레절레 고개를 저었다.

"설사 그가 어찌어찌 혼인을 한다손 치더라도, 그 혼인이 과연 행복하겠습니까? 이 모든 일을 알고도 그와 혼인하겠다 마음먹은 가문이나 여인이 그에게 원할 만한 것은 뻔하지요. 결국 그의 혼사는, 폐하께 어떻게든 빌붙어 권력을 잡으려는 권세가들의 각축장이 되거나, 정력가 서방 한번 얻어보려는 발칙한 여인들의 집합소가 될 것입니다."

"……."

"하니 이제 말씀을 해보세요. 이러한 결과를 예상 못 한 폐하가 아니실 터, 대체 무슨 생각을 하셨던 겁니까?"

"……."

"그리 입 꼭꼭 다물지 마시고 뭐라 변명이라도 해보십시오. 폐하답지 않게 어찌 이리 조용하십니까? 정녕 제게 하고픈 말씀 없으십니까?"

아무리 알아듣게 설명을 하고 이해를 구해보아도 묵묵부답, 머리만 싸매고 있는 여왕이 답답했던지 미리암이 변명을 강요해 왔다. 마케바는 그제야 머리에서 손을 떼고 천천히 고개를 들었다.

"예상하지 못했다면, 믿어줄 테냐?"

"예?"

"예상하지 못했다. 하고픈 말? 없다. 변명할 생각도, 이유도 없다. 하니 내 행동의 동인(動因)은 그대 좋을 대로 생각하라."

그리고 여왕은 무심한 얼굴로 턱을 괴었다. 그러나 여왕의 무심한 표정이 거짓말할 때 나온다는 것을 아는 미리암은, 이번에는 충격받지 않았다.

"하면 전 폐하께서 바보가 되셨거나, 제정신이 아니라고 생각할 것입니다. 그래도 괜찮겠습니까?"

"그대가 그렇다면 그런가 보지."

뭐가 우스웠던지, 여왕이 말끝에 '피식' 하고 웃었다. 그러다 곧 인상을 찡그리며 눈꼬리를 매만졌다.

격심한 분노를 쏟아냈다가, 세상만사 무심한 표정을 지었다가 또 언제 그랬냐는 듯 웃는 여왕은 정말 미친 사람 같았다. 미리암은 한숨을 쉬며 여왕의 눈꼬리를 살폈다.

밤새 눈물을 쏟아낸 그녀의 눈꼬리는 살갗이 한 꺼풀 벗겨질 정도로 짓물러 있었다. 저런 눈을 하고 웃었으니 아플 법도 하다.

하긴, 어디 눈꼬리만 아플까. 여왕의 정신보다 육신이 더 중요한 미리암은 여왕이 보여주는 극심한 감정 변화를 이해하기로 마음먹었다. 아픈 사람이 얼마나 변덕스러운지를 생각한다면 이해 못 할 바도 아니었다.

"여기 누워보십시오. 제가 한번 살펴보겠습니다."

자리끼로 준비해 온 물에 수건을 적셔온 미리암이 침대를 가리켰다. 여왕은 그녀가 시키는 대로 침대에 누워 얌전하게 두 손을 모았다.

그 후에도 미리암은 여왕을 꽤 귀찮게 굴었다. 눈을 떠보십시오, 감아보십시오, 깜빡거려 보십시오 등등. 하지만 여왕은 싫다는 소리 한 번 하지 않았다. 미리암의 입가에 그윽한 미소가 피어올랐다.

"이리 말을 잘 들으시니, 어릴 때로 돌아가신 것 같습니다."

물론 현재의 여왕과 열 살 미만의 여왕을 동일시하기 위해서, 미리암은 꽤 많은 것을 무시해야만 했다. 찢어진 휘장이라든가, 엉망으로 흐트러진 침대보라든가, 그 침대보에 달라붙은 '무언가'라든가, 여왕의 목덜미에 선명히 남은 입술 자국 같은 게 그것이었다.

"그 웃음을 보니, 그대는 그때의 내가 더 좋은가 보군."

"더 좋고 덜 좋고가 어디 있습니까. 다 폐하인 것을요. 좋다기보다 그리운 것입니다. 모든 지나가는 것은 그리움을 남기지요."

"지나가는 것은 그리움을 남긴다……. 그래, 그렇지……."

여왕이 미리암을 따라 하다, 말꼬리를 흐렸다.

그리고 그녀는 몇 마디 더 했다. 그러나 그녀의 목소리는 여왕의 눈꼬리를 닦아내기에 바쁜 미리암에까지 닿지 않았다.

"아무래도 오늘은 눈 화장이 힘들겠습니다. 연회를 취소하시는 것이 어떠할는지요?"

젖은 수건을 여왕의 눈가에서 뗀 미리암이 혀를 끌끌 찼다. 붓기는 어느 정도 가라앉았지만 살갗이 벗겨진 자리는 더욱 붉게 변해 있었다. 억지로 화장을 했다간 덧날 것이 확실했다.

"손님을 청해놓고 그럴 수야 있나. 청혼을 받았는데 답을 너무 오래 미루는 것도 예의는 아니고. 어떤 식으로든 만나서 얘기를 진행해야지."

단호하게 대꾸한 여왕이 몸을 일으켰다. 그러나 기운이 없는지 발로 바닥을 밟을 땐 약간 휘청거렸다. 미리암은 기겁하며 흔들리는 여왕의 몸통을 붙잡았다.

"아, 괜찮다. 잠깐 현기증이 나서."

"진정 이대로…… 괜찮으시겠습니까?"

조심스럽게 안부를 묻는 미리암의 표정은 여왕의 몸 상태를 걱정하는 것 같지가 않았다. 마케바는 찡그린 듯도 하고 질색하는 듯도 한 미리암의 얼굴을 물끄러미 바라보다가, 문득 물었다.

"미리암. 그대에게 가장 오래된 기억은 어떤 것인가?"

"가장 오래된 기억이요? 태어난 후 첫 기억을 말씀하시는 겁니까?"

"뭐든. 떠오르는 대로 대답해 봐."

미리암은 떠올려 봤지만 마땅히 떠오르는 것이 없었다. 오래된 기억은 말 그대로 오래된 기억이라, 전체가 한 덩어리로 묶여 있었다.

그녀가 고민만 하고 있자 여왕이 툭 하고 말을 집어 던졌다.

"나에게 가장 오래된 기억은 어제다."

"……."

"하니 걱정할 것 없어. 제국의 군단장 앞에서 실수하는 일은 없을 테니. 가서 몸단장해 줄 아이들이나 준비시켜라. 씻는 건 내가 알아서 하겠다."

"혼자서 씻으시겠다고요?"

"하면 이 몸을 누구한테 보여줄까."

여왕이 걸치고 있던 가운의 앞섶을 활짝 열어젖혔다. 미리암은 끝까지 보지 못하고, 두 눈을 질끈 감았다. 하하하. 딱딱한 웃음소리를 낸 여왕은 미리암이 눈을 뜨기 전에 침실 욕장으로 걸어갔다.

여왕의 표정을 미처 보지 못한 미리암의 눈에 그녀의 뒷모습은, 충분히 군주의 그것처럼 보였다.

◆

커다란 욕조 안에 앉아 무릎을 끌어안은 채로 마케바는 자신을 내려다보았다.

겹쳐진 팔과 그 틈새로 동그랗게 솟아오른 무릎, 야윈 발등, 허벅지에 눌려 찌그러진 가슴, 시선 닿는 모든 곳에 그가 남기고 간 열꽃이 피어 있다. 그녀는 그것이 그리움 같다고 생각했다.

"모든 지나가는 것은 그리움을 남기지요."

시간의 흔적, 기억의 소산. 그래. 모든 지나가는 것은 그리움을 남긴다. 사람의 시간은 앞으로 나아가는 법밖에 허락받지 못했기에 지나가는 것들이 남길 것이라곤 그리움뿐이었다.

그리움, 이 특이한 과거의 궤적은 오래된 것일수록 짙은 향을 가지고 있었다. 향에 이끌린 사람들은 추억에 매몰되고 기억을 되새겼다. 더 옛날 일들이 더 그립고, 해묵은 기억들이 더 생생한 까닭은 그 때문이었다.

그의 열꽃도 오래된 것이 더 선명했다.

그도, 남길 것이 이 열꽃밖에 없었다.

그녀는 어제가 더 그리웠다.

더 그리운 것이 더 오래된 기억이기에 그녀의 가장 오래된 기억은 '어제'다. 그녀의 기억은 어제에 매몰되었고, 그래서 그녀의 오늘은 오지 않는다.

"폐하, 다 끝나셨습니까? 제가 들어가도 되겠습니까?"

밖에서 미리암이 부르는 소리를 들린다. 그녀는 대답 없이 무릎에 얼굴을 묻었다. 욕조의 물이 간헐적인 떨림을 일으키는 어깨 근처에서 찰랑거렸다.

등에 꽂히는 시선을 느끼고 고개를 돌리자, 시선들이 약속이나 한 듯 한꺼번에 사라졌다.

다시 앞을 바라본다. 다시 시선들이 느껴진다. 뒤돌면 또 사라지고, 같은 일이 반복된다.

하일라바드는 한숨을 쉬었다.

시선 같은 것, 어느 정도는 각오했다. 견디지 못할 거라는 생각도 하지 않았다. 경외감이든, 경탄이든, 존경이든, 놀라움이든. 살면서 이런저런 시선을 꽤 많이 받아온 그에게 주목받는 상황이란 사람들과 부대끼다 보면 당연히 겪게 되는 통과 의례 같은 것이었다.

하지만 이렇게 끈적끈적한 느낌을 주는 시선이라니. 차라리 혐오의 눈길로 쳐다보는 것이 낫지, 이게 대체 뭐란 말인가.

동이 틀 무렵, 여왕의 침실에서 빠져나와 복도에서 처음 마주친 시녀의 반응은 이해가 갔다. 그녀는 그를 보자마자 고개를 푹 숙이고 놀라운 속도로 그를 지나쳤다. 두 번째, 세 번째 시녀도 마찬가지였다.

울음을 터트릴 것 같은 표정을 한 시녀도 있었다. 파나가 그랬다. 부끄러움을 드러내는 반응치고는 좀 과하긴 했지만, 그 또한 이해할 수 있는 범주였다.

이해할 수 없는 상황이 벌어진 것은 제 처소로 돌아간 그가 잠을 청하기 위해 눈을 감았을 때부터다.

잘 훈련된 그의 감각이 낯선 시선을 포착해 냈다. 눈을 뜬 그는, 하마터면 푸르엘라의 목을 자를 뻔했다.

왜 그리 이상한 눈으로 보고 있었냐는 그의 물음에 푸르엘라는 얼굴이 벌게져서 손만 휘저었다. 하일라바드는 푸르엘라가 이상하다고 생각했고, 한잠 자고 일어난 뒤에는 그가 전혀 이상한 게 아닐지도 모른다는 생각을 했다.

밤 근무를 마치고 집으로 돌아가는 전사들, 교대하기 위해 온 전사들, 훈련장으로 들어온 전사들까지. 모두 그를 푸르엘라와 비슷한 눈으로 쳐다보고 있었다. 왕성에서 일하는 노예들이나 피부색 다른 군단장의 일행들도 예외는 아니었다.

경외감도 아니고 경탄도 아니고 동경도 아닌, 어쩌면 그 모든 것이 섞여 있는 시선. 하일라바드는 그것을 무어라 불러야 할지 알 수가 없었다. 그가 아는 것이라곤 그 끈적끈적한 시선 안에 폭발할 것 같은 궁금증도 함께 담겨 있다는 것뿐이었다.

다행히 분별력 있는 그는 대체 무엇이 궁금한 거냐고 그들에게 묻지 않았다. 하지만 그가 침묵할수록 시선은 더욱 집요해졌고 종국엔 욕장까지 따라 들어왔다.

그리고 그게, 왕국의 셰이크 무자아히드가 등에 물 뿌려줄 사람 하나 없이 홀로 몸을 씻고 있는 이유였다.

전사들은 그의 주변에서 끊임없이 어정거리긴 했지만 일정 거리 이상은 접근하지 않았다. 그들은 서로의 눈치를 보고 있었다. 네가 물어봐, 자네가 물어보시지, 가장 높은 사람이 물어보는 거로 하죠, 제비뽑기는 어때…….

악전고투 끝에 하일라바드와 이래저래 인연이 많은 이븐 다우드가 뽑혔다. 그는 물이 가득 담긴 바가지를 들고 등에 거품 칠을 하고 있는 하일라바드에게 다가갔다.

"저어…… 셰이크 무자아히드 님. 제가 물을 뿌려 드리겠습니다……."

"감사합니다."

하일라바드는 살짝 고개를 숙여 감사를 표하고 그에게 등을 내맡겼다. 이븐 다우드는 최대한 물을 적게 써가며 그의 등에 묻은 거품을 닦아냈다. 그들은 사막에서 거품 목욕을 하는 호사를 누리면서도, 물을 아낄 줄 알았다.

"셰이크 무자아히드 님, 제가, 아니, 저희가 좀 궁금한 것이 있습니다. 오해는 마십시오, 누굴 욕되게 할 생각은 추호도 없으니……."

"오해하지 않습니다. 말씀하십시오."

오해하지 않는다는 하일라바드의 말을 신뢰한 이븐 다우드는 크게 안심했다.

그가 뭔가를 물었다. 앞뒤로 장황하게 살이 붙었지만 핵심은 '어제 몇 번이나 했느냐'였다. 이와 비슷한 질문을 예상했던 하일라바드는 담담한 표정으로 대답했다.

"기억나지 않습니다."

"예? 아니, 그러지 마시고요. 저희가 뭐 불순한 의도가 있는 것은 아닙니다. 그저 궁금한 것입니다. 그냥, 궁금증이요."

"알고 있습니다. 하지만 정말 기억이 나지 않습니다."

"구체적으로 말씀하실 필요는 없습니다. 대충, 얼마 언저리쯤이다—면 충분합니다. 저희끼리 한 이야기가 있어서요. 하하, 이것 참……."

이븐 다우드는 몇 번씩 비슷한 이야기를 하며 그의 대답을 갈구했지만 하일라바드의 답은 똑같았다. '기억이 나지 않습니다'. 이븐 다우드는 황망해졌다.

"아니, 어떻게 어제 일을……."

"믿지 못하실 것을 압니다. 하나 어쩔 수 없습니다."

머리카락에 칠한 거품까지 다 씻어낸 하일라바드가 자리에서 일어났다. 황당하다는 듯한 시선이 따라붙었다.

입가에 쓸쓸한 미소를 걸며, 그가 말했다.

"'어제'는 저에게 너무 오래된 일이니까요."

욕탕에서 나온 여왕의 눈은 들어가기 전보다 두 배는 부어 있었다. 미리암은 안에서 무슨 일이 있었는지 대충 짐작했지만, 구태여 꼬집어 묻지는 않았다.

첫정을 떼는 것이 어디 쉬운 일이던가. 인간에겐 이별을 슬퍼하며 울 권리가 있다. 아픈 아이가 서럽게 울 듯이. 다만 미리암은 진정한 군주가 되고자 노력해 온 여왕의 의지를 믿었다.

아마 여왕은 오늘 하루 정도만 울고 말 것이다. 그렇다면 괜히 말을 꺼내 긁어 부스럼 만들 이유는 없다고 생각했다.

"그런 표정 할 필요 없다. 물에 잠겨 있어서 부은 것뿐이니까."

하지만 그 잠깐 스쳐 간 걱정을 여왕에게 들켰다. 오늘 여왕은 놀라울 만큼 예리했다. 미리암은 허둥지둥 허리를 숙였다.

"오랫동안 기척이 없으셔서……."

"깜빡 잠이 들었더군. 그대가 그리 끈질기게 부르지 않았다면 익사했을 것이야."

여상한 태도로 죽음을 입에 담으며 여왕이 침실로 들어갔다.

그사이 침실은 말끔하게 정리되어 있었고, 여왕의 단장을 맡은 시녀들이 여왕을 기다리고 있었다.

여왕을 본 시녀들이 미세하게 얼굴을 붉혔지만, 마케바는 무슨 생각하는 지 빤히 보이는 시녀들을 무시하고 화장할 때 사용하는 의자에 앉았다.

그러나 화장은 처음부터 난항을 맞이했다. 화장용 깃털이 눈가에 닿기 무섭게 여왕은 눈살을 찌푸렸고, 시녀는 어쩔 줄 몰라 하며 깃털을 떼었다. 한여름 밀가루 반죽처럼 잔뜩 부풀어 오른 얼굴에는 아무리 색을 칠해도 제 색이 안 나왔다.

결국 미리암은 단장 전에, 얼굴의 부기부터 뺄 것을 명령했다. 찬물에 적신 수건과 뜨거운 물에 적신 수건이 여왕의 얼굴 위를 분주하게 오갔다.

시간이 훌쩍 흘렀다. 소득 없이 아침 시간을 흘려보낸 미리암은 카르도가 신경 쓰였다.

"군단장을 이리 방치해도 괜찮겠습니까?"

"그에게 오늘 저녁 연회는 평소보다 늦는다고 전하라. 대신 점심과 저녁 사이에 여흥거리를 준비했으니 기대하라고 하고."

비슷한 생각을 하고 있었는지, 여왕이 바로 해결책을 내놓았다. 미리암은 어리둥절했다.

"여흥거리요?"

"사자와 코끼리."

"아……."

미리암의 얼굴에 가벼운 감탄이 떠올랐다.

"과연 폐하십니다. 저는 까맣게 잊어버리고 있었습니다."

"내가 그걸 얻으면서 치른 대가가 있는데 어찌 잊겠나."

여왕은 '얻기 위해'라고 하지 않았다. '얻으면서'와 '얻기 위해'. 그 미세한 차이를 미리암은 구분하지 못했다.

"하면 왕성 밖으로 나가야겠습니다. 성안에는 그 야수들이 맘껏 뛰놀 만한 장소가 없으니까요."

"왕성 남동쪽으로 조금 내려가면 작은 분지가 있지? 아랫부분이 호리병 주둥이처럼 뚫려 있어서 물도 고이지 않는. 그곳으로 하자."

"다자얄 분지 말씀이시군요. 예, 확실히. 높이도, 넓이도 적당한 것 같습니다."

분지의 구체적인 모습을 떠올린 미리암이 여왕의 의견에 동의하고 나섰다. 돌벽이 높이 서 있는 다자얄 분지는 천연 투기장이나 다름없었다.

"처음부터 그곳을 염두에 두셨던 겁니까?"

"하면 아무런 대책도 없이 그 짐승들을 불러들였을까?"

조소 띤 목소리로 반문한 여왕이 검지를 치켜 올렸다. 그 손짓에서 미리암은 여왕의 명령이 쏟아질 것을 알았다.

여왕은 단의 높이, 계단의 숫자, 준비해야 할 음식의 종류와 가짓수, 제외할 음식 등, 평소라면 미리암에게 맡겨두었을 것까지 하나하나 꼼꼼하게 챙겼다. 미리암은 파피루스 조각을 꺼내 여왕의 명령을 받아 적었다.

"또한 왕국 내에 구경하고자 하는 이가 있다면 지위 고하를 막론하고 참관하도록 하라. 다만 분지 안으로 떨어지는 사람이 나오는 불상사는 막아야 하니, 말뚝에 줄만 묶는 선에서 경계를 만들 거다."

"그리 사람이 많아지면 위험하지 않겠습니까?"

"하일라바드가 내 곁을 지킬 텐데 무엇이 걱정인가?"

"예?"

뜻밖의 이름에 미리암이 필기를 멈췄다. 그녀는 여왕의 안색을 살폈다. 하지만 젖은 수건이 여왕의 표정을 완벽하게 가리고 있었다.

"하나 폐하, 그는 더 이상 왕국의 전사가 아닙니다. 분명 어젯밤으로……."

"밤은 어제가 마지막이었지."

얼굴에서 수건을 뗀 여왕이 팔꿈치로 의자를 짚으며 상체를 일으켰다. 드러난 여왕의 눈빛이 기이하도록 형형했다.

"하나 한 달 전 오늘, 그가 내 욕장에서 나에게 처음 명령을 받았을 때는 일몰 직후였다. 우리의 약조는 해가 져야 비로소 완전히 끝나는 것이야. 그 또한 그 사실을 익히 알고 있고, 약조를 지키겠노라고 나에게 말하였다. 하니 오늘 일몰 전까지…… 그는 나의 전사다."

일몰 전을 강조하는 여왕은 어떠한 강박증에 시달리는 사람처럼 보였다. 미리암은 아무도 모르게 신음을 흘렸다. 머릿속에 한 가지 의문이 스쳐 지나갔다.

하면 폐하는 어떠십니까?

그가 약조한 바와 상관없이, 폐하께서는 어찌하고 싶으신 겁니까?

그러나 물어볼 수 없었다. 여왕의 답이 참이든 거짓이든, 답을 들은 이상 저는 어떤 식으로든 반응을 해야 할 것이다. 한데 어떠한 답에 어떠한 반응을 보여야 하는지, 그 판단이 서질 않았다.

그렇다면 이제까지 하던 대로 행하자. 일몰 전까지 하일라바드는 왕국의 셰이크 무자아히드다. 필요하다면 군주를 위해 죽음도 불사해야 하는 전사 중의 전사. 현상 유지가 가장 중요한, 안전제일주의자인 미리암은 제가 의문을 떠올렸다는 기억 자체를 지웠다.

"말씀하신 대로 따르겠습니다."

"그래."

순순히 고개를 숙여 보이자 여왕은 그제야 의자에 머리를 기대고 누웠다. 잠깐 드러났던 표정이 수건 아래로 다시 사라지더니, 명령이 이어졌다.

"하일라바드와 그대는 세 칸으로 나누어진 단의 두 번째 칸에 선다. 카르도 베스파시아누스에겐 그의 부관과 그 외 군인 한 명을 허락한다 일러라. 단의 맨 아래 칸에는 시중드는 시녀 넷을 두고, 주변은 왕국의 전사 열과 제국의 군인 열이 호위를 선다."

"명심하겠습니다."

"시중드는 아이들의 복장은 흰색으로 통일하고, 붉은색 띠를 착용하게 하라. 장신구는 최소로. 행사의 주역은 코끼리와 사자가 될 테니 부러 눈에 띌 필요는 없겠지. 단에 놓을 탁자는 지난번 히스페니아에서 들여온 낮은 탁자가 좋겠구나. 다리가 덩굴 모양으로 양각된 그것 말이다. 대신 옆면이 좀 심심하니, 세레스산(産) 비단으로 위를 덮어라."

"예."

"다 적었느냐?"

"예. 빠짐없이 적었습니다."

"하면 이제 나가보아. 준비할 시간이 촉박할 테니 서둘러라."

숨 가쁘게 쏟아지던 명령이 끝났다. 미리암은 한숨 돌린 기분으로 파피루스 조각을 챙기며 여왕을 바라보았다.

여왕은 이래라저래라 말도 없이, 찜질하는 시녀들의 손에 온전히 자신을 내맡기고 있었다. 이 모습은 그럭저럭 미래를 준비하는 사람 같다. 미리암은 제발 그랬으면 하는 간절한 마음을 담아 말했다.

"폐하께서 평소대로 돌아오셔서 기쁩니다."

여왕은 대답하지 않았다.

페키스가 카르도에게 느끼는 감정을 한 단어로 정의해 보자면 '경탄'에 가깝다.

대체 어떤 별의 가호 아래에서 태어나야 저런 재주에 저런 출신 조건을 가지고도 저리 설렁설렁 살 생각만 할 수 있을까? 대체 어떤 별의 저주를 받았길래 설렁설렁 살기 위한 온갖 노력을 수포로 만들 수 있을까?

카르도의 인생 전반을 아는 페키스로서는 연이은 그의 불운에 동정보다 감탄을 보낼 수밖에 없었다.

하지만 그런 페키스도 팔다리를 아무렇게나 뻗은 채 침대 위에 드러누워 있는 카르도를 보자 동정심이 먼저 들었다. 그는 과장되게 혀를 차며 침대 모서리에 걸터앉았다.

"괜찮으십니까?"

"너 같으면 괜찮겠냐?"

반문하는 카르도의 동공이 넋 나간 사람처럼 반쯤 풀려 있었다. 페키스는 고개를 저었다.

"아뇨. 저 같으면 이미 목매달았습니다."

"제국법에 군인의 자살은 범죄야."

"아니죠. 이 경우에 범죄를 저지른 건 제가 아니라 제 수치심이죠. 수치스러워서 죽는 거니까요."

"하……."

꼼지락거리며 몸을 일으켜 세운 카르도는 한숨을 한 번 뱉고, '흐' 하는 웃음을 짓고 있는 페키스를 향해 저주를 퍼부었다.

"이 빌어먹을 자식. 라티움으로 돌아가면 가장 먼저 푸리에 여신들에게 기도할 테다. 너도 나와 똑같은 일 좀 당하게 해달라고. 한번 수치심에 자살해 봐. 내가 기. 필. 코 살려낼 테니까. 어디, 제국 법정에 선 다음에도 수치심이 널 죽였으니 수치심이 죄인이라는 그따위 헛소리를 할 수 있나 보자."

"제가 보기에 여신들께서 카르도 님의 기도를 들어주시지 않을 것 같은데요? 그분들도 살면서 그런 일을 겪을 사람은 카르도 님 한 명으로 충분하다고 생각하실 겁니다. 사건이 워낙 별났어야죠."

"이런…… 제기랄!"

하지만 천연덕스러운 페키스의 대꾸는 카르도에게 남은 모든 기력을 앗아가 버렸다. 힘이 쭉 빠진 카르도는 옆으로 쓰러졌다. 저 말에 아니라고 할 수 없는 처지가 분했다.

희미하게 퍼지는 여인의 교성을 처음 들었을 때, 카르도는 어느 정신머리 없는 시녀가 근처에서 발칙한 짓을 하고 있구나 생각하며 대수롭지 않게 넘겼다.

그 정신머리 없는 시녀가 실은 여왕이라는 소식을 페키스가 물고 왔을 때도 그러려니 했다. 제 입으로 한 말도 있는 데다, 제국에선 아주 드문 일도 아니었으니까.

하지만 달이 차오를 때까지 신음이 이어지자 기분이 슬슬 나빠졌다. 한마디로, 자존심이 상했다.

결국 동틀 무렵, 단속적으로 들려오던 여왕의 교성이 완전히 끊겼을 때 카르도의 기분은 바닥을 치고 있었다. 지금 그에게 남은 유일한 위안이라면 이 왕성 안의 모든 사내가 자신과 같은 기분을 느끼고 있을 거라는 점뿐이었다.

"안 그래요."

그러나 카르도의 속을 뒤집는 데 일가견이 있는 페키스는 그마저도 부정하고 나섰다. 카르도는 간식으로 가져다 둔 견과류를 오독오독 씹고 있는 페키스를 노려보았다.

"뭐가 안 그렇다는 거야?"

"그, 왕성의 다른 사내들도 카르도 님처럼 자존심이 상했을 거라고 하셨잖습니까. 그렇지 않다고요. 의외로 자존심 상해하는 사람 드물어요."

"뭐? 왜? 그놈들은 자존심도 없어? 아니면 설마, 다 고자들이야?"

"이 경우는 그들의 상태보다 여왕의 상대가 문제겠죠. 다들 셰이크 무자아히드니까 저런 것도 당연하지, 뭐 이런 식으로 생각하던데요. 자기들끼리 내기도 하고. 몇 번이나 하는 건지."

"셰이크…… 뭐?"

아라비아어에 익숙하지 못한 키르도가 되물었다.

페키스는 자신이 아는 한도 내에서 셰이크 무자아히드가 가지는 존재 가치에 대해서 설명했다. 그러나 그의 설명은 오히려 카르도의 혼란만 가중했다.

"그건 황제의 근위대장이잖아. 그게 뭐 그렇게 대단해?"

"다르죠. 황제의 근위대장은 황제가 임명하잖아요. 이 나라의 셰이크 무자아히드는 탄생하는 거랍니다. 왕의 총애와 다른 전사들의 신망을 동시에 받는 자에게만 그 호칭을 붙여준대요. 물론, 쌈질 제일 잘하는 건 기본."

"그런 인간이 존재해?"

"존재하니까 지금 이 왕국에 셰이크 무자아히드가 있는 거 아니겠어요? 그리고 존재하기 힘드니까 100년 만에 나타난 것일 테고요. 심지어 베두인 이랍니다. 들어는 보셨죠? 베두인 전사. 그래서 그런지, 그자 얘기만 나오면 전사들 눈이 초롱초롱해져서, 와, 진짜. 기분 아주 별로였어요."

사내놈들이 그런 눈을 할 줄은 몰랐다며 페키스가 진저리를 쳤다. 카르도 는 그에게 콧방귀를 뀌어 준 뒤, 베개를 끌어와 허벅지 사이에 꼈다.

"한데 너, 짧은 사이에 이것저것 많이 알아왔다?"

"아무래도 주제가 주제니까요. 말 붙이기가 쉬웠죠. 아시잖습니까. 사내 놈들 수다도 여인 못지않은 거. 세 번째 다리로 사고하는 종자들의 한계죠, 뭐."

"그 종자 중에서 나는 좀 빼주지 않겠냐? 나는 내 머리로 사고하거든?"

"아, 예, 물론. 카르도 님은 날카로운 지성의 소유자시니까요. 그 날카로 운 지성에게 달린 손이 똥 손이라는 게 문제지."

"이런, 씨……!"

동정심이라는 덕목은 어딘가에 날려 버리고, 버릇처럼 튀어나온 페키스 의 이죽거림은 카르도가 가지고 있던 불안을 정확하게 찔렀다. 좌절한 카르 도는 양손으로 얼굴을 감쌌다.

"이번엔 진짜 기가 막힌 선택이라고 생각했는데……."

"기가 막히긴 했죠, 여러모로."

"조용히 해."

"기막히게 아름다운 왕국의, 기막히게 아름다운 여왕, 기막히도록 적절한 시점에 이루어진 청혼, 그리고 그 여왕의 기막힌 연인!"

"조용히 하랬지!"

"큽!"

퍽!

카르도의 허벅지 사이에서 출발한 베개가 연극배우처럼 떠들고 있던 페키스의 얼굴에 정확히 꽂혔다. 페키스는 순간적으로 중심을 잃고 뒤로 넘어갔다.

그래도 어찌어찌, 바닥에 뒤통수를 찧는 불상사는 막았다. 한 손에 베개를 들고 일어난 페키스는 바닥에 앉은 채로 침대에 턱을 괴었다.

"뭘 그렇게 자존심 상해하시는 거예요? 사내의 가치가 밤일로 결정되는 게 아니라는 것쯤은 알 만한 나이잖아요. 고자 황제는 있어도 남창 출신의 황제는 없는 게, 괜히 그러겠어요?"

"……."

"그리고 어차피 정략혼 아닙니까? 저 여군주라면 카르도 님이 가진 능력을 더 높이 살 테니, 카르도 님 계획에 차질은 없을 겁니다. 아니면 당장 가서 증명하세요. 카르도 님도 그자 못지않다는 걸. 하실 수 있잖아요?"

"꺼져."

나름의 위로를 건네 보았지만 카르도는 귀찮다는 듯 손만 휘저었다. 페키스는 콧잔등을 찌푸렸다.

"솔직히 이런 말씀 드리기 좀 민망한데……."

흠흠. 페키스가 헛기침을 했다. 카르도는 그제야 눈을 뜨고, 그에게 짜증스러운 표정을 지어 보였다.

"뭐야? 그 계집애 같은 얼굴은. 민망한 말이면 하지 마."

"아, 뭘 사람이 이렇게 인내심이 없어."

"괜히 뜸 들이니까 그렇지. 할 말 있으면 빨리해, 그냥."

"음, 뭐……."

페키스가 또다시 헛기침을 했다. 이번에 카르도는 인내심을 발휘해 기다려 주었다.

"카르도 님 꽤 괜찮은 사람이라고요. 이런저런 조건 같은 거 빼더라도, 카르도라는 사람 자체가요. 베스파시아누스를 안 붙여도 괜찮은 사람이에요.

근성이 좀 없다는 게 흠이지만 대신 씀씀이에 여유가 있잖아요. 돈 말고, 마음 씀씀이요. 관대하기도 하고. 저보다 카르도 님이 더 잘 아시겠지만, 지위가 높은 사람일수록 더 독살스럽잖습니까. 그런 면은 없으니 괜찮은 성품입니다."

"……."

"외향적인 조건도 그래요. 솔직히 잘생겼죠, 카르도 님. 키는 라티움의 귀족 중에 세 손가락 안에 드는 데다가 그렇게 화려한 금발, 흔치 않아요. 몸이야 싫든 좋든 군인이니까. 근육도 보기 좋을 만큼은 붙어 있고, 어디 가서 맞고 다닐 실력도 아니죠."

"……."

"그러니까 어깨를 펴! 가슴을 내밀고! 당당하게, 어, 그러시란 말입니다. 어우, 진짜 이런 말……."

말을 마친 페키스가 닭살이 돋았다며 온몸을 벅벅 긁었다. 그 부산스러운 태도가 어설픈 위로에 감동할 뻔한 카르도의 이성을 제자리로 돌려놓았다. 카르도는 한쪽 뺨을 씰룩거리며 페키스에게 통박을 날렸다.

"위로를 할 거면 제대로 하든가. 잘생겼다는 게 지금 상황에서 위로가 될 것 같아?"

"그냥 잘생겨서 잘생겼다고 한 거예요, 위로는 무슨. 그리고 위로가 못 될 건 또 뭡니까?"

"못 되지. 그 셰이크 뭐라는 작자가 나보다 더 잘났는데."

"에? 보셨습니까?"

"아마도?"

물음에 물음으로 답하며 카르도는 개구리처럼 침대에 납작 엎드렸다.

"여군주가 날 마중 나왔을 때, 그 일행 중에 날 노려보던 전사가 있었다. 기골이 어마어마하게 장대하고 자세도 곧았지. 기세가 보통이 아니었어. 내뿜는 기운만 보자면 갈리아 야만족들 백 명을 합쳐 놓은 것 같던데, 그걸 또 나름 잘 숨기더군. 엄격하게 교육받고 자란 전사의 티가 확 났어. 한데 생김새는 좀 묘했단 말이지."

"묘하다뇨?"

"뭐랄까…… 이 지역 남자들처럼 둔탁한 생김새긴 했는데 턱선 같은 건 날카롭달까? 단정하면서도 불안정한 얼굴? 하지만 어색하지는 않고 조화를 잘 이루었지. 음, 설명하기 어렵군, 이건."

"헤에."

착실하게 카르도의 설명을 따라가던 페키스는 문득 카르도의 얼굴을 들여다보았다.

단정함과 불안정함을 함께 느낄 수 있는 얼굴. 그렇게 상반된 느낌이 조화를 이룬 얼굴은, 페키스가 아는 한에서는 카르도가 유일했다. 물론 이쪽은 방탕하면서도 근엄한 쪽이었지만. 카르도는 제국 출신 아비에게선 방탕함을, 갈리아 출신 어미에게서는 근엄함을 물려받았다.

"그러니까 카르도 님은, 카르도 님이 보신 그자가 셰이크 무자아히드라고 생각하시는 거죠?"

"이 작은 왕국에 그런 자가 둘이나 있다는 것보다는 그게 더 설득력이 있지 않겠어? 그보다 나은 자가 있을 리도 없고."

"한데 카르도 님을 노려봤고요?"

"그래."

"흠."

페키스가 고개를 갸웃거렸다. 군인이 되기 전까지 라티움의 종마로 이름을 날렸던 그는 그 행동이 뜻하는 바를 금방 깨달을 수 있었다. 군인이 되기 전까지 라티움의 밤새라고 불리던 카르도는 진작부터 깨닫고 있던 사실이었다.

"그거, 질투 아닙니까?"

"……조용히 해."

카르도가 이를 갈았다. 물론 페키스는 눈 하나 깜짝 안 했다.

"그럼 어젯밤의 그건, 그거네요. 수컷들의 영역 표시 같은 거. 카르도 님

들으라고 그런 거죠. 와, 자존심 싸움 징하게 했네."

카르도는 긍정도 부정도 하지 않았지만 형편없이 찌그러진 얼굴은 그 자체가 긍정이었다.

"언제부터 짐작하셨던 거예요?"

"네가 어젯밤 여군주의 상대가 호위 전사라고 했을 때부터 의심은 하고 있었지."

비로소 페키스는 밤새 죽을상을 하고 있던 카르도의 마음을 이해했다. 그리고 또, 이해하지 못했다.

"결국 카르도 님도 세 번째 다리로 사고하는 건 마찬가지네요."

"뭐, 이 자식아?"

"아니. 그렇잖아요. 뭘 그런 걸 가지고 시름시름 앓고 그러세요? 카르도 님은 카르도 님만의 방법으로 자존심을 세우면 그만인걸."

"그래서, 나만의 방법으로 여군주와 밤을 보낼까? 응?"

"뭐…… 그러시겠다면 말리진 않겠지만, 그거야말로 세 번째 다리로 사고하는 사내의 전형적인 해결 방법이죠."

"그럼 어쩌라는 거냐?"

"머리를 쓰시라고요, 머리를."

툭툭. 페키스가 검지로 제 관자놀이를 두드렸다.

"카르도 님이 가지고 있는 걸 이용하세요. 세 번째 다리 말고. 부, 권력, 명예! 카르도 님은 다 가지고 있잖아요. 이곳 군주에게 꼭 필요한 손님이기도 하고. 권력으로 찍어 누르면 제아무리 셰이크 무자아히드라도 뭘 어쩌겠어요."

그는 자신의 제안이 퍽 효과적인 방법이라고 생각했다. 그러나 카르도는 선뜻 호응해 주지 않았다.

"그건 효과적인 방법이 아니라 치사한 방법이지. 저쪽이 사내 대 사내로 정면 승부를 걸어왔는데 권력을 동원하면 이겨도 진 기분이지 않겠어?"

"언제부터 그렇게 정정당당하셨다고?"

"팍! 씨!"

"아, 몰라요. 어쨌든 전 방법만 제시해 드린 겁니다. 선택은 카르도 님 몫이죠."

어깨를 으쓱한 페키스가 침대 밑으로 사라졌다. 좀 전보다 기분이 더 상한 카르도는 그가 있을 만한 장소를 향해 다른 베개를 던졌다.

"아푸푸푸!"

"한데 왜 왔어? 네가 나랑 수다 떨자고 내 처소로 온 것은 아닐 테고, 용건이 뭐야?"

"아. 맞다!"

'짝!' 하는 박수 소리가 들리더니 페키스의 얼굴이 침대 위로 슥 올라왔다.

"아까 시녀장이 와서 그러던데요. 오늘 저녁 연회는 따로 없고요, 해 지기 전에 뭔 행사를 준비했답니다. 왕성 밖으로 나갈 거니까 옷 가볍게 입고 오시래요."

"해 지기 전이면 너무 늦는데? 뭘 준비한 거지?"

"모르죠, 저야. 뭐, 늦어야만 하는 이유가 있겠죠."

"그럼 그때까지 뭐 하지……."

"할 거 없으면 주무십쇼. 잠도 부족해 보이시는구먼. 그대로 누워서 주무시면 되겠네요."

"아, 그래. 좋은 생각이다."

카르도는 그때까지 유지하고 있던 개구리 자세를 풀고, 침대에 반듯이 누웠다. 그러나 졸린 사람은 카르도만이 아니었다. 다시 침대 밑으로 내려간 페키스는 카르도가 집어 던진 베개 두 개를 겹쳐 베고 바닥에 누웠다.

얼마 지나지 않아, 코 고는 소리가 아래에서부터 올라오기 시작했다. 끊겼다가 다시 이어지길 반복하는 페키스의 코골이를 들으며 카르도는 눈을 감았다.

❖

하일라바드에게 오늘 일몰 전까지 여왕의 호위를 맡게 되었다는 소식을 전달한 사람은, 어쩌면 당연하게도 파나였다.

"일몰 전까지요?"

여왕의 명령을 들은 하일라바드가 확인하듯 물었다. 파나는 고개를 끄덕이다 말고 더 아래로 고개를 숙였다. 덕분에 하일라바드는 그녀의 얼굴이 얼마나 퉁퉁 부어 있는지 제대로 보지 못했다.

"예에……. 일몰 전까지가 약조하신 시간이니, 그리 말씀드리면 알 거라고 하셨습니다."

물 마시는 왜가리처럼 목을 꺾으며 파나가 웅얼거렸다. 하일라바드는 무의식적으로 가슴 어림에 손을 가져다 댔다.

"예, 이해했습니다."

아무렴, 이해했고말고. 여왕의 전사가 되어 처음 왕성 계단을 밟았을 때 지평선을 물들이던 노을을 그는 기억하고 있었다. 그러니 분명하게, 그와 여왕이 약속한 시간은 오늘 일몰 전까지다.

하지만 호위라니. 이런 것은 기대하지 않았다. 얼굴 마주칠 기회 없이 떠나야만 하는 줄 알았는데. 이미 흘려보낸 어제가 연장된 느낌에 멍청이처럼 가슴이 두근거렸다.

"알려주셔서 감사합니다."

정중한 태도로 인사를 건넨 하일라바드가 등을 돌렸다. 그는 제 처소로 들어가려고 했다. 그러다 파나에게 옷자락을 잡혔다.

당황한 그는 말없이 파나를 내려다보았다. 뭔가 말을 하는지 파나의 입술이 움직였다. 그러나 목소리가 워낙 작은 데다, 고개까지 숙이고 있는 탓에 청력을 집중한 뒤에야 겨우 그녀가 하는 말을 알아들을 수 있었다.

"하일라바드 님…… 오늘, 왕성을 떠나시나요……?"

"예? 예."

"저기, 저도, 내일부터 휴가예요⋯⋯. 시녀들은 한 달에 사흘 휴가를 받거
든요."

"⋯⋯."

"그, 래서⋯⋯ 오늘 밤에 집으로 갈⋯⋯ 계획이어요. 그게, 한 달 만이
라⋯⋯."

하일라바드는 미간을 찌푸렸다. 그녀가 한 달 만에 집에 가는 것과 제가
무슨 상관이란 말인가. 이야기가 하도 맥락이 없다 보니, 제가 놓친 말이 있
나 고민스러울 지경이었다.

"그게⋯⋯."

한참을 가만히 서 있으며 그녀의 말이 이어지길 기다리자, 드디어 파나가
고개를 들었다. 게슴츠레 뜬 눈두덩이 퉁퉁 불어 있다.

그러나 정작 하일라바드의 시선을 잡아 끈 것은 부어터진 눈두덩이나 석
류처럼 발갛게 익은 안색이 아닌, 그녀의 얼굴 어딘가에 깃든 결연한 의지였
다. 그것은 거의, 전투에 임하는 전사의 각오를 방불케 했다.

"저는, 하일라바드 님이 오늘 밤에⋯⋯ 절 저희 집까지 데려다주시면 좋
겠어요."

"⋯⋯예?"

"저에게는 기회가 없을 거라고 생각했어요. 하지만 하일라바드 님이, 오
늘이 마지막이라면, 그러니까 더 이상 폐하의 전사가 아니라면 폐하와는 아
무 관계도 아니라는 거니까요. 그렇다면 제게 기회가 있을지도 모르잖아요.
그러니까, 하일라바드 님께서, 제가 싫지 않으시다면⋯⋯."

잠시나마 명료했던 말투가 끝에 가서는 두서없이 흐트러졌다. 그녀의 말
을 곱씹어본 하일라바드는 아연실색했다. 아무리 둔한 그라도 그 말이 의미
하는 바는 깨달을 수 있었다. 그의 입술이 감정을 따라 움직였다.

"파나 님, 저는—"

"아니, 지금 말고요!"

하지만 분명 거절이 되었을 그의 말은 파나의 손사래에 가로막혔다. 언성

까지 높이며 그의 말을 자른 파나가 좀 전보다 더 결연한, 하지만 다소 슬퍼 보이는 표정으로 말했다.

"지금 대답하지 말아 주세요. 지금 대답하시면 분명 싫다고 하실 테니까, 조금만이라도 생각해 보시고, 그때 대답해 주세요. 꼭 좋은 대답이 아니어도 괜찮으니…… 부디 생각을……. 다른 건 바라지 않을게요."

손가락 끝이 하얘질 정도로 맞잡은 두 손에 힘을 주고 있는 그녀는 간절해 보였다. 그 간절함을 그는 도저히 무시할 수가 없었다. 이 왕성 안에서 그녀의 간절함을 이해할 사람이란, 어쩌면 그가 유일했다.

"예……. 생각해 보겠습니다."

"……감사합니다."

눈물이 그렁그렁한 눈으로 인사를 남긴 그녀가 복도를 달음박질쳤다. 하일라바드는 한숨을 내쉬며 처소 문에 등을 기댔다.

그녀의 간절함을 이해할 수 있다는 것. 어쩌면 오만이다. 감정의 폭도, 크기도 두 사람은 분명 달랐다. 결정적으로 그녀는 그에겐 없는 용기를 가지고 있었다.

거절당할 것을 뻔히 알면서도 고백하는 용기. 비록 두려워하고 있었지만 파나는 그에게 대답을 요구했다. 그 말을 듣고 나서야 겨우 알았다.

"사랑합니다."

그 말에 여왕의 대답을 바라지 않는다고 했던 것은 대답하기 곤란한 그녀를 위해서가 아니었다. 그는 다만 거절의 말을 들을 용기가 없었다.

붙잡을 용기가 없었고, 더 큰 상처를 감당할 용기가 없었다.

그녀를 이해한다고 했지만 말뿐이었다. 저를 다 내던졌다고 했지만 사실은 남겨두고 있었다.

그것이 부끄러웠고, 그래서 그녀에게 미안했다.

태양이 중천을 넘어 서쪽 하늘에 가까워졌을 무렵, 왕성의 남자 노예가 카르도의 처소를 찾아와 연회 준비가 끝났음을 알렸다. 마침 막 잠에서 깬 카르도는 조금 흐릿한 정신으로 나갈 준비를 했다.

그는 가볍게 입고 오라는 시녀장의 전언을 무시하고 튜니카에 토가까지 착실히 챙겨 입었다. 금색 단을 덧댄 튜니카와 보라색 바탕천에 금실로 수를 놓은 토가는 그야말로 최고급이었다. 개선장군에게나 허락된 옷차림을 본 페키스가 피식거렸다.

"정면 승부하시겠다면서요?"

"그냥 격식을 갖추는 거야."

"요즘은 원로원 의원들도 그렇게 안 입습니다만."

"……"

빈정거리는 페키스를 향해 카르도는 말없이 으르렁거려 주었다.

처소 밖으로 나가자, 그가 데려온 일행들이 그를 기다리고 있었다. 오늘의 연회는 모두에게 개방된다는 남자 노예의 설명을 들은 카르도는 선선히 그들의 동행을 허락했다.

연회 장소는 왕국에서 멀지 않았지만 걸어가기엔 묘하게 멀었다. 카르도와 페키스는 낙타를 탔고 일반 군인을 비롯한 평민들은 걸어서 그 뒤를 따랐다. 이국적인 제국의 복장을 한 사람들이 한 줄로 늘어서 왕국을 가로지르는 모습은 그 나름대로 장관이었다.

"아, 과연. 부리는 사람의 숫자도 권력의 지표죠."

"……조용히 해."

페키스가 또 실실 웃음을 흘렸다. 카르도는 강렬한 살의를 느끼며 고개를 돌렸다.

가장 먼저 눈에 들어온 것은 지근거리를 가득 메운 사람들과 천막들이었다. 위로 불쑥 솟아오른 단을 본 두 사람이 동시에 말했다.

"저건…… 콜로세움인 것 같은데요."

"콜로세움을 흉내 낸 거군."

두 사람의 의견에 동의라도 하듯, 맹수의 낮은 울음소리가 멀리서부터 들려왔다. 페키스는 혀를 내둘렀다.

"감도 좋네요, 이곳의 여군주는. 카르도 님이 콜로세움 경기 좋아하는 걸 어찌 알고."

"제국 귀족 중에 콜로세움 경기를 싫어하는 자가 몇이나 된다고."

카르도는 퉁명스럽게 대꾸하며 단에 올랐다. 말은 그렇게 했지만, 기분이 좀 상기되긴 했다.

"오셨소?"

먼저 와 있던 여왕이 로마식 의자에 앉은 채로 그를 맞았다. 살갗이 전혀 비치지 않는 검푸른색 의복으로 목부터 발끝까지 꼼꼼히 감싼 그녀는 다소 푸석푸석해 보였다. 짙은 화장으로도 숨기지 못한 피로. 카르도는 저도 모르게 시선을 여왕의 어깨 뒤로 넘겼다.

그의 시선을 느꼈는지 여왕의 전사가 그를 바라보았다. 마주친 눈빛이 지독하게 무덤덤했다.

순간, 잠시 상기되었던 기분이 가라앉았다.

차라리 의기양양하기라도 했으면 기분이 덜 나빴을 것이다. 하지만 대수롭지 않다는 듯한 저 표정이 가뜩이나 자그마해진 자존심을 자극했다.

'흐음. 승자의 관용이란 말이지?'

물론 타고난 정치가인 그는 이런 자리에서 노골적인 불쾌함을 드러낼 생각이 없었다. 다만 페키스의 의견을 적극 수용하기로 했을 뿐. 그의 얼굴에 진하디진한 미소가 떠올랐다.

"여군주께선 절 놀라게 하기로 작정하신 분 같습니다. 남부 아라비아에서 콜로세움 전투를 보게 된다니요. 너무 뜻밖이라 오히려 얼떨떨할 지경입니다."

치렁치렁한 토가를 펄럭이며 여왕의 곁에 앉은 그가 능청을 부렸다. 하지만 여왕은 그를 돌아보지도 않고, 희끄무레한 웃음만 지었다.

"입발림 소리도 잘하시는구려. 제국의 콜로세움 전투와는 여러모로 부족할 텐데. 보시오. 당장 관람석만 해도 제국에 미치지 못하지 않소."

"전투만 재미있다면 다소의 불편함은 문제가 아니지요. 한데 야수를 준비하셨습니까? 맹수의 울음소리가 들리던데요."

"그렇소. 아비시니아산 사자와 코끼리를 준비했지."

"대단한 놈들입니다. 하나, 음…… 약간 아쉽군요."

"무엇이 말인가?"

드디어 여왕의 시선이 그를 향했다. 카르도는 대수롭지 않다는 듯 어깨를 가볍게 추켜세웠다.

"요즘 제국에선 맹수 전투보다 검투사 전투가 유행입니다. 그것이 좀 더 박진감이 넘치지요."

"아……."

마케바는 마지못한 표정으로 고개를 끄덕였다. 낭패라는 생각이 살짝 들었다.

"그 이야기는 들었소. 하나 우리 왕국엔 직업 검투사가 없다오. 나의 전사들은 모두 목숨을 걸고 싸우지."

"제국의 검투사들도 목숨을 걸고 싸웁니다. 패배자에게 기다리는 것은 죽음뿐이거든요."

카르도가 엄지를 아래로 내리며 제국민이라면 누구나 아는 손짓을 했다. 여왕이 코웃음을 쳤다.

"제국에 평화가 오래 지속되다 보니, 목숨 걸 일이 참으로 없나 보오."

"한심한 노릇이지요. 하나 어쩌겠습니까. 유희를 좇는 것도 인간의 슬픈 천성인걸요. 살아남아야 한다는 간절함이 없다면 검투사들의 전투는 애들 장난보다 재미없을 것입니다."

이 주제에서 조금의 흥미도 느끼지 못한 마케바는 적당히 고개만 주억거렸다. 하지만 카르도는 그에 그치지 않았다.

"어떠십니까? 맹수 전투 전에 맛보기로 검투 경기를 관람해 보시는 것은. 목숨을 걸고 싸우는 인간이 얼마나 야수와 같아지는지, 나름 보는 재미가 있지요."

"글쎄. 인간의 야수성에 대해서는 누구 못지않게 잘 알고 있다고 생각하오만. 설사 내가 보고 싶다고 하여도, 말했지 않소. 우리 왕국엔 직업 검투사가 없다고."

"검투사라면 제가 데리고 있는 이가 있습니다. 폐하께서 저를 위해 이리 큰 연회를 준비해 주셨는데, 제가 그 정도는 준비해야 하지 않겠습니까?"

"하."

기다렸다는 듯 치고 들어온 카르도의 말에 여왕이 한숨 섞인 웃음을 내뱉었다.

"그대의 일행 중에 검투사 몇이 포함되어 있다는 이야기는 들었소. 그때는 그러려니 했는데, 어지간히 검투사 경기를 좋아하는가 보구려. 좋아요. 한번 보기나 합시다. 내 무엇을 준비하면 되겠소?"

"우선 경기장을 하나 새로 만들어야겠습니다. 저리 깊어서는 코끼리의 움직임이나 잘 보이지, 사람이 움직이는 것은 잘 안 보이거든요. 이쪽에……."

카르도가 분지의 반대편, 단상의 뒤쪽에 위치한 평지를 손가락으로 가리켰다.

"이쪽에 반지름이 20큐빗짜리 원형 경기장을 임시로 만들어 주십시오. 별도의 가벽은 필요 없이, 말뚝에 묶은 줄만 있으면 충분할 것 같습니다."

제국어를 모르는 시녀장을 위해 페키스가 카르도와 여왕의 말을 통역했다. 그의 통역은 미리암뿐만 아니라 하일라바드에게까지 들렸다. 미리암은 눈살을 찌푸렸지만 이내 고개를 끄덕이고, 노예들에게 명령을 내렸다.

곧장, 노예 종들과 왕성에서 부리는 일꾼들이 움직였다. 여왕의 전사들은 구경 나온 사람들을 분지 주변에서 평지로 이동시켰다. 수십 개의 천막과 기백 명에 달하는 사람이 움직이는 대이동이었다.

그사이 카르도도 페키스에게 두, 세 가지 명령을 내렸다. 상관의 명령을 받은 페키스는 질문이 가득한 얼굴을 했지만 자리가 자리인지라 따져 묻지 못하고 단상을 내려갔다.

그는 노예 종들이 설치한 임시 경기장이 거의 완성되어 갈 때 즈음 돌아왔다. 한데 올 때는 혼자가 아니었다.

"인사드리게."

페키스가 동행인의 허리를 찔렀다. 정리하지 않은 턱수염이 듬성듬성 자란 장년의 사내였다.

사내는 제가 대체 왜 이런 자리에 불려왔는지 도통 영문을 모르겠다는 표정이었다. 영문을 모르기는 마찬가지라, 마케바는 설명을 요구하는 눈으로 카르도를 쳐다보았다.

"이번 여정에 저와 동행한 검투사입니다. 다섯이 더 있는데, 이자가 실력이 가장 뛰어납니다. 올해만 12연승 중이지요. 인사하게, 푸르엘라. 왕국의 여군주시네."

"푸, 푸르엘라 티포입니다. 스페냐드, 저기 그러니까…… 히스페니아 출신입니다."

푸르엘라가 엉거주춤 허리를 굽혔다. 여왕은 고개만 까딱여 그의 인사를 받았다. 어쩐지, 검투 경기를 주관하겠다고 나선 그의 의도가 순수하게만 느껴지지 않았다.

"예까지 불러올린 것을 보니, 어지간히 자랑하고 싶었나 보오."

"하하. 경력 10년의 검투사라면 자랑스러워할 만하지요. 검투사들은 수명이 짧거든요. 장담하건대, 그의 경기는 최곱니다. 경기에 진 적도 있긴 하나, 그의 경기를 더 보고 싶어 하는 사람들이 손가락을 위로 들었지요."

"흠."

"그런 면에서, 어떻습니까? 아엘리아 카피톨리나 최고의 검투사와 왕국 최고의 전사가 겨루어보는 것은."

"뭐……?"

"예엑?"

여왕이 무어라 되묻기도 전에, 푸르엘라가 짧은 기성을 내질렀다. 그러자 어디 감히 끼어드느냐는 듯 페키스가 무시무시한 기운을 뿜으며 그를 노려보았다. 푸르엘라는 곧 죽을상을 하고 입을 막았다. 하지만 다리가 떨리는 것까지는 막을 수가 없었다.

왕국의 최고 전사가 누군지 아는 그에게 카르도의 제안은 죽으라는 소리처럼 들렸다. 대련 같은 것도 하지 않는다던 저 엄격한 방 친구가 친선경기랍시고 설렁설렁 대할 것 같지는 않다. 일단 경기가 시작되면 친선이고 나발이고, 아직까진 운 좋게 자리에 붙어 있는 제 목이 잘 익은 야자열매가 나무에서 떨어지듯 똑 떨어질 것을 푸르엘라는 확신할 수 있었다.

그 광경을 상상한 푸르엘라가 하일라바드를 바라보았다. 그와 비슷한 시점에 카르도도 하일라바드에게 슬쩍 눈길을 던졌다.

하일라바드는 푸르엘라를 한 번 쳐다본 뒤, 카르도에게 시선을 두었다. 서로를 곁눈으로 보는 두 남자의 시선이 날카롭게 교차했다.

그 자리에 있는 사람 대부분이 카르도의 진정한 의도를 읽었다. 하지만 그의 어깃장을 단순한 불쾌함의 표출이라고 생각한 마케바는 제가 잘못 들은 거라고 생각하려 했다. 아니면 카르도가 정신이 나갔거나. 이런 무례함은 그녀가 파악한 카르도 베스파시아누스와 어울리지 않았다.

"다시 한번 말해보겠소?"

"최고들끼리 한번 겨루어보면 어떻겠냐고 말씀드렸습니다. 제국식이지요. 라티움에선 가끔, 친분이 있는 가문끼리 전사들의 기량을 시험해 보기도 한답니다."

하지만 그녀의 귀는 정상이었고, 카르도의 정신도 비교적 정상이었다. 아니, 카르도의 정신 상태는 확신할 수 없었다.

"같은 말을 여러 번 하게 만드는 취미가 있는진 몰랐는데. 말했지 않소. 나의 전사들은 목숨을 걸어야 할 때만 싸운다고. 하물며, 누구? 왕국 최고의 전사가 무슨 의미인지나 알고 하는 말이오?"

"왕국의 셰이크 무자아히드가 여군주께 어떠한 의미인지 아느냐고 물으시는 것이라면, 아주 잘 알고 있다고 대답해 드릴 수 있겠습니다."

팔걸이에 팔꿈치를 댄 삐딱한 자세로 앉아, 카르도가 유들유들하게 대답했다. 마케바는 순간 얼굴을 붉혔지만 군주로서 위엄을 잃지는 않았다.

"아니. 그대는 제대로 모르고 있소. 안다면 감히 이런 말은 못 하지. 셰이크 무자아히드는 세월이 깎아낸 검이오. 한데 그런 이를 이런 유흥거리에 내놓으라니. 참으로 무도한 요구 아닌가."

"오해는 마십시오. 전사의 노력과 검투사들의 노력을 동일 선상에 놓은 것은 아니었습니다. 하나 전사들도 서로 치고받으며 훈련을 하지 않습니까? 친선경기에서 서로 피를 보는 것도 곤란하니, 그 정도로 생각하심이 어떨는지요?"

"불가하오!"

여왕이 목소리를 높였다. 찔러도 피 한 방울 나오지 않을 것 같은 단호함에 카르도는 입맛을 다셨다.

그때였다.

"하겠습니다."

단상에 있는 다섯 명의 시선이 동시에 그를 향했다. 마케바는 아예 자리에서 벌떡 일어났다.

경악과 경탄, 놀람, 그리고 뭔지 모를 시선. 그에게는 익숙하기도 하고 익숙하지 않기도 한 시선들을 내려다보며 하일라바드는 조용히, 같은 말을 반복했다.

"경기, 하겠습니다."

친선경기이니만큼 서로 옷을 맞추어 입는 것이 어떻겠냐는 의견을 카르도가 내놓았다. 준비해 둔 여벌의 옷이 없다며 여왕은 딱 잘라 거절했지만, 카르도는 제가 미리 준비해 놓았다는 말로 페키스마저 고개 젓게 만들었다.

옷을 갈아입을 만한 마땅한 장소가 없었기에 하일라바드는 급한 대로 가장 가까이에 설치된 제국 군인들의 천막을 빌렸다. 천막까지는 어지간한 중요 인사들의 위치를 알고 있는 파나가 안내했다.

파나가 불려왔고, 두 사람은 함께 단상을 내려갔다. 미리암이 그 뒤를 쫓았다.

"이븐 카림."

시녀장의 부름을 들은 하일라바드가 멈춰 섰다. 가까이 다가온 미리암은 입을 벙긋거리다 말고 파나에게 눈짓을 했다. 파나는 다소 불안한 표정으로 하일라바드에게서 멀어졌다.

하지만 파나가 물러난 뒤에도 미리암의 입술은 쉽게 움직이지 않았다. 미리암이 따라 나올 때부터 어느 정도 이러한 상황을 예견하고 있던 하일라바드가 먼저 말문을 열었다.

"제가 패배하길 바라십니까?"

"……!"

강퍅하게 마른 얼굴 근육이 뻣뻣하게 굳었다. 하일라바드는 경악한 미리암의 얼굴이 혼란으로, 혼란에서 결심으로 변화하는 것을 무심히 지켜보았다.

"그래……. 그리 말하니 얘기는 쉽겠군. 자네 말대로일세. 시합에서 져…… 주시게."

져 달라고 할 때 미리암의 목소리가 불안정하게 흔들렸다.

"제국의 군단장께서 자존심이 퍽 상한 모양이야. 이유는 자네도 짐작하겠지."

물론 짐작하고도 남음이다. 잘 하지 않을 뿐, 하일라바드도 세 번째 다리로 사고할 줄은 알았다.

"제국의 귀족들은, 아니 우리 왕국의 귀족들도 마찬가지지만 부리는 사람의 패배를 자신의 패배로 생각하는 경향이 있네. 저분은 자네의 실력을 모르시니 아마 패배를 전혀 염두에 두지 않았을 것일세. 하니 이겨서는 곤란하네."

"그런 이유라면, 저의 패배는 폐하의 패배가 될 것입니다."

"자네는…… 떠날 사람이지 않은가?"

망설이면서도, 미리암은 여왕과 그 사이에 분명한 선을 그었다. 하일라바드는 쓰게 웃으며 주변을 돌아보았다. 해가 멀리 지평선 아래로 가라앉기 시작했다. 얼마 지나지 않아 석양이 깔리고, 역청 불이 태양을 대신할 것이다.

"제가 폐하의 전사여야 하는 시간도 얼마 남지 않았습니다."

"……."

"돌아가 주십시오."

미리암과 똑같은 방법으로 선을 그은 그가 천막 안으로 들어갔다. 갈아입을 옷을 들고 있던 파나가 그에게 넘겨줄 시기를 놓치고 당황하여 따라붙었다.

미리암은 천막 앞에서 수십 번 갈등했지만 결국 그를 붙잡지 못했다. 그 말대로, 이제 곧 부족의 첫 번째 검으로 돌아가는 그에게 명령을 내릴 명분이 없었다.

그러나 사실은, 저 고결한 전사에게 더 이상의 모욕을 주고 싶지 않다는 마음이 더 컸다.

"하일라바드 님……."

옷가지를 건네며 파나가 울먹였다. 하일라바드는 옷을 펼쳐 보고 나서야 뒤늦게 그 눈물의 이유를 깨달을 수 있었다.

과연 여왕이 원하는 것 대부분을 줄 수 있는 유능한 제국의 군단장은, 자신의 실추된 자존심을 다시 세우는 데도 매우 유능했다.

"주세요. 이런 것, 이런 것 입지 마세요. 제가 다른 옷을 얻어다 드릴게요. 상인들의 천막을 뒤지면 한 벌 정도는……."

"아니요, 괜찮습니다."

후다닥, 옷을 구기고 나서는 파나를 향해 그가 고개를 저었다. 파나는 거의 비명을 지를 것 같은 표정이 되었다. 그리고 실제로도 그 비슷한 소릴 냈다.

"이걸 입으시겠다고요!"

"예. 하니 파나 님도 이만 나가 주십시오. 너무 지체하였습니다."

냉정하게 대꾸한 그가 천막 입구를 턱으로 가리켰다. 파나는 입을 벌리고 눈만 깜빡이다, 곧 눈물이 그렁그렁한 눈으로 뒤돌아섰다. 그러나 뒤에서 부르는 소리에 곧 걸음을 멈췄다.

"파나 님, 오늘 업무는 언제까지입니까?"

"저, 이것이 제 마지막 업무예요⋯⋯."

"하면 제 경기가 끝날 때까지 기다려 주시겠습니까?"

"예?"

"대답은 그때 해드리겠습니다."

"예⋯⋯."

대답을 듣는 것 자체가 두려운 파나는 작게 대답하며 고개를 끄덕였다.

그녀가 나간 뒤 하일라바드는 옷가지를 좌악 펼쳤다.

그것은 아주 훌륭한 제국 검투사의 연회복이었다.

여왕이 모두를 위해 왕국에서 보기 드문 짐승들의 경기를 준비했다는 이야기가 처음 전해졌을 때, 사람들은 열광했다. 여름 우기. 사막의 낮은 길다. 할 일 없는 사람들은 너 나 할 것 없이 다자얄 분지를 찾았다. 그렇게 모여든 사람의 수가 왕국 전체 인구의 1/10에 달했다.

그러나 그들의 기대감은 경기 장소가 변경되고, 그로 인해 시간이 지체되면서 상당히 줄어들었다. 경기 주체가 바뀌었다는 소식도 실망을 키웠다.

이 호전적인 사막의 거주민에게 전사들의 대결은 별 흥밋거리가 되지 못했다. 흔한 일이기 때문이다. 불과 한 달 전만 해도 알 아지리가 숙청당하지 않았던가. 사내가 칼을 들고 싸우려면 그만한 명분은 있어야지, 할 일

없이 칼부림이라니. 피도 안 본다면서. 시시하구먼. 사람들의 표정이 심드렁해졌다.

종국엔 자리를 뜨는 이들도 생겨났다. 그렇게 한 명, 두 명 떠나다 보니 와글와글했던 사람들이 절반으로 줄어 있었다.

그리고 그 할 일 없는 칼부림을 할 전사가 베두인 전사라는 소식이 들렸다. 미리암은 하일라바드의 이력에서 셰이크 무자아히드를 누락시켰다. 알 만한 사람들은 속아 넘어가지 않았지만, 왕성 사정에 대해 잘 모르는 사람들에게는 통했다.

살면서 베두인 전사와 대면할 일이 드문 하다르들도 베두인 전사가 무엇인지 정도는 알았다. 전사 중의 전사, 사막의 모래바람이 깎아낸 검, 열사(熱沙)의 재앙, 죽음의 최종 선고…….

반응은 폭발적이었다.

작은 평지가 삽시간에 소란스러워지고 다들 어서 빨리 경기가 시작되기만을 고대했다.

기다림은 길지 않았다.

그 기다림의 끝에서, 사람들은 베두인 전사에 대한 자신들의 모든 환상이 산산조각 나는 것을 느꼈다.

"……!"

단어도 되지 못한 신음을 쏟아내며 여왕이 자리에서 벌떡 일어났다. 의아해진 카르도는 그녀를 따라 고개를 들어 올렸다.

"여군주?"

하지만 손등의 혈관이 튀어나오도록 치맛자락을 붙잡은 여왕은 대답할 정신이 없는 것 같았다. 카르도는 페키스를 바라보았고, 어깨를 으쓱한 페키스는 다시 미리암을 바라보았다. 하지만 정신없기로는 이쪽도 만만치 않았다.

미리암은 눈을 빠르게 깜빡이며 지금 제가 보고 있는 것이 환각이라는 증거를 찾으려 했다. 하지만 완벽하게 무의미한 노력이었다. 저것이 사막의 신기루도, 꿈도 아니라고 확신한 미리암이 페키스에게 물었다.

"대체 저게 뭡니까?"

"저거, 라니요?"

"저것 말입니다. 저것!"

그녀가 손가락으로 연신 경기장을 가리켰다. 페키스는 약간의 시간을 들인 후에야, 미리암이 말하는 '저것'이 하일라바드가 입고 있는 옷이라는 것을 이해했다.

"저것은 검투사들의 경기복입니다. 제전이나 추모제 같은 의식 경기에서 입는 것으로, 황제께서 간략하면서도 화려하게……."

"경기복이라고요? 저 거적때기가 말입니까?"

미리암의 목소리가 1큐빗은 더 올라갔다. 그녀의 경악이 전사들의 무장 상태에서 오는 것이 아니라는 걸 깨달은 페키스는 '최상급 검투사일수록 무장이 간략하다'라는 말을 삼켰다.

그는 여왕과 시녀장 모두 평정을 잃은 듯한 지금의 상황을 도통 이해할 수가 없었다. 말을 알아듣지 못하고 여전히 의아해하는 카르도에게 시녀장과의 대화를 통역해 주었지만, 카르도도 딱히 짐작 가는 바가 없는 듯했다.

"거적때기라니. 최고급 비단으로 만든 옷을."

"이곳 사람들에게는 너무 선정적인 걸까요? 가만 보면 사람들 반응도 좀 이상합니다."

"여인도 아니고, 사내가 웃통 좀 벗었다고 선정적이랄 것까지야 있나? 그리고 좀 선정적이라도 뭐가 문제야."

말도 안 된다는 듯 고개를 저은 카르도가 경기장 한가운데로 걸어 나오는 하일라바드를 향해 턱을 까딱거렸다.

"저리 잘 어울리는데."

여왕의 셰이크 무자아히드는 상체를 완전히 드러낸 채, 검은색 바지만 입고 있었다. 펑퍼짐한 밑단을 넓은 가죽끈으로 묶어 바지통을 풍성하게 만든 하의는 페르시아의 복식에서 따온 것이었다. 허리 부분은 화려한 금장 허리띠로 고정했는데, 허리띠의 위치가 퍽 낮아 허리띠라기보다는 장골띠라고 부르는 것이 옳을 듯했다.

물론 전통적인 의식용 경기복은 저렇지 않다. 본래 검투사들의 의식용 경기복은 머리 전체를 가리는 투구와 흉갑에, 짧은 하의를 걸치고 무릎까지 오는 정강이 받이를 덧대는 형태였다. 한데 검투사들의 안전 따윈 신경 쓰지 않는 황제가 거추장스럽다며 방어구를 대폭 간소화시킨 것이 하일라바드가 입고 있는 저 옷이었다.

'저 정도면 간소화시킨 것이 아니라 아예 다른 옷이라고 봐야겠지만.'

제국에서 처음으로 검투사들이 저 옷을 입고 나왔을 때, 제국 귀족들은 하나같이 혀를 찼다. 페르시아 복식에서 따온 바지가 야만적이라는 이유에서였다.

옷에 대한 감상은 제국의 귀족들과 비슷했지만, 황제의 눈 밖에 나기 싫은 카르도는 검투사를 대동하는 여행에선 꼭 저 옷을 챙겨 다녔다. 하지만 오늘 하일라바드를 보자 황제의 심미안이 다시 보였다.

뼈와 근육과 혈관. 옷을 입고 있었을 때는 보이지 않았던 것들이 드러난다. 가장 먼저 눈에 들어오는 것은 너른 어깨선을 수평으로 가르는 쇄골이었다. 거칠 것 없이 반듯하고, 흔들림 없이 견고하다. 그 옆에서 직각을 이루며 떨어지는 긴 팔은 유연했고, 크고 작은 핏줄이 붉어진 팔근육은 잘 자란 야자나무 가지처럼 탄력적이었다.

배에 이르러선 감탄도 터트리지 못하고 한숨만 쉬었다.

제대로 각 잡힌 복근은 그야말로 흠잡을 데가 없었다. 허리띠가 거의 장골에 걸쳐진 탓에 약간 위험하다 싶은 부분까지 드러나 있었는데, 판판한 아랫배 근육 위로 돋아난 혈관과 체모가 특히나 인상적이었다. 하지만 그조차도 야하거나 천박하다기보단 강인한 전사의 일면 같은 느낌을 주었다.

몸을 이루는 모든 조형이 완벽한 그는 그야말로 군신 마르스의 현신 같았다. 검은색과 황금색. 그 극단적인 화려함조차 군신의 무장에 불과했다. 급기야 카르도의 입에서 씹어뱉듯 말이 튀어나왔다.

"이럴 줄 알았으면 구색 맞출 생각을 안 했지."

페키스는 동의의 의미로 쓰게 웃었다.

전혀 즐거워 보이지 않는 모습에서 미리암은 이 두 제국인이 하일라바드에게 모욕을 주고자 저런 흉물스러운 옷을 준비한 것이 아님을 짐작했다. 말은 알아듣지 못했지만 그 정도는 느껴졌다. 제국의 군단장은, 모든 정복자가 그러하듯 자신의 기준에 맞춰 생각한 것뿐이다.

그러나 미리암은 옷을 벗는 검사엔 응할 수 없다던 하일라바드를 기억했다. 여왕을 끌어안고 있으면서도 한사코 제 몸을 가리던 모습도 똑똑히 기억한다. 그녀는 그의 맨살을 본 사람이 양손에 꼽힐 거라고 자신할 수 있었다.

아마 그의 인생에서 이리 수치스러운 상황은 처음일 것이다. 하지만 가시거리에 들어온 그의 표정은 지극히 무덤덤해 보였다.

무덤덤한 사람은 그뿐만이 아니었다. 미리암은 불안한 눈으로 침묵하는 여왕과 하일라바드를 번갈아 바라보았다.

대체 왜 이렇게 조용한가. 저 성미에, 당장 불같이 화를 내며 경기를 중단시켜도 모자랄 터인데 어째서? 그리고 저자는 또 어찌 저리 고요한가. 대체 어떤 마음이길래, 저 수치, 저 모욕을 남의 일인 양 관조할 수 있는가.

현상이 깨지고 일상이 무너졌다. 그런데도 아무것도 알 수가 없다. 알 수가 없으니 두렵다. 다만 한 가지, 모든 게 제 손을 떠났다는 것만은 확실했다.

이제부터 무슨 일이 일어나도 놀라지 않으리라. 그리 다짐하며 미리암은 마른 입술을 꽉 다물었다.

가장 먼저 이변을 알아차린 사람은 푸르엘라였다.

대적할 수 없는 상대를 앞에 두고, 푸르엘라는 최대한 신중하게 굴었다. 이길 수 있다는 기대는 눈곱만큼도 없다. 질 때 지더라도 너무 처참하게 져서는 안 된다는 생각뿐이었다. 제국의 검투사가 살아남기 위해선 그래야만 했다.

그러나 검을 아래로 축 늘어뜨린 상대는 먼저 공격해 올 생각이 없어 보였다. 푸르엘라는 그의 눈치를 슬슬 보다가, 왼손에 든 그물을 던졌다. 그물로 상대를 끌어당긴 뒤 검으로 공격하는 것은 레티아리우스(Retiarius, 검투사 병종 중 하나)인 그의 장기였다.

혹시나 하는 마음에 그물을 던지면서도 크게 기대는 안 했는데, 의외로 상대가 너무 쉽게 끌려왔다. 그는 의아해하고 미심쩍어하며 당기는 힘을 이용해 상대의 몸에 칼을 가져다 댔다.

벨 생각은 아니었다. 애초에 피를 보지 않기로 하고 시작한 경기 아닌가. 칼을 가져다 댄 것은 누적된 경험으로 인한 반사작용이었을 뿐이다.

그렇지만 벴다.

"어……!"

비록 살갗을 얇게 스치고 지나간 것에 불과했지만 벤 건 벤 것이다. 너무 뜻밖인 나머지 그물을 쥔 손에서 힘이 풀렸다. 푸르엘라는 제 검을 바로 눈앞까지 들어 올렸다. 짙은 은색의 검신 위에 핏방울이 뚜렷했다.

그물에서 풀려난 상대는 여전히 날 잡아 잡수, 하고 있었다. 그제야 뭔가 이상함이 느껴졌다.

"설마…… 져 주려는 거요?"

"……."

"어째서요? 나와 달리 그쪽은 잃을 게 많지 않소? 왕국의 최고 전사인가 뭔가 하는 명예도 있고, 그만큼의 자부심도 있을 거고……."

"그것밖에 없습니다."

"뭐요?"

"그것이 제가 가진 전부입니다."

하일라바드는 고개를 비틀어 단상 위를 올려다보았다.

경기 장소가 평지인 덕에 이곳에선 단상 위에 선 여왕의 모습이 비교적 잘 보였다. 양손을 모아 아래로 내린 그녀는 흔들림이 없었다.

"세상천지에 전부를 줄 수 있는 사람이 어디 있나?"

"전부를 줄 수 있는 사람은 없다고 하시기에……."

뒤늦게, 그 자문에 대한 대답을 한다.

"제가 가진 전부라도 드리려고 합니다."

내 전 생애를 때려눕힐 나의 여왕, 당신을 위해.

"그는 단지 토대를 제공할 뿐이야."

나의 첫 패배가 부디, 당신의 토대가 되길.

고개를 내린 그가 푸르엘라를 바라보며 지그시 웃었다. 그물을 쥔 손으로 뒷머리를 긁적이는 푸르엘라는 이해하지 못한 표정이었다.

"허, 참……."

"상관없지 않습니까?"

날카로운 함의를 내포한 질문에 푸르엘라는 정신이 번쩍 들었다.

"맞소, 그렇소. 그대의 사연은 나와 상관없지."

정정당당하지 않아도 상관없다. 검투사인 그에게 전사들의 명예나 굴하지 않는 불굴의 정신 같은 것은 먼 나라 얘기였다. 하일라바드의 사연을 궁금해할 만큼 오지랖이 넓지도 않았다. 그저 이기기만 하면 그만. 푸르엘라가 칼을 고쳐 쥐었다.

"하면, 가겠소."

펙!

뭉툭한 칼 손잡이 끝이 그의 등에 내리꽂힌다. 구경꾼들이 탄식한다. 어떤 소녀는 차마 보지 못하고 양손으로 얼굴을 가린다.

단상 위 가장 높은 곳에 석상처럼 서서, 마케바는 그 모든 모습을 바라보았다. 바닥에 손을 짚고 쓰러지는 그의 모습, 실망한 듯 고개를 젓는 구경꾼들, 울먹이는 꼬마들. 사막의 살아 있는 신화가 삭풍에 휩쓸린 모래성처럼 허물어지고 있었다.

"그대의 짓인가?"

꼿꼿한 태도로 앞만 바라보며 여왕이 물었다. 미리암은 대답했다.

"그에게 부탁한 것은…… 사실입니다."

예상했던 대답이 돌아왔다. 하지만 마케바는 미리암에게 분노하지 않았다. 그녀의 분노가 향하는 곳은 오직 자신, 미리암에게 빌미를 주고 그를 무너지게 한 자신이었다.

아니, 아니. 이제는 분노도 가증스럽다. 저 간절한 절대성 앞에서 자기혐오는 스스로에게 주는 면죄부에 지나지 않았다. 그리고 면죄부라면, 근 한 달간 질리도록 발행했다.

이성이 파산선고를 한다. 다리가 움직였다.

그녀는 단상을 내려갔다.

무엇보다 중요한 한 발. 천둥 벼락과 빗소리가 그녀의 세상을 찢어발긴 그 날처럼, 아니, 그날보다 더한 의지로 모랫바닥을 디뎠다. 뒤따르는 미리암의 발걸음 소리, 지켜보는 사람들의 시선 같은 건 아무런 의미가 없었다. 그러다 생각이 났다.

아…….

그래.

언젠가도 이랬다. 그때 그는 욕장 의자에 앉아 다친 손에 천을 감고 있었지. 그때도, 아무것도 보이지 않았어. 분명 주변에 헐벗은 사내들이 우글우글했을 텐데 말이야.

그 순간을 떠올린 그녀가 살포시 웃었다.

어쩌면 그때부터였을까?

하긴, 시작은 중요하지 않다.

갑작스러운 최고 권력자의 등장에 평원 전체가 고요해졌다. 태양은 아직 지평선 끄트머리에 매달려 대롱거렸고, 석양은 아직 말갰다. 어둠을 쫓아내려는 듯 하나, 둘씩 역청 불이 켜지기 시작했다.

붉은 태양과 붉은 석양을 등지고 그녀가 걸어온다. 아직 자신의 군주인 그녀에 대한 예로써 하일라바드는 무릎을 꿇었다. 마케바는 강철 같은 시선으로 차분히 그를 내려다보았다.

"하일라바드 이븐 카림 이븐 아사드 알 타크와 앗 살라라."

"예."

"그대의 명예가 곧 나의 명예다."

"……."

"명하노니, 무엇에도 결코 패배하지 말라."

어떠한 사람에게도. 어떠한 상황에도.

심지어 나에게도.

올려다보는 그의 얼굴 위로 그녀의 그림자가 길게 일렁였다. 세상이 온통 붉은데, 그녀 혼자만 하얗게 빛나고 있었다. 결코 노을에 자신을 내어주지 않는 그녀는 그가 본 어떤 위대한 전사보다 위대했다.

"……폐하의 뜻대로."

고귀한 군주의 발끝에 입을 맞추며, 그가 그녀의 명령을 받았다.

"어, 저기……."

돌아서 가는 그녀의 뒷모습을 바라보고 있는데 푸르엘라가 말을 걸었다.

"뭐 좀, 정리는 된 거요? 마저 싸워도 되겠소?"

아무래도 이 단순한 사내는 연이어 이해할 수 없는 일만 벌어지자, 이 자리를 빨리 뜨고 싶은 모양이었다. 하일라바드는 고개를 끄덕였다.

"예."

그의 입가로 작은 미소가 떠올랐다. 푸르엘라는 저 미소가 아까보다 백배는 낫다고 생각했다. 아까처럼 헛헛하거나 슬퍼 보이는 미소가 아니었다. 무언가 결심한 것처럼 의지로 다져져 있었다.

"그럼……."

"잠시만."

다급하게 그물을 움켜쥐는 그에게 하일라바드가 기다리라는 듯 손을 흔들었다.

"그쪽 검의 무게 중심이 오른쪽으로 쏠려 있습니다. 그런 검을 오래 사용하면 자세도 오른쪽으로 쏠리게 됩니다."

"그럴 리가! 10아우레우스(로마의 화폐 단위)나 주고 산 건데!"

"이해를 못 하시는군요. 하면……."

그가 검날을 앞으로 세웠다. 명백한 공격 자세였다.

"이해할 때까지."

푸르엘라는 바짝 긴장하며 자세를 낮추었다. 아무래도 피를 보지 않고 넘어가기는 틀린 것 같았다.

"허잇!"

그의 하체를 노리고 푸르엘라가 그물을 던졌다. 하일라바드는 크게 반원을 그리며 왼쪽으로 피했다. 푸르엘라는 몸을 돌려 쫓아가려 했지만 오른쪽 발이 왼쪽 다리보다 먼저 나가는 바람에 옆으로 쓰러지고야 말았다.

"으……!"

억 소리도 내지 못한 그 잠깐 사이, 어느새 다가온 하일라바드가 쓰러진 그를 위에서 내려치려 하고 있었다. 한데 검날의 방향이 베기가 아닌 찌르기 방향이었다.

'좋았어!'

한 점을 노리는 거라면 충분히 방어할 수 있다. 푸르엘라는 확신하며 검날의 넓적한 부분으로 하일라바드가 노리고 있는 듯한 어깻죽지를 방어했다. 그러나 하일라바드는 공격을 물리지 않았다.

뾰족한 검 끝은 정확하게 비틀린 무게 중심의 한가운데에 내리꽂혔고,

"무슨……!"

조각난 푸르엘라의 칼날이 사방으로 비산했다.

그리고 그 순간, 그날의 마지막 해가 졌다.

16 Sūrah

سورة 16

더하기, 한것

칼로 칼을 파괴한다.

이 믿기 힘든 기이한 사건에 대한 사람들의 반응은 한발 느렸다.

"와……."

"와아……."

"와아."

"우와와악!"

뒤늦게 함성이 터졌다. 베두인 전사가 새로이 쓴 신화의 증인이 된 사람들은 날뛴다는 표현이 부족하게 끽끽거리고, 꺅꺅거리고 껄껄거렸다.

사람들의 환호를 겉옷 대신 두른 하일라바드가 제국의 천막 쪽으로 사라졌다. 마케바는 그의 뒷모습을 멀리서 눈으로 좇으며 치마를 걷어 올렸다. 당장 그를 쫓아갈 생각이었다. 실은, 생각이라기보다는 본능에 가까웠다.

두 사람 사이의 관계는 일몰이 찾아온 순간 이미 끝났다. 군주의 마지막 명령을 훌륭하게 수행한 그는 아마 미련 없이 떠날 것이다. 그렇게 놔둘 수 없다.

"폐하!"

그러나 다급한 미리암의 목소리가 걸음을 막았다. 뒤를 돌아보자 미리암이 한쪽 눈썹을 꿈틀대며 카르도를 가리켰다. 벌어진 검지와 중지 사이에 턱을 괸 카르도는 빈 경기장을 바라보고 있었다. 입가에 떠오른 웃음이 씁쓸했다.

"데셈 프레텐시스 레가투스 카르도 베스파시아누스 파두세우스."

여왕이 그를 불렀다. 제국의 공문서를 보내거나 페키스가 아첨을 떨 때 간혹 듣는 호칭이었다. 카르도는 미소에서 쓴맛을 지우고, 능청맞게 웃었다.

"말씀하시지요."

"그대의 청혼에 대한 답을 내가 너무 오래 미루어둔 것 같소. 조만간 그 답을 해드리리다. 하니 부름이 있거든 내 침실로 오시오. 아, 그리고."

빠르게 말을 마친 그녀가 생각났다는 듯 말을 덧붙였다.

"고맙소."

침실이라는 말에 갸웃거리던 그가 무엇이 고맙냐는 표정을 지었다. 마케바는 말없이 미소만 흘리며 종종걸음 쳤다.

단상 아래로 내려온 그녀는 가장 먼저 만난 전사에게 군단장 일행의 천막 위치를 물었다. 눈썹에 칼자국이 난 전사는 무의식적으로 손가락질을 하다, 기겁하며 무릎을 꿇었다. 마케바는 재빨리 그를 용서하고 그에게 안내를 맡겼다.

가는 길에 그녀는 시간을 좀 지체했다. 서로 법석을 피우느라 정신없는 구경꾼들이 군주의 등장을 뒤늦게 알아차렸기 때문이다. 군주의 이마에 돋아난 짜증을 본 전사가 구경꾼들에게 소리를 지르고 구경꾼들이 양쪽으로 갈라져 길을 내주기까지 걸린 시간은 짧았지만, 그녀가 천막에 도착했을 때 하일라바드는 사라진 뒤였다.

"어디로 간 거야……?"

망연자실한 그녀의 혼잣말에 대답해 주는 사람은 없었다. 천막의 휘장을 내린 마케바는 뒤돌아섰다.

엉거주춤한 자세로 서서, 무릎을 꿇을까 말까 고민하는 군단장의 일행이 보였다.

"이곳을 사용한, 왕국의 전사는 어디로 갔느냐?"

유려한 라틴어로 물었지만 역시나 대답하는 사람은 없었다. 그들은 서로를 쳐다보며 묻고, 고개를 흔들고 알 만한 사람을 찾았다. 같은 질문이 여러 사람을 거쳤다.

초조한 기다림으로 질겅질겅 깨문 입술에 피멍이 맺힐 무렵, 답하는 사람이 나타났다. 말단인 탓에 경기는 구경도 못 하고 경계를 지키고 있던 어린 전사였다.

"셰이크 무자아히드 님은 파나 님과 함께 나가셨습니다."

"파나가? 왜?"

그러나 그 이상은 그도 몰랐다. 갓 전사가 된 그에게 왕국의 셰이크 무자아히드와 여왕의 전령은 너무 높은 사람이라, 어디로 가느냐고 감히 묻지 못한 것이다. 그나마 걸음이 왕국 방향이었다는 걸 알아낸 것만으로도 칭찬받을 만한 일이었다.

하지만 파나라니. 내가 그 아이에게 무엇을 시켰던가? 아니, 설사 무엇을 시켰더라도, 그게 그와 함께 나갈 만한 일인가?

"파나는 오늘부터 사흘간 휴가입니다."

그와 파나 사이의 접점을 고민하고 있는데, 뒤를 쫓아온 미리암이 말했다. 군중을 뚫고 온 탓인지 머리가 산발이었다. 마케바는 눈살을 찌푸렸다.

"그것은 답이 되지 못해. 파나가 휴가인 것과 그가 무슨 상관이란 말이냐."

그녀는 좀 더 자세한 설명을 요구했고, 설명을 요구하며 스스로 답을 찾았다.

"당장 파나만 하여도……."

"당장 이 왕성에만도, 그를 마음에 품은 아이들이 분명 있었을 겁니다."

전후 사정을 깨달은 여왕은 침음을 삼켰다.

"이것도 그대의 짓인가?"

"무관하다고 할 수는 없으나, 두 사람 사이에 무슨 일이 있었는지는 모릅니다."

담담한 대답에 눈에서 불똥이 튀었다.

하지만 화낼 시간도 아까웠다. 마케바는 몸을 날리다시피 하여 말을 매어 둔 곳으로 달렸다. 초조함이 극에 달해, 신물이 넘어오려고 했다.

그녀가 타고 온 말은 경기장 경계 밖에 있었다. 언젠가 벼락에 놀라 그녀를 버리고 도망갔던 그 검정말이었다. 거기서, 그녀는 잠깐 멈춰 섰다.

그녀는 하늘을 한 번 바라보고, 그다음엔 말을 바라보았다. 어둑해진 지평선 너머로 하얀 달이 가느다란 몸체를 드러내려 하고 있었다.

어떤 생각이 났다.

"이프리트……."

"폐하?"

헉헉거리며 쫓아온 미리암이 그녀의 주의를 끌었다. 마케바는 몸을 획 돌렸다. 돌아선 그녀의 얼굴이 이상하리만치 환했다.

"반나절이 남아 있었다……."

"예?"

"반나절이 남았다고! 미리암, 예서 무얼 하고 있어? 당장 가서 연회를 마무리하라! 경기 시작 전에 맹수들이 충분히 흥분하였는지 확인하는 것 잊지 말도록. 전사들은 저기서 날뛰는 사람들이 다치지 않게 주의하여 살피고, 경계를 강화하라. 술과 간단한 요깃거리를 사람들에게 돌릴 것을 허락한다."

미리암의 어깨를 잡고 명령을 쏟아낸 마케바가 다급한 손길로 말고삐를 낚아챘다. 그대로 말을 타려 했지만 치마폭이 짧아 다리를 벌리기가 쉽지 않았다. 그녀는 주저 없이 치맛자락을 잡았다.

짜악—!

"폐하!"

사람의 신경을 거슬리는 소리를 내며 세레스산 최고급 비단이 찢어졌다. 만족한 그녀는 경악성을 지르는 미리암을 내버려 두고 말 등에 올랐다.

"폐하! 어디 가십니까?"

"나의 전사를 잡으러 간다."

"옛?"

미리암이 '엑'에 가까운 소리를 냈다. 마케바는 하하 웃으며 말의 배를 찼다. 신호를 받은 검은 말이 투레질을 하며 앞발을 들었다.

"폐하! 하지만 폐하께선……!"

미리암의 목소리가 따라붙었다. 하지만 귀담아듣기에는 거리가 이미 멀었다.

흙먼지가 가라앉은 평원에 맑은 웃음소리만이 오랫동안 남아 떠돌아다녔다.

하일라바드가 이프리트를 길들이기로 마음먹었을 때, 그는 마케바에게 자신의 반나절을 추가로 넘겨주었다. 어째서 그걸 잊고 있었을까? 멍청함에 제 머리를 후려치고 싶을 정도였다.

그러나 늘어난 시간이 마음의 평안까지 선사하지는 못했다. 평소라면 '그깟 반나절!' 하며 흘려보냈을 반나절이 지금은 무엇과도 바꿀 수 없는 가치가 되어버렸다.

그가 파나에게 무어라 했을지를 상상하면 온몸의 털이 곤두서는 것 같았다. 그녀는 물론 그의 마음을 믿지만, 대부분의 경우 마음과 상황은 별개다. 두 사람 사이에선 특히나 그랬다. 어쩔 수 없이 이별을 맞이해야 하는 옛이야기 속의 연인들처럼.

그러니 그가 이 힘든 관계를 그만 놓아버리고 싶어 한다고 해도 이상하지 않다. 그 또한 인간이기에 언제 끝날지 모르는 고통보다 당장의 편안함을 잡고 싶어 할 수도 있다.

그런 면에서 파나는 아주 좋은 상대였다. 파나의 수줍음과 부드러움은 분명 그에게 위로가 될 것이다. 그녀의 다소 둔한 성정도 득이 됐으면 됐지, 해가 될 것 같지는 않았다.

거기까지 생각이 미치자 식은땀이 흘렀다. 마케바는 세차게 고개를 흔들며 말 엉덩이를 내리쳤다.

멱살을 잡든, 머리카락을 잡든 어떻게든 잡아 와야지. 그리고 왕성 지하에 가둬 놔야겠다. 누구도 보지 못하게. 발에는 차꼬를 채우고 손은 사슬로 묶어놓아야지.

하지만 그녀의 창대하면서도 끔찍한 계획은 왕국의 정문을 넘자마자 거대한 난관에 부딪혔다.

"……몰라."

그녀는 파나의 집을 몰랐다.

당연한 일이었다. 그때야, 미리암이 무슨 말을 하려고 했는지 알 수 있었다.

속도를 내느라 숙였던 상체를 곧추세우고 일단 그가 갈 만한 곳을 생각해 보았다. 파나와 헤어지고 난 뒤에 돌아갈 만한 곳.

가장 가능성이 높은 장소는 제 아비의 집이다. 물론 그녀는 거기도 어딘지 몰랐다. 장소는 미리암이 결정했고 미리암은 그녀에게 얘기해 주지 않았다. 그녀 역시 따로 물은 적이 없었다.

'이제 어떻게 하지?'

지나가는 이 아무나 붙잡고 알 웃던 가문의 집이 어디인지 물어볼까? 아지즈 거리 어딘가라는 이야기를 얼핏 들은 것 같은데, 그 근처까지 가면…….

"아!"

그러다가 파나의 집을 알 만한 사람이 득실득실한 장소를 떠올렸다. 왕성. 왕성에 남아 있는 시녀라면 파나의 집을 알고도 남았다. 못해도 한 명 정도는 분명 있을 것이다.

미리암도 알기야 알겠지만, 좋은 낯빛으로 가르쳐 줄 것 같지는 않다. 그 전에 어떻게든 설득부터 하려 하겠지. 결정한 그녀는 왕성으로 말을 몰았다.

"폐하!"

왕국 한가운데 난 넓은 도로를 질주하여 내성문으로 뛰어들자, 입구 경비들이 질겁하며 무릎을 꿇었다. 여왕은 그들의 인사를 간단하게 무시하고 말 머리를 꺾었다. 성을 빙 돌아 후문으로 바로 갈 생각이었다. 지금 시간이면 시녀들이 주방에 몰려 있을 확률이 제일 높았으니까. 주방은 상대적으로 정문보다 후문에서 가까웠다.

왕성 정문에서 후문으로 돌아가는 그 짧은 사이에 그녀는 정말 별별 생각을 다 했다.

이랬는데 파나의 집을 아는 아이가 아무도 없으면 어떻게 하지? 공교롭게 아는 아이들이 모두 연회를 좇아간 아이라거나, 하필 다 휴가라거나.

아니, 아니. 그런 생각은 하지 말자. 말이 복을 부른다면 생각도 그럴 테니. 좋은 생각, 좋은 생각을 하자. 그는 아직 나를 사랑한다. 그 호쾌한 승리가 어디 군주에 대한 충성심의 발로만일까. 나의 명예가 곧 그의 명예라는, 그 일체성에 대한 그 나름의 답변이다.

하지만 그가 파나에게 좋은 대답을 이미 해버렸다면? 그렇다면 이것은 모두 헛짓거리가 되는 게 아닌가?

아니, 나는 아직 그의 군주이니 내 말을 들을 것이다. 역시, 일단 잡아 온 다음에 차꼬부터 채우는 것이 좋겠다…….

생각 한 번에 지하 깊은 곳으로 기분이 곤두박질치고, 생각 한 번에 기분이 구름 위까지 올라갔다. 밤의 정령과 낮의 정령이 정신없이 그녀의 머릿속에 들락날락했다.

입술이 바짝바짝 마르고 온몸이 차가워졌다. 평소엔 의식하지 않던 심장 뛰는 소리가 귓가에서 들릴 지경이었다.

두 정령의 치열한 다툼에서 언제나 승리하는 것은 밤의 정령이다. 파나의 집을 아는 시녀는 없다. 그는 이미 파나가 원하는 대답을 해버렸다. 차꼬를 채우고 일신을 구속해도, 그 고집 센 베두인 전사는 마음을 돌리지 않는다.

모든 가정이 부정으로 끝났다. 그것은 낙관론자보다 비관론자에 가까운 그녀의 성향 때문이었지만, 자신을 돌아볼 여유가 없는 그녀는 그 없는 미래가 두렵기만 했다. 이런 공포라니. 옛 여왕의 별장에서 느낀 두려움은 댈 것도 아니었다.

시야에 나무 지붕을 올린 마장이 들어오기 시작했다. 그만큼 미래가 가까워진 셈이었다. 대뜸 외면하고 싶은 충동이 몰려와, 그녀는 눈을 감았다.

그러다 마장 기둥에 말머리를 들이박을 뻔했다.

"히힝!"

"워! 워, 워."

놀란 말이 앞발을 공중으로 쳐들었다. 그녀는 고삐를 힘껏 비틀어 말머리를 돌리고 말을 진정시켰다. 그러나 놀란 것은 그녀가 타고 온 검은 말만이 아니었다.

집이 반파될 위기에서 벗어난 마장의 말들이 발을 구르며 거대한 몸체를 비틀었다. 입에 재갈이 물려 소리를 내지는 못했지만 빠른 발 구름에서 녀석들의 두려움이 고스란히 읽혔다. 말 등에서 내려온 그녀는 녀석들의 긴 주둥이를 쓰다듬어 주었다.

"괜찮다, 괜찮아. 자, 착하지. 놀라지 말고……."

그리고 그녀는 어떤 소리를 들었다.

사락—

"놀…… 라…… 지 말……."

왜 이 소리가 들리지?

그녀는 말을 달래다 말고 소리가 들려온 방향으로 고개를 돌렸다.

"폐하, 괜찮으십니까?"

그곳에 그가 있었다.

처음엔 잘못 본 것이라고 생각했다. 눈앞에 있는 것은 다른 전사나 혹은 하심이고, 제가 그들의 얼굴에 하일라바드의 얼굴을 겹쳐 보고 있는 것이라고.

"많이 놀라셨습니까?"

하지만 얼굴에 닿는 온기는 분명 그의 것이었다. 머릿속이 혼란스럽다. 그녀는 눈을 깜빡이며 생각했다.

만나면, 뭐부터 하려고 했지?

아. 맞다.

"대체!"

그녀가 확 그의 멱살을 잡아챘다. 초조함, 불안함, 두려움이 사라지자 화가 났다. 그는 끌려오며 반사적으로 손을 번쩍 들어 올렸다.

"대체 이곳에서 뭘 하고 있는 거냐?"

양손을 위로 치켜 올린 그가 잠시 눈을 깜빡였다. 그녀는 으르렁거리며, 하지만 심장이 조여드는 기분으로 그의 대답을 기다렸다. 그가 말했다.

"이프리트를 데리러 왔습니다."

"그러니까 이프리트를 왜?"

"다자얄 분지까지 걸어가면 너무 늦을 것 같아서……."

그는 그녀의 질문에 성실하게 답했다. 그의 성격을 생각하면 당연한 일이었지만 그녀는 복장 터지는 느낌만 받았다.

"아니, 아니. 말고! 이곳엔 왜 왔느냔 말이다. 여기, 왕성에!"

"씻으려고 했습니다. 피도 좀 흘렸고, 땀도 많이 났기에. 아…… 감히 왕성에 있는 저를 탓하시는 거라면……."

"그따위 건 아무래도 좋아. 그대는 아직 나의 전사니까! 우리의 약속은 한 달하고 반나절이었어."

반나절을 강조한 그녀가 하늘을 가리켰다. 시위를 당긴 활을 닮은 초승달이 중천까지 힘겨운 등반을 하고 있었다. 그는 고개를 끄덕였다.

"예. 저도 기억이 났습니다. 아까 이프리트를 타고 오면서 알았습니다."

오호라. 안단 말이지?

어느 정도 안심한 그녀는 그의 멱살을 놓아주고, 양손으로 왼쪽 허리를 짚었다. 격한 승마로 옹골차게 뭉쳐 있던 근육이 한 번에 풀어진 탓에 옆구리가 결렸다.

"분지에서, 파나와 함께 떠났다고 들었는데 어찌 된 것이냐?"

"파나 님이라면 외성문 앞에서 헤어졌습니다."

"어째서? 아니, 파나가 그대에게 무슨 말 하지 않던가? 이를테면……. 아니, 아니다. 파나와는 어찌하기로 하였나?"

"예?"

그가 가볍게 미간을 찌푸렸다.

"파나 님과 제가 무엇을 해야 합니까?"

그의 반문은 고스란히 답이 되었다. 그녀는 야심 차게 준비한 차꼬 계획을 기쁘게 폐기 처분했다.

"하면 어찌 내 허락도 없이 왕성으로 온 거냐?"

"말씀드렸듯이…… 좀 씻으려고 했습니다. 지저분한 모습으로 폐하의 앞에 나서고 싶지 않았습니다. 그때는 더 이상 폐하의 전사가 아닌 줄 알았기에, 허락을 받을 필요는 없다고 생각했습니다."

"단지 그 이유뿐?"

"예."

"정말 그 이유뿐이냐?"

"예. 정말……."

그녀의 얼굴이 화악 일그러졌다. 어리둥절한 그는 말을 끝맺지 못했다. 그녀는 잠시 놓아주었던 그의 멱살을 다시 잡았다. 이번에는 다른 의미에서 차꼬를 채우고 싶어졌다.

"폐하……?"

"겨우 그런 이유 때문에!"

그녀가 목소리를 높였다.

"겨우 그런 이유 때문에 날 놔두고 가버린 거냐? 씻는 거, 그까짓 게 무에 얼마나 중요하다고! 그대를 처음 만났을 때도 그대는 피를 뒤집어쓰고 있었다! 한데 겨우 그런 이유로…… 내가, 얼마나……."

"……."

"얼마나……."

얼마나 불안하고 두렵고 초조하였는지.

그 말을 못 했다. 눈물이 소리를 삼켜 버려서, 말이 나오질 않았다.

하지만 말할 필요가 없었다.

"불안하셨습니까?"

엄지로 눈물을 닦아주며 그가 물었다. 언제나 그러했듯 그의 예민함은 이런 순간에조차 유효했다. 그녀는 눈물 맺힌 눈을 매섭게 뜨고 이를 갈았다.

"그래!"

"하아……."

솔직한 대답에 그가 한숨을 닮은 웃음소리를 냈다.

"폐하께서 불안해하실 거라곤 생각하지 못했습니다. 하나 정말 그 꼴로 폐하의 앞에 나서고 싶지는 않았습니다. 꼭 드리고 싶은 말이 있었는데, 보다 멀끔한 모습이면 했습니다."

"지금 해보아."

"예?"

"하고픈 말이 있다고 하지 않았느냐. 그 말, 해보란 말이다."

답하기 전에 그는 우선 시선부터 내렸다. 새로 갈아입은 상의가 그녀의 손에 잡혀 죽 늘어나 있었다. 이런 꼴은 피와 땀에 젖은 꼴만큼이나 원하는 바가 아니었다.

"폐하, 일단 이것 좀 풀어주심이……."

"말해! 당장!"

하지만 그의 부탁은 피어나기도 전에 혹한의 추위를 만나 얼어붙었다. 별수 없이, 양손을 그녀의 허리에 두르고 제 쪽으로 끌어당겼다. 그러자 그녀의 팔이 굽으며 옷자락이 헐렁해졌다. 베두인의 기준에서, 남에게 보여줄 만한 모습은 아니지만 적어도 멱살 잡힌 신세는 면했다.

그가 그녀의 이마에 손을 가져다 댔다. 커다란 손에 동그란 이마가 쏙 들어갔다. 그의 체온은 뜨끈했고, 땀에 젖어 다소 습했다.

따스하고 습한 느낌. 안개에 휘감긴 것 같다. 그녀는 눈을 감았다. 조금 기다리니, 목소리가 들렸다.

"폐하께, 제가 가진 것을…… 부족하고 보잘것없지만 제 전부를 드리고 싶었습니다. 그것이 제 진심을 표현하는 방법이라고 생각했습니다. 최선을 다했으니 그것으로 충분하다고…… 생각했습니다."

그녀는 '안다'고 말을 하려다가, 관두었다. 다소 긴장한 듯한 그의 목소리가 귀에 감기는 느낌이 좋아서 굳이 제 목소리를 덧붙이고 싶지 않았다.

"한데 최선을 다한 것이 아니었습니다. 폐하, 저는……."

'말해'라고, 그녀가 잠시 끊긴 그의 말을 재촉했다. 그는 혀로 입술을 축였다.

"저는 겁간자의 자식이고, 죄인의 핏줄입니다. 하여 어쩌면, 남들보다 부족하고 하찮은 자일지도 모릅니다."

그녀는 조용히, 이어질 다음 말을 기다렸다. 겁간자의 자식이라는 그의 말을 이해하지 못했다거나 당면한 문제가 아니니 뒤로 넘긴 것은 아니었다. 분명 그것은 그에게 중요한 사실이겠지만, 그를 바라보는 그녀의 감정엔 아무런 영향도 미치지 못했다. 그의 머리카락이 검은색이고 눈동자가 옅은 갈색이라고 해서 그녀의 감정이 달라지지 않듯이.

"당당하지 못하여 두려움이 많았고 두려움이 많아서 솔직하지 못했습니다. 하나 폐하, 저는 항상 이 말을 하고 싶었습니다."

불현듯 시야가 환해지는 것 같다 싶더니 그녀의 허리에서 손을 푼 그가 무릎을 꿇고 있었다. 마케바는 고개를 숙여 그의 눈동자를 들여다보았다.

"제 곁에 있어 주십시오."

말간 갈색 눈동자에 제 얼굴이 비치고 있었다.

"저는 제국의 군단장처럼 폐하의 토대가 될 수도 없고, 폐하께 금은보화를 안겨 드릴 수도 없습니다. 오직 저 하나. 이 몸뚱어리, 이 마음만이 제가 폐하께 드릴 수 있는 전부입니다. 하나 폐하, 이런 저이지만……."

그가 멀뚱히 선 그녀의 손을 잡아 왔다.

"제게 당신의 곁을 허락해 주십시오. 여러 사내 중 한 명이 아니라 저만 바라봐 주십시오. 군주의 남첩이 아니라 당신의 곁을 지킬 유일한 사내로 대해주십시오."

그것은 그가 이제까지 한 말 중에 가장 길고, 가장 진실한 말이었다. 그렇지 않으면 어찌하겠다는 조건이 단서 붙지 않았기에 애원도, 간청도, 협박도 되지 못한 말. 하지만 그녀는 분명 답을 요구하는 그의 목소리를 들었다.

어린 달빛이 끝내 어둠을 이기지 못하고 사그라졌다.

그녀가 입을 열었다.

"나는……."

끝이 보이지 않는 긴 복도의 벽면에는 아이벡스가 조각되어 있었다.

아이벡스의 뿔 개수를 세며 복도를 걷던 카르도는 육중한 야자나무 문과 문을 지키는 전사들을 발견하곤 그 앞에 섰다. 기다렸다는 듯 문을 연 미리암이 안에다 대고 말했다.

"군단장께서 드십니다."

시녀장의 알림과 함께 육중한 여닫이문이 활짝 열렸다. 왕국에 도착한 지 사흘째. 비로소 자신에게 허락된 공간을 향해 카르도는 성큼 발을 내디뎠다.

"어서 오시오."

가장 먼저 보인 것은 등받이가 높은 제국식 긴 의자에 앉아 있는 여왕이었다. 단추가 없는 편안한 일상복 차림의 그녀는 저녁나절 보인 다급함은 싹 지운 채, 그 옷차림처럼 편안해 보이기만 했다.

여왕의 뒤로 난 계단을 보고 이곳이 군주의 알현실임을 안 카르도는 당연한 듯 그녀의 건너편에 앉았다. 올바른 선택이었는지, 여왕이 미미한 웃음을 그렸다.

"거기 앉으라는 말을 할 필요가 없으니 편하오."

"아아, 뭐. 군주의 침실은 다 비슷비슷할 테니까요. 황제의 침실에도 서재며 집무실이며 알현실이며, 온갖 것들이 다 있습니다. 하나 좀 서운하긴 하군요. 전 여군주께서 저를 저 위쪽으로 불러주시길 기대하고 왔는데 말입니다."

그가 계단을 눈짓했다. 그 뒤에는 휘장에 가려진 침대가 있었다. 어쩌면 희롱이 될 법한 말이었음에도 마케바는 불쾌한 기색 없이 의자 등받이에 등을 기댔다.

"그랬다면 오늘 회담이 그대로 혼인식이 되지 않았겠소? 난 그보다는 좀 더 격식을 차리고 싶소만."

"저도 그것을 더 원합니다."

대꾸할 말이 없어진 카르도는 맥없이 뒷머리를 긁적였다. 할 말이 전혀 없는 것은 아니었으나, 여기서 더 나아가면 단순한 농담이 아니라 진짜 희롱이 된다.

"하면 제 청혼에 대한, 보다 격식을 갖춘 폐하의 답을 기대해도 되겠습니까?"

"그대는 솔직한 것을 좋아하니 솔직함도 조금 끼얹어, 격식을 갖추어 답해주겠소. 카르도 베스파시아누스. 우리 둘 다 알고 있지만 우리의 혼인은, 실로 서로의 필요 때문에 이루어지는 것이니 이 혼인으로 무엇을 얻고 무엇을 잃을지 사전 고지될 필요가 있다 생각하오."

"동감입니다."

"우선 우리가 혼인하였을 때 그대가 첫 번째로 얻을 수 있는 가장 가시적인 이득은 나 자신이 되겠지. 하나 문제가 좀 있는데, 나는 그대에게 내 전부를 줄 수가 없소. 내 상황이라는 것이 그렇소."

그녀가 곤혹스러운 듯 콧잔등을 찡그렸다. 카르도는 상체를 앞으로 내밀며 그녀의 목소리에 집중했다. 일단, 거절 같지는 않다.

"예. 군주의 입장이라는 것은 물론, 잘 알고 있습니다."

"하여 십분 양보해서, 그대에게 내 절반을 주려 하오. 결국 혼인을 하더라도 그대가 소유할 수 있는 것은 내 절반뿐인 셈이지. 어떻게 나눌까 고민을 좀 해보았는데……."

"어찌하시기로 하였습니까?"

절반으로 나눈다는 말에 강렬한 호기심을 느낀 카르도는 처지도 깜빡 잊고 그녀의 말에 빨려 들어갔다.

"아무래도 허리 위쪽과 허리 아래쪽으로 나누는 게 좋지 않을까 싶소. 그대의 입장에서도 나의 왼쪽이나 나의 오른쪽, 둘 중의 하나를 선택하는 것보다는 나을 것 같고."

그녀가 말하는 허리 위쪽과 허리 아래쪽이 의미하는 바는 명확했다. 육신과 마음. 물론 그는 육신을 가지든 마음을 가지든 전혀 상관없었다. 어차피 정략혼 아닌가. 전부가 아닌 것은 아쉽지만, 이거라도 어딘가 싶었다.

하지만 평생 불운이 파놓은 허방다리만 짚어온 그의 육감은 그에게 신중할 것을 명령했다. 그가 조심스럽게 물었다.

"무엇을 가질 수 있는지는 알겠습니다. 하면 여군주시여, 만일 제가 군주의 허리 위쪽과 혼인하면 어찌 됩니까?"

"나는 한평생 그대에게 순종할 것이고, 그대에게 모든 정성을 다 바칠 것이오. 하나 그대는 죽을 때까지 나와 잠자리를 가질 수 없소. 만일 그대가 술에 취하거나, 혹은 다른 이유로 내 몸에 손을 대려 한다면 난 당장 왕국의 전사를 불러 그대의 목을 자르겠소. 그 목은, 우리의 혼인 서약서와 함께 상자에 넣어 베스파시안 가문에 보내 드리지."

카르도의 안색이 허옇게 질렸다.

"……허리 아래쪽과 혼인하면요?"

"그대가 여인에게서 얻을 수 있는 최상의 쾌락을 선사하리다. 나는 앞으로 남은 모든 날 동안 최대한 노력하여 용모를 가꾸고, 잠자리 기술을 익히 겠소. 하나 마음이 없기에 신의를 지킬 필요도 없으니 그대를 기만하고 속여 나의 왕국을 남부 아라비아에서 으뜸가는 왕국으로 만들 것이오. 그 과정에 서 베스파시안 가문의 위명을 빌리는 건 일도 아니지."

"……."

"아, 만약 나의 협잡을 알게 된 그대가 훗날 나를 탓하거나 비난한다면, 글쎄. 나는 인내심이 부족한 여인이라 화가 나서 그대의 목을 자를지도 모르 겠소. 이 경우엔 베스파시안 가문으로 목을 보내지 못하겠군. 아무래도 명분 이 부족하니."

말을 마친 그녀가 술잔을 들며 싱긋 웃었다. 카르도는 입만 떡 벌린 채 가 만히 있다가, 그녀를 따라 웃었다.

"하, 하하, 하하하하……."

마케바는 그가 실컷 웃도록 내버려 두었다. 호탕하게 시작한 웃음소리가 점점 씁쓸해지더니 마침내 완전히 멈췄다.

"여군주시여, 정말, 제가 반하겠습니다. 진심으로요. 이만 알아서 꺼지라 는 말씀을 이리 섬뜩하고 우아하게 하시깁니까?"

"꺼지라니. 당치도 않은 말씀을. 어디까지나 선택의 기회를 준 거요."

"예, 예. 선택이요. 제가 하는 거죠. 어떤 것이 더 좋은가, 가 아니라 어떤 것이 덜 나쁜가, 를 선택해야 하는 선택. 그 선택의 끝에는 항상 죽음이 기다 리고 있군요."

무엇을 선택하든 그의 결정이기에, 설사 이 혼인이 이루어지지 않더라도 여왕이 져야 할 정치적 부담은 없다. 카르도는 쓰게 웃으며 제 앞에 놓인 술 잔을 집어 들었다.

"댐은 포기하신 겁니까?"

"포기한 것이 아니라 단계를 밟는 거요. 그대와의 혼인으로 얻게 되는 이 익이 진정한 노력의 결과가 아니라는 것을 알았거든. '나'는 거래의 대상이 될 수 없다는 걸 이제야 깨달았지."

"힘드실 겁니다."

"내 지나온 삶이 모두 그랬소. 설사 지금보다 더 힘들어진다 하여도 그것은 내 문제이니 그대가 걱정해 줄 필요는 없소."

카르도는 저도 모르게 허리를 똑바로 세웠다. 아무리 편안한 차림에 편안하게 앉아 있어도 그녀가 가진 고유한 향은 여전했다. 삶의 희망을 그러잡고 한 발 한 발 앞으로 나아가는, 결코 스러지지 않는 군주의 향기.

"감히 제가 걱정할 문제는 아니겠죠. 하지만 꽤 모욕적이긴 합니다. 저 아닌 다른 사내였다면 이 왕국과 전쟁을 벌여도 이상하지 않을 만큼."

"그 점은 미안하게 되었소. 하나 악의는 없었다오. 약간의 심술이지. 그대가 그러했듯 말이오. 그리고 상대가 그대 아닌 다른 이였다면 이런 번거로운 절차도 거치지 않았을 테지."

큰 악의 없는 약간의 심술. 카르도가 콧잔등을 긁적였다.

"음…… 심술을 부린 것은 인정합니다. 하지만 그 옷에 정말 악의는 없었습니다. 시녀장이 알려주더군요. 베두인들은 사내도 겉옷을 벗지 않는다고. 이제 와 의미 없는 변명이지만, 아라비아의 풍습에 무지하여 벌인 실수였다고 생각해 주시길 바랍니다."

"알고 있소. 그대의 인품이 그리 천박하다고 믿지는 않으니. 하나 나의 전사의 명예는 그의 군주인 내가 지켜줘야 하지 않겠소?"

"그가 아직도 여군주의 '전사'입니까?"

"……."

마케바는 말없이 술잔을 든 손으로 문을 가리켰다. 카르도는 입맛을 다시며 의자에서 일어났다.

"아, 마지막으로 한 가지 더 여쭈어도 되겠습니까?"

막 문을 열기 직전, 그가 물었다. 여왕은 의자 팔걸이에 팔꿈치를 대는 것으로 질문을 허락했다.

"만약 제가 폐하의 전사보다 폐하를 먼저 만났다면, 제게도 기회가 있었을까요?"

"카르도 베스파시아누스. 그대는 괜찮은 인간이고, 괜찮은 사내요. 만약 그대가 내 왕국에 보름 전에만 왔더라면 나는 주저 없이 그대를 선택하였을 것이오."

그의 입매가 씰룩거렸다. 유치한 자존심이지만 뭐, 이런 식으로라도 확인을 받으니 나쁘지는 않았다.

하지만 사람 말은 끝까지 들어봐야 했다.

"하나 보름 뒤, 그러니까 오늘 즈음엔 어떻게 하면 그대와 이혼할 수 있을지를 고민하고 있었겠지."

"……이거야, 원."

씰룩거리던 입매가 그대로 웃음이 되었다.

"일간 혼인하시게 되면 아엘리아 카피톨리나로 사람을 보내주십시오. 이 대단한 연애담의 증인으로 약소하나마 선물을 보내 드리겠습니다."

그는 파안대소하며 문고리를 앞으로 잡아당겼다. 맺힌 바 없는 웃음소리가 시원했다.

싱글싱글 웃으며 걸어오는 카르도를 본 페키스는 이 혼인이 완벽하게 무산된 것을 알았다. 앞뒤가 맞지 않는 결론이었지만 그냥 그런 느낌이 들었다. 근거를 대라면 웃음이 너무 초탈해 보인다는 것 정도? 카르도 베스파시아누스라는 사내와는 도무지 어울리지 않는 웃음이다.

"차이셨습니까?"

"알면서 뭘 물어?"

"한데 왜 웃고 계시는 겁니까? 생애 최초로 차이시니 정신이 오락가락하십니까?"

"팍!"

카르도가 주먹을 불끈 쥐며 이를 갈았다. 드디어 카르도 베스파시아누스다운 표정으로 돌아왔다. 페키스는 잠시 움찔한 척해주었다.

문득 카르도가 말했다.

"전역해서 그럴 기회가 생겨도 말이야, 절대 정치가는 하지 말아야겠어."

"원래부터 절대 정치가는 안 하시기로 한 거 아닙니까?"

"절대 안 하기로 한 걸 하는 게 내 인생이잖아. 운명에 떠밀려서 정치가를 하게 될지도 모르겠지만, 그런 날이 와도 죽으면 죽었지 그건 절대 안 할 거라고."

"왜요, 갑자기?"

"사람은 자기가 할 수 있는 걸 하니까."

"아…… 그래서 정치가가 아니라 철학자가 되시기로 하셨군요?"

의미가 불명확한, 하지만 꽤 그럴듯하게 들리는 카르도의 말을 페키스가 당장 조롱하고 나섰다. 카르도는 눈이 찢어져라 페키스를 노려보았다.

"감라에 있는 네 별장……."

"아니, 영문 모를 소리를 하시니까 그렇죠. 뭔가 반응도 이상하고. 예전 같으면 벌써 제 종아리를 세 번은 후려치고도 남으셨을 분이."

"……."

"아니면 자존심이 많이 상하셔서……."

"자존심이야 상했지."

그러나 그의 자존심에 상처를 입힌 것은 기실, 순간의 충동을 참지 못하고 치사한 수작을 부린 자신이었다. 대단한 성인이 되겠다는 목표를 세운 적은 없지만 새삼 제 인격에 회의가 들었다.

"더 많은 일을 할 수 있게 되면 더 치사해질 것 같아, 나란 인간은."

"헤에."

여전히 말귀를 알아듣지 못한 페키스가 바보 같은 소리를 냈다. 카르도는 구차하게 설명을 덧붙이지 않고, 멍청한 표정으로 서 있는 페키스의 어깨에 팔을 걸쳤다.

"가자, 페키스. 역할이 끝난 배우는 무대에서 퇴장해야지."

"제가 무슨 배우씩이나. 저는 배경의 나무 역할이었습니다."

투덜대면서도 페키스는 뒷짐을 지고 걸어가는 카르도의 뒤를 줄레줄레

따랐다.

달이 여린 밤이라 처소까지 돌아가는 길이 캄캄했지만, 왕성 곳곳에 켜진 역청 불 덕분에 아주 어둡지만은 않았다.

오래된 오아시스에 도착한 마케바는 타고 온 말고삐를 나무에 묶어두고, 물가에 섰다. 그녀에겐 단 한 가지 의미만을 지닌 장소. 그곳엔 아무도 없었다.

사락.

그리고 소리가 들렸다.

뒤를 돌아보자, 그가 놀란 표정을 했다.

"제가 오는 걸 아셨습니까?"

그녀는 말없이 웃으며 걸음을 오아시스 바깥으로 옮겼다. 그도 말없이 그녀를 쫓아왔다.

얼마 걷지 않아, 나무 그늘이 사라지고 광막한 모래언덕이 나왔다. 여린 달빛을 받은 사막의 모래가 황금색으로 물결쳤다.

마케바는 비스듬히 고개를 들어 그를 올려다보았다. 어둠과 나무 그늘에 가려져 있던 그의 얼굴이 제대로 보인다. 그의 입술이 달싹거리는 것 같았다.

"일은 잘 마무리하셨습니까?"

흐느끼듯 흘러들어 온 바람 소리에 그의 목소리가 섞였다. 그녀는 음, 짧은 입소리를 내며 고개를 끄덕였다. 그는 더 이상 설명을 요구하지 않았다.

침묵이 내려앉았다.

규칙적으로 내쉬는 조용한 숨소리와 사막의 모래만이 주변을 가득 채웠다.

"하일라바드."

"예."

"왜 내게 대답하라고 하지 않지? 내가 미뤄둔 대답을 듣고 싶지 않은 거냐? 내가 어떤 대답을 할지, 초조하거나 불안하지도 않아?"

"초조하고, 불안합니다."

"한데 왜?"

"대답해 주겠다고 하셨으니까요."

고개를 내린 그가 그녀와 눈을 마주쳤다.

"대답해 주겠다고 하셨으니, 기다리는 겁니다."

그의 미소는 지극히 평온했고, 일말의 의심도 떠올라 있지 않았다. 그녀는 손을 위로 뻗어 그의 뺨을 어루만졌다.

"하일라바드."

"예."

"하일라바드."

"말씀하십시오."

"우리, 혼인하자."

고요한 그의 얼굴에 파문이 일었다.

"혼인하자. 우리."

아이도 둘이나, 셋을 낳고. 내가 하나를 안으면 그대가 둘의 손을 잡아주고. 내가 옆을 바라보면 항상 그대가 있고, 그대의 손 닿는 곳에 항상 내가 있고……

"시간이 허락할 때까지 그리 살자."

파문이 점점 커져서 기쁨으로 변했다. 그는 무릎을 살짝 굽혀 그녀와 키를 맞추고, 그녀의 이마에 제 이마를 가져다 댔다.

"예……. 마케바. 당신의 뜻대로."

"……."

"또한, 나의 뜻대로."

서로의 손을 끌어당긴다. 손가락이 겹쳐진다. 힘을 주어 손에 잡힌 것을 놓치지 않는다.

그것은 단지 손을 잡는 행위일 뿐이었지만 의미를 부여하자 사랑이 되었다.

손을 잡은 두 사람은 누가 먼저랄 것도 없이 미소 지었다.

"한데 정말 어찌 아신 겁니까?"

"무엇을?"

"제가 온 것을요."

그는 그 점이 자못 궁금했다. 부족의 내로라하는 전사 중에서도, 그가 스스로 인기척을 내기 전까지는 그의 드나듦을 먼저 알아차리는 사람이 드물었다.

그녀는 킬킬 웃으며 그의 발걸음 소리가 매우 특이하다고 말했다. 설명을 들은 그는 더 영문 모를 표정을 지었다.

"맨발로 모랫바닥을 밟을 때도 그와 같은 소리가 납니다."

"그래?"

"예. 아…… 그런 적이 없으시겠군요."

좋은 걸 알았다며 그녀가 신고 있던 가죽신을 벗으려 했다. 그는 그 앞에 무릎을 꿇고, 그녀의 신발을 벗겨 주었다.

맨발로 밟는 모래는 이맘때의 모든 것이 그러하듯 좀 미지근했고, 바짝 말라 건조했다. 그녀는 발가락 사이로 파고드는 간지러움을 애써 참으며 자신의 발걸음 소리를 들었다.

"좀 다른데?"

"익숙하지 않으시니까요. 모래에 신경 쓰지 않고 걷다 보면 같은 소리를 들으실 겁니다."

그 말대로 얼마 지나지 않아, 그녀는 자신이 원하던 소리를 들을 수 있었다.

"아!"

짧은 탄성에서 그녀가 성공한 것을 짐작한 하일라바드는 잠시 놓았던 손을 내밀었다. 마케바는 환히 웃으며 그의 손을 잡았다. 웃는 그녀의 얼굴이 보름의 달빛보다 환했다.

　두 사람은 그녀의 미소를 빛 삼아 높은 황금물결 치는 모래언덕을 천천히, 함께 올라갔다. 크고 작은 두 쌍의 발자국이 모래 알갱이를 흩날리며 바닥에 깊은 자국을 남겼다.

　이제 막 어둠을 벗어난 밤하늘 아래, 똑같은 발걸음 소리가 고요한 사막의 잠을 일깨우고 있었다.

　사락—

Āyah
آية
요람

부족의 거주 구역으로 통하는 길목 앞에서, 당황한 하일라바드는 잠시 멈춰 섰다.

한 달 만에 찾은 거주지는 그의 기억 속의 모습과 많이 달랐다. 휑한 공터를 더욱 초라하게 했던 대여섯 개의 천막은 온데간데없고, 그 자리를 흙벽을 세워 만든 단층집들이 채우고 있었다. 급하게 올린 듯 벽면은 거칠었고, 모든 집이 엇비슷한 모양이라 개성적이지도 않았지만 그만하면 번듯한 하다르의 집이라 할 만했다.

그의 머릿속에 두 가지 의문이 떠올랐다.

첫 번째는 지극히 현실적인 의문으로, '돈이 어디서 났지?' 였다.

그동안 경험한 바에 의하면 하다르의 삶은 자급자족이 거의 불가능했다. 특별한 계기나 상인으로서의 재능이 없는 이상 부자는 계속 부자고, 가난한 자는 계속 가난할 수밖에 없었다.

그러다 보니 이곳이 부족의 거주지가 아닐지도 모른다는 생각까지 들었다. 하지만 첫 번째 집 벽면에 그려진 날개 달린 태양은 분명 부족의 상징물이 맞았다. 여기서 두 번째 의문이 발생했다.

'대체 우리 집이 어디지?'

이 몰개성한 집들은 그에게 혼란과 당혹감만 안겨주었다. 이대로라면 집마다 문을 두드리고 아비의 집을 확인해야 할 판이었다. 그는 족장의 천막은 색을 다르게 하여 구분했던 부족의 전통을 그리워하며 집들을 살폈다.

그래도 한참 보다 보니 차이점이 눈에 들어왔다. 그중 다른 집보다 더 크고, 흙벽이 더 매끈한 집이 있었다.

'아.'

보자마자 아비의 집이라는 느낌이 왔다. 그의 느낌을 확인해 주기라도 하듯, 마침 앞집에서 나온 중년 여인이 그를 보곤 화들짝 놀라더니 그 집을 손가락질했다. 그의 부재중에 잠시 여왕의 호위를 맡았던 하리파의 어머니였다.

여인에게 고개를 숙여 보인 그는 아비의 집을 향해 빠르게 걸어갔다. 그러나 정작 아비의 집에 이르러서는 선뜻 문을 열지 못했다.

아비의 처소라고 하면 천막밖에 떠올리지 못한 그에게 '닫힌 문'은 너무도 낯설었다. 가뜩이나 긴장하고 있는데 낯섦까지 추가되자 손바닥에서 땀이 났다.

'뭘 긴장하고 있나.'

어차피 한 번은 넘어야 할 산이다. 그 산이 아무리 낯설고 아무리 높아도, 얼마든지 넘을 각오가 되어 있었다.

그렇다면 이런 긴장감, 이런 낯섦 따위야. 바지 자락에 손바닥을 문질러 땀을 닦고 나무 문고리를 잡았다. 아직은 표면이 거친 나무 문고리가 손바닥 아래에서 서걱거렸다.

그는 힘껏 문을 열었다.

❖

"폐하."

문이 열리고, 미리암이 들어왔다. 노대에 긴 의자를 두고 앉아 복잡한 숫자로 이루어진 서류를 읽고 있던 마케바는 고개를 한 번 까딱거렸다.

"보고할 게 있느냐?"

"예."

"해봐."

그리고 그녀는 다시 서류로 눈을 돌렸다. 미리암을 홀대하는 것이 아니라 눈코 뜰 새 없이 바쁘기 때문이었다.

그녀가 연회니 혼인이니 하는 문제들로 골머리를 썩이는 와중에도 왕국은 돌아가고 있었다. 결국 남은 것은 기가 막힐 정도로 방대한 서류였다.

"주바이다가 사라졌다는군요."

여왕의 상황을 익히 아는 미리암은 여왕의 귀가 번쩍 뜨일 만한 주제부터 끄집어냈다. 과연 여왕은 상당히 격렬한 반응을 보였다. 미간을 찌푸리며 눈을 크게 뜬 여왕이 되물었다.

"사라져? 성소를 떠났다는 거냐, 아니면 죽었다는 거냐?"

"떠났는지, 죽었는지까지는 알 수 없지요. 그녀가 죽을 수나 있는 존재인지는 의문입니다만. 어쨌든 시신은 발견하지 못했다고 합니다."

"한데 사라진 것은 어찌 알았나?"

"주바이다에게 끼니를 가져다주는 노예의 말로는, 거의 닷새째 음식이 그대로 방치되어 있다더군요. 이제까지 끼니를 거른 적은 없으니 그만하면 사라졌다고 봐도 무방하지 않을까 싶습니다."

"흠."

생각에 잠긴 마케바는 손바닥으로 의자 팔걸이의 동그랗게 꺾인 부분을 어루만졌다. 주바이다가 성소를 떠나다니. 마지막 대제사장이라는 자부심밖에 남지 않은 그녀가 가긴 어딜 간단 말인가. 이해가 가질 않았다.

"전사들을 풀어 찾아보라 이를까요?"

"뭐?"

미리암의 질문에 여왕이 고개를 퍼뜩 쳐들었다.

"왕국의 전사들이 그리 한가하더냐? 진짜 대제사장도 아니고, 좋게 쳐 줘도 퇴물 예언자 이상은 못 되는 이를 찾자고 전사들을 동원하다니. 주바이다가 성소에 감금된 것도 아니고 두 발 멀쩡히 달려 있으니 제 갈 길 갔겠지. 정 신경 쓰이거든 그대가 직접 찾아."

"하면 혹시 모르니, 당분간은 노예더러 지켜보라고 하겠습니다."

미리암은, 두 번 권하지는 않았지만 일말의 여지는 남겨두었다. 과거의 관습에서 벗어나지 못한 미리암에게 주바이다의 실종은 상당히 찜찜한 일이었다. 마케바도 그 정도는 이해했다.

"내가 알아두어야 할 건 그게 끝인가?"

"아닙니다."

고개를 저은 미리암이 보고를 이어 갔다. 카르도 일행이 왕국의 영토를 벗어났다는 것과 카르도를 호위하러 갔던 전사들이 돌아왔다는 내용이었다. 주바이다의 실종에 비하면 크게 흥미를 끌지 못하는 소식들이기에, 마케바는 서류에 집중하며 미리암의 보고를 들었다.

"그리고……."

"말하라."

"파나가 일을 그만두었습니다."

서류를 넘기던 여왕의 손동작이 멈췄다. 마케바는 서류를 탁자에 집어 던지다시피 내려놓고 얼굴을 한 번 쓸어내렸다.

"이럴 때는 뭐라고 해야 할지 모르겠군……."

부리는 시녀와의 관계에서, 그녀가 상상해 온 최악의 마지막은 제가 시녀에게 죽임을 당하는 것이었다. 시녀가 저에게 죽임을 당하는 반대의 경우는 그보다 조금 나은 축에 속했다. 그 외에도 여러 가지 경우의 수를 상상했었지만, 어떤 미래에도 사내 하나 때문에 관계가 일그러지는 경우는 없었다.

차라리 몰랐으면 좋았을 것을. 알게 된 이상 그냥 넘어가기가 쉽지 않았다. 감정은 필연적으로 생긴다.

"안색은 어떻던가?"

"좋아 보이지는 않았습니다."

"그래……. 그럴 테지."

그녀는 파나에게 미안했고, 미안해해서는 안 된다는 것을 알았다. 무엇을 느끼든 결국 가진 자의 여유일 테니. 얽히고설킨 감정들이 그녀를 피곤하게 했다.

"미안하십니까?"

"아니라고 할 수는 없지."

"폐하가 그런 마음이실 것을, 파나가 알았나 봅니다. 꼭 전해 드리라는 이야기가 있는 것을 보면요."

"파나가?"

마케바가 미리암에게 어서 말해보라는 눈빛을 보냈다. 그 순간을 기다리고 있던 미리암은 뒤늦게 파나의 말을 전했다.

"파나가 말하길, 폐하를 항상 존경했고, 폐하처럼 되고 싶었다고 했습니다."

"……."

"하니 부디, 부디, 부디 행복해지시랍니다."

미리암은 딱딱한 얼굴로 '부디' 에 힘을 실었다. 하지만 굳이 강조하지 않아도 파나가 진정 하고자 한 말이 무엇인지 알아듣기는 어렵지 않았다.

마케바도, 미리암도, 파나도 알고 있는 사실. 이득이 아닌 사랑을 선택한 마케바에겐 꽃이 몽우리를 틔우는 봄날이 아닌, 바짝 마른 겨울날이 기다리고 있었다. 그녀는 이제까지 인내한 것보다 열 곱절은 더 인내해야 할 것이고, 스무 곱절은 더 힘들 것이다.

'하니 행복하세요.'

파나는 그런 군주의 사정을 먼저 보듬어주었다. 부디, 부디, 부디. 세 번이나 반복했다던 그 말에서 그녀의 마음이 고스란히 느껴졌다.

"나보다 낫구나."

"그 아이는 사랑을 했으니까요. 아픔은 사람을 단단하게 하지요."

미리암이 덧붙였다. 그녀의 말 어느 한 군데도 부정할 수가 없었다.

사랑 앞에서 무작정 도망친 저에 비하면 파나는 얼마나 강인한가. 그런 파나를 두고 여유를 부리다니. 같잖다. 제가 부린 여유는 주제 파악도 못 한 사치에 불과했다.

그렇다면 적어도 군주답기라도 해야 할 테지. 마케바는 입술에 힘을 주어 얼굴에 남아 있던 씁쓸함을 지웠다.

"파나에게 근속한 햇수의 두 배에 해당하는 시간만큼 연금을 지급해라. 금액은 월급과 동일하게, 새해와 생일에는 연금 외에 의복까지 지급한다."

"근속 햇수의 두 배라면 최장기간인데, 아직 시녀 중엔 그런 대우를 받은 아이가 없습니다. 말이 나오지 않겠습니까?"

"그때는 군주에게 부끄러움을 일깨워 준 보답이라 이르렴. 그리고 미리암, 그런 뒷말이 나오지 않게 하라고 그대가 있는 것이야."

의자 팔걸이에 팔꿈치를 대고 턱을 괸 마케바가 웃었다. 부끄러움을 말하는 미소가 자연스러웠다. 미리암은 구김 없는 여왕의 얼굴을 물끄러미 들여다보았다.

"폐하께서도 단단해지셨습니다."

"그래?"

"잘난 사람, 유능한 사람이 되는 것보다 자신의 부족함을 인정하는 사람이 되기가 더 어렵지요."

"칭찬을 그리 딱딱한 표정으로 하는 게 가장 어려울 테고 말이지."

미리암의 칭찬에 농담으로 살을 붙이고, 마케바는 내려놓았던 서류 뭉치를 집어 들었다. 그녀는 미리암의 보고가 다 끝났다고 생각했다. 하지만 미리암은 처음 들어왔을 때처럼 꼿꼿한 자세로 그녀의 곁을 지키고 있었다.

"아직 할 이야기가 남았어?"

"폐하께서 행복해지실 게 남았지요."

"응?"

무슨 의미인가 싶어 미리암의 표정을 살피던 마케바는 찌푸려 든 미리암의 미간에서 짙은 걱정을 읽었다. 이것 좀 보라는 듯 여왕이 서류 뭉치를 툭툭 쳤다.

"걱정 마라, 미리암. 난 행복해질 거니까. 그러기 위해서 지금도 이렇게 밤낮없이 일하고 있는 거 아닌가?"

"셰이크 무자아히드가 아비의 허락을 받아오는 것은 폐하께서 밤낮없이 일한다고 되는 일은 아니지요."

그 얘기였군.

마케바는 속으로 중얼거렸다.

"셰이크 무자아히드의 성정을 생각하면 그 아비도 만만치 않게 고지식하지 않겠습니까. 그런 이가 베두인과 하다르의 혼인을 쉽사리 허락할 것 같지는 않습니다."

"그럴 테지."

"그리고 아비의 허락을 받지 못한 셰이크 무자아히드가 마냥 행복할 것 같지만은 않고요."

"그것도 그럴 테지."

"부부의 행복은 두 사람이 함께 일구는 것입니다."

"그대는 혼인을 해보았으니, 그대의 말이 맞겠지."

"폐하, 하아……."

대수롭지 않은 그녀의 반응에 질렸는지, 미리암이 그녀를 부르다 말고 깊은 한숨을 내쉬었다. 저러다 땅이 꺼지겠다. 미리암의 걱정에 한숨까지 덧대고 싶지 않은 마케바는 눈꼬리를 접으며 서류도 함께 접었다.

"그대는 나에게 단단해졌다고 하였지. 그것이 변화라면, 그대도 변했어."

"예?"

"이제는 하일라바드 얘기만 나와도 질색하지는 않잖나. 오히려 그와 나의 혼인을 순순히 받아들이는 것 같은데. 내 착각인가?"

"폐하께서 마음을 정하셨으니까요. 그렇다면 받아들여야지요. 폭군이 되어 나라를 말아먹을 결정을 하신 것도 아닌데, 일일이 반기를 들 생각은 없습니다."

마치 충성을 의심받은 느낌에 미리암은 딱 잘라 말했다. 그러다 보니 목소리가 불퉁했다. 하지만 여왕은 여상하게 웃어넘겼다.

"하면 나를 믿듯 그를 믿어 봐."

"폐하는 불안하지도 않으신가 봅니다."

"불안해. 그리고 매우 초조하지. 하지만 그가 허락을 받아올 거라고 하였으니, 기다리는 거다."

한탄하는 듯한 미리암의 말에 마케바는 말도 안 되는 소릴 한다는 듯 답했다.

"내가 행복해지기 위해서 밤낮없이 일하듯 그도 그러할 거야. 어떻게든 아비의 허락을 받아오겠지. 물론 그 아비의 허락이 없어도 우린 혼인할 테지만, 완벽한 행복을 위해서 그 정도 어려움은 극복할 수 있는 사람이다, 내 남자는."

"내 남자요?"

"그럼 그가 내 남자지, 다른 이의 남자는 아니잖아."

"그런 남우세스러운 말을 어쩜 눈 하나 깜빡하지 않고 하십니까?"

미리암이 턱을 집어넣으며 질색했다. 그것은 딸의 잠자리 사정까지 속속들이 알아버린 어미의 질책 같은 것이었다. 여왕은 소리 내 웃고는 창가로 고개를 돌렸다.

빼곡하게 들어선 벽돌 가옥들이 희미하게 눈에 들어왔다. 저기 가옥을 넘어 어딘가에 어느 베두인 부족장의 집이 있을 것이다.

초조하고 불안하다고 말하긴 했지만, 꼭 그렇지만도 않았다. 그가 돌아올 것을 확신하는 이상 과정은 더 이상 불안한 미지의 영역이 아니었다. 이제 그녀는 살아가는 것 자체를 즐길 수 있었다.

즐겁게 그를 기다리고 있었다.

"왔느냐?"

한 달을 훌쩍 넘겨 귀가한 아들을 맞이한 사람은 아비였다. 그 외 다른 사람은 없었다. 하일라바드는 가슴이 철렁 내려앉았다.

"무슨 일이 있었습니까?"

"네 어미는 샤미르를 데리고 시장엘 갔다. 네가 온다는데, 마침 저녁 찬거리가 떨어졌다 하여."

그의 질문이 뜻하는 바를 알아차린 아비가 어미의 행적을 알렸다.

외출을 나갈 정도면 어미의 병세가 상당히 호전되었다고 봐도 좋을 것이다. 여기 앉으라며 방석을 가리키고 집 뒤편으로 사라진 아비의 얼굴에도 그늘이 옅었다. 안심한 하일라바드는 집 안을 둘러보았다.

적당한 크기의 거실을 가운데 두고 작은 침실이 양옆으로 나누어져 있는 좁은 집이었지만, 내부는 얼마 전까지 병자가 있었다고는 믿어지지 않을 만큼 정갈했다.

낡은, 그러나 익숙한 방석과 높이가 낮은 앉은뱅이 식탁. 마감이 완벽하지 않아 흙이 울퉁불퉁 튀어나온 벽엔 수막(Sumak, 페르시아산 카펫의 일종)을 늘어트려 놓았고 거실 네 귀퉁이엔 장식품을 두었다. 한데 그 장식품들이 좀 이상했다.

적토를 구워 만든 항아리가 하나같이 고급이다. 다양한 색실로 수놓은 수막은 말할 것도 없다. 아비가 직접 내온 차도, 상급까지는 아니지만 중급의 수준은 훌쩍 뛰어넘었다.

이 정도면 부족이 동쪽 사막을 호령하던 시절과 비교해서도 크게 꿀리지 않았다. 왕국에 정착하기 직전, 아비의 살림이 얼마나 궁핍했는지 기억하는 그는 혹시나 하는 마음으로 물었다.

"왕성에서 보낸 것들입니까?"

"음."

찻잔을 입에 가져다 댄 아비가 답했다. 그 이상의 답은 바라지 않았는데, 별스럽게 아비의 기나긴 부연이 따라왔다.

"네가 공을 세울 때마다 왕성에서 물건을 한 보따리씩 보내더구나. 저기 있는 항아리 장식들은 네가 무슨 말을 길들였다며 받은 것이고, 수막과 이 차는 알 아지리가 처형된 뒤에 받은 것이다. 심지어 집도 받았다. 네가 셰이크 무자아히드가 되었으니 그의 가족들도 그에 걸맞은 처소가 필요하다면서. 부족민 전부가 혜택을 입었지. 특히나 하리파의 부모가."

"하리파요?"

"네가 그 아이를 여왕의 호위로 하루 써먹었지 않느냐? 그 대가였겠지."

"아, 예."

"그 뒤로도 뭔가 계속 왔다. 어느 날은 네가 훈련 교관이 되었다고 왔고, 그 다음다음 날은 네가 훈련을 성공적으로 이끌어가고 있다며 왔고, 어느 날은 네가 성소를 찾은 군주의 호위를 잘하였다며 오고……."

이곳의 군주는 통도 크다며 아비가 고개를 저었다. 그 의뭉스러움이 딱 여왕이 할 법한 짓이라 하일라바드는 입술에 힘을 꽉 주고 새어 나오는 웃음을 막았다. 하지만 다음 순간, 다물린 그의 입술은 그대로 그의 경직을 나타내게 되었다.

"한데 네가 제국식 검투 경기에서 승리하였을 때는 아무것도 보내지 않더구나."

"……."

그는 놀라고 당황했지만, 창피해서는 아니었다. 그의 놀람은 아비의 화법에 기인했다. 이리 떠보듯 말하는 것은 그가 아는 아비의 방식과 크게 달랐다.

"알고 계셨습니까?"

"음."

"직접…… 보셨습니까?"

"보진 않아도, 듣는 귀는 있지."

그렇다는 것은 아비를 따라 남은 부족민 중 누군가가 보고 전해주었다는 얘기다. 저를 본 하리파의 어미가 유독 놀라더라니. 그 반응이 이해가 갔다.

대체 어디까지 들으셨을까? 아니, 어디서부터 말을 꺼내야 하나. 고민스러웠다.

그러나 아비처럼 돌려 말할 재주도, 생각도 없는 그는 오래 고민하지 않았다.

"드릴 말씀이 있습니다."

"해보거라."

"혼인하고 싶은 여인이 생겼습니다. 허락해 주셨으면 합니다."

"흠……."

나직하게 내뱉은 아비의 콧숨엔 떨림이 없었다. 어지간해서는 놀라는 일 없는 정적인 성품을 생각한다면 당연한 반응일지도 모르겠다.

아비는 찻잔을 내려놓고 깍지 낀 손으로 무릎을 잡았다.

"네가 그리 비장한 표정으로 말하는 것을 보니 내가 반대할 만한 여인인가 보구나."

"그리 생각하고 있습니다."

"이름이 무엇이냐?"

"마케바 빈트 파리흐 알 시바 앗 시바……입니다."

여왕의 이름을 말하며 하일라바드는 그야말로 목이 타는 기분을 느꼈다. 그녀의 이름은 그녀의 신분 그 자체였다. 그걸 아비가 못 알아들을 것 같지는 않다.

결국 여기서부터 시작이다. 각오는 했다지만 긴장이 되는 것은 어쩔 수 없었다.

"성과 출신이 같다면 왕족이구나. 한데 이곳의 여군주에게 여자 친척이 있다는 이야기는 들은 적이 없으니, 네 상대가 바로 군주란 얘기렷다."

"예."

"하다르란 말이지."

"예."

마치 확인이라도 받듯, 아비는 비슷한 질문을 두 번이나 반복했다. 쳐다보는 시선이 매서웠다. 이어질 아비의 호통을 예상한 하일라바드는 아비의 시선에서 눈을 떼지 않았다.

하지만 본래 그의 예상은 맞는 법이 없었다.

"군주의 남첩이 되겠다는 뜻이냐?"

"아닙니다. 서로, 같은 마음입니다."

"하면 그리하거라."

"예…… 예?"

놀란 그가 눈을 끔뻑였다. 그러거나 말거나, 아비는 태평하게 잘 정돈된 턱수염을 튕겼다.

"네가 제국의 검투사와 어떤 시합을 하였는지 들었다."

"……"

"너만 한 아이가 스스로 패배를 결심하는 것은 거의 불가능한 일이지. 너는 지고 싶어도 지는 방법을 모르지 않느냐. 한데 무엇이 너를 그리 만들었을까, 내 지난 며칠 생각해 보았다. 그동안은 답을 찾지 못하였는데 오늘 네 말을 들으니 답을 알겠구나."

"아버지……"

"그런 일까지 벌였는데 내가 허락하지 않는다 하여 혼인하지 않을 너도 아니고. 신분 차이가 크게 나긴 하나, 그로 인해 네 혼인이 불행한 결말을 맞이한다 하더라도 그만한 각오는 되어 있으리라 믿는다."

"그녀가 하다르여도 상관없다는 말씀이십니까?"

"이제 나도 하다르다. 이 왕국의 하다르들은 혼인에 있어서 비교적 자유롭다 들은바, 다 큰 성인인 너의 혼인을 강제할 수는 없지."

일견 설렁설렁하게까지 느껴지는 아비의 태도는 정말 이 혼인을 허락한 것처럼 보였다. 격렬한 호통과 꾸지람을 각오했던 하일라바드는 맥이 탁 풀렸다. 마치 높이뛰기를 준비하다 낮은 나뭇등걸에 발이 걸려 넘어지는 느낌이었다.

그러한 허탈함은 필연적으로 의심을 불러들였다.

이 흔쾌한 허락의 이면에 과연 무엇이 있을까?

신뢰를 바탕으로 한 이해, 바뀐 처지에 따른 태도 변화. 아비의 설명은 그럴듯했다. 그러나 마음 한편에선 이해나 변화가 아닌, 포기나 체념일지도 모른다는 생각이 자꾸만 머리를 쳐들었다.

애정이 없는 자식은 포기도 쉽다. 과연 나는 아비의 애정을 받는 자식인가?

물론 그의 머릿속에는 여왕의 제안에 언성을 높여가며 불가를 외친 아비도 존재하고 있었다. 그때 아비는, 부족의 검이라 그를 내어줄 수 없다고 하였다.

장자가 아니라.

그렇다면, 하다르답게 살기로 결심한 아비에게 부족의 검은 더 이상 필요가 없을지도 모르겠다.

합리적이지 못한 의심이 꼬리에 꼬리를 문다. 아니, 의심은 본래 합리적이지 못한 놈이니, 의심에 잡아먹혔다고 해야 할 것이다.

지리멸렬하다. 하일라바드는 피곤한 눈으로 아비를 바라보았다. 이야기가 다 끝났다고 생각한 듯 아비는 차를 마시고 있었다.

불쑥, 질문이 튀어나왔다.

"아버지, 저를 키운 것을 후회하십니까?"

달칵.

반쯤은 충동적인 그의 질문에 아비가 손을 움찔했다. 그의 손에 들린 찻잔이 앉은뱅이 식탁에 잘못 부딪혀 둔탁한 소리를 냈다.

"그게 무슨 뜻이냐?"

의미를 묻는 아비는 엄하지만 안타까운 표정으로 자신의 속내를 고스란히 드러내고 있었다. 그렇기에 하일라바드는 질문을 물리지 않았다.

"제가 겁간자의 자식이라…… 미운 마음도 한 푼은 있지 않으신가 하여 묻는 것입니다."

겁간자의 자식. 그가 처음 진실을 알게 된 다섯 살 이후, 이 단어는 금기였다. 이게 무슨 뜻이냐고 물었을 때 본 어미의 눈물이 아직도 기억난다. 그때는 얼굴을 가리고 흐느끼는 어미가 너무도 서러워 보여서 더 이상 묻지 못했다.

뜻을 알게 된 후에는 물어볼 필요가 없었다. 그로 인해 생긴 또 다른 질문은 가슴 깊은 곳에 스스로 묻어버렸다. 부모의 대답이 어떠하든 제가 그들을 사랑하는 마음에는 변함이 없으리라 확신했기 때문이었다.

새빨간 거짓말.

비겁한 자기기만이었다.

그는 단지, 대답을 듣는 것이 두려웠다.

하지만 이제 그는 자신의 두려움 하나 직시하지 못하는 어린아이가 아니었다. 숨겨두고 묻어두는 것이 능사가 아니라는 것을 알았고, 침묵보다 말이 귀중할 때가 있다는 것을 배웠다.

그녀가 가르쳐 주었다.

의미를 알게 된 이후 처음으로 꺼낸 그 말. 겁간자의 자식이라는 그의 고백을 그녀는 아무렇지도 않게 받아들였다. 그녀에겐 그의 혈통이 아무런 문제도 되지 않았다. '그게 왜?' 라고 굳이 묻지도 않을 만큼.

그러니 이 질문은 아비에게 따져 묻고 상처를 받기 위함이 아니었다.

나를 미워한다, 미워하지 않는다. 마치 꽃잎 점을 치는 소녀처럼, 부모의 태도 하나하나에 홀로 의미를 부여하고 판단하는 시간을 그만 끝내고 싶었다. 결과가 어떠하든 확인을 받고, 자유로워지고 싶었다.

그래야만 그의 아비를, 어미를 더 사랑할 수 있을 것만 같았다. 그것은 어려서부터 그의 안에 도사리고 있던 두려움을 끄집어내야만 가능한 일이었다.

그는 재촉하지 않고 끈덕지게 아비의 대답을 기다렸다. 애초에 답하지 않을 생각이었다면 성을 내며 나가라고 했을 터다. 아비에겐 시간이 필요했다.

생각을 말로 정리할 시간이. 해묵은 질문을 꺼내기 위해 그가 하 많은 시간을 흘려보냈듯.

광도가 높은 여름 햇살이 거실로 들어, 아비의 얼굴을 비쳤다. 공기 중에 떠돌아다니는 먼지가 아비의 얼굴에 내려앉았다. 그즈음에 아비가 팔짱을 풀었다.

"후우……."

한참 만에 입을 연 아비의 이야기는 긴 한숨으로 시작되었다.

"후회하느냐고 물었으냐? 어느 부모가 자식을 키우면서 후회가 없겠느냐? 자식은 날 때부터 자식이지만 부모는 날 때부터 부모가 아니니, 미숙하여 실수를 하고 시행착오를 겪지. 데단이 말에서 떨어졌을 때는 말을 잡아온 것을 후회했고, 아브드가 물에 빠졌을 때는 수영을 가르치지 않은 걸 후회했으니, 내 인생은 기실 후회와 실패의 반복이었다."

아비는 이번에도 긴 부연을 붙였다. 불현듯 지난 한 달간 극심한 변화를 겪은 사람은 저 하나만이 아니라는 생각이 들었다.

"한데 아느냐? 너를 키우면서 내 후회는 단 한 가지였다."

속을 긁어내는 심정으로 그가 물었다.

"그것이…… 무엇입니까?"

"네가 장자라는 것."

"……."

"네가 막내였다면 내 모든 것을 주었을 텐데. 그리하지 못하는 것이 항상 후회되었다."

눈 밑이 뜨끈하다고 느낀 하일라바드는 손으로 눈을 매만졌다. 손끝에 눈물이 묻어 나왔다.

"어, 이게…… 왜……?"

그의 눈동자가 정처 없이 흔들렸다. 철옹성만 같던 아들의 눈물을 본 아비가 빙그레 웃었다.

"두려움을 마주하는 것은 진정한 용기가 있을 때나 가능한 일이지."

그는 기뻐 보였지만, 한편으론 슬퍼 보이기도 했다.

"네 질문, 네 두려움…… 나라고 몰랐을까. 다만 내 성정이 이러하여 널 보듬어줄 방법을 찾지 못했을 뿐. 한데도 너는 혼자서 강해지고, 혼자서 진짜 어른이 되었구나."

할 말을 찾지 못하고 눈물만 매달고 있는 아들을 이번에는 아비가 기다려주었다. 그의 입가에 팔자 주름이 선명했다. 모든 것을 다 내려놓은 그는 늙고, 변했다. 하지만 언젠가 밤에 본 것처럼 초라한 모습은 아니었다.

"고맙다, 하일라바드. 내 아들아."

하일라바드는 흐르는 눈물을 견디지 못하고 팔뚝으로 눈을 가렸다. 십수 년간 묵혀놓은 눈물은 지독하게 무거웠다.

그 무거운 눈물이 턱을 타고 흘러 아래로 떨어진 뒤에야 그는 겁간자의 자식인 저를 완전히 수용할 수 있었다.

아들아. 애정이 담뿍 묻어 있는 목소리를 들으며 비로소, 부정할 수 없어 차라리 외면했던 자신의 일부를 용서했다.

꿈을 꾸었다. 아버지가 살아 있고, 두 오라비가 건재하던 시절의 꿈이었다.

그녀는 서로 다른 빛깔의 천을 기워 만든 공으로 미리암과 공놀이를 하고 있었다. 미리암은 다 큰 어른인데도 그녀를 이기지 못하고 번번이 공을 뺏겼다.

까르르르. 수면에 부딪치는 햇살처럼 그녀가 웃었다.

연이은 승리에 놀이가 지루해질 때쯤, 아버지와 두 오라비가 나타났다. 어디서 나타났는지는 모르겠지만 상관없다. 이건 꿈이니까.

아버지가 이리 오라며 양팔을 활짝 벌렸다. 그녀는 공을 집어 던지고 가서 안겼다.

'아빠!'

'마케바.'

기분 좋은 목소리였다.

기분 좋게 꿈에서 깼다.

"일어나셨습니까?"

그가 물었다. 목소리가 바로 지척에서 들리는 걸 보니 옆에 누워 있는 듯했다. 꿈의 여운에서 빠져나오고 싶지 않은 그녀는 눈을 감은 채로 중얼거렸다.

"언젠가도 이랬던 것 같은데……."

"예?"

"누군가 기분 좋은 목소리로 날 부르고, 그래서 잠에서 깨는……."

그게 언제였더라. 느낌에는 상당히 최근인데. 아마 한 달 안쪽으로.

하지만 누가 불렀는지는 도통 기억이 나지 않았다. 잠에서 깼을 때의 기분과 그 뒤의 정황만 어렴풋이 남아 있었다.

"아, 한데…… 깬 뒤에는 별로였어."

"어째서요?"

"미리암이 눈을 이렇게, 치켜뜨고 있었거든."

그녀는 눈꼬리에 검지를 대고 위로 들어 올렸다. 여전히 눈은 감은 채였다. 저야 제 모습이 어떤지 볼 수 없지만 퍽 요상했나 보다. 그의 목소리에 웃음기가 어려 있는 걸 보면.

"저도 그런 적이 있습니다."

"뭐가?"

"눈을 떴는데 시녀장님이 노려보고 있는 경험이요."

"틀렸어."

"무엇이 말입니까?"

"시녀장이라고 해야지. 아니면 미리암이라고 하든가."

그녀가 감고 있던 눈꺼풀을 반쯤 떴다. 에메랄드빛 눈동자가 잠에 취해 있었다.

"군주의 배우자가 시녀장에게 존칭을 붙여서는 곤란하지 않나."

"음……."

그가 난감한 듯 숱 많은 눈썹을 구겼다. 그러나 이내 고개를 끄덕였다.

"염두에 두겠습니다."

"당연히 그래야지."

느른하게 대꾸한 그녀가 그의 품으로 파고들었다. 그는 한 팔을 옆으로 뻗어 팔베개를 해주었다.

그에게서는 기존에 사용하던 시트러스 입욕제의 산뜻한 향이 아닌 달콤한 과일 향이 났다. 전사들 욕장의 입욕제가 바뀐 모양이었다.

그녀는 산뜻한 향을 좋아했으나, 달콤한 것도 나쁘진 않았다. 어떤 입욕제를 사용하든 그는 자신만의 체취를 가지고 있었다.

"오늘은 그대를 보지 못하리라 생각하였는데."

"어째서요?"

"그대의 성정대로라면 부친의 허락을 받기 전까진 돌아오지 않을 테니까. 한데 이리 일찍 온 걸 보니 설득이 전혀 먹혀들지 않았나…… 보구나. 시간을…… 오래 들여야…….."

웅얼웅얼, 그녀가 목소리를 늘어트렸다. 그가 졸음에 겨워 버둥거리는 그녀의 머리카락을 정리하며 부드럽게 물었다.

"계속 주무시겠습니까?"

"아니. 일어나야 해…… 할 일이 있는데…….."

"잠 깨실 만한 이야기를 해드릴까요?"

"응…… 해보아."

"허락, 받아왔습니다."

"……음?"

그녀가 고개를 바짝 쳐들었다. 그러다 그의 턱에 이마를 찧었다. 그녀는 얼굴을 찡그렸고, 그는 그녀의 뒤통수를 잡아당겨 그새 빨간 자국이 생긴 연인의 이마를 입술로 꾹 눌렀다.

"아버지께서 혼인을 허락해 주셨습니다."

그 순간 그녀가 느낀 감정은 기쁨이 아닌 안도였다. 그의 마음 짐 하나는 확실하게 덜었구나, 하는 안도. 다음엔 걱정이 뒤따랐다. 그녀는 상체를 일으켜 세웠다. 어쨌든 잠은 확실히 달아났다.

"혹, 집에 무슨 일이 있는 거냐? 하여 경황이 없어…… 아니, 그대가 그리 웃고 있는 걸 보니 그건 아니겠구나."

그녀를 따라 일어난 그가 입가에 잔잔한 미소를 띠었다.

"예. 가족들은 모두 무탈합니다. 폐하께서 살림을 돌봐주신 덕에 어머니도 많이 건강해지셨습니다. 직접 저녁을 차려주셔서 먹고 오는 길입니다."

"하면 그대의 그 깐깐한 부친이 하다르 여자와의 혼인을 순순히 허락해 주었단 말이지?"

"예."

비로소 그녀는 순수하게 기뻐할 수 있게 되었다. 하지만 그의 아비의 허락을 그의 마음 짐을 덜어내기 위한 과정쯤으로 생각한 그녀의 기쁨은, 그의 것에 비하면 한참 작았다.

"이제 당신도 하다르가 되셨으니 하다르답게 살아야 하지 않겠냐고 하시며, 혼인도 하다르식으로 치르라 하셨습니다. 기뻐서, 폐하께 빨리 알려 드리고 싶었습니다."

기쁘다는 표현이 가감 없는 사실인 듯 그의 목소리가 상당히 들떠 있었다. 말도 꽤 길다. 이러면서 잘도 제가 자는 걸 가만히 보고만 있었구나. 분명 깨우고 싶었을 텐데.

아이처럼 방싯거리는 그의 얼굴이 생소하고, 생소해서 좋았다. 그러자 그녀의 고질병인 장난기가 꿈틀거리기 시작했다.

"나와 혼인하는 것이 그리 좋은가?"

그의 굽힌 무릎을 잡고 그에게 가까이 다가가며 묻자 그의 귓불이 미세하게 붉어졌다. 그럼에도 그는 항상 그녀에게 솔직했다.

"예. 물론입니다."

대답 끝에 그의 입꼬리가 위로 들렸다. 그녀는 미소가 제대로 형태를 잡은 그의 얼굴을 어루만졌다. 이 얼굴로 웃는 걸 보고 싶어 한 적도 있었는데, 지금은 웃는 얼굴이 굳어지는 걸 보고 싶다니. 성질 참 못됐다 싶으면서도 멈출 수가 없었다.

"한시라도 빨리 혼인하고 싶고?"

"……예. 폐하께선 아닙니까?"

뭔가 이상한 기운을 감지한 듯 그가 되물었다. 그녀는 세차게 고개를 저었다.

"그럴 리가. 내 마음은 항상 그대와 같다. 시간에 선이 있다면 그것을 힘껏 잡아당기고 싶은 기분이지. 한데 그대의 부친이 하다르식으로 혼인을 하라 하지 않았느냐?"

"하다르의 혼인에 무슨 문제라도 있는 겁니까?"

"베두인의 혼인은 어떤 식으로 치러지나?"

혼인을 직접 주관해 본 적이 없는 하일라바드는 아비의 곁을 지키며 보고 들은 것들을 떠올렸다.

"베두인들의 혼인은 당사자들이 결정하는 경우가 거의 없습니다. 같은 부족 내의 혼인이라면 집안 어른들끼리, 다른 부족과 혼인은 족장의 허락이 있어야 합니다."

"집안 어른이나 부족장이 반대하면 어찌 되느냐?"

"못합니다. 음…… 아주 드물게, 허락을 받지 못하여 함께 도망치는 연인들이 있긴 하지만, 많지는 않습니다."

"용감한 연인들에게 축복이 있길. 계속해 봐. 허락을 받은 다음은?"

"부족의 현자나 점성술사가 길일을 몇 개 선별하면 부족장이 부족의 상황을 고려하여 그 날짜 중 하나를 고릅니다. 그리고 여인 쪽에서 사내의 집안에 예물 목록을 보내는데, 길일을 잡는 것이 먼저인지, 목록을 보내는 것이 먼저인지는 정확하게 모르겠습니다. 이 예물 때문에 분쟁이 발생하기도 합니다.”

“어디든 자식으로 장사를 하려는 자들은 있는 법이지. 하다르든 베두인이
든.”

냉소적인 평가에 그가 쓴웃음을 지었다. 실제로 그 또한 예물 전투를 치
른 경험이 두어 번 있었다. 그의 부족 내에선 하다르와 혼인한 사내는 없었
으니, 자식을 상품으로 전락시킨 자들도 결국 베두인이었다. 하다르든 베두
인이든, 염치없는 자들은 출신을 가리지 않았다.

“혼인 예물이 문제없이 오가면 혼인식 전날까지 신부는 바깥출입을 삼가
고, 신랑은 금주를 합니다. 친척이나 벗들이 선물을 보내지만 혼인식이 끝날
때까지 무엇을 주었는지 확인해 보지 않습니다. 그 정도……로 알고 있습니
다.”

“하다르의 혼인과 비슷하구나.”

“하면……?”

대체 뭐가 문제냐는 듯 그가 고개를 기울였다. 그녀도 그와 같은 방향으
로 고개를 기울이고 턱을 괴었다.

“하다르의 혼인엔 문제가 없다. 문제라면 내가 왕족이라는 점이지.”

“아.”

그의 눈동자가 크게 요동을 쳤다. 보아하니, 왕족의 혼인은 뭐가 다를 거
라는 생각을 아예 못한 모양이었다. 아마 그의 아비도 마찬가지였을 것이다.
부족장다운 연륜이야 차고 넘치겠지만 왕족과 자식을 혼인시킨 경험은 없을
테니. 그녀는 눈꼬리를 아래로 잡아당겨 우울한 표정을 만들고 그의 귓가에
속삭였다.

“왕족의 혼인, 그것도 군주의 혼인이 어찌 진행되는지 들어보겠느냐? 우
선 왕국의 모든 점성술사를 한자리에 모아놓고 길일을 잡는다. 하나 그들이
배운 바가 다르고 별을 읽는 방법이 다르다 보니, 길일이라고 주장하는 날짜
가 서로 다 달라. 하여 토론이 벌어지는데, 처음에는 무슨 이론이니 무슨 현
자의 말씀이네 하며 점잖은 척 굴지만 뒤로 갈수록 언성이 높아지고 온갖 인

신공격을 자행하다가, 종국에는 멱살잡이를 하지."

"……."

"보면 길일을 잡는 것이 아니라 힘세고 목청 큰 점성술사를 찾는 게 아닌가 싶어. 여기까지 대략 보름 정도 소요된다. 심하게는 한 달이 걸린 적도 있는데, 내 혼인이 그보다 길면 길었지 더 짧을 것 같지는 않구나."

그는 군주의 위엄으로 그 시간을 단축시킬 수 있느냐는 어리석은 질문은 하지 않았다. 괴팍하기로 따지자면 사막에서 점성술사를 따라갈 자들이 없었다. 그들은 상대를 죽여서라도 자신의 의견을 관철할 사람들이었다.

"길일이 잡히면 왕국 내, 외부에 혼인 날짜를 알리지. 하면 하례품이 들어오는데, 이것이 상당히 정치적인 의미가 내포되어 있다 보니 선물을 주는 이뿐만 아니라 받는 나도 소홀히 할 수가 없다. 멀리서 오는 하례품까지 꼼꼼히 챙겨 받고, 고맙다는 인사치레를 해야지. 그때부터는 매일이 연회라, 그들을 대접하느라 혼인이 미뤄지기도 한단다."

그녀는 마치 사랑을 속삭이는 듯한 목소리로 우울한 이야기를 아무렇지도 않게 해댔다. 살짝 뜬 곁눈에 아래로 처진 그의 입꼬리가 비쳤다. 마케바는 그제야 그의 귓가에서 입술을 뗐다.

"그나마 내가 그대의 아버지에게 예물을 받을 생각이 없으니, 그로 인한 마찰은 없을 거라는 게 위안이구나."

허리를 세운 그녀가 그의 어깨에 손을 올리며 싱긋 웃었다. 눈꼬리를 내릴 때와는 표정이 영 딴판이었다.

"거짓을 말하신 겁니까?"

"거짓이라니. 난 거짓말은 하지 않아."

"예. 사실을 과장, 은폐, 축소만 하실 뿐이지요."

"정확하다."

훌륭하다고 박수를 치며 그녀가 깔깔대고 웃었다. 하일라바드는 한숨을 쉬며 주름진 이마를 문질렀다.

"잠은 깨신 것 같군요."

"확실하게. 이제 일이나 해야지."

그가 기분 상한 기색을 보이지 않았기에 그녀는 매혹적인 눈웃음으로 자신의 농담을 말없이 사과하고 머리맡에 두었던 파피루스 뭉치를 챙겼다.

얇은 홑겹 이불로 치부만 가린 채 침대에서 내려와, 제국식 의자를 향해 걷는 그녀는 맨발이었다. 뒤쫓아온 그가 그녀를 뒤에서부터 안아 올렸다.

"꺄륵!"

웃음인지 비명인지 모를 소리를 흘린 그녀가 그의 어깨에 매달렸다. 그는 가장 값비싼 보석을 다루는 듯한 손길로 그녀를 붉은색 천이 깔린 의자 좌판에 내려놓았다.

그의 손이 떨어지는 순간을 그녀는 조금 아쉬워했다. 하지만 아직도 산더미처럼 남아 있는 서류를 상기하곤 현실을 받아들였다.

"거기 앉아 봐."

그녀가 의자 중간쯤에 앉아 왼편을 눈짓했다. 하일라바드가 그녀의 시선이 가리킨 왼편 모서리에 앉자 그녀는 그의 다리를 베개 삼아 누웠다. 몸에 말았던 이불이 아슬아슬하게나마 그녀의 가슴과 둔부를 가려주었다.

두 사람이 앉거나 눕기엔 의자의 길이가 짧은 탓에 그녀의 다리가 오른편 모서리 밖으로 튀어나왔다. 흔들흔들, 팔걸이에 걸쳐진 다리를 꼬아 흔들며 마케바는 파피루스 조각에 적힌 글자를 읽었다.

어른의 반 뼘, 개수로 마흔 장. 그만큼이 오늘 밤 그녀가 보아야 하는 서류의 절반이었다. 내용 대부분이 세금과 관계가 있어 골치 더럭더럭 아픈 숫자 계산은 필수였다. 숫자를 되짚는 그녀의 미간이 펴졌다가 좁아 드는 것을 반복했다.

"폐하."

세금 관련 서류를 다 처리한 그녀가 대충 알아두기만 해도 좋은 먼 타국의 동향 보고 문건으로 넘어갔을 무렵, 그가 그녀를 불렀다. 제국어로 적힌 문서를 읽느라 마케바는 조금 건성으로 답했다.

"응?"

"아까 하신 말씀 중엔 얼만큼의 과장과 축소가 있습니까?"

"……."

그녀가 서류에서 시선을 뗐다. 그는 흡뜬 눈으로 저를 바라보는 그녀를 응시했다. 곧 그녀의 눈꼬리가 사르륵 접혔다.

"점성술사들이 길일을 정하는 데 한 달이 걸리고, 하례객들을 맞이하느라 혼인 날짜를 미루기도 한다는 것은 내 큰 오라비의 혼인 때 실제로 있었던 일이다."

"……."

"하니 정 혼인을 빨리하고 싶거든, 그대가 날 데리고 도망이라도 쳐라. 아니면 부친에게 가서 아주 간소한 베두인식 혼례를 치르자고 하든가."

첫 번째가 말도 안 되는 이야기라면 두 번째는 차마 못 할 이야기였다. 아무리 하다르로 살겠노라 공헌한 아비라도 아들에게 하다르식 혼인을 허락하기까진 많은 갈등과 포기가 있었을 것이다.

그 고결한 의지를 어찌 제가 제 이기적인 욕심으로 부술 수 있겠는가. 그는 감히 그럴 수는 없다고 생각했고,

사흘쯤 뒤엔 그래도 괜찮지 않을까를 진지하게 고민했다.

혼인의 가부가 결정된 뒤 마케바가 가장 먼저 한 일은 왕국의 내로라한 가문의 가주들을 한자리에 불러 모으는 일이었다. 불과 한 달 전까지만 해도 어림없는 일이었지만, 이래저래 지은 죄가 있는 가주들은 군주의 부름에 착실히 따랐다.

그 자리에서 여왕은 전대미문의 요구를 했다.

"내 곧 혼인을 할 터인데, 길일을 택해야 하니 그대들 가문과 인연이 있는 점성술사를 한 명씩 뽑아보라."

"예엑?"

여왕의 말을 들은 가주들이 일제히 기성을 내질렀다. 이 같은 반응을 예상한 마케바는 우아하게 입꼬리를 올렸다.

"설마 돈푼깨나 있는 가문의 가주들이 미래를 읽는 점성술사 한 명 모른 다고 할 셈은 아닐 테고, 어찌 그리 놀라는 거지? 그대가 답해보게, 알 까르 얏."

그녀의 시선이 구레나룻까지 허연 노인에게 꽂혔다. 알 까르얏은 자리에서 일어나 공손히 허리를 굽혔다. 그의 장자는 국경수비대에 가 있었다.

"감히 누가 폐하께 거짓을 고하겠습니까. 폐하께서 원하신다면 점성술사든 뭐든 내어 드려야지요. 다만 저희는 폐하께서 혼인을 하신다기에 놀란 것 뿐입니다. 외람되오나 폐하, 폐하의 짝이 될 그 행운아가 누군지 여쭈어도 되겠습니까?"

"누구일 것 같은가?"

알 까르얏은 대답하지 않았다. 하지만 그의 표정은 이미 그가 여왕의 상대를 짐작하고 있다는 것을 말해주었다. 이 자리에 불려온 대부분의 가주가 그러하듯 그도 다자얄 분지에서 무슨 일이 있었는지 직접 보았다. 어떤 가주는 여왕의 뒤에 선 하일라바드를 노골적으로 쳐다보기까지 했다.

마케바는 그들의 짐작에 쐐기를 박았다.

"그래. 셰이크 무자아히드다."

말이 끝나기 무섭게 의자 몇 개가 덜컹거렸다. 놀란 가주 몇 명이 반사적으로 일어나려다가 제자리에 주저앉는 소리였다.

"무슨 문제라도 있나?"

그녀의 질문에 가주들은 적극적으로 고개를 저었다. 최고의 전사를, 혼인 서약이 존재하는 한 항구히 곁에 둘 군주의 비위를 거스를 만한 배짱을 가진 자가 그 자리에는 없었다. 이미 밉보일 만큼 밉보인 알 까르얏의 허리가 처음보다 곱절은 더 내려갔다.

"문제가 있다면 저희가 어떻게 축하를 드려도 부족하다는 데 있을 것입니다. 경하드립니다, 폐하. 제가 아는 최고의 점성술사를 보내겠습니다."

"폐하, 저희 레바 가문과 연을 맺고 있는 점성술사도 보통이 아닙니다. 그를 보내 드리겠습니다."

"저희도! 저희 가문에도 점성술사가 있습니다!"

여기저기서 가주들의 손이 올라왔다. 마케바는 탁자를 두 번 두드려 소란을 잠재웠다.

"뭔가 착각하고 있군. 난 왕성으로 점성술사를 보내라고 한 적 없다. 점성술사를 뽑아보라고 하였지."

"예? 하면……?"

"각 가문의 가주들은 점성술사에게 길일을 받은 다음 날짜만 왕성으로 올려 보내라. 그대들이 보낸 날짜와, 내가 구한 점성술사가 말한 길일 중 겹치는 것이 있다면 그날이 내 혼인날이 될 것이다."

그것은 사실상 절차의 파괴였다. 하지만 절차의 대명제까지 파괴한 것은 아니기에 가주들은 당황하면서도 감히 반발하지 못했다. 여왕은 어설프게 고개 숙이는 가주들을 내버려 두고 먼저 자리를 떴다.

'군주의 욕탕에 첫발을 디뎠을 때 같다.'

혼인을 준비하는 그녀를 바라보며 하일라바드는 그런 생각을 했다.

왕족, 특히 군주의 혼인은 그가 직간접적으로 경험한 그 어떤 혼인과도 달랐다. 그가 보아온 어떤 욕탕과 그녀의 욕탕이 달랐듯이. 그만큼 복잡했고, 많은 준비가 필요했다.

그녀가 특유의 합리성과 효율성으로 점성술사들의 멱살잡이를 원천 봉쇄한 것은 그 준비에서 아주 작은 부분을 덜어낸 것에 지나지 않았다. 비유하자면 그녀는 이제 막 욕탕에 들어선 셈이었다.

그녀의 앞엔 그녀의 결정을 기다리는 수많은 과제가 그녀를 기다리고 있었다. 예를 들어 혼인식에서 하객들에게 꽃을 나누어 주는 소녀들의 옷 색을 정하는 것도 그런 준비 중 하나였다. 더 사소하게는 '어떤 꽃을 나누어 주어야 하는가?' 라는 것도 있었다.

만약 미리암에게 왕족의 혼인에 관여한 경험이 있거나, 왕국 내에 여왕이 의지하는 다른 어른이 있었다면 조금은 수월했을 것이다. 하지만 미리암이 유일하게 경험한 전대 왕자의 혼인은 아지리 가문에서 주관하다시피 했고, 여왕에겐 신뢰할 만한 조언자가 없었다. 왕족도 아니고 혼인도 처음인 하일라바드는 애초부터 열외였다.

가뜩이나 바쁜 그녀가 더더욱 바빠졌다. 모래 산 너머에 모래 산, 그 너머에 또 모래 산이 기다리고 있는 형국이었지만 마케바는 항상 그러했듯 자신만의 방식으로 그 산을 넘었다.

아니, 그보다는 부수었다고 표현하는 것이 옳았다.

형식과 절차의 파괴. 모든 파괴는 고통을 수반한다. 다만 이 경우 고통을 받는 쪽은 마케바가 아니었다.

"폐하, 이것들이 예식에서 사용할 수 있는 꽃들입니다."

시녀를 시켜 여왕의 알현실 탁자에 한 아름 꽃을 내려놓은 시녀장이 말했다.

제국식 긴 의자에 앉아 누군가에게 보낼 서한을 작성하고 있던 여왕이 알현실로 내려왔다. 그리고 꽃을 본 사막의 거주민이라면 절대 짓지 않을 표정을 지었다.

"뭐가 이렇게 많나!"

"그나마 제가 1차로 추린 것입니다."

"맙소사……."

마케바는 질린 표정으로 관자놀이를 두드리며 알현실 의자에 앉았다. 하일라바드는 당연하게 그녀의 뒤쪽 측면에 섰다.

"미리암, 난 오늘 할 일이 아주, 매우, 어마어마하게 많다. 이리 사소한 것은 좀 나중에 보면 안 되겠느냐?"

"꽃의 수량이 전반적으로 부족합니다. 새로 사들여야 할 텐데, 마케도니아처럼 먼 곳에서 오는 것도 있습니다. 석화(石花)로 왕성을 장식하실 생각이라면 그리하십시오."

"하면 그대가 알아서 결정하든가."

"왕족의 혼인에서 혼인에 사용할 꽃과 의복 같은 것들은 전통적으로 신부가 최종 결정을 하였습니다."

"그들은 군주가 아니었잖나. 시간이 남아돌았겠지. 하나 난……."

전통이 가지고 있는 불합리함을 토로하다 말고, 그녀가 주위를 두리번거렸다. 자신의 등 뒤에서 하일라바드를 발견한 그녀의 미간이 좁아 들었다.

"그대는 왜 거기 있어?"

"예?"

"아니, 그건 됐다. 저기 앉아봐."

별로 중요하지 않은 물음이라는 듯 손을 휘저은 여왕이 손가락으로 자신의 건너편 의자를 가리켰다.

미리암의 시선이 그에게 잠시 머물렀다. 언제나처럼 싸늘한 표정이었지만 적대감은 느껴지지 않았다. 하일라바드는 조금 뻣뻣한 동작으로 팔걸이가 높고 두꺼운 알현실 의자에 앉았다.

"꽃에 대해서 좀 아나?"

이번 그녀의 질문은 왜 거기 있냐는 질문보다는 답하기가 쉬웠다. 그는 고민하지 않고 대답했다.

"안다고 할 만큼 꽃을 많이 보지 못했습니다."

"내가 원한 대답이군."

손등으로 턱을 받치며 그녀가 생글생글 웃었다. 그 미소가, 전갈을 잡으러 나가자고 할 때 본 그것과 비슷했다.

"오늘부터 혼인에 사용할 소모품 결정은 그에게 맡기겠다."

"……!"

하일라바드는 반사적으로 미리암을 바라보았다. 여왕이 일단 하겠다고 마음먹은 이상 결정을 물리는 법이 없으니, 믿을 만한 것은 전통과 원칙을 중시하는 미리암의 깐깐함과 저에게 호의적이지 않은 그녀의 감정뿐이었다. 미리암이 단 한 번도 여왕을 이기지 못했다는 사실은 중요하지 않았다.

"소모품이라면 어디까지를 말씀하시는 겁니까?"

"장신구까지 모두 다."

"알겠습니다."

그러나 그의 기대는 일말의 여지도 없이 배반당했다. 미리암이 그가 앉은 의자 곁에 섰다.

그녀가 말했다.

"어디에 꽃을 장식하는지 모르실 테니, 설명드리겠습니다."

여왕이 말했다.

"혼인은 나 혼자 하는 것이 아닌데 나만 바쁘면 억울하지. 이제부터 수고하라."

"……."

그는 침음도 흘리지 못한 채 생전 처음 보는 꽃들이 가득한 탁자로 시선을 떨구었다.

먼바다와 먼 육지를 건너온 탓인지 꽃들은 대부분 바짝 말라 있었다. 한데도 본래의 형태를 고스란히 유지하고 있는 것이 신기했다. 그의 시선을 눈치챈 미리암은 꽃을 오랫동안 장식해 두기 위하여 일부러 말린 거라고 설명해 주었다.

신기함이 기괴함으로 변했다. 손 씻는 물에 꿀과 장미수를 섞었다는 걸 알았을 때만큼이나 피곤해진 하일라바드는, 꽃을 본 사막의 거주민이라면 결코 느낄 수 없는 감정을 느꼈다.

그는 꽃이 두려웠다.

하지만 곧 옷감과 보석도 두려워하게 되었다.

제대로 했는지는 모르겠지만, 어쨌든 하일라바드는 수십 종의 꽃을 분류, 배치하는 데 성공했다. 그가 선택한 꽃들을 본 미리암은 간략하게 소감을 밝혔다.

"수수하군요."

"……."

그는 다른 평가를 기대하며 여왕을 바라보았다. 마케바는 그저 웃기만 했다. 하일라바드는 마른 손으로 얼굴을 쓸었다. 이제 겨우 하루의 절반이 지났을 뿐인데 격렬한 전투를 두 번쯤 치르고, 베두인 부족을 두 개쯤 몰살시킨 기분이었다.

그리고 저녁.

"오셨습니까?"

전사들의 훈련을 마치고 돌아온 하일라바드를 시녀장이 딱딱한 얼굴로 맞았다. 그녀의 뒤엔 바오바브나무 몸통만 한 상자가 대여섯 개 늘어서 있었다.

"폐하께선 어디 가셨습니까?"

침실에서 마케바의 기척을 찾지 못한 그가 물었다. 미리암은 양손을 모으고 공손히 대답했다.

"욕탕에 가셨습니다. 내일 가문의 가주들이 폐하께 알현을 신청한 탓에, 오늘은 좀 늦으실 겁니다."

"그렇군요."

그의 말을 끝으로 대화가 툭 끊겼다. 원한이 있는 것은 아니지만 서로 살갑게 담소를 나눌 만한 관계도 아니었으니 당연하다면 당연한 일이었다.

미리암이 물끄러미 그를 바라보았다. 그 시선이 어쩐지 책망하는 듯하여, 하일라바드는 당황했다.

"왜 그러십니까?"

"이런 때는 윗사람이 먼저 말을 꺼내주셔야 아랫사람이 말하기가 편해집니다."

"아."

그가 멋쩍게 턱을 쓸었다.

"그런 것은 미처 몰랐습니다. 주의하겠습니다."

"그리고 말씀 편하게 하십시오. 곧 폐하의 부군이 되십니다. 제게 공대하심은 옳지 못합니다."

"그것 또한, 천천히 바꾸어 나가겠습니다."

일견 고집스럽게 들리는 그의 답은 사실은 신중함이었다. 성실하다고 해도 좋겠다. 입발림 소리로 당장 지킬 수 없는 말을 내뱉지는 않는다는 것이니. 미리암은 못하겠다고 하지 않은 게 어디냐고 생각하며 다음으로 넘어갔다.

"내일 오전 중으로 셰이크 무자아히드 님의 처소가 준비될 것입니다. 본래 군주의 배우자의 처소는 몇 달에 걸쳐 새로이 준비하는 법인데, 혼인이 너무 급하게 결정되어 기존에 폐하께서 사용하시던 침실을 조금 손보았습니다."

"감사합니다."

"오늘은 의복을 고르겠습니다. 셰이크 무자아히드 님의 의복은 폐하께서 직접 고르시겠다 하셨으니, 폐하께서 입으실 옷과 왕성에서 일하는 시녀들의 의복 색깔만 결정하시면 됩니다. 꽃을 고르실 때처럼 수수한 것이 아니라, 최대한 화려한 색감과 형태를 골라주시길 부탁드립니다."

"꼭 화려해야 합니까?"

"화려한 것은 싫으십니까?"

"그것이……"

나름 화려한 것이라고 생각하여 고른 꽃도 수수하다는 평가를 받은 판국이라, 하일라바드는 자신이 없었다. 애초부터 베두인인 그와 하다르인 미리암이 생각하는 화려함은 기준부터가 달랐다.

"이해하지 못하고 계시군요."

그의 망설임을 '그렇다'라고 해석한 미리암은 한숨을 쉬었다.

"이런 이야기는 하지 않으려 하였으나, 셰이크 무자아히드 님께서 도통 감을 못 잡으시는 것 같으니 한 번쯤은 짚어드려야겠습니다. 폐하께서, 바쁘신 와중에도, 이 혼인을 완벽하게 치르려는 까닭이 무엇이겠습니까?"

그가 무어라 답할 새도 없이, 미리암은 혼자 묻고 혼자 답했다.

"제대로 혼인을 치른 배우자는 존중받습니다. 그렇지 않은 배우자는 무시를 당하지요. 물론 셰이크 무자아히드 님께선 일신의 능력만으로도 존중을 받을 만한 분이지만, 왕국의 원로 중에는 능력이 아닌 가문과 출신을 따지는 사람이 아직도 많이 남아 있습니다. 시선을 왕국의 밖으로 돌려보면 더 많을 것이고요. 그들은 셰이크 무자아히드 님의 능력과 상관없이 단지 출신을 트집 잡아 셰이크 무자아히드 님을 깎아내릴 것입니다."

"……."

"하여 '이 사내가 나에게 이리 중요하기에 혼인도 전통과 철자에 따라 최대한 화려하게 치르는 것이다' 폐하께선 만방에 그 뜻을 알리고자 하시는 겁니다. 그리하면, 셰이크 무자아히드 님은 사람들이 퍼트리는 유언비어에서 자유로워지시겠지요. 하나 그로 인한 피로와 다급함은 폐하께서 오롯이 감당하셔야 합니다. 한데도 화려한 것이 싫다고 하실 겁니까? 제 말이 잔소리처럼 들리시겠지만 귀담아 들어주……."

"알고 있습니다."

"……시면, 예?"

미리암이 말을 멈췄다. 하일라바드는 여왕이 즐겨 앉는 제국식 긴 의자로 시선을 돌렸다. 그 앞에 놓인 네모난 탁자는 여왕이 읽고 간 서류와 읽어야 할 서류로 엉망이었다.

"폐하께서 무리하시는 것은 알고 있습니다. 다만 만류하여도 소용없을 거라 생각했기에 제가 할 수 있는 일을 해야겠다고 생각했습니다."

미리암의 눈매가 가늘어졌다. 탐색을 하는 건지, 생각을 하는 건지 모호한 눈빛이었지만 그는 개의치 않고 말을 이었다.

"하나 제 노력이 시녀장님, 아니, 미리암이 보기엔 많이 부족할 것입니다. 그럴 때는 잔소리라고 생각하지 않으니 말씀해 주셨으면 합니다."

"제가 불편하실 텐데요."

"불편하지 않습니다."

그가 고개를 저었다.

"그것이 싫어하지 않느냐는 물음이라면, 싫어하지도 않습니다. 제가, 제가 할 수 있는 일을 하였듯 미리암은 시녀장으로서 해야 할 일을 해왔다고 생각합니다."

"……."

미리암은 거의 집요하다고 할 만한 시선으로 그를 관찰하며 그의 말이 품은 진의를 확인하려 애를 썼다. 그러나 무뚝뚝한 표정만 봐서는 그 속을 읽기가 힘들었다.

'하긴, 싫어하는 걸 좋아한다고 말할 성정은 못 되시지.'

아무리 처지가 바뀌고 상황이 바뀌어도 근본은 어디 가지 않는다. 더 이상의 의심이 무의미하리라 판단한 그녀는 시선을 내리깔았다.

"제 표현이 과하였습니다. 무례를 용서하시길."

"괜찮습니다."

"하면 최선을 다해주시리라 믿고, 따르겠습니다. 우선 폐하의 예복에 사용할 옷감부터 보여 드리겠습니다."

어느새 냉정한 시녀장 본연의 모습으로 돌아온 그녀가 옷감 상자를 확 열어젖혔다.

상자 안에 든 옷감의 양을 본 하일라바드는 제가 과연 최선을 다할 수 있을지, 잠시 스스로를 의심했다.

"붉은 보석들입니다."

미리암이 첫 번째 상자의 뚜껑을 열었다. 양가죽을 마름질한 상자 안쪽에서 붉은빛이 어른거렸다.

"푸른색 보석들입니다."

두 번째 상자에는 하일라바드도 아는 청금석을 비롯한 이름 모를 푸른 보석들이 들어 있었다. 푸른색 보석 종류만 열 개가 넘는데 아는 것이 청금석

뿐이라니. 그는 자신의 부족한 식견을 한탄했다.

녹색 보석, 노란색 보석, 보라색 보석, 다색 보석……. 상자는 많고, 그 안에 담긴 보석은 더 많았다.

미리암은 마지막 상자를 집어 들었다. 마지막 상자는 다른 상자들에 비해 한참 작았다. 미리암의 한 손에 쏙 들어갈 크기였다.

"무색 보석입니다."

여인의 눈동자만 한 보석엔 정말로 색이 없었다. 투명한 물을 떠서 그대로 굳히면 저런 모양이 될 것 같았다. 저게 가능한가? 그의 눈동자가 보석을 내려놓는 미리암의 손을 따라 움직였다.

"아비시니아를 통해 들여온 것으로, 저희는 산의 보석이라고 부릅니다. 제국에서는 아다마스라고 한다더군요. 그리고 이것은 세레스를 통해 들여온 것으로, 겉보기에는 감람석과 비슷하지만 감람석보다 더 단단합니다. 세레스에서는 상당히 귀하게 취급된다고 합니다."

"……."

"여기 있는 이 다색 보석은 제국에서 넘어온 것입니다. 색상에 따라 가치가 다른데, 붉은 기를 많이 띨수록 값이 나갑니다. 제국 황제의 왕관에도 이 보석이 박혀 있다더군요. 제국어로는 오르파누스라고…… 셰이크 무자아히드 님, 듣고 계십니까?"

"예? 아, 세공하기 어렵겠군요."

날카로운 미리암의 부름에 산의 보석에서 화급히 시선을 뗀 하일라바드가 대꾸했다. 미리암은 인상을 찌푸렸다.

"오르파누스는 세공하기 어렵지 않습니다."

"산의 보석 말입니다."

미리암이 한숨을 쉬었다.

"안 듣고 계셨군요."

"……."

아예 안 들은 건 아니지만 다른 데 신경이 쏠렸던 것은 사실이라, 하일라바드는 가만히 입을 다물었다. 미리암은 답답하다는 표정으로 콧김을 내뿜었다.

"보석을 고르고 의복을 결정하는 일은, 예, 여인들이나 하는 일이지요. 하여 관심이 덜한 것은 이해하나, 최선을 다하겠다 약조하시지 않았습니까? 좀 더 집중해 주십시오."

이미 한 차례 비슷한 오해를 받은 하일라바드는 미리암의 말속에 숨은 속뜻을 금방 이해했다. 아무래도 이 오래된 오해를 종식시켜야겠다.

"시녀장님, 아니. 미리암. 저의 어머니도 여인입니다."

"무슨……?"

"제 뿌리를 잊지 않는 베두인들은 여인을 중시합니다. 여인의 말이라고 폄하하지도, 여인이 하는 일이라고 무시하지도 않고요. 모든 베두인 부족 안에서 여인은 사내와 동등합니다. 다만 대외적인 활동을 사내들이 주로 하기에 그리 보이는 것뿐입니다. 그리고, 음……."

뭔가 더 할 말이 있긴 한데, 그 이상의 설명은 그에겐 무리였다. 그가 곤란한 듯 말꼬리를 흐리자 무심한 얼굴로 그를 바라보고 있던 미리암이 한마디 던졌다.

"혹시나 싶었는데, 정말 변하셨습니다. 아니. 성장하셨군요."

"제가…… 말입니까?"

"어제 일도 그렇고, 예전 같았으면 이리 설명하고 이해시키려 하지 않으셨을 테니까요."

잔주름 가득한 미리암의 눈매에 미세하게나마 호의가 어렸다. 괜히 쑥스러워진 하일라바드는 산의 보석을 집어 들었다.

"저는 이것이 가장 마음에 듭니다. 그래서 다른 보석이 눈에 들어오지 않았습니다."

투영하는 물체를 따라 제 색을 바꾸는 보석. 검은색을 곁에 두면 검은색이 되고 붉은색을 곁에 두면 붉은색이 된다. 그럼에도 스스로 내뿜는 빛은 어느 보석보다 화려하여, 처음 보는 순간 자연스럽게 그녀가 떠올랐다.

"혹, 색이 없어 너무 수수하다면……."

"아닙니다. 잘 고르셨습니다. 보는 눈이 있으시군요."

"예?"

"산의 보석은, 남부 아라비아의 왕국을 통틀어 그거 하나뿐입니다. 옛날 왕국의 영토가 아비시니아까지 이르렀던 시절부터 내려온 것이지요. 아비시니아에서도 서쪽으로 꼬박 1년을 가야만 나오는 산에서만 채굴됩니다. 하여 산의 보석이라고 부르는 것입니다. 가장 귀한 것을 고르셨으니 보는 눈이 있으신 거라 봐도 무방하겠지요."

그는 들어 올릴 때보다 조심스럽게 보석을 내려놓았다. 미리암은 티 나지 않게 웃었다.

"꾸밈 보석은 어떤 것으로 할까요?"

"흑요석이 있습니까?"

"흑요석이요? 그것은 창 촉이나 화살촉 같은, 값비싼 무기를 만들 때 사용되는 것입니다만."

"저는 폐하가 전사 같습니다."

흑요석의 차가운 빛을 반사한 산의 보석은 가장 화려한 검은빛을 내뿜을 것이다. 그보다 그녀와 어울리는 조합은 찾을 수가 없었다.

"장신구에 잘 사용하지 않는 보석이지만, 흠……."

미리암은 잠시 갈등하는 듯했으나 결국엔 그의 선택을 존중해 주었다.

"나쁘진 않을 것 같습니다. 가슴 장식 가운데에 산의 보석을 박고 주변을 동그랗게 흑요석으로 두르면 퍽 화려하겠군요. 하면 흑요석을 준비하지요."

"나머지는 저녁에 보도록 하겠습니다."

"다른 할 일이 있으십니까?"

"전사들의 훈련 시간이기도 하고, 그보다는 아무래도 폐하께서 부르실 것 같습니다."

"폐하께선 오늘 가문의 가주들과 접견이…… 아, 지금쯤 끝나셨겠군요."

하일라바드의 새로운 처소의 창밖으로 태양의 위치를 확인한 미리암이 고개를 끄덕였다. 하루를 차 한 잔 마실 시간으로 쪼개어 사는 여왕은 접견을 시작하는 시간과 끝내는 시간이 항상 일정했다.

"하나 방금 끝나셨을 텐데요."

"그래서요."

설마 나의 군주께서 잠시를 못 참는단 말인가? 미리암은 의구심이 들었다. 그녀가 직접 젖을 먹여 키운 마케바는 비록, 조급한 성격이긴 해도 인내의 미덕을 아는 사람이었다.

하지만 그녀의 의구심은 그야말로 의구심에서 끝났다.

"셰이크 무자아히드 님, 폐하께서 찾으십니다."

그의 예상을 증명이라도 하듯 때맞추어 들어온 시녀가 말했다. 하일라바드가 미리암을 돌아보았다. 미리암은 한숨을 쉬며 상자 뚜껑을 닫았다.

"늦었어!"

여왕의 침실로 들어서자마자 대뜸 타박이 들렸다. 하일라바드는 웃으며 노대에 선 그녀에게 다가가, 양손을 그녀의 허리에 둘렀다.

"늦지 않았습니다. 전사들에게 훈련 내용만 알려주고 오는 길입니다."

"하니 늦었지. 곧장 오라는 말은 못 들었어?"

"듣지 못했습니다."

"듣지 못했다고?"

마케바가 중얼거렸다. 표정만 봐서는 말을 전하러 온 시녀에게 좋은 일은 안 생길 것 같았다. 야단났다고 생각한 하일라바드는 그녀의 정수리에 입을 맞췄다.

"죄송합니다. 늦었습니다."

"그거야말로 늦었다. 그 아이는 해고야. 군주의 전언 하나 제대로 전달하지 못하는 전령은 필요 없다."

"이제 막 전령이 되었으니, 실수를 할 수도 있습니다."

"어디서 누구 편을 들어!"

"제가 듣지 못한 것 같습니다."

"이젠 거짓말도, 웅…….."

그의 입술이 그녀의 정수리에, 이마에, 뺨에 쏟아졌다. 그녀는 하일라바드가 정확한 장소에 제대로 입을 맞추고 나서야 입을 다물었다.

침묵을 핑계 삼아 맛본 그녀의 입술은 바짝 말라 있었다. 가주들과 접견이 있었으니 분명 꽃 기름을 잔뜩 발랐을 텐데. 여유로운 척하지만 가주들을 상대할 때 그녀는 절대 긴장의 끈을 놓지 않았다. 입술이 마르고, 손끝이 차가워졌겠지. 그는 호흡과 함께 안타까운 마음을 삼켰다.

"이젠 거짓말도 하나?"

입술을 떼자 그녀가 기어코 못다 한 말을 마무리했다. 그러나 쌜쭉하게 뜬 눈매는 동그랗게 휘어 있었다.

"제가 변했다더군요."

"누가?"

"미리암이요."

"나한테도 그러던데."

그녀는 킬킬거리며 그의 손을 잡아 침실 가운데로 이끌었다. 침실 바닥엔 크기가 다른 상자 십수 개가 뚜껑이 열린 채로 놓여 있었는데, 그 안은 보석이나 세공이 완벽하게 끝난 장신구로 가득했다. 묘한 기시감을 느낀 하일라바드는 못내 심란해졌다.

"이것도 제가 봐야 하는 것들입니까?"

"웅? 아, 아니야. 그건 선물이다. 가주들이 가져온 거지."

침대 난간에 걸쳐 둔 옷감을 가져온 그녀가 대수롭지 않게 말했다.

"점성술사들이 길일을 잘 못 잡는다더군. 안 좋은 소식을 들고 왔으니 빈손으로 올 엄두가 안 났겠지. 알 아만도 같은 말을 하지 않았다면 무슨 헛수작이냐고 호통을 쳤겠지만."

알 아만은 마케바가 고용한 점성술사로, 동쪽 바다를 건너온 스승에게 배워 다른 사막의 점성술사들과 체계가 좀 달랐다. 그런 그도 가문의 점성술사들과 같은 판단을 내렸다면 가주들에게 다른 꿍꿍이가 있는 것 같지는 않았다.

"별의 운행이 어쩌고 북쪽 노드가 어쩌고 라후가 어쩌고 하는데 알아들을 수가 있어야지. 아무튼 준다는 걸 거절할 이유도 없고 해서 주는 대로 냉큼 받았다. 그래도 이렇게 널브러져 있으니 귀찮군. 어디 치워두라고 해야겠어."

그녀는 옷감을 그의 몸에 가져다 대며 발에 걸리는 상자 하나를 툭 찼다. 선물을 대하는 사람치곤 어조도, 태도도 심드렁하기 짝이 없었다.

"그래도 선물인데 기쁘지 않으십니까?"

"안에 뭐가 들었는지 몰랐다면 설레긴 했겠지."

옷감에 집중한 그녀는 그를 올려다보지도 않고 답했다. 하지만 뭔가 마음에 안 드는지 고개를 갸웃하다 그의 앞에서 양팔을 펼쳐 보였다. 그가 그녀를 따라 팔을 벌리자, 빨랫감을 걸듯 그의 팔에 옷감을 걸었다.

"그대가 지니야를 선물 받았을 때를 생각해 봐. 그대의 아버지가 그대에게, 성인식을 무사히 마치면 양 한 마리를 선물로 준다고 미리 말해주었나?"

"아니요. 그냥…… 다음 날 아침에 일어났을 때 지니야가 머리맡에 있었습니다."

"선물은 그래야 하는 거야. 받는 사람이 뭘 받을지 몰라야 받았을 때 설레는 거지. 한데 그 작자들은 미리 다 말해 버린단 말이야. 상자를 건네주면서. 폐하 이것은 어디에서 가져온 보석입니다, 이것은 어느 상인이 어디에서 구해온 팔찌입니다, 이것은 뭡니다……. 내가 보석에 환장하는 어린 소녀라면 또 모르겠지만, 도무지 설레지가 않아."

십수 개의 옷감이 그의 팔에 걸렸다가, 사라졌다. 나중에는 유백색의 리넨 안감과 남색의 비단 천만 남았다. 그녀는 그제야 흐뭇하게 웃으며 그와 눈을 맞췄다. 올려다보는 미소가 혼곤했다.

"저런 자기과시용 선물을 받는 것보다, 그대에게 어울리는 옷을 고르는 게 몇 배는 더 설레지. 한번 돌아봐."

옷감을 그의 어깨에 걸친 그녀가 손가락을 허공에 굴렸다. 하일라바드는 어색해하며 뒤뚱뒤뚱 돌았다. 마케바는 웃음을 터트렸다.

"설마 그대, 전사들 앞에서 시범을 보일 때도 그리 아이처럼 뒤뚱거리는 건 아니겠지?"

농담이라는 것을 안 그는 굳이 답하지 않았고, 그녀도 더 이상 실없는 농담을 이어 가지 않았다.

그의 어깨 폭을 계산하는 듯 그녀가 옷감을 접어 표시를 했다. 자신의 손으로 옷을 지어본 적 없는 군주의 손길엔 쑥스러움이 묻어 있었다.

"그러고 보니 그대에게 부탁할 것이 있었는데."

"말씀하십시오."

"성소엘 좀 다녀와 주어야겠어."

"예."

장소가 장소인지라 기껏 명령이 아닌 부탁이라는 표현까지 사용했는데, 한 치의 망설임도 없이 답이 튀어나왔다. 맥이 풀린 그녀는 그를 흘겨보았다.

"좀 갈등하는 척이라도 하라."

"……아."

뒤늦게 마케바의 타박을 이해한 그가 도리질을 쳤다.

"저한테는, 나쁜 기억만 있는 장소가 아닙니다."

"어째서?"

"덕분에 용기를 낼 수 있었으니까요."

어지간해서는 말문이 막힐 일 없는 마케바였지만, 지금만큼은 적당한 반응을 떠올릴 수가 없었다. 그녀는 은근슬쩍 말을 돌렸다.

"알 까르얏이 소소하게 물건을 부탁하는 상인이 있는데, 그자들이 성소 근처에서 낯선 베두인 부락을 보았다더구나. 깃발에 표식도 없고, 어느 부족이냐고 물어봐도 답을 하지 않는다고 하더군. 규모가 크진 않다지만 아무래도 나는 신경이 쓰여서 말이지."

그가 물었다.

"몰살을 명하시는 겁니까?"

그녀는 기겁했다.

"단순한 확인이다. 알 꺄르얏을 상대하는 상인이니 오죽 오만하겠나. 접근 방법이 잘못되어서 답을 하지 않은 건가 싶은 거야. 그런 이유라면 그대가 적격이니, 아무도 죽이지 말고 돌아오라."

"명심하겠습니다."

"그리고……."

"더 시키실 일이 있습니까?"

간 김에 주바이다도 찾아보라고 명령하려던 마케바는 생각을 고쳐먹었다. 서로의 안위를 걱정해 줄 만큼 살가운 사이도 아니고, 왕국에 꼭 필요한 존재도 아니다. 있으나 마나 한 존재 때문에 그와의 시간을 빼앗기고 싶지 않았다.

"아니, 없어. 최대한 빨리 다녀오기나 해. 함께 저녁을 먹자. 오늘 저녁은 페르시아식 정찬이라고 요리장이 아주 자신만만해하고 있단다."

그녀가 그의 옷가지를 정돈해 주었다. 뒷짐을 진 하일라바드는 고개만 살짝 기울여 새처럼 그녀의 입술을 쪼았다.

"당신의 뜻대로."

군주의 침실에서 나온 그는 잠시 후 성소로 향했다. 그는 그곳에서 아무도 죽이지 않았지만, 그날 밤 그와 그녀가 페르시아식 정찬을 먹는 일은 없었다.

서류가 쌓인 탁자를 돌아본 마케바는 한숨을 쉬었다.

저놈의 서류는 봐도 봐도 줄어들지가 않는다. 작정하고 덤벼들면 사흘 만에 끝날 양이지만 이래저래 시간 뺏기는 일이 너무 많았다. 오늘만 해도, 오전 중에 세제(稅制) 개편을 끝내려는 계획이 가주들과의 접견으로 인해 다 틀어져 버렸다.

이럴 때는 아주 사소한 거라도 믿고 맡길 만한 사람이 딱 한 명만 더 있었으면 좋겠는데. 숫자를 계산할 줄 알고 글을 읽을 줄 알아야 하며, 제국어를 구사할 수 있는 사람. 성격적으로 강직한 것은 기본이고 괜한 유혹의 손길이 뻗지 않게 친척의 수는 적어야 하고, 강직하지만 강팍하진 않아야 하며…….

'이건 무슨, 신하의 조건이 아니라 신의 조건 같군.'

생각이 그쯤에 미친 마케바가 헛웃음을 지었다. 이러니 어느 누가 성에 차겠나. 결국 그 믿을 만한 사람 한 명 찾지 못하는 이유는 조건이 너무 까다롭기 때문이다.

그녀는 의심 많은 제 성격에 넌덜머리를 내며 탁자로 걸음을 옮겼다. 그러다 가주들이 선물이랍시고 두고 간 상자 모서리에 발가락을 찧었다.

"아."

찌릿찌릿한 통증이 무릎까지 타고 올라왔다. 아픔은 둘째치고, 짜증이 난다. 이 무례한 폭력의 주체가 다른 것도 아닌 가주들의 선물 상자라는 점이 특히나 짜증스러웠다.

'확 다 버려 버려?'

잠깐, 그런 욕망이 치솟았다.

알 아지리를 통해 생전 듣도 보도 못한 독이 있다는 사실을 깨우친 그녀는 가주들의 선물 중 무엇 하나 사용할 생각이 없었다. 그렇다면 왕국의 빈민가에 뿌린다 한들 무슨 상관인가.

한데 가만, 이번 혼인에 사용될 금액이 얼마지?

버린다는 생각은 떠오를 때보다 빠르게 사라졌다.

왕국의 예산을 짜고, 사용처를 결정하는 것은 그녀의 일이었다. 그런 면에서는 혼인도 예외가 아니다. 그 또한 돈을 쓰는 일이니까.

그러다 보니 생애 첫 혼인, 누구나 설렐 만한 그 준비가 마치 일처럼 되어 버렸다. 어디엔 얼마나 들어가는지, 무엇을 사야 그럴듯하면서도 소요 비용을 아낄 수 있을지, 그녀는 다 알았다.

그녀에게 혼인 준비란 내용물을 다 아는 선물 상자와 같았다. 설레지 않는 것은 당연하다고 생각하며 마케바는 자연스럽게 가주들의 선물을 분류했다.

언제든지 가용 가능한 원석과 금화는 일단 보관. 장신구는, 너무 시대에 뒤떨어진 것은 녹여 버리고 쓸 만한 것은 선물용으로.

분류를 마친 그녀가 종이 달린 선을 당겨 미리암을 부르려는 찰나였다.

"폐하!"

미리암이 뛰어들어 왔다. 한참을 뛰어온 듯 숨이 가빴고, 안색은 창백했다. 경험상 미리암이 이런 식으로 들어올 땐 둘 중의 하나였다. 아주 좋은 일이거나 아주 나쁜 일이거나. 마케바는 벌떡 일어났다.

"무슨 일이냐?"

"셰이크 무자아히드 님께서 크게 다치셨습니다. 현재 마장에……!"

그다음 말은 듣지도 않았다.

긴 복도를 달려, 계단을 내려갔다. 중간에 치맛자락과 겉옷이 엉켜 넘어질 뻔했지만 자고새의 꽁지깃처럼 따라붙은 시녀들이 잡아주었다.

하지만 그녀는 자신이 넘어질 뻔했다는 것조차 인식하지 못했다. 사물을 인지하고 행동을 결정하는 모든 능력이 마비되어 버렸다. 달려야 한다는 목적의식만이 머릿속을 꽉 채우고 있었다.

생각이라는 걸 하게 된 것은 마장에 도착하고 나서였다. 마장으로 통하는 뒷문을 거세게 열어젖히며 그녀가 소리쳤다.

"하일라바드는?"

말을 하면서 그녀는 생각했다.

이상하다. 왜 이렇게 조용하지? 셰이크 무자아히드가 다쳤다면 마장이 발칵 뒤집어져 있어야 하는데. 일단 그의 일에 한해서만큼은 극성맞기 그지없는 전사들이라도 우르르 몰려와 있을 텐데.

하지만 마장은 조용했다. 오직 난데없는 군주의 습격에 놀란 하심만이 입을 벙긋거리고 있을 뿐이었다. 생각이 깊어졌다.

아니, 그전에, 그가 왜 다쳤지?

그 또한 사람이기에 다치기도 하지만, 그녀는 그를 다치게 할 만한 무언 가가 존재한다는 사실을 믿기 어려웠다. 가벼운 생채기 정도라면 미리암이 헐레벌떡 뛰어오지도 않았을 것이다.

그 베두인 부족과 전투라도 벌였나? 그렇다고 보기엔 시간이 너무 짧다. 성소는 비교적 가까운 곳이지만 두 시간도 안 되는 사이에 갔다 올 만한 거 리는 아니었다.

무엇 하나 말이 되지 않는다. 공황 상태에 빠진 그녀는 발작적으로 사방 을 두리번거렸다.

그때였다.

"폐하!"

나이 탓에 뒤늦게 쫓아온 미리암의 목소리가 들렸다.

두두두두두.

동시에 바닥을 울리는 진동이 느껴졌다. 마케바는 진동이 느껴진 방향을 바라보았다.

온몸이 하얗고 갈기와 꼬리만 갈색인 말이 달려오고 있었다. 놀람으로 한 결 더 밝아진 그녀의 녹색 눈동자에 복면으로 얼굴 절반을 가린 검은 복장의 사내가 비쳤다.

포석이 깔린 마장을 가로질러 온 사내는 그녀의 앞에 다다르기 직전 상체 를 내려 말과 평행하게 만들었다. 얼핏 보면 말에서 떨어질 것만 같은 자세 였다.

사내가 팔을 늘어뜨리자 그의 손가락이 그녀의 허리에 닿았다. 그는 그대 로 멀거니 서 있는 그녀를 낚아챘다. 그녀는 헝겊 인형처럼 그의 손에 딸려 올라가, 그의 앞에 앉게 되었다.

너무 순식간에 일어난 일이라 '엇!' 소리를 낼 수도 없었다. 마법으로 호 리병에 빨려 들어간 진(Jinn, 남성형 정령. 여성형은 지니야)이 된 기분이었다.

마케바는 뒤를 돌아보았다. 사내의 팔이 단단하게 몸을 붙들고 있는 통에 움직이는 것은 불가능했지만 고개를 돌릴 여유 정도는 있었다.

"폐하⋯⋯!"

미리암이 악을 썼다. 마케바는 눈을 깜빡였다.

하얀 말이 열린 문을 통해 쏜살같이 빠져나갔다.

왕성의 영역을 벗어나자 사내가 속도를 낮췄다. 마케바는 어깨를 둥글게 말았다.

"큭!"

"⋯⋯."

"크흐윽."

"⋯⋯."

"아하하하하!"

"경각심을 좀 가지는 것이 어떠시오?"

연속된 그녀의 웃음에 사내가 낮은 목소리로 위협을 해왔다. 복면으로 한 겹 걸러진 목소리는 탁했고, 어조는 살벌했지만 불행하게도 말투가 너무 정중했다. 그녀는 웃음기 가득한 얼굴을 뒤로 젖혀 그와 눈을 맞췄다.

"경각심을 가지길 바랐다면, 큭, 이프리트를 타지 말았어야지."

하일라바드는 한숨을 쉬며 복면을 벗었다.

"이프리트 때문에 들킨 겁니까?"

"아니, 그전에⋯⋯ 미리암의 반응이 너무 약했어. 소리만 지르고 있는 건, 흐으윽, 그녀답지 않지."

이제 그녀는 거의 헐떡이고 있었다. 이리도 어설픈 납치라니. 저였다면, 일단 마장에 전사들을 잔뜩 불러놓고 불안한 분위기부터 조성했을 것이다. 그전에 이프리트는 염색을 하였을 테고. 아니, 아예 이프리트를 타지 않았겠지. 미리암의 동의를 이끌어 낸 것은 칭찬해 줄 만했지만, 미리암과 손을 잡은 순간부터 이 계획은 실패가 예정되어 있었다.

"그래도 날 데리고 나간다는데 미리암이 용케 허락해 주었군."

"허락이라기보다는 방관입니다."

"미리암의 성정을 생각하면 기적이군."

거짓말을 못 하는 두 사람의 계획은 한 군데도 완벽한 데가 없었다. 하지만 덕택에 그의 의도는 읽었다. 뚜껑이 열리지 않은 선물 상자. 상자의 짜임이 튼튼하지 못해 내용물을 들킨 것은 누구의 탓도 아니었다.

"한데 왜 하필 납치냐? 기왕 선물이라면 보석이 더 좋지 않겠는가."

"데리고 도망가라 하셨으니까요."

"응? 내가 그랬어?"

"예."

그녀는 곰곰이 생각해 보았다. 아닌 게 아니라 그런 얘기를 한 것 같긴 했다.

"하니 정 혼인을 빨리하고 싶거든, 그대가 날 데리고 도망이라도 쳐라. 아니면 부친에게 가서 아주 간소한 베두인식 혼례를 치르자고 하든가."

"저는 설레었습니다. 혼인이…… 처음이라."

뭐라고? 그녀는 뒤통수를 이용해 그의 가슴팍을 때렸다.

"나도 처음이다!"

쿨럭, 밭은기침을 뱉은 그가 말을 이었다.

"예, 그래서…… 폐하께서도 설레었으면 했습니다. 하여 남들 다 주는 보석 같은 것보다 폐하께서 원하시는 선물을 드리고 싶었습니다."

말을 하면서도 쑥스러운지, 그는 한 번도 그녀를 내려다보지 않았다.

말하지 않아도 안다.

알고, 행동한다.

심드렁한 기분을 티 내지 않겠다고 나름 신경 썼는데 들켜 버렸다. 그는 항상 그랬다. 허락도 없이 남의 마음을 읽고 멋대로 행동한다. 할 일이 산더미인데! 두고 온 서류를 생각하니 골치가 아팠다.

……그래서 미치도록 설레었다.

다 버리고 떠나오는 기분. 될 대로 되라는 식의 무책임한 일탈. 순간이기에 더욱 달콤하다. 그녀는 허리를 비틀어 앞만 보고 달리는 그를 껴안았다. 서류 같은 거, 어차피 늦었는데 하루쯤 더 미루지.

"하면 이제 어찌할 텐가?"

"도망친 연인들이 가는 곳으로 가야지요."

"거기가 어딘데?"

그는 대답 없이 고삐를 안쪽으로 잡아당겼다. 그의 신호를 따라 이프리트의 몸이 직각으로 꺾였다.

그녀는 그의 품에 안겨 시시각각으로 변하는 풍경을 눈에 담았다.

한창때를 넘긴 태양 빛은 노르스름했고, 햇살을 받은 모래는 그보다 더 노랬다. 모래와 자갈, 드문드문 뿌리를 내린 바오바브나무가 지나간다. 모래사막은 끊임없이 이어졌다.

그리고 비틀린 자세 때문에 허리가 뻐근해질 무렵, 넓은 모래사막 너머로 익숙한 여덟 개의 기둥이 나타났다. 하지만 말을 달리는 방향에서 이미 이와 같은 풍경을 예상했던 그녀는 다른 것을 찾았다. 성소를 대하는 그녀의 감정을 아는 그가 그녀를 굳이 성소로 데려올 이유는 없을 테니, 다른 것이 있어야 했다.

한데 아무리 살펴봐도 성소의 열주 부근에 자리 잡은 베두인 천막 예닐곱 개 말고는 별다른 것이 없었다. 설마 저곳인가? 그녀는 매섭지 않은 눈으로 그를 흘겼다.

"이건 아무리 봐도 일석이조라는 생각밖에 안 드는걸?"

"예? 아아……."

말귀를 알아들은 그가 소리 죽여 웃었다.

"겸사겸사 폐하의 명을 처리하려는 건 아닙니다. 심사숙고한 선택입니다."

"저들이 누군지 알고 심사숙고한 선택이라는 거냐? 하다못해 알 타크와 부족의 적이라도 되면 어찌하려고?"

"제 부족은 본래 동쪽 사막에서 활동했습니다."

"베두인은 옮겨 다니지 않나. 그대 부족도 예까지 흘러들어 왔는데, 다른 이들도 그러지 말란 법은 없지."

손바닥만 하게 보였던 천막이 점점 커졌다. 그는 천막에서 말의 걸음으로 서른 걸음 정도 떨어진 곳에서 멈춰 섰다.

"그렇다 하여도 저들이 제 적일 리는 없습니다."

"어째서?"

"저와 적으로 만난 부족 중에 살아남은 자들은 없으니까요."

말에서 먼저 내린 그가 손을 내밀었다. 덤덤한 대답에 기가 질린 그녀는 고개를 가로저으며 그의 손을 잡았다.

"그대가 안전을 담보했으니, 믿어야겠지. 하면 선택하라. 미리암, 파나, 우마미야. 어떤 것이 좋은가?"

"무슨 의미가 있습니까?"

"도망쳐 온 여인이 베두인 부락에 몸을 의탁하면서 이 말투를 쓸 수는 없잖나. 한데 난 존대를 사용해 본 적이 없어. 누군가의 흉내를 내야 하지."

정말 의미가 없는 선택이었다. 하일라바드는 단숨에 결정을 내렸다.

"미리암이요."

"응, 그래. 파나가 좋겠다."

물론 그녀는 그의 결정을 무시했다.

"왜 하필 파나……인 겁니까?"

"제가 이럴 때 아니면 언제 파나 같은 말투를 써보겠어요. 안 그래요, 셰이크 무자아히드 님?"

그녀가 생글생글 미소 지었다. 그는 팔뚝에 소름이 돋는 것을 느꼈다.

"가실까요, 셰이크 무자아히드 님?"

하지만 제발 그만둬 주었으면 하는 그의 바람과 상관없이 그녀는 정말 재미있어하고 있었다. 파나의 말투를 흉내 내는 와중에도 피식피식 새어 나오는 웃음을 참지 못하는 것이 그 증거였다. 하일라바드는 한숨을 푸욱 내

쉬었다.

"그러지요, 마케바 님."

까르르륵, 그녀가 손으로 입을 가리고 웃었다.

두 사람은 베두인 부족의 천막이 있는 곳까지 서두르지 않고 걸었다. 이 프리트는 한 걸음 뒤처진 곳에서 따라왔다.

쉰 걸음쯤 걷자, 천막의 세부적인 형태와 사람들의 움직임이 보였다. 이 방인을 발견한 베두인 청년 한 명이 가장 큰 천막으로 들어가더니, 중년 사내를 데리고 나왔다.

사내의 얼굴을 본 마케바가 눈을 크게 떴다.

"맙소사, 그대, 알고 있었나?"

뜻밖의 상황에 말투를 바꾸는 것도 잊었다. 하일라바드는 가벼운 미소로 대답을 대신했다. 마케바는 그를 한 번 바라보고, 가까이 다가오는 베두인 족장을 바라보았다. 그가 준비한 진짜 깜짝 선물이 무엇인지 비로소 깨달을 수 있었다.

"또 어떤 무례한 하다르가 오는가 했더니 자네들이었군. 우리, 구면이지?"

호탕한 웃음소리와 함께, 이븐 자바르가 두 사람을 맞이했다.

"일전에는 무례를 범했습니다."

하일라바드가 미리 준비해 온 흙 항아리를 내밀었다. 방문 선물이자 사죄의 표시인 항아리 안에는 베두인에게 꼭 필요한 찻잎이 들어 있었다. 그러나 이븐 자바르는, 그때처럼 뚜껑도 열어보지 않고 흔쾌히 선물을 받았다.

"다시 찾아준 것으로 예를 다했네."

항아리를 옆구리에 낀 이븐 자바르가 뒤돌아섰다. 하일라바드는 마케바의 손을 잡아끌었다. 그녀는 다소 얼떨떨한 기분으로 그에게 끌려갔다.

"이곳에 있는 베두인 부락이 저들인 것은 대체 어찌 알았나?"

이븐 자바르의 뒤에 바짝 붙으려는 하일라바드를 뒤로 끌어당기며 그녀가 속삭였다. 하일라바드 입장에선 참 설명하기 어려운 질문이었다.

"비가 왔으니까요."

"비가, 왜?"

"사흘 정도 한곳에 머물렀으면, 규모가 큰 부락이 아니었으니까 생필품을 사기 위해 슬슬 도시로 이동했을 것이고, 급한 걸음은 아니었을 테니 여기까지 오는 데 일주일 정도 소요했겠지요."

"여기가 아니라 다른 곳에 자리를 폈을 수도 있지 않나? 사막에 도로가 있는 것도 아닌데."

"하다르 눈에만 안 보이는 겁니다. 베두인의 눈에는 북쪽 산에서 성소를 거쳐 왕성까지 이어지는 도로가 보입니다. 세 군데 모두 전략적 요충지이고, 근처에 오아시스가 있어 베두인들이 잠시 머무르기엔 적격이죠. 현명한 부족장이라면 분명 이곳에서 쉴 거라고 생각했습니다."

베두인이라면 누구나 저와 같은 생각을 할 거라고, 그가 덧붙였다. 그녀는 절대 그렇지 않을 거라고 생각하며 혀를 내둘렀다.

"어서들 오게. 받아놓은 찻물이 식겠어."

자꾸만 뒤처지는 두 사람을 이븐 자바르가 재촉했다. 둘은 대화를 멈추고 걸음에 속도를 높였다.

오후의 차 시간에 맞춰 왔는지, 족장의 천막에는 차 마실 준비가 끝나 있었다. 이븐 자바르의 아내가 딸에게 눈짓을 하자 일면식 있는 딸이 찻잔 두 개와 앉은뱅이 방석 두 개를 내왔다.

하일라바드와 마케바는 족장의 가족 사이에 끼어 앉았다. 그것은 족장의 천막을 내준 것만큼이나 엄청난 호의였다.

"어디 보자…… 그쪽 처녀는 카트 잎을 싫어했지? 하면 어떤 걸 드릴까?"

이븐 자바르가 마케바를 바라보며 물었다. 실제로 카트 잎을 좋아하지 않는 마케바는 족히 놀랐다.

"내…… 제가 카트 잎을 좋아하지 않는다는 것을 어찌 아셨지요?"

"카트 잎을 주니까 도망쳤다면서?"

뭔가 사실 관계에 오해가 있는 게 분명했지만 도망친 이유를 구구절절 설명하기도 민망하다.

이럴 때는 어떻게 해야 하지? 사과를 해야 하나?

베두인의 문화를 모르는 그녀는 도움을 청하는 눈으로 하일라바드를 바라보았다. 하일라바드는 아주 간단하게 문제를 해결했다.

"마라미아 잎(Maramia, 세이지의 아라비아식 명칭)이 있습니까?"

베두인의 율법에 의하면, 이븐 자바르가 그의 선물을 받아들인 이상 더 이상의 사과나 설명은 필요 없었다. 이 경우엔 반복된 사과가 오히려 무례였다. 족장을 좀생이로 만드는 것이니까.

"마라미아 잎을 찾다니. 자네가 제대로 된 베두인인 것은 알고 있었지만 취향까지 고풍스러울 줄은 몰랐구먼. 우리는 마라미아 잎에 갈란갈 잎(Galangal, 생강과의 허브)을 섞어 마신다네. 그걸 주겠네."

"감사히 마시겠습니다."

족장이 펄펄 끓는 찻주전자에 찻잎을 한 줌 넣었다. 그리고 아래로 가라앉은 찻잎이 위로 떠오르자 찻잔에 찻물을 부었다. 쪼록거리는 물줄기 소리를 따라 톡 쏘는 향이 천막 안에 퍼졌다.

"자, 들게."

찻잔을 받아 든 마케바는 하일라바드의 인내심이 무엇으로부터 기인했는지 알 것 같았다. 이렇게 더운 날, 이렇게 뜨거운 차를 마시다니. 더위를 쫓기 위해 찬물에 담가둔 술을 마셔왔던 그녀는 조심스럽게 찻잔을 입에 가져갔다.

차 맛은 괜찮았다. 사실은 상당히 괜찮았다. 마라미아의 톡 쏘는 맛을 갈란갈이 특유의 세련된 씁쓸함으로 우아하게 감싸고 있었다. 뜨거운 기운이 위장을 타고 내려갈 때는 저도 모르게 깊은숨이 터져 나왔다.

가슴을 차갑게 만드는 모든 계산속이 다 씻겨 내려가는 기분이었다.

깊게 숨을 내쉬는 그녀의 모습에 이븐 자바르가 빙그레 웃었다. 그는 모두가 찻잔을 비운 후에야 입을 열었다.

"그래, 두 사람은 아직도 도망 중인 건가, 아니면 근처에 자리를 잡은 건가?"

이븐 자바르는 지나간 일을 따지지 않았다. 대신 현재를 물었다. 하일라바드도 현재를 말했다.

"지금은 혼인을 준비하고 있습니다."

"호오, 이런! 하면 허락을 받은 겐가?"

그게 허락의 문제였나? 하일라바드가 뺨만 긁적이고 있자 이번에는 마케바가 나섰다.

"저는 웃어른이 없습니다. 하니 허락을 하였다면 제 마음이 허락을 했겠지요."

"웃어른이 없다니? 그게 무슨 말인가?"

"제가 성장하기 이전에, 부모님과 두 오라버니가 돌아가셨습니다. 그 외가까운 친척은 없으니 제가 가장 웃어른인 셈이지요."

"하면 홀로 가세를 이끌어왔단 말인가? 허어…… 젊은 처녀가 대단하구먼. 나는 이 나이를 먹어도 힘든 것을."

"아마 족장께서 힘드신 만큼은 힘들 것입니다."

"이런! 내가 멍청한 소리를 했군! 이끄는 자의 고단함은 하다르나 베두인이나 똑같은 것을."

이븐 자바르는 제 실수를 인정하며 이마를 탁 쳤다. 마케바는 웃으며 양손으로 빈 찻잔을 꼭 쥐었다. 그녀의 왼편에 앉은 족장의 딸이 잔을 채워주었다.

"그동안의 고생에 대한 위로는 하지 않기로 하지. 자네의 의지에 대한 모욕이 될 터이니. 하면 혼인 날짜는 언제인가?"

"아직 날짜가 정해지지 않았습니다."

"응? 혼인 준비 중이라면서? 본래 혼인 준비는 날짜가 정해진 뒤에 하는 게 아닌가? 하다르는 다른가?"

"하다르도 다르지 않습니다. 다만 점성술사가 길일을 택하지 못해서요."

"으응? 점성술사가? 어째서?"

이번 물음에는 아무도 대답할 수가 없었다. 이븐 자바르가 제 허벅지를 때렸다.

"아. 하긴, 점성술사들이 하는 말은 당최 알아들을 수가 없지. 그래, 그래. 알겠네."

턱수염을 쓸어내린 그가 자신의 장자에게 귀엣말을 하자, 장자가 천막 밖으로 나갔다. 들어올 때는 또래의 젊은 청년과 함께였다.

"똑똑한 한 명의 지혜보다 바보 열 명의 지혜가 낫다는 말이 있지. 이 녀석은 비록 바보지만, 부족 내에선 나름 별의 운행을 읽는 임무를 맡고 있다네. 하니 밑지는 셈 치고 한번 물어나 보세."

사내를 소개한 이븐 자바르가 그의 등을 툭툭 쳤다. 말만 들어서는 소개인지, 폭언인지 좀 모호했다. 아무리 무리를 이끄는 족장이라도 현자 취급을 받는 점성술사를 막 대하는 경우는 드물지만, 청년은 기분 나쁜 기색도 없이 덤덤히 자리에 앉았다.

"야지드 이븐 우마르⋯⋯입니다. 전 본래 점성가가 아닙니다. 현재 부족에 점성가가 없고, 그나마 천문 도표를 볼 줄 안다는 이유로 족장님께서 절 이 자리에 앉히셨죠. 하니 바보의 말을 너무 귀담아듣지 마시기 바랍니다."

느린 말투로 솔직하게 고백한 야지드가 품 안에서 천문 도표와 별의 운행을 계산할 때 쓰는 동판을 꺼냈다. 도구가 필요한 걸 보면 풋내기는 확실한 모양이다. 마케바는 별 기대 없이 생년월일시를 묻는 그의 질문에 답했다.

동판에 두 사람의 천구도를 맞추며 야지드는 끙끙거리고 낑낑거렸다. 애가 탄 사람은 이븐 자바르였다. 말과는 다르게, 그는 야지드에게 거는 기대가 컸다. 세월을 관통하는 현명함은 모자랐지만 단순한 천문 계산이라면 야지드를 따라올 자가 없었다.

"모르겠습니다."

하지만 한참을 끙끙대고 낑낑거린 끝에 나온 야지드의 말은 족장의 기대를 처참하게 짓밟았다. 이븐 자바르의 얼굴이 일그러졌다. 하일라바드는 저

527

표정을 어디서 봤다고 생각했다. 새로 임명한 전령이 자신의 말을 제대로 전달하지 않았다는 것 알았을 때 여왕의 표정이 딱 저랬다.

"모르겠다는 게 무슨 뜻이냐? 네 재주가 부족하다는 뜻이냐, 길일이 없다는 뜻이냐?"

"음……."

야지드는 자신 없는 손길로 천문 도표를 만지작거렸다. 나온 목소리도 힘없는 손가락만큼이나 자신 없었다.

"제가 이렇게, 두 사람의 천구도를 한 번에 맞춰본 적이 많지 않아 확신할 수는 없으나…… 두 분에게 가장 좋은 길일은 미래가 아니라 과거에 있습니다. 음, 있는 것 같습니다. 대략 닷새 전쯤입니다. 다가올 날 중에 혼인 날짜로 가장 좋은 날은 아마도 10년 뒤쯤에나……."

"손님에게 그 무슨 악담이냐? 자네들은 이 녀석의 말에 신경 쓰지 말게나. 봐서 알겠지만 햇병아리 점성술사이니. 나도 이 녀석이 하는 말은 대부분 흘려듣는다네."

당황한 이븐 자바르가 허공에 떠돌아다니는 야지드의 말을 지우기라도 하듯 손을 휘저었다. 그러나 짚이는 것이 있는 마케바는 이븐 자바르처럼 흘려들을 수가 없었다.

"가장 좋은 날이 닷새 전에 지나갔다고 하셨나요?"

"예…… 이건 아마도, 확실할 겁니다. 모든 점복은 미래를 예지할 때보다 과거를 맞출 때 가장 정확하죠. 점복의 슬픈 한계지요."

"……술사님은, 햇병아리는 확실히 아니시네요."

무슨 의미냐는 듯 야지드가 눈동자를 굴렸다. 마케바는 고개를 가로젓고는 하일라바드를 올려다봤다. 역시나 짚이는 것이 있었던 하일라바드는 가벼운 미소를 피워 올렸다.

두 사람이 말없이 미소만 교환하고 있자, 이븐 자바르가 너털웃음을 터트렸다.

"닷새 전에 무슨 일이 있긴 했구먼!"

"족장님께서 생각하시는 그런 일은 아닐 테지만요."

닷새 전. 마케바가 하일라바드에게 청혼한 날이었다. 별은 두 사람의 혼인이 그날 결정되었다고 말하고 있었다. 그녀의 결심이 가장 좋은 날을 만들었다.

왕국의 점성술사들도 닷새 전의 길일을 보았을 것이다. 하지만 길일이 이미 지나갔으니 십 년을 기다리라고 말할 수 없는 그들은 차라리 무능해 보이는 것을 택했다. 언제까지 입을 다물 생각이었을까? 대책 없는 자들 같으니. 마케바는 왕국의 점성술사들을 향해 혀를 끌끌 차며 야지드에게 물었다.

"이미 지나갔으면 언제 혼인하는 것이 좋을까요?"

"아무 날이나요."

"예?"

"어차피 지나갔으니, 흉성이 득세를 부리는 날만 아니면 아무 때나……상관없습니다."

"오늘은 어떠냐?"

그의 아내와 뭔가 이야기를 나누고 있던 이븐 자바르가 불쑥 끼어들었다. 그의 질문은 순식간에 족장의 아내를 제외한 모두의 관심을 끌었다. 별 표정 없는 큰딸과 장자마저도 눈을 동그랗게 떴지만, 야지드는 대수롭지 않게 답했다.

"오늘은 토성이 달의 뒤로 숨는 날입니다."

"언제는 점성가가 아니라고 하더니 이제는 점성가처럼 말하는구나. 괜찮다는 말이냐, 안 괜찮다는 말이냐?"

"좋은 편입니다. 내일도, 뭐……."

야지드가 끝말을 중얼거렸다. 이븐 자바르는 멀뚱멀뚱, 눈만 깜빡이고 있는 둘을 향해 상체를 스윽 내밀었다.

"어떤가? 베두인식 혼인을 치러보는 것은. 하다르 아가씨에겐 좋은 경험이 될 걸세. 아이샤, 아, 내 아내 말일세, 아이샤도 짧은 혼인을 치르기엔 문제없다고 하고. 그쪽 청년은 베두인이니 베두인식으로 한 번, 돌아가서 하다르식으로 한 번 하면 좋겠구먼."

부드러운 권유에 하일라바드가 티 나지 않게 그녀의 손을 꼭 쥐었다. '내키지 않으면 거절하셔도 됩니다' 그런 의미가 담긴 손길이었다. 마케바는 생각에 잠겼다.

아니, 생각하고 말고 할 게 아니다. 이런 호의를 받을 까닭은 없다. 말이 쉬워 혼인이지, 거기까지 가는 절차와 과정은 하다르나 베두인이나 비슷비슷하게 귀찮을 것이다.

딱 두 번 본 사람을 위해 그 귀찮음을 무릅쓰겠다고? 혹시 날 형편 어려운 고아 처녀쯤으로 생각한 건가?

그녀는 이븐 자바르의 호의가 어디에서 기인했는지 파악하려 애를 썼고, 그의 호의를 분석하고 있는 자신을 깨닫는 순간 또 다른 것을 깨달았다.

사실은 하고 싶었다. 하고 싶어서, 그의 호의를 스스로 수긍할 만한 정당한 핑계를 만들고 있었다.

이상하게도 오늘은 어떠냐는 족장의 말을 듣는 순간 본능적으로 깨달았다. 이것이 그녀의 진짜 혼인이 되리란 것을. 군주의 업무, 그 일부분이 아니라 한 인간으로서 치르는 진짜 혼인.

증폭된 설렘에 가슴이 뛴다. 오늘은 그녀가 아는 군주의 하루와 모든 것이 달랐다. 그렇다면 이 의외성에 몸을 맡겨도 되지 않을까? 대책 없는 것은 왕국의 점성술사만이 아니었다.

"저는……."

대답하기 전, 그녀는 족장의 아내를 쳐다보았다. 그녀는 웃고 있었다. 귀찮음을 무릅써야 하는 사람의 미소가 온화했다. 마케바는 기쁜 마음으로 고개를 숙였다.

"저 또한 바라는 바입니다."

베두인이나 하다르나 혼인 당일에 신랑이 신부의 얼굴을 보지 않는 것은 똑같다. 그런 이유로, 마케바는 고개를 끄덕이기 무섭게 다른 부족민의 천막에 격리되었다.

혼인을 위한 검은 천막이 쳐졌다. 신방을 의미하는 다색 천막은 부족민들의 거주 구역에서 약간 떨어진 곳에 자리했다. 성인식을 치른 사내들은 피로연에 사용될 고기를 구하러 사냥을 나갔고, 여인들은 밀가루와 콩을 볶았다. 족장의 아내와 딸은 가지고 있는 화장 도구들을 죄다 꺼내어 신부가 격리된 천막으로 날랐다.

모든 준비가 순조로웠다.

그 점이 이상했다.

사람은 매일 태어나고, 매일 죽고, 매일 혼인을 하지만 한 개인이 탄생과 죽음, 혼인을 경험해 볼 기회는 그리 많지 않다. 그런 만큼 혼인 준비는 어설프고 정신없는 게 당연하다. 익숙해지려면 세 자릿수를 넘는 부족을 이끄는 부족장 정도의 연륜은 지녀야 했다.

한데 이 부족, 구성원이 서른이 채 안 되는 부족의 부족민들은 부족장의 별다른 지시 없이도 자기 할 일을 찾아서 하고 있었다. 마치 십수 번은 혼인 준비를 해본 사람들 같았다.

'아니면 최근에 혼인을 경험했거나.'

그녀의 의구심은 족장의 아내가 혼례복을 들고 왔을 때 더욱 커졌다. 그녀는 앉아 있던 마케바를 일으켜 세우고, 기다란 한 벌 치마를 그녀의 몸에 가져다 댔다.

색색의 돌을 엮어 베일을 만든 혼례복이었다. 전체적으로는 검은색이었는데, 소매와 치마의 끝단, 앞섶에만 노란색 천이 덧대어져 있었다. 아이샤는 그것이 베두인의 전통 혼례 복장이라고 하였다.

보석과 샤프란 가루로 장식하는 하다르의 혼례복에 비하면 세련된 맛은 없었지만, 돌을 보석처럼 엮는 데 들어간 노력을 생각하면 정성은 하다르의 혼례복에 비할 바가 아니다.

이런 혼례복이 어디서 튀어나왔을까. 하다르도 마찬가지지만 베두인도 한 번 사용한 혼례복을 재사용하지는 않는다.

역할을 다하지 못한 혼례복. 사연을 묻는 것은 실례가 될 것이다. 마케바는 옷의 치수를 재는 아이샤에게로 시선을 내렸다. 계측이 끝났는지 아이샤가 마케바의 몸에서 옷을 뗐다.

"어디 보자……. 가슴 폭이 좀 작고, 길이가 짧군요. 이 정도면 금방 고칠 수 있겠어요. 하잘, 노란 천 여분이 있죠?"

하잘이라고 불린 여인이 고개를 끄덕였다. 족장의 아내는 하잘과 함께 천막을 나갔다. 당황한 마케바가 저는 뭘 하면 되냐고 묻자, 아무것도 할 필요 없다는 대답이 돌아왔다.

네 식구가 살 만한 크기의 작은 천막에 족장의 딸과 그녀만 남았다. 마케바는 멀거니 서 있었다.

갑작스러운 휴식이 그녀에게 혼란을 안겨주었다. 아무것도 할 필요가 없다니. 그런 적이 없어서, 그게 뭔지 모르겠다. 마치 남의 신발을 신고 걷는 기분이었다. 그녀는 본능적으로 유일하게 남아 있는 족장의 딸을 바라보았다.

"화장을 하겠습니다. 편하게 앉아 계십시오."

그녀의 어색함을 이해한 듯 할 일을 만들어준 족장의 딸이 화장 도구를 가져왔다. 마케바는 그녀가 가리킨 자리에 앉았다. 자리는 옷가지나 그릇 등을 넣어두는 나무 상자였다. 곧 죽어도 편하다고 할 수 있는 곳은 아니었지만, 할 일이 생긴 덕인지 아까처럼 어색하지는 않았다.

한참 등 돌린 채로 꾸물거리고 있던 족장의 딸이 다른 나무 상자를 끌어와 그녀의 앞에 자리를 잡았다. 화장을 하려는가 보다 생각한 마케바는 자연스럽게 턱을 들었다. 그러나 족장의 딸은 고개를 젓고, 손가락을 쫙 펼쳐 보였다.

"아."

그녀의 영문 모를 손짓보다 그녀가 손에 들고 있는 원뿔형의 짤주머니가 차라리 이해하기 쉬웠다. 성인식을 치르기 전 해의 생일, 지금으로부터 족히 십여 년 전에 저런 것을 본 기억이 났다.

특별한 날, 사막의 여인들은 키나 잎을 가루로 내어 반죽한 것으로 손발에 치장을 한다. 그 특별한 날에서 혼인은 당연히 빠질 수가 없었다.

머리로는 알고 있던 사실인데도 막상 닥치니 허둥거리게 된다. 마케바는 서둘러 왼쪽 손등을 내밀었다.

"본래 키나 장식은 신부의 벗들이 해주는 것이지만…… 저희 부족엔 신부님 또래의 여인이 저밖에 없습니다. 시간도 촉박하고 사람이 부족하여 장식 문양이 단순해질 수 있는 점, 죄송합니다."

그러나 말과는 달리, 손등에 그림을 그리는 족장의 딸은 능숙해 보였다. 또다시 의구심이 일었다.

"키나 반죽까지 갖춰져 있는 게 이상하신가요?"

자꾸만 힐끔거리는 그녀의 시선을 의식한 듯 족장의 딸이 물었다. 무례한 호기심을 들킨 여왕의 뺨에 붉은 기운이 솟았다.

"미안하오."

"아니요. 의아해하실 만한 일이죠. 사과하실 필요는 없습니다. 다만 철저한 준비 때문에 아버님의 호의를 의심하시지 말란 말을 드리고 싶었습니다."

마케바의 사과를 물린 족장의 딸은 무심한 표정으로 말을 이었다.

"이것들은 모두 제가 사용할 뻔했던 것들이니까요."

여왕은 이 순간이 일생일대의 위기 상황이라고 생각했다.

"……더욱 미안하오."

"제 불행의 어느 한 부분에도 손님께서 관여하신 바가 없으니, 그 또한 사과하실 필요 없습니다. 베두인들과 하다르의 혼인은 본래 성사되기가 힘들죠."

족장의 딸은 마케바의 두 번째 사과도 받아들이지 않았다. 묵묵히 그녀의 말을 듣고 있던 마케바는 이상한 점을 발견했다.

"상대가 하다르였소?"

"네. 하다르답게 줏대 없고 멍청한 작자였습니다."

하다르를 폄하하는 말을 들은 하다르보다, 폄하하고 나선 베두인이 더 놀랐다. 족장의 딸이 입술을 벙긋거렸지만, 여왕은 그녀가 할 말을 낚아챘다.

"아니, 하다르 사내들이 얼마나 부족한지는 누구보다 내가 잘 알고 있지. 그들이 베두인 사내보다 나았다면 내가 베두인 사내와 혼인할 리 없으니까. 하니 사과하지 말아요. 대신 얘기나 계속해 봅시다."

"얘기요?"

"누군가에게 그 사내에 대한 욕을 하고 싶을 거 아닌가? 부족 내에 또래의 친구가 없다 했으니 내가 대신 들어주겠다는 거요. 그런 얘길 부모에게할 수는 없지. 부모가 더 속상할 테니."

"……."

"뭐, 내 호기심 충족이라고 생각해도 상관없지만."

싱긋 웃은 마케바가 덧붙였다. 무심하여 속을 알 수 없던 베두인 여인의 얼굴에 처음으로 인간적인 표정이 떠올랐다. 족장의 딸도 따라 웃었다.

"제가 이런 이야기 했다는 것은 저희 부모님께는……."

"비밀이지. 암."

"사실 별로 대단한 사연은 아닙니다."

그렇게 시작된 얘기는, 처음에는 정말 별거 없었다. 재화가 필요한 베두인 부족과 상행에서 베두인의 보호가 필요한 하다르 상인의 혼인 동맹. 베두인과 하다르의 혼인은 대부분 그런 식이었다.

하지만 이야기의 뒷부분은 마케바를 상당히 분노케 했다.

"그대의 아버지에게 돈을 요구했다고? 어째서? 본래 예물은 사내의 집안에서 여인에게 주는 것인데?"

"베두인 여인을 며느리로 맞으려면 읽기와 쓰기와 예의범절을 가르쳐야하니 돈이 든다더군요."

"……혹시 상대 집안이 하다르가 아니라 정신 이상자였소?"

"아직 화를 내시기엔 이릅니다만."

"뭐가 더 있나?"

"알고 보니 그 가문의 아들, 저 말고 다른 하다르 여인과 혼담이 오가고 있었습니다. 혼인 날짜가 한 달도 채 남지 않았을 겁니다. 사실을 알게 된 제 아버님이 그의 아비에게 따지고 들자, 그 혼인은 아들이 원해서 하는 것이고, 이 혼인은 서로가 필요해서 하는 거라고 했다더군요."

"이런 빌어먹을 작자를 보았나?"

"아버님은 족장을 찾아가 혼인을 물리자고 했지만 족장은 받아들여 주지 않았죠. 싸움이 일어났고, 족장을 바닥에 메다꽂은 아버님은 직계 일족을 이끌고 부족에서 뛰쳐나오셨습니다."

"그리고 현재는 연인들의 수호자를 자처하고 계시고?"

"그렇습니다."

잠시 말이 끊겼다. 두 여인은 서로를 바라보았다. 곧이어 큭, 하고 동시에 웃었다.

"아버지가 성급했다고 생각하진 않나? 큰 부족에서 작은 부족이 되었다면 생활적으로 힘든 일이 많을 텐데."

"하다르다운 질문이시군요. 명예보다 재화를 중시하는 베두인은 없습니다."

"하면 베두인답게, 받은 모욕을 되돌려 주고 싶겠군."

"기회가 된다면요. 예, 물론입니다."

강인한 베두인 여인은 다부지게 대답하고, 웃느라 잠시 멈추었던 손을 놀렸다. 야무진 손끝에서 다복을 의미하는 포도 덩굴무늬가 피어났다.

족장의 딸이 두 분은 어떻게 만나게 되었냐고 물었다. 마케바는 적당히 은폐, 축소된 사실을 얘기했다.

말 상대가 수다스러운 성격이 아니었기에 두 사람의 대화엔 필연적으로 침묵이 발생했다. 하지만 아까처럼 어색하거나 불편하지는 않았다.

중간중간 툭툭 끊기기도 하고, 서로의 관습 차이로 인한 설명이 필요했지만 여왕은 난생처음으로 대화다운 대화를 하고 있었다. 그 나이 또래의 여인이라면 누구나 할 법한 소소하고 일상적인 대화였다.

이야기가 흘러 흘러, 까다롭고 엄격하지만 알고 보면 고아인 마케바를 가장 사랑해 주는 '친한 아줌마'에 이르렀을 무렵 키나 장식이 끝났다. 그즈음, 완성된 혼례복을 들고 족장의 아내와 다른 여인들이 들어왔다.

우르르 몰려온 여인들은 마치 놀이를 하듯 마케바를 움직였다. 마케바는 일어나라는 말에 일어나서 옷을 갈아입었고, 턱을 들라는 말에 턱을 들었고, 눈을 감으란 말에 눈을 감았다. 예쁘다, 예쁘다. 칭찬이 끝도 없었다.

마지막으로, 족장의 아내가 화장을 마친 마케바의 입술 아래에 검은 점을 찍었다. 진흙과 역청을 섞어 만든 점은 모든 아름다움을 파괴했다.

"이건, 무슨……."

"아르가(Arga)예요. 일종의 액막이죠. 신부가 너무 아름다우면 나쁜 진이 훔쳐 가니까요. 보통은 턱 밑에 세 개의 점을 찍는답니다. 하지만 오늘의 신부는 너무 예쁘니까……."

콕콕콕. 마케바의 이마와 양 뺨에 점이 더 생겼다.

"이 정도는 찍어야겠네요."

족장의 아내가 역청 액이 묻은 나뭇가지를 뗐다. 단박에 아우성이 쏟아졌다.

"그래도 너무 예뻐요!"

"맞아! 이 정도면 눈썰미 좋은 진이라면 알아본다고!"

"더 찍어요, 몇 개 더 찍어!"

여인들이 달려들었다. 마케바는 펑퍼짐한 옷소매로 얼굴을 가렸다.

하지만 신부를 보호해야 할 의무를 가진 여인들은 자신들이 만들어놓은 아름다움을 파괴하는 데 주저함이 없었다. 그녀들은 사명감을 가지고 마케바의 얼굴을 망쳤다. 가장 공들여 그녀를 꾸며준 족장의 딸이 가장 열심이었다.

싫어, 싫어. 어쩐지 싫지 않은 듯한 마케바의 비명과 여인들의 웃음소리가 작은 천막 밖으로 연신 새어 나왔다.

그 약간 떨어진 곳에서 하일라바드가 미소 짓고 있었다.

해가 지자 사냥을 나갔던 사내들이 돌아왔다. 그리고 얼마 후 고기 굽는 냄새가 진동하기 시작했다.

바깥이 소란스러워지는 듯싶더니 야지드의 헛기침 소리가 들렸다. 그러자 족장의 아내와 딸이 마케바의 팔을 잡고 그녀를 일으켜 세웠다. 베일 때문에 시야가 분명치 않은 마케바는 두 여인의 손에 자신을 내맡겼다.

베두인의 혼례장은 가운데 커다란 화톳불을 두고 양옆에 널찍한 평상이 놓인 형태였다. 하일라바드는 오른쪽에, 마케바는 왼쪽에 앉았다. 덩달아 사내들은 오른쪽에, 여인들은 왼쪽에 자릴 잡았다.

이제까지 그러했듯 모든 과정이 순조로웠다. 이제 신랑과 신부가 자신의 이름이 적힌 천구도를 보며 '이 혼인을 수락한다'고 말한 뒤 부족장이 성혼을 발표하면 끝이었다.

하일라바드는 당연히 수락한다고 했고, 마케바는 그의 애를 잠깐 태우다 새치름한 목소리로 수락했다. 부족장은 웃으며 천구도를 받아 들었다. 문제는 그때 일어났다.

"그리하여 하일라바드 이븐 카림 알 타크와 앗 살라라와 마케바 빈트 파리흐 알……."

그녀의 성을 읽던 이븐 자바르가 멈칫했다.

부족의 여인 중에 글을 쓸 줄 아는 자가 없기에 마케바는 자신의 천구도에 직접 이름을 적어 넣었다. 타크와 부족장이 그녀의 이름만 듣고 눈치챈 그녀의 정체를 이븐 자바르가 모를 리가 없다.

이븐 자바르가 그녀를 바라보았다. 여러 가지 감정이 복잡하게 뒤엉킨 그의 눈동자에서 가장 뚜렷한 것은 불신이었다. 마케바는 베일로도 가려지지 않는 확실한 미소를 지어 보였다.

"……아알……."

부족민들이 웅성거림이 점차 커졌다. 모두가 그의 입만 바라보고 있었다. 그는 과감하게 천구도를 접었다. 때로는 묻어두는 것이 더 좋을 때도 있는 법이니까. 일국의 군주가 제 부족에서 혼인을 치른다는 사실 같은 건 특히나 그렇다.

"그리하여 이 밤, 아이이자 처녀이고 어머니인 달의 여신의 신전 앞에서 하일라바드와 마케바의 혼인이 이루어졌음을 고하노라!"

❖

혼인이 끝난 뒤에는 긴 피로연이 이어지는 게 보통이지만, 마케바는 피로를 핑계로 일찍 자리를 떴다.

얼마 지나지 않아 하일라바드도 피로연에서 빠져나올 수 있었다. 이른 자바르가 빨리 들어가라며 보챈 덕분이었다. 족장이 그리 나오자, 오랜만의 손님에 들떠 있던 청년들도 그를 보내줄 수밖에 없었다.

거주 구역에서 다색 천막이 있는 곳까지는 여든 걸음 정도 걸렸다. 천막에 다다른 그는 깊이 심호흡을 하고 땀에 젖은 손으로 천막을 들췄다.

안은 비어 있었다.

심장이 덜컹 소리를 내며 멈췄다.

"폐하……?"

"여기 있다."

대답은 바깥쪽에서 들렸다. 그는 천막의 일부를 찢다시피 하여 소리가 들려온 방향으로 무작정 뛰쳐나갔다.

"폐하!"

"왜?"

그녀가 돌아보았다. 밤바람을 걱정해 천막에서 챙겨 나온 듯, 한 손에는 두툼한 담요를 들고 있었다. 그는 미끄러지듯 다가가 그녀의 어깨를 잡았다.

그의 안색이 새파랗다. 그것이 비단 이 창백한 달빛 탓만은 아닐 것이다. 그녀는 웃으며 혈색을 잃은 그의 뺨을 가볍게 때렸다.

"바보 같긴. 내가 아무리 뻔뻔하여도, 달의 여신 앞에서 혼인을 수락한 날

도망가진 않는다."

"하필 이 부족…… 지난번에도, 후……."

제대로 말도 못 하고 한숨만 내쉬는 그를 그녀가 담요로 감쌌다. 그대로 등을 돌리자, 그가 담요를 쥔 팔을 그녀의 어깨에 둘렀다.

그는 그녀를 끌어 내려 제 무릎 사이에 앉혔다. 형태와 무게를 지닌 사람만이 가진 실체감이 느껴졌다. 비로소 그녀가 진짜라는 확신이 섰다. 하아. 또다시 긴 한숨을 내쉰 그가 그녀의 어깨에 얼굴을 묻었다.

"여기서 뭐 하고 계셨습니까?"

"저걸 보고 있었다."

그녀가 손가락을 들었다. 달빛으로 노랗게 물든 손가락이 가리키는 끝에 성소의 여덟 기둥이 있었다.

"보다 보니, 그대에게 물어볼 것이 생각났어."

"하문하십시오."

"주바이다는 어찌 되었나?"

짧은 침묵이 스쳤다.

"죽었습니다."

"그대가, 직접?"

"예."

"시신은?"

"없습니다. 칼로 찔렀더니 순식간에 먼지가 되어버렸습니다."

마법 같은 이야기였지만 마케바는 그럴 수도 있다고 생각했다. 존재부터가 말이 안 됐는데 죽음이 말이 된다면 더 이상한 일이었다.

"성소가 파괴되었을 때 주바이다는 이미 여든에 다다른 나이였다고 들었다. 하 많이 비껴간 세월이 죽음과 동시에 그녀를 덮친 것이겠지. 하지만 놀랍군. 죽을 수도 있다니."

"처음부터 알고 계셨습니까?"

"아니. 짜 맞춘 거다. 주바이다가 사라졌다는 시점과 그대가 성소에 다녀

온 시기가 일치해서. 나머지는 그냥, 감이지.”

설명할 수 없는 감, 혹은 의심. 사소하게는 나바테아의 왕자부터 거창하게는 알 아지리까지, 그녀의 인생엔 크고 작은 장애물들이 너무 많았다. 저주와 같은 예언으로 끊임없이 그녀의 오기를 일깨우는 주바이다는 그중 가장 큰 장애물이었다.

나바테아의 왕자는 하일라바드가 쫓아낸 거나 다름없다. 알 아지리는 그가 죽였다. 그렇다면 주바이다도 그의 손을 거치지 말란 법은 없지 않은가.

그녀는 의심했고, 답을 얻었다. 그리고 한 가지 답에서 또 다른 사실이 파생했다.

“그대도, 주바이다의 예언을 알았군······.”

“······.”

그녀는 무릎을 굽혀 그 사이에 턱을 괴었다.

어둠에 잠식된 성소의 여덟 기둥은 하늘로 오르는 커다란 외사다리 같았다. 예전에는 멀리서 형태만 보여도 주바이다의 목소리가 들리는 것 같아 소름이 끼쳤는데, 지금은 아무런 감흥이 없다.

정말 죽었구나. 실감이 되었다. 그러자 부서지고 망가진 성소가 정체성을 찾았다.

그곳은 그저 폐허였다.

“두렵지 않았나?”

“무엇이요?”

“마녀든 대제사장이든······ 예언자를 죽인다는 것에. 횡액이 미칠지도 모르잖나.”

“부족의 율법이 아닌 이상 어떤 사람도 절 강제할 수 없습니다.”

“······.”

“같은 상황이 온다면 백 번쯤 더 죽여줄 용의도 있습니다.”

그는 말린 꽃잎을 비트는 것보다 쉽게 예언자의 살해를 말했다. 율법이 보장하는 한, 신도 예언자도 두려워하지 않는 오만한 베두인들. 마케바는 진정 그들이 부러웠다.

"아까 낮에 점성술사가 그러더군. 모든 점복은 미래를 맞추는 것보다 과거를 맞추는 데 특화되어 있다고."

"어떤 예언자도 모든 미래를 맞추진 못합니다."

"그럴 테지……."

나직한 숨소리가 고요히 내려앉았다. 그녀는 가만히 입술을 움직였다.

"내가 주바이다의 예언을 들은 것은 열세 살이 되던 해의 첫 번째 달이었다. 그 뒤로 나는 그 예언을 내 입으로 말한 적이 없다. 미리암에게도."

두려웠으니까.

혹시 내가 제대로 된 군주가 되지 못한다는 것을 알면 미리암마저 날 떠나는 게 아닐까?

세상 기댈 데 하나 없는 어린아이에겐 혼자 남는 것이 무엇보다 두려운 일이었다. 두려워서 예언을 숨겼고, 두려워서 무시했다.

"하지만 사실은 무시하지도 못했지. 그렇다면 뭐든 이루어주마, 그리 다짐하는 것 자체가 신경 쓰고 있다는 증거였으니. 사실 난 그 예언을 온전히 믿었어. 하여 반평생을 흔들리고, 두려움에 떨었다. 그걸 이제야 인정하는 난 참으로 치기 어린 인간이지."

"……."

"하여 잠깐 그런 생각을 했다. 베두인이었다면 좋았겠다는 생각. 확실하게 믿고 따를 만한 무언가가 있다면 인생에서 두려움과 흔들림은 덜하지 않았겠나."

"……베두인도 두려워하고, 후회합니다."

드디어 그의 무거운 입이 열렸다. 그녀는 고개를 뒤로 젖혔다. 흔들림 없는 갈색 눈동자가 거침없이 부딪쳐 왔다.

"아버지께서 그러시더군요. 당신의 인생은 실패와 후회의 반복이었다고. 아마 제가 아버지의 나이쯤 되어 인생을 회고할 때 저도 그럴 것입니다. 율법 안에서 사는 베두인도 어쩔 수 없습니다."

그러니 두려움과 후회는 하다르라서 생기는 것이 아니라 인간이기 때문에 생기는 것이라고, 그가 말했다.

그녀는 손을 뒤로 뻗어 그의 머리를 잡아당겼다. 배려하듯 약간 거리를 둔 채로 머물러 있던 시선이 우수수 떨어졌다.

이 눈빛을 보고 있노라면 싫어도 솔직해지게 된다. 가슴속에 응어리처럼 맺힌 진심이 튀어나왔다.

"미안하다."

"무엇을 말씀하시는 겁니까?"

"그때 도망친 것. 생각해 보니…… 그대에게 제대로 사과한 적이 없더군."

"……."

"미안해. 그때도 난 두려웠다. 그대에게 안주하게 될까 봐, 하여 정말 예언이 이루어질까 봐. 변명 같지만, 그때는 도망가는 것 말고 다른 선택지는 없다고 생각했다. 참으로…… 두려운 것 많은 인생이지."

그는 괜찮다고 말하는 대신 고개를 숙여 그녀의 이마에 입을 맞췄다. 그녀는 눈을 감았다.

"하일라바드."

"예."

"난 아무것도 포기하지 않을 거다. 군주로서의 나도, 인간으로서의 나도. 주바이다의 예언 때문이 아니라, 내가 그걸 원해. 그러다가 어느 순간……."

이제부터 할 말이 왠지 염치없게 느껴져서 말꼬리를 흐리자 그가 그녀의 이마에 입술을 붙인 채로 웅얼거렸다. '말씀하십시오'. 염치를 내던진 그녀는 몸을 돌려 그의 목을 잡고, 그의 눈동자를 똑바로 쳐다보았다.

"어느 순간, 또 두려워질지도 몰라. 그대에게 안주하고자 하는 내 안의 인간적인 부분 때문에. 그러니 그대는 항상 내 곁에 있어라. 내가 도망치지 못하게."

어느 순간, 어느 장소에서나 내 곁에—

그렇게 도망치려는 나를 잡아줘.

그가 말없이 미소 지었다. 그러겠다는 의미가 내포된 미소였다. 하지만 그걸로는 만족할 수 없었다.

"대답은?"

"제가 무어라 할 것 같습니까?"

"폐하의 뜻대로."

"맞습니다."

"그거 말고. 그건 내가 원한다면 떨어질 수도 있다는 뜻이잖아. 내가 떨어지라고 하여도 절대 떨어지지 말라는 거야."

"그 정도로 호인은 아닙니다만……."

그의 입술이 미끄러지듯 내려와 그녀의 입술과 맞닿았다. 그는 자신의 목덜미를 잡은 그녀의 손에 제 손을 올렸다. 스무 개의 손가락이 단단하게 얽혔다.

"폐하의 연인으로서, 평생토록 종신하겠습니다."

"……."

"만족하시는지?"

"……소름 끼칠 만큼."

그녀는 빙긋 웃으며 담요를 그의 머리에 둘렀다. 낡은 담요가 커다란 베일처럼 그의 머리에서부터 늘어져 내렸다.

신부 같다기보다는 은둔한 현자에 가까운 모습이다. 머리 두건을 둘렀을 때와는 느낌이 또 달랐다.

"광야를 헤매는 현자 같군."

"그렇게 정신 나가 보입니까?"

"그대가 현자를 어떻게 생각하는지 알겠어."

킥킥, 숨 막힌 웃음소리를 뱉은 그녀가 그의 입술에 입을 맞추었다. 가볍게 한 번, 두 번. 그리고 떨어져 나가려 했지만 그에게 붙들렸다.

그의 혀가 그녀의 입술 안쪽에, 치아에 닿았다. 그리고 어쩔 수 없다는 듯 내던지듯 입안으로 들어왔다. 그가 조금 더 편할 수 있도록 턱을 들자 그가 한 팔로 그녀의 등을 감싸 안았다. 풍성한 가슴이 강건한 전사의 가슴에 짓눌려 뭉개졌다. 단지 그뿐인데 오싹, 소름이 돋았다.

"하아⋯⋯."

겨우 그의 손에서 풀려난 그녀는 양손으로 그의 어깨를 밀었다. 저항은 없었다. 대신 염려 섞인 물음은 있었다.

"여기서는 추우실 텐데요?"

"춥지 않게 하는 것이 그대의 의무야."

"정 그러시다면."

그녀는 잠시 동안 그를 내려다볼 수 있었지만, 곧 그에게 허리를 잡혀 바닥에 눕게 되었다. 위아래가 뒤집히고 단단한 팔 기둥 사이에 갇혀 버렸다.

"이런, 무례하기는."

"밤의 사막의 주인은 베두인이니까요."

"그건 마치 그대가 나의 주인이라고 하는 것 같은데?"

"안 됩니까?"

반문할 때 그의 눈이 한 번 깜빡였다. 길고 까만 속눈썹이 흔들리는 모습은 장난을 칠 수 없게 한다. 그녀는 손가락으로 그의 턱 밑부터 목울대까지 쓸었다.

"허락한다."

미지근한 공기가 확 데워졌다. 그녀를 안은 사막의 주인은 다정하고 부드러웠다. 그는 그녀의 솜털 하나하나를 손가락 끝에 새기고 피부가 드러난 모든 곳에 입을 맞췄다. 한숨이 나올 만큼 느린 전희. 무슨 의미인지 알 수 있었다.

"그러고 보니 우리의 '처음들'은 죄다 밖이구나."

"지금이라도 들어가시겠습니까?"

그녀는 고개를 저으며 그의 머리를 끌어당겼다. 봉긋한 젖무덤에 얼굴을 묻은 그가 오늘 어땠냐고 물었다. 가슴을 지분거리면서 이런 질문을 하다니. 기분이 다소 사나워진 그녀는 '아직까진 좋았다'고 답했다.

대답 속에 할딱임이 섞였다. 상체를 세운 그는 그녀의 무릎을 세우고 단숨에 그녀의 안으로 파고들었다. 순간, 마른 손이 그의 팔뚝을 움켜잡았다.

그는 아직까진 좋았던 그녀의 하루를 최고로 만들었다. 아이이고 처녀이고 어머니인 달이 화려한 빛을 흩뿌리며 밤새 그들을 지켜봐 주었다.

❖

두 사람은 아침 해가 완전히 떠오르기 전에 거주 지역을 나섰다. 어젯밤, 주인공이 빠진 긴 피로연의 여파 때문인지 다른 이들은 모두 잠들어 있었다. 배웅을 나온 것은 이븐 자바르와 아이샤뿐이었다.

약간 피로한 듯한 마케바의 안색을 말없이 요모조모 뜯어보던 아이샤가 그녀의 손을 잡았다. 그녀는 두 사내에게서 떨어진 곳으로 마케바를 끌고 갔다. 이븐 자바르가 어디 가냐고 물었지만 대담한 족장의 아내는 알 것 없다는 눈빛으로 대답을 대신했다.

"거참, 민망하구먼. 다들 이리 게을러서야……. 이해해 주게. 우리가 요즘 좋은 일이 없어서 애들이 정도 이상으로 들떴던 것 같네."

무안해진 그는 깊이 잠든 천막들을 바라보며 애꿎은 부족민들만 탓했다. 하일라바드는 공손하게 고개를 숙였다.

"저희에게도 좋은 일이었습니다. 휴식은 흠이 아니니, 너무 나무라지 마십시오."

"저희가 너무 일찍 떠나는 거랍니다."

예상보다 훨씬 빨리 볼일을 마치고 돌아온 마케바가 끼어들었다. 아이샤는 어느새 이븐 자바르의 옆에 서 있었다.

"그래. 너무 이른 시간이긴 하지. 마음 같아서는 붙잡아놓고 이틀을 더 머물게 하고 싶지만, 바쁜 일이 있다니 어쩌겠는가. 이 광활한 사막 어딘가에서 또 만나는 행운을 바라는 수밖에."

이븐 자바르가 혀를 끌끌 찼다. 말투가 이제까지와 다를 바 없는 것을 들으니, 아무래도 마케바가 군주인 것을 잊기로 결심한 것 같았다.

실제로 처음의 당황이 가신 뒤부터 이븐 자바르는 두 사람의 정체에 대해 더 이상 고민하지 않았다. 부족을 찾아온 기쁜 손님. 그걸로 충분했다. 이 방문을 군주의 유희쯤으로 생각한 그 나름대로의 배려였다.

"저 또한 바라 마지않습니다."

어쨌든 그의 천연덕스러운 태도 덕분에 하일라바드와 마케바도 그를 어제처럼 대할 수 있었다. 이븐 자바르는 웃으며 턱수염의 뿌리 부근을 긁적였다.

"서로 같은 마음이면 됐네. 하면 이제 가보게나. 이별이 길면 아쉬움이 짧다네."

그가 지루한 듯 투레질을 하고 있는 이프리트를 턱짓했다.

마케바가 먼저 말 잔등에 올랐다. 그녀는 뒤에 탄 하일라바드가 말고삐를 잡고 나서야 이븐 자바르에게 말을 걸었다.

"족장님, 만약 족장님께서 하다르에게 모욕을 받았다면 어떤 방법을 사용해서 돌려주시겠어요?"

"응?"

"무시하고 폄하하는 것이 가장 좋은 방법이겠지만, 그건 별로 효과적이지 못할 것 같아서 여쭤보는 거예요. 베두인은 하다르를 무시하고, 하다르는 베두인을 무시하니까요."

이븐 자바르는 대답하지 않았다. 아니, 대답하지 못했다. 멀거니 선 베두인 족장 부부를 내려다보며 마케바는 만면에 환한 미소를 띠었다.

"한 가지 알려 드리죠. 하다르 상인에게 가장 중요한 것은 목숨이 아니라 재화랍니다. 그들은 권력에 굽실거리고 재화에 벌벌 떨죠. 불행하게도 베두인에게는 다 없는 것이로군요."

"……."

"그러니 혹시 권력과 재화가 필요하시다면 저를 찾아오세요. 하다르가 되라고 하는 건 아니에요. 성에 차실 만큼 복수하신다면 언제든지 보내 드리죠. 제 혼인을 주관해 주셨던 분께 드리는 제 보답입니다."

말을 마친 그녀는 하일라바드를 재촉하여 이프리트를 출발시켰다.

이븐 자바르는 이프리트의 꼬랑지가 모래 먼지에 완전히 묻혀 사라진 뒤에야 정신을 차렸다. 모래 먼지가 가라앉고, 지평선이 완연히 드러나 있었지만 여군주의 마지막 말은 아직도 귀에 생생했다.

"언제든지 보내 드리죠."

엄격한 베두인 족장이라면 말도 안 된다며 펄쩍 뛸 만한 제안이었다. 하지만 그의 사고는 그의 고집보다 유연했다.

베두인을 베두인답게 만드는 것은 방랑이 아니라 율법이다. 그리고 모든 베두인은 받은 대로 되돌려 준다. 문제는 도시로 들어가야 한다는 것이었지만 한 군데에 좀 오래 머무르는 것뿐이라고 생각하면 안 될 것도 없었다.

"다음 행선지를 정했소. 따라와 주겠소?"

따라와 줄 거냐고 묻는 남편의 눈빛이, 부족에서 독립을 선언할 때와 똑같다고 생각한 아이샤는 그의 손을 꼭 잡았다.

이븐 자바르의 부족이 남부 아라비아의 낙원이라는 왕국에 도착한 것은 일주일 뒤의 일이다. 그들은 그곳에서 꽤 오랜 시간을 머물렀다.

"카이라이 부족장을 고용하시려는 겁니까?"

성소의 기둥이 새끼손가락보다 작아졌을 무렵, 말을 달리던 하일라바드가 물었다. 알 카이라이가 누구지? 잠시 기억을 더듬어본 마케바는 그것이 이븐 자바르의 성임을 뒤늦게 떠올렸다.

"쉽지 않은 결정을 내리고 그것을 행동에 옮겼으니 결단력과 의지는 충분할 것이고, 자식을 사랑하고 아내를 존중하니 성품이 강퍅하지 않으며, 심지어 입도 무겁지. 왕국의 고문 정도의 역할을 맡으면 딱 좋을 것 같아."

"입이 무겁다고요?"

"내 이름을 아무에게도 얘기하지 않았으니까. 그의 아내도 모르는 눈치더구나."

"아……."

그럴듯하다고 생각하던 하일라바드는 섬뜩한 사실을 하나 깨닫고는 고삐를 잡아당겼다. 이프리트의 속도가 눈에 띄게 느려졌다.

"설마 천구도에 일부러 이름을 다 적어 넣으신 겁니까?"

"말했잖나. 무엇도 포기할 생각 없다고. 혼인을 맹세하는 도구에 거짓 이름을 적기도 싫었고, 덩달아 그의 인품도 시험해 보고 싶었다."

"하나 베두인에게 정착은 쉽지 않은 결정입니다."

"그거야 각오했던 바고. 물론 오지 않는다면 아쉽겠지마는. 이븐 자바르뿐만 아니라 그 아내와 딸도 탐났거든."

느릿하게 대답하는 그녀의 상체가 이프리트의 걸음을 따라 흔들렸다. 철두철미하지만 묘한 데서 즉흥적이고, 한편으로는 태평한 것이 딱 그녀다웠다.

"그러고 보니 아이샤 님과는 무슨 얘길 하신 겁니까?"

이번에 그녀는 곧바로 대답하지 않고 그를 빤히 올려다보았다. 그 눈빛이 어쩐지 미리암의 탓하는 눈빛과 비슷해 보여, 하일라바드는 당황했다.

"제가 무엇을 잘못했습니까?"

"하일라바드."

"예."

"만약 딸을 낳으면 이름을 뭐라고 짓고 싶으냐?"

"예?"

그런 고민은 당연히 해본 적이 없다. 유예를 두고 싶었던 그는 지금 말해야 하는 거냐고 물었지만, 어쩐지 성난 듯한 '지금! 당장!'이라는 대답만 들었다.

"지니야……?"

그리고 그는 그의 눈치 없음과 더불어 끔찍한 수준의 작명 실력을 자랑하는 이름을 내놓았다.

그저 탓하는 것에 불과했던 눈빛이 거센 힐난으로 변했다. 그녀는 이를 갈았다.

"사내아이면 진이라고 짓겠구나."

"사내아이면…… 마, 마리드(Marid, 이프리트와는 다른 정령들의 왕)?"

이젠 화도 나지 않았다. 이프리트보다 강한 정령왕의 이름을 댔다는 점에서 칭찬을 해줘야 할 판국이었다.

지니야는 원래 그의 양의 이름이었다는 점이나, 전설 속의 마리드가 지독하게 못생겼다는 점 같은 것은 지적할 가치도 없다. 그녀는 한숨을 쉬며 그의 귀를 잡고 끌어당겼다.

달콤한 속삭임을 들은 그의 눈이 커졌다. 너무 놀란 나머지 손에 힘이 들어가지 않았다. 그가 고삐를 놓치자 주인의 명령을 받지 못한 이프리트는 아예 멈춰 섰다.

"폐하, 이건…… 진짜, 아, 어떻게…… 제가, 뭘…… 아…….”

그는 갓 말을 배우기 시작한 아이보다 말을 못했다. 평생 가도 볼까 말까 한 진귀한 구경이라, 그녀는 그의 눈치 없음을 용서해 주었다.

"진짜냐고 묻는 거라면 아마 진짜일 것이다. 족장의 아내가 말해주었어. 내 눈 밑이 거뭇하다면서. 임신을 하면 그런 증상이 생긴다더구나."

"…….”

"하여 생각해 보니 이번 달에 달거리를 안 했다. 그리고 그대가 앞으로 무얼 어떻게 해야 하는 거냐고 묻는 거라면, 지금 당장은 나를 안전하게 내 침실까지 데려다줘야 하는 거라고 답하마."

"아…….”

"그리고 사내아이든 여자아이든, 아이의 이름을 지을 생각은 꿈에도 하지 말아라."

톡톡. 그녀는 엄격한 표정으로 그의 가슴팍을 찔렀다. 정신이 번쩍 든 하일라바드는 그녀를 껴안으려다가, 입술로 이마를 누르기만 했다.

"왕성에 도착해서 침실까지는 안고 가겠습니다."

비장한 다짐에 그녀가 깔깔대고 웃었다. 그는 다시 고삐를 잡고 이프리트에게 최대한 살금살금 걸으라는 명령을 내렸다.

달리는 것이 본능인 이프리트에겐 너무 어려운 요구였다. 왕성까지 가는 동안 이프리트는 수십 번 그에게 갈기를 잡혔고, 그녀는 이러다 해 지기 전에 귀환하겠다며 그를 타박했다. 하지만 얼굴에선 미소가 떠나질 않았다.

해가 완전히 떠오를 무렵이 되자, 왕성이 시야에 들어왔다. 그녀는 한때 그녀의 무덤이라고 생각했던 벽돌 건물을 응시했다.

이제 왕성은 무덤이 아닌 요람이 될 것이다. 그러니 다시 시작될 군주의 일상도 견딜 수 있다. 그가 곁에 있는 한 그녀는 무엇이든 괜찮았다.

태양 빛에 빨갛게 물든 이프리트의 걸음이 행복했다.

نهاية
『사락』 완결

작가 후기

사막과 초원을 좋아합니다.

착한 사람을 좋아하고, 노력하는 사람은 행복해져야 한다고 생각하고, 첫사랑의 혼돈이 아름다운 결말을 맺길 기대합니다.

악인이 연인들 사이를 갈라놓는 걸 참을 수 없고, 악인의 사연을 용납하지 못하며, 선한 의도로 한 행동은 설사 일을 약간 꼬이게 할지언정 결국엔 좋은 결과를 낳을 거라고 믿습니다.

그래서 사락을 썼습니다.

이 글에는 제가 싫어하는 것들은 나오지 않거나 적게 나오고, 제가 좋아하는 것들만 잔뜩 나옵니다. 소설이 주는 즐거움 중에 카타르시스라는 것이 존재하는 이상, 어쩌면 이 글은 재미있는 글로써는 실격인지도 모르겠습니다. 그리고 악역의 필요성을 분명히 인식하면서도 단지 쓰기 싫다는 이유로 어떻게든 안 쓰려고 하는 저는 프로 작가로서 실격이겠지요.

글을 써서 돈을 버는 주제에 이렇게 아마추어처럼 구는 건 참으로 부끄러운 일입니다. 그래도 저 자신을 위해 초라한 변명을 해보자면, 그런 주제에 최선을 다해서, 재미있게 쓸 수 있도록 노력하고 있다는 것. 부끄러워서 한 문장 쓰는 것이 어렵고 그래서 완성까지 시간이 오래 걸리지만 어쨌든 꾸준히 쓰고 있다는 것. 그것뿐이겠네요. 고집 세고 재능 없는 제가 할 수 있는 유일한 일이기도 하고요.

아마 제 다음 글도 시간이 꽤 흐른 뒤에 나올 것입니다. 그사이 저는 제가 좋아하는 것들로 재미있는 글을 쓸 수 있도록 노력해 보겠습니다.

부족한 제 글을 기다려주시는 분들, 매일 봐도 반가운 서재 식구들, 여러 가지 일이 많았는데도 한결같은 모습인 서재 작가님들, 이제 서로에 대해 너무 많은 것을 알아버린 류도하, 이아현. 항상 고맙고 감사합니다.

마지막으로 제 까탈 다 받아준 1984님과 주승아 편집자님께도 감사 인사 전합니다.

정찬연 드림.